IM GOLDPFAD 10
Ein Schlüsselroman
von Klaus-Dieter Regenbrecht

I0651292

Die Deutsche Bibliothek – CIP-Einheitsaufnahme
Regenbrecht, Klaus-Dieter
Im Goldpfad 10 – Ein Schlüsselroman
Koblenz: Tabu Litu Verlag Klaus-Dieter Regenbrecht
ISBN: 978-3-925805-50-9
1. Aufl. 2013

Impressum:
© 2013 Copyright by Klaus-Dieter Regenbrecht, Koblenz
http://www.kloy.de
Satz und Layout: *kloy*

Für Laura und Benjamin

Im Goldpfad, Dezember 2010:
Vom Schweigen, Lehren und Beginnen

One day he turned mute in his obscurity. Es gab solche Tage, an denen man glaubte, alles sei anders geworden, obwohl es objektiv besehen keinerlei Anzeichen dafür gab. Es sei denn, man nahm die akute Bedrohungslage, laut Politikeraussagen islamistischen Terroristen zuzuschreiben, als etwas Neues wahr, was Walter jedoch nicht nachvollziehen konnte. Er war aufgestanden, etwas später als gewöhnlich, weil nur die schriftliche Englisch Abi-Prüfung der Fachschule auf dem Plan stand. Seit Sonntag war er mal wieder in der Hüfte steif, aber auch wenn er heute noch nicht wie geplant zum Volleyball ging, fühlte er sich langsam wieder schmerzfrei und beweglicher. Er hatte das immer besser im Griff und wandte aus Erfahrung die richtigen Maßnahmen an. Als da waren Vitamine, Magnesium, Kalzium, Gymnastik. Wenn die Zeit vorhanden war, Sauna und Schwimmen. Das wäre jetzt wirklich gut, dachte er, später vielleicht.

Als er in den Schulhof einfuhr, hatte Walter Wisman ein sehr unangenehmes Geräusch gehört, dessen Ursache er sich nicht gleich erklären konnte. Beim Einparken hatte er aus Unachtsamkeit und in Gedanken beim Prüfungstext – hatte er irgendwo einen Fehler gemacht? – einen Pfeiler gestreift, der wesentliche Schaden am Auto ließ sich aber wohl durch Entfernen der Pfeilerfarbe beheben. Das war wirklich keine große Sache. Wenn er es aber genau bedachte, war ihm in dem Moment dieser Satz durch den Kopf gegangen: *One day he turned mute in his obscurity*, ohne dass er gewusst hätte, woher der Satz eine solche Präsenz genommen hatte. *Eines Tages wurde er stumm in seiner Finsternis.* Aus einem Buch, das er gelesen hatte? Aus einem Prüfungstext? Hatte er das in einem Film oder Video gehört – in einem Songtext?

Bei Gelegenheit, war der Jahreswechsel erst einmal vollzogen, wurden die Tage länger und stand die Sonne höher am Himmel, konnte er sich immer noch um den Lackschaden kümmern.

Zuhause angekommen, kurz nach eins und nach dem Einkauf für einen Linseneintopf mit viel Gemüse und Entenbrust, machte er sich eine Flasche Veltins auf – was für seinen Mineralhaushalt natürlich nicht sonderlich gut war, vor allem da es nicht bei dieser einen Flasche bleiben sollte, aber wie gesagt, der Tag heute war anders. Er hatte auch nicht gleich angefangen mit dem Korrigieren, sondern sich die *Endless Harmony* DVD mit den und über die Beach Boys zum wie vielten Male angeschaut. Deren Schicksal ergriff ihn und stabilisierte ihn immer und immer wieder, half ihm wohl, sein Leben als Ganzes zu sehen, insgesamt als Kunstwerk, sich also nicht in zu vielen und manchmal sehr entmutigenden Details zu verlieren.

Er las gerade Paul Auster, *Brooklyn Follies*, und in diesem Roman schaffte es Auster erneut, mit banalen Geschichten und einfachen Worten einen solchen Sog zu erzeugen, dass Walter einfach bis zum Ende weiterlesen musste. Und logischerweise inspiriert war, einfach los zu schreiben wie jetzt. Durfte man so einen Roman anfangen? Laut Auster durfte man nicht nur, sondern musste das sogar tun. Aber selbst wenn man so anfing, hatte man ja noch lange keinen Plan, kein Personal, keinen Plot. Vielleicht wollte er einfach sehen, wie sich das entwickelte, was er urplötzlich als grundlegende Veränderung in seiner Lebenssituation empfunden hatte, ohne, wie bereits dargelegt, dafür einen nachvollziehbaren Grund zu haben.

Aber war nicht die Tatsache, dass dies sein vielleicht letzter Roman sein sollte, eine vollkommen ausreichende Begründung? Der letzte Roman sollte endlich das werden, was man den anderen zu Unrecht immer vorgehalten und unterstellt hatte, sie seien nämlich autobiografisch. Autobiografisch angehaucht, davon geblasen und auf immer und ewig heimatlos umherirrend zwischen Fiktion und Wirklichkeit. Dieser Roman wäre also autobiografisch, ja, weil er sein letzter sein sollte, weil er hoffte, bald am Ziel seiner Träume zu sein, bald die elende Schreiberei hinter sich lassen zu können und seine letzten Jahre beruflicher Tätigkeit in Ruhe als Lehrer an einer Berufsschule verbringen zu können. Wo besser als an einer Berufsschule konnte man sein Berufsleben vollenden? Als Lehrer für technisches Englisch an einer Fachschule für Erwachsene. Wann war sein erster Buchtitel erschienen? Vor mehr als dreißig Jahren, noch bevor er von seinem Berkeley-Aufenthalt nach Deutschland zurückgekommen war. Die Schreiberei selbst war natürlich nicht elend und das eigentliche Problem sondern der elende Literaturbetrieb.

All die elenden Lektoren, Verleger, Kritiker, Juroren, all die Besserwisser und Klugscheißer. Ignoranten samt und sonders. Seit seiner Rückkehr aus den USA hatte keine seiner Publikationen mehr die Beachtung gefunden wie die erste. In den Staaten war die Situation noch grotesker. Aufkleber mit der Warnung *Read only when you are capable of comprehending sentences longer than seven words* – Achtung! Nur lesen, wenn man Sätze mit mehr als sieben Wörtern verstehen kann – hätten ihn nicht überrascht. Und auch nicht die Forderung an die Autoren, so zu formulieren, dass auch Analphabeten die Handlung des Romans verfolgen konnten: Barrierefrei eben. Prima inter paria statt primus inter pares. Subjekt, Prädikat, Objekt. Drei Worte mussten reichen heutzutage: Bild lügt? Niemals!

Nicht, dass man ihn nicht mehr verlegen wollte, nein, die Bereitschaft wäre wohl nach wie vor da. Aber eben nicht in dem Sinne und Maße, wie er das für seine Bücher haben wollte. Er war zurückgekehrt, um ganz zu verschwinden. Noch einmal zu rufen, um dann zu verstummen.

Für die schriftliche Prüfung war im Übrigen sein Vorschlag angenommen worden, was natürlich eine gewisse Bestätigung seiner Kompetenz war und ihm außerdem die Korrekturarbeit erleichterte, weil er sich ja viel besser mit seiner Materie auskannte als mit der des Kollegenentwurfs.

Seine derzeitigen Lebensumstände besaßen durchaus Austersche Qualität: Allein hatte er in einem Haus gelebt, das er zusammen mit seiner Schwester von seinen Eltern geerbt hatte, bis auch Schwester Lena wieder eingezogen war.

Das Haus, könnte man sagen, ist der Held. Das Haus hat nichts Herrschaftliches, nichts wirklich Heroisches, aber es ist als Schauplatz und zwar als verbindender und sich wandelnder Schauplatz von großer Bedeutung. Alle, die hier einmal gelebt hatten, verbrachten einen Teil ihres Lebens an anderen Orten, aber dieser Ort, dieses Haus, war der Platz, den alle einmal innehatten, der sie verband. Die gleichen Menschen, die hier ein und aus gingen, hatten an anderen Plätzen Verbindungen zu anderen Menschen. Und mit dem gleichen Recht, mit dem man Menschen anhand ihrer Verwandtschaft und Herkunft, ihrem Bekanntenkreis und Umgang identifizieren und charakterisieren konnte, ihrer Sozialisation also, ließe sich das mittels einer Lokalisationshistorie dokumentieren.

Sag mir, wo du gewohnt hast und ich sag dir, wer du bist. Für ein Haus, das Gebäude als Organismus, ergab sich aus der chronologischen Abfolge seiner Bewohner eine Vorgeschichte, die man als Inhabitationsanamnese bezeichnen konnte. Ein Haus konnte sich seine Bewohner so wenig aussuchen wie ein Körper seine Viren.

Falls er nun bald in Hessen, in Limburg an der Lahn, eine Stelle als Lehrer für technisches Englisch an einer Berufsbildenden Schule antreten sollte, stand fest, dass er zunächst pendeln würde. Das war keine Strecke, weniger als eine halbe Stunde vielleicht bis Montabaur über die Landstraße, dann auf die Autobahn Richtung Frankfurt und in weiteren zwanzig Minuten sollte er in der Schule sein. Der Stundenplan konnte so ausgestaltet werden, dass er vielleicht nur dreimal in der Woche fahren musste, wenn er eine halbe oder dreiviertel Stelle annahm und, so wie er es ja auch jetzt handhabe, freiberufliche Dozententätigkeiten bei wechselnden Einrichtungen übernahm. Fünfzig Minuten musste er zurzeit wegen all der BUGA-Baustellen auch in Koblenz einkalkulieren, wenn er von einem Ende der Stadt über eine der vielen Brücken zum anderen Ende fuhr. Das war kein Problem, und in Hessen war in Aussicht gestellt worden, dass er einen Vertrag bis zum Erreichen des Rentenalters bekam. Rheinland-Pfalz war da viel zickiger. Er konnte nicht damit rechnen, eine Verlängerung zu bekommen, wenn der aktuelle Vertrag 2012 auslief. Immerhin siebzig Lehrer stark war das Kollegium für über fünftausend Schüler, siebenhundert davon in Vollzeitschulformen.

Es war Zeit, zur Ruhe zu kommen, endlich auch mal für längere Zeit ein geregeltes Einkommen zu haben. Wenn er dann in fünf Jahren in Rente ging, konnte er sich immer noch Gedanken machen, wie es weitergehen sollte oder konnte.

Lena, Magdalena Marie, seine Schwester, wusste noch nichts davon, sie wohnte seit einiger Zeit, nach dem Desaster mit Marc und Jan, wieder ganz im Haus; ihr gehörte die Hälfte. Was in ihrem Privatleben los war, wollte er gar nicht so genau wissen. Aber sicher hatte sie nicht vor, mit ihrem großen Bruder in ihrem Elternhaus alt zu werden. Die Eltern hatten sie damals Magdalena Marie genannt, weil sie kurz vor Weihnachten und überraschend früh zur Welt kam. Maria Magdalena war zwar nicht die Mutter Gottes aber diejenige Jüngerin, die später am Kreuze Jesu stand.

Die zweite Flasche hatte er gerade nach nur kurzem Zaudern geöffnet, als das Telefon klingelte, Lena. Sie war Zuhause.

Ja, Lena, du bist schon da?

Seit einer halben Stunde, ob er nicht herunterkommen wolle, einen Kaffee mit ihr trinken, und was er mit seinem Auto gemacht habe.

Das ist nur Farbe von dem Pfeiler, den ich gestreift habe. Das wird übersprüht und dann sieht man nichts mehr davon. Er genehmige sich gerade sein Feierabendbierchen, die Prüfung, du weißt doch.

Egal, dann komm halt mit deinem Bierchen runter. Ich mach uns eine Kleinigkeit dazu.

Lena bewohnte die Parterrewohnung, in der sie rund zehn Jahre mit ihrer Familie gelebt hatte. Ihre Familie, das waren ihr Mann Jens, die Töchter Jana und Jessica, dann der Sohn Jan-Willem. Die waren nach und nach alle weggezogen, der Mann als erster. Die Wohnung im ersten Stock war die ihres Vaters. Ihre Mutter war schon sehr früh gestorben und von rund zehn Jahren auch der Vater.

Walters Aufenthalt hier im Goldpfad, wo er seit seinem siebten Lebensjahr aufgewachsen war und immer wieder gelebt hatte, sollte nur vorübergehend sein, aber aus Bequemlichkeit war er stets zurückgekommen und doch länger geblieben. Und Lena hatte außer ihrer Studienzeit in Köln und dem einen halben Jahr bei Marc ihr gesamtes Leben hier verbracht. Die Geschwister kamen sich nicht in die Quere und es hatten sich auch keine starren Regeln und Rituale für ihr Zusammenleben herausgebildet, jeder hatte eine abgeschlossene Wohnung für sich und beide betrachteten den derzeitigen Zustand als permanentes Provisorium. Dennoch spürte er sehr deutlich, wie das Haus ihn verändert hatte, wie das Bewusstsein, im Elternhaus zu leben, für das Elternhaus, der Ort der Geschichte seiner Familie, verantwortlich zu sein, ihn veränderte, vor allem, nachdem auch Vater gestorben war. Walter war immer einer gewesen, der sich gerne in der Welt herumtrieb, von klein auf ein Wandervogel. Andere in seinem Alter mochten Arthrose bekommen, er registrierte eine erlahmende Ruhelosigkeit. War der Versuch, die Schule, den Wohnort zu wechseln, ein letzter Versuch, der Sesshaftigkeit zu entfliehen? Andere mochten ihre grauen Haare dunkel färben, Walter wurde klar, dass er den Wunsch überspielte, zu bleiben wo er war.

Er setzte sich zu ihr an den Küchentisch, sie hatte einen frischen Kaffee vor sich, der sehr stark roch.

Ich kann dir einen Wurstsalat machen, Walter.

Lieber nicht, Lena, danke. Ich habe eingekauft. Ich mache uns nachher einen Linseneintopf.

Hmm. Mit Dörrfleisch und Würstchen?

Mit Entenbrust.

Oh, die edle Variante. Toll, ich freue mich. Aber die dauern doch, die Linsen.

Er hatte rote Linsen eingekauft, die brauchten keine Viertelstunde zum Garen. Was hatte es mit dem Kochen und Schreiben auf sich, fragten sich beide, ohne es auszusprechen. Lena las gerade „Last Night in Twisted River" von John Irving und darin wird der Sohn des Kochs Schriftsteller und es heißt, wenn er nicht Schriftsteller geworden wäre, hätte er einen guten Koch abgegeben.

Erstens, sagte Walter jetzt doch laut, wirst du in der zeitgenössischen Romanliteratur so ziemlich alle Lebensbereiche dargestellt finden und zweitens glaube ich, dass es die Verbindung zwischen Kochen, Essen und Reden, also das Erzählen ist. Denk nur an die ganzen Kochsendungen und was da alles gequatscht wird. Da geht es längst nicht mehr nur um Kochen und Zutaten.

Sie schaute verdutzt, sie war seine Gedankensprünge zwar gewohnt, konnte ihnen dennoch nicht immer folgen.

Wie war dein Tag im Laden, Lena?

Sie hatte vor einiger Zeit angefangen, im Second-Hand-Shop einer Freundin auszuhelfen. Hauptsächlich verdiente sie ihr Geld aber als freie Immobilienmaklerin. Ihr Sohn war ja erst vor einem Jahr zu seinem Vater gezogen und es war nicht von Anfang an klar gewesen, ob er nicht doch lieber bei seiner Mutter leben wollte. Aber das schien nun geklärt und Lena konnte, musste, nur noch für sich selbst planen und sorgen.

Das ist schon okay da. Ein bisschen Abwechslung halt. Aber auf Dauer sicher nicht.

Auf Dauer, was ist schon auf Dauer.

Nichts ist auf Dauer, ich weiß Walter, aber ich habe das Gefühl, dass eine neue Phase beginnt.

Er musste lächeln, auf eine gewisse Art und Weise tickten sie beide gleich, das war auch früher so gewesen.

Als Jugendliche spielten sie beide Blockflöte und später auch Gitarre, die er an ein Radio, später einen kleinen Verstärker mit Lautsprecher anschloss, vornehmlich um den Wawa-Effekt zu erzeugen. Eine Zeitlang nannte sie ihn Wawa, aber daran erinnerte sich kein Mensch mehr. Mutter hatte sehr viel Wert auf die musische Erziehung der beiden Kinder gelegt und sogar ein Klavier angeschafft. Weil sie aber keine Ahnung hatte, kaufte sie ein altes gebrauchtes Klavier, das total verstimmt war. Auf die Idee, dass man das Instrument stimmen lassen musste, war sie nicht gekommen. In Berkeley nannte man ihn natürlich Walt Whitman. Walter kannte *Leaves of Grass*, Grashalme, zumindest auszugsweise. In den Siebzigern liefen nicht wenige Studenten wie Whitman herum, zotteliger Vollbart, lange Haare unter einem breitkrempigen Hut. Whitmans Gedichte waren Ende des neunzehnten Jahrhunderts sehr umstritten wegen ihrer angeblichen Obszönität.

Ihre Küche, ihre gesamte Wohnung hatte sich, seitdem Jens und die Kinder nach und nach weggezogen waren, kaum verändert. Die Zimmer der Kinder waren ihnen erhalten geblieben bis auf das Mobiliar, das sie mitgenommen hatten. Die Wohnung im ersten Stock sah anders aus. Hier hatte der häufige Bewohnerwechsel Spuren hinterlassen. Walter hatte sich bis jetzt auch nur das große Wohnzimmer zusätzlich als Arbeitszimmer eingerichtet. Er hatte eine kleine Einbauküche, die ihr Vater damals eingebaut hatte. Walter schlief in dem Schlafzimmer der Eltern; in einem der Betten war die Mutter gestorben.

In Lenas Wohnung war eine richtig große Küche für die richtig große Familie, die zeitweise immerhin bis zu acht Personen umfasst hatte.

Was hast du eigentlich Weihnachten vor, wirst du hier sein oder willst du weg?

Nein. Ja, ich werde hier sein. Ich habe genug zu tun.

Wolltest du nicht, was weiß ich, in die Sonne fliegen?

Nein, das geht nicht.

Hieß im Klartext, er wollte nicht. Schule war ganz schön anstrengend.

Aber deine Kumpels wirst du sehen wie jedes Jahr? Fred, Werner und Wolf?

Wolf hat sich von uns losgesagt.

Warum das?

Keine Ahnung, vielleicht sind wir für ihn hier die einfältigen Dorfdeppen – seit er in Köln lebt.

Apropos Köln. Die Kinder kommen alle drei an Heiligabend mit ihrem Vater. Wäre schön, wenn du mit uns essen könntest.

Klar, doch Lena, klar. Ich überlege mir was Nettes und dann reden wir drüber.

Weihnachten, verdammt, das hatte er noch gar nicht auf dem Radarschirm außer als herbeigesehnte unterrichtsfreie Zeit. Und wenn bald Weihnachten war, dann war noch *bälder* ihr Geburtstag. Fast wieder vergessen, *holy crap*, wie konnte man nur so vergesslich sein. Die Schramme am Auto, ihr Geburtstag, ihr, er überlegte, ihr dreiundfünfzigster Geburtstag dürfte es sein. Sie war ja rund sechseinhalb Jahre jünger als er. Zu sechst Heiligabend feiern, fast wie eine Familie, Lena und Jens, ihr Ex, Lenas zwei Töchter und ihr Sohn und Walter.

Wann kümmerst du dich mal um den Schornstein. Ich würde gern den Kaminofen anheizen.

Du weißt, dass das nicht geht, Schwester, ich muss warten, bis es wärmer wird. Dann kann ich einen Gasbrenner bestellen und den Kaminzug austrocknen.

Ist das Dach denn jetzt dicht?

Sieht so aus, ja, als sei es nach dem dritten Versuch des Dachdeckers dicht.

Wie kann so etwas passieren? Dreimal und jedes Mal fast tausend Euro!

Wasser und Feuer sind unberechenbar.

Und Wasser hat keine Balken. Ja, ja.

Sie wären beide finanziell nur schwer in der Lage gewesen, das Haus in einer Generalüberholung auf einen in allen Belangen neuwertigen Zustand zu bringen. Außerdem hingen sie beide ein wenig in der Luft und wussten nicht genau, wie sich die Dinge entwickeln würden. Also erledigten sie Reparaturen, wenn sie anfielen. Walter war kein Handwerker, wenn er etwas selbst machte, dauerte es und es ging gelegentlich auch etwas daneben. Wie unlängst der Versuch, den Kaminzug vom Ofen her zu trocknen. Sie hätten beide fast eine Vergiftung davongetragen. Hoffentlich hielt sie ihm das jetzt nicht auch noch vor.

Soll ich dir noch ein Bier bringen?

Nein, sie kam mit einem Friedensangebot.

Ich gehe selber hoch, Lena. Ich bring dann auch die Sachen für den Eintopf mit.

Er hasste es, wenn solche Momente entstanden, in denen ihm sein Leben mit der Schwester wie eine Ehe vorkam. Und gelegentlich musste er ihr klarmachen, dass er bestimmte Dinge einfach nicht wissen wollte. Bestimmte Dinge, die ihr Privatleben angingen. Ihm war völlig gleichgültig, was die Nachbarn über Brüderchen und Schwesterlein tuschelten. Jeder Gedanke jedoch, der ihn auch nur im Entferntesten in eine sexuelle Konnotation mit seiner Schwester brachte, verursachte ihm Schmerzen.

Sie war eine attraktive Frau Anfang Fünfzig, die leicht zehn Jahre jünger geschätzt wurde, das sah er ohne jeden Zweifel. Sie war sportlich, regelmäßig joggten sie zusammen durch den Wald oder unternahmen Mountainbike-Touren. Sie war mit einem Meter und siebzig Zentimetern kaum kleiner als er, schlank, hatte ihre Falten im Gesicht, klar, aber ihr Blick war offen und sie strahlte ganz unnachahmlich eine Zuversicht aus, die nur jemand haben konnte, der eine Menge durchgemacht hatte.

Durch den Altersunterschied von fast sieben Jahren waren sie in der Kindheit nie richtige Spielkameraden gewesen. Als Lena noch in der Pubertät war, studierte Walter schon in Tübingen. Sie sah mehr ihrem Vater ähnlich, war dabei doch so weiblich, dass Walter neuerdings in den Gesichtszügen auf Fotos seines Vaters Andeutungen der Schönheit einer Frau sah. Der ganze Familienkram war ihm, obwohl er von sich behauptete, eine außergewöhnlich glückliche Kindheit in einer großen Familie erlebt zu haben, suspekt. Walter wusste nicht wieso und wollte es auch nicht wissen. Vielleicht sollte er doch besser von hier weg gehen.

Dass er und seine Schwester nun in ihrem alten Elternhaus lebten und zwar alleine lebten, war etwas, das nie auch nur ansatzweise als Vorstellung für die Zukunft existiert hatte. Lena, das allein wäre sinnvoll gewesen, in diesem Haus mit ihrem Mann, ihren Kindern und später deren Kindern. Das hatte sich gründlich zerschlagen.

Er allein hätte er das Haus nicht vernünftig unterhalten können, weder finanziell noch substantiell. Sechs Zimmer, zwei Küchen, zwei Bäder, ein Dachboden, ein Keller mit einer Souterrain-Wohnung, WC und kleiner Dusche, Garage, Garten. Beide zusammen bekamen sie das sicher besser hin. Und da hatte sie Recht.

Die ganze Zeit sprangen sie mit ihren Gesprächsthemen hin und her, während sie Gemüse putzten, das Fleisch anbrieten, den Eintopf abschmeckten. Dann setzten sie sich hin und aßen. Walter hatte für Lena eine Flasche Wein aufgemacht.

Du willst das Haus doch nicht verkaufen, Walter?

Lena, nein, warum sollte ich? Wir haben doch nicht die ganze Zeit hier versucht zurechtzukommen, um es jetzt zu verkaufen. Ich weiß ehrlich gesagt nicht, wie es beruflich weitergehen wird, aber ein Verkauf ist auf meiner Liste nicht unter den Top 100.

Ich werde nicht ewig hier wohnen bleiben, Walter, und dass eins meiner Kinder mal hier einziehen wird, halte ich für sehr fraglich.

Seit ich hier wieder wohne, alleine oder mit dir, verändere ich mich. Ich kann nicht genau sagen, wie sich das alles entwickeln wird. Aber das Haus verkaufen möchte ich nicht oder hast du das etwa vor?

Sie konnte als Miteigentümerin wie er jederzeit das Haus versteigern lassen, er wäre nicht in der Lage gewesen, ihren Anteil auszuzahlen.

Walter, nein, natürlich nicht. Wir entscheiden da gemeinsam, und nur in voller Übereinstimmung wird es Veränderungen geben, versprochen.

Sie saßen an diesem Abend noch lange in der Küche zusammen, als das Geschirr längst gespült und in den Schrank geräumt war. So vieles wurde mehrfach angesprochen, die Gegenwart, die sie beide erstmals in eine Situation gebracht hatte, in der sie sich so nahe waren wie nie zuvor in ihrem Leben. Die Zukunft, weil sich ihre Situation bald ändern würde. Die Vergangenheit.

Schreib doch mal was über unser Haus, Walter.

Wie meinst du das?

Die Geschichte dieses Hauses, ganz einfach. Die Geschichte unserer Eltern, unsere Geschichte.

Unsere Geschichte, Lena. Du willst also, dass ich die Geschichte deiner Ehe mit Jens in einem Roman schildere.

Ach komm, Walter, tu nicht so. Wir kennen beide den Unterschied zwischen Fiktion und Wirklichkeit. Und du bist der Schriftsteller. Du musst das doch hinbekommen können, die Essenz unserer Geschichte zu erzählen, ohne alle möglichen privaten und intimen Details auszuplaudern. Das kannst du doch nicht verlernt haben. Außerdem weißt du einfach zu wenig, Walter, das meiste wirst du erfinden müssen – oder mich fragen. Unsere Eltern kannst du nicht mehr fragen. Und du hast deine Tagebücher und die täglichen Aufzeichnungen über das Wetter und weiß der Teufel was noch alles. Ich habe mich schon immer gefragt, warum du das alles dokumentierst. Für wen? Du hast doch keine Kinder.

Es geht nicht um Dokumentation, Lena, nicht nur um Dokumentation. Ich lebe die Gegenwart bewusster, wenn ich mich täglich hinsetze und festhalte, wie das Wetter ist, was ich esse, was um mich herum geschieht.

Er war sich sicher, dass er es nicht verlernt hatte und es amüsierte ihn, wie bestimmt und entschlossen seine Schwester in der Sache schien.

Er war verstummt. Gab es jetzt wieder etwas zu erzählen?

Weißt du denn auch, wie ich das Ganze anstellen soll, liebste Schwester?

Fang einfach an. Mach doch erst mal eine chronologische Auflistung von 1957 bis 2010, du wirst dann schon reinkommen.

Für dich als Geburtstagsgeschenk?

Warum nicht?

Im Dezember 1957, kurz nach dem Einzug, war Magdalena Marie als Tochter von Wolfgang und Christel Wisman zur Welt gekommen. In diesem Haus. Nun war es wieder Anfang Dezember und noch wussten beide, Lena und Walter, nicht, dass es wie damals ein kalter Winter werden sollte. Sie wussten nicht, dass sie ihren Geburtstag mit nur wenigen Gratulanten aus der Nachbarschaft feiern würden, weil rund herum im Land Schneechaos herrschte.

Im Goldpfad, 1957 – 2010: Versuch eines Überblicks

(1. Planung Walters nach Brainstorming mit Lena, Stand Ende 2010, Anfang 2011; entspricht deshalb im Zeitablauf und vielen anderen Details nicht dem Verlauf des Romans)

April 1950
Geburt Walters in Syke bei Bremen; Umzug der Familie Wisman nach Rheinland-Pfalz im Sommer des gleichen Jahres. Die Wismans waren katholisch und wollten deshalb aus Niedersachsen weg.
1955 Erwerb des Grundstücks über die Heimstätte Rheinland-Pfalz (Kreditgeber)
Anmerkung (Recherche auf Anraten Lenas):
Die Heimstätte Rheinland-Pfalz war eine der Siedlungsgesellschaften, die historisch auf die Königlich-Preußische Ansiedlungskommission und deren gemeinnützige Landgesellschaften des späten neunzehnten Jahrhunderts zurückgehen. Deren Ziel und Aufgabe war es zunächst, dünnbesiedelte Gebiete landwirtschaftlich zu erschließen. Später, besonders nach dem Zweiten Weltkrieg, wurden auch Ansiedlungen nicht landwirtschaftlicher Natur angegangen. Mitte der neunziger Jahre des zwanzigsten Jahrhunderts wurden diese Gesellschaften entweder in andere gemeinnützige Einrichtungen umgewandelt oder (zumeist) ganz aufgelöst.
Unser Siedlungsteil von drei Doppel- und zwei flankierenden Einzelhäusern entstand auf der bis dahin als Viehwiese genutzten Gemarkung „Im Viehgarten". Die Häuser wurden von gemeinsam bestellten Baufirmen und in unterschiedlichem Maße in Eigenleistung errichtet. Sämtliche Bauherren und Erstbewohner waren Bergmannsfamilien, überwiegend aus dem Siegerland stammend und in einer der beiden ortsansässigen Gruben beschäftigt.
Lena: Weil einer der Bergleute in letzter Minute das finanzielle Risiko scheute und absprang, überredete ein Freund unserer Eltern (**Walter**: der Willi!), der zu der Zeit Bergarbeiter war, das Projekt zu übernehmen. Mutter ließ nicht nach, unseren Vater zu einer Zusage zu bewegen, der sich darüber im Klaren war, dass ihre finanzielle Ausstattung noch schwächer war als die des vom Bauvorhaben zurückgetretenen Bergmanns.
Mai 1956 Beginn der Ausschacht- und Rohbauarbeiten

Walter: Ich kann mich an den riesigen Berg besten Mutterbodens in unserem Garten erinnern, der uns ein paar Jahre lang als Spielplatz diente. Die Baugrube wurde von Hand mit dem Spaten ausgehoben. Beim Nachbargrundstück dagegen stieß man schon nach einem Meter auf eine fette Tonschicht, die sich nur äußerst mühsam abtragen ließ. Die Wiesen hinter den Grundstücken, auf denen wir manchmal Fußball spielten, waren nach Regen immer sehr nass wegen des tonigen Untergrundes.

April 1957
Walter wird eingeschult.

Dezember 1957 Einzug
Das Haus ist zu diesem Zeitpunkt nur in Parterre voll bewohnbar: Küche, Bad, Wohnzimmer, Elternschlafzimmer, in dem später auch das Kinderbett steht.

Geburt Magdalena Maries am neunzehnten Dezember, und an Heiligabend stirbt Olga Schmitt (die „Osterholzer Oma", Großmutter mütterlicherseits).

Sommer 1958
Fertigstellung der Wohnung im ersten Stock; Einzug des Ehepaars Schlass. Die Einzimmerwohnung im Keller bezieht ein älterer Junggeselle.

Weder Walter noch Lena erinnern sich an dessen Namen oder wie im Einzelnen die Wohnbedingungen waren, denn im Keller gab es zu der Zeit zwar eine Kochgelegenheit auf einem Herd in der Waschküche, jedoch keine Toilette oder Dusche.

Ein Bundeswehr-LKW, zum Transport des Erzes zu den Verhüttungsanlagen eingesetzt, verunglückt unmittelbar vor dem Haus und begräbt den Vorgarten unter Gesteinsmassen. Der Soldat wird unter dem umgekippten Fahrzeug eingeklemmt und stirbt, da schweres Hebegerät nicht schnell genug verfügbar ist, nach einigen Stunden. Mutter, die im Vorgarten gearbeitet hat, Lena im Kinderwagen neben sich, war nur wenige Minuten vor dem Unglück in den hinter dem Haus gelegenen Gemüsegarten gegangen. Weil das Erz Jahrzehnte lang durch unsere Straße zur Verhüttung transportiert wurde, hieß sie heute noch „Goldpfad", obwohl natürlich nie Gold, sondern überwiegend Blei, Zink und Silber gefunden wurde. 1960 bekam die Grube eine eigene Verhüttungsanlage und wurde ein Jahr danach komplett stillgelegt.

1959/60
Die Siedlung wird auf die gegenüberliegende Straßenseite ausgedehnt; es entstehen vier Doppelhäuser.

1964
Einschulung Lenas im April, Ehepaar Schlass zieht aus; Familie Herbetz zieht mit einem Kind ein, dessen Namen weder Lena noch Wal-

ter erinnern. Die Familie bekommt später einen zweiten Sohn (Name?) und zieht dann aus.

Lena: Der Mann war sehr katholisch, der hat oft bei der Heiligen Messe mitgewirkt.

Ca. 1967

Walter und Lena beziehen das Zimmer im Keller. Wie lange die beiden Kinder zusammen dann das Zimmer im Souterrain bewohnen, können beide nicht sagen. Zu der Zeit ziehen auch die letzten Mieter, Ehepaar Dannert, in die Wohnung im ersten Stock. Ihr Auszug ist nicht mehr genau datierbar.

1970

Das Souterrain-Zimmer wird zum Party-Keller, das Wohnzimmer im Parterre wird um das elterliche Schlafzimmer erweitert, Kinderzimmer und Eltern-Schlafraum sind nun im ersten Stock.

Lena: Aus dem Schuppen hinter dem Haus, in dem früher auch Hühner und Kaninchen gehalten wurden, wird eine Garage für Vaters erstes Auto. Ergänzung **Walter**: DKW Junior, ein Dreizylinder-Zweitakter. Gelb, mit Lenkradschaltung. „Den hätte ich heute gerne!"

1971

Abitur Walter.

Die Oma väterlicherseits stirbt.

Lena: Große Beerdigung. **Walter**: Ich erinnere mich an Kusinen, die gleichaltrig oder nur ein paar Jahre älter waren und in die ich mich total verliebte! **Lena**: Alle? **Walter**: Ich glaube, es waren zwei.

1977

Abitur Lena. Aufnahme des BWL-Studiums in Köln.[1]

1979

Geburt der Tochter Jana.

1980

Große Sommerparty im Garten zum 50. Geburtstag der Eltern (Vater April, Mutter Juli).

1983

Walter beendet das Studium ohne Abschluss. Lena: Geburt der Tochter Jessica.

1984

Beginn der Anbau- und Umbauarbeiten, um in dem zuletzt als Einfamilienhaus genutzten Gebäude Raum für zwei Familien zu schaffen. Erweiterung der Heizungsanlage, neue Fenster, Erneuerung der

---

[1] Lena und Walter verständigten sich darüber, berufliche Entwicklungen nur dann in der Chronologie aufzulisten, wenn diese Daten Veränderungen in der Situation des Hauses bedeuten. Die Aufnahme des Studiums bedeutet also gleichzeitig Lenas Wegzug nach Köln. Ihr Zimmer im Goldpfad blieb ihr natürlich erhalten.

Elektrik. Umbau der Garage, vormals Schuppen und Hühnerhock, in eine Doppelgarage mit Flachdach.

Parterre Wisman/Jensen, erster Stock Wolfgang und Christel Wisman. Die Souterrain-Wohnung im Anbau ist für Walter vorgesehen.

1985

Einschulung Jana.

1986

Einzug der Familie Lena Wisman/Jens Jensen mit ihren beiden Kindern Jana und Jessica.

Mutter wird mit Krebs diagnostiziert; Metastasen bereits im ganzen Körper gestreut.

1987

Mutter stirbt.

Lena: Das war ein schweres Jahr. Der Umzug von Köln ins Haus, dann gleich die Nachricht der Erkrankung. Zwei kleine Kinder und die Pflege der Mutter bis zu ihrem Tode.

Walter: Ich habe meine Bude in Berlin aufgegeben, um bei der Pflege mitzuhelfen. Vater arbeitete ja noch.

1988

Einschulung Jessica.

1989

Geburt Jan-Willem.

1993

Vater geht mit 63 in den Vorruhestand (gesundheitliche Probleme mit dem Knie), zwei Jahre später in Rente. Walter stellt sein drittes Manuskript fertig. Der Roman (Titel?) wird auf Anhieb ein großer Verkaufserfolg.

Lena: Und wer hat den Kontakt zum Verlag hergestellt?

Walter: Du, Lena, ich habe mich erkenntlich gezeigt.

Lena: Hast du.

1995

Einschulung Jan-Willem. Lenas Ehe fängt an zu kriseln.

Lena: Die kriselte schon länger. Aber ab da wurde es immer schwieriger.

Vater kommt wegen einer Prostataerkrankung ins Krankenhaus. Vier Jahre später wird auch diese Krebserkrankung zum Tode führen. Dennoch zieht er drei Jahre davor in den Nachbarort zu Theresa, seiner neuen Partnerin. Jens bezieht daraufhin die Wohnung im ersten Stock.

1999

Vater stirbt nach einem Jahr vergeblichen Kampfes gegen den Krebs (Chemo, Bestrahlung etc.).

Lena: Theresa wollte nicht akzeptieren, dass er sterben musste und hat ihm all das auch gegen den Rat der Ärzte angetan in den letzten Monaten.

2000

Walters 50. Geburtstag wird wegen des Todesfalles nur in kleinem Rahmen gefeiert. Innerlich hat Walter sich schon von Arzberg und Deutschland verabschiedet.

2001

Walters zweiter Roman (Titel?) erscheint. Verkauft sich nicht ganz so gut wie das Debütwerk.

Walter: Ich war schon dabei, mich nach USA zu orientieren und konnte mich nicht mehr so kümmern.

Jens vollzieht die Trennung und geht nach Köln zurück. Walter zieht vorübergehend in die Wohnung erster Stock ein, Jana hat das Souterrain in Beschlag genommen. Sie studiert seit 2000 in Köln und pendelt anfangs. Nachdem sie in Köln eine Wohnung gefunden hat, zieht Jessica nach unten.

2002 (Das muss viel früher sein!!!)

Walter geht nach Berkeley. Er hat dort zunächst eine Writer-in-Residence Stelle, das heißt er unterrichtet Creative Writing. Nach dem Ablauf des Stipendiums bleibt er an der University of California in Berkeley, gibt weiter Creative Writing Kurse, nun als regulärer Assistent, außerdem Seminare über zeitgenössische deutsche Literatur. Die Arbeit am dritten Roman bleibt liegen.

Jessica fängt ihr Studium in Bonn an, wechselt nach dem Grundstudium nach Mainz. Vorübergehend lebt Lena alleine mit Jan-Willem im Haus.

Lena: Ich hätte gerne den ersten Stock vermietet, aber überall stand noch Mobiliar herum von Vater und Mutter, von dir, von Jens. Aber ich habe wenigstens das Souterrain eine Zeitlang an eine Studentin vermieten können.

2004

Die Arbeit am neuen Roman ist abgeschlossen; er kommt in den USA unter dem Titel „Who Needs a Bad Guy" in einer kleinen Auflage heraus, kann aber bei keinem deutschen Verlag untergebracht werden.

Walter: *Who needs a bad guy when people die without one around.* Wer braucht einen bösen Buben, gemeint ist in einem Roman, wenn die Menschen sterben, auch ohne dass einer in der Nähe ist. Rückkehr nach Deutschland und ins Haus. Erneute Renovierungsphase: Neue Heizung (Brenner, Pumpe, Dehnungsgefäß).

Lena: Zunächst lebten wir zu viert hier, Hanna, die Studentin unten, du oben, Jan-Willem und ich Parterre.

2005

Hanna (wer ist Hanna?) zieht aus und die Wohnung bleibt leer. Walter unterrichtet freiberuflich Englisch, Deutsch und Kreatives Schreiben an verschiedenen Einrichtungen (VHS, Fachhochschule etc.).

Lena zieht mit Jan-Willem für zwei Jahre zu ihrem damaligen Lebensgefährten Marc, die Beziehung scheitert.

Neue Regenrinnen, Kaminsanierung. Teilweise Renovierung diverser Räume, neue Tapeten bzw. Überstreichen. Neugestaltung des Gartens.

Lena: Ich habe den Urwald geliebt!

2007

50. Geburtstag Lenas und des Hauses.

Walter erhält einen Fünf-Jahres-Vertrag an einer Berufsbildenden Schule als angestellter Lehrer (teilzeitbeschäftigte Lehrkraft).

2008

Lena kommt zurück in den Goldpfad, Jan-Willem zieht nach Köln zu seinem Vater.

Jana beendet ihr Studium und beginnt ihr Referendariat in Nordrhein-Westfalen. Sie lebt in Essen.

2010

Stand der Nutzung und Besitzverhältnisse der insgesamt 16 Siedlungshäuser; davon 2 Einzel- und 7 Doppelhäuser

4 Häuser werden von den ursprünglichen Erbauern und Besitzern bewohnt (4 Personen, sämtlich über achtzig Jahre alt, in 4 Häusern,)

6 Häuser werden von den Kindern (teils mit Eheleuten) der Erbauer bewohnt (insgesamt 11 Personen)

6 Häuser wurden verkauft und werden von teils jungen Familien bewohnt (insgesamt 18 Personen); eins dieser Häuser hat bereits viermal den Besitzer gewechselt.

Anmerkung Lena: Die ersten Besitzer waren ein Brüderpaar, einer mit Frau. Alle drei waren Busfahrer (ursprünglich Bergleute), bzw. Schaffner und betrieben später selbständig ein Fuhrunternehmen mit zwei großen Lkw (**Anmerkung Walter**: Volvo-Laster). Dann zog ein Ehepaar aus Krefeld ein und bekam im Laufe der Jahre vier Kinder, glaube ich. Die Frau war sehr attraktiv (**Walter**: Stimmt!) und bekam regelmäßig und immer häufiger Besuch von ihrem Hausfreund. Die Ehe ging in die Brüche, die Frau und der Hausfreund heirateten und zogen weg. (**Walter**: Diese Ehe ging auch in die Brüche und die Frau ist nach ein paar Jahren nach Düsseldorf gezogen.) Die dritten Besitzer habe ich nicht mitbekommen, weil ich nach Köln zum Studieren bin (**Walter**: auch keine Erinnerung). Seit einigen Jahren besitzt ein Lehrerehepaar das Haus, deren Kinder erwachsen sind und nicht mehr hier wohnen.

Limburg/Mainz, Januar 2011: Girls' Day

Lena hatte von klein auf ein Gespür für Veränderungen und zukünftige Entwicklungen. Vor allem lernte sie recht bald, diese Vorahnungen zu ihrem Vorteil zu nutzen. Das war schon vor ihrer Geburt so, hatte zumindest ihre Mutter behauptet. Sie hatte erzählt, dass die bevorstehende Empfängnis der Tochter Magdalena Marie sie dazu bewogen hatte, ihren zaudernden Mann Wolfgang von der Notwendigkeit und Realisierbarkeit eines Hausbaus zu überzeugen. Also damals für den Bergmann, der kalte Füße bekommen hatte, einzuspringen, damit das Siedlungsprojekt beginnen konnte. Noch bevor der Rohbau im Sommer 1957 fertig war, hatte sie ihrem Mann mitteilen können, sie sei schwanger und dass es auf jeden Fall die richtige Entscheidung gewesen sei. Und das war gewissermaßen die erste gute Rendite in Lenas Leben. Allein das Grundstück von rund achthundert Quadratmetern war heute ein Vielfaches des damaligen Kaufpreises wert.

Lena war unterwegs nach Limburg. Sie hatte sich Marcs Allrad angetriebenen Mercedes ausgeliehen; es lag auch jetzt Anfang Januar 2011 noch jede Menge Schnee. Für die nächsten Tage war ein Wetterumschwung mit erheblich höheren Temperaturen und Eisregen vorhergesagt, so dass der Kunde auf Dienstag bestanden hatte. Lena war das Recht.

Hier im Westerwald lag natürlich noch mehr Schnee als unten im Rheintal. Die Straßen waren frei, aber weil sie nach dem Termin an der Lahn über die Bäderstraße nach Mainz fahren wollte und Nebenstraßen nicht gänzlich schnee- und eisfrei waren, fühlte sie sich in diesem Fahrzeug einfach sicherer. Marc war derjenige, mit dem sie eine Zeitlang in dessen Wohnung mit ihrem Sohn Jan gelebt hatte. Das war in dieser Dreierkonstellation zwar schief gegangen, aber ihre Zweierbeziehung war dennoch eine weiterhin sehr fruchtbare für Lena. Marc hatte sie ins Immobiliengeschäft gebracht, er war bei der Sparkasse verantwortlich für diesen Bereich.

Sie hatten einen Mitarbeitervertrag geschlossen, der ihr jedes Jahr bis zu drei Objekte mit mindestens siebenhundert und fünfzigtausend Euro Umsatz bescherte. Bei Provisionssätzen von bis zu drei Prozent für sie konnte man sich ausrechnen, wie wichtig diese Einnahmequelle für Lena war. Sollte es ihr gelingen, das Projekt in der Limburger Altstadt heute unterschriftsreif zu bekommen, war ihr Umsatz für 2011 auf einem sehr guten Weg. Es ging um ein altes Fachwerkhaus, ein im Inneren neu erstelltes Gebäude, das ein Arzt aus Freiburg kaufen wollte, um es als Praxis und Wohnung zu nutzen. Lena hatte ein gutes Gefühl, ein sehr gutes Gefühl.

Natürlich gab es im Immobiliengeschäft Zocker und Haie, denen es nur um den Gewinn ging, dennoch war der Handel mit Lebens- und Arbeitsraum mit sehr viel Emotionalität verbunden. Deshalb war Lena schon am Tag zuvor nach Limburg gefahren, hatte die Räume gemütlich warm geheizt, Weihnachtsdekoration auf die Fensterbänke gelegt und Duftkerzen angezündet. Der Kunde sollte sich sofort wohl-fühlen und den Wunsch verspüren, hier die nächsten zehn, zwanzig oder mehr Jahre seines Lebens zu verbringen. Solche Geschäfte liebte Lena.

Im Café wartete ihr Kunde schon mit seinem Begleiter, seinem Steu-erberater, gerade mal Mitte Dreißig, schätzte Lena. Sie tranken zu-sammen Kaffee und arbeiteten ein paar Papiere durch, sprachen über Termine und Konditionen. Auch wenn der Steuerberater die Ver-handlung fast alleine führte, merkte Lena, dass der Arzt, ein Dr. Wel-mayer, an Einzelheiten nicht sonderlich interessiert war. Wie sich dann herausstellte, hatte er sich von seiner Frau getrennt, das heißt, sie hatte ihn verlassen und er wollte deshalb unbedingt aus Freiburg weg. Für Limburg hatte er sich entschieden, weil er hier einen Teil seines Studiums absolviert hatte, bevor er wegen eben jener Frau nach Freiburg gezogen war. Lena hatte mal wieder das richtige Gespür gehabt, denn als sie die Räume des Hauses einzeln begutachteten, merkte sie, dass sie genau die richtige Atmosphäre geschaffen hatte, um die Geschäftsverhandlung erfolgreich gestalten zu können. Da mochte der Steuerberater noch so miesepetrig dreinschauen, der Kunde war begeistert, fühlte sich wie zuhause und bereit, ein neues Leben anzufangen. Auch er war etwas jünger als sie, unglücklich wegen der gescheiterten Ehe, aber Lena behandelte ihn wie einen attraktiven und erfolgreichen Mann, der er ja sicher war.

Die Punkte, die nach dem Gespräch im Café noch der Präzisierung bedurften, wurden präzisiert und das Geschäft war in trockenen Tü-chern, da war sich Lena ganz sicher. Binnen Monatsfrist sollte das alles unterschrieben und abgewickelt sein.

Sie standen in der Haustür, Lena löschte alle Lichter, verschloss die Türe sorgfältig und gab den Herren zum Abschied die Hand.

Frau Wisman, ich danke Ihnen und ich glaube, ich werde mich in diesem Hause sehr wohl fühlen.

Da bin ich ganz sicher, Herr Dr. Welmayer. Für Ihre Praxis könnten Sie hier in Limburg kaum eine bessere Lage finden.

Das weiß ich doch. Ich habe hier vier sehr schöne Semester verbracht vor vielen, vielen Jahren.

So lange kann das aber noch nicht her sein, Herr Dr. Welmayer. Wir sehen uns dann in zwei Wochen wieder.

Der Steuerberater war abgemeldet. So musste das sein! Das war ein richtig gutes Gefühl, ein solches Projekt eingefädelt und fast abge-

schlossen zu haben. Der Herr Doktor war gefühlsmäßig geschäftsun-
tüchtig; unglücklich, zutiefst gekränkt, verzweifelt, aber den Neuanfang vor Augen. Der Steuerberater hatte versucht, den professionellen
Fiesling zu geben, nicht sehr erfolgreich. Mit solchen Menschen hätte
Lena viel mehr zu tun gehabt, hätte sie ihre beruflichen Pläne voll
realisieren können. Aber aus der in Jura promovierten BWLerin war
nur eine Master in Marketing geworden. Die Kinder waren halt ungünstig für die Karriere zur Welt gekommen. Nicht alle drei innerhalb
von fünf oder sechs Jahren, nein, es lagen zehn Jahre zwischen der
Geburt von Jana und Jan-Willem. Dazu der sehr frühe Tod der Mutter, der Umzug von Köln nach Koblenz, die Trennung von Jens, Vaters Tod. Das war alles wirklich nicht einfach gewesen.
Die Kinder waren nicht in der Reihenfolge geplant, es hatte aber auch
keinen Plan gegeben, der etwas definitiv anderes vorgesehen hätte.
Lena glaubte, wenn nicht an die göttliche Vorsehung, so doch an eine
kosmisch-natürliche Harmonie ihres Körpers und ihrer Seele mit der
Welt. Eine Harmonie, die sich häufig in Lenas Gedankenlosigkeit
manifestierte, die jedoch auch Grundlage für ihr Gespür sein durfte.
So wie sie sich verhalten hatte, bevor sie schwanger wurde, verhielt
man sich, wenn man sich vom Schicksal überzeugen lassen wollte,
wie gut das Schicksal es mit einem meinte. Und deshalb war Lena
glücklich mit ihren Kindern, wie auch immer das später mit Jens gelaufen war.
Allein und mit trotz der Kälte hoch erhobenem Kopf und gestrecktem
Körper ging sie zum Parkhaus, zahlte ihr Ticket, setzte sich ins Auto
und atmete tief durch. Sie genoss noch einen intensiven Moment lang
ihre tiefe Zuversicht und Zufriedenheit, startete den Wagen und fuhr
hinaus. Wie vorgesehen, fuhr sie zurück nach Diez und über die
Lahnstraße nach Haidhausen und von da weiter über die Bäderstraße
nach Wiesbaden, dann über den Rhein und nach Mainz zu Tochter
Jessica. Sie liebte diesen Bereich des Taunus, den nordwestlichen,
Hintertaunus genannten Teil, der sanft gewellt und nur auf den Tal-
hängen bewaldet war, und der für sie etwas Südländisches hatte, seit
sie in einem Sommer in den Siebzigern mit dem Fahrrad hindurch
geradelt war. Mit den Pfadfindern damals, auf dem Weg zum Sommerlager am Main. Sie, die Pfadfinderin, und Walter der Rover, so
nannten sich die Pfadfinder über sechzehn.
Lena war *die* Pfadfinderin gewesen. Sie liebte die Fahrten, die Lager,
die Lagerfeuer, sie liebte und erlebte all das weit intensiver als ihr
Bruder, der mit seinen Kumpels statt das Lagerleben zu genießen oft
nur in Kneipen herumhing. Mit Feuereifer war sie dabei, wenn es galt
Knoten zu lernen, Fährten im Wald zu lesen, sich mit Kompass und
Karte im Gelände zurecht zu finden, nachts im Schlafsack draußen zu
liegen, nur den Sternenhimmel über sich; am Morgen das kalte Bach-

wasser im Gesicht, mit dem sie sich wuschen und Tee kochten. Als sich die Studenten 1968 aufmachten, den Muff von tausend Jahren aus den Talaren zu vertreiben, setzte Lena den Pfadfinderhut auf und verschrieb sich der Philosophie Sir Robert Baden Powells mit ganzem Herzen. Spurbücher aus der Pfarrbibliothek waren zu jener Zeit ihre Lieblingslektüre. Spurbücher, eine Jugendbuchreihe, die, wenn man sie sich heute anschaute, in ihren Inhalten von einem Knabenideal geprägt waren, einem romantischen, einem burschenhaften, das sich nicht in allen Aspekten von denen der Hitlerjugend oder den Leitlinien des Bundes Deutscher Mädel unterscheiden ließ. Später auch und intensiv Karl May.

All das änderte sich schon vor 1977, als sie zwanzig Jahre alt wurde und man sich im Bürgerkrieg des Deutschen Herbstes befand. Da war sie kurz davor, nach Köln zu ziehen, um ihr Studium aufzunehmen. Und jetzt war sie unterwegs, um ihre Tochter zu besuchen, die in Mainz studierte, für die 1968 Geschichte war und weiter zurücklag als für ihre Mutter der Arbeiteraufstand 1953 in Ostberlin.

Jessica hatte bei ihren Examensvorbereitungen ganz andere Sorgen. Bei der Überlastung der Professoren gab es kaum eine Sprechstunde, in der sie nicht zu hören bekam, ob sie nicht zu einem anderen Professor gehen könnte. Die Diskussionen um ihre Probleme hatten einen sehr großen Raum eingenommen während der Gespräche an Heiligabend, denn außer Jan, der sich nach dem Abitur noch nicht hatte entscheiden können und sich mit Jobs über Wasser hielt, aber eigentlich nur abhing, hatten alle Anwesenden studiert oder studierten noch. Ein solches Heiligabend-Gespräch hatte es in dieser Konstellation noch nie in dem Haus im Goldpfad gegeben.

Mein Gott, wer hatte wann nicht alles wen dabei? Heiligabend in den Sechzigern bedeutete Familie und die bestand aus Mama, Papa, Lena, Walter und sonst niemandem. Das ging ohne Unterbrechung bestimmt bis in die Siebziger so. Erster Feiertag, gut, da gab es dann schon mal Veränderungen und Besuche. Aber seit Mutters Tod hatte sie, wurde Lena nun bewusst, keinen Heiligabend mehr in der gleichen Personenkonstellation erlebt. Und das bedeutete, dass ihre Kinder nie die gleiche Sicherheit erfahren hatten wie sie und Walter in ihrer Kindheit.

Sie hatten, das argumentierte Lena gleich dagegen, aber auch nie die Repression der Sechziger erlebt, die sicher nicht mehr so rigoros war wie die der Fünfziger, an die sich Lena natürlich nicht erinnern konnte, die ihr aus Walters Schilderungen aber vertraut waren. Die Meilensteine wie Kommunion, Walter 1960, Lena 1966, oder Konfirmation, zu der Walter 1967 noch ging, Lena aber später schon nicht mehr, zeigten nicht nur, wie der Einfluss der Kirche im Alltag nach und nach verschwand. Die bedrückende Spießigkeit und bizarre Verklemmtheit der späten Fünfziger und frühen Sechziger mit ihren kurios schillernden Eskapismen kannte sie nicht. Die Gleichzeitigkeit von samstäglicher Beichtpflicht und regelmäßigen Doktorspielen in Baustellen war für sie kaum nachzuvollziehen. Der Allmachtstroika im Dorf aus Pfarrer, Hauptlehrer und Bürgermeister entgingen die Kinder und Jugendlichen auf ihre Art und Weise, indem sie nämlich das taten, was heute zum einen als Kinderarbeit bezeichnet würde und zum anderen als Gewalt und Kriminalität.

Unkrautjäten in der Baumschule für fünfzig Pfennige, als Walter vielleicht zwölf oder dreizehn und Lena gerade eingeschult war, oder *Kaduffele raffe*, bei der Kartoffelernte auf dem Feld helfen, war selbstverständlich, und zwar von morgens früh bis abends spät. Kinder und Jugendliche waren die meiste Zeit, wenn auch auf eine völlig andere Art und Weise als heute, sich selbst überlassen. Und immer wieder Mal erschien der Dorfpolizist, der wie der Polizist in den *Lurchi*-Heften aussah, die es bei Salamander gab, in der Schule, um herauszufinden, wer die Bremse von Bauer Kleins Heuwagen gelöst hatte, den Wagen die Böschung hinunterrollen und an einen Baum krachen ließ. Oder wer den fünf Meter hohen Strohhaufen angezündet hatte, der so schnell lichterloh brannte, dass die Feuerwehr nur noch den qualmenden Rest sichern konnte.

Für Walter, das wusste sie, war im dritten und vierten Schuljahr, bevor er aufs Gymnasium ging, körperliche Züchtigung alltäglich und wurde von den unterschiedlichen Lehrern sehr engagiert und höchst individuell angewendet. Vom Pfarrer hatte Walter erzählt, der einen Schüler mit einem Bambusstab so malträtiert hatte, dass der Bambusstab in länglichen Fasern ausfranste. Der Schüler musste dann Leukoplast kaufen und den Stab damit wieder in Form bringen, nur um anschließend weiter vertrimmt zu werden.

Völlig undenkbar, dass Jana oder Jessica oder Jan, die ja alle in die gleiche Schule gegangen waren wie Walter und Lena, so etwas erlebt hätten. Da wäre nicht nur Lena auf die Barrikaden gegangen; der Lehrer oder die Lehrerin wäre nicht mehr lange Lehrer oder Lehrerin gewesen. Und wenn Jessica nun bald Lehrerin war, würde sie mit ganz anderen Problemen zu kämpfen haben.

Vor Lena lag nun die Talfahrt hinunter nach Wiesbaden und dann gab es nur noch zähfließenden oder stockenden Verkehr bis in die Straße, in der Jessica ihr Zimmer in einer Wohngemeinschaft hatte.

Wow, Mama, was ist los? Dicker Daimler, cooles Kostüm, big business.

Hi, Jessi, ja, ich hatte den Termin in Limburg, hatte ich doch erzählt. Ist gut gelaufen, ist bestens gelaufen. Ich lade dich zum Essen ein.

Okay, gerne, aber komm erst einmal rein.

Sie umarmten sich und gingen in Jessicas Zimmer, eins der drei Zimmer in der Wohngemeinschaft von drei Studentinnen. Von den beiden anderen jungen Frauen war nichts zu sehen.

Wie geht es dir, mein Schatz?

Gut, Mama. Ich mache uns einen Tee, okay?

Gerne, Liebling. Ich ziehe mich nur kurz um.

Die WG und besonders Jessis Zimmer unterschieden sich nicht wesentlich von Lenas Zimmer damals in Köln, abgesehen davon, dass Lena alleine gelebt und ihre Büroausstattung aus einer Schreibmaschine bestanden hatte. Auf Jessicas Schreibtisch stand nicht nur der PC mit allen Geräten, die dazu gehörten, sondern auch ihr Notebook, mit dem sie zur Uni ging. Die Schauspieler und Sängerinnen auf den Postern an den Wänden waren natürlich andere als in den späten Siebzigern. Lena kannte noch diejenigen Stars der Mädchen, die schon zu der Zeit aktuell waren, als die Töchter noch zuhause lebten. Aktuell dazu gekommen waren die Vampir-Akteure Anna Paquin und Stephen Moyer, für den Jessica fast noch wie ein Teenager schwärmte. So wie Lena als Dreizehnjährige für den „Tanz der Vampire" und „Rosemary's Baby" von Polanski geschwärmt hatte.

Wie ist es, Töchterlein, wollen wir nach Wiesbaden oder Frankfurt fahren? Girls' night?!

Oh, Mama, wie bist du denn drauf? Es ist Dienstag, ich hab morgen ein ganz wichtiges Gespräch mit meinem Prüfungsprof, und mir ist nicht wirklich gut.

Okay, was machen wir dann?

Lass uns einfach in die Altstadt gehen in ein Weinlokal, da können wir auch eine Kleinigkeit essen.

Und das taten sie dann auch. Lena war gut gelaunt, schwatzte den ganzen Abend munter drauf los, wogegen ihre Tochter abgelenkt schien und mit vielen anderen Gedanken beschäftigt. Erst als sie später nebeneinander im Bett lagen, suchte Jessica von sich aus das Gespräch.

Wie es damals gewesen sei, als sie, die Mutter, schwanger war und wie die Geburten verlaufen seien. Nun wurde Lena merkwürdig still und antwortete nur knapp und ausweichend, bis Jessica die Bombe platzen ließ:

Ich bin schwanger, Mama. Und ich werde das Kind bekommen.

Im Goldpfad, Sommer 1957: Es wird gebaut

Christel Wisman war schwanger und ihr Mann Wolfgang wusste nicht, ob er sich freuen sollte oder ob sich ihre Zukunft mit dem zu erwartenden Kind noch schwieriger gestalten würde. Er hatte sich auf den Hausbau eingelassen, weil seine Frau Christel und sein Freund Willi ihn dazu gedrängt hatten. Alles, was sie besaßen, war ihre Jugend, ihre Gesundheit und ihre Liebe, alles andere hatten sie vor etwas mehr als zehn Jahren in ihrer Heimat zurücklassen müssen, als sie vor der anrückenden russischen Armee geflohen waren. Christel, die zwei Schwestern und zwei Brüder hatte, von denen einer im Krieg fiel, kam aus Sagsau, ein winziger Ort im damaligen Kreis Neidenburg, Bezirk Allenstein, rund einhundert Kilometer südöstlich von Danzig gelegen. Wolfgang, der älteste von fünf Söhnen, stammte aus Danzig-Langfuhr, kaschubisch Lengforda.

Obwohl in diesem Vorort viele stattliche Wohnhäuser mit parkähnlichen Gärten zu sehen waren und schon 1904 die Technische Hochschule und sechs Jahre später das erste preußische Flugfeld gebaut wurden, lag das kleine Anwesen der Wismans in der Peripherie und die Umgebung war eher ländlich. Beide, Wolfgang und Christel, waren keine Stadtkinder und wurden nie Städter. In Bremen, in dem mehr als die Hälfte des gesamten Wohnraums bei den Luftangriffen zerstört worden war, sahen sie verwüstete Straßenzüge und Menschen, die sich in Trümmern und Notunterkünften eingerichtet hatten. Bis 1950 hatten sie beide in Niedersachsen auf verschiedenen Bauernhöfen gelebt und gearbeitet und sich 1948 auf dem Bremer Freimarkt kennengelernt. Christel war schon 1949 schwanger geworden und hatte den kleinen Walter in einer Rotkreuzbaracke zur Welt gebracht. Im Jahr darauf war Wolfgangs Familie im Rahmen der Flüchtlingsumsiedlung ins katholische Rheinland gezogen, seine Eltern, Walter und Lenas Großeltern, hatten dann ein Haus gebaut, bei dem Wolfgang, der Arbeit zunächst als Handlanger am Bau, dann als Maurer und später Verputzer gefunden hatte, einen ganz erheblichen Anteil in Eigenleistung beigetragen hatte. Christels Familie, die auch den Vater im Krieg verloren hatte, blieb in Niedersachsen und die ersten Jahre vor Lenas Geburt verbrachte der kleine Walter dort viel Zeit mit seiner Mutter. Erst 1952 zog die dreiköpfige Familie Wisman in eine kleine Mansardenwohnung und ein Jahr später mit in das neuerbaute Haus der Großeltern in der Kirchsiedlung.

Die Bundesrepublik war gerade in Koblenz auf dem Rittersturz von den Ministerpräsidenten der westdeutschen Länder gegründet worden. Als Provisorium und nicht als Rechtsnachfolger des Deutschen Reiches. Theodor Heuss sagte damals lapidar: „Ich würde bitten, in die Diskussion hereinzunehmen, dass wir uns heute einfach *Bundesre-*

publik Deutschland nennen ... Mit dem Wort *Deutschland* geben wir dem Ganzen ein gewisses Pathos ..."

Der *Morgenthau-Plan*, der eine noch weitergehende Spaltung Deutschlands als die in Ost und West vorsah und Deutschland zu einem Agrarstaat machen sollte, dem die materiellen Mittel zur Kriegsführung für immer fehlten, konnte sich nicht durchsetzen. Dafür aber das *European Recovery Program*, der *Marshall-Plan*, der einen ersten Schritt in die europäische Integration markierte und den Anfang des Wirtschaftswunders in Deutschland.

War für die Flüchtlinge in den ersten Jahren in Norddeutschland vielleicht noch die Hoffnung vorhanden, einmal in die Heimat, nach Hause, zurückgehen zu können, war nun spätestens mit dem zweiten Hausbau die Entscheidung gefallen, sich hier im Rheinland niederzulassen und zu bleiben. Als ihre Familien im letzten Kriegsjahr Hals über Kopf geflohen waren, Wolfgang und Christel gerade mal fünfzehn Jahre alt, hatten sie aufgrund der schon Jahre davor währenden Kriegssituation eine nur unvollständige Schulbildung. In den frühen Fünfzigern, beide waren Anfang Zwanzig, war Wolfgang angelernter Bauarbeiter und verdiente mit Überstunden und Schwarzarbeit am Wochenende sehr gut. Deutschland wurde wieder aufgebaut. Es gab so viel zu tun, dass auch Walter Mitte der sechziger Jahre als Handlanger an Wochenenden dazu verdienen konnte, wenn sein Vater und dessen Kollegen ganze Häuser in Schwarzarbeit verputzten. Oft mit den Maschinen der Firma, die gar nicht alle Aufträge annehmen und erledigen konnte. Aber sparen konnten sie bisher dennoch nichts. Und Wolfgang wusste nicht, wie sie den Kredit bedienen sollten, auch wenn Christel als Haushaltshilfe dazuverdiente; nun war sie wieder schwanger. Es war Sommer, Wolfgang hatte zehn Stunden am Bau hinter sich und versuchte, ihr zukünftiges Eigenheim mit Hilfe der Nachbarn in gegenseitiger Eigenleistung Wirklichkeit werden zu lassen, damit sie wie geplant im Herbst oder spätestens zum Jahresende einziehen konnten.

Es sollte ein schönes Haus werden, freistehend, mit Satteldach und zwei Gaubenfenstern im ersten Stock nach Süden hinaus. Die vier Hausecken nach den vier Himmelsrichtungen ausgerichtet, braune Tonziegel auf dem Dach, massive Bauweise, auch wenn Baumaterialien immer noch teuer und knapp waren. Überall waren Kinder und Frauen damit beschäftigt, von alten Ziegelsteinen den Mörtel abzuschlagen, damit sie wieder verwendet werden konnten. Das gleiche geschah mit Holzbrettern, aus denen rostige und krumme Nägel herausgezogen wurden. Selbst die Nägel wurden gelegentlich noch in eine Form gehämmert, dass sie noch einmal verwendet werden konnten, wobei sich Walter manchen blauen Daumen holte. Diese Einstellung änderte Wolfgang in seinem ganzen Leben nicht. Weg geworfen wurde nichts, alles konnte auf die eine oder andere Art und Weise wieder verwendet werden.

Das Rheinland, das Neuwieder Becken war reich gesegnet mit Baumaterialien, Bims gab es hier, Rheinsand und Rheinkies, Basalt, in Neuwied war ein Zementwerk. An der Lahn wurde Marmor abgebaut. Rheinkies und Bims lagen sogar hier oben auf den Höhen über dem Flusstal so flach, dass man gelegentlich selbst mit dem Spaten darauf stieß.

Nach der Währungsreform 1948 verschwanden ziemlich bald der Schwarzmarkt und die Rationierung wichtiger Güter wie Baumaterialien, auch wenn die weiterhin rar und kostbar waren. Der Beton wurde mager abgemischt und alte Mauerreste oder Steine wurden mit in die Verschalungen geworfen. Es gab vier Kaminzüge, in jedem Zimmer würde ein Kohleofen stehen und im Winter für Wärme sorgen. In der kalten Jahreszeit, wenn die Arbeit auf dem Bau und den Feldern ruhte, waren alle Männer im Wald, um Holz zu schlagen. Von der Kirchsiedlung mussten sie ein paar Hundert Meter laufen, um in ihre Parzelle mit Nutzgärten zu gelangen. Später würden sie am Haus ihren eigenen großen Garten haben, Kartoffeln, Salat und Gemüse anpflanzen, Äpfel ernten, ein paar Hühner und Kaninchen halten. Arzberg war nicht so stark wie die Innenstadt von Koblenz von Bomben heimgesucht worden. Im Schulgebäude hatten einige jugendliche Flakhelfer Schutz vor den Fliegern gesucht und waren von den abgeworfenen Bomben getroffen worden, wie ein paar weitere Häuser im Ort. Außerdem gab es in den umgebenden Waldflächen Krater von Bombenabwürfen; der Krieg war noch lange nicht vergessen, daran erinnerte nicht nur die überall präsente französische Besatzungsmacht. Hier und da fand man einen Stahlhelm, versteckte Uniformteile, auch Munition.

Wer wusste schon genau, wie es weitergehen würde. So schwebte Wolfgang ständig zwischen Hoffen und Bangen, aber meistens arbeitete er so hart, dass ihm die Knochen weh taten und er einfach auf die Mittagspause, das Essen aus dem Henkelmann, und den Feierabend wartete, damit er auf ihrer Baustelle weitermachen konnte; und wenn es dunkel war, beim Schein der Karbidlampen, welche die Kumpels aus dem Bergwerk mitgebracht hatten.

Nur manchmal hatten sie sonntags Besuch. Sie kannten noch nicht allzu viele Leute im Dorf, und von der weit verstreuten Verwandtschaft war kaum jemand motorisiert. Christels Schwester jedoch, Liesel, war auch aus Niedersachsen ins Rheinland gekommen und nun Hausmädchen bei einem französischen General, der mit Frau und drei Töchtern in Koblenz in einer schönen Villa direkt am Rheinufer wohnte.

Der Monsieur besaß einen Fotoapparat und hatte bei einem Familienbesuch geknipst, war deshalb selbst auf keinem Bild zu sehen. Er hatte ein sehr schönes Foto von Christel und Wolfgang gemacht, das der seitdem in seinem Portemonnaie hatte. Vor allem machte der Monsieur Aufnahmen von seiner Familie, seiner Frau, eine gemütliche Matrone und die Mutter der Mädchen, die sich ziemlich langweilten, aber tapfer am Kaffeetisch sitzen blieben, bis sie aufstehen und nach draußen durften. Die Unterhaltung war sehr einseitig, denn nur die Frau des Generals sprach etwas Deutsch und Liesel, Christels Schwester, hatte ein wenig Französisch gelernt. Man sah die Franzosen, die französischen Besatzer, überall, man hörte sie, man wusste, dass sie da waren, aber man hatte wenig mit ihnen zu tun. Mit Sicherheit waren die Wismans die einzigen im Dorf, die schon einmal einen französischen General mit seiner Familie zu Gast hatten. Eine der von Franzosen belegten Kasernen war nicht einmal einen Kilometer von Arzberg entfernt. Eine Gegeneinladung gab es im Übrigen nie. Liesel kündigte nach einem Jahr und verschwand wieder nach Norddeutschland, lange bevor auch die Franzosen aus Koblenz weggingen. Im Dorf gab es auch eine ledige Mutter, deren Kind man den französischen Vater algerischer Abstammung ansehen konnte.

Bei Reinhold Nimptsch „Flüchtlingsumsiedlung und Wohnungsbedarf in der Bundesrepublik Deutschland" (Köln 1952) war zu lesen:
„ **A. Bedarfsposten**
I. Durch Luftkrieg und Kampfhandlungen vernichtete und unbewohnbare Wohnungen - 2,3 Mill.
II. Wohnungsbedarf zur dauernden Unterbringung von bisher rund 9 ¼ Mill. Heimatvertriebenen und sonstigen Zuwanderern (je vier Personen auf eine Kleinwohnung angenommen) – 2,3 Mill.
III. Neuentstandener normaler Wohnungsbedarf durch Überschuß der Haushaltsgründungen über die Haushaltauflösungen 1946 bis 1950 – 1,2 Mill.
Gesamter seit Beginn des Luftkrieges bzw. Kriegsende entstandener Wohnungsbedarf – 5,8 Mill.

B. Deckungsposten
I. Zugang an Wohnungen 1945/50 durch Neubau, Wiederherstellung, Um-, An- und Aufbau – 1 Mill.
II. Verbleibendes Defizit Anfang 1951 (ohne Berücksichtigung der vor Beginn des Krieges, bzw. der Luftkriegszerstörungen vorhandenen Unterversorgung) – 4,8 Mill."

Nimptsch fährt fort, dass eine solche Hochrechnung natürlich nicht unumstritten sein konnte, je nachdem von welchen Zuordnungsgrößen man ausging. Es ergab sich bei einer etwaigen Einwohnerzahl von 47,6 Millionen unterschiedlicher Wohnbedarf allein dadurch, dass nicht jede Wohnung oder jedes Haus von vier Personen bewohnt werden konnte. Wie viele Halbfamilien gab es mit gefallenen Vätern und Brüdern? Wie viele alleinstehende Witwen? Erst 1956 waren die letzten Kriegsgefangenen aus russischen Lagern zurückgekehrt. Und die wenigsten waren in einem Zustand, der es ihnen leicht gemacht hätte, sich unbeschwert den Dingen des Alltags zuzuwenden. Von rund drei Millionen deutschen Kriegsgefangenen allein in der UdSSR starben eine Million, und in Nürnberg wurden nicht einmal zweihundert Personen des Naziregimes als Hauptangeklagte wegen Kriegsverbrechen vor Gericht gestellt; davon wurden nur vierunddreißig zum Tode verurteilt und zwanzig zu lebenslanger Haft. Die anderen wurden freigesprochen oder zu Freiheitsstrafen von anderthalb bis fünfundzwanzig Jahren verurteilt. Konnten sich Personengruppen wie Flüchtlinge, oft ohne Männer in der Familie, überhaupt neu entstandene Wohnungen leisten?

Da gab es den Jupp, dem ein Schrapnell den Nacken zerfetzt und den halben Verstand genommen hatte. Er durfte eine der Kneipen im Dorf fegen und sich von den Betrunkenen hänseln lassen. Andreas hörte man oft, wenn er betrunken nach Hause wankte, „Fliegeralarm" brüllen und in den Graben fallen, wo er oft erst am nächsten Morgen schlafend aufgefunden wurde. Männer, die wie der Hein mit zwei Holzbeinen, auf Krücken und mit einem qualmenden Stumpen zwischen den Lippen, durchs Dorf staksten. Abraham, der als Russlanddeutscher in Frankreich gefangen genommen worden war und sich als russischer Soldat ausgegeben hatte, um nicht als deutscher Soldat erschossen zu werden. Er sprach ja Deutsch und Russisch. Er war dann von den Franzosen in einen Zug gesetzt worden, der ihn nach Russland bringen sollte. Abraham wusste, dass er dort als Deserteur erschossen würde. Also sprang er in Thüringen aus dem Waggon. Er schlug sich durch, kam hier unter und durfte dort arbeiten, verliebte sich, blieb so lange es ging, bis nämlich die Russen kamen, und er nun mit seiner Änni wieder nach Westen zog. Sie sollten später im zweiten Bauabschnitt der Siedlung auch ein Häuschen bauen.

Solche Geschichten kannte Wolfgang wie alle anderen aus eigener Erfahrung, von den Kollegen auf der Baustelle, aus der Nachbarschaft, von Bekannten. Zeitung las er so gut wie keine. Wo immer die Männer zusammenkamen, standen sie beieinander, rauchten, wenn sie Zigaretten hatten, und sprachen über den Krieg und ihre Kriegserlebnisse. Die Zeiten, in denen auf jeder Baustelle die Bildzeitung gelesen wurde und herumlag, waren noch fern. Aber Christel und er hatten sich vor zwei Jahren ein eigenes Radio angeschafft.

Während ihrer Zeit in Niedersachsen hatten sowohl Christels als auch Walters Familie mit fünf und sieben, kurze Zeit sogar mit zwölf Personen praktisch in zwei Zimmern gelebt. Fotos von Zuhause, der alten Heimat, hatte Wolfgang so gut wie keine. Kaum jemand in der Familie hatte in der überstürzten Flucht daran gedacht, Fotoalben mitzunehmen. Man hatte das mitgenommen, was man zum unmittelbaren Überleben brauchte, also warme Kleidung und haltbare Lebensmittel und was man vielleicht an Wertsachen hatte. Als Wolfgang damals von dem Heidemannschen Gut, auf dem er eine Lehre angefangen hatte, nach Hause kam, stand er vor einem leeren Haus. Eltern, Geschwister, alle weg. Sein Vater Ludwig, fast schon vierzig und fünffacher Vater, war vor einiger Zeit in Dänemark als Soldat stationiert worden. Die drei Kühe standen noch im Stall und muhten laut, die Schweine und Hühner waren da; aber der Hund Hasso war nicht mehr an der Kette. Auch der Stall mit dem großen Wagen und den beiden Pferden, Max und Moritz, war leer. Diesen Moment würde er nie in seinem Leben vergessen.

Alles war am sechsundzwanzigsten Januar 1945 so schnell gegangen, von einer Minute auf die andere war alles geräumt und evakuiert worden, mussten die Schüler die Schule verlassen. Aber bis er den weiten Weg von dem Gut, seiner Ausbildungsstätte, zu Fuß durch die verschneite Landschaft nach Hause gelaufen war, am dreißigsten, war niemand mehr da, fand er nichts als das leere Haus vor. Also lief er zurück zur Verwandtschaft, zu Tante Lieschen, lief weiter zurück zum Heidemannschen Gut und traf dort nur noch den alten Heidemann an, der seine Familie auf die Flucht geschickt hatte und selbst zurückbleiben wollte, weil er einerseits glaubte, dass alle bald wieder zurückkommen würden, und er andererseits als Gutsherr die Stellung zu halten habe. Aber allmählich begriff der Gutsherr, dass mehr oder weniger alle auf und davon waren, und so machte er sich mit seinem Lehrling Wolfgang auf den Weg. Über viele Irrwege, verschiedene Trecks und ein überladenes Schiff, landeten sie auf der Insel Bornholm, dann wieder auf dem Festland, wo Heidemann in Stolpe von russischen Soldaten erschossen wurde. So manche Nacht war Wolfgang nach einem Albtraum voller Schreckensbilder schweißgebadet aufgewacht.

Aber auch aus Wolfgangs weitläufiger Familie waren längst nicht alle geflohen. „So schlimm wird der Russ' auch nicht sein. Wir waren doch nie Nazis. Was soll uns denn passieren?!"

Es gab ein Bild des Hauses in der Sandkaul im Sommer, Wolfgang auf dem Dreirad davor, vielleicht vier Jahre alt. Flaches, weites Land, und die Stille spürte er genau so intensiv wie er die Farben und Gerüche im Kopf hatte. Die Landschaft um Arzberg war ganz anders. Hier auf den Rheinhöhen, die Wälder des Westerwaldes am östlichen Horizont, die Weite des Rheintals im Neuwieder Becken nach Nordwesten und Eifelhöhen nach Südwesten waren ein Ausblick, an den er sich gerne gewöhnt hatte. Zwar wäre er lieber in Niedersachsen geblieben, weil es landschaftlich seiner Heimat ähnlich war, aber die war ja nun verloren. Wie lange würden sie brauchen, bis das Haus abbezahlt war? Noch einmal ein ganzes Leben fast. Sie hatten sich den Kreditplan natürlich angesehen, aber irgendwie hatte all das seine Vorstellung überstiegen. Was konnte in der Zeit alles passieren? Ohne die Bürgschaft von Willis Vater hätten sie gar nicht erst anfangen können. Das einzige, was ihn beruhigte, was ihm Sicherheit gab, war die Arbeit, wenn er Stein auf Stein legte, den Mörtel für die nächste Lage aufstrich und Stunden später sah, wie hoch die Wand schon war, das gab ihm dann Zuversicht. Wo vorher nur Luft war, stand jetzt eine Mauer, würde bald ein Zimmer sein, in dem Kinder spielten oder eine Frau Essen zubereitete. Vielleicht hatten sie ja Glück und schafften es im Laufe der Jahre.

„Watt wollt ihr dann häi?", daran erinnerte er sich genau, waren die ersten Worte, die sie zu hören bekamen, als sie hier bei einem Bauern einquartiert werden sollten. Er erinnerte sich an seine Tränen. Als er neun Jahre alt war, hatte der Krieg angefangen, mit fünfzehn war er aus seiner Heimat geflohen, war dann erst in Niedersachsen bei Bauern einquartiert, später auch in Arzberg. Die Geschwister wurden teilweise in weit entfernten Orten bei Pastoren im Pfarrhaus untergebracht. Und nirgendwo waren sie willkommen gewesen. Erst im Sommer 1950 war Christel mit dem kleinen Walter nachgekommen und sie bezogen die Mansardenwohnung mit zwei kleinen Zimmern. Drei Jahre später endlich das eigene Häuschen in der Kirchsiedlung für die große Familie. Und noch ein paar Jahre später ein größeres Haus nur für seine kleine Familie. So sehr er sich darauf freute, so ungeheuerlich kam ihm das gleichzeitig vor. Als würde er damit das Schicksal herausfordern. Was glaubst du, wer du bist, Wolfgang Wisman? Reicht es dir nicht, ein Dach über dem Kopf zu haben, irgendein Dach, und etwas zu essen jeden Tag? Was würden sie außer dem Kredit bezahlen müssen, damit dieser Traum wahr werden konnte? Aber vielleicht hatten sie ja wirklich Glück und das Schicksal meinte es nur noch gut mit ihnen.

„Wie weit biste, Wolle? Loss uns Feierabend mache, genug geschafft." Sie setzten sich noch einen Moment neben einander auf die Bimssteine und rauchten jeder eine Zigarette, die Willi aus der Brusttasche gezogen hatte. Das war zu einem Ritual für sie geworden, wenn einer von ihnen am Wochenende eine Sechserpackung Overstolz gekauft hatte und am Anfang der Woche noch welche übrig waren. Willi stammte aus einer alten Arzberger Familie, hatte aber Martha geheiratet, die mit ihrem unehelichen Kind aus Russland geflohen war. Willi hatte sich ohne Not in eine sehr schwierige Situation gebracht und blieb dennoch immer zuversichtlich; Wolfgang achtete und bewunderte ihn dafür.

„Morje is och noch en Tag."

Ihr Nachhauseweg zum anderen Ende des Dorfes führte die beiden Männer wie immer durch den von Eichen gesäumten Hohlweg, in dem es noch stiller war als auf den etwas höher gelegenen Baugrundstücken. Der Weg wand sich durch Wiesen und entlang von nicht weniger als sieben Bauernhöfen auf nicht einmal einem Kilometer. Milchkannen standen bereit für die Abholung, man hörte die Kühe, nahm deren Geruch wahr, auch von Schweinen, der ganz anders war. Letzte Schwalben schwirrten geräuschlos wie die ersten Fledermäuse umher. Die Hühner hatten sich schon auf ihre Stangen in den Hühnerhocks zur Nacht zurückgezogen; gelegentlich rollte ein letztes müdes Gackern durch die Abendluft.

„Datt riecht häi immer!"

Will war der wesentlich gesprächigere der beiden Männer auf dem Nachhauseweg. Ja, das war der Geruch von Zuhause und Kindheit; der Geruch der Gegenwart war der von Rohbau und Mörtel, oder Speis, wie sie hier sagten.

Sie waren beim Rosenbauer angekommen. Der hieß mit Familiennamen Klein, aber weil es noch weitere Familien mit dem gleichen Nachnamen gab, unter anderem auch den Schreiner des Ortes, und die Bäuerin Klein einen wunderschönen Rosengarten angelegt hatte, war hier der Rosenbauer, bei dem sich die übliche Mischung der Landwirtschaftsgerüche aus frischer Milch, Heu und Stroh, den Ausdünstungen der Kühe und Schweine mit dem Rosenduft zu etwas Besonderem ergänzte. Neben dem Schweinestall des Rosenbauers und mit dessen Duldung hatte sich der alte Wenzel, ein Lumpensammler, eine Hütte aus Wellblech, Holzlatten und Kartonagen zusammengebaut. Der alte Wenzel lief mit einem kleinen Handwagen durch Arzberg und die Nachbarorte, sammelte ein, was die Menschen achtlos wegwarfen, und ließ es später von einem größeren Händler mit einem Pferdefuhrwerk abholen. Von dem Erlös lebte er. Gleich neben dem Rosenbauer, der eine der größeren Landwirtschaften des Ortes unterhielt, war der Klepperklein. Zwei unverheiratete Schwestern, ihr Bruder und ein Knecht waren die letzten Landwirte von Arzberg, die noch keinen Traktor hatten sondern nur zwei Pferde, daher ihr Name. Ihre Pferde, die Klepper, waren keine schweren Kaltblüter, wie sie einige Landwirte hier neben ihren Traktoren besaßen, sondern Haflinger, die den Leiterwagen zogen, auf dem der Klepperklein und sein Knecht saßen und auf ihre Felder fuhren.

Diese Art von Landwirtschaft, viele kleine Höfe mit vielen kleinen Parzellen in allen bewirtschafteten Gemarkungen, die Flurbereinigung sollte noch ein paar Jahre auf sich warten lassen, kannte Wolfgang nicht. Natürlich hatte es Zuhause, also in Westpreußen, nicht nur die großen Güter von Heidemannschem Zuschnitt sondern auch kleine Familienbetriebe gegeben, Nebenerwerbslandwirtschaft, genau so wie in Niedersachsen. Was er hier aber noch nicht gesehen und was ihm dort sehr imponiert hatte, waren eben die großen, oft herrschaftlichen Güter mit den weiten Ländereien, auf denen Landarbeiter mit Vier- und Sechsspännern Pflüge und anderes Gerät über die Felder zogen. Auch dass auf den Feldern und Wiesen Obstbäume standen, hatte Wolfgang anfangs sehr erstaunt. Winzige Wiesenstreifen von vielleicht zwanzig Metern Breite gab es hier.

Sie kamen ans Eck, die Kreuzung mitten im Ort, wo noch ein paar Halbstarke herumlungerten, und überquerten die Hauptstraße, den alten Postweg nach Montabaur, Limburg und ins Hessische. Auf der Hauptstraße, die nach dem Pfarrer Klaus, der die Kirche und die Landschaftsbibel im neunzehnten Jahrhundert erbaut hatte, benannt war, gab es noch mehr Gasthäuser als Bauernhöfe im ganzen Dorf. Zu den sieben Höfen, die sie auf ihrem Heimweg passiert hatten, gab es im Ort noch einige mehr, die allerdings zunehmend im Nebenerwerb bewirtschaftet wurden. Sonntags war der Wallfahrtsort voll mit Besuchern, die mit Bussen kamen, sich die Anlagen und die Kirche ansahen, in den Gasthäusern zu Mittag aßen und wieder wegfuhren.

Sie gingen in die Kirchstraße mit den beiden Andenkenlädchen, als die Kirchturmuhr zweimal schlug; es war halb zehn; nicht immer arbeiteten sie so lange auf ihren Baustellen, Willi und Wolfgang und die anderen Männer. Aber das Wetter war schön, endlich, sie waren durch die vielen Regentage in Verzug geraten und die Zimmerleute sollten schon mit den Dachstühlen angefangen haben. Und es war immer noch nicht ganz dunkel. Sie überquerten dann die Bundesstraße, die von Koblenz nach Montabaur führte. Auf der anderen Seite der Straße war die kleine Kirchsiedlung, vier Doppelhäuser, die vor ein paar Jahren auf Grund und Boden der katholischen Kirche erbaut worden waren. Da die Kirche keine Gewinne aus Immobilienverkäufen machen durfte, gab es die Grundstücke und Häuser nur in Erbpacht über neunundneunzig Jahre. Hier wohnte Wolfgang mit seinen Eltern, zwei Geschwistern und seiner eigenen kleinen Familie, die aus Christel, seiner Frau, und Walter, seinem Sohn, bestand; bald aber würden sie zu viert sein und ein eigenes Haus haben. Willi, der kein gelernter Bergmann sondern Landwirt war, aber in der Grube arbeitete, erzählte Walter noch von dem Angebot, in der Kaserne der Franzosen eine Stelle als Heizer zu übernehmen.

„Die Grub is ja sicher, aber dat is Knochenarbeit, Wolfgang, dat kann ich dir sagen."

Das war die Arbeit am Bau auch, aber man sah wenigstens den Himmel. Untertage, nein, das wäre nichts für Wolfgang gewesen.

Die beiden Männer verabschiedeten sich: „Tschö, bis morje, schlaf gut, Wolfgang."

„Du auch, Willi. Gute Nacht."

„Dat Christelche liegt bestimmt schon im Bett und wartet off dich."

The Ring of Fire

Im Januar war auf dem Arzberger Sportplatz ein großes Loch entstanden. Wie man bald feststellte, handelte es sich um einen Luftschacht des ehemaligen Bergwerks. Zwischen Lena und Walter entwickelte sich folgende Unterhaltung.

Hast du das gelesen, Lena? Auf dem Sportplatz ist ein Loch eingebrochen, einen Meter tief, drei Meter im Durchmesser.

Hab ich noch nichts von gehört. Was ist damit? Ist das das Loch, in dem du versinken wolltest, weil du ein so grottenschlechter Fußballspieler warst?

Ich war schlecht, ja. Fußball war nie mein Ding. Aber so schlimm war es auch wieder nicht, ich war ein schneller Rechtsaußen. Jedenfalls hat das mit dem Bergwerk zu tun, mit einem der beiden Bergwerke, die wir hier in Arzberg hatten. Da ist ein Lüftungsschacht eingebrochen.

Aha. Und weiter?

Na ja, Stollen und besonders Lüftungsschächte können bekanntlich einbrechen. Das liegt daran, dass die Stollen mehr oder weniger waagerecht sind und wahrscheinlich voll Wasser. Lüftungsschächte dagegen sind senkrecht und nicht verfüllt, sondern nur oberflächlich versiegelt worden.

Klugscheißer.

Du hast mich gefragt.

Ist ja gut, red weiter.

Die Gruben wurden vor über vierzig Jahren stillgelegt, aber wer weiß heute noch so genau, was damals für die zukünftige Sicherheit unternommen wurde. Ich hatte schon länger das Gefühl, dass die Wiese gegenüber früher nicht so wellig gewesen ist.

Und die bauen da jetzt?! Worauf willst du hinaus? Du willst mir doch nicht erzählen, dass die Risse im Hausflur damit zu tun haben?!

Nein, nein, die müssen nichts damit zu tun haben, das können ganz normale Risse sein, die halt entstehen, wenn sich ein Gebäude setzt, wenn Materialien bedingt durch wechselnde Temperaturen und

Luftfeuchtigkeit arbeiten. Das kann auch nach Jahren noch geschehen. Der Untergrund hier ist, so weit ich das weiß, tektonisch stabil, Rheinisches Schiefergebirge, Tonschichten und Kiesablagerungen darüber, teilweise auch Bims, der von den Vulkanen der Eifel herübergeweht ist. Die Stollen sind sicher geflutet worden.

Könntest du dich da mal ein wenig genauer erkundigen, Walter?

Mach ich.

Beide, Walter und Lena, konnten aber nicht zu der von der SPD organisierten Info-Veranstaltung gehen. Erste Informationen bekam Lena dafür einen Tag später im Rewe-Markt von einer Bekannten.

„War'ne tolle Veranstaltung mit über einhundert und dreißig Besuchern. Sehr informativ. Auch alte Bergleute waren da und haben erzählt. Von Gerüchten, die Stollen gingen bis nach Hillscheid. Ist natürlich Grottenquatsch."

Lena gab vor, keine Zeit zu haben. Grottenquatsch, so ein Quatsch. Wäre das Wort nicht gefallen, hätte sie wahrscheinlich versucht, mehr herauszubekommen. Grottenquatsch.

Am **11. März 2011** gab es eine Plattenverschiebung entlang der vier aufeinander treffenden tektonischen Platten mit einem Erdbeben der Stärke 8.9 und einer zehn Meter hohen Tsunamiwelle, die besonders Nordjapan mit voller Wucht traf. Die Erdbebenwellen waren um den gesamten Globus herum zu spüren und die Insel wurde um rund zweieinhalb Meter verschoben, was sich sogar auf die Erdachse und die Rotation auswirkte. Um etwa eine Mikrosekunde waren die Tage nun kürzer. Wie sich die Situation in den Kernkraftwerken dort weiter entwickeln würde, war noch gar nicht abzusehen.

Walter erinnerte sich an das Gefühl im Dezember des vergangenen Jahres, als er mit großer Deutlichkeit spürte, dass etwas auf ihn zukam, dass sich Bedeutendes ereignen würde. Er erinnerte sich auch an 1986 und Tschernobyl; sie trauten sich damals nicht mehr, das Gemüse aus dem eigenen Garten zu verzehren. Walter hörte auf, Pilze im Wald zu sammeln. Ähnlich hilflos und letztlich folgenlos kamen ihm die Bemühungen der Japaner vor, mit der Katastrophe umzugehen.

Das Jahr 2011 war gerade im dritten Monat und schon voller Katastrophen und Desaster. Was so lange unter den Teppich gekehrt worden war, was so lange im Untergrund rumort hatte, nun brach es hervor, kam es ans Tageslicht. Tunesien, Ägypten hatten einen Volksaufstand erlebt, der einigermaßen glimpflich verlaufen war. Libyen befand sich in einem Bürgerkrieg.

Walter hatte seinen Arzt aufgesucht, nach fünf Jahren wieder einmal, Check-up. Cholesterin zu hoch, Leberfettwert zu hoch, erste kristalline Ablagerungen in der Leber. Die Hüfte war okay, so lange sie nur leicht schmerzte und die üblichen Einschränkungen verursachte. An den Grundgelenken der Daumen machten sich erste Anzeichen einer

Arthrose bemerkbar, die Leiste war eine weitere Schwachstelle und führte zu leichten Schmerzen in der Muskulatur. Walter fühlte sich aber nicht krank. Er fühlte sich gesund, er fühlte sich so tatkräftig wie er sein wollte. Er konnte nicht mehr die Sachen machen, die er noch mit Zwanzig machen konnte. Aber selbst wenn die Sachen, die er mit Zwanzig gemacht hatte, heute keine Schmerzen verursachen würden, wollte er sie nicht mehr machen. Also galt nach wie vor für ihn das Motto, ich kann alles machen, was ich machen will und was mir Spaß macht. Nein, er fühlte sich nicht krank, nicht beeinträchtigt, alles, was sein Leben ausmachte, woran er sich erfreute, was ihn erfüllte, konnte er körperlich und geistig und seelisch verkraften. Da beide Eltern an Krebs erkrankt und schließlich gestorben waren, hatte er für sich selbst nie ausgeschlossen, dass ihn früher oder später das gleiche Schicksal ereilen konnte. Das hatte ihn aber nicht dazu veranlassen können, es mit den Vorsorgeuntersuchungen genau zu nehmen. Zu jeder Untersuchung war er noch mit der Gewissheit gegangen, mit der bitteren Diagnose Krebs nach Hause geschickt zu werden. Das war bisher nicht geschehen. Auch alle Schmerzen, die zwischenzeitlich aufgetreten waren, deren Ursache er aber nicht hatte diagnostizieren lassen, hatte er in dem Bewusstsein ausgehalten, wenn es soweit war, dann war es eben soweit. Und bisher hatte er alle Erschütterungen überstanden.

Nicht zu übersehen waren äußere, so genannte objektive Kriterien, Messwerte, die entgegen jeglichem Empfinden Abweichungen registrierten. Richterskala und Cholesterinwerte. Blieb die Frage, ob nicht auch früher schon Abweichungen registriert worden wären, hätte man entsprechende Untersuchungen durchgeführt. Wie jedoch, wenn überhaupt, hingen all diese Dinge miteinander zusammen? Das Loch im Sportplatz mit der tektonischen Verschiebung im Pazifik, seine Leberwerte mit der Revolte in einigen Mittelmeerländern? Walter war niemand, der einfach und schnell oberflächliche Verbindungen gesehen hätte, gar die universale Verschwörung. Er war allerdings jemand, der davon überzeugt war, dass die Dinge zusammenhingen. Alles hing zusammen, alles war eingesponnen, eingefangen in dem System Erde, das von einem Weltraum umgeben war, der genau so seinen Einfluss geltend machte, wie die Magmaschicht, auf der sich die Ozeane und Erdmassen bewegten. Und ein jedes Molekül, das sich in dem System befand, war Teil dieses Systems, wurde beeinflusst und beeinflusste. Alles, was an noch so perfider Technik ausgedacht und angewandt wurde, war in Bezug auf Mensch und Welt systemimmanent. Es gab auf dieser Erde nichts, was nicht natürlich gewesen wäre. Individuelle Schicksale wurden von der Weltgeschichte bestimmt und Individuen bestimmten das Schicksal der Welt. Jeder war ein Produkt seiner Umwelt, jeder war mehr oder weniger aktiver

Produzent von Schicksalen in seiner Umwelt. Es war auch eine Frage des Maßes aber nicht nur die.

Das Loch im Sportplatz war eine Vorwarnung für die Katastrophe in Japan. Nicht für die Japaner, die von dem Loch hier nichts wussten, aber für Walter, der von dem Loch wusste und von der Verschiebung der tektonischen Platten. Manchmal hingen die Dinge kausal zusammen, manchmal temporal, manchmal phänomenologisch, thematisch, motivisch, kompositorisch, metaphysisch, stets auf eine sehr individuelle Art und Weise. Aber sie hingen zusammen.

Und 2011, das hatte er schon im Dezember 2010 gespürt, entwickelte sich zu einem richtigen Scheißjahr. Es hatte zumindest so angefangen; es konnte ja immer noch sein, dass es auf der einen oder anderen Ebene ein Superjahr wurde. Immerhin, auf dem Sportplatz war Entwarnung gegeben worden. Der Schacht war lokalisiert worden und konnte nun in sechs Metern Tiefe versiegelt und aufgefüllt werden.

Billboard berichtete, dass Capitol von den Beteiligten endlich grünes Licht erhalten habe, die SMiLE Sessions herauszubringen, nach über vierzig Jahren. Walter besaß die alte Vinyl „Smiley Smile" von den Beach Boys 1967, er besaß drei bunte Vinylplatten mit den Bootlegs, ein paar 2004 von Brian Wilson herausgebrachte Singles, Live und Studio-Aufnahmen auf CD und die Vinyl *Brian Wilson Presents Smile*, die DVD mit *Beautiful Dreamer*. Die Beach Boys waren ein weiteres Beispiel dafür, wie aus *Fun, Fun, Fun* sehr schnell eine Katastrophe werden konnte. Die Geschichte der Band war eine Geschichte der Katastrophen, der Kräche und Streitereien, von Verrat und Verzweiflung. Und da das Schicksal bekanntlich Ironie liebt, überlebte der älteste der drei Brüder, Brian, seine beiden Brüder Dennis und Carl. Zuerst starb *the real Beach Boy* Dennis, ertrank unter Alkoholeinfluss im Hafen Marina Del Ray. Bruder Carl mit der Engelsstimme starb Jahre später an Krebs. Nur Brian, schon in den Sechzigern ein Wrack, schaffte das Unglaubliche und kam in die Welt zurück. Und das zeigte, das Schicksal liebte nicht nur Ironie, sondern war auch gegen romantische Anwandlungen nicht gefeit.

Smile-Live hatte Walter 2004 zweimal in London gesehen, einmal in Bonn mit Lena und ihren Kindern, einmal in Frankfurt und einmal in Antwerpen, wo ein Junkie sein Auto aufgebrochen hatte, um das Radio zu klauen. Der wurde dabei aber erwischt, als er die Scheibe einschlug. Im Laufe des Jahres 2011 sollte das SMiLE Originalmaterial von damals in verschiedenen Paketen veröffentlicht werden. Es gab doch einiges, auf das Walter sich freuen wollte. Für September hatte er außerdem Tickets für Brian in der Royal Festival Hall, London.

Bewegte Zeiten, Zeiten, in denen sich sehr viel auf einmal ereignete, waren Zeiten, in denen zum Vorschein kam, was vorher lange schon im Untergrund gebrodelt hatte. Wenn alle sich über die aktuellen

Ereignisse ereiferten, Live-Schaltungen rund um den Globus und rund um die Uhr standen, dann kamen die Verbrechen und Versäumnisse der Vergangenheit zum Vorschein, wie ebenso die Ängste vor einer ungewissen Zukunft.

Im Goldpfad, Februar 2011, Projekt eins: CWD
Comeback with dignity = Comeback mit Würde)

Lena liebte Projekte. Zwei Projekte hatte sie ins Auge gefasst: Geburt des ersten Enkelkindes und dessen intensive Betreuung und Versorgung während der ersten zwölf Monate mit Unterstützung und Entlastung der Mutter, also Jessica, ihrer Tochter. Lena zählte dabei auf ihren Bruder Walter. Walter selbst und seine literarische Karriere, genau genommen ihre gemeinsame literarische Karriere war Gegenstand ihres zweiten Projektes. Diese beiden Projekte würden sie sicher in den nächsten zwei, drei oder vier Jahren voll und ganz beschäftigen. Und da diese beiden Projekte nicht nur vorläufig kein Geld einbrachten, sondern im Gegenteil erhebliche Investitionen erfordern würden, war es ausgemachte Sache, dass sie sich weiter um ihre Immobilien-Geschäfte kümmern musste, damit Geld herein kam.

Ausgemacht war auch, dass Walter weiterhin seinen Lebensunterhalt als Lehrer verdiente. Dazu musste er keine volle Stelle innehaben, denn logischerweise waren seine finanziellen Bedürfnisse und sein Zeitaufwand für den Job unter den gegebenen Umständen, eigenes Haus in Wohngemeinschaft mit Schwester, deren Tochter und Enkelkind, überschaubar, ließen ihm also ausreichend Zeit für seine Schreibarbeit.

Beide Projekte wurden durch den Umstand erschwert, dass die jeweiligen Hauptakteure, Walter und Jessica, sich aller Wahrscheinlichkeit nach nicht immer und in allen Details an Lenas Projektplan halten würden. Sie musste ihre Planung logischerweise flexibel anlegen, musste immer wieder Überzeugungsarbeit leisten, damit beide Projekte erfolgreich verlaufen konnten. Erster Meilenstein bei Projekt Eins war abgehakt, Walter war bereit, den Roman zu schreiben, war bereit, sie als seine Agentin agieren zu lassen. Was sie ihm noch nicht gesagt hatte, war, dass es nicht erst in zwei oder drei Jahren, wenn das Manuskript fertig war, Schritte in die Öffentlichkeit geben sollte, sondern schon vorher geben musste. Das Projektziel war klar definiert, Walters Comeback mit einem großen Roman über die Geschichte ihres Hauses. Erster Meilenstein musste sein, dass sich Walter noch in diesem Jahr in der Öffentlichkeit zurückmeldete. Vielleicht mit einer Aktion caritativen Charakters oder einer Veranstaltung während der Bundesgartenschau beispielsweise. Walters Zeit als bundesweit halbwegs bekannte Literatur-Celebrity mochte Vergangenheit sein, hier in Koblenz galt er manchen immer noch als berühmter Sohn der Stadt. Die Festlegung der weiteren Meilensteine würde zu gegebener Zeit erfolgen. Sie hatte Walter gebeten, seine Vorstellungen zu diesem Projekt schriftlich festzuhalten.

Autorenprofil des neuen Walter Wisman anhand einer ausführlichen Negativliste

„Ich weigere mich zu glauben, dass unsere Biografie, meine oder Ihre, oder irgendeine, nicht anders ausgehen könnte. Vollkommen anders. Ich brauche mich nur ein einziges Mal anders zu verhalten." (Max Frisch: Biografie: Ein Spiel, Frankfurt 1969)

1 Keine Aufgeregtheit in meinem und um mein Leben mehr!
Kein aufregendes Liebesleben wie bei Elias Canetti, keine Notwendigkeit, in jedem zweiten Satz das Wort „ficken" verwenden zu müssen wie bei Wolf Wondratschek oder Charles Bukowski oder dem frühen Walter Wisman. Keine Bohème-Folter in der Münchner Schickeria oder sonst einer. Überhaupt kein Leben in einer Metropole wie Berlin oder München, London oder New York. Kein aufgeregtes Sterben, kein spektakulärer Suizid auf der Autobahn. Nach Möglichkeit auch keine Suizide in meiner persönlichen Umgebung.
Kriegsverwundung oder Gefangenschaft: Fehlanzeige. Kein Denunziantentum als IM in der Ehemaligen. Weder Vater noch Großvater waren Nazis. Kein Exil, kein Größenwahn, kein Versager im wirklichen Leben.
2 Keine Medienpräsenz!
Das führt unweigerlich zu einer Verweigerung im Hinblick auf Teilnahme an Wettbewerben und Auszeichnungen, Kongressen und Kampagnen. Keinerlei persönliche Kontakte in diese Szene. Ich bin korrumpierbar; wenn man mich persönlich und privat angeht, kann ich nur schwer Nein sagen.
3 Keine Versöhnung, kein Verstummen!

Gedächtnis-Protokoll Walters aus verschiedenen Gesprächen der Geschwister (Nicht ausgearbeitet und aus verschiedenen Quellen zusammengesucht)
Lena: Walter, lass es sein, das ist keine Negativ- sondern eine Positivliste dessen, was du bist und hast. Du lebst dein kleinbürgerliches Leben in der Provinz, ganz unaufgeregt, du hast absolut keine Medi-

enpräsenz, du hast dich mit deiner Vergangenheit längst versöhnt und du bist verstummt. Das willst du doch ändern. Sollten wir das nicht gemeinsam angehen und dir wieder Gehör verschaffen, weil du etwas zu sagen hast?

Walter: Nicht unbedingt. Mir reicht es langsam mit den Veränderungen.

Lena: Mein Gott, Walter. Du bist gerade mal sechzig Jahre alt geworden und hast noch ein Leben vor dir!

Walter: Stimmt. Und, Schwesterlein, vergiss nicht, du wirst Oma und bist auch bald Sechzig.

Lena: Veränderungen, sag ich doch. Man muss sie annehmen.

Walter: Oder man verabschiedet sich langsam aus der Welt, wenn man erkennt, das ist nicht mehr meine Welt. Das ist nicht mehr die Welt, in der ich zuhause war und in der ich weiter leben will.

Lena: Es gibt immer Nischen, in denen man sich gegen alle Zeitläufte zurückziehen kann. Es gibt auf dieser Erde so viele verschiedene Zeiten und simultan gelebte Epochen wie es Zeitzonen gibt. Es gibt nur den Widerspruch des fließenden Übergangs bei gleichzeitiger Inkongruenz aller Anachronismen. Du bist doch derjenige, der andauernd davon schwafelt, dass sich die Zeiten vermischen, dass es keine Linearität gibt.

Walter: Meinst du damit, Lena, dass man im Internet-Livestream mitverfolgen kann, wie sich Menschen, die zur gleichen Zeit leben, aber aus verschiedenen Epochen stammen, in Ägypten die Köpfe einschlagen, wie sich in Japan Naturgewalt und vom Menschen entfesselte Atomkraft in ihren Verheerungen zu übertrumpfen suchen?

Lena: Dagegen ist jeder Fantasy-Roman, der seine Akteure durch die Jahrhunderte jagt, wenn man das so bedenkt, ein lahmer Abklatsch.

Walter: Holt die Wirklichkeit also wieder einmal die Fiktionen ein?

Lena: Fast könnte man es glauben.

Walter: Aber in Wirklichkeit ist es viel schlimmer. Denn die Zeit mit ihren Veränderungen schreitet unaufhaltsam weiter, also wird die Zeitspanne, in der wir potentiell leben können, immer größer, die Zeitnischen, in die wir uns zurückziehen können, immer zahlreicher. Und das Konfliktpotential wuchert und weitet sich aus, bis es uns eines Tages tatsächlich zerreißt. Weil wir den *jet-lag* der Zeitreise, die *gaps* in der Geschichte nicht mehr verkraften und buchstäblich aus der Zeit fallen. Ganz konkret und in Echtzeit?

Lena: Welcher Blogger wird das dokumentieren und kommentieren?

Walter: Der liebe Gott, Lena, kann eigentlich nur ein Blogger sein.

Lena: Oder ein Twitterer.

Walter: Ein Zwitter? Ich erinnere mich an so etwas wie Dreifaltigkeit.

Exkurs: Okay, Walter hatte den Weidermann gelesen, „Lichtjahre – Eine kurze Geschichte der deutschen Literatur von 1945 bis heute", bis heute hieß bis 2006, denn da war der Titel erschienen. Walter war leicht von Büchern leicht zu beeindrucken, aber in weniger als einer Woche, sobald er in eine neue Lektüre eingetaucht war, ließe die Wirkung Weidermanns auch wieder nach.

Erstens war der Weidermann Redakteur bei der FAZ, das sagte wohl einiges, war Jahrgang 1969, also neunzehn Jahre jünger als Walter, fuhr aber über einhundert und zwanzig Autoren auf, samt tausender Buchtitel mit Millionen von Seiten. Ohne jedoch Walter Wisman oder Dieter Wellershoff aufzulisten, neben vielen anderen, die man hätte erwarten dürfen. Weidermann hatte die Bücher mit Sicherheit nicht alle gelesen, behauptete er ja auch nicht. Aber klar war, dass er sich auf die seiner Meinung nach wichtigen Bücher und Lebensaspekte beschränkte, das ging gar nicht anders. Und dann las sich so ein durchaus pointiert und unterhaltsam und spannend geschriebenes Buch wie ein Panoptikum der Absonderlichkeiten. Man könnte jede Menge ähnlicher Bücher schreiben über das Leben vieler Normalbürger, die in der gleichen Zeit irgendeine andere Berufskarriere gemacht hatten und man käme durch die Beschränkung auf einige wenige Lebenshöhe- und -tiefpunkte auf ein nicht weniger gruseliges Panoptikum. Im Trash-Fernsehen wurde genau das, mit und ohne Drehbuch, demonstriert. Was man bei Wiedermann las, war nichts anderes, als das, was alle anderen auch erlebt hatten in diesen Zeiten, ohne natürlich die Werke dazu verfasst zu haben, anhand derer man diese Zeiten immer und immer wieder erleben konnte.

Am Beispiel Arno Schmidts war das so augenfällig wie aufschlussreich. Ganz richtig stellte Weidermann fest: „Ihn interessierte die Literatur. Und alles, was in Büchern stand." Schmidt war exzessiver Leser und reflektierte schreibend seine Lektüreerfahrungen. Anstatt nun auch Schmidts Literaturrezeption und ihre Verarbeitung im eigenen Werk zu thematisieren, ergeht sich Weidermann in schrulligen Schilderungen des Schmidtschen Ehelebens, dass nämlich Frau Alice unter dem Dach wohnte, getrennt vom Autor durch eine Falltür, und die seltenen Besuche nur im Wohnwagen außerhalb des Hauses empfangen durfte.

Ein Buch über all die Normalbürger, ob sie nun Schmidt oder Meier hießen, ihre ehelichen Skurrilitäten, würde nur sehr viel mehr Arbeit erfordern, denn man müsste tatsächlich jede einzelne Biografie selbst erforschen und könnte sich nicht auf einen Kanon von Sekundärliteratur verlassen.

Man durfte Biografie und Leben natürlich nicht gleichsetzen. Wie gut und gerecht Biografien auch sein mochten, sie waren immer im Nachhinein und von außen verfasst worden. Leben wurde von innen und im Moment gelebt. Ein Autor, der allergrößte Angst vor materiellen Sorgen und finanziellen Engpässen hatte, konnte am Ende und im

Rückblick ein sehr abgesichertes, ruhiges Leben geführt haben. Das Leben in ständiger Angst und Furcht führte im Ergebnis zu Ruhe und Sicherheit. Und dann lag der Trugschluss nahe, sein Werk habe sich aus der Ruhe und Sicherheit seiner Existenz genährt und eben nicht aus der ständigen Überlebensangst. Jeder, der herumvögelte und am Ende wie der größte Casanova dastand, hatte vielleicht jede einzelne Beziehung aus Selbstzweifeln und aus der Gewissheit angefangen und beendet, nicht attraktiv, nicht liebens- und begehrenswert zu sein. Die hier aufgezeigten Abweichungen von Leben und Biografie definierten sich über Kompensation; es waren viele andere Gründe für Abweichungen vorstellbar.

Jeder vor allem frühe und/oder spektakuläre Tod tauchte das Leben davor in ein bestimmtes Licht. Das hieß, das Leben davor wurde unter dem Licht des Ablebens begriffen. Warum nicht unter dem Licht eines möglichen Weiterlebens? Konnte man sich nicht vorstellen, Kafka wäre nicht so früh gestorben, sondern, was sein „Amerika" Fragment als Wunschvorstellung vielleicht sogar andeutete, nach Amerika ausgewandert. Er wäre ein erfolgreicher Drehbauchautor geworden. Oder irgendetwas anderes. Das ließe dann sein frühes Werk in einem ganz anderen Licht erscheinen, es würde völlig anders interpretiert werden, ohne dass nur eine Zeile anders lautete. Walter und Lena waren sich einig, dass eine gute Biografie auch die Potenzen, die Alternativen bedenken musste, all die anderen Lebensläufe, die möglich aber nicht wirklich geworden waren. In dem jeweiligen Moment des Schreibens war die Lebensbiografie noch, sicher in individuell unterschiedlichem Maße, offen.

Lena: Wenn du heute wüsstest, wie dein Leben und Werk am Ende aussieht, dann würdest du dich sicher heute anders verhalten und dein Leben verliefe anders, dein Werk sähe am Ende anders aus. Ein Paradox, das nur paradox sein kann.

Walter: Schriftsteller schreiben immer aus ihrer Zeit heraus, auch wenn sie sich aus ihrer Zeit hinaus schreiben. Einem Remarque hätte man niemals unterstellt, dass alles, was er an Kriegsgräueln erlebt und beschrieben hat, sich aus der Tatsache, dem Umstand seines Künstlerseins nährt. Jedem war und ist klar, dass die literarischen Darstellungen auf Erfahrungen fußen, die viele andere genau so oder ähnlich erleiden mussten. In friedlichen Zeiten unterstellt man den Schriftstellern gerne, dass sie über Dinge und Erlebnisse schreiben, die sich aus der Tatsache und den Umständen ihres Schriftstellerdaseins ergeben. Und dem widerspreche ich aufs Heftigste. Schriftsteller schreiben immer aus ihrer Zeit und ihrer Gesellschaft heraus. Die Tatsache, dass sie Schriftsteller, Künstler sind, macht sie nicht anders. Jeder noch so skurrile Roman, jedes noch so pervers sich gebende

Theaterstück, jedes noch so abgehobene, hermetische Gedicht, ist eine direkte Äußerung aus dem jeweils gegebenen Hier und Jetzt. Walter Kempowski hat für sein Echolot jede Menge Dokumente nur unter einer Bedingung zur Verfügung gestellt bekommen, sie nämlich nicht der Öffentlichkeit zugänglich zu machen. Diesen Schutz haben prominente Autoren nicht.

Lena: Weißt du, was wir machen, Walter?

Walter: Nein.

Lena: Wir bringen dein Buch unter einem Pseudonym heraus. Damit hätten wir alle Kriterien, die du aufgestellt hast, erfüllt, auch *kein Verstummen*.

Walter: Sehr originell, darauf wäre ich nie gekommen. Was für ein Pseudonym soll es dann bitte sein und wie kannst du glauben, so etwas ließe sich verkaufen?

Lena: Lena Jensen.

Walter: Lena Jensen?

Lena: Ja, Lena Jensen.

Walter: Sehe ich das richtig, dass du hinter dem Pseudonym steckst mit deinem Vornamen und dem Nachnamen von Jens, deinem Ex?

Lena: Das siehst du absolut richtig.

Walter: Ach komm. Das kann nicht dein Ernst sein.

Lena: Doch, das ist mein Ernst. Und ich werde in der Öffentlichkeit als die Autorin auftreten, natürlich unter Ausnutzung der Tatsache, dass ich deine Schwester bin. Die Schwester des Walter Wisman, Autor des Bestsellers „Roman Autobahn". Die Schwester des Erfolgsautors Walter Wisman, der sich schon vor Jahren aus der Öffentlichkeit ins Schweigen zurückgezogen hat, sagt endlich die Wahrheit über ihre Beziehung, gemeinsame Vergangenheit und Zukunft.

Walter: Beziehung? Unsere Beziehung zueinander wird nicht thematisiert. Nur unsere Beziehungen zur Welt und den Menschen, mit denen wir zu tun haben.

Lena: Keine Angst, keine Bruder/Schwester Kiste.

Walter: Wie lange hast du gebraucht, um dir das auszudenken?

Lena: Das ist eine absolut spontane Idee, die mir eben im Gespräch gekommen ist. Und weil sie mir während dieses Gesprächs gekommen ist, bin ich mir sicher, dass die Idee zur Hälfte von dir stammt.

Walter: Unglaublich. Ich hab den Roman noch gar nicht richtig angefangen und du entwirfst eine PR-Kampagne, die mir tatsächlich reizvoll zu sein scheint.

Lena: Also sind wir uns einig. Ich übernehme dein Management und *supervise* das *Gender Compliance*.

Walter: Gender Compliance?

Lena: Ja, ich sorge dafür, dass die Passagen, die aus Sicht der Frau erzählt werden, glaubhaft rüber kommen, man muss doch merken, was diese Frau fühlt.

Walter: Dazu brauche ich kein *Gender Compliance*, das ist schriftstellerisches Handwerk. Ich muss nicht fühlen wie eine Frau, ich muss so schreiben können, dass man mir die Frauenperspektive abnimmt. Handwerk ist das und sonst nichts.

Lena: Wie auch immer. Der Handwerker bist du. Du solltest mir aber die Möglichkeit geben, mich in die Rolle der Autorin hineinzuarbeiten.

Walter: Die Leute werden trotzdem darüber spekulieren und wahrscheinlich unterstellen, dass ich dahinterstecke.

Lena: Ja, aber das ist doch nur gut für uns beide. Du kannst schreiben, was du willst, ich kümmere mich um einen Vertrag und übernehme die Autorenrolle für dich in der Öffentlichkeit. Und wenn du Bock hast, kannst du dich ja auch in die öffentliche Debatte einschalten und behaupten, ich hätte von dir abgeschrieben, ich hätte dein Manuskript geklaut. Wir machen ein Spektakel daraus, zünden ein Feuerwerk an Verwirrspielen und schaffen Publicity für eine Plagiatsdiskussion.

Walter: Ein seriöses Feuerwerk bitte und ein geniales Plagiat. Es gibt im Übrigen mindestens eine literarische Steilvorlage für dieses Manöver. Gertrude Steins Roman mit dem Titel „The Autobiography of Alice B. Toklas". Die Toklas war die Lebensgefährtin der Stein und diese fiktive Biografie gab der Stein die Möglichkeit, von sich selbst in den höchsten Tönen zu schwärmen. Gleich ganz am Anfang meint Alice, also Gertrude, dass sie in ihrem Leben drei Genies begegnet sei, eines davon natürlich Gertrude Stein.

Lena: Na siehst du.

Lena wusste schon früher intuitiv, wie sie ihn begeistern konnte.

Das Zitat: *I may say, that only three times in my life have I met a genius and each time a bell within me rang and I was not mistaken, and I may say in each case it was before there was any general recognition of the quality of genius in them. The three geniuses of whom I wish to speak are Gertrude Stein, Pablo Picasso and Alfred Whitehead.*
(Gertrude Stein: The Autobiography of Alice B. Toklas, New York 1990)

„Ich hab den Roman noch gar nicht richtig angefangen" – diese Aussage Walters entsprach nicht den Tatsachen, denn er hatte sehr wohl angefangen und war schon weit über die Exposition hinaus. Er hatte Kontakt zu einem Onkel, einem der Brüder ihres Vaters, aufgenommen, hatte recherchiert, hatte ältere Texte auf ihre Verwendbarkeit hin überprüft und war er auch fündig geworden. Er hatte ein solides

Fundament gelegt und wollte nach einem soliden Bauplan vorgehen. Wie bei einem Häuschen der fünfziger Jahre waren schmückende Elemente spärlich gesetzt. Es ging schließlich um Funktionalität, die in ihrer reinen Form immer ästhetisch war: *form follows function*.

150 Jahre Schule Arzberg
Beitrag Walter Wismans zum Jubiläumsheft, 1994

Es ist fast alles beim Alten geblieben, obwohl sich so vieles verändert hat. Dieses widersprüchliche und deshalb so vollständige Gefühl habe ich heute, wenn ich wieder in dieser Schule bin. Meine Schwester ist 1957, ich bin 1950 geboren, wir sind 1957 und 1963 in der Katholischen Volksschule zu Arzberg eingeschult worden und heute komme ich wieder hierher, weil auch die Kinder meiner Schwester hier die Grundschulbank gedrückt haben oder noch drücken.

Imposant und gar nicht protzig das Gebäude, hinter dem sich der spätere Anbau dezent im Hintergrund hält und deshalb überhaupt nicht stört. Selbst die Linde gibt völlig unbeeindruckt nur dem stetigen Wechsel der Jahreszeiten nach. Wohltuend nüchtern und immer ein wenig duster, für manche auch einschüchternd, der Flur und die breite, ausgetretene Mitteltreppe aus Basalt, die sich in halber Höhe zu den Wänden hin teilt. Am Fuße und am Ende der Treppe die Klassenräume. Groß, aufgeräumt und hell. Ein insgesamt geradezu klassisches Ensemble, in dem die Erinnerungen allgegenwärtig sind.

Zwar feiert die Einrichtung Schule Geburtstag und nicht das Gebäude. Die persönliche Erinnerung jedoch ist geprägt durch das Gebäude und die Menschen, Klassenkameraden und Lehrer. Damals gab es noch Lehrer. An vielen Grundschulen wird es heute so sein wie in Arzberg, die Lehrer sind Lehrerinnen. Ich denke, allein diese Tatsache hat auch Auswirkung auf die Qualität des Unterrichts; Qualität nicht im Sinne von gut oder schlecht, sondern in der unterschiedlichen Art und Weise des Umgangs mit den Kindern. Hätte man früher ganz gern auf typisch männliche Verhaltensweisen wie körperliche Züchtigung verzichtet, so kann das völlige Fehlen männlicher Protagonisten wohl ein Ausschlag in, wenn es so etwas geben sollte, typisch weibliche Verhaltensweisen bedeuten.

In den Sechzigern waren die männlichen Erziehungspraktiken durchaus nicht ausgestorben und wir unterschieden die Lehrer noch nach ihren

Vorlieben bei der körperlichen Züchtigung. Da gab es welche, die vier rote Streifen auf den Wangen der Jungs hinterließen, andere verabreichten Pferdeküsschen oder zogen Ohren lang, bis der Delinquent auf Zehenspitzen auf der Schulbank stand. Selbst der Pastor griff ganz gerne mal zum Bambusstock. Die wenigen Lehrerinnen verzichteten auf Schläge, dafür sprangen sie, trotz einiger Leibesfülle bei der einen oder anderen, sehr behende auf das Pult, wenn sich mal eine Maus im Klassenraum zeigte. Die Mädchen wurden nicht geschlagen.

Seit die körperliche Züchtigung in der Schule verboten ist, zeigt sich etwas sehr Merkwürdiges, denn wir wissen, dass die Schule weit davon entfernt ist, ein gewaltfreier Raum zu sein. Die Gewalt stiehlt sich durch die Hintertüre wieder in die Schule. Diese Hintertüre heißt in vielen Fällen Handy oder Internet.

Aber es gab ja auch sehr viel Erfreuliches. Eine Referendarin beispielsweise, die sehr jung war, sehr blond und sehr hübsch. Ich möchte nicht in ihrer Haut gesteckt haben. Wenn sie in die Klasse blickte, musste sie sich wie in einem Zoo vorgekommen sein. Wie die Hornochsen haben wir Schüler sie wahrscheinlich angestiert.

Zwei Klassen, erstes und zweites, drittes und viertes, fünftes und sechstes, siebtes und achtes wurden in je einem Raum unterrichtet, und die Hälfte meiner Klassenkameradinnen und Klassenkameraden waren im Kinderheim zuhause. Auch das wohl mehr oder weniger eine Folge der Nachkriegswirren, von denen die Fünfziger doch noch sehr deutlich geprägt waren.

Viele meiner Mitschüler von damals kenne ich heute noch. Mein Glaube an die Erziehbarkeit des Menschen hält sich in Grenzen, wenn ich sehe, wie wenig sich die meisten in ihrem Charakter geändert haben. Ganz gleich, welche Karriere sie auch gemacht haben mögen. Die ausklingenden Fünfziger waren gewissermaßen das Ende einer Epoche. In den fünfziger und sechziger Jahren veränderte sich Arzberg weit gravierender als in der Zeit seit Ende des vergangenen Jahrhunderts und das gilt trotz der beiden Weltkriege. Arzberg war noch ein lebhafter Luftkur- und Fremdenverkehrsort, es gab viele Lokale, kleine Läden und Buden, und mit großer Schadenfreude beobachteten wir Heranwachsenden die verzweifelten Rangiermanöver der Touristenbusse, und mit offenem Mund bestaunten wir die vielen Menschen, die schließlich ausstiegen.

Auf unserem Schulweg kamen wir an einem Schusterlädchen vorbei und wie gerne gingen wir hinein, weil es in der uralten Werkstatt so gut roch. Nach Leder und nach Lösungsmitteln. Wie viel weniger romantisch haben es da heute die Kids, wenn sie sich Pattex oder anderes reinziehen. Im Goldpfad wohnte, hauste der alte Wenzel in seinem Papp- und Bretterverschlag neben einem Schweinestall. Wir hatten Angst vor ihm und verhöhnten ihn. Die mit Erz beladenen Lastwagen kamen von der Grube. An der Metzgerei hörten wir die Schreie der Tiere, bevor sie geschlachtet wurden. Bei Müllers kauften wir unsere Pausenmilch oder den Kakao. Unten im Kühlental gab es in der *Külls Müll* die Krusten vom frischgebackenen Kommißbrot, an der Haltestelle der Straßenbahn frisches Eis.

Auf der Umgehungsstraße marschierten die französischen Soldaten zu ihrer Kaserne. Weil sie dabei manchmal zum Marschrhythmus *un, deux, trois* zählten, nannten wir sie die *Ongdös*. Der Fronleichnamszug oder die Andacht zu Mariä Himmelfahrt in den Anlagen unter den mächtigen Buchen bei hereinbrechender Dunkelheit waren ergreifende, rituelle und fast mystische Erlebnisse weit über jede vordergründige Religiosität hinaus. Und im kurvigen Katzbachtal fuhr sich immer wieder mal einer tot. In der Osterzeit kaufte man sich Hähnchenküken hier im Dorf, die noch im gleichen Jahr geschlachtet wurden.

Meinen ersten Liebesfilm bekam ich im Katholischen Gemeindehaus zu sehen, den Titel habe ich längst vergessen. Im Saal des Goldenen Bären turnten wir Kinder auf den alten Turnmatten. Und hier tanzten wir auch unsere ersten Kirmestänze. Meinen ersten Personalausweis holte ich bei der Verbandsgemeinde Vallendar und nicht in Koblenz ab.

Arzberg war noch ein richtiges Dorf, in dem sich die Halbstarken mit denen aus den Nachbarorten prügelten. Wenn wir in die Stadt, nach Koblenz, fuhren, nahmen wir die Straßenbahn bis ins Tal und setzten mit der Fähre über den Rhein. Zum Gymnasium fuhr ich dann schon mit dem Oberleitungsbus, dessen Jungfernfahrt die ganze Schule mitmachen durfte und die mit großem Tamtam gefeiert wurde, weil an diesem Tag auch die letzte Fahrt der Straßenbahn war.

Nachdem ich diese Schule hier verlassen hatte und aufs Gymnasium wechselte sangen die *Who* „My Generation", begann der große Wandel mit den 68ern. In meiner Kindergarten- und Volksschulzeit rebellierte die Jugend mit *Rock'n Roll*, mit den *Beatles* und mit Rudi Dutschke und Che Guevara. Arzberg wurde nach Koblenz eingemeindet, schöne alte Gebäude wurden abgerissen und hässliche neue wurden gebaut, die Busse blieben aus, es begann das große Kneipen- und Geschäftesterben, an den Sonntagen wurde es stiller und stiller. Es wurden nicht mehr so viele Schüler eingeschult, es wurde nur noch in den Klassen Eins bis Vier unterrichtet, hatte man zeitweise Angst, dass vielleicht ganz dicht gemacht werden müsste. Die Schule ist im Dorf geblieben, Gott sei Dank.

War die Welt, als ich in Arzberg zur Schule ging, also noch in Ordnung? Wahrscheinlich war die Welt noch nie wirklich in Ordnung. Und wie kann jemand, der sich selbst entwickelt hat und weiter entwickeln will, glauben, die Welt um ihn herum könne so bleiben, wie sie ist. Ich werde meinen PC nicht ausschalten und wieder zu Tafel und Griffel greifen. Aber ich kann meinen PC dazu nutzen, Erinnerungen wach werden zu lassen an Zeiten, in denen noch Griffel über die Tafel kratzten, dass einem die Schauer den Rücken hinunterliefen.

Walters Karriere als Lehrer und Dozent, 1992 - 2010

Wie war Walter in den Schuldienst gekommen? Als Walter 1981 aus den USA zurückkam und nach Mutters Tod, musste er einen kompletten Neuanfang machen. Er konnte zwar umsonst, abgesehen von seiner Beteilgung an den laufenden Kosten und fälligen Reparaturen natürlich, im Haus im Goldpfad wohnen. Da er zumindest vorläufig die Schriftstellerkarriere nicht gewinnbringend wiederbeleben konnte, er aber Geld brauchte und weder untätig herum sitzen noch auf Dauer Hilfsarbeiterjobs ausüben wollte, gab es später doch immerhin den einen Anknüpfungspunkt an seine Erfahrung aus der Zeit in Berkeley: *Creative Writing*.

Er begann damit, an der Volkshochschule Kurse für Kreatives Schreiben anzubieten. Das geschah allerdings erst 1992, zehn Jahre lang hatte er sich mit den dürftigen Schriftstellereinnahmen und anderen Jobs über Wasser gehalten. Da es bis 1992 an der VHS noch nie einen Schreibkurs gegeben hatte, war der Kurs von Anfang an gut besucht und machte ihm viel Spaß, wenn auch die Honorareinnahmen zu vernachlässigen waren. Nach zwei oder drei Semestern bemerkte er im Programmheft der VHS bei verschiedenen Englischkursen den Eintrag N. N.; man hatte offensichtlich nicht genügend Dozenten. Also machte er darauf aufmerksam, dass er Englisch studiert hatte, in den USA gelebt und unterrichtet hatte, und so übernahm er bald auch bis zu drei Englischkurse. Das hätte immer noch nicht seinen Lebensunterhalt sichern können, aber es war ein Anfang.

Der nächste Schritt war der Hinweis einer Kursteilnehmerin der VHS-Schreibwerkstatt auf einen Englisch-Intensiv-Kurs, den ihr Arbeitgeber, der BerufsRehabilitationsDienst Nördliches Rheinland-Pfalz mit Sitz in Koblenz, kurz BRD, eine Einrichtung der beruflichen Rehabilitation, zusammen mit dem Arbeitsamt, so hieß die Agentur für Arbeit damals noch, anbieten wollte. Auch dafür wurden Dozenten gesucht. Nach zwei Jahren liefen diese Kurse aus, die Reha-Einrichtung suchte dann aber Dozenten für die reguläre Ausbildung. Nachdem Walter hier einen Zweijahresvertrag über zunächst zwölf, dann sechzehn

Stunden erhalten hatte, gab es Unruhe unter den freiberuflichen Dozenten wegen der sogenannten Scheinselbständigkeit und weil die Rentenversicherung in Berlin ein altes Gesetz entdeckt hatte, das sie ermächtigte, von diesen Freiberuflern Rentenbeitragszahlungen zwangsweise und rückwirkend bis zu fünf Jahren einzutreiben. Die Absicht dahinter war klar, mehr sozialversicherungspflichtige Beschäftigungen zu erreichen. Das führte für eine ganze Reihe von freiberuflichen Dozenten für eine ziemlich lange Zeit zu noch schwierigeren finanziellen Belastungen. Es bedeutete nämlich, dass diese Berufsgruppe den kompletten Rentensatz von knapp zwanzig Prozent abzuführen hatte, also einschließlich des Arbeitgeberanteils, dennoch aber einhundert Prozent der Einnahmen versteuern musste. Übrig blieb vielfach ein sogenanntes Negativeinkommen mit höheren Ausgaben als Einnahmen.

Walter bat um ein Gespräch mit dem Personalleiter des BRD, legte die Situation dar und war bald darauf fest angestellt. Zum ersten Male in seinem Leben und mit Mitte Vierzig hatte Walter einen festen, wenn auch befristeten Job. Bei der BFA, heute Deutsche Rentenversicherung Bund, legte er Berufung gegen den Bescheid ein und bekam Recht, das hieß, er musste keine Nachzahlungen leisten und konnte in Zukunft auch als selbständiger Dozent arbeiten, ohne in die Rentenkasse einzuzahlen.

Nach ein paar Jahren in der beruflichen Rehabilitation wurde aus dem Arbeitsamt die Agentur für Arbeit, und da das Arbeitsamt diejenige Körperschaft gewesen war, die die meisten Rehabilitanden geschickt und deren Ausbildung finanziert hatte, gab es einen drastischen Rückgang bei den Teilnehmerzahlen und betriebsbedingte Kündigungen bei der Einrichtung. Walter hatte zum ersten Male in seinem Leben Anspruch auf Arbeitslosengeld und erhielt außerdem eine stattliche Abfindung.

Er reanimierte seine freiberuflichen Kontakte, nahm neue, wie die Fachhochschule, hinzu und nach einer kurzen Übergangsphase hatte sich seine finanzielle Situation wieder stabilisiert. Eine der Höheren Berufsfachschulen, TABC, Technische Assistenz Bio-Chemie, an der er Englisch unterrichtete, war eine private Schule und befand sich in der Anerkennungsphase durch die Schulbehörde ADS, Aufsichtsdirektion Schulen. Alle Lehrkräfte mussten sich, sofern sie nicht Lehrer an öffentlichen Schulen waren, einer Lehrprobe unterziehen.

Der Stundenentwurf von rund fünfzehn Seiten listete detailliert auch die Sozialstruktur der Klasse auf. Die jüngste Schülerin war gerade siebzehn geworden, der älteste Schüler schon Mitte Dreißig. Alle hatten zwar einen unterschiedlichen Bildungswerdegang, teilweise auch Berufserfahrung, aber mindestens mittlere Reife, manche Abi und ein abgebrochenes Studium hinter sich. Zwei wurden von der

Agentur für Arbeit gefördert, um die Fachhochschulreife im Bereich Medizinische Berufe zu erlangen.

Neben einem detaillierten zeitlichen Ablaufplan erörterte er im Entwurf seiner Lehrprobe den Wechsel von Einzel-, Gruppen- und Klassenarbeit, die Förderung der vier Grundfertigkeiten Lesen und Schreiben, Hören und Sprechen, die kognitiven und affektiven Ziele und vieles mehr; „selbständige Kommunikation unter Anleitung in authentischen Situationen unter Beachtung interkultureller Unterschiede". Einsatz unterschiedlicher Medien von der Tafel über Folien und einer Audio-CD bis zu einem abschließenden kurzen Video mittels Notebook und Beamer.

Er gab der Englischstunde das Thema „A Company Tour – Showing Around" – also jemanden in der Firma herumführen. Der Einstieg war eine Fragerunde nach den Erfahrungen der Schüler, sowohl als Besucher wie auch als Gastgeber. Dann studierte die Klasse zunächst eine Folie, auf der die verschiedenen Abteilungen eines Unternehmens der Pharmaindustrie exemplarisch dargestellt waren. Sie sollte sich vorstellen, im Labor zu arbeiten und wurde aufgefordert, in Gruppen das notwendige Vokabular zusammenzustellen, beziehungsweise zu erfragen.

Die Ergebnisse wurden im Plenum zusammengetragen. Anschließend erhielt die Hälfte der Gruppen eine Mail ihres Vorgesetzten, der ihr mitteilte, dass sich eine Besuchergruppe aus China angemeldet habe, und die Arbeitsgruppe sollte sich darauf vorbereiten, den Chinesen das Labor zu zeigen und eventuelle Fragen zu beantworten. Die andere Gruppe sollte sich vorstellen, sie seien die Chinesen und sich Fragen ausdenken.

Zwischen drin gab es einen Anruf des Chefs, von Walter gespielt, mit Erkundigung nach dem aktuellen Stand, auf den die Schüler spontan reagieren mussten.

Zum Abschluss durften die Schüler den Chinesen das Labor und ihre Arbeit erklären und die Chinesen stellten ihre Fragen.

„Tolle Stunde, Herr Wisman, tolle Stunde." Frau Baum war begeistert.

„Danke, Frau Baum."

Ja, er hatte von Anfang an ein gutes Gefühl gehabt. Er wusste, dass die Stunde funktionieren würde, denn die Klasse war okay und spielte perfekt mit. Eine solche Stunde vorzubereiten und durchzuführen war wie ein Theaterstück zu schreiben, Regie zu führen und als Schauspieler dabei zu sein in einem. Große Kunst sozusagen. Walters Unterrichtsstunden, um in der Analogie zu bleiben, entwickelten später allerdings nicht selten auch eine Affinität zu Improvisationstheater und Stand-up-comedy; Stand-up-teaching nannte er das dann.

„Haben Sie nicht Lust, ein Referendariat als Seiteneinsteiger anzufangen? Ich glaube, ich könnte Sie später gut an einer Berufsschule unterbringen."

Den Seiteneinsteiger mit einem Jahr Referendariat wollte er dann doch nicht machen.

„Wissen Sie, wie alt ich bin?"

Frau Baum war überrascht und sie hatte Verständnis dafür, dass Walter mit Mitte Fünfzig sich nicht mit den Endzwanzigern und gerade mal Dreißigjährigen messen wollte und das bei einem Gehalt von ungefähr eintausend Euro und voller Belastung. Was ihn vor allem abschreckte, war der Umstand, dass er dann nichts anderes mehr hätte machen können, er sich also abhängig gemacht hätte in einem Maße, das ihm nicht gefiel.

Walter erörterte mit Frau Baum von der Schulbehörde alle diese Dinge mit großer Dankbarkeit und der nötigen Zurückhaltung, so dass sie schließlich meinte:

„Okay, Herr Wisman, ich verstehe Ihren Standpunkt. Und ich werde sehen, was ich für Sie tun kann."

Nach einigen Telefonaten und einem Vorstellungsgespräch war er an der Berufsbildenden Schule TBS, Technische Berufsschule, gelandet, hatte zunächst wieder einen Zweijahresvertrag erhalten, den er nach einem Jahr in einen Fünfjahresvertrag umwandeln konnte. Da er nur eine halbe Stelle innehatte, konnte er weiterhin andere Jobs übernehmen oder aber die freien Zeiträume anders nutzen.

Was bedeuteten alle diese Jobs für Walter? Natürlich, in erster Linie stellten sie die materielle Basis für seinen Lebensunterhalt dar. Und zwar auf eine Art und Weise, die ihn von einzelnen Aufträgen unabhängig machte. Koblenz besaß als Oberzentrum so viele Schulen, staatliche und private, und zudem unterschiedlichste Bildungseinrichtungen von Fachschulen über die Fachhochschule bis zur Universität und damit eine ausreichende Anzahl von potentiellen Auftraggebern. Die Globalisierung bescherte ihm gelegentlich auch Unterricht in Firmen, wenn von einem Tag auf den anderen Englisch die Firmensprache wurde. Und diese Aufträge wurden erheblich besser bezahlt als die an Schulen.

Gleichzeitig stellte die Arbeit einen Großteil seiner sozialen Kontakte dar. Überall gab es Kolleginnen und Kollegen, überall gab es Studentinnen und Studenten, Schülerinnen und Schüler. Und da er fast ausschließlich mit Erwachsenen zu tun hatte, war die Arbeit mit ihnen zum einen leichter als mit Kindern und Heranwachsenden, zum anderen konnte man ihnen auch privat anders begegnen.

Professionalität bedeutete für Walter bei aller äußeren Lockerheit im Umgang mit den Schülern eine innere Distanz, bei der seinen Kunden ihre private Individualität genommen wurde und die sie auf Menschen reduzierte, die er ausbildete, unterrichtete. Diese, im besten Sinne sachliche, also angemessene und zweckdienliche, Haltung bewahrte ihn davor, in seinen Schülerinnen, den wenigen, die er hatte, er unterrichtete ja an einer technischen Berufsschule, beispielsweise potentielle Sexualpartnerinnen zu sehen. Das hatte er sich vom ersten Tag an vorgenommen und auch überwiegend durchhalten können.

Verliebt hatte er sich, wenn er sich recht erinnerte, nur ein einziges Mal sehr heftig, und das war noch ziemlich zu Beginn seiner Lehrtätigkeit, während eines der Kurse, die vom Arbeitsamt finanziert und durchgeführt wurden. Diese Kurse hatten einen ungewöhnlich hohen Frauenanteil von über fünfzig Prozent. Die meisten waren altersmäßig mindestens fünfzehn Jahre jünger als er. Sie hieß Elvira, war Mitte Zwanzig, hatte blonde, mittellange Haare, war schlank und von einer burschikosen Art, die ihn von Anfang an faszinierte, weil sie mit einem trockenen und nicht selten unfreiwilligen Humor verbunden war. Ein Humor, den nur Walter genießen konnte, weil das Komische an Elviras Äußerungen daraus entstand, dass sie beide in völlig verschiedenen Welten lebten; im Grunde genommen also aus der intellektuellen Kluft, die sich zwischen ihnen wie ein wilder, unzugänglicher Canyon auftat.

Sommersprossenscheckig, kaum geschminkt und nachlässig gekleidet, kam sie morgens häufig mit geröteten Wangen zu spät, entschuldigte sich undeutlich murmelnd, setzte sich und hatte alle Blicke auf sich. Wenn sie dann aufsah, senkte sich ihr Blick *what's up, teacher?* in Walters Augen und seine Schlagfertigkeit entwich durch seinen offenen Mund. Ja, sie war viel zu spät aus dem Bett gekommen, alle im Raum spürten wie Walter ihre noch nicht ganz abgeklungene sexuelle Aufladung, die sie mit sich trug, wie umgekehrt andere die Kälte, wenn sie von draußen in einen überheizten Raum kamen. Natürlich erinnerte sie ihn an Marina und dieses Konglomerat von Erinnern und Begehren stürzte Walter in ein ganz tiefes Tal, in das ihn nur Eric Clapton mit seiner CD *Pilgrim* in Endlosschleife begleitete. *River of Tears* und vor allem der Bob Dylan-Song *Born in Time: Not one more night, not one more kiss / Not this time baby, no more of this / Takes too much skill, takes too much will.*

Die Falle, in die er regelmäßig tappte, waren Augen. Er sah eine Frau an, ihre Blicke begegneten sich, in ihren Augen blitzte es, und wenn der Blick offen war und seine Augen sein Innerstes entblößten, war er verloren. Durch seine Iris hatte sie etwas injiziert, das eine heftige und nachhaltige körperliche Reaktion hervorrief.

Auch bei Elvira hatte er das Phänomen erlebt, dass ihm Menschen, die ihn direkt auf seiner Gefühlsebene ansprachen, die unmittelbar in eine stille Kommunikation mit ihm eintraten, größer und imposanter vorkamen, als sie es in Wirklichkeit waren. Mit Bauchschmerzen und

Herzklopfen hatte er sich auf die London-Tour des Kurses gefreut, die Elvira schließlich absagen musste. „Ihr Freund lässt sie nicht", hatte Walter im Vorbeigehen in einer Pause vernommen.

Zurück im Klassenzimmer fand er sich neben ihr, hörte ihre Erklärungen an und sah, wie klein und schmächtig sie doch war. Überflüssig, darauf hinzuweisen, dass zwischen beiden nichts, aber auch gar nichts vorgefallen war, was über das Lehrer-Schüler-Verhältnis hinausgegangen wäre.

Knall auf Fall, Liebe auf den ersten Blick, das schien Walters Schicksal zu sein. Wenn es nicht gleich beim ersten Blick funkte, konnte immer noch einiges passieren, aber sich richtig zu verlieben war danach nicht mehr möglich, zumindest war ihm das noch nie passiert. Und es war ihm auch nur selten passiert, dass er mit einer Frau, einem Mädchen, in das er sich sofort verschossen hatte, je ein Verhältnis hatte. Es blieb meist bei diesem einen magischen Moment und einer lange unerfüllten Sehnsucht voller Leiden. Außer einigen wenigen Malen eben. Als er sich zum ersten Male in seinem Leben verliebte, mit siebzehn oder achtzehn in Marina, kam es nach dem magischen Moment zu einer Beziehung, einem Liebesverhältnis, das dann aber auch mit in einer langen, unerfüllten Sehnsucht und noch längerem Leiden angefüllt war.

Was er an Beziehungen schließlich in seinem bis dahin rund fünf Jahrzehnte währenden Leben hatte, waren durchaus leidenschaftliche Verhältnisse, die aber mit einer zunehmend pragmatischen Distanz seinerseits geführt wurden. *Any love is good love*, wobei er zu Zeiten nicht abgeneigt gewesen war, *love* durch ein anderes *four-letter word* zu ersetzen: *fuck*. Jeder mochte sich ausmalen können, dass seine Sexualkontakte während der kurzen Zeit im Literaturzirkus nicht dazu angetan waren, auf die große, ein Leben lang währende Liebe zu warten. Die Liebe als solche, zu und mit, wenn nicht allen Menschen, so doch mit einer erquicklichen Anzahl, hatte ihn, glaubte er zumindest, verdorben. Verdorben im Sinne des englischen *spoiled*, das auch *verwöhnt* bedeuten konnte. Das Beste, was er seit jeher hatte, war die Liebe zur Literatur, zu den Büchern. Und deshalb liebte er nach wie vor seine Schreibkurse.

Jede Form des Unterrichts bei all den verschiedenen Bildungseinrichtungen, an denen er unterrichtet hatte, besaß für Walter ihre Besonderheit, das Kreative Schreiben fiel jedoch aus dem Rahmen, in erster Linie, weil es die am wenigsten formale und institutionalisierte Form darstellte und ihn mit seinem früheren Leben verband. Es verband und unterstützte seine Kreativität, seinen Gestaltungsdrang mit seinem pädagogischen und didaktischen Talent.

Er stand gerne vor einer Klasse, einem Publikum, las vor, erklärte, versuchte die Begeisterung, die er für den Gegenstand, das jeweilige

Thema empfand, weiterzugeben. Kam beispielsweise im Schreibkurs die Frage auf, wie man am besten Dialoge gestaltete, griff er sich nicht nur eins seiner Handbücher für Kreatives Schreiben heraus, sondern entwickelte eigene Übungsreihen, die auf seine Kursteilnehmer abgestimmt waren. Einstieg konnte eine Analyse sein, eine Analyse prägnanter Beispiele, wie andere Schriftsteller Dialoge einsetzten, welche unterschiedlichen Gestaltungsmöglichkeiten vorhanden waren. Der nächste Schritt waren Schreibübungen, bei denen die erkannten Gestaltungsmerkmale für die Notwendigkeiten der eigenen Schreibarbeit angepasst und eingesetzt wurden. Transkription nannte er das, wenn man einen fremden Text nahm, seine Struktur übernahm und nur einige wenige Worte, Aspekte austauschte. Es war hochinteressant zu sehen, ob die vorgegebenen Passagen auch mit anderen Komponenten funktionierten. Den so erzeugten Texten war meistens nicht mehr anzusehen, auf welche Art und Weise sie zustande gekommen waren; Plagiatsvorwürfe wären bei diesen Resultaten so gut wie nicht belegbar gewesen. Analyse, Imitation/Transkription und Kreation. *Copy and paste* vor aller Software. Die Ergebnisse wurden dann vorgelesen und erörtert. Walter versuchte nie, den Teilnehmern seine Vorstellungen von Literatur aufzuzwängen, sondern zeigte ihnen auf, wie sie ihr Schreiben nach ihren jeweiligen Möglichkeiten verbessern konnten.

Die didaktische Reihe ließ sich auch anders aufbauen, indem er nämlich mit einer Schreibübung anfing, als Lückentext oder definierte Schreibaufgabe. Eine Situation wurde vorgegeben; Ort, Zeit, zwei Charaktere, ein Konflikt. Die Ergebnisse konnten sie dann im zweiten Schritt mit exemplarischen Dialogen vergleichen und ihre Schlüsse ziehen. Es gab Dialoge, bei denen eine Äußerung auf die andere folgte ohne jegliche Erläuterung „er sagte", „sie entgegnete", „sie sahen sich dabei in die Augen". Es gab Dialoge, in denen jedes einzelne Wort durch Reflektionen der Dialogführenden, Beschreibungen des Drumherum ergänzt wurden. Hemingways Fiesta-Roman, „The Sun Also Rises", war da ein gutes Demonstrationsobjekt. Stellenweise setzte er den reinen Dialog als dramatisches Mittel ein, dann wieder durchdrangen Gedanken der Protagonisten oder deskriptive Passagen den Dialog, in denen die inneren Vorgänge gespiegelt, intensiviert oder konterkariert wurden. Über die Analyse und die Erkenntnis, wie bestimmte Methoden funktionierten, wann man welche Mittel am besten einsetzte, hoffte er, das Handwerkszeug und die Anwendung der stilistischen, literarischen Mittel seiner Eleven, die ihn gern Meister nannten, zu verbessern.

Bei der kritischen Erörterung der Teilnehmertexte war es wichtig, über die inhaltliche Diskussion, also dessen, was die Figuren in einem Text miteinander anstellten, die moralische Bewertung, zu einer echten Textanalyse zu kommen. Walter hielt sich da an Goethe, der gesagt hatte, dass jeder Text immanent seine eigenen Bewertungskriterien enthalte. Fragestellung war also, was stand in dem Text, was wollte der Text vermitteln, um dann sagen zu können, an der Stelle verließ der Text seine Linie, da wurde er sich untreu. Häufig geschah das mit der nachfolgenden Entschuldigung „aber es war mir doch wichtig, das zu sagen!"

„Wichtig ist, dass ihr erkennt, was der Text, hat er einmal angefangen und seine eigene Dynamik entwickelt, sagen will. Ihr müsst auf den Text hören, wie der Text gleichermaßen auf euch!"

Die Debatte über Inhalte wurde natürlich auch geführt, da Form und Inhalt erst als Einheit das Kunstwerk ausmachten, war aber gegenüber den stilistischen, handwerklichen Entscheidungen zweitrangig. Darüber, was als Inhalt in Frage kam, so Walters feste Überzeugung, entschied jeder Autor, jede Schreiberin selbst. Wenn er oder sie glaubte, das Thema habe Relevanz, sei bei einem Verlag unterzubringen, habe Chancen am Markt, was immer jeder und jede für sich als ausschlaggebend erachtete, dann war das eben so. Nachdem sich in den ersten Semestern die völlige Unergiebigkeit der heißen Streitgespräche darüber, ob es nun *Litteraturr* sei oder nicht, sehr deutlich gezeigt hatte, verhinderte Walter konsequent den Einstieg in die sinnlose Debattenendlosschleife. Die Schreibwerkstatt war eben kein Verlagslektorat und keine Redaktionskonferenz eines großen Feuilletons. Es gab Dinge, die man unter Literaturbegeisterten diskutieren konnte und es gab Dinge, die jeder für sich entscheiden musste, weil jeder auch die Konsequenzen für sich zu tragen hatte. Damit diese Konsequenzen aufgrund falscher Vorstellungen nicht zu dramatisch ausfielen, gab Walter selbstverständlich Einblick in die realen, und das hieß ökonomischen Wirkprinzipien des Literaturbetriebes; die kannte er schließlich aus eigener Erfahrung.

Da die Gruppe gelegentlich selbst auch nach außen aktiv wurde, bei Lesungen oder anderen Veranstaltungen der VHS, konnten sich Walters Zöglinge in der rauen Wirklichkeit bewähren. Lokalredakteure schauten alle paar Jahre mal vorbei. Einmal, zur Buchmesse in Frankfurt, hatte sich eine Redakteurin des Südwestfunks gemeldet. Höchst lehrreich war die Lektion für alle Beteiligten, nachdem aus dem zweistündigen Interviewmaterial über all die diffizilen Aspekte einer Schreibwerkstatt ein Dreiminüter geworden war, in dem die hoffnungsvollen Nachwuchstalente sämtlich als überkandidelte, größenwahnsinnige Stümper präsentiert wurden. Als sich dann ein Redaktionsteam des Fernsehens anmeldete und Walter unter anderem in die Schreibwerkstatt begleitete, war das Augenmerk hauptsächlich auf den Kursleiter gerichtet. Die Enttäuschung auch über diesen Beitrag war bei den Kursteilnehmern größer als beim Kursleiter. Er war dargestellt worden als einer, der einmal und für kurze Zeit im Rampenlicht gestanden hatte, und sich jetzt in der Provinz von Möchtegernschreiberlingen anhimmeln ließ.

„Wie können die so etwas machen? Die haben doch so viel gedreht und aufgenommen, was in der Sendung überhaupt nicht vorkommt?"

„So funktioniert das nun mal, Kinners. Was die zeigen wollen, wissen die vorher. Und dann drehen sie alles Mögliche, bis sie das haben, was sie haben wollen. Überlegt euch das dreimal oder noch öfter, ob ihr wirklich in diese Wirklichkeit hinaus wollt."

Von Anfang an war es so, dass man sich nach der Kursstunde noch in einer Kneipe, beim Italiener oder Griechen, zusammensetzte und die Debatten auf eine andere Art und Weise weiterführte. Es entspannen sich Plots mit ungeahnten Personenkonstellationen, die sich in die Lebenswirklichkeit der Literaturliebhaber einwoben. In dieser lebhaften, fruchtbaren Luft wurden Liaisons angefangen und Projekte gestartet.

Walter war es nicht immer gelungen, sich völlig aus den magischen Machenschaften herauszuhalten. Auch ihm wurden Zettel zugesteckt, auch er wurde angebaggert. Es war nur eine Frage der Zeit, wann er in eine der trickreich ausgelegten Fallen tappen würde.

Wie häufig war es nicht die Schönste, nicht die Klügste, sondern die Hartnäckigste, die ihn schließlich bezirzte und ihn in eine Liebesbeziehung lockte. Sie war verheiratet, hatte zwei erwachsene Töchter, arbeitete halbtags in der Stadtbibliothek, sowie in einer Videothek, und hieß Veronika. Angeblich hatte sie auch schon in einer Sexboutique als Verkäuferin gearbeitet, aber Dr. Müllers Sexboutique war längst von der Löhrstraße verschwunden.

Sobald sie ihr Verhältnis angefangen und Sex miteinander hatten, blieb sie, das war ausgemacht, dem Kurs fern. Da Walter sich schuftete, fremde Frauen ins Haus im Goldpfad mitzubringen, bei denen er sich davor fürchtete, dass Lena oder gar sein Vater den Charakter ihrer Beziehung durchschauen könnte, gestaltete sich am Anfang die Suche nach geeigneten Love-Locations recht schwierig. Ja, es war ein rein sexuelles Verhältnis und so etwas, da war Walter ganz der kleinkarierte Spießer, hatte nichts in seinem Elternhaus verloren.

Die ersten Akte waren für Walter und im Nachhinein betrachtet beschämend. Im Auto abends unter Brücken, in Hotelzimmern, im Novemberwald an feuchte Tannenstämme gelehnt. Unglaublich, wozu er sich hatte hinreißen lassen. Das änderte sich, nachdem er ein paar Künstlertypen kennengelernt hatte, die in einer Immobilie lebten, über die man mehr erzählen musste.

Sie stand im Wald auf einer Anhöhe über dem Rheintal. War in den Zwanzigern des zwanzigsten Jahrhunderts von einem Ruhrgebietsindustriellen erbaut worden. Während eines Jagdausflugs in der damals nicht bebauten Gegend erschien ihm ein Hirsch mit einem Leuchter im Geweih oder eine Kröte mit rosaroter Glitschhaut, irgendetwas musste seine esoterische Eigenart so sensationell kurios ergriffen haben, dass er sich auf der Stelle entschloss, hier seine Heimstatt zu errichten. Ein Traumhaus fürwahr. Damals.

Aber wie solche Geschichten eben weitergingen: Der erleuchtete Heimgefundene starb wie jeder normal Sterbliche und hinterließ Erben, die sich stritten. Das Gebäude diente als Erholungsheim für gestresste Mütter mit noch gestressteren Kindern, als Übergangswohnheim für Aussiedler und beherbergte schließlich nach langem Leerstand eine Art Künstler-Wohngemeinschaft. In dem vierstöckigen Gebäude standen jedenfalls eine Menge Räume leer. Walter und Veronika hatten die Wahl und entschieden sich für ein Zimmer im obersten Stock mit Blick auf die Tannenwipfel, schmucker und originaler Holzvertäfelung, aber unmöbliert. Hierhin schleppten sie nach und nach Schlafsäcke, Matratzen, einen Wasserkocher, um sich einen Pausentee mit Gebäck gönnen zu können. Er holte sie in der Stadt mit seinem Auto ab und brachte sie nach zwei oder drei Stunden wieder zurück.

Sie liebte ihn, behauptete sie zumindest, sie brauchte das wohl, um vor sich selbst ihr ehebrecherisches Tun zu rechtfertigen. Er mochte sie, das sagte er ihr, und hatte ein schlechtes Gewissen, was er ihr auch sagte.

„Das musst du nicht haben, Walter, es reicht, wenn ich dich liebe. Für dich würde ich sogar putzen gehen."

Dafür gab es keine Notwendigkeit, aber das war offensichtlich ihre Vorstellung von romantischer Hingabe. Seiner Vorstellung entsprach das nicht. Die Inkongruenz wurde ihm zunehmend unerträglich. Was ihm das Verhältnis am Ende gänzlich unerträglich machte, war die Regelmäßigkeit, der tödlich immer gleiche Ablauf: Hinfahrt, Sex, Tee, Sex, Rückfahrt.

Er beschwichtigte sich regelmäßig damit, dass es doch in Ordnung war, wenn sie wie er nur Sex wollte und eine Begleitmusik, die das Ganze nicht so banal aussehen ließ. Das war doch wirklich verständlich und offenbarte in seiner Alltäglichkeit einen resignativen Charme. Aber noch war Walter nicht so weit, sich abzufinden und ohne Murren hinzunehmen, was im Angebot war. Nein sagen zu können, war eine der größten Freiheiten. Und deshalb sagte er eines Tages, als sie aus dem Auto stieg und meinte „bis nächsten Donnerstag, Cowboy" nur „Nein."

Mehr musste nicht gesagt werden. Sie wusste, was er meinte, und nahm es hin.

Wenn Walter, und das tat er immer wieder, eine Distanz zu sich, seinem Leben, seiner Umgebung aufbaute, war ihm klar, dass vieles, wenn nicht das meiste von dem, was er erlebte, gängigsten Klischees entsprach. Weshalb ihm auch bewusst war, dass er nie ernsthaft streng autobiografisch schreiben konnte. In den USA war er in einem Interview einmal danach gefragt worden. Seine Antwort war lapidar ausgefallen. Wenn er auf relevantes autobiografisches Material angewiesen wäre, hätte kaum mehr als ein Roman über Bücher und Literatur herauskommen können. Denn das sei sein Leben, Bücher und Literatur. In den Staaten kamen fast die gleichen Fragen wie in Deutschland, aber dort, wo jeder seine Biografie unter dem Motto *pimp up your résumé* aufmotzte, also um fiktive Elemente bereicherte, war man gewillt, das Autobiografische sehr weit zu fassen. Warum sollten ausgerechnet Schriftsteller nur die bescheidene Wahrheit und damit die traurige Wirklichkeit über ihr Leben verbreiten wollen?

Nachdem er sich über die Jahre hinweg auch an diese berufliche Konstellation mit ihren ständigen Neujustierungen gewöhnt hatte, fragte er sich, ob er wirklich etwas an seiner Situation ändern wollte, stabile Verhältnisse nämlich anzustreben, oder ob er nicht doch viel lieber der Freiheit seiner diversen Zeitverträge den Vorzug gab, der Ungewissheit und den überraschenden Wendungen, mit denen ihn sein Leben immer wieder konfrontiert hatte. Er hatte längst angefangen, die Neuanfänge zu lieben. Sich tolle Bewerbungsmappen zusammenzustellen, sich in Vorstellungsgesprächen jeweils passend zu präsentieren, sich in neue Kollegien einzufügen, neue Kontakte zu knüpfen, jedes Jahr über einhundert neue Schüler vor sich zu haben, sich immer wieder neu zu bewähren, das war die Herausforderung, die er suchte. Ihm war bewusst geworden, dass er nach einiger Zeit nachlässig wurde, übermütig, wenn ihn die Routine zu langweilen begann.

Er war entschlossen, den neuen Roman für eine erneute Wende in seinem Leben anzusehen und nicht für die Wiederaufnahme von etwas Vergangenem, Vergessenem. Da sein Vertrag an der FSR, Fachschulen Rheinland-Pfalz, im Dezember 2010 endete und die Arbeit am neuen Roman begonnen wurde, entschloss er sich, neben der Arbeit für TBS und TABC keine weiteren Aufträge anzunehmen, sondern zwei volle Tage ganz für das Schreiben freizuhalten. So lange er immer wieder neu beginnen konnte, fühlte er sich jung und fit, flexibel und kompetent. Und glücklich, mit sich im Einklang.

Im Goldpfad, Ostern 2011, Projekt zwei: MWD
(Maternity with delight = Mutterschaft mit Freude)

Dies sollte eine weitere Perle in der kostbaren Kette der Mutterschaften werden. Und nichts wünschte sich Lena sehnlicher als eine Tochter für ihre Tochter. Eine Enkelin für sich selbst und eine Großenkelin für Lenas längst verstorbene Mutter Christel. Alle Mütter meergeboren, schaumgeboren aus dem Blut und dem Samen des Uranus; auf Geheiß der Gaia, der Urgebärerin; abgetrenntes Glied, geschnitten mit der Sichel in der Hand des Sohnes Kronos, Vater des Zeus. Born und Beginn, Keimling und Quelle, Niederkunft und Auferstehung. Ein Kind würde bald wieder in das Haus im Goldpfad einziehen. Zwei Kinder, denn Jessica, die Mutter, war Jessica, die Tochter und die Enkelin. Das Älteste und Alltäglichste dieser Welt wurde, wenn man es so nah erleben durfte, wieder zum Wunder. Etwas, das noch nicht da war, das noch keine sichtbare Form in der äußeren Welt hatte, keine Eigenschaften, sollte bald wahr werden, sichtbar werden, wachsen und sich entwickeln. Ein Wunder. Ein Kind. Ein Mensch.

Ein Wunder, das derzeit nicht viel Beachtung zu finden schien. Lena hatte recherchiert und bei Amazon nur zwei Titel über die Kulturgeschichte der Geburt gefunden, beide schon vor längerer Zeit erschienen. Eines unter dem Titel „Rituale der Geburt. Eine Kulturgeschichte der Geburt" von Schlumbohm, Duden und Gelis, bereits 1998 erschienen, ein gebrauchtes Exemplar. „Andere Umstände. Eine Kulturgeschichte der Geburt" von Eva Labouvie, erschienen 2000 und auch nur noch gebraucht erhältlich, ab 78 Euro. Natürlich gab es jede Menge Ratgeber.

Die eigene Erinnerung war kein verlässliches Medium, weil sich vieles vermischte. Die Augen, die damals sahen, waren nicht mehr die Augen, die heute sahen. Der Körper insgesamt, Lenas verwandelter Körper, der damals schwanger war und drei Kinder zur Welt gebracht hatte, war nicht mehr der Körper von einst, aber immer noch ihr Körper, der sich ständig wandelte. Wenn also ihre heutigen Augen zurückblickten, sähen sie anderes, selbst wenn sie dasselbe ansahen. Im Gegensatz zu Walter war Lena schon unter recht zivilisierten Verhältnissen in einem Koblenzer Krankenhaus zur Welt gekommen, obwohl sich in der Familie hartnäckig die falsche Version einer Hausgeburt hielt; es soll mal wieder ein so strenger und schneereicher Winter gewesen sein. Natürlich, das Krankenhaus war ein katholisches, und die Hälfte der Krankenschwestern waren damals Nonnen und trugen auch im Krankenhausbetrieb Tracht. Etwas von der Atmosphäre des dazugehörigen Klosters war überall auf den Gängen und in den Zimmern des Krankenhauses zu spüren. Krankheit, Geburt, Tod konnten kaum besser beherbergt sein.

Walters Geburtsbaracke war wahrscheinlich eher einem Feldlazarett ähnlich. Kurz nach dem Krieg war alles besser als während des Krieges aber alles schlechter als vor dem Krieg. Was bei Lenas Niederkunft mit Jana schon aus Plastik und Aluminium war, dürfte bei Walter noch schweres Eisen, Bakalit und viel Emaille mit Macken, die von unzähligen Stößen und schepperndem Aufprall auf kalten Fliesen herrührten, gewesen sein. Krankensäle, mit Paravents abgetrennt, knarzenden Holzböden, dünnen Fensterscheiben in wurmstichigen Holzrahmen und bröseligem Kitt. Wenn das Kondenswasser im Winter die Scheiben hinunter lief, froren die Fenster von innen zu. Lena hatte ihre Mutter nie nach deren eigener Geburt gefragt. Es dürfte eine Hausgeburt in einem eisigen Ostpreußen gewesen sein und mit einer Hebamme, die auf einem Pferdeschlitten aus Kälte und Nacht herbeigeholt worden war. Lenas erste Hebamme war noch von diesem Schlag gewesen, eine fette kölsche Matrone, die selber keine Kinder hatte.

„Hättst da jo keens mache loose müsse. Datt Mache duurt nie su lang", war ihr Kommentar, als Lena wimmerte, wie lange es denn noch dauere. Ihre erste Geburt mit Jana war die schwerste, zwei Tage Wehen bei Gängen durch den Krankenhausgarten in einem schwülen August mit faulenden Pflaumen, auf denen sich Tausende Wespen tummelten; alles drückte, alles war zum Bersten prall. Und dann kam das Gewitter mit den Sturzfluten einer wuchtigen Masse Regen, messerscharfen Blitzen und einem Donner, als brächen alle Dämme. Und das taten sie. Lenas Scheide weitete sich ins schier Unermessliche, riss bis zum After ein und dann war Jana da, und ihr erster Schrei ging im lauten Tumult der Naturgewalten unter, wie auch Lenas Wimmern.

Wie sollte Lena heute das noch empfinden können, als hätte sich ihre Scheide über den gesamten Körper gestülpt. Wenn sie sich heute in den Schritt griff, versuchte sie sich vorzustellen, wie es wäre, wenn da ein kleiner, blutiger Kopf zu fühlen wäre. Sie konnte sich sehr wohl an ihren Schmerz erinnern, sie wusste, wenn sie sich daran erinnerte, wie schwer die erste Geburt gewesen war.

Vielleicht war es doch keine so gute Idee, Jessi nach Hause zu holen. So viele Erinnerungen, längst vergessene, fielen Lena mitten in den vertrauten Wirrungen, der gewohnten Umtriebigkeit an. War Jens damals bei der ersten Geburt dabei? Nein, er war nicht dabei gewesen. Jens war in der Familie, bei Vater Wolfgang und Mutter Christel, von Anfang an „der Kerl" und wurde nie richtig akzeptiert „das kann nicht gut gehen, Kind."

Und es ging nicht gut. Nicht, dass Jens ein schlechter Kerl gewesen wäre oder dass sie beide sich nicht geliebt hätten. Sie hatten alles probiert nach dem Prinzip *trial and error*, und erst als sie alles, fast alles versucht hatten, war Lena bereit zuzugeben, okay, es geht nicht.

Ich weiß nicht, warum, aber es geht einfach nicht. Zumindest ging es ab dem Punkt für die beiden nicht gemeinsam weiter. Und Lena bedauerte nie, mit Jens drei Kinder zu haben, mit ihm rund zwanzig Jahre gelebt zu haben. Wenn man eine Beziehung anfing, wusste man nicht, wie lange sie hielt. Und nur weil am Ende, nach zwanzig Jahren, Schluss war, bedeutete das nicht zwanzig vergeudete Jahre. Überhaupt nicht.

Denn es hatte so schön angefangen. Nicht im Karneval, nicht auf einer Party, nein, Ende Mai am Rhein auf einer Liegewiese zwischen hohen Pappeln und dicken Weiden, deren Zweige wie lange Finger bis ins Wasser hingen, in dem auch die Wurzeln fußten. Sie war mit ein paar Freundinnen draußen und er mit ein paar Freunden, zum Grillen. Die Jungs hatten Fünfliter-Fässer Kölsch und produzierten sich vor den Mädels mit Fußballdemonstrationen. Es waren mehr Jungs als Mädels, aber selbstverständlich kam man bald ins Gespräch, auch wenn Corinna und Melanie sauer waren. Evelyn und Lena, Susanne und Yvonne spielten eine Zeitlang mit, ließen sich auf ein Kölsch einladen und später tauschte man Grilladen und Salate aus. Am Ende, es war schon dunkel, waren nur noch Jens und Susanne, Ralf und Lena da. Es sah tatsächlich zunächst nach dieser Konstellation aus, Ralf schien ihr der sympathischere, er war bei weitem nicht so arrogant wie Jens, aber als sie auf den Decken nebeneinander lagen, war es die Paarung Susanne mit Ralf und Lena mit Jens. Den ganzen Sommer über waren beide Paare unzertrennlich, zu viert verbrachten sie einen glorreichen Sommer. *Summer of love.* Ihr erster *summer of love.* Und auch ihr einziger.

> If you're going to San Francisco,
> Be sure to wear some flowers in your hair...
> If you're going to San Francisco,
> You're gonna meet some gentle people there.

Scott McKenzie hatte mit dem Song, John Phillips von den *Mamas and Papas* hatte ihn geschrieben, 1967 einen Riesenhit und auch zehn Jahre später schien er manchen langhaarigen Jünglingen katalysatorisch geeignet zu sein, verträumte Erregungszustände zu erzeugen. Es wurde ziemlich viel im Freien gevögelt. Und das war eigentlich nur in der freudigen Erwartung vorher oder der verklärenden Rückschau romantisch. Die Wirklichkeit wartete mit Insekten auf und stacheligen Pflanzen, ungeschickten Versuchen, eine geeignete Stellung zu finden, aufgeschürften Knien, versauten Kleidungsstücken und der ständigen Angst, irgendein Spanner oder zufälliger Spaziergänger könnte über sie stolpern.

Mutter Erde, Mutter Natur, ja ja. Aber das Natürliche war nicht nur und immer nur schön. In den Fünfzigern war die Natur im Bewusstsein der Menschen sehr viel stärker als heute eine Kraft, die nicht zu beherrschen war, die gerade wegen ihrer Ambiguität geachtet wurde und die Einstellung zu ihr war sehr viel näher an dem, was man von anderswo als Naturreligion kannte. Das hatten die beiden Geschwister auf ihre jeweilige Art und Weise erfahren. Lena hatte ihre Aufmerksamkeit den angewandten Wissenschaften, Walter den Geisteswissenschaften geschenkt. Das hatte durchaus mit ihren Vorstellungen von Natur zu tun.

Mutterschaft war für Lena ein Projekt. Ein Projekt, das sie selbstverständlich nicht nur in seinen pragmatischen sondern auch in den psychologischen und ethischen Aspekten zu erfassen suchte. Lena liebte Projekte. Zwei Projekte hatte sie nun ins Auge gefasst: Geburt des ersten Enkelkindes und dessen intensiver Betreuung und Versorgung während der ersten zwölf Monate mit Unterstützung und Entlastung der Mutter, also Jessica, ihrer Tochter. Lena zählte dabei auf ihren Bruder Walter. Außerdem Walter selbst und seine literarische Karriere, genau genommen ihre gemeinsame literarische Karriere mittels ihres gemeinsamen Projektes, dem sie den Arbeitstitel „Heim – Stätte" gegeben hatte. Von der Existenz eines Projektplanes wusste Walter allerdings nichts und musste er vorläufig auch nichts wissen.

Projekt Zwei hatte sie „maternity" genannt. Es gab eine Menge nicht nur zu planen und in die Wege zu leiten, und bei einigen Maßnahmen, baulichen unter anderen, rechnete sie nicht mit Walters begeisterter Zustimmung. Walter und Lena hatten sich darauf verständigt, dass der Bereich im ersten Stock von Walter als Lebens- und Arbeitsraum genutzt wurde. Lena durfte ebenso ihr Arbeitszimmer hier oben einrichten. Jessica und ihr Kind bekamen zwei Zimmer im Parterre, ihr Arbeitszimmer sollte sie im Souterrain einrichten. Das große Wohnzimmer und die Küche waren für alle da; allerdings hatte Walter ja die Maisonette-Küche oben. Lena hätte gerne mehr an Umbauarbeiten und Renovierungen gehabt, aber Walter bremste mit dem Argument, dass man gar nicht sicher sein könne, ob Jessica tatsächlich einzog.

„Weißt du, ob sie nicht morgen anders denkt und doch nicht ins muffige Elternhaus im noch muffigeren Koblenz ziehen will, in Mainz bleibt, nach Berlin will oder nach Australien?"

„Australien, wie kommst du auf Australien?"

„Der Typ, mit dem sie mal hier war, geht doch nach Australien."

„Kann sein, Walter. Aber warum sollte sie mit ihm gehen? Oder hat Jessi dir verraten, dass er der Vater ist."

Nein, das hatte sie nicht, Jessica hatte sich tatsächlich bis jetzt standhaft geweigert, den Namen des Kindsvaters preiszugeben. Aus welchem Grund auch immer. Ganz offensichtlich wollte sie nicht mit ihm zusammenleben. Und da war sie, Lena, als Mutter gefragt.

„Bist du nicht ein wenig *over protective*, Lena?"

„*Overprotective*? Kannst du dich an deine Kindheit erinnern?"

Was redete der Kerl da. Wie oft hatte sie daneben gestanden, wenn der kleine Walter mit gebrochenem Arm oder einer tiefen Schnittwunde nach Hause kam, die Mutter die Hände vors Gesicht schlug und mit ihm ins Krankenhaus fuhr. Mit dem Bus oder der Straßenbahn.

„Der kommt noch mal mit dem Kopf unter dem Arm nach Hause", hatte Mutter oft genug gestöhnt in ihrem immer noch hörbaren ostpreußischen Zungenschlag.

„Okay, Lena, du bist nicht *overprotective*. Ich kann mich nämlich auch an deine Adoleszenz und die frühe postpubertäre Phase erinnern."

„Ist gut, Walter. Jessi ist doch noch so jung."

„Wie alt warst du, als du zum ersten Male schwanger warst?"

„Ja, Walter ich war vierundzwanzig."

Summer of love.

„1978 habe ich Jens kennen gelernt. Und 1981 war Jana da. Die drei Jahre waren wohl die aufregendsten in meinem Leben, also ich meine jetzt, für mich alleine betrachtet. Familie ist natürlich auch aufregend, aber auf eine ganz andere Art und Weise."

„Und Mutter war zwanzig wie unser Vater, sie konnten nicht einmal ohne die schriftliche Erlaubnis ihrer Eltern heiraten, weil sie noch nicht volljährig waren. Und im Übrigen ist das auch der Grund, warum ich unehelich zur Welt kam."

„Das ist doch alles eine Ewigkeit her, Walter."

„Ja, kurz nach dem Dreißigjährigen Krieg muss das gewesen sein und kurz vor deinem dreizehnjährigen Ehekrieg mit Jens."

„Haha. Das ist doch heute alles anders. Außerdem waren wir nie verheiratet, wie du weißt."

„Ich weiß. Sicher ist es heute anders, aber Jessica ist nicht zu jung. Weißt du übrigens, was ich glaube?"

„Was, Walter, glaubst du?"

„Dass die Menschen besonders in den Zeiten jung Eltern werden, wenn ihre Vitalkräfte gefordert sind, in unruhigen Zeiten, wie während und nach dem Krieg, wenn es ums nackte Überleben geht. Ich glaube mal gelesen zu haben, dass in bestimmten Zeitumständen mehr Jungs oder mehr Mädchen geboren werden. In guten Zeiten können wohl auch ältere Mütter eine Geburt riskieren."

Lena verstand immer noch nicht und sah ihn fragend an.

„In unserer hochkomplexen Gesellschaft sind heute andere Qualitäten gefragt."

„Ah ha."

„Ja, ältere Eltern sind eher dazu in der Lage, ihren Kindern in dieser unüberschaubaren Vielfalt Orientierung zu geben."

„Ich frage mich, warum du nicht Biologie oder Soziologie studiert hast. Du willst mir also erklären, dass die weibliche Natur direkt, mehr oder weniger direkt auf gesellschaftliche, politische Entwicklungen reagiert?"

„Die menschliche, Lena, die menschliche Natur. Ich habe auch gelesen, dass männliche Unfruchtbarkeit mit zivilisatorischen Umständen zusammenhängt."

Womit sonst. Walters Märchenstunde nannte Lena solche Momente gerne. Sie wusste nie genau, ab welchem Punkt er anfing, zu erfinden und Geschichten zu erzählen. Die Natur des Menschen in Haus und Garten, in Flur und Feld, bei der Jagd und auf der Brautschau. Oh, Walter!

Lena in Haus und Garten mit der Mutter, Walter und Vater immer draußen, wenn auch an verschiedenen Orten und aus verschiedenen Gründen. Auf der Jagd gewissermaßen. Beutezug.

Walter wollte über die Osterferien wegfahren, hatte er unvermittelt mitgeteilt, ohne dass Lena auch nur eine Ahnung gehabt hätte, warum er ihr das gerade in jenem Moment sagte. Das war so spontan, dass es unbedingt eine assoziative Verknüpfung geben musste. Er machte aber ein großes Geheimnis daraus, wohin die Reise gehen sollte. Zürich, Lena fand den Google-map-Ausdruck auf seinem Schreibtisch, und da lag im Flur die Praktikumsplanung einer Simone Efatis. Wohl eine Schülerin, die ein Praktikum in Zürich machte.

Walter? Walter, du wirst doch nicht ...?

Walter war alles andere als prüde oder verklemmt, um Himmels willen, nein. Aber Schülerinnen, die wenigen, die er hatte, nahm er nicht als sexuelle Wesen wahr, behauptete er immer. Lena hätte sich noch mehr Sorgen gemacht, hätte sie Simones letzte Klassenarbeit gesehen. Bei einer der Aufgabenstellungen „Write a letter or an email to a friend" sollten die Schüler einen Brief oder eine Mail schreiben („150 – 200 words"). Diese Schülerin hatte als einzige der Klasse ihren Brief an „Dear Mr Wisman" gerichtet und schloss mit den Worten „you would know what I'm thinking and that is secret." Walter hatte angemerkt „would I?" und aus dem Adjektiv *secret* ein Nomen gemacht, indem er den Artikel *a* davorsetzte. Hatte er ein Geheimnis? Das Thema des Briefes war ein Bionics-Fachartikel über implantierbare Minicomputer, die beschädigte Nervenverbindungen überbrücken oder wiederherstellen konnten: „bridge lost connections."

Was Walters Haltung seiner kleinen Schwester gegenüber anging, hatte sie etwas Morgenländisch-Muselmanisches. *Manisch* auf eine stille Art und Weise. Diese Haltung war im Laufe der Jahre, Jahrzehnte entstanden. Nach dem Tod der Eltern, den Verlusten des Ehemannes und des Lovers Marc, von Walter nur Marcus Aurelius genannt. Marcs Nachname war Rehl, fühlte sich Walter offensichtlich auf eine gewisse Art und Weise für seine Schwester verantwortlich. Marcus Aurelius, der letzte Adoptivkaiser gegen Ende der besten Zeiten des Römischen Reiches, hatte mit Katastrophen wie der Überschwemmung des Tiber zu kämpfen, *Tibertsunami*. Und von dem es unzählige kluge Sprüche gab: „Die Kunst des Lebens besteht mehr im Ringen als im Tanzen."

Mit einem Male realisierte Lena, dass sie an Ostern alleine war. Sie war selbstverständlich davon ausgegangen, dass wenigstens eines der Kinder oder Walter zuhause gewesen wäre. Sie dachte nicht lange nach, setzte sich ins Auto und fuhr nach Holland an die Küste, fand alle Unterkünfte ausgebucht, verbrachte deshalb die Tage am Strand und fuhr zur Übernachtung in ein teures Hotel in Amsterdam. Das war auch eine Neuerung. Noch nie hatte sie bisher die Weihnachts- oder Osterfeiertage ohne Familie verbracht. Und wahrscheinlich, ging ihr durch den Kopf, war sie die einzige in der Familie, die darunter litt, dass dies nun zum ersten Male so war.

Die älteren Geschwister waren meist die robusteren. Das war bei Walter und Lena so, auch wenn Lena in den Dingen des Lebens die Praktischere war. Das war ebenso mit Lenas Kindern. Jana war robust, selbständig und empfindsam, Jessica selbständig und empfindlich, Jan empfindlich und verschlossen auf eine Art, die offen wirkte. Natürlich war es ungerecht, Menschen mit zwei, drei Attributen abzufertigen. Aber weder im Leben noch im Roman gab es Gerechtigkeit oder ausreichend Raum und Zeit. Leben und Roman formten. Und da das Leben, die Menschen nie formlos existierten, war jede neue Form, in die sie sich wandelten, auch eine Deformation des Alten, Gewohnten. Und das Schicksal jeder neuen Form war Deformation. Ein richtiger Roman musste bilden; bilden im Sinne von formen: informieren, reformieren und deformieren. Der Romanautor musste nicht nur romantisch sein sondern auch robust.

„Das habe ich noch nie erlebt."

„Was hast du noch nie erlebt, Walter?"

„Dass bei uns an Ostern die Kastanien blühen, Lena."

„Ja, wenn du das noch nie erlebt hast, Walter, dann hat es das auch noch nie gegeben. Wegen der Kastanien und all dem Zeugs, das jetzt hemmungslos blüht, ist die Luft voller Sex."

Von ihm kam ein schräger Blick aber kein Wort. Und weg war er; hinterließ nur eine Staubwolke – sexuell aufgeladen gewissermaßen, hätte Walter gesagt, wenn er etwas gesagt hätte. Sie sah aus dem Fenster in Richtung Hunnersch, wo sich eine blass ockerfarbene Staubwolke zehn, fünfzehn Meter hoch erhob, verwirbelte und zerfaserte. Sie legte sich vermischt mit den Pollenwolken auf alle Oberflächen, die sich dem warmen Aprilwind boten. Es war seit Tagen Sommer mit Temperaturen um rund fünfundzwanzig Grad. So gut wie kein Regen schon sechs Wochen lang. Wenn es nicht bald Regen gab, würde die Saat kaum angehen und die Anbaufläche für Monate kümmerlich aussehen. Die Staubwolke folgte einem Case IH Puma, der eine fast fünf Meter breite Pflanzmaschine hinter sich herzog. Wahrscheinlich mit Maiskörnern geladen. Die Gemarkung hieß Hunnersch seit Jahrhunderten und am Steuer des Traktors saß der letzte Landwirt des Ortes. Was heute ein einziges Maisfeld war, gehörte vor fünfzig Jahren zehn Bauern und war ein bunter Flickenteppich von mindestens zwanzig Viehweiden, Kartoffel- und Getreidefeldern mit Weizen und Hafer und Gerste und Roggen und Hecken, Rübenäckern und kleinen Baumgruppen dazwischen, in denen man Rebhühner und Fasane aufscheuchen konnte. So hatte es sicher Jahrhunderte lang hier ausgesehen. Größer konnte das Feld nicht werden, mehr Fläche gaben das Landschaftsbild und die Besiedlung hier nicht her.

Der Großvater des Jungbauern lebte lange nicht mehr, ein schon mit vierzig Jahren krummes und dünnes Bäuerlein. Sein Traktor war kein Case International Harvester sondern ein Porsche Super Diesel. Den hatten sich die paar Männer der Siedlung in den späten Fünfzigern und frühen Sechzigern gelegentlich ausgeliehen, um Holz aus dem Wald nach Hause zu transportieren. Die Jungs durften mit, um auch die kleineren Holzstücke aufzusammeln. Walter hatte sich, während die anderen das Holz eines umgestürzten Apfelbaumes auf einer Waldwiese sammelten, zum Traktor geschlichen und sich auf das Schutzblech über dem rechten Hinterrad gesetzt.

Ob er selbst mit dem Fuß an die Handbremse kam oder sie nicht fest angezogen war, wer hätte das nachträglich sagen können. Jedenfalls setzte sich der Traktor mit dem Anhänger voller Holz auf dem abschüssigen Gelände in Bewegung und kam kurz vor einem etwa drei Meter hohen Abhang an einem Birnbaum zum Stehen, während die Männer und die anderen Jungen wild gestikulierend und laut rufend neben dem rollenden Gespann her liefen. Walter saß stocksteif und hielt sich an dem dünnen Eisen fest, das als Rücklehne diente. Er fiel nicht einmal herunter, als der Traktor gegen den Baum knallte und die Vorderachse brach. Sechshundert Mark war damals viel Geld und die Familien legten zusammen.

„Dein Modda hat donoo niemieh mit uns geschwätzt, Wallda."

Wolfgang und Christel und Willi und seine Frau Martha hatten bis zu Christels Tod nichts mehr gemeinsam unternommen.

„Mutter war wahrscheinlich überzeugt, dass die Männer schuld waren, nicht auf dich aufgepasst und dein Leben aufs Spiel gesetzt hatten. Deswegen war sie so verletzt, sie hat dich doch abgöttisch geliebt, Walter", meinte Lena.

Aber geredet hatte Mutter nie darüber, und Walter hatte das erst vor kurzem auf der Beerdigung von Willis Frau erfahren. Walter war, wie man im Dorf gern sagte, *n'Doiwel*, ein Teufel, und das Traktorunglück war nicht das einzige, bei dem er leicht das Leben hätte verlieren können, bevor er auch nur in die Pubertät gekommen wäre.

Bauern waren damals gewissermaßen die natürlichen Feinde von Jugendlichen und Heranwachsenden. Sie jagten die Jungen von den Obstbäumen und aus den Heuschobern und verfolgten sie mit der Mistgabel. Die Rabauken rächten sich, indem sie Jauchefässer leer laufen ließen, Strohhaufen anzündeten und schweres Ackergerät Abhänge hinunter rollen ließen. Im Sommer tauchte der Dorfpolizist, der aussah wie der Unkerich aus den *Lurchi*-Heften, regelmäßig in der Schule auf, um den Versuch zu unternehmen, die Übeltäter ausfindig zu machen. Vergeblich. Bauern schienen heute der natürliche Feind der Natur zu sein und die Jugendlichen tobten sich in den öffentlichen Verkehrsmitteln oder den Stadien aus.

Der alte Bauer Haller mit dem Porsche Diesel hatte, als Walter Kind war und in Arzberg zur Schule ging, noch einen letzten Kaltblüter, ein zotteliges Ungetüm von Pferd, das so schwer war wie gemütlich. Keine Schwermut, reine Schwerkraft. Bei Hallers stand auch der Dorfbulle und wer einmal erlebt hatte, wie der eine Kuh besprang, der wusste für immer, welche Urgewalt bei der Zeugung brachial über die weibliche Welt hereinbrach und ging unwillkürlich auf Distanz, weil er um sein Leben bangte. Das konnte nicht mehr die gleiche Spezies sein, der man heute klinisch rein und chirurgisch präzise hochprämierte Spermien injizierte. Und Playboy-Sex hatte für Walter immer nur den erotischen Charme eines Kinderkaufmannsladens. Das Spiel mit den kleinen, leeren Packungen von Aurora-Mehl, Persil und dem Sarotti-Mohr lebte von der Phantasie der Kinder.

Die ersten zehn, fünfzehn Jahre nach dem Krieg lebte man hier das Leben eines Naturvolkes. Es ging um Behausung, es ging um Essen und Trinken, es ging um Vermehrung und die Sorge um die Nachkommenschaft. Und dazu gehörte auch der Katholizismus, der rheinische insbesonders, mit seinen deutlich erkennbar aus dem Heidnischen stammenden Riten. Weihnachten war die Wintersonnenwende und der Frühlingsanfang war Ostern nach dem Frühjahrsäquinoktium, der Tagundnachtgleichen, Fronleichnam war das Flehen um Fruchtbarkeit beim Hinausgehen in Feld und Flur. Die Marienverehrung, die den sexuellen Akt sogar heiligsprach und auf die Stufe des Wunders unbefleckter Empfängnis hob.

Das galt ganz besonders für Menschen, die, wie Walters und Lenas Eltern, aus dem Krieg nur das nackte Leben retten konnten. Die ihre Heimat, die aus der Rückschau zum Paradies wurde, verloren hatten; die sich nackt und schutzlos in die Welt geworfen sahen, Heimatvertriebene. Die fünfziger Jahre waren verklemmt, ja, aber gleichzeitig sexuell so enorm aufgeladen, dass sich das in den Sechzigern geradezu explosionsartig entlud und zu all den aufgeregten Absonderlichkeiten sexueller Aufklärung und Befreiung führte. Oswald Kolle im Kino und Dr. Sommer in der *Bravo*. Deswegen waren die 68er nicht nur die Auflehnung gegen den „Muff von tausend Jahren unter den Talaren", gegen das Verschweigen und Leugnen des Naziterrors der Vätergeneration, sondern auch der offene Verstoß gegen Vorschriften in Sachen Kleiderordnung und Frisur und Sexualität.

Als Walter Lena und Jessica das nächste Mal sah, saßen sie in der Küche und heulten.

„Was ist los?"

„Lass uns einfach in Ruhe, Walter."

„Okay."

Walter war sich nicht sicher, ob er das Zusammenleben mit den beiden Frauen unter einem Dach, unter dem zur Hälfte seinem Dach, wirklich wollte. Und das war eindeutig ein Euphemismus dafür, dass er sich absolut sicher war, dass er das *nicht* wollte. Was war das nur für ein April?

„April is the cruelest month", so begann T.S. Eliot sein *The Waste Land*, Das wüste Land:

> *April ist der grausamste Monat, er treibt*
> *Flieder aus toter Erde, er mischt*
> *Erinnern und Begehren, er weckt*
> *Dumpfe Wurzeln mit Lenzregen.*

Seckenhausen, Osterholz, Sommer 1949: Summer of Love

Cuttings
Sticks in a drowse droop over sugary loam,
Their intricate stem-fur dries;
But still the delicate slips keep coaxing up water;
The small cells bulge;

Cuttings
later
This urge, wrestle, resurrection of dry sticks,
Cut stems struggling to put down feet,
What saint strained so much,
Rose on such lopped limbs to a new life?

Theodore Roethke, 1948

A *summer of love,* einen Sommer der Liebe hatte es auch für Christel
und Wolfgang 1949 gegeben, wenn auch außer dem Wetter so ziemlich alles anders gewesen sein dürfte als zwanzig Jahre später. Außer
dem Wetter und den Gefühlen, die nicht weniger heftig und verwir-
rend waren, aber dennoch unter anderen Vorzeichen standen, mit
Umständen und Auswirkungen, da sie von völlig anders disponierten
Mitspielern erlebt und vermittelt wurden als 1967 in San Francisco
oder elf Jahre später in Köln. Wetter wurde kurz nach dem Krieg nach
seiner Tauglichkeit für das Wachstum von Pflanzen beurteilt und
weniger nach Freizeitwert oder Schlagzeilenträchtigkeit. Der Begriff
Jahrhundertsommer war völlig ohne Belang. Eine gute Ernte war
wichtiger. Die Frage war, gab es genug Regen, genug Sonne, die richtigen Temperaturen und alles zur richtigen Zeit. Das Volk war immer
noch ausgehungert, und auf vergilbten Fotos sah man nicht nur Jugendliche mit schmalen Gesichtern und Körpern, an denen die weite
Kleidung Mangelzeiten kaum kaschierte.
Was empfand ein junges Mädchen mit achtzehn Jahren? Ein Mädchen, das als Vierzehnjährige noch in den weiten Ebenen Ostpreußens
nur von fern und in kaum verständlichen Äußerungen Erwachsener
vom Krieg gehört hatte. Ein Mädchen, das kaum eine Erinnerung
mehr daran hatte, wie unbeschwert das Leben zu der Zeit gewesen
war, als sie eingeschult wurde, 1936. In einer Einklassenschule auf
dem flachen Land im südlichen Masuren, wo es Wölfe gab und Elche.
Natürlich, Achtzehnjährige hatten unter den meisten Umständen
weder Erinnerung noch Interesse an Erinnerungen der eigenen Kindheit. Das Leben lag schließlich vor ihnen, das bisschen Kindheit war
schnell vergessen. Wenn das bisschen Kindheit aber schon unter den
dunklen Schatten des Weltkrieges stattfand, eines fernen Weltkrieges
zwar, der aber dennoch einen Bruder und den Vater nie wieder nach
Hause kommen ließ, dann war das doppelt verstörend.
Der Willem is jefallen, mäin Jott näi.
Was bedeutete die erste Blutung, wenn so viel Blut vergossen wurde,
wenn gemordet und vergewaltigt wurde. Christel war nicht vergewaltigt worden auf ihrer Flucht. Auch ihre beiden Schwestern nicht
und nicht ihre Mutter. Als hätte die Familie mit den beiden gefallenen

Männern genug geopfert. Aber auch bei dem, was Familien zu opfern hatten, gab es keine Gerechtigkeit. Mutter, Christels Mutter, Walter und Lenas Großmutter, hatte ihr Leben lang eine solche Angst vor Flüssen und Seen, dass sie freiwillig nie ein Boot bestiegen oder eine Brücke überquert hätte. Der Flüchtlingstrupp, dem sich die Familie angeschlossen hatte, wollte nicht warten, bis es Nacht wurde, die Mutter schlief, und sie die zugefrorene Weichsel, später die Oder überqueren konnten. *Wasser hat käine Balken nich.* Nur ihren Kindern zuliebe, die sie nicht alleine lassen wollte, wagte sie die Überfahrt ans andere Ufer. Aber nach dem Krieg hatte sie bis an ihr Lebensende nie eins ihrer entfernt wohnenden Kinder besucht, sie hätte ja mit der Bahn Brücken überqueren müssen.

Allein der Alltag, die Arbeit im Stall und auf dem Feld, die sie schon als Kind gewohnt war, die sie im Krieg und auf der Flucht herbeigesehnt hatte, ließ sie zur Ruhe kommen. Und die Natur. Es war Herbst geworden 1946 und Winter. Der Landwirt in Niedersachsen, bei dem ihre Familie untergekommen war, hatte die Mutter mit den drei Töchtern und dem kleinen Kurt, der jetzt wieder zur Schule ging, im Kuhstall in der Kammer untergebracht, die sonst ein Knecht bewohnte. Hier war es selbst im kältesten Winter warm. Und die drei Frauen machten die Arbeit des Knechtes. Die Natur war es, die den Glauben an das Leben auferstehen ließ. Wenn im Frühling die Wiesen wieder zu Weiden wurden, auf denen im Sommer Heu gemacht wurde, wenn die Felder wieder Getreide trugen, das gemäht, gedroschen und gemahlen werden konnte, wenn Gemüse geerntet und Kartoffeln in Körben gesammelt wurden, dann konnten auch sie vielleicht wieder leben.

An Wochenenden, wenn samstags die letzte Kuh gemolken war und in frischem Stroh stand oder lag, dann konnten sich die Mädels waschen und Kleider anziehen, die ihnen jemand geschenkt hatte. Die Bäuerin, Nachbarn, das Rote Kreuz. Aus dem wenigen, was sie mitgebracht hatten, waren sie längst herausgewachsen.

Wovon träumte ein junges Mädchen von achtzehn Jahren, wenn es alles das hinter sich hatte, was Christel hinter sich hatte? Welche Vorstellungen von Zukunft konnte es für sie geben, wenn die tatsächlichen Möglichkeiten nicht nur in materieller Hinsicht sehr begrenzt waren? Und was änderte sich, wenn sich ein solches Mädchen verliebte? Alles. Und Christel war verliebt. Sie hatte Wolfgang kennengelernt. Wolfgang Wisman. Auf dem Bremer Freimarkt, im Spiegelkabinett. Sie konnten beide nie klären, wer wen zuerst gesehen hatte, aber verliebt hatten sich beide auf der Stelle, ohne zu wissen, ob es das Spiegelbild oder die echte Person war, die kurz vor ihnen aufgetaucht und wieder verschwunden war. Beide hatten sich aufgrund der spontanen Bewegung heftig gestoßen. Benommen standen sie draußen und hatten sich schon wieder verloren. Christel war zusammen mit ihren beiden Schwestern und Heinrich, der schon seit einiger Zeit mit ihrer älteren Schwester Ina befreundet und natürlich auch Flüchtling war. Sie standen vor einer Schießbude und schauten den Schützen zu, als Christel eine männliche Stimme in dem Stimmengewirr wahrnahm, die den sanften Zungenschlag Ostpreußens hatte. Sie wusste sofort, wen sie sehen würde, als sie sich umdrehte, obwohl es in Niedersachsen in der Zeit unmittelbar nach dem Krieg sehr viele ostpreußische Flüchtlinge gab. Im Kreis Lüneburg sollte es zeitweise mehr Ostpreußen als Niedersachsen gegeben haben. Zu hören gab es zudem das reine *British English* der Besatzer, denen Fraternisierung mit den Besetzten streng untersagt war. In den „Instructions for British Servicemen in Germany 1944" hieß es unter anderem: „When you meet the Germans you will probably think they are very much like us. They look like us, except that there are fewer of the wiry type and more big, fleshy, fair-haired men and women, especially in the north. But they are not really so much like us as they look[2]."

Weniger drahtig als hager waren Wolfgang und Christel. *Spannenlanger Hansel, nudeldicke Dirn, gehen wir in den Garten, schütteln wir die Birn.* Blond waren sie auch nicht, sondern schwarzhaarig, Christel, und Wolfgang fast genau so dunkel. Vom Freimarkt an verbrachten sie jedes freie Wochenende zu viert, die beiden Paare, nicht immer ohne die jüngere Schwester. Walter und Lena hatten zwei kleine Schwarzweiß-Aufnahmen der vier jungen Menschen, alle vier auf einer Wiese vor dem Schilf eines Teiches oder Kanals, die beiden jungen Frauen mit Röcken, unter denen nur die Schuhspitzen hervorlugten. Die beiden Männer flankierten sie links und rechts wie Buchstützen; in langen, weiten Hosen, mit leicht angewinkelten Knien, den schrägen Oberkörper auf dem Arm abgestützt. Am rechten Bildrand drei Fahrräder.

Die vier jungen Leute sahen so adrett, so sauber, so ordentlich aus, herausgeputzt mit Stoffblume im Haar, und eine Decke auf der Wiese. Sie trugen vielleicht die ersten Kleider, die sie sich von dem neuen Geld, der D-Mark, gekauft hatten. Wolfgang und Christel waren gerade mal achtzehn, neunzehn Jahre alt, Teenager noch, Ina und Heinrich nur wenig älter. Aber niemand hatte sie gezwungen, sich so herzurichten und für das Foto zu arrangieren, als lebten sie noch im

---

[2] Auf Deutsch etwa: Wenn Sie Deutsche treffen, werden Sie wahrscheinlich denken, sie seien uns sehr ähnlich. Sie sehen aus wie wir, abgesehen davon, dass es weniger drahtige Typen gibt, dafür mehr große, fleischige, blonde Männer und Frauen, besonders im Norden. Aber sie sind uns nicht wirklich so ähnlich wie sie äußerlich scheinen.

neunzehnten Jahrhundert. Es war ihr ureigenes Bedürfnis, sich in den wenigen Stunden, die sie miteinander hatten, so sauber und ordentlich wie möglich zu begegnen. Weil das etwas ganz Besonderes war. Das sagte das Bild auch heute noch.

Schüchtern natürlich, befangen und ernst erst, dann aber auch alles vergessend, verspielt und übermütig wie Kinder beim Fangen und Verstecken – ohne jedoch Flecken oder Risse in der so kostbaren Kleidung zu riskieren. Liebe, meilenweit davon entfernt mit einem Begriff wie Sex in Verbindung gebracht zu werden, war elementar, stundenlanges Knutschen wie es Lena später mit Jens auf der Decke am Rhein praktizierte, gab es in jenem Sommer der heimlichen Liebe nicht.

Versteckt, verstohlen und endlich ungebremst und heftig brachen die Gefühle über sie herein. Gefühle, die man auf dem Foto nur erahnen konnte.

„Hast du das gesehen, Lena?", wollte Walter wissen, als ihm das Bild während Räumarbeiten wegen Jessis Einzug in die Hände gefallen war.

„Was meinst du, Walter?"

„Na, das da im Hintergrund."

„Ich kann nur Schilf und Wiesen und Wolken am Himmel erkennen."

„Da steht ein Storch!"

„Du bist verrückt."

„Hol mal das Vergrößerungsglas."

Und tatsächlich, nun konnte auch Lena das Tier erkennen.

„Deine neue Brille, Walter, die ist verdammt scharf. – Der Storch, hat er dich schon dabei?"

„Kann gut sein."

Sie hatten oft gemeinsam über dem kleinen Foto gesessen und versucht, die Gesichter zu lesen, die Gedanken. Walter und Lena hatten sonst keine Bilder aus jener Zeit, die nächsten Fotos waren schon Aufnahmen mit Walter. Dies war kein Abbild des Alltags, das war klar, und die sonntägliche Feierlichkeit und verblüffende Förmlichkeit dieser jungen Menschen, gaben auch nach über sechzig Jahren noch Rätsel auf. Rätsel, die nicht mehr zu lösen waren, alle vier abgebildeten Personen waren tot. Wer das Bild gemacht hatte, war nicht bekannt. Wahrscheinlich Mutters jüngere Schwester Lotte. Von den Vieren hatte jedenfalls keiner einen Fotoapparat besessen und schon gar keinen mit Selbstauslöser und einem Stativ. Walter war in der einen oder anderen Form schon dabei, als Fötus, als Vorahnung, die sich in den beiden jungen Menschen, Walter und Lenas Eltern, als Leidenschaft formte, aber das Leben nicht unbedingt leichter machen sollte. Eine amerikanische Internet-Seite hatte Walter nach Namen und Geburtstag den sechsten August, einen Samstag, als seinen Zeugungstag berechnet. Was dieser esoterisch-mathematischen Spekulation Glaubwürdigkeit verlieh, war der Samstag, denn ein anderer Tag der Woche hätte kaum Gelegenheit geboten. Sein Baum war der Walnussbaum, die Leidenschaft. Die mystische Eigenschaft des Geburtstages war die des Diamanten, der die Verbindung zum Fahrrad herstellte, weil die Form des Rahmens im Englischen *diamond frame* genannt wurde. In ihrem Garten stand ein Walnussbaum, wie ebenso ein Feigenbaum, der die letzten Winter nur knapp überstanden hatte. Der Feigenbaum, die Empfindsamkeit, war laut der Internet-Seite Lenas Baum. Die Hits von 1950 waren der *Tennessee Waltz, The Third Man Theme* und *Goodnight, Irene.* 1957 hießen sie schon *All Shook Up* und *Jailhouse Rock* von Elvis und *Wake Up, Little Susie* von den Everly Brothers. Mit den militärischen Besatzern war auch eine andere Musik gekommen. Das *Ännchen von Tharau* aus dem Ostpreußen des 17. Jahrhunderts sang bald niemand mehr, schon gar nicht alle siebzehn Strophen, noch weniger in der Mundart:

> *Ännchen von Tharau ist's, die mir gefällt,*
> *Sie ist mein Leben, mein Gut und mein Geld.*
>
> *Anke van Tharaw öß, de my geföllt,*
> *Se öß mihn Lewen, mihn Goet on mihn Gölt.*
> *Anke van Tharaw heft wedder eer Hart*
> *Op my geröchtet ön Löw' on ön Schmart.*
> *Anke van Tharaw mihn Rihkdom, mihn Goet,*
> *Du mihne Seele, mihn Fleesch on mihn Bloet.*

Gab es für die Flüchtlinge damals noch Gedanken an eine Rückkehr? Für viele ja, für andere nicht. 1948 hatte die Ministerkonferenz in Koblenz auf dem Rittersturz getagt und schließlich die Bundesrepublik ins Leben gerufen. Die Antwort der sowjetisch besetzten Länder im März 1949 war die Verfassung der künftigen DDR. Die Wismans hatten sich mit den historischen Entwicklungen insofern arrangiert, als sie den Entschluss fassten, ins katholische Rheinland zu übersiedeln. Ob die evangelischen Schmitts mehr Hoffnung hatten, nach Hause zurückzukehren, ist nicht klar. Dass sie aber in der norddeutschen Tiefebene blieben, die ihrer ländlichen Heimat ja nicht unähnlich, wenn auch weit weniger wild war und aufgeräumter wirkte, stand völlig außer Frage. Man war hier nicht Zuhause, aber angekommen, warum also weiterziehen ohne Not. Oder weiterziehen von einer Not in die andere.

1974, fünfundzwanzig Jahre später, sollte Walter die *Cuttings* Gedichte von Theodor Roethke in der Bibliothek der Universität Tübingen zum ersten Male lesen und tagelang sich damit abmühen, sie ins Deutsche zu übertragen.

Stecklinge
Stöcke dösen matt über zuckrigem Lehm,
Ihr prekärer Stab-Pelz trocknet;
Aber der empfindsame Schnitt schmeichelt noch immer den Saft nach oben;
Die kleinen Zellen schwellen an.

Stecklinge
später
Dies Drängen, Ringen, Wiederaufrichten der trocknen Stöcke,
Geschnittene Stäbe kämpfen, Fuß zu fassen,
Welcher Heilige strengte sich so sehr an,
Erhob sich mit so gestutzten Gliedern zu einem neuen Leben?

Walter konnte sich dunkel an die Kammer im Kuhstall erinnern. Oft war er mit der Mutter nach Osterholz gefahren, hatte die Verwandtschaft besucht. Bevor er 1957 eingeschult wurde und Lena zur Welt kam, verbrachte er ganze Sommer mit der Mutter in Niedersachsen. Die ältere Schwester Ina war mit Heinrich verheiratet, hatte einen Sohn Johann, der im gleichen Alter wie Walter war. Heinrich war Schweizer von Beruf, also für den Kuhstall und die Molkerei des großen Gutes verantwortlich. Da gab es dann nach dem Melken körperwarme Milch direkt aus dem Euter, weiße Milch in der anbrechenden Abenddämmerung. Die jüngere Schwester Lotte war im Ruhrgebiet als Hausmädchen beschäftigt und später für kurze Zeit auch in Koblenz bei einem französischen General, mit dessen Töchtern Walter manchmal spielte. Kurt war bei einem weiteren Bauern als Knecht untergekommen, arbeitete später *an der Straße*. Also bei der Straßenmeisterei, die das Gras entlang der Straßen mähte und die Buschhecken schnitt und im Winter den Räumdienst versah. So lebte die mal *Osterholzer* mal *Bremer Oma* Genannte alleine in ihrer Kammer im Kuhstall und hier starb sie auch 1957, als die Familie Wolfgang Wisman mit dem kleinen Walter im Goldpfad eingezogen war und Lena zur Welt kam. Walter, obwohl er also noch keine Sieben gewesen sein konnte damals, als er in Niedersachsen war, hatte lebhafte Bilder in Erinnerung. Wie er vorne auf dem Kutschbock beim Bauern saß, der dem Gespann die Peitsche gab, eingehüllt in den Duft frisch geschnittenen Grases und morgenfrischer Wiesenkräuter. Einmal in der Woche kam der fliegende Händler mit seinem Hanomag, läutete und öffnete die Klappe seines Ladens. Dann gab es einen Amerikaner für Walter. Was Walter nicht wusste, war, dass Mutter Heimweh nach dem flachen, wilden Land im Osten hatte, nach ihren Geschwistern, wenn sie im Rheinland bei den Wismans war.

Walter war sich sicher, dass die Ambiguitäten, die Roethke in den Gedichten untergebracht hatte, nicht adäquat ins Deutsche zu übersetzen waren. *Rose* war in der Zeile natürlich die Vergangenheitsform von *rise*, sich erheben, aber gleichzeitig eben auch die Rose. *Lopped limbs* zwangen Walter, sich entweder zur pflanzlichen Variante der abgeschnittenen Zweige, hier also Stecklinge, oder eben zu der menschlichen mit den Gliedern zu entscheiden.

Cuttings, Stecklinge. Das Englische bezeichnete den Schnitt ins lebende Holz, das Deutsche den Vorgang des In-die Erde-Steckens. Vielleicht gab es einst einen Begriff in einer Indianersprache, die beides und alles andere in einem Begriff zusammenfasste. Schnitt, In-die Erde-Stecken, Anwachsen, Früchte tragen, geschnitten werden. Ausgesprochen mit einer Betonung, die dem mathematischen Zeichen für *periodisch* entsprach und damit den vollständigen Zyklus repräsentierte, von dem das Englische und das Deutsche nur je einen Aspekt benannten.

Ambiguität und komplementäre Komplexität der Natur war das Thema der beiden Gedichte; das erste in der weiblichen, das zweite in der männlichen Ausformung. „Im Heu des Nachkriegs gezeugt", hatte Walter eine Zeitlang gerne angegeben, wenn er um biografische Daten gebeten wurde. Walter war sich nicht sicher, woher seine Affinität zu diesen Gedichten kam. Eine Affinität, die geradezu körperliche Anwandlungen implizierte, ein libidinöses Aufwallen sympathischer Emotionen. *Transatlantic prenatal bonding to poetry.* Konnte es sein, dass seine Zeugung auf einer Sommerwiese in der norddeutschen Tiefebene und die fast zur gleichen Zeit entstandenen Roethke-Gedichte mit ihrer so unglaublich fruchtbaren Naturkraft in einem Zusammenhang standen, der so stark und unauflöslich war wie geheimnisvoll?

Im Goldpfad, Juni 2011: Spontane Grillparty

Lena stellte bereits erste Überlegungen an, was passierte, passieren konnte, wenn Jessica mit ihrem Baby wieder aus- und weiterzog. Es konnte sein, dass die Erinnerung sie trog, aber es kam ihr so vor, als machte sie sich heute mehr Sorgen als damals, als sie selbst zum ersten Male schwanger war. Vor allem blickte sie heute viel weiter voraus. Paradoxerweise, denn damals hatte sie ja noch viel mehr Leben vor sich. Damals hatte sich ihr Leben fokussiert und zu diesem einen Knoten, ihrem Kern, zusammengezogen, der dann in ihr heranwuchs und als Jana zur Welt kam. Heute war sie gewissermaßen doppelt schwanger, ihr Kind mit einem Kind. Das sollte erneut ihr Leben verändern.

Konnte ein Leben mit Walter etwas sein, das sie in Zukunft erleben wollte? Es gab schon einige bekannte Geschwisterpaare, die ihr Leben gemeinsam verbracht hatten. Die in der Lage gewesen waren, diese besondere Konstellation so auszugestalten, dass sie nicht einfach nur eine Notlösung oder gedankenlose Bequemlichkeit war. Die Geschwister Hans und Sophie Scholl, die allerdings noch drei weitere Geschwister hatten. Die Gebrüder Grimm, die beiden Schlegel-Brüder, sowie Clemens und Bettina Brentano, Verheiratete von Arnim. Selbst in Arzberg hätte Lena spontan drei Schwesternpaare nennen können, die ledig waren und kaum einmal einzeln unterwegs waren. Walter war schon Sechzig und sie Mitte Fünfzig und bald Großmutter. Bruder und Schwester? Es sah derzeit überhaupt nicht danach aus, dass einer von ihnen beiden eine Ehe eingehen wollte. Wenn sie das richtig einschätzte, hatte auch Walter schon längere Zeit keine wirklich feste Beziehung mehr. Und seit Marc war bei ihr der Wunsch nach Dauer nicht sehr stark ausgeprägt.

Wie auch immer sich die Dinge entwickeln mochten, Sex war in der ersten Hälfte des Lebens oft ein drängendes Problem, und vielleicht auch in der zweiten auf eine andere Art und Weise wieder eines. Lena hatte das beruhigende Gefühl, dass Sex in ihrem jetzigen Alter von den Problemlagen der Jugend und des Alters gleich weit entfernt war und sich zu einer angenehmen Sache entwickelt hatte.

Oder doch der Traum noch einmal von einem neuen Leben mit einem neuen Partner? Jessica war einen Schritt weiter auf ihrem schrittweisen Einzug in das Haus im Goldpfad. Ihr Zimmer in der Wohngemeinschaft in Mainz hatte sie aufgegeben, die Möbel waren hier in ihrem Zimmer und in den Zimmern, die sie nun allein oder mit ihrem Kind und ihrer Mutter teilen sollte. Die Möbel, die nicht benötigt wurden, waren im Keller abgestellt worden. Die meiste Zeit über blieb Jessi jedoch noch in Mainz, übernachtete bei einer Freundin, bei Bekannten, weil sie angeblich den ganzen Tag in der Bibliothek saß und abends *keinen Bock* auf eine Zugfahrt hatte. In Wirklichkeit fiel ihr die Rückkehr nach Koblenz, ins Elternhaus, in das Haus ihrer Kindheit, schwer. Nicht weniger schwer war es damals Walter gefallen, nach den Jahren des Studiums, des Aufenthaltes in den USA, zurückzukehren. Nicht weniger schwer war es Lena nach ihren Jahren in Köln und dann nach ihrer kurzen Episode mit Marc gefallen, wieder hier einzuziehen. Solche Rückkehr ins Haus der Kindheit hatte selten etwas von einem Triumph. Auch wenn es nicht so war, diesen Rückkehren haftete häufig der Geruch des Scheiterns an, des Scheiterns in der Welt draußen, hier Goldpfad, da Blech auf dem Highway.

Triumphal waren dagegen, in der eigenen Empfindung, jene Heimkehren, die Einkehren waren. Sonntagmorgen zum Frühschoppen unrasiert in der Dorfkneipe auftauchen nach einem zweitägigen Trip nach Amsterdam oder einem Wochenende im Wald, wenn ihnen der Qualm von zwei Tagen und Nächten Lagerfeuer in den Klamotten steckte. So fühlen konnten nur Männer, die noch keine Zwanzig und keine Männer waren. Außer für kleine elfjährige Schwestern, die brav zuhause geblieben waren.

Vielleicht war die Heimkehr ja auch nur eine vorübergehende Auszeit, ein Luftschnappen, eine Besinnung auf die Wurzeln, um sich dann gestärkt in neue Abenteuer in der Welt zu stürzen. Für Jessica traf das bestimmt zu; Walter und Lena hatten sicher keine so festen Pläne wie Jessica, auch wenn sie sich Mutter und Onkel gegenüber dazu nicht äußerte, aber beide waren keinesfalls darauf fixiert, hier den Rest ihres Lebens zu verbringen. Die nächsten zwölf Monate oder zwei Jahre waren absehbar, was danach kam, wer wusste das schon.

Wer oder was konnte Lena noch begegnen, sich ereignen? Noch nie, und das meinte sie ernst, noch nie hatte sie so ein Gefühl gehabt in ihrem Leben. Als hätte sie wirklich eine Wahl. Wenn dann Jessica mit ihrem Kind in einem oder zwei Jahren weiterzog, was sollte Lena dann noch hier halten? Sie hatte keine Vorstellung, keine Ahnung, aber so viele wie undeutliche Wünsche und Hoffnungen, die nur dazu dienten, keine wirklichen Pläne zu machen oder tatsächlich Änderungen herbeizuführen. Nicht, dass das Leben an ihr vorbeigerauscht wäre, nein, es hatte Momente größter Klarheit, Entschiedenheit, Luzidität gegeben. Ein volles Bewusstsein dafür, wie wichtig beispielsweise die erste wichtige Entscheidung in ihrem Leben gewesen war, nämlich Jana abtreiben zu lassen oder nicht. Sie selbst hatte sich diese Frage nie gestellt, aber sie hatte sie beantwortet mit einem klaren Nein! Niemals.

Und dann folgten viele schwere und wichtige Entscheidungen und Lena hatte manchmal lange überlegt und manchmal unmittelbar und spontan gewusst, was richtig war. Aber noch nie hatte die Zukunft so offen vor ihr gelegen. Hatte sie so alt werden müssen, um zu erfahren, dass ihr Leben völlig offen vor ihr lag? Zum ersten Male hieß es nicht, willst du ein Kind oder nicht, willst den Job oder jenen, ziehst du nach Köln oder nach Koblenz, pflegst du deine Mutter oder bringst du sie in ein Hospiz, wie legen wir das Geld an, sondern WAS willst DU jetzt anfangen mit deinem Leben.

Es war bald keiner mehr da, der sie mit seinen Bedürfnissen hätte bestimmen können. Die Kinder würden immer wieder mal und immer seltener sie um diesen und jenen Gefallen bitten, Walter würde wahrscheinlich bis in alle Ewigkeit darauf warten, dass sie ihm zu einer zweiten Karriere verhalf, aber letztlich waren ihm diese Äußerlichkeiten gleichgültig und sie wusste, dass er sie nicht brauchte. Sie nicht, die Karriere, und sie nicht, die Schwester. Walters Leben war schon immer offener, selbstbestimmter gewesen als ihres, weil man, die Eltern, ihm den Spielraum von Kindheit an eingeräumt hatte. Aber er hatte jetzt keine Wahl; er konnte nur so weitermachen.

Jessica war da und mittlerweile war ihr Bauch prägnant. Jessica war etwas über einen Meter und sechzig, ziemlich genau zwischen schlank und mollig, und genau zwischen diesen Polen war sie in den letzten Jahren auch hin und her geschwankt. Sie schien sich nun auf das stabile Mittelmaß eingependelt zu haben. Auch ihre Gefühlslage, bisher ähnlichen Schwankungen unterworfen, hatte sich offensichtlich stabilisiert. Es war schönes Frühsommerwetter, die ärztlichen Untersuchungen gaben keinerlei Anlass zur Sorge, die Examensvorbereitungen liefen gut, Jessica kam mit ihrer Arbeit voran. Den Abgabetermin konnte sie spielend einhalten. Lena hatte Grilladen eingekauft.

„Walter, wir grillen heute, Jessica ist jetzt da und bleibt. Das müssen wir feiern."

„Wir?"

„Ja, wir drei. Das heißt, wahrscheinlich kommt Ilona noch dazu. Sie freut sich auch, Jessi zu sehen."

Ilona, Jessicas Sandkastenfreundin, Tochter von Martina und Jürgen Trütting, Nachbarn zum einen und zum anderen war Lena mit Martina zusammen eingeschult worden. Ihr Haus stand etwa fünfzig Meter weiter in dem Abschnitt, der als dritte Siedlungsphase Anfang der Sechziger gebaut worden war. Martinas Vater war auch schon verstorben, die Mutter war ein Pflegefall und lag seit kurzem in dem Altenheim am Ort.

„Es ging einfach nicht mehr, Lena. Drei Jahre lang habe ich sie zuhause gepflegt, weißt du, aber du kannst auf Dauer nicht vierundzwanzig Stunden bereit sein. Das habe ich nicht ausgehalten. In fünfzehn Minuten kann ich bei ihr sein, und ich besuche sie täglich. Das ist für uns alle besser so."

Walter hatte sich um nichts zu kümmern als den Grill. Er stellte ihn so auf, dass die Hitze nicht in das Blätterdach des Walnussbaumes aufstieg, man aber dennoch von der Bierzeltgarnitur, die in seinem Schatten stand, den Grill sehen konnte, ohne wiederum vom Rauch belästigt zu werden. Kein Problem, es war fast windstill. Es hatte sich ein kühles Bierchen genehmigt und fing an, Holz zu spalten. Er war kein Freund von Grillkohle, sondern nahm Scheite seines Kaminholzes und machte daraus kleinere Holzstücke, die sehr gut brannten, und nach einer halben Stunde hatte er die beste Glut, die nicht zu heiß war und so lange hielt, bis alles Fleisch gegrillt war. Dann legte er wieder dünne Scheite auf und man konnte bei dem kleinen Lagerfeuer gemütlich den Grillabend ausklingen lassen.

Mit den Salaten hatte er heute nichts zu tun, das war Lenas Aufgabe. Jessica hatte sich mit Ilona an den Tisch gesetzt und die beiden unterhielten sich angeregt. Es war schon faszinierend, dass ihre Freundschaft so lange hielt, auch wenn sie sich in den letzten Jahren nur selten gesehen hatten. Ilona hatte irgendwas mit Marketing und Event-Management studiert und ihr erster Job war bei der Bundesgartenschau; sie hatte gute Aussichten, für die BUGA 2015 in Hamburg einen Anschlussvertrag zu bekommen. Jessica trank Apfelschorle und Ilona Sekt. Die Mädel waren wie immer sehr lebhaft, wenn sie zusammen waren und störten sich nicht im Geringsten an Walter, der mit dem Grill beschäftigt war und auf eine Gelegenheit wartete, Jessica ihre Eintragung bei *facebook* unter die Nase zu halten. Sie hatte sich nicht nur abfällig über Koblenz geäußert, als sei ausgerechnet Mainz der Nabel der Welt, sondern auch über ihre „schuhkartongroße Unterkunft".

„Wie lange brauchst du denn noch, Walter?"

„Ich bin fertig, Lena, du kannst das Fleisch bringen."

Lena hatte oft genug erleben müssen, dass Walter das Fleisch entweder nicht gar bekam oder verbrannte. Seine neueste Methode, Kaminofenholz zu verwenden, hatte da tatsächlich bessere Ergebnisse gebracht. Die Mädchen schienen keinerlei Anlaufschwierigkeiten miteinander zu haben. Immerhin hatten sie sich lange nicht gesehen und eine Schwangerschaft veränderte das Klima zwischen Freundinnen, das wusste Lena nur zu gut.

„Du hast doch bald Ferien, Walter", sagte Ilona gerade, als Lena zurückkam. Er bejahte.

„Hättest du nicht Lust, als BUGA-Führer einzuspringen. Wir suchen dringend Leute. Du kennst dich doch aus. Ich besorge dir noch BUGA-spezifische Unterlagen. Für zwei Stunden gibt es neunzig Euro und einhundert und zwanzig für drei Stunden."

Walter überlegte. Lena war es nicht gelungen, Walter dazu zu überreden, mit ihr eine literarische Veranstaltung im Mai, die rheinland-pfälzischen Literaturtage, auf dem BUGA-Gelände zu besuchen.

„Wenn du dich nicht erinnerst, ich kann mich sehr gut erinnern. An die ersten Literaturtage, die ich 1996 organisiert hatte. Die stressigste Zeit in meinem Leben, unglaublich viel Arbeit, ein tolles Programm, Top-Literaten, Künstler und Wissenschaftler. Aber die Koblenzer hat es nicht interessiert."

„Wenn du jetzt nicht hingehst, bist du auch nicht besser."

Die zarte Andeutung, er könne doch die Gelegenheit nutzen und sich für Lesungen bewerben, war noch schroffer abgelehnt worden. Aber die Rolle des Führers schien ihn zu reizen. Nicht ganz zu Unrecht unterstellte Lena ihm dabei, dass hinter der Formulierung „wo Menschen sich begegnen" die lüsterne Hoffnung lauerte, gut gelaunte Damen jeglichen Alters herumführen, informieren und belehren, unterhalten und beeindrucken zu können. Und die eine oder andere womöglich verführen zu können, wenn das Gartengelände nächtlich verlassen da lag. Es gab genug verspielte und verträumte Paradiesgärten für spontane Sommerromanzen. Vor allem konnte er sicher sein, dass die Mädels nur auf der Durchreise waren, dankbar erotische Extras annahmen und beglückt weiterreisten. Sich eine Stunde hinzusetzen und frierend einem bestens aufgelegten Roger Willemsen zu lauschen, der grandiose Reisebilder zauberte, war ein Genuss, ganz gewiss, hatte aber deutlich weniger Bewegungspotential. Walter verzog jedoch keine Miene, als Ilona im weiteren Verlauf des Gespräches das Zielpublikum der Bundesgartenschau mit „55 oder besser 65 plus" angab. Jeden Tag Hunderte von Bussen voller Rentner. Allerdings hatte die BUGA durch das gute Wetter einfach einen blendenden Start, es gab gute Presse und dann bekam so etwas eine Eigendynamik, die man sich als Veranstalter nur wünschen aber kaum aus eigener Kraft hinbekommen konnte.

Das Fleisch war noch nicht ganz gegessen, da waren die beiden sich auch schon einig. Er wollte sich eine Dauerkarte kaufen, zwei oder drei Führungen als Teilnehmer mitmachen, sich das Material anlesen, und dann konnten die Termine kommen. Das war in der Tat keine schlechte Idee. Walter war auch in den Schulferien beschäftigt und konnte sich weiter seinem Romanprojekt widmen.

Ilonas Mobiltelefon klingelte. Was hieß schon *klingeln*? Walter, Lena und Jessica schauten verblüfft um sich, als Ilonas Handy mit einem geradezu gewittrigen Klingelton los donnerte.

„Ja, Mama, ich bin bei Jessi, Walter und Lena. Wir grillen."

Jessica bedeutete mit der Hand, sie sollten doch herkommen. Lena sah Walter an; er schien nicht alarmiert zu sein. Ilona drückte das Mobiltelefon gegen ihren Bauch und fragte Lena, ob ihre Eltern kurz rüber kommen könnten.

Walter sah Lena an: „Haben wir noch Fleisch und Salat? Ich kann schnell wieder Glut machen. Bier ist da, aber ich glaube, nicht genug Sekt."

Walter wusste, dass Ilona und Martina, wenn sie mal in Gang gekommen waren, eine ordentliche Anzahl von Sektflaschen wegschaffen konnten.

Martina und Jürgen Trütting, Nachbarn mit ähnlicher Familienhistorie wie Walter und Lena Wisman; drei der vier Elternteile waren Flüchtlinge, wenn auch aus anderen Regionen Osteuropas. Martina war Lenas Schulkameradin zu Grundschulzeiten, danach trennten sich nicht nur die Bildungswege. Die Trüttingkinder hießen Andreas und Ilona, im gleichen Alter wie Jessica und beste Freundin seit Kinderwagenzeiten. Seit der Zeit waren logischerweise nicht nur Lena und Martina wieder enger befreundet sondern auch die Familien, meist ohne Walter, dafür natürlich mit Jens. Andy war in Jan Willems Alter, auch sie gingen zusammen zur Schule und gingen zusammen nicht zur Schule. Mit dreizehn, vierzehn fingen beide an, die Schule zu schwänzen, abzuhängen, zu kiffen. So ähnlich beider Karriere zu verlaufen schien, so unterschiedlich waren sie. Andy, der Draufgänger, der alles ausprobierte, nicht nur Marihuana sondern auch härtere Drogen. Jan dagegen der Stillere, Zurückhaltende, der meistens nur mitging. Es hatte nächtliche Anrufe und gemeinsame Suchaktionen gegeben. Absprachen vor den Vorladungen bei der Polizei, gemeinsame Besuche von Sozialarbeitern und bei Psychologen. Austausch von Ratgebern und Mitschnitten von Fernsehsendungen. Das volle Programm eben.

Auch wenn es keine gegenseitigen Vorhaltungen und Schuldzuweisungen gegeben hatte, das Verhältnis zwischen Lena und Martina war seit jener Zeit belastet und man hatte seit Jens' Auszug kaum noch etwas gemeinsam unternommen. Schon gar nicht mehr, als die Kinder ausgezogen waren. Andreas war auf Umwegen bei der Bundeswehr gelandet und gerade von einem Auslandseinsatz in Afghanistan zurückgekehrt, Jan bei seinem Vater in Köln. Martina und Jürgen hatten wie es schien die Krisenzeiten gemeinsam überstanden, für Jens und Lena war schon vor langer Zeit der letzte Rest Gemeinsamkeit aufgebraucht.

„Na, wie geht es, Oma – und Opa?!"

Jürgen war der polternd joviale Typ, der es vom Drucker über den Schichtführer ins Management einer großen Neuwieder Druckerei gebracht hatte, die vor ein paar Jahren von einem westdeutschen Medienkonzern geschluckt worden war. Er war nüchtern so wie Walter, wenn der schon einiges intus hatte und Walter hatte noch nicht genug intus, um auf den „Opa" eine Antwort zu geben. Oder sie ging im allgemeinen Umarme und Geherze unter: „Lass dich drücken!"

„Gut siehst du aus!"

„Lange nicht mehr gesehen!"

„Das muss gefeiert werden!"

Und schon schoss der nächste Sektkorken in den lauen Abendhimmel.

„Prost auf das Kindchen!"

Die Männer verzogen sich zum Grill, die Frauen saßen bei den Salaten und Antipasti und sprachen über das Wunder der Geburt. Versprachen der werdenden Mutter jegliche Unterstützung. Männer sprachen lieber über das wunderbare Gefühl bei der Zeugung, aber Jürgen war schnell bei einem anderen Thema, den beiden Baustellen gegenüber.

„Stört dich das nicht?"

„Nein, die Parkerei und der Lkw-Verkehr nerven aber sonst ist mir das ziemlich egal. Ob da Hunde auf die Wiese kacken oder ein Haus da steht."

„Nimmt der euch nicht die Sonne weg?"

„Doch, ich denke schon. Um die Wintersonnenwende wird für uns die Sonne eine halbe Stunde früher untergehen. Aber das sind letztlich nur ein paar Tage."

„Damit klaut er dir Energie, denn mehr als die Hälfte der Aufwärmung in einer Wohnung erzeugt die Sonne von außen, mehr als die Heizung."

„Das sind Passivhäuser, die brauchen nicht viel Energie, Jürgen."

„Und dann ziehen da auch Passivfrauen ein?"

So richtig gute Witze konnte Jürgen noch nie reißen. Beispiel: Was ist das, wenn ein Priester und eine Nonne ein Verhältnis haben? – Antwort: Eine Sin-Sin-Beziehung.

„Im Ernst, Walter. Man muss ja den gesamten Produktionszyklus sehen, gewissermaßen. Wie bei den Energiesparlampen. Die verbrauchen zwar, wenn sie leuchten, weniger Strom, aber die Produktion und die Entsorgung sind so aufwendig und problematisch, dass die konventionelle Glühbirne womöglich die sauberere Lösung ist. Das Haus drüben wird weniger Energie benötigen als unsere Häuser, ohne Frage, aber schau dir mal an, welche Menge die an Material verbauen, das musste auch hergestellt werden unter Verwendung von Energie. Die brauchen dreimal so lange Zeit, um fertig zu werden. Wo unsere Eltern vielleicht ein Fahrrad hatten, parken heute zehn Pkw den Bürgersteig zu, und Lkw mit weiß der Teufel wie viel PS karren jeden Tag neues Material an. Jeder Eimer Wasser wird mit dem Kran transportiert. An der Baustelle wirst du keine einzige Schubkarre finden. Dafür spielen die Kerle den ganzen Tag mit ihrem iPhone rum. Die neuen Besitzer ziehen mit einer solchen Energieschuld ein, dass die erst einmal fünfzig Jahre drin wohnen müssen, ohne Energie zu verbrauchen, um ihre Erbschuld abzutragen."

„Lass es gut sein, Jürgen, ich unterrichte an einer technischen Berufsschule. Zwar nur Englisch, aber man spricht ja ab und zu mal mit den Kollegen. Geh lieber Bier holen. Im Keller, Fitness-Raum, Kühlschrank gleich rechts."

Jürgen kam mit den Bieren zurück, blieb kurz am Tisch der Frauen stehen, stieß mit ihnen an und ging weiter zu Walter.

„Sag mal, Jürgen, du hast eben geredet, als wenn du den Bau vor der Türe hättest und nicht wir, du kriegst doch da unten gar nichts mit?"

„Das denkst du. Ich hab meine Informanten."

„Ach komm."

„Ja, der Gerd …"

„Der dicke, blöde Gerd? Der redet doch mit niemandem. Der hat mich noch nie gegrüßt.“

„Man muss die Leute halt zu nehmen wissen. Der hält mich jedenfalls auf dem Laufenden.“

„Ich glaub's nicht. So Kinners, dat Fleisch is ferdich! Lena komma mit die Platte rüber – bitte.“

Sie kam, er lud ihr das Grillfleisch auf den Teller und sie ging damit zurück zu den anderen am Tisch, während Walter den Grillrost vom Grill nahm und vertrocknete Rosmarinäste und Salbeizweige in die Glut legte.

„Das gibt ein geiles Aroma, riecht ihr das?“

Nun saßen sie alle am Tisch, tranken und aßen und lachten und redeten und tranken.

„Walter, das Fleisch ist perfekt. Absolut. Auf den Punkt!“

„Lasst uns nochmal anstoßen! Wir sollten … ich weiß gar nicht … also … wann haben wir das letzte Mal so zusammen gesessen? Egal. Prost!“

Ilona beugte sich zu Jessica hinüber und meinte: „Ich habe mir nicht nur heute früher frei genommen, sondern muss auch morgen erst nach der Mittagspause zum Dienst.“

Sie wussten halt beide, wenn die alten Herrschaften erst mal loslegten, waren sie kaum noch zu bremsen, und die spontanen Feiern waren eh die besten.

Martina war beschwipst genug, das heikle Thema anzusprechen.

„Und was macht euer Jan?“

Einen Moment war alles still, Walter wischte sich den Mund ab, Lena schluckte, aber Jessica meinte, „ach dem geht es gut, ich hab vor ein paar Tagen mit ihm telefoniert. Der will Medizin studieren, wie sein Großvater, also der Vater unseres Vaters in Köln.“

„Aber …“, Lena war fassungslos.

"Der fängt jetzt eine Ausbildung zum Technischen Assistenten Bio-Chemie an, die dauert zwei Jahre. Und dann denkt er, könnte er einen Platz in Medizin bekommen.“

„Das gibt es doch gar nicht“, rief Walter dazwischen. „Ich unterrichte an auch einer solchen Berufsfachschule. Das stimmt. Viele von denen haben vor, danach zu studieren, Bio, Chemie, ja, oder Medizin. Das ist gar nicht so verkehrt.“

War da nicht was mit Zürich gewesen? Und einem Praktikum in den Osterferien, TABC?

„Und Jana?“ – Ja, Jana hatte Jura und BWL studiert, sich in der Politik bei den Grünen engagiert, und war nun, weil ihre Freundin als Abgeordnete nach Brüssel gegangen war, genau dort als ihre Referentin beim EU-Parlament.

„Ach, die Kinder machen das schon", seufzte Martina und hob das Glas, „upps, schon wieder leer."

„Mädels, macht langsam", meinte Walter, ging dann in den Keller Nachschub holen.

„Is datt nit schön? Zehn Uhr, noch hell und richtig warm. Ein Wetter zum Feiern, sag ich euch!"

„Sag mal, Walter, hast du eigentlich, fällt mir jetzt gerade auf, immer ein weißes Hemd an zum Grillen?"

„Ich war heute auf der Beerdigung."

„Der Beerdigung von?"

„Der Nachbarin."

„Hat mir der Gerd gar nix von erzählt."

Lena war zuhause geblieben und hatte mitbekommen, wie Hillant, der Investor, Bauunternehmer und Bauherr, seinen Grünschnitt lose auf dem Bürgersteig lagerte: „einen ganzen Hänger voll, und keine zehn Minuten später sind die mit dem städtischen Müllwagen da."

„Das ist kein Müll."

„Ist ja gut, Martina. Wertvolles Biomaterial. Also, er steht dabei und bedient seinen Kran."

Walter: „Der ist sein absolutes Lieblingsspielzeug. Sobald er an der Baustelle ist, schnallt er sich die Kransteuerung vor den Bauch und legt los. Immer."

„Und die Männer schauen sich das lose Zeugs an, die sollen ja nur Gebündeltes oder in Säcken und Körben Verstautes mitnehmen, und schütteln den Kopf. Sie fragen ihn, wo das denn herkomme. Er zeigt mit dem Kopf zum Nachbarhaus. Einer von den Männern geht zum Tor und klingelt. Da ruft der Hillant ihm hinterher, ,da wohnt keiner mehr, die Frau ist gestorben.' Die war noch nicht einmal beerdigt. So eine Frechheit. Ihr werdet es nicht glauben, die Leute von der Stadt erbarmen sich und laden den ganzen Kram ein. Und dieser Drecksack steht daneben, spielt mit seinem Kran rum und lacht sich ins Fäustchen. Ich war drauf und dran, das Fenster aufzumachen und denen die Wahrheit zu stecken. Aber nicht einmal so ein Gangster kann mich dazu bringen, jemanden zu verpetzen."

„Frechheit siegt", lachte Martina und „prost!"

Walter und Jürgen schauten sich an, prosteten mit und tranken, wobei ihnen klar war, dass die beiden Frauen viel zu schnell tranken. Sekt taugte als Durstlöscher nur bedingt.

Lena: „Prost. Im Immobiliengeschäft wimmelt es von diesen Typen, die nur eines kennen, ihren Vorteil. Die mit ganz bescheidenen intellektuellen Mitteln zu einem relativen Reichtum kommen. Ehre, Stolz ist denen absolut unbekannt. Völlig gleichgültig, ob es um Hunderttausende geht oder um eine Entschuldigung. Er hätte doch nur sagen brauchen ,oh, tut mir leid, ich wusste nicht, dass man das Zeug bündeln muss' oder ‚ich hatte keine Zeit mehr, hier habt ihr fünf Euro, das nächste Mal weiß ich Bescheid', die hätten das anstandslos mitgenommen oder wären in einer halben Stunde wiedergekommen, wenn er das den Lehrling hätte zusammenpacken lassen."

Jürgen: „Gerd hat mir erzählt, die Frau hat sich so über ihn geärgert, dass sie an einem Herzinfarkt gestorben ist."

„Blödsinn. Die hat Ärger mit dem gehabt, das stimmt. Aber gestorben ist sie, weil ihr Hund sie umgerissen hat und sie sich bei dem Sturz einen Beckenbruch zugezogen hat. Und sie war gesundheitlich schon angeschlagen, immerhin war sie Mitte Achtzig und ihr Mann, an dem sie sehr gehangen hat, ist ja auch erst vor einem Jahr gestorben, ja, dazu der ganze Ärger mit der Bauerei auf dem Nachbargrundstück, das war dann eben zu viel."

„Dann werdet ihr da auch neue Nachbarn bekommen?"

„Ja, die Kinder werden das Haus verkaufen. Der Sohn lebt in Berlin und die Tochter in Frankfurt, was sollen die mit dem Haus. Kann gut sein, dass die Sparkasse das Objekt angeboten bekommt und ich das dann vermitteln darf."

Jürgen: „Dann sieh nur zu, dass das vernünftige Leute sind."

„Es geht halt nach dem Preis, weißt du, Jürgen." Das ‚weißt du' ließ den Alkoholpegel deutlich erkennen.

„Wie beim Hillant. Geld, Geld, Geld."

Während die Mädel sich am Gespräch der *Erwachsenen* nur hin und wieder beteiligten, ging es bei denen ziemlich lautstark zu und oft fiel einer dem anderen ins Wort.

Walter: „Ein Kollege hat mir übrigens erzählt, dass der Vater auch schon so ein Krauter gewesen sein muss. Der hat denen einen Kran in den Garten gelegt, als er in der Nachbarschaft einen Bau hatte."

„Der Kran fällt nicht weit vom Stamm", lachte Jürgen über seinen Witz.

Walter: „Oh, Jürgen. Hillant ist ein sprechender Name."

„Ein was?"

Jetzt wurde Jessi munter, „ein sprechender Name, wie bei Dürrenmatts ‚Grieche sucht Griechin', da heißt der Antiheld Archilochos."

„Alles klar, Archilochos, und was spricht der Name Hillant?"

„Hill für Hügel, ant für …"

Ilona: „Ente! Prost!"

„Prost!"

„Prost!"

„Prost!"

„… Ameise. Hügel-Ameise, eine Metapher für Kran, verstehst du. Die Ameise schafft das Zeug den Berg hoch."

So ganz nüchtern waren nun auch die Männer nicht mehr.

Jessi: „Man könnte den Namen auch als Korrumpierung von Heiland verstehen. Christus starb nicht am Kreuze sondern am Kran."

„Ich schmeiß mich weg. So was lernt man an der Uni?"

„Unter anderem, ja."

"Sach ma Mädchen, wird datt nit zu viel für dich mit dem Kindchen und dem Examen?"

„Naja. Ich denke, ich habe die Termine ganz gut hinbekommen. Ende September gebe ich die Arbeit ab, die ist schon fast fertig. Im November gehen dann die schriftlichen und mündlichen Prüfungen los. Zuerst Deutsch Sprachwissenschaft, die letzte wird dann in Englisch Literaturwissenschaft im März nächstes Jahr sein. Man weiß es ja nie, aber ich studiere schon ein paar Jahre; eigentlich dürfte nichts schief gehen."

„Und der Onkel hilft doch bestimmt."

„Das ist wahr. Walter ist eine große Hilfe für mich. Seine Ansichten zur Literatur und zur Sprachwissenschaft sind nicht immer ganz konform mit den Ansichten meiner Professoren, aber er weiß schon eine Menge."

Jürgen: „Juckt es dich nicht manchmal, wieder zur Feder zu greifen, Walter?"

„Ich schreibe doch regelmäßig. Auch wenn ich nichts veröffentliche, bedeutet das noch lange nicht, dass ich nicht schreibe. Ich habe immer wieder mal zwei, drei Jahre lang nichts geschrieben und auch mal ein Sabbatjahr beim Lesen eingelegt ..."

„Ein Jahr nichts gelesen? Das könnte ich nicht."

Lena erinnerte sich, dass Martina irgendwelche sehr merkwürdigen Autorinnen las. Von der Bestsellerliste eben.

„Ja, warum nicht. Ohne echte Zäsur kann man doch nicht wirklich neu anfangen."

„Ja, aber."

„Nix aber. Der ganze Literaturbetrieb ging mir so auf den Sack. Da sind so viele Vollidioten unterwegs."

„Walter, bitte das interessiert doch keinen."

„Okay, ich lass es ja sein."

Aber Jürgen, der gerne darauf hinwies, dass sie ja *im gleichen Gewerbe der schwarzen Kunst* seien, setzte nach: „Ja, und wenn du schreibst, für die Schublade sagt man ja wohl, was schreibst du dann?"

„Skizzen, Szenen, Sentenzen, was mir so einfällt. Aber ich versuche da kein Konzept rein zu bringen, keine Konsistenz, keine Verwertbarkeit."

Lena lächelte: „Wir haben da allerdings etwas angefangen ..."

Nun war es an Walter, sie zurück zu pfeifen: „Lena!"

Lena weiter: „... auf das wir anstoßen müssen. Prost!"

„Auf die Zirkulation."

„Hä?" – Die Artikulation der Zischlaute machte es deutlich, was Lena dann auch aussprach: „Ich glaube, das letzte Glas war schlecht. Boaa, mir iss schwindelisch, schwindelisch."

Da es bei Martina nicht sehr viel anders aussah, nahmen die beiden Töchter Jessica und Ilona ihre jeweilige Mutter in den Arm.

„Iss doch gut, wemma so gute Kinner hat, gä?"

„Da hasse Recht, Martinachen. Unsere Kinder sind schon prima."

Abgang der vier Frauen.

Jürgen: „Mann und Frau können ja einiges zusammen machen, aber trinken sollten sie nie zusammen, das, eh … man sieht die nette Frau gar nicht mehr mit dir, Walter."

„Welche nette Frau?"

„Die blonde, hübsche und junge Frau."

„Junge?"

„Ja, Anfang Vierzig, schätze ich."

„Ach, Michelle, meine Kollegin! Ist halt nix mehr mit Michelle. So geht's halt."

„Schluss?"

„Schluss aus Nächstenliebe. Ich habe die Beziehung aus Nächstenliebe beendet. Aus Liebe zur Nächsten."

Darüber konnte Jürgen herzlich lachen. Sie sprachen noch über die geplanten Ferienaktivitäten. Jürgen und Martina wollten wieder nach Holland, Texel, wie jedes Jahr. Walter hatte logischerweise nicht vor, längere Zeit zu verreisen, denn wenn er, was er nun wirklich vorhatte zu tun, sich als BUGA-Führer zur Verfügung stellen wollte, musste er auch zur Verfügung stehen. Bei der Geburt des Kindes erwarteten Schwester und Nichte sicher nicht Walters Anwesenheit, aber dass er dann Zuhause war und half, wenn er gebraucht wurde, verstand sich von selbst.

„Ein paar kleinere Radtouren vielleicht, so dass ich mit der Bahn immer schnell wieder zuhause sein kann. Vielleicht an den Main, mal schauen."

1967 war er schon einmal mit den Pfadfindern ins Sommerlager nach Gemünden geradelt. Das war das erste von zwei gemeinsamen Pfadfinderlagern mit Lena. Walter war in seinem vorletzten Pfadfinderjahr, Lena mit ihren zehn Jahren gerade erst bei den Wölflingen, die natürlich mit dem Zug angereist waren. Das war der Sommer mit *A Whiter Shade of Pale* von *Procul Harum* und *Silence is Golden* von den *Tremeloes*. Es war eine Gnade einen Sommer mit solchen Hits als Siebzehnjähriger erleben zu dürfen. Die beiden Männer sahen den Flammen zu, hingen ihren Gedanken nach und redeten kaum noch. Jürgen hatte sich erhoben und streckte sich, aber etwas schien ihn noch zu bewegen: „Warum schreibt man eigentlich, Walter? Ich meine, was treibt dich an? Ist das Zwang, der Wunsch nach Erfolg, Anerkennung?

Wahrscheinlich kann man die Frage nicht beantworten oder du willst sie nicht beantworten."

„Doch, doch. Es ist eine ganz einfache Frage und die Antwort ist auch ganz einfach. Warum baut man ein Haus? Damit jemand drin wohnen kann. Und ich schreibe, damit jemand das irgendwann liest. Ganz einfach. Da ist sonst nichts dahinter, wirklich nicht. Außer dem Fachverstand und dem Material braucht man nichts. Manche Autoren gehen angeblich schwanger mit ihrem Buch, ihrem Baby, das sie in die Welt setzen und das sich dann bewähren muss. Das ist völliger Schwachsinn. Das suggeriert die Empfängnis als ekstatischen Akt der Zeugung, die mit dem Kuss der Muse anfängt. Alles andere entwickle sich dann von selbst – Unsinn. Der Vergleich mit dem Haus ist viel treffender. Es gibt Lehmhütten und Paläste aus tausend und einer Nacht, es gibt Baumhäuser und Wohnsilos in sozialen Brennpunkten, es gibt Iglus und avantgardistische Architekturobjekte, es gibt Fertighäuser und Freudenhäuser, Hochsicherheitstrakte und Leerstände. So sind Bücher, ganz verschieden. Romane sind keine hilflosen, nackten Schreihälse, die man kaum unterscheiden kann. Und so wie ich in meinem Leben in sehr verschiedenen Häusern gelebt habe, habe ich auch sehr verschiedene Bücher geschrieben."

„Und du fühlst dich wieder wohl in diesem Haus?"

„Ja, sehr wohl. Ach Gott, jetzt haben wir euch ja gar nicht gezeigt, was wir alles geändert haben."

„Viel umgebaut?"

„Naja, Räume umgewidmet, renoviert."

„Schauen wir uns das nächste Mal an. Mach's gut, Walter. Und danke für das Bier, die Grilladen, den schönen Abend."

„Ist schon okay, Jürgen. Bis dann mal."

Koblenz, Sommer 2011, Teil 1:

Das Rheinland: ein geteiltes Land?
Ein paar ungeordnete Gedanken zur Bundesgartenschau und zum Streit um das Oberlandesgericht in Koblenz

Dieser Aufsatz ist der Versuch, ein Gefühl in seinen mannigfaltigen Facetten zu beschreiben. Das Gefühl, das ich für Koblenz und das Rheinland empfinde. Man könnte sagen, Koblenz ist meine Heimatstadt. Geboren bin ich jedoch in Niedersachsen, entscheidende Prägung habe ich erfahren in meinen Studienorten Tübingen und Bonn und während meines fast einjährigen Aufenthaltes in Berkeley, Kalifornien. Gelebt habe ich die meiste Zeit meines Lebens in Arzberg, seit 1970 Stadtteil von Koblenz, aber immer noch peripher und wenig städtisch.

Der Aufsatz speist sich aus so vielen Quellen, hat so viele Nebenflüsse, mäandert so weit und vielfältig und mündet in einem so breit gefächerten Delta, wie es der namensgebende „Rhein" einst durfte; ein roter Faden, ein also mehr oder weniger blauer Flussverlauf in der Landschaft, der all die Quellen diesseits seiner Wasserscheiden als Zufluss definiert. Und das bedeutet, dass auch der Rhein nur als Zufluss des Rheins beginnt.

Meine Quellen für diesen Aufsatz sind nicht nur vielfältig und unterschiedlich stark, sondern speisen sich aus dem Bewusstsein, dass alle Quellen selbst von Quellen gespeist werden. Ein paar wenige seien dennoch namhaft gemacht.

Erstens: R(H)EIN GEDACHT – Ausgewählte Aufsätze zur Kulturregion Rheinland, von Gertrude Cepl-Kaufmann, Essen 2007. Zweitens: Die aktuelle Diskussion um die Schließung des Oberlandesgerichtes in Koblenz (bzw. Verlegung nach Zweibrücken). Drittens: Meine Tätigkeit als (Aushilfs-)Führer bei der Bundesgartenschau in Koblenz 2011. Viertens: Mein Aufsatz „Living on the Borderline - Ein sublimer Jauchzer vom Limes" (Ein Aufsatz zum Thema "Literarische Provinz"). Fünftens: Mein vor Jahren begonnener (und seitdem liegen gebliebener) panoptisch panoramischer Essay "Ein Mythos wird vermessen – Topographie der Rheinlande im Licht der Romantik: Tranchot, von Müffling, Goethe, Görres, Schlegel et al.", samt des umfangreichen Lektürekanons dazu.

Und damit sind wir schon mitten im Thema: Wer Rheinland sagt, meint nicht einfach alles Land entlang des Rheins, also von den Schweizer Alpen entlang der französischen Vogesen bis in die holländische Nordsee, sondern wahrscheinlich die Landschaft am Mittelrhein mit dem sogenannten Romantischen Rhein und am deutschen Niederrhein. Selbst Österreich dürfte sich sonst als Bodenseeanrainer als Teil des Rheinlandes begreifen. Die Vorstellung, die sich mit dem Begriff Rheinland verbindet, dürfte mit ziemlicher Wahrscheinlichkeit vor allem an der preußischen „Rheinprovinz", deshalb auch „Rheinpreußen" genannt, orientieren, die immerhin von 1815 bis 1946 durch alle Kriege und Besatzungen politischen Bestand hatte, einhundert einunddreißig Jahre. Koblenz war nicht nur Sitz des Regierungsbezirks Koblenz sondern auch Sitz des Oberpräsidenten der gesamten Rheinprovinz. Die südliche Grenze lag bei Bingen, nach Norden reichte die Provinz bis Kleve, einschließlich also erheblicher Teile des späteren Bundeslandes Nordrhein-Westfalen ohne Westfalen, und umfasste außerdem Teile von Hessen (Wetzlar), vom Saarland und von Belgien (Eupen, Malmedy).

Halte ich mir dann noch vor Augen, dass meine Eltern aus Ostpreußen stammen, ich jedoch im Rheinland aufgewachsen bin, mag das vielleicht für eine zumindest ansatzweise Erklärung dieser auffälligen Affinität zum Thema genügen. Es ist an anderer Stelle und in anderem Zusammenhang schon häufig festgestellt worden: In einem Europa der Regionen sollte es möglich sein, Grenzziehungen, die historische Verknüpfungen ignorieren, zu überwinden. Und da wird man kaum ein besseres Beispiel finden als Koblenz mit seiner langen Geschichte der wechselnden Zugehörigkeiten. Im Klartext: Koblenz wieder mit dem zu verbinden, mit dem es so lange verbunden war, dem Südwesten von NRW, Bonn, Köln, Düsseldorf. Es gibt noch immer so viele Provinzial-Relikte, die Rheinische Provinzial, Versicherung in Düsseldorf, die Rheinische Provinzial- Basalt- u. Lavawerke, Sitz in Sinzig, Rhein, Kölner Straße 22. Für die wirklich nördlichen Teile von Rheinland-Pfalz, Altenkirchen und Bad Neuenahr-Ahrweiler bedeutete das schlicht und ergreifend eine Anerkennung des status quo; das Leben findet in Verbindung mit den angrenzenden Teilen von NRW statt und Mainz ist weit, weit weg. Die Gerichtsbarkeit, Teile der Gerichtsbarkeit, von Koblenz nach Zweibrücken zu verlegen, spricht von einer historischen Ignoranz, die nur der Willkür von Besatzern vergleichbar ist. Pikanterweise residiert das Oberlandesgericht Koblenz just in den Gebäuden der ehemaligen Rheinprovinz. Hat da ein (pfälzischer) Bayer etwas gegen die Preußen, beziehungsweise deren Tradition in Koblenz? Der Regierungsbezirk Koblenz wurde erst im Jahre 2000 vom Ministerpräsidenten Kurt Beck aufgelöst, konnte also auf eine ungebrochene Präsidenten-Geschichte von 1815, Karl Heinrich Ludwig Freiherr von Ingersleben, bis Theo Zwanziger, 1987 – 1991, und schließlich Gerd Danco bis 1999, zurückblicken.

Koblenz ist Schauplatz deutscher Geschichte. In der Kastorkirche wurde im neunten Jahrhundert das Reich Karls des Großen aufgeteilt, zu Rhense die Kaiser gekrönt, auf dem Rittersturz 1948 die Bundesrepublik Deutschland ins Leben gerufen. Dass dabei und schon zuvor beim Zuschnitt der Bundesländer, der Festlegung der Landeshauptstädte, die Besatzungsmächte mitredeten, dürfte auf der Hand liegen. Immerhin zog die letzte Garnison der französischen Armee erst 1969 aus Koblenz ab. Die Bundesgartenschau ruft auch in Erinnerung, dass Preußen nicht nur Kaiser Wilhelm heißt sondern auch Kaiserin Augusta und Peter Josef Lenné, der preußische Bonner Gartenbaumeister. Das preußische Bollwerk, die wechselnden Besatzungsmächte und die zahlreichen Kasernen der Bundeswehr sind Vergangenheit; Koblenz kann aufblühen!

Was mir bemerkenswert erscheint: Das Rheinland war oft Schauplatz, Gegenstand von Auseinandersetzungen, es war so gut wie nie Agens, also der oder die Tuende, gar Aggressor. Es wird Zeit, ein Bewusstsein für den eigenen Wert zu entwickeln, sich zu emanzipieren. In der Region Saar-Lor-Lux gibt es schon länger grenzüberschreitende Aktivitäten im Bewusstsein einer eigenen Identität. Ich finde, es ist an der Zeit, sich auf eine, nicht rückwärtsgewandte!, Eigenständigkeit und Unabhängigkeit zu besinnen und die kurzsichtige, wie dann hoffentlich auch relativ kurzfristige innerdeutsche Grenzziehung im Rheinland der Nachkriegszeit zu überwinden: Das Rheinland den Rheinländern! Immerhin gab es schon 1923 den Versuch einer *Rheinischen Republik*. Vielleicht wird ja die *Cisrhenanische Republik*, wie sie schon rund einhundert Jahre davor ein Görres wollte, doch auf eine gänzlich neuartige Weise Wirklichkeit und ausgeweitet auf das rechtsrheinische Arzberg.

Mein Elternhaus, Baujahr 1957, wurde überwiegend in Eigenleistung in einer Siedlung errichtet unter der Federführung der "Heimstätte Rheinland-Pfalz". Diese war eine der Siedlungsgesellschaften, die historisch auf die Königlich-Preußische Ansiedlungskommission und deren gemeinnützige Landgesellschaften des späten neunzehnten Jahrhunderts zurückgehen. Deren Ziel und Aufgabe war es zunächst, dünnbesiedelte Gebiete landwirtschaftlich zu erschließen. Später, besonders nach dem Zweiten Weltkrieg, wurden auch Ansiedlungen nicht landwirtschaftlicher Natur angegangen. Mitte der neunziger Jahre des zwanzigsten Jahrhunderts wurden diese Gesellschaften entweder in andere gemeinnützige Einrichtungen umgewandelt oder (zumeist) ganz aufgelöst.

Alles kommt irgendwo her und hat eine Geschichte.

Im Goldpfad, Sommer 2011, Teil 2:
Leander und die Bundesgartenschau

Walter hatte seine Art, sich der Geschichte zu widmen, Lena die ihre, sie dachte wieder häufiger an ihre Mutter, die, als sie 1981 starb, gerade einundfünfzig Jahre alt war, Lena war da erst vierundzwanzig Jahre alt und selbst gerade Mutter geworden. Heute war Lena vierundfünfzig und wäre, wenn sie nicht älter als ihre Mutter geworden wäre, schon seit drei Jahren tot. Lena war mit Jana schwanger, kurz nachdem der Krebs bei ihrer Mutter diagnostiziert wurde und Walter und ihr Vater später die Mutter zuhause pflegten. Sie rechnete es Walter hoch an, dass er sofort aus den USA zurückgekehrt war, als er von der Krankheit erfuhr:

„Mutter hat mir das Leben geschenkt und ich werde sie in den Tod begleiten. Das zumindest bin ich ihr schuldig."

Walters Leben und Karriere wären sicher anders verlaufen, hätte er noch eine Zeitlang in den USA bleiben können, sich auch mehr um seine Karriere kümmern können. Wer wusste das schon so genau.

Vor dreißig Jahren waren weder Diagnose noch Therapie bei Krebserkrankungen auf dem heutigen Stand. Mutter hatte mit dem Darm Probleme, musste sich einer OP unterziehen, die Chirurgen sahen Metastasen im ganzen Körper und „machten die Patientin wieder zu". Und das war's dann. Keine weitere OP, keine Chemo, sie hatte ungefähr noch ein Jahr, immerhin zuhause.

Lena wurde langsam klar, warum Mutter kein Wort über ihr Sterben, ihren nahen Tod verloren hatte. Warum sie, Lena, lange Jahre ein schlechtes Gewissen hatte, warum wahrscheinlich ihre Mutter sich selbst Vorwürfe wegen ihrer Krankheit gemacht hatte und all der Mühen, die sie damit ihrer Familie bereitete. Aber die Dinge wiederholten sich nicht, alles wandelte sich im Gegenteil geradezu rasend schnell.

Weihnachten 2010 kam Lena tatsächlich wie eine Geschichte vor, die sich vor zweitausend Jahren abgespielt hatte, so viel hatte sich in der Zwischenzeit ereignet. Walter hatte seinen neuen Roman angefangen, gefiel sich in der Rolle des Gästeführers auf der BUGA, Jessica war in den Goldpfad zurückgekehrt und Lena war Großmutter. Jessica hatte mittlerweile auch verraten, wer der Vater war und warum sie dessen Namen bisher so beharrlich verschwiegen hatte. Carsten hieß er und war zurzeit in Australien. Die beiden hatten sich im Sommer 2010 kennen gelernt, als Carsten schon in den Vorbereitungen für seinen einjährigen Auslandsaufenthalt steckte. Und weil die beiden so sehr ineinander verliebt waren, hatte er bis zum Schluss mit dem Gedanken gespielt, alles abzublasen und bei Jessi zu bleiben. Jessica war also klar, dass er auf gar keinen Fall in den Flieger gestiegen wäre, wenn er von ihrer Schwangerschaft gewusst hätte. Sie wollte aber, dass er flog, sie wollte ihr Examen machen und sie wollte das Kind und sie wollte, dass sie und Carsten und ihr Baby eine Familie wurden. Später, im Goldpfad, zurück in Mainz, in Australien oder sonst wo. Vielleicht spukten in ihrem Hinterkopf Befürchtungen herum, dass sie etwas Ähnliches wie ihre Mutter erleben könnte, die ihren Mann, also Jens, Jessicas Vater, mehr oder weniger wegen eines Kindes zu dem Umzug nach Koblenz überredet hatte, wo Jens sich von Anfang an nicht wohlgefühlt hatte.

Nein, Jessica wollte, dass sie beide ihre unmittelbaren Pläne verwirklichen, sie wollte das Kind und sie wollte später mit Carsten gemeinsam überlegen, wie sie ihre Zukunft zu dritt gestalteten. Jessica hatte das natürlich ihrer Mutter gegenüber nie so ausgedrückt, aber

Lena spürte es und sie spürte es mit doppeltem Schmerz, denn sie war nach wie vor von der Richtigkeit des Wegzugs aus Köln überzeugt. Dass ihre Tochter Jessica sich ähnlich – zurück in den Goldpfad – und gleichzeitig ganz anders – ohne den Mann und Vater – entschieden hatte, war bewundernswert und wahrscheinlich in diesen veränderten Zeiten die richtige Entscheidung. Wer wusste jetzt schon, was in ein paar Jahren war.

Aber die Hälfte der Vorlaufzeit hatten sie fast schon hinter sich, das Kind war ein gesunder Knabe und die nächste Etappe, das Examen, zog sich über einen so langen Zeitraum hin, dass sie allein nicht genügend Zeit gehabt hätte, sich so um den Kleinen zu kümmern, wie sich das gehörte.

Die Geburt war gut verlaufen, Walter hatte sie morgens zur Klinik gefahren und am frühen Abend, kurz nach siebzehn Uhr war der Kleine da. Natürlich gab es viel Aufregung, hatte es Anrufe gegeben von Jens, von Jana. Jessica hatte alles auf ganz kleiner Flamme gekocht, gewissermaßen, und Lena war es gleichermaßen gelungen, für eine Zeit alles weg zu blenden, was nicht wichtig war. Lena bewunderte ihre Tochter Jessica dafür. Und als sie schließlich im Kreißsaal waren, agierte Lena mit einer professionellen Kühle, die sie selbst überraschte.

Es gab wirklich keine Probleme, der Kleine war weder zu groß noch zu schwer, er lag genau richtig, und Jessica musste sich nicht über die Maßen quälen.

Was Lena nicht wusste, war, dass Jens und Jan und Walter vor der Klinik warteten, bis Lena Walter anrief: „Der kleine Wisman ist da!"

Nachdem sie alle einen Blick auf den Neugeborenen geworfen hatten, ließen sie die glückliche Mutter mit ihrem Kind alleine und es gelang Jens, Walter war davon abzubringen, sie alle in den Goldpfad einzuladen, einen kleinen Imbiss mit Umtrunk zu bereiten, um die nächste Generation Wisman an Ort und Stelle gebührend zu feiern. Stattdessen gingen sie in der Stadt etwas essen, Jens und Jan fuhren dann zurück nach Köln, Lena und Walter, nachdem sie kurz noch einmal in der Klinik vorbeigeschaut hatten, nach Hause in den Goldpfad. Die Geburt hatte Lena emotional gleichsam imprägniert und stabilisiert, so dass die Begegnung mit Jens und Jan, die sie unter anderen Umständen sicher völlig aus der Fassung gebracht hätte, kaum einen Eindruck auf sie machte. Erst zuhause im Goldpfad empfand sie eine Erschöpfung und Leere, eine Stille und plötzliche Einsamkeit, die schmerzte. Wie nach einem großen Fest, wenn auf einmal das Haus wieder leer war und still.

Nachdem Walter die Haustür aufgeschlossen hatte, standen sie eine Weile unschlüssig im Flur, bis Walter meinte: „Gehen wir zu dir oder zu mir?", was Lena tatsächlich ein Lächeln entlockte. Sie blieben im

Parterre bei Lena, Walter brachte einen Riesling für seine Schwester und für sich selbst ein Bier.

„Das ist immer schlimm, wenn man nach so großen Ereignissen auf einmal ganz alleine zurückbleibt."

„Ich weiß, Lena, besonders wenn es Familie ist, Geburt, großer Geburtstag, Beerdigung. Ich habe das nie drastischer erfahren als nach Urgroßmutters fünf- oder sechsundachtzigstem Geburtstag. Anfang der Sechziger, ich glaube sie war Adenauers Jahrgang, aus ganz Deutschland war die Großfamilie angereist. Die waren ja alle Flüchtlinge aus Ostpreußen und hatten sich in Westdeutschland gut integriert, wie man heute sagt. Das war eine tolle Stimmung, verstehst du? Du kannst dich ja nicht mehr erinnern, du warst mal gerade fünf oder sechs Jahre alt."

„Aber daran, dass du die Kusinen angehimmelt hast, kann ich mich sehr wohl erinnern."

„Ja, ja, das stimmt schon, aber da waren auch Onkels, die einfach so beeindruckend waren, dass ich, als die Feier langsam zu Ende ging, unbedingt da bleiben wollte, der Ort schäumte geradezu über vor glücklichem Leben."

„Alle haben dich gewarnt, dass nach und nach alle abreisen würden."

„Ja, aber ich konnte mir das nicht vorstellen, ich war ganz gefangen im Augenblick. Und wie einsam war ich dann, als das Haus leer war bis auf Tante Trudchen und die Uroma. Das alte Haus knarrte nachts und es passierte den ganzen Tag lang überhaupt nichts mehr."

„Du hattest Tränen in den Augen, als wir dich am nächsten Wochenende abholten, Walter."

„Hatte ich nicht."

Auch in den frühen sechziger Jahren war Münstermaifeld keine Tagesreise von Koblenz entfernt. Zwei verschiedene An-, beziehungsweise Abfahrtswege nutzten sie damals. Der eine führte durch das Maifeld, eine Art Mulde in der Vordereifel, eine offene, waldlose Landschaft von rund dreißig Kilometern Durchmesser in Nord-Süd- wie West-Ost-Ausdehnung. Eine Delle, wie von einem riesengroßen Daumen mit Wegen und Hecken als Maserung des Fingerabdrucks. Am nördlichen Rand lag Polch; und fast alle Häuser waren aus Bims, Basalt oder Tuffsteinen errichtet. Eine freundliche und ruhige Landschaft und die vielen Wegekreuze vertieften den Eindruck.

Diesen Weg war Walter später einmal als Jugendlicher mit dem Rad zusammen mit einem seiner Onkel gefahren. Anstrengend war vor allem die Fahrt zurück auf dem Rad mit Torpedo-Dreigang-Schaltung. Vor ein paar Jahren war er noch einmal dort gewesen, wieder mit dem Fahrrad, das nun siebenundzwanzig Gänge hatte. Das alte, schiefe Haus stand immer noch in der Gasse, aber es gab dort natürlich keine

Verwandtschaft mehr. Auch auf dem Friedhof waren die Gräber der Urgroßmutter und der Tante längst geräumt.

Der andere Weg führte vom Maifeld nach Hatzenport an der Mosel und dann die Uferstraße entlang nach Koblenz. Diese Strecke nahm auch der Bus. In Hatzenport konnte man dann in den Zug steigen.

„Oh doch, Walter, du hocktest schon eine Stunde im Auto, bevor wir zurückfuhren."

„Vater hatte damals sein erstes Auto, einen DKW Junior, das war ein Dreizylinder-Zweitakter, gelb, ein schönes Autochen."

„Das dein Surfer Girl später geschenkt bekam."

„Stimmt, oh Gott, ja."

„Sag mal, Walter, glaubst du auch manchmal, dass du Krebs hast?"

„Manchmal?! Seit 1980, seit ich Mutter mit dir und Papa gepflegt habe, spüre ich regelmäßig den Krebs in mir und schließe mit dem Leben ab. Regelmäßig."

„Sie hätte letztes Jahr ihren achtzigsten Geburtstag gefeiert."

„Stattdessen wird es dieses Jahr ihr dreißigster Todestag sein."

„Und Vaters zehnter. Ich werde eine Messe bestellen. Weißt du, was mir Angst macht? Als unsere Mutter mit Krebs diagnostiziert wurde, war ich bald mit Jana schwanger, und heute hat Jessi ein Kind bekommen."

„Die Dinge wiederholen sich nicht einfach, Lena."

Sie wiederholten sich nicht, es sei denn, man betrachtete die Dinge des Lebens mit dem weiten, unscharfen Blick auf Leben und Sterben allein.

„Wie sieht es denn mit unserem Buchprojekt aus, Walter?"

„Ich komme gut voran. Es gibt immer wieder Phasen, in denen ich nicht zum Schreiben komme, das ist halt so. Mit rund dreißigtausend Wörtern bin ich so weit, dass ich längst nicht jedes Detail aber ein deutliches Gefühl für den Spannungsbogen habe. Und der Roman hat eine Eigendynamik bekommen, es hat sich einiges ganz anders entwickelt als wir das anfangs geplant und skizziert hatten. Die Fiktion kann da leider keine Rücksicht auf die Wirklichkeit nehmen."

Nach ein paar Tagen kam Jessica mit ihrem Neugeborenen zurück in den Goldpfad. Walter, der sich bis dahin eher distanziert verhalten hatte, beteiligte sich an allen notwendigen Besorgungen, nachdem er deutlich gemacht hatte, dass er gerne bei allem behilflich sein wollte, aber nur, wenn man ihn dazu aufforderte; er wollte sich nicht aufdrängen.

Das tat er dann sehr bald aber doch:

„Wie sieht es denn mit der Taufe aus, Jessica? Also, ich könnte kochen, bis fünfzehn, zwanzig Personen ist das gar kein Problem."

„Walter!" Kam es unisono aus Lenas und Jessicas Mund.

„Ist gut, ist gut. Ich meine ja nur. Wie soll er denn überhaupt heißen?"

„Jedenfalls weder Jens, Janosch, Jeremias noch Werner, Wolfgang, Walter."

„Schade, ich hatte mich schon auf einen Johann Wolfgang Wisman gefreut."

„Ich glaube, mir gefällt Leander. Leander Wisman."

„Ja, Walter, Jessi und ich haben schon darüber gesprochen. Leander."

„Aha. Darf ich denn vielleicht auch erfahren, wie der werte Name des Kindsvaters ist?"

Mutter und Tochter schauten sich an, Jessica nickte und Lena sagte: „Carsten."

„Ah ja. Carsten – Carsten wie?"

„Lach nicht, Walter. Carsten Wallander."

„Ich werde aber, selbst wenn ich heiraten sollte, den Namen Wisman behalten. Aber darüber müssen wir uns jetzt überhaupt noch keine Gedanken machen, keiner von uns, bitte."

In dem Maße wie Jessica alles ausblendete, was über das Frühjahr 2012 hinausging und den Abschluss ihrer Examensprüfungen, fragte sich Lena immer verbissener, was wohl danach mit ihr geschah, wenn Jessica und Leander sich aus dem Staube machten. Und Walter womöglich auch, denn sein Vertrag lief ja aus, und ob man ihm mit zweiundsechzig Jahren noch eine Verlängerung geben würde, war fraglich. Manchmal befiel sie urplötzlich die böse Ahnung, sie könnte depressiv werden. Dann schien ihr alles zu entgleiten.

Weder Walter noch Jessica schienen Lenas schwankende Stimmungen wahrzunehmen, beide waren sie auf ihre, wie Lena es empfand, ignorante Art und Weise glücklich und so beschäftigt wie Spinnen in ihrem feinen, im Sonnenlicht leuchtenden Netz.

„Ich weiß nicht, was ich machen soll, wenn Jessica mit ihrem Kind nächstes Jahr wegzieht", hatte sie Marc anvertraut, der meinte: „Wo ist da das Problem? Ich meine, du hängst doch in keiner Weise von den beiden ab."

„Nein, natürlich nicht, aber Walter wird vielleicht auch wegziehen."

„Und alleine willst du nicht im Haus wohnen bleiben. Das ist doch auch kein Problem, vermiete oder verkaufe es und suche dir was Passendes."

Jessica hatte ihr, vielleicht spürte sie doch etwas, einen freien Tag empfohlen: „Mach doch mal was Schönes, du musst nicht den ganzen Tag um uns herumschwirren, Leander und ich kommen schon klar, Mama."

Also hatte Lena Marc angerufen, und dem war nichts Besseres eingefallen, als sie auf einen Gang über das BUGA-Gelände einzuladen. Lena hatte natürlich auch eine Dauerkarte, allein wegen der vielen Veranstaltungen, die diesen Sommer auf dem Gelände stattfanden. Sie hatten sich am Eingang zum Festungspark getroffen.

„Du verstehst mich nicht. Ich weiß nicht, was ich machen soll, weil ich, weil ich, weil ich nicht weiß, was ich machen *will*, verstehst du? Es gibt nichts, was ich mir vornehmen möchte, nichts, worauf ich wirklich Lust hätte."

„Ach, Lena, du musst doch Pläne haben oder wenigstens Wünsche, Träume."

„Hab ich nicht, nein, das ist es ja."

Sie schlenderten an den Iglu-artigen Pavillons entlang, in denen die Evolution exemplarisch dargestellt wurde, Artenvielfalt, Nachhaltigkeit, natürliche Ressourcen. Lena ertappte sich dabei, dass sie ihre Befindlichkeit für Momente vergaß, weil Marc zwar schon oft über das Gelände gelaufen war, aber die Informationen, die Lena von Walter hatte, nicht kannte. Sie schienen ihn nicht sonderlich zu interessieren; er kam auf ihr Thema zurück.

„Lena, das kann nicht sein. Jeder Mensch hat Träume und Wünsche."

„Ja, Marc. Ein Häuschen in der Provence, ein kleines Kunstgewerbelädchen mit Café, eine Kreuzfahrt über die Meere der Welt, alles, wovon ich früher geträumt haben mag, interessiert mich heute aber nicht mehr."

Bei der Warteschlange an der Holzplattform, die das Landesamt für Forsten der BUGA geschenkt hatte, trafen sie Martina und Jürgen Trütting, die es aber eilig hatten, denn sie wollten runter in die Stadt und an der Seilbahn war auch schon wieder eine enorm lange Schlange. Ein kurzes Schwätzchen und eine Belehrung durch Jürgen waren jedoch nicht zu vermeiden:

„Wusstet ihr, dass Rheinland-Pfalz mit zweiundvierzig Prozent der Fläche das waldreichste Bundesland ist?"

Marc wusste das natürlich nicht, aber Lena:

„Sicher, und die Plattform ist aus heimischen Hölzern, nämlich Eiche und Douglasie."

Jürgen stutzte, dann:

„Ach ja, Walter macht ja Führungen. Hab ich vergessen, viel Spaß noch."

Und weg waren die beiden. Lena und Marc trafen noch eine Menge Bekannte. Bei Marc waren es zumeist weibliche Personen, die er nur mit einer gewissen Verlegenheit zurück grüßte, so dass Lena die vage Vorstellung, den Abend mit Marc bei einem netten Essen ausklingen zu lassen, aufgab. Sie wiederum sah beispielsweise den Investor, der sie grüßte und für einen Moment den Schritt verlangsamte, als wollte er ins Gespräch kommen; Lena hatte aber sofort den Blick von ihm abgewendet und Marc, ohne die Lippen zu bewegen, zu geraunt:

„Der Investor."

„Von gegenüber? Der Hillant?"

„Genau der."

„Der will da noch sechs Einheiten auf die Wiese stellen, hab ich gehört."

„Das wird er aber nicht durchbekommen, die von der BIA 2000 werden das wohl im Stadtrat verhindern."

„Bier 2000?"

„B-I-A. Bürgerinitiative Arzberg."

Der Investor war in Begleitung, dieses Mal war es eine Dame, deren Erscheinungsbild Walter später recht treffend als *nuttig* charakterisierte, mit der Ergänzung, dass vieles, was heute bei jungen Frauen als Outfit und Verhalten absolut cool war, vor zwanzig Jahren noch als Porno empfunden worden wäre. Sie waren mittlerweile am Café Fleur angekommen und Marc meinte:

„Also, das mit dem Café und deinen Handarbeiten, Gestecke und Gebinde für die Jahreszeiten, da bist du doch wirklich geschickt mit, das wär' doch schon eine Idee. Und du hättest immer Gäste, mit denen du klönen könntest, also wirklich, Lena, das würde dir bestimmt Spaß machen."

„Vielleicht hast du recht, Marc, ich könnte auch Kurse anbieten und mal einen Musiker einladen, dann und wann eine Ausstellung oder eine Lesung. Ich müsste ja nicht einmal davon meinen Lebensunterhalt bestreiten."

„Eben, sag ich doch! Du bist in der glücklichen Lage, das Ganze ohne Gewinnzwang aufzuziehen. Dein Geld verdienst du weiterhin bei mir."

„Bei meiner Vermittlungstätigkeit für die Sparkassen-Immobilien, Marc."

„Ja, klar, Lena. Also, ich hätte da ein Objekt, das wie geschaffen wäre für dein ..."

„Das ist ja unglaublich, ich vertraue mich dir mit meinen Lebenszweifeln, meiner Perspektivlosigkeit an und du fädelst hier gnadenlos ein Verkaufsgespräch ein, unglaublich."

Sie beschlossen erst einmal, nicht hinunter in die Stadt zu fahren und das andere Ufer des Rheins und in die beiden anderen Geländeteile, Kurfürstliches Schloss und der Bereich Blumenhof, St. Kastor, Deutschherrenhaus, zu besuchen. Dafür genossen sie den Blick von der Festung bei einer Tasse Kaffee, nachdem Lena zum ersten Male wirklich alle Ausstellungen hier oben besucht hatte. Die Lenné-Ausstellung gefiel ihr darunter eindeutig am besten. Die Sonne stand immer noch hoch über den Eifelbergen, die Seilbahn transportierte unentwegt Gäste in beide Richtungen über den Rhein und Marc zeigte mit der Hand:

„Schau mal da unten, siehst du, unterhalb des Kaiser-Denkmals, da gibt es eine Cocktail-Bar. Wie ist es, darf ich dich auf einen Cocktail einladen?"

Royal Festival Hall, London (UK):
16. bis 19. September 2011

Im Dezember 2010 hatte Walter zwei Tickets für Samstag, den siebzehnten September 2011, bestellt. *Brian Wilson Reimagines Gershwin*, drei Konzerte en suite ab Freitag, dem sechzehnten September, standen in der Royal Festival Hall auf dem Programm, und Walter wollte dabei sein, weil er nicht darauf zählen konnte, dass es auch in Deutschland ein Konzert geben würde. Später kamen zwar zwei Konzerte in Amsterdam und Brüssel dazu, aber die waren mitten in der darauf folgenden Woche. Außerdem flog Walter gerne nach London, es war die einzige Großstadt, in der er sich nicht wie in Berlin, New York oder Los Angeles fehl am Platze vorkam. Vielleicht lag es an den Pubs, die auf ihre Art nicht weniger urig waren als bayerische Biergärten. Kleinodien, in denen sich Walter von Anfang an zuhause gefühlt hatte. *Public Houses*, oft sehr alt, holzvertäfelt und mit *smoked glass windows*, und immer auf unterschiedliche Art und Weise mit bunten Blumenkästen geradezu üppig dekoriert. *Von Anfang an* hieß in Walters Fall, seit den späten Sechzigern und frühen Siebzigern, als in England das Pfund noch zwanzig Schilling hatte, der wiederum zwölf Pence wert war, das Pfund somit zweihundert und vierzig Pence.

Dass er dieses Mal nicht einen einzigen Pub aufsuchte, nicht einmal *fish and chips* aß, lag an einer eigendiagnostizierten Darmgrippe, die es ihm nicht ratsam erscheinen ließ, selbst in einer freundlichen Großstadt wie London auf die dringende Suche nach einer Toilette gehen zu müssen. Er ernährte sich von Chips und Sandwiches, Bier gab es nur im hoteleigenen Pub oder auf dem Zimmer. Gott sei Dank hatte es Walter noch nie etwas ausgemacht, den ganzen Tag auf Nahrungsaufnahme zu verzichten, wenn er nur ab und an einen Schluck Wasser hatte. Die Zeiten, in denen er sich auch vor Beginn der Konzerte schon ordentlich einen genehmigt hatte, waren längst vorbei.

Das erste Brian Wilson Konzert in der Royal Festival Hall hatte Walter 2002 erlebt, an einem kalten, ungemütlichen Februartag. Brian Wilson hatte einen neuen Trend kreiert, mal wieder. Er war einer der ersten, die ein Album live in seiner Gänze aufführten. *Pet Sounds* machte den Anfang. Später kam *SMiLE* dazu, dann *That Lucky Old Sun*, und jetzt eben *Brian Wilson Reimagines Gershwin*. Alle diese Konzerte hatte Walter in der Royal Festival Hall erlebt, oft mehrfach und dann auch an anderen Orten. *SMiLE* war dabei der absolute Spitzenreiter mit zwei Konzertbesuchen in London, je einem in Bonn, Frankfurt und Den Haag. Die schönste frühe Erinnerung war die an einen

Geburtstag, es müsste der achtzehnte, vielleicht auch der neunzehnte gewesen sein. Denn Walter erinnerte sich nicht nur an das wunderbare Frühsommerwetter Ende April sondern auch an sein Tonbandgerät Grundig TK 120. Er saß auf der Treppe mit dem überwältigenden Gefühl des Beschenkten und Besonderen, der er für seine Mutter immer war, die Nase in der Morgensonne; vom Tonbandgerät, das sie mit zwei Verlängerungskabeln im Bad ange-schlossen hatten, sangen die Beach Boys *Fun, Fun, Fun*. Zum ersten Male gehört hatte er von ihnen jedoch schon ein paar Jahre früher. Ein Nachbarjunge hatte einen Partykeller, einen Schallplattenspieler und neben anderen die beiden LPs *Surfin' USA* (1963) und *The Beach Boys Concert* (1964). Walter war von Anfang an der Beach Boys Fan, so sehr er auch die Beatles, Rolling Stones oder Bob Dylan mochte. Kalifor-nien war das Land seiner Träume, er sah sich Wellenreiten, mit den Girls am Strand liegen und mit dem Motorrad die Küstenstraße entlang brausen – mit nacktem Oberkörper und den Fahrtwind im langen Haar.

Schon mit Dreizehn, Vierzehn Beach Boys-Fan, verschwand die Band immer wieder für ein paar Jahre, verlor er sie aus den Augen und Ohren, aber niemals ganz. Mit *Smiley Smile, Wild Honey* (beide 1967) und *Friends* (1968) entdeckte er sie später wieder. Mit *Pet Sounds* (1966) konnte er zunächst nichts Richtiges anfangen, obwohl ihm das Vorgängeralbum *The Beach Boys Today* (1965), in dem schon ähnliche Töne angeschlagen wurden, ausgesprochen gut gefiel, auch heute noch. Und bei den jüngsten Konzerten hatte Brian Titel aus diesem Album in die Setlist aufgenommen. Wieder verlor er die Band für einige Zeit aus den Augen, denn die Gruppe war Ende der Sechziger, Anfang der Siebziger nicht mehr hip. Walter besaß zu der Zeit vielleicht eine Handvoll Schallplatten, dafür aber nach wie vor sein Tonbandgerät. Ein Songbook und das Album *20/20* (1969) brachte Marina aus London mit, wo sie eine Zeitlang als Au-pair gearbeitet hatte.

Bis 1973 erschien jedes Jahr mindestens ein Album und das erste Hören mit Kopfhörer im Plattenladen war immer ein Erlebnis. Wenn er dann die Scheibe zum ersten Male gehört hatte und auf dem Weg nach Hause sich an die Musik zu erinnern versuchte, gelang ihm das regelmäßig nicht. Auch wenn Brian Wilson und die Beach Boys einen absolut unverkennbaren Sound entwickelt hatten, waren die einzelnen Titel doch immer wieder überraschend neu und anders. Brians Probleme wurden immer manifester, die größten Erfolge lagen zehn Jahre zurück. 1973 markierte aber für Walter einen Wendepunkt, denn *Holland* erschien, darauf zu finden war die dreiteilige *California Saga* mit *Big Sur*, *The Beaks of Eagles* und *California*. Besonders der mittlere Teil faszinierte Walter, denn es war die Rezitation eines Gedichtes von Robinson Jeffers (1887 – 1962):

An eagle's nest on head of an old redwood on one of those precipice-footed ridges
Above Ventana Creek, that jagged country which nothing but a fallen meteor will ever plough; no horseman
Will ever ride there, no hunter cross this ridge but the winged ones, no one will steal the eggs from this fortress.

Tagelang saß Walter in der Uni- oder Fachbereichs-Bibliothek und stöberte in Leben und Werk dieses faszinierenden Autors. Das, was Walter schon immer gespürt hatte, dass Kalifornien eben nicht nur *Fun, Fun, Fun* war, zeigten ihm seine Studien, die er völlig eigenständig und unabhängig vom Studienziel Sport und Englisch, Lehramt am Gymnasium, in seiner freien Zeit unternahm. Zu seiner Liebe zu Kalifornien, zur Musik von Brian Wilson, kam hier die neue Dimension der Literatur. Als sei er tatsächlich durch den ganzen Kontinent von *coast to coast* gereist, stand er staunend an der wilden Küste des unendlich weiten Pazifischen Ozeans, vor sich die Welt der Literatur. Jeffers, schon als Jugendlicher hatte er in Deutschland und der Schweiz nicht nur Deutsch und Französisch gelernt sondern auch Griechisch, Hebräisch und Latein. Für ihn war das damals wirklich noch wilde Kalifornien sein Ithaka, die Heimat Homers. Jeffers' freie Langversgedichte spiegelten das unverkennbar. Hier traf urgewaltige Schönheit auf brutalste Naturgewalt, oft auch in sexueller Form.

This coast crying out for tragedy like all beautiful places,
(The quiet ones ask for quieter suffering: but here the granite cliff the gaunt cypresses crown
Demands what victim? (aus: *Apology for Bad Dreams*)

Er war der erste Aussteiger in *Big Sur*, baute sich mit eigenen Händen sein *Tor House* und den *Hawk Tower* und lebte dort zurückgezogen und ohne Elektrizität. Weiter vorne in der *Apologie für böse Träume* wurde drastisch eine Tiermisshandlung geschildert:

(...) In the
little clearing a woman
Is punishing a horse; she had tied the halter to a sapling at the edge of the wood, but when the great whip
Clung to the flanks the creature kicked so hard she feared he would snap the halter; she called from the house

The young man her son; who fetched a chain tie-rope, they working
together
Noosed the small rusty links round the horse's tongue
And tied him by the swollen tongue to the tree.
Seen from this height they are shrunk to insect size.
Out of all human relation.

Aus der Höhe betrachtet, der Höhe moralischer Betrachtung, waren sie zu Insektengröße geschrumpft und damit jenseits aller menschlichen Beziehung und Bewertung.

Die Beach Boys durchlebten ihre *tragedy* an dem *beautiful place* Kalifornien. Das wurde Walter immer klarer und er fing an, sich dem Wesen ihrer Musik aus einem anderen Blickwinkel anzunähern. Ihm wurde zunehmend bewusst, was er schon als Jugendlicher gespürt hatte, aus welchem Drama, aus welcher Tragödie nämlich die Schönheit und der Wohlklang des mehrstimmigen Harmoniegesangs herrührten und ihn berührten. Von 1976 *15 Big Ones* bis 1980 *Keeping the Summer Alive* erschien erneut jedes Jahr ein Album mit mehr oder weniger intensiver Beteiligung von Brian Wilson. Danach war eigentlich Schluss, denn 1983 ertrank Dennis Wilson, der *surfer boy*. Walter war im Dezember 1983 mit dem Auto unterwegs, als ihn die Botschaft im Radio erreichte. Auch Dennis, wie er mit *Pacific Ocean Blue* 1977 gezeigt hatte, war ein begnadeter Singer-Song-Writer.

Später zeigte sich denen, die keinen Zugang zu *boots*, also illegalen Aufnahmen hatten, das noch deutlicher mit der Veröffentlichung von *Bambu* 2008, das in den Jahren 1978/79 aufgenommen aber nie fertiggestellt wurde. Nie fertiggestellt wurde auch *SMiLE*, wofür bis 1967 Aufnahmen gemacht wurden.

Bei seiner Beerdigung, hatte Walter sich oft vorgestellt, sollte in der Kirche Dennis' Song *Farewell, My Friend* gespielt werden: *You take the high road, I take the low road, but we'll meet again.* Und natürlich ein Song von Brian: *I'm a cork on the ocean / Floating over the raging sea / How deep is the ocean? 'Til I Die* ist einer der gar nicht so wenigen Beach Boys Songs, für die Brian Text und Musik geschrieben hat. Als dritten Musikbeitrag wünschte sich Walter von Jackie Leven *Working Alone/A Blessing*, wobei der zweite Teil die Rezitation eines Gedichtes von James Wright war:

Just off the Highway to Rochester, Minnesota
Twilight bounds softly forth on the grass.

Zwei Männer fahren die Landstraße entlang, halten an, steigen aus, streicheln zwei Ponys und das Gedicht endet mit einer Epiphanie:

Suddenly I realize
That if I stepped out of my body I would break
Into blossom.

Seine beiden ersten Songbooks der Beach Boys bekam Walter 1972, 1980 kaufte er sich erst die deutsche Ausgabe von David Leafs *The Beach Boys and the California Myth*; eine mittlerweile sehr rare Ausgabe, die gelegentlich für über zweihundert Euro im Antiquariat auftauchte. Seine Bibliothek zur Band und den beiden Brüdern Brian und Dennis umfasste 2011 sechsundzwanzig Titel. Walter war kein Oldie-Fan, sein Interesse wurde durch wiederholte Vertiefung der Kenntnisse und Bereicherung der Sammlung stets aufs Neue belebt. Wenn Brian Wilson mit seiner Band *Surfin' USA* oder *Fun, Fun, Fun* spielte, war das keine Nostalgie sondern ein authentisch historisches Statement. *I wrote this song when I was a kid and now look at me, I am still here after all these years.*

Und die Musik seit *Pet Sounds*, mit der die Gruppe beim Publikum aus der Gnade fiel, war gerade die Musik, die Walter so sehr mochte. Was wusste er damals schon? In der *Bravo* hatte mal ein Artikel gestanden, im Radio konnte man gelegentlich etwas hören, im *Beat Club* von Radio Bremen waren sie bei Uschi Nerke aufgetreten. Aber sonst? Auf Magazine wie *Rolling Stone* oder *New Musical Express* hatte er nur hin und wieder Zugriff. Er kannte die Geschichten vom exzentrischen Genie, in dessen Wohnzimmer ein Klavier in einem Sandkasten stand, damit Brian sich beim Komponieren wie am Strand fühlen konnte. Die Musik, ihre Komplexität und Schönheit, erzählte ihm all das, was er später in den Büchern las. Und die Entwicklung von *Surfin USA* und *Fun, Fun, Fun* zu *God Only Knows* und *Good Vibrations* war wunderbar und höchst willkommen.

1972, am achten Mai, sah er die Band in Frankfurt zum ersten Male live, natürlich ohne Brian. Walter besaß das Ticket noch, auf dem aber kein Datum mehr zu erkennen war. Laut Keith Badman „The Beach Boys: the definitive diary of America's greatest band, on stage and in the studio" gab es bereits am dreizehnten Juni 1968 in Frankfurt zwei Konzerte, Walter fand aber keinerlei Eintrag in seinen eigenen Kalendern, in die er ab 1967, also mit siebzehn Jahren, recht ausführlich wichtige Termine wie Klassenarbeiten, Training oder Pfadfinder-Fahrten, später auch Verabredungen mit Freundinnen eintrug. So hatte Badman für den sechzehnten (Berlin) und siebzehnten Mai (Köln) zwei Konzerte eingetragen, die Walter aber definitiv nicht besucht hatte. Keithman datierte das Köln-Konzert wie in Walters Kalender vermerkt, legte das in Berlin aber auf den neunzehnten. Der achte Mai 1972 war ein Montag, Walter war bei der Bundeswehr. War sein Surfer Girl aus London zurückgekehrt, hatte ihn mit neuem

Material versorgt und er sich mit der Einladung zum Konzert bedankt? Dennis war zu der Zeit an der Hand verletzt und saß nicht an den Drums, sondern stand ziemlich betrunken auf der Bühne. Für eine seiner Balladen hatte er sich ans Klavier gesetzt, Spot auf ihn, alle anderen Musiker hatten die Bühne verlassen. Ein GI, der Konzertsaal war zur Hälfte mit in Frankfurt stationierten US-Soldaten besetzt, hatte eine Art Tonpfeife, mit der er „Kuckuck" machte. Dennis sagte nur *stop that fuck*, aber der GI wollte keine rührselige Ballade von dem *surfer boy* sondern *fucking fun, fun, fun*. Dennis verschwand und das war das erste und letzte Mal, dass Walter ihn lebendig sah, denn schon beim nächsten Konzert auf der Loreley in den späten Achtzigern lebte er nicht mehr. Brian war nie dabei. Auch 1987 in Bad Segeberg nicht und nicht auf der Loreley 1993. Dafür hatte ihn sein Surfer Girl, längst verheiratet und Mutter zweier Kinder, 1987 wieder aufgespürt und angerufen. Zusammen fuhren sie am zweiund- zwanzigsten Juli, ihrem sechsunddreißigsten Geburtstag, nach Bad Segeberg und hatten jede Menge *Fun*. Hielten sich bei *wouldn't it be nice* in den Armen *if we could wake up / In the morning when the day is new / And after having spent the day together / Hold each other close the whole night through.*

Sie verbrachten den Tag und die Nacht miteinander, fanden aber erst gegen zwei Uhr nachts ein Hotel in der Nähe von Hamburg. Er brachte sie zurück nach Koblenz und hatte sie seitdem nie wieder gesehen. Bei seiner ersten BUGA-Führung allerdings hatte es ihm einen Stich versetzt, als er auf der neu errichteten Pergola hinter dem Kurfürstlichen Schloss stand und einen Blick auf die alte preußische Wehrmauer warf. Hierhin hatte er Marina, sein Surfer Girl, sie waren beide noch Schüler, oft nach der Schule gebracht, im Sommer. Die hohe Mauer war mit Efeu zugewachsen, einen Meter über die Mauerkrone hinweg; ein lauschigeres Liebesnest hatte es nie gegeben.

Der Studienbeginn 1973 in Tübingen leitete wichtige Entwicklungen ein, die schließlich dazu führten, dass Walter zu schreiben anfing. Die selbständige, wissenschaftliche Annäherung an die Literatur, zum einen über die *Holland* LP und Robinson Jeffers, zum anderen über die Begegnung mit Professor Feerful, amerikanische Literatur, der, als Walter später nach Bonn wechselte, ebenfalls dorthin zog und bei dem Walter mehrere Hauptseminare belegte. Feerful lag literarisch auf der gleichen Wellenlänge und war begeistert von Walters Inter- pretationen, ob es nun die akribische Analyse von Gedichten wie *The Place for no Story* (Robinson Jeffers), *Open House* von Theodore Roethke oder Hemingways Romane waren. *The Sun Also Rises*, bekannt geworden als der *Fiesta*-Roman, gab Walter ein Gestaltungs- mittel für seinen ersten Roman an die Hand. Bei der Seminararbeit über den Roman war ihm aufgefallen, dass Hemingway mehrere

Kapitel mit der Formulierung *in the morning* begann, dass alle diese Kapitelanfänge eine ähnliche Struktur hatten, und dass man über die Analyse dieser Passagen den gesamten Roman mit all seinen Motiven und Themen erschließen konnte. In Walters Erstling wurde daraus *auf der Autobahn*, was viele Rezensenten den Titel mit Kerouacs *On the Road* assoziieren, aber das durchgängig gestalterische Motiv analog zu Hemingways Morgenmetapher übersehen ließ.

Mit Feerful und einigen Kommilitonen saß Walter gleich am ersten Abend in der damals einzigen Nachtbar Tübingens, nachdem man sich im Seminar bei der Semestereröffnung für die Studienanfänger kennengelernt hatte. Auch in Bonn saßen sie oft nach dem Seminar beim Kölsch zusammen. Wahrscheinlich war Feerful Alkoholiker gewesen. Walter erinnerte sich, dass der Professor in einem Hauptseminar plötzlich sehr blass wurde, sich für eine Minute auf den Boden legte und dann kurz in sein Büro verschwand, wo er sich wahrscheinlich mit Whiskey wieder auf die Beine brachte. Feerful tauchte später in Walters *In the Country*, ein *free verse long poem* à la Jeffers als *Prof Sprungson* auf. Nicht zuletzt als Dank dafür, dass Feerful erheblichen Anteil an Walters USA-Stipendium hatte.

Je älter Walter wurde, um so deutlicher wurde, wie wenig im Leben chronologisch und eindimensional war, wie sehr sich dagegen die Motive und Themen wiederholten und dabei variierten, fortführten und zu einem immer komplexeren Gesamtgebilde verwoben. Klare Trennungen waren notwendig, um die Einzelaspekte in ihrer Eigenart zu erkennen und das Leben als Gesamtkunstwerk komponieren zu können.

Brian Wilson live in London zu erleben, einen Roman über das Elternhaus zu schreiben oder ein *Buch der Könige* von Klaus Theweleit zu lesen, ereignete sich in einem Zusammenhang, der sich nur permanent entwickeln konnte, war ein Zusammenhang, in dem es, bei allen retardierenden Kräften und ruhigen Momenten, keinen Stillstand zwischen *memory and desire* geben konnte.

Einen enormen und womöglich letzten Schub in seiner Verehrung für den Künstler Brian Wilson war dessen Auferstehung Ende der achtziger, Anfang der neunziger Jahre. Er, der *reclusive*, der sich Jahrzehnte lang mit Drogen in sein Bett und in seine eigene Welt verkrochen hatte, hatte nicht nur seine jüngeren Brüder überlebt, sondern stand auf der Bühne und ließ auch seine Musik wieder auferstehen. Ab der Zeit etwa, nachdem die Beach Boys auf dreißig Jahre Geschichte zurückblicken konnten, kamen jedes Jahr neue Bücher über die Gruppe heraus und jedes Mal war es so, als erlebte Walter die ganze Geschichte von Neuem und mit ganz neuem Verständnis. Walter hoffte auf ein abgeklärtes Spätwerk von ihm. Und er hätte nichts dagegen gehabt, wenn das ein großer symphonischer

Schlussakkord werden sollte. Die Zeichen standen nicht schlecht bei all den jüngsten Aktivitäten mit dem Jahreshöhepunkt der Veröffentlichung der *SMiLE Sessions* im November 2011. Walter hatte sein Exemplar in den USA bestellt, kaum dass die entsprechende Seite bei Amazon freigeschaltet war.

Arzberg, Im Goldpfad, den 7. 8. 1970: Brief an Marina

Mein lieber, kleiner Goldschatz!

Tja, so ist das: Arzberg, den 7.8.70. Mein lieber, kleiner Goldschatz. Wenige Worte, hinter denen viel steckt: ich bin in Arzberg, Du, mein lieber, kleiner Goldschatz, bist wahrscheinlich schon in Dijon. Du bist auf Urlaub in Frankreich und ich maloche in den Ferien auf dem Bau. Scheiße, gerade gab's schon wieder Aufregung; Deine Adresse war nämlich verschwunden. Ich hatte sie doch gestern Abend in meine Fahrkarte gesteckt. Jetzt eben habe ich überlegt, wo wohl die Fahrkarte sein könnte. Ich habe sie einfach nicht gefunden. Als ich dann schließlich doch die Fahrkarte gefunden hatte, war die Adresse nicht drin! Verdammt nochmal, denke ich, das war bestimmt Mutti oder Lena, die bauen dauernd so einen Scheiß. Ich in der Unterhose ans Fenster geflitzt und meine Mutter angeschnauzt: „Wo hast du die Adresse?!" Meine Mutter: „Was fürne Adresse?" Ich wieder hoch und nochmal geguckt und auch gefunden, Gott sei Dank!

Ja, jetzt ist mir leider die gute Idee, die ich am Anfang hatte, flöten gegangen. Aber machen wir weiter wie ich angefangen habe. Zuerst noch einige technische Angaben: Es ist Freitag, der siebte August 1970 AD, heute habe ich Geld bekommen für zwei Wochen, 414,40 DM brutto, 368,82 DM netto, wir haben 17 Uhr 15, ich bin noch nicht gewaschen und - - - ja, und? Ja, Du bist in Dijon! Genau gesagt Marina de la grande felicità c/o Richard Jaquolet, 99 Rue de Barrage de Fontenay, Dijon 33 (cote d'or), Fronkreisch. Aber all das weißt Du ja, die Adresse hätte ich gar nicht schreiben brauchen.

Um noch einmal auf den Anfang zurückzukommen: hinter den wenigen Worten, die in den ersten Zeilen stehen, steckt wirklich viel, z. B. daß es mal wieder an der Zeit ist, Briefe zu schreiben, das haben wir ja auch schon lange nicht mehr getan. Die Arbeit ging heute wieder einigermaßen flott vonstatten und als ich heute Mittag das Geld bekommen habe, dachte ich, naja, kannste ruhig mal ein paar Fläschjen trinken und das

tat ich auch. Aber ich bin nicht voll, keine Angst. Ich werde mich bemühen sauber zu schreiben, damit Du es auch lesen kannst, ich habe nun
mal keine besonders leserliche Schrift, und Bauarbeiterhände schreiben
noch weniger schön. So, ich werde jetzt die Seiten durchnummerieren,
damit Du einigermaßen klarkommst, na – am Mittwoch, nehme ich an,
spätestens Donnerstag.

Heute ist Freitag, morgen und übermorgen werde ich diesen (bis jetzt)
kurzen Brief zu einem kleinen Buch vervollständigen und am Montagmorgen werde ich ihn in aller Herrgottsfrüh in den Briefkasten werfen.
Hoffentlich denke ich um 6 Uhr daran. Noch fällt es mir überhaupt nicht
schwer, Dir zu schreiben, ich werde diese Gedanken aufbewahren, denn
in drei Wochen kann man viele Briefe schreiben, und ich habe mir vorgenommen, Dich, wenn ich Dich auch manchmal langweile, wenigstens
per Post etwas zu unterhalten, damit Du auch in der Ferne nicht das
Interesse an mir verlierst, vielleicht kannst Du sogar aus den Briefen, die
ich Dir schreiben werde, einige neue Aspekte über Dich und mich gewinnen und vor allen Dingen kannst Du in Ruhe überlegen, was ich Dir
alles schreibe, und Du brauchst keine Angst zu haben, daß ich Dich von
etwas überzeuge, nur weil ich meist schneller schalten und kombinieren
kann. Du hast Zeit, über jedes Wort nachzudenken, und ich kann Dich
per Post nicht so schnell überrumpeln, als wenn ich mich mit Dir unter-
halte.

So, das war also sozusagen die Einleitung zu diesem Buch. Ein Bestseller
wird es wohl nicht werden, aber für uns beide wird dieses Buch in Ergänzung mit dem Teil, den Du dazu schreibst, nicht ohne Bedeutung
sein. Nehme ich an und hoffe ich.

So, und damit komme ich wieder zu meinem alltäglichen Leben, das
wohl etwas trostlos geworden ist. Tja, ich werde mich jetzt waschen
(diesmal brauche ich mich ja nicht ganz auszuziehen) und Abendbrot
essen und dann werde ich wahrscheinlich ins Dorf gehen, um mit Fred,
Wolf und Werner zu pallavern. Vielleicht komme ich noch heute Abend
dazu, Dir weiterzuschreiben, wenn nicht, dann morgen! Ich möchte also
insgesamt sagen, daß ich die Zeit Deiner Abwesenheit nutzen werde,
vielleicht dahinter zu kommen, wie unser beider Verhältnis tatsächlich
ist, welche Fehler wir eventuell machen und wie wir das unter Umständen ändern könnten. Dann wird diese Zeit sehr sinnvoll und nicht nur
ein getrennter Urlaub sein.

Tschüs und bis morgen, Marina, Dein zum Autor empor geschwungener
Bauarbeiter (der eigentlich Schüler ist), Walter.

Guten Morgen! Könnte ich sagen, denn es ist mittlerweile 2 Uhr 45 und
ich bin gerade nach Hause gekommen. Bitte reg Dich nicht gleich wieder
auf, ich werde Dir erzählen, was heute Abend, bzw. Nacht los war: Ich

bin also nach dem Essen ins Dorf gegangen und am Eck waren Fred, Werner und Wolf. Wir haben uns ein bißchen unterhalten und dann kam der Bullmann mit dem Auto vorgefahren und wir sind zum Rasthaus oben in Arzberg. Naja, nichts besonderes, als erster hat sich der Bullmann verabschiedet, dann der Werner. Wolf, Fred und ich haben uns noch über den numerus clausus gestritten, bewußten und unbewußten Mord und um Systeme und über die Frage, ob sich der Mensch entwickelt (zum Besseren). Jedenfalls haben wir uns zum Schlechteren entwickelt und haben uns entschlossen, in den Goldenen Bären zu gehen. Nach kurzer Zeit fiel auch Wolf um, da warens nur noch zwei, nach schwerwiegenden Debatten darüber, ob ein Wirt Bier verkaufen <u>muß</u> (an jeden), ob Sachen zu dem Preis verkauft werden müssen, mit dem sie im Schaufenster ausgezeichnet sind usw. Jedenfalls kam der Jörgi mit so einem komischen Geier an (blonde, fettige, zurück gekämmte Haare), der gleich eine Runde schmiss und uns anschließend zu einem Altstadtbummel einlud. Ich meinte: Ich habe zwar kein Geld, aber ich fahre gerne mit. Der Typ wollte uns die Sexfilme zeigen, die im *Augenroller* laufen, wir hingefahren: alles zu. Der Typ war übrigens verheiratet (Appetit darfst du dir holen, gegessen wird zuhaus) und schwärmte von dem dicken Busen seiner Alten. Naja, in der Altstadt war nix los und ich versuchte ihn zu überreden, nach Köln zu fahren. Aber er hatte keine Lust. Wir sind dann noch nach Pfaffendorf in den Metroclub, aber da war auch nix los. So, und jetzt bin ich wieder daheim, bitte sei nicht böse, daß ich schon wieder so schlimme Sachen treibe, aber es ist unheimlich interessant und aufregend in der Altstadt herum zu streunen, ich hatte dauernd Angst, daß jemand eine Schlägerei mit mir anfangen würde. Aber dazu kam es Gott sei Dank nicht. Und so bin ich jetzt noch heil und damit ich es auch weiterhin bleibe, werde ich aufhören zu schreiben und mich ins Bett legen. Wahrscheinlich schläfst Du schon fest in Deinem fernen französischen Bett, schlaf gut, Goldschatz Marina, ich liebe Dich. Walter.

Einen wunderschönen Samstagmorgen wünsche ich Dir. Ich bin richtig ausgeschlafen, denn wir haben schon zwölf Uhr durch, gewaschen und angezogen bin ich auch schon und ich werde gleich runter essen gehen. Deshalb werde ich jetzt nicht allzu viel schreiben können. Der Karli hat mich übrigens eben aus dem Bett geschmissen. Der ist doch jetzt bei der Bundeswehr und auf seiner Stube liegt auch der Gustav. Karli sagt zwar, das wäre alles Scheiße, aber Spaß macht es ihm trotzdem.

Eben dachte ich schon, ich hätte Post von Dir, aber das ist ja wohl noch nicht möglich, Du bist ja gestern erst weggefahren. Aber Montag oder Dienstag werde ich wohl ein Briefchen von Dir lesen können. Du wirst etwas länger warten müssen, nehme ich an, und wenn Du diesen Brief liest, wirst Du Dich wohl schon gut eingelebt haben und ein Wochenende hast Du dann auch schon verlebt. Morgen fahre ich mit Fred zum Engros-Center, da ist so ein Amateur-Rennen. Fred wollte auch mitfahren, aber mit seinem VW Käfer sei nichts drin, meint er. Lena ist gerade hoch gekommen und ich werde aufhören zu schreiben, denn wenn sie sieht, daß ich Dir schreibe, fängt sie bestimmt wieder an zu schnüffeln. Also, tschüs, und ein schönes Wochenende, Goldschatzinsel Marina, du Hort meiner Glückseligkeit.

So, da bin ich wieder. Es ist jetzt etwa 19 Uhr und ich werde heute Abend zuhause bleiben. Eigentlich wollte ich ja mit Werner und Wolf in die Rhein-Mosel-Halle, da spielt der Roy Etzel. Aber das ist ja doch Scheiße. Da ich morgen Mittag nicht dazu kommen werde, Dir weiter zu schreiben, habe ich mich jetzt noch einmal hingesetzt und werde schreiben, bis dann gleich das Feuerwerk anfängt. Von meinem alten Zimmer aus kann man das ganz gut beobachten. Gestern habe ich wieder den ganzen Tag mit dem Max (dem Polier) zusammengearbeitet und gehandlangert. Er hat mich gefragt, wie denn der Abschied gewesen sei, weil ich den ganzen Tag so müde war und dauernd gegähnt habe. Er wollte wissen, ob wir gestern Abend noch einmal schön Petting gemacht hätten, was anderes wäre ja doch wohl nicht drin. Da hab ich ihm aber gesagt, von wegen, die nimmt schon seit einem halben Jahr die Pille. Da war er dann doch etwas überrascht und hat gefragt, ob unsere Eltern das wüßten. Dann hat er mir auch noch ein bißchen aus seiner Jugend erzählt, daß er mit 25 geheiratet hat, daß er vorher auch schon ein paar Freundinnen gehabt hätte, es wäre aber nichts weiter gewesen, als daß er abends meistens mit nasser Hose nach Hause gekommen wäre. Damals hätte man sich das nicht leisten können – Pille gab's keine und riskieren, daß sie ein Kind bekommt, wollte er nicht, weil er ja immer wieder in den Krieg mußte, und wenn er gefallen wäre, säße das Mädchen da mit dem Panz ohne Mann.

Nach 17-jähriger Ehe, sagte er mir, mache es ihm heute mehr Spaß mit seiner Frau als früher. Das ist doch immerhin etwas, oder nicht? Und er hat auch gesagt, daß wir, falls wir heiraten sollten, nach 17 Jahren kaum noch so viel Spaß miteinander hätten wie er und seine Frau. Wir würden ja jetzt schon leben wie Mann und Frau. Also, ganz Unrecht kann ich dem Mann nicht geben. Du hast gesagt, wir hätten eigentlich eine Krise recht gut überstanden. Mit der Krise hast Du die Zeit gemeint, während der Du nicht mehr die Pille nahmst und nimmst.

Also, ich meine, daß das gar keine Krise war, ganz im Gegenteil: Es war eine Erleichterung für unser Verhältnis, glaube ich jedenfalls. Für uns beide wäre das Verhältnis ohne Geschlechtsverkehr wesentlich weniger kompliziert. Meiner Ansicht nach ist das für uns beide eine ziemlich starke Belastung. Nicht physisch sondern psychisch. Du hast ja selbst gesehen, daß wir in letzter Zeit weniger Streit hatten als sonst.

Auf der einen Seite leben wir wie Mann und Frau zusammen, auf der andren Seite lebt jeder von uns beiden in seiner Familie, wo er mehr oder weniger als Kind betrachtet und auch bevormundet wird. Ein krasser Gegensatz zwischen Freiheit und Unfreiheit. Oder nicht?

Mit dem, was ich bis jetzt geschrieben habe, möchte ich Dich keineswegs dazu ermuntern, die Pille nicht zu nehmen, denn die Verführung ist für uns beide zu groß, und deshalb ist es einfach notwendig, daß Du sie nimmst. Und wenn Du sie nimmst, dann besteht wieder die Gefahr, daß wir es übertreiben und jede kleinste Gelegenheit ausnutzen.

So, ich glaube, das sind für heute genug schwerwiegende Gedanken und ich werde für heute aufhören zu schreiben, vielleicht komme ich morgen nochmal dazu etwas zu erzählen.

Ich wünsche Dir also einen erholsamen Urlaub und hoffentlich ist es Dir nicht langweilig. Ich kann mich bis jetzt nicht beklagen. Also, tschüs, Marinchen.

So, der Frühschoppen ist vorbei, Mittagessen gibt es gleich und dann werde ich mit Fred zum Lütke Engros-Rennen fahren.

Viel werde ich nicht schreiben, ich glaube, so langsam reicht es für den Anfang. Übrigens ist heute Sonntag. Ich habe auch gar keine Lust viel zu schreiben, weil der Werner, die doofe Sau, heut Morgen wieder unheimlich schlecht gelaunt war und dann meckert er an allem und jedem herum. Die Fahrt nach Italien und Südfrankreich wird bestimmt nicht schön werden mit dem seiner doofen Fresse jeden Morgen. Aber der Wolf schläft ja mit ihm zusammen in einem Zelt und ich schlafe mit Fred (im Zelt). Die Zelte werden natürlich weit auseinander gestellt. Aber wir werden ja sehen, was los ist.

Goldschatz, sei mir bitte nicht böse,
daß ich jetzt schon aufhöre zu schreiben
aber ich habe keine Lust mehr
und was Schönes fällt mir jetzt
nicht ein ich könnte Dir höchstens
ein paar Gehäßigkeiten von Werner
schreiben aber darauf können
wir wohl verzichten
damit ist also das 1. Kapitel
meines kleinen Buches beendet

tschüs, Dein Walter

P.S. Ich habe es zwar schon einmal geschrieben, aber ich werde es noch einmal wiederholen: Ich liebe Dich!

P.P.S. Vielleicht kannst Du mir die Adresse von dem Studentenwohnheim geben, dann wird die Post gleich dahin geschickt.

Tübingen, April 1973 bis März 1975: Teil 1

Kurz vor seinem dreiundzwanzigsten Geburtstag zog Walter nach Tübingen, um sein Studium Anglistik/Amerikanistik und Geographie an der Eberhard Karls Universität Tübingen zu beginnen. Da er für das Lehramt an Gymnasien studierte, was nur in bestimmten Fächerkombinationen möglich war, das Sportstudium jedoch nur im Wintersemester begonnen werden konnte und er im Sommersemester sein Studium aufnahm, hatte er eben Geographie als zweites Fach gewählt. Vieles war neu, vieles veränderte sich für ihn, vertraut war die Umgebung einer Mittelgebirgslandschaft mit Flusslauf. Die Bruchsteinmauern auf den nach Süden angelegten Terrassen mit aufgegebenen Wein- und Obstgärten, auf denen die Frühjahrssonne den Schnee zuerst wegtaute. Walter wanderte viel vom Spätherbst bis zum Frühjahr an den Sonntagen, wenn die schwäbischen Studenten ihre Wochenendheimfahrerzimmer verlassen hatten. Auf den meist ebenen Hochflächen gab es viel Landwirtschaft, Streuobstwiesen, Wald.

Walter wanderte allein. Ganze Nachmittage ohne Einkehr. Das Land sprach zu ihm, es erzählte ihm Geschichten in einer Sprache, die er nur bruchstückhaft verstand. Bäume waren zu lesen, Standorte von Pflanzen und Felsformationen. Schwammpilze auf Baumstümpfen, Steine sammeln und Holz schnitzen, jede Parzelle war eine Kombination und Komposition, in der der Mensch das Libretto schrieb und die Natur die Musik machte. Wetter und Wolken, das Licht. Das Licht vor allem im Herbst und im Frühjahr, wenn die Sonne fast waagerecht über die Erde strich und lange, lange Schatten warf.

Er wohnte in der Käsenbachstraße. Wenn er vom Uni-Hauptgebäude und der Mensa nach Hause lief, kam er am Friedhof und der Klinik vorbei. Seine Spaziergänge und Wanderungen führten ihn nach Norden erst Richtung Hageloch und Waldhausen, auf die Höhe, wo er sich dann nach Westen orientierte und nach ein paar Kilometern hinunter ins Neckartal wanderte. Entweder ging er am Neckar entlang zurück nach Tübingen oder stieg auf dem südlichen Neckarufer wieder hinauf und wandte sich dann in östlicher Richtung zurück nach

Tübingen. Das Geographiestudium befestigte seine Liebe für die Kartographie und damals fing er an, Karten zu sammeln. Als Pfadfinder hatte er gelernt, Karten ein zu norden und sich in unbekanntem Gelände zurechtzufinden. Von fast jedem Ort, jeder Gegend, jedem Land, in dem er sich je in seinem Leben befunden hatte, besaß er eine Karte. War er zu Fuß unterwegs, versuchte er zumeist ohne Karte zurechtzukommen und sich an den Himmelsrichtungen und Aussichtspunkten zu orientieren. Manchmal kam er sehr spät nach Hause. „ – wie habe ich damals solche finstere und trübe Abende im Spätherbst und Winter geliebt, wie gierig und berauscht sog ich damals die Stimmungen der Einsamkeit und Melancholie, wenn ich halbe Nächte, in den Mantel gehüllt, bei Regen und Sturm durch die feindliche, entblätterte Natur lief, einsam auch damals schon, aber voll tiefen Genießens und voll von Versen …" (Hesse, Der Steppenwolf). Es sollte aber noch dauern, bis Walter seine ersten Verse aufs Papier brachte.

Das war die Zeit, in der er gerne Hesse las, „Der Steppenwolf", „Das Glasperlenspiel". Vier Jahre hatte Hesse, gebürtig aus Calw, in Tübingen gelebt, und Walters Wanderungen waren eine natürliche Erweiterung der Leseerfahrung. An der frischen Luft, draußen im Schwäbischen, fingen die Texte an zu atmen und gaben seinen inneren Erfahrungen eine neue Dimension. Die Buchhandlung, in der Hesse damals eine Lehre absolvierte, gab es immer noch.

„Wir erstaunen, wenn wir in den Biographien jener Zeit etwa weitläufig erzählt finden, wie viele Geschwister der Held gehabt oder welche seelischen Narben und Kerben ihm die Loslösung von der Kindheit, die Pubertät, der Kampf um Anerkennung, das Werben um Liebe hinterlassen haben. Uns Heutige interessiert nicht die Pathologie noch die Verdauung und der Schlaf des Helden; nicht einmal seine geistige Vorgeschichte, seine Erziehung durch Lieblingsstudien, Lieblingslektüre und so weiter ist uns sonderlich wichtig. Uns ist nur jener ein Held und eines besonderen Interesses würdig, der von Natur und durch Erziehung in den Stand gesetzt wurde, seine Person nahezu vollkommen in ihrer hierarchischen Funktion aufgehen zu lassen, ohne daß ihr doch der starke, frische, bewundernswerte Antrieb verlorengegangen wäre, welcher den Duft und Wert des Individuums ausmacht." (Hermann Hesse: Das Glasperlenspiel).

Jahre später versuchte sich Walter auch an einem Schachtelsatz und schaffte sogar einen von rund einhundert Wörtern: „Sollte einer dem Schicksal anheimfallen, von einer Schlange verschlungen zu werden, so kann es sehr wohl vorkommen, daß sie/er die Reise vom Eingang zum Ausgang wie eine lange Irrfahrt erlebt, und in der Geschichte wissen wir um einige große Geister, die ihre listenreichen Helden auf solche Irrfahrten schickten, mögen sie nun Jahre, einen Tag oder nur anderthalb Stunden unterwegs gewesen sein: Einer der Favoriten unter diesen Schlangengebilden, deren Natur durchaus mit der des in vielen Kulturen verehrten Tieres als Verkörperung dämonischer und bedrohlicher Mächte, wie als Symbol der Unsterblichkeit, Weisheit, Fruchtbarkeit und Heilkunst vergleichbar ist, der bevorzugte unter diesen Favoriten, die gelegentlich einander ablösten, von Zeit zu Zeit sich die Führungsposition übergaben, sich gegenseitig überholten in ihrer Gunst, sich Windschatten boten, dabei aber nie unfair oder gar mißgünstig verhielten, war jener bezaubernde, zu wohlwollendem Widerspruch wiewohl zu grüblerischem Nachdenken anregende Satz, der sich durch mehrmaliges lautes Vorlesen zu verschiedenen Tages- und Nachtzeiten in sehr verschiedenen Stimmungen und Tonlagen mit Modulationen von Dur nach Moll und umgekehrt, so intensiv in Olgas Gedächtnis eingeprägt hatte, daß sie sich des öfteren dabei ertappte, wie sie den einen oder anderen Teil dieses so überaus harmonisch gewachsenen Gedankens innerhalb des Gefüges an beliebige, oft zufällige Stellen placierte, daß sie nicht selten ob der überraschenden Variationen und geradezu aufregenden Alternativen erschrak, wodurch verständlicherweise die Stellung des Satzes als ungefährdeter Spitzenreiter ein Maß an Sicherheit gewann, daß es alleine aus diesem Umstande heraus notwendig wurde, die Position zu räumen, die dem Gedanken eigentlich nach wie vor zustand."

Olga war im Übrigen eine der vielen Emanationen seines Surfer Girls Marina. Sie las seine Geschichten später nicht gerne, wie sie ihn wissen ließ, weil sie sich überall als Matrize erkannte. Matrize, Matratze. Das Leben spielte seine Spiele und Walter putzte später in Bonn in einer Druckerei die Bleilettern der Linotype, die Matrizen eben; ihre späte Rache und sein Versuch einer Wiedergutmachung?

Duft und Wert der Jahreszeiten, Kongruenz von Farbigkeit und Geräusch: War er im Sommer in und um Tübingen herum mit seinem Motorrad unterwegs, seiner Honda 350, dann hatte er immer seine Straßenkarte dabei. Durch's Donautal, über die schwäbische Alb, in den Schwarzwald. So gerne er Motorrad fuhr, die einsamen Wanderungen in der stillen, dunklen Zeit gaben ihm mehr. Walter war oft allein; nie zuvor war er mit solcher Regelmäßigkeit und Unvermeidbarkeit allein gewesen wie jetzt in Tübingen.

Freund Werner hatte ihm geraten. Walter war nie ein besonders guter Schüler gewesen, ein Spätentwickler auf jeden Fall. Als er sechs Jahre alt war, kamen bei der Untersuchung seine Mutter und der Amtsarzt zu dem Schluss, dass das schmächtige Kerlchen noch nicht schulreif war. Ein solcher Winzling war er. Es gab Fotos aus den Fünfzigern, auf denen Walter später zu seinem eigenen Erstaunen sah, dass Spielkameraden, die zwei und drei Jahre jünger waren, deutlich größer waren als er; die er jedoch keine zehn Jahre später überragte.

Walter war schon im sechsten Schuljahr, als seine Lehrerin aus dem ersten und zweiten Schuljahr den Eltern empfahl, Walter doch auf ein Gymnasium zu schicken, obwohl er bei ihr nicht nur durch gute Leistungen aufgefallen war. Einmal hatte er sogar versucht, die Unterschrift seines Vaters zu fälschen, was natürlich völlig daneben ging. Walter war ein Wirbelwind, er war begabt, begabt auf eine Art und Weise allerdings, die nicht eindeutig erkennen ließ, wofür. Ein heller Kopf, ein gewitzter kleiner Kerl, dem vieles am Anfang zu leicht fiel. Der erste Bruch kam dann, als er tatsächlich in die Stadt auf's Gymnasium ging, als das Schuljahr schon ein paar Wochen alt war und die Klassengemeinschaft sich längst gefunden hatte; eine Klasse, in der er das einzige Arbeiterkind war. Zuhause, im Dorf war er der Bandenchef gewesen, hier ein Niemand, der in Lederhosen in der letzten Bank saß und dem die Knie zitterten, wenn er vor der Klasse stand und ein Gedicht vortrug.

Als er dann mit einundzwanzig Jahren sein Abitur in der Tasche hatte, war er nicht einmal der Älteste in der Klasse und hatte sich längst mit seiner Clique in der letzten Bank etabliert. Drei Fächer waren mit „Gut" eingetragen: Englisch, Sport und Kunst. Erst in den letzten beiden Schuljahren hatte er angefangen, in der Schule etwas anderes zu sehen, als eine Zwangsveranstaltung, die nur auf Druck von außen zustande gekommen war. Englisch machte ihm Spaß, er malte und zeichnete gerne, er wurde ein schlechter Fußballspieler, aber dennoch ein insgesamt guter Sportler, Turner und Leichtathlet, ihn interessierten die deutsche Literatur und die Themen des Religionsunterrichts, der Existenzialismus zum Beispiel. Er war mit langen Haaren bei der Bundeswehr zu der Zeit, als sie spöttisch *German Hair Force* genannt wurde und Helmut Schmidt Verteidigungsminister war. Die Bundeswehr hatte nicht nur für kürzere Haare auf dem Kopf gesorgt, sondern auch für eine starke Dezimierung seiner Schambehaarung. Natürlich hatte Walter überhaupt nicht gewusst, was das war, was sich da in seiner Schambehaarung bewegte, was als kleine Verdickung an den Haaren klebte: Pthirus pubis. Er hatte, sobald er wusste, was da los war, zur Radikalkur gegriffen, sein Geschlechtsteil mit einer Hand bedeckt und mit der anderen Paral in die Schamhaare gesprüht, weil er weder für sich selbst noch für die Sackratten, die Filzlaus, Gnade kannte. Paral war eigentlich nur für die Anwendung der Bettwäsche gedacht und enthielt damals noch Lindan und DDT, aber danach war Ruhe. Den Tripper hatte er sich auch beim Bund gefangen, ohne zu wissen, wann und wo und bei wem, wirklich nicht. Vielleicht auf eine ähnliche Art und Weise, wie ein paar Jahre später, als er bei einer Bergwanderung im Mai auf dem Hosenboden die verschneiten Bergabhänge hinunter rutschte und sich die Blase verkühlte, mit den gleichen Symptomen wie bei einem lausigen Tripper.

Grundausbildung in Gießen von September bis Dezember, Sanitäts-Ausbildung in Rennerod, Oberwesterwald, von Januar bis März, bei viel Schnee und Kälte.

Er hatte sich in Mainz für das Kunststudium beworben, die Aufnahmeprozedur schreckte ihn jedoch ab, und als dann Freund Werner kam, der schon ein paar Semester in Tübingen studierte, bewarb Walter sich kurzerhand und bekam einen Studienplatz. Werner hatte ihm auch eine Bude besorgt, in der ein Bett stand, mit einem kleinen Tisch, einem Stuhl und einem Waschbecken. Toilette auf dem Gang. Dusche Fehlanzeige; er studierte ja Sport und konnte im Institut für Leibeserziehung jeden Tag außer sonntags duschen.

Lena vermisste ihn wahrscheinlich mehr als er sie, denn nun konzentrierte die Mutter sich noch stärker auf das einzige Kind in ihrer Nähe, das aber längst auch angefangen hatte, sich zu lösen. Bis zu seinem Abitur, als Lena gerade vierzehn Jahre alt war, hatte er sie nur als die kleine Schwester wahrgenommen. Sie war halt da. Als er nun mit Dreiundzwanzig nach Tübingen ging, war sie noch nicht einmal sechzehn Jahre alt, immer noch ziemlich zickig, aber so allmählich konnte er mit ihr über ernsthafte Dinge reden. Hätte er mit ihr reden können, denn nun war er erst einmal weg. Es berührte und irritierte ihn, als er die Tasche in seiner Studentenbude auspackte, und ihm bewusst wurde, dass er sich von jemandem verabschiedet hatte, den er kaum kannte. Sie hatte mit ihm die ganze Zeit wie die Eltern unter einem Dach gelebt und war ihm genauso gleichgültig gewesen. Sie hatte ihm die Hand gegeben, ihre weiche Mädchenhand, hatte ihn flüchtig umarmt und war auf ihr Zimmer gelaufen.

Im Sommersemester fing er also mit dem Studium von Englisch, genau Amerikanistik, und Geographie an. Der Weg zum geographischen Institut auf Schloss Hohentübingen durch verwinkelte Gassen an schiefen Häusern vorbei, manche von studentischen Verbindungen bewohnt, war ein Weg in die Feuerzangenbowle. Die Fachwerkhäuser waren nicht nur einfach schief, sondern so gebaut, dass jedes Stockwerk ein Stück über das darunter liegende nach vorne hinausragte, was sich bei drei, vier und mehr Stockwerken sicher bis zu zwei Metern summieren konnte. Da die Gassen selten breiter als vier, fünf Meter waren, schienen die Giebel sich in der Spitze fast aneinander zu lehnen, kam durch den schmalen Spalt kaum einmal Sonnenlicht nach unten. Und nachts sah man kaum Sterne. Translokation nannten die Zimmerleute diese Bauweise mit den konsolenartig vorspringenden Balken. Eines Nachts war Walter in einem Etablissement gelandet, schon ordentlich angetrunken, das von außen nicht als Kneipe zu erkennen war, das er später auch nie wieder finden konnte, obwohl es ja gar nicht so viele Gassen in der Altstadt unterhalb des Schlosses gab. Translokation, ein Harry-Haller-Erlebnis, ganz ohne Frage.

Die Geographen waren sehr bodenständige Menschen, fast wie die Pfadfinder gingen sie gerne auf Exkursionen hinaus ins Gelände. Besuch der Geo-Einheit in einer Bundeswehrkaserne in Neu-Ulm und später auch eine Exkursion über den Schwarzwald, den Kaiserstuhl und Oberrheingraben zum Rheinfall nach Schaffhausen.

Ganz anders die Atmosphäre am Anglistischen Institut, bei den Philologen. Walter interessierte sich gleichermaßen für die Literatur- wie Sprachwissenschaft, als der Linguist Noam Chomski noch ein relativ junger Mann war. Waren Schule wie Bundeswehrzeit, also Walters bisheriges Leben, über fremde Stunden- und Dienstpläne geregelt, hatte er nun die Freiheit, vieles selbst entscheiden zu können und zu müssen. Es schien ein Naturgesetz zu sein, dass Freiheit einsam machte wie umgekehrt Unfreiheit eine Klasse oder Einheit zur Solidarisierung führte. Aber da war ja die *Holland* LP, da war die Bibliothek, da war die Neugier des angehenden Wissenschaftlers an Robinson Jeffers geweckt, da war eine ganz neue Welt zu entdecken. Gleich in einem seiner ersten Proseminare regte der Dozent seine Studenten zu kreativen Schreibübungen an. Die Überschrift, die erste Zeile und die beiden ersten Worte der zweiten Zeile eines Gedichtes waren vorgegeben. „Schreib weiter", hieß es, beziehungsweise, es war natürlich ein Gedicht in Englisch, *write this poem!* Ein Gedicht von Ezra Pound war es gewesen.

Walter war kein *socializer*, kein *womanizer*, wenn auch in diesem Punkt Innen- und Außenwahrnehmung häufig auseinander gingen, er tat das, was viele taten, die sich in fremden Gruppen nicht wohlfühlten, denen sie jedoch nicht ausweichen konnten. Er zog sich in sich selbst zurück, indem er den Clown spielte, die Lieblingsrolle der Kleinen und Schmächtigen. Menschen, die ihm gleichgültig waren, denen er aber nicht unfreundlich begegnen wollte, hielt er mit Ironie auf Distanz. Im Laufe der Jahre verfeinerte er seine Clownsrolle in die des schlagfertigen, ironischen Zynikers, und erst ab Fünfzig war er auch in Gesellschaft so entspannt, dass er keine Rolle mehr spielen musste, sondern dem nahe kam, der er war, wenn er alleine war.

„Walter, du bist ein Unikum", hatte die Tante, Mutters Schwester, in Niedersachsen zu dem kleinen Walter immer gesagt.

Er konnte Menschen nachmachen, Mutter hatte oft gesagt, wenn er eine Behinderung markierte, „tu das nicht, Walter, irgendwann bleibt das einmal so stehen."

Grundlage für die treffende Imitation, das verletzende Nachäffen war eine genaue Beobachtungsgabe, ein intuitives Erfassen dessen, was das Wesen einer Bewegung, das Charakteristische einer Person ausmachte. Das Entsprechende dann in seinem Repertoire abrufen zu können, zeigte, dass er Zugang zu den entlegenen Bereichen seiner Psyche wie Physis hatte.

„Jeder Mensch kann eigentlich alles, was jeder andere Mensch auch kann", war seine Überzeugung, „weil jeder Mensch nur eine neue Mischung aus dem großen gemeinsamen genetischen Pool ist."

Mit dreiundzwanzig Jahren war er aber noch weit entfernt von der überlegenen, ruhigen Distanziertheit der späten Jahre. Und so blieb er viel allein, war auch einsam und verzweifelt, ja, aber insgesamt spürte er, dass ihm dieses neue Leben passte. Was er fast vermutet hatte, geschah. Sein Surfer Girl sollte zu ihm nach Tübingen kommen, sie hatte ein Jobangebot beim Arbeitsamt in Tübingen! Marina blieb aber in Koblenz, auch als Walter 1975 nach Bonn gegangen war. Sie blieb in Koblenz. Fing dann beim Finanzamt an, lernte ihren späteren Mann kennen und bekam drei Kinder.

Abends ging er ins Kino, in Konzerte, es war nicht nur die Zeit von Leonard Cohen und *Suzanne* sondern auch die Zeit von Wader und Lämmerhirt und Ulrich Roski. Anschließend ging es in eine Kneipe, und ab und zu einmal traf er sich mit Kommilitonen. In Heidelberg hatte er sogar das Glück, Allen Ginsberg bei einer Lesung im Audimax zu erleben. Mit dem Wintersemester, als er mit dem Sportstudium anfing, änderte sich allerdings einiges. Sportler waren anders und die Mannschaftsspiele taten ein Übriges. Man duschte zusammen, ging Skifahren und Rudern, und die theoretischen Veranstaltungen waren stark von den gruppendynamischen Ansätzen geprägt, die sich in der Nachfolge der 68er Bewegung entwickelten.

Es war die Zeit von Willy Brandt, Herbert Wehner und Franz-Josef Strauß. Im November 1972 hatte die SPD unglaubliche 45,8 Prozent der Wählerstimmen erhalten, unter anderen auch die von Walter, für den es die erste Bundestagswahl war, an der er teilnehmen durfte. Die Rote Armee Fraktion agierte noch mit den Mitgliedern der ersten Generation um Andreas Baader und Ulrike Meinhof, die im Juli 1972 verhaftet wurden. Roberta Flack hatte ihren Nummer-Eins-Hit mit *Killing Me Softly* (with his song) und die Stones mit *Angie*. Die heiß diskutierten Themen waren Pinochet, der sich in Chile an die Macht putschte, wahrscheinlich, wie man damals schon zu wissen glaubte, mit Unterstützung der CIA, die Watergate Affäre erschütterte die USA, die sich endlich aus Vietnam zurückgezogen hatten, mit dem Jom-Kippur-Krieg eskalierte die Auseinandersetzung im Nahen Osten, der Diktator Papadopoulos rief in Griechenland die Republik aus wie ebenso Mohammed Daoud Khan in Afghanistan. Und Helmut Kohl wurde Vorsitzender der CDU. Der Minirock erlebte seinen zweiten Frühling und die Hosen hatten Schlag, die Hosenbeine waren, wenn man sie flach auf den Boden legte, mindestens einen halben Meter breit, Levis nannte sie *bell bottoms*, der Bund saß tief und die Gürtel waren breit. *Flower Power* war in Deutschland angekommen.

Der Krieg im Nahen Osten und der Opec-Lieferboykott hatten zur Öl-Krise geführt und im November kam es zu den ersten Sonntags-Fahrverboten in Deutschland. Autobahnen waren verwaist. Walter, der öfter mit seinem Freund Werner nach Koblenz fuhr, beide um sich mit Lebensmitteln und frischer Wäsche zu versorgen, blieb wochenlang in Tübingen, denn die Bahnfahrt war teuer. Es sollte noch schlimmer für Walter kommen. Kamikaze nannte man ihn, wenn er auf dem großen Trampolin seine Saltos turnte und mit dem Kinn auf sein Knie schlug, weil er nicht daran dachte, bei der Landung die Beine zu spreizen. In Leichtathletik hatten sie in der Halle eine Kastentreppe aufgebaut. Der erste Kasten etwa einen halben Meter hoch, der zweite vielleicht achtzig Zentimeter und der dritte rund einen Meter und zwanzig Zentimeter.

Dahinter lag eine sechs Meter lange Weichmatte und dahinter drei, vier Turnmatten aufeinander gestapelt. Walter war schnell, Walter war leicht, er war ein guter Leichtathlet und ein guter Turner. Er flog weit, sehr weit und landete mit seinen ausgestreckten Beinen genau zwischen der Weichmatte und den Turnmatten auf dem Hallenboden. Da sich der Oberkörper durch den Schwung nach vorne beugte, wurden die Knie nach hinten durchgedrückt und der rechte Schienbeinkopf erlitt eine Fraktur. Wie gut durchnervt die Knochenhaut war, wusste jeder, der schon einmal einen Tritt gegen das Scheinbein bekommen hat.

Man schaffte Walter also in seinen verschwitzten Sportklamotten in die Uniklinik, wo er geröntgt wurde. Da die Verletzung nur ein feiner Haarriss war, konnte dieser erst am nächsten Tag bei den Schichtaufnahmen festgestellt werden. Aber schon die ersten Aufnahmen sorgten für Irritation:

„Haben Sie ein Projektil im Bein?"

Hatte er natürlich nicht, was man auf dem Röntgenbild sah, war der metallische Schieber des Reißverschlusses seiner Trainingshose. Die Klinik war voll belegt. Man brachte Walter für die Nacht in ein Zimmer, in dem ein paar Betten standen, das aber zu der Zeit nicht genutzt wurde. Das Angebot für Schmerztabletten hatte er indianermäßig abgelehnt. So lag er die ganze Nacht wach vor Schmerzen, konnte sich kaum bewegen und hatte auch keine Möglichkeit, eine Schwester herbeizurufen. Werner, der von dem Unfall gehört hatte, war zur Klinik gegangen, hatte sich nach Walters Verbleib erkundigt, den Bescheid bekommen, er sei wohl entlassen worden. Weil er Walter nicht in seiner Bude antraf, ging er davon aus, dass der die vermeintliche Tatsache, nicht verletzt zu sein, mit einem Besäufnis feierte. Erst als Walter am nächsten Tag auch nicht auftauchte, ging er noch einmal zur Klinik und Walter wurde in seiner Kammer gefunden, weiter geröntgt und bekam seinen Gips verpasst. Es war kurz vor Weihnachten und Walter war froh, dass er nur eine Woche in der Klinik aushalten musste, bis er entlassen und dann von seinem Freund nach Hause gebracht wurde. Da er in der Zwischenzeit in seiner kleinen Bude gefangen war, sich nur auf Krücken fortbewegen konnte, passierte ihm ein weiteres Missgeschick, er goss sich nämlich siedend heißes Teewasser über's Handgelenk, so dass er nun auch die Schmerzen an der Hand spürte, wenn er die Krücken benutzte. Beide Unglücke verarbeitete Walter zu Gedichten. *Auf dem Rücken* war der Titel seines ersten Gedichtes und es schilderte den Unfall und die Röntgenaufnahmen in einem Erzählgedicht mit Freivers: „Ich laufe los, steigere das Tempo / Dieses Mal wird es klappen: Rechts / links, rechts und hoch hinaus." Das Gedicht endete mit den Zeilen: „... Der Bruch ist nun klar / zu erkennen; und ich / liege auf dem Rücken."

Das hatte für Walter immer den Anklang an Kafkas Erzählung „Die Verwandlung", in der Gregor Samsa eines Morgens aufwachte und sich vorkam wie ein Käfer, der hilflos auf dem Rücken lag. Walters Gedicht endete da, wo Kafkas Text anfing. Ging nun Walters Leben so weiter wie Kafkas Text?

Das zweite Gedicht *Verbrennung* bestand aus drei vierzeiligen Strophen, hatte keine End- aber einige Binnenreime, ein fast durchgängig einheitliches Versmaß und arbeitete vor allem mit Alliterationen, die über Zeilensprünge nicht nur einzelne Zeilen sondern auch die Strophen miteinander verbanden: „Blasen, hypersensibel und prall / schwimmen im Meer der hochroten / Haut. Über die sich das trübe / Brackwasser zuerst ergießt. Ränder // reißen ein ...". Auch dieses Gedicht endete mit einer Erkenntnis: „Mein Fleisch offenbarte sich der Welt, / schutzlos; die Natur verbarg es bald vor ihr."

Im Goldpfad, Jahreswechsel 1974/75

Weihnachten war Walter Wisman wieder zuhause: *I'll be home for Christmas*, wenn auch ziemlich unbeweglich. Tagsüber lag Walter auf dem Sofa im Wohnzimmer, hörte SWF 3, der seinen anfänglich einstündigen *Pop Shop* seit 1972 von zwölf bis siebzehn Uhr ausstrahlte, bastelte ein fast einen Quadratmeter großes Landschafts-Puzzle zusammen, das später auf eine Spanplatte aufgeklebt und in den Keller gehängt wurde, spielte mit Lena die gesamte Spielepalette, die die Große Spielsammlung enthielt, las viel, bekam sein Essen an seine Liegestatt gebracht, wurde abends, auf Krücken humpelnd, in sein Zimmer begleitet. Lag er in seinem Bett, auf dem Rücken, hätte er vor

Wut laut aufschreien können. Er biss die Zähne zusammen, versuchte gelegentlich die Seitenlage, die zwar wegen des Gipses durchaus stabil aber alles andere als bequem war. Der schweinchenrosa Hautfleck am Handgelenk erinnerte ihn daran, dass er vor ein paar Tagen noch wesentlich immobiler gewesen war, dass er gewissermaßen auf dem Wege der Besserung war, auch wenn er das in seinem paralysierten Zustand nicht wahrnehmen konnte, wollte.

Marinas Name, diese stillschweigende Vereinbarung wurde von jedem in der Familie strikt eingehalten, fiel nicht. Lena und Mutter kümmerten sich abwechselnd um Walter, gingen sich dabei offensichtlich so weit wie möglich aus dem Wege, der Vater werkelte im Keller. Das Zimmer, in dem zuerst der alte Michaelis gewohnt hatte, und das dann Walters erstes Kinderzimmer war, wurde nun zum Partykeller. Der Vater war arbeitslos, beziehungsweise bekam zunächst Schlechtwettergeld, und würde es wohl bis zum Frühjahr bleiben. Dass im Winter am Bau nichts zu tun war oder wegen des kalten Wetters nicht gearbeitet werden konnte, war die Regel. Die Baufirma am Ort hatte aber, wie die vielen anderen kleinen Handwerksbetriebe in Arzberg, keine Überlebenschance. Die kleinen Betriebe verschwanden, während die überlebenden größer wurden, kleinere schluckten oder selbst geschluckt wurden. Wäre Walter nicht mit seinem Gipsbein außer Gefecht gesetzt gewesen, er hätte sicher dem Vater zur Hand gehen müssen. So etwas wie Harmonie zwischen Vater und Sohn gab es nur, wenn Walter mit dem Vater zusammen arbeitete. Meist schweigsam, selbst Arbeitsanweisungen erfolgten häufig nur mit Handzeichen oder andeutenden Kopfbewegungen; der Vater redete nie viel. Aber Walter spürte dann, wie wohl der sich in solchen Momenten fühlte. Es tat Walter leid, dass er seinem Vater nicht den Gefallen tun konnte oder getan hatte, ein Handwerk zu erlernen. Man hatte ihm, Walter, die Entscheidung überlassen, ob er auf's Gymnasium gehen wollte oder nicht, und er hatte Ja gesagt. Sicher, er wäre vielleicht auch ein ordentlicher Handwerker geworden, wer wusste das schon. Und alle Jobs, mit denen Walter in den Ferien oder während des Studiums seine Finanzen aufbesserte, hatte er ernst genommen und so gut er konnte erledigt; fast alle.

Am Bau hatte er gearbeitet, anfangs auch mit dem Vater zusammen, wenn dessen Kolonne in den Sechzigern ganze Häuser am Wochenende in Schwarzarbeit hochzog, mit den Maschinen der Firma, denn es gab so viel zu tun, dass der Chef froh war, wenn er Anfragen nicht nur abschlägig beantworten musste. In Fabriken hatte Walter Spülmittel abgefüllt, Aluprofile und Bremsenteile verpackt, Blechdosen inspiziert, in einer Brauerei Fässer gespült, auf einem Schiff Bodenproben aus dem Rhein entnommen und als Auslieferungsfahrer Hanfballen, Fahrräder und Bankbelege ausgeliefert und Blutproben aus Krankenhäusern abgeholt. Nicht nur einmal hatte er das Angebot erhalten, sich doch als Subunternehmer selbständig zu machen: „Ich geb' dir den Kredit für das Auto und den zahlst du nach und nach ab. Du bist gut, Walter, wir haben genügend Aufträge, du wirst sehen, bald haste einen zweiten Wagen und `nen Fahrer dazu."

Walter war stolz, lehnte aber immer ab. Walter war auch stolz, wenn er im Dorf gefragt wurde „wem seine bist dau dann?" – „Dem Wolfgang seine." – „Dem Wismans Wolfgang seine?" – „Ja." – „Der issen goode, fleißije Mann."

Walter wusste das und war stolz auf seinen Vater, hatte aber dennoch nie ein schlechtes Gewissen, wenn er daran dachte, dass der sich dafür krumm gearbeitet hatte, damit es der Familie gut ging, damit er und später auch Lena studieren konnten. Genau da sah Walter seine Verantwortung, nämlich das zu tun, was er selbst für richtig hielt oder anders ausgedrückt, was er am besten konnte. Ein guter Pädagoge war der Vater nie gewesen, er redete nicht nur nicht viel, sondern erklärte auch nicht gerne. Wenn er Walter ungeschickt mit einem Werkzeug hantieren sah, nahm er es ihm weg, „gib her, das kannst du nicht." Bevor er etwas erklärte, machte er es lieber selbst. Dennoch hatte Walter schon als Kind oft mit anpacken müssen, der Mutter im Garten helfen, jeden Samstag die Straße kehren, Milch vom Bauern holen oder mithelfen „Kadduffele raffe", Fenster streichen, als Kind den Mörtel von alten Backsteinen abschlagen, damit diese wieder vermauert werden konnten.

Der Vater war Handwerker, also machte er im Hause alles selbst. Der Vater war auch zeitlebens dem Mangel der Nachkriegszeit verhaftet geblieben; nichts wurde weggeworfen, alles konnte noch einmal verwendet werden. Walter, der die meiste Zeit seines Lebens, und Lena, die ihr ganzes bisheriges Leben im Goldpfad verbracht hatte, machten sich keine Gedanken darüber, was das Haus für die Eltern bedeutete. Für die Eltern war es nach den Kindern das Wichtigste in ihrem Leben. Die beiden Geschwister wussten, dass Lena bald Walter folgen und das Haus verlassen würde. Für die Geschwister stand das Haus sichtbar für das, was sie hinter sich lassen wollten.

Auf gewisse Weise fesselte Walters Verletzung auch Lena, die in ihrer intensivsten Pfadfinderphase war, ans Haus. In ihren Gruppenstunden im Pfarrheim hinten beim Friedhof knüpften sie längst nicht nur Knoten. Es gab Spiele, die man nur mit verbundenen Augen oder ganz im Dunkeln spielen konnte. Da waren Orientierung und Tastsinn gefordert, wenn es vollkommen still und dunkel war. Wenn sie den Atem eines Pfadfinders in ihrem Nacken spürte, seinen Geruch wahrnahm und selbst die abgestrahlte Körperwärme fühlen konnte, wenn eine Hand sich näherte und sich wieder zurückzog. In solchen Momenten hätte sie sich gewünscht, dass es für immer dunkel bliebe.

Verbandsplatz hieß ein weiteres Spiel, das auch bei Dunkelheit, aber draußen, gespielt wurde; dann lag sie regungslos rücklings auf weichen Tannennadeln und manchmal funkelten die Sterne zwischen den Wipfeln.

Sein *Rückengedicht* hatte Walter einen Tag vor Heiligabend im Goldpfad fertig gestellt, und die Feinarbeit an seinem *Verbrennungsgedicht* sollte bis in den Februar dauern. Dazwischen kamen einige weitere Versuche, die sich alle mit seiner gegenwärtigen Lage beschäftigten. *Werners Wagen war weg* lautete einer der Titel.

Wir saßen beim Konnie, beim Bier,
aber es ließ mich deine warmen
Lippen nicht vergessen.
Du kamst und wolltest zu mir,
träumtest von meinen Armen,
die leer und versessen
ein halbvolles Glas umfaßten.
Wie kam es nur, daß wir verpaßten,
zu vermeiden, was alles geschah.

Werner hatte ihn, so lange er auch in Koblenz war, ab und zu einmal abgeholt, damit „du wenigstens mal rauskommst auf ein Bierchen." Fred und Wolf komplettierten die alte Jugendclique. Sie waren jetzt schon in dem Alter, in dem man anfing, über *früher* zu reden.

Auch dieses Gedicht war wieder ein Text, der sich an Marina wandte. *Zu vermeiden, was alles geschah.* Nach Weihnachten hatte sie sich dann doch gemeldet, Mutter war empört, „du liegst hier die ganze Zeit mit deinem Gips und sie kümmert sich nicht um dich. Und jetzt kommt sie wieder angedackelt. Schick sie weg, lass sie ziehen!"

Natürlich hatte Mutter nicht jeden Streit mitbekommen, aber wenn Walter und Marina längere Zeit getrennt waren, merkte die Mutter es doch. Und die beiden trennten sich oft, gingen auseinander und suchten und fanden sich doch immer wieder. Wegen Nichtigkeiten fingen sie Streit an. Wenn sie sich sonntags in der Stadt trafen, dauerte es oft keine zehn Minuten und sie gingen in verschiedene Richtungen. Und dann war es ein Spiel, wer zuerst die Nerven verlor und dem anderen hinterher lief. Sie umarmten sich dann und waren glücklich. Aber irgendwann drehte sich keiner mehr um und die Trennungsphasen wurden immer länger. Marina war jemand, der sich gerne Cliquen anschloss. Sie wollte zwar nicht aus Koblenz weg, zog aber ständig um. Alle paar Monate hatte sie neue Kontakte, neue Götter, die sie *toll* fand. Walter kam da nicht mit, er war eifersüchtig. Silvester 1974, Walter mit Gipsbein, feierten sie mit Leuten, von denen Walter niemanden kannte. Also betrank er sich, unterhielt die Leute mit seinen

Clownereien, alberte mit seinem Gipsbein durch die Lokalität, kam irgendwann im neuen Jahr aus der Toilette gehumpelt, fiel die Treppe hinunter und lag lachend am Boden. Marina sah nur, dass aus der offenen Tür vom Bad noch jemand herauskam, drehte sich auf dem Absatz um und war verschwunden. Ein Taxi wurde gerufen, das Walter nach Hause brachte.

Silvester schien eine schlechte Zeit für Walter zu sein. Ein paar Jahre zuvor, Marina hatte sich wieder mal mit einer neuen Gruppe angefreundet, hatte man sich zum Feiern in ein Ferienhaus im Westerwald eingemietet. Auch da eskalierte die Situation, Marina ignorierte Walter den ganzen Abend so konsequent, dass er mitten in der Nacht bei tiefen Minusgraden das Fest verließ und zu Fuß nach Bad Ems lief, wo er am Morgen eintraf, auf den Zug wartete und nach Hause fuhr. Als Walter 1972 aus der Bundeswehr entlassen wurde, feierte man die Entlassung noch zünftig. An den Entlassungsterminen war der Bahnhof voll mit grölenden Reservisten und rabiaten Feldjägern, Koblenz war immer noch die größte Garnisonsstadt Deutschlands. Walter und seine Kameraden fuhren zu einem der Kameraden an die Mosel, wo man im elterlichen Weingut unterkam. Morgens wurde gefrühstückt, dann Frühschoppen gemacht, Mittagessen, Mittagsschläfchen, dann wieder trinken, Abendessen und weiter trinken. Am zweiten Abend kam es zum Streit und zu Handgreiflichkeiten. Walter mache sich von dannen, ging in die Disco in Bernkastel-Kues, in der sie am Abend zuvor gewesen waren, in der Hoffnung, ein Mädel anzumachen und so einen Platz für die Nacht zu haben. Das klappte natürlich nicht, also machte sich Walter auf den Weg nach Koblenz über die Hunsrückhöhenstraße. Wieder war es bitterkalt, wieder hatte Walter alles andere als Wander- oder Winterkleidung an sondern den „leichten Bieranzug und Stenzschuhe".

Aber am nächsten Tag gegen Mittag lag er in seinem Bett. Die Mutter hatte nur den Kopf geschüttelt, als er verfroren und übernächtigt in sein Zimmer schlich. Nachmittags kamen die Kameraden, um den Eltern das Verschwinden ihres Sohnes zu beichten, von dem sie befürchteten, dass er erfroren in einem Weinberg lag, und konnten nicht glauben, dass Walter in seinem Bett schlief. Einhundert Kilometer über den tiefgefrorenen Hunsrück; es verkehrten nachts weder Bahn noch Bus. Zweimal hatten ihn amerikanische Soldaten, die am Hahn stationiert waren, ein Stück im Auto mitgenommen. Die größte Strecke hatte er in einem warmen PKW gesessen, die meiste Zeit aber war er draußen in der eisigen Nacht.

Jenseits aller Fragen nach Schuld oder Verantwortlichkeit, war klar, dass Walter tatsächlich ein ziemlicher Chaot war, der voller Widersprüche steckte. Einerseits der rebellierende Rabauke, andererseits der schüchterne Einzelgänger. Wahrscheinlich war es dieser Wesenszug, den er auch in Marina entdeckte. Die geradezu spürbare Spannung, die geballte Energie, die psychisch kaum zu verkraften und die in dem schmalen Mädchenkörper noch weniger zu bändigen war. Aber äußerlich war sie ruhiger und zurückhaltender als Walter.

Zum ersten Male hatte er sie in der Schule auf dem Flur vor dem Chemiesaal gesehen. Die hochgeschossene Marina, fast dürr, in weißen Röhrenjeans, Halbschuhen aus grünem, weichem Leder, dazu ein gelber Baumwollpulli mit Rundkragen. Ihre pechschwarzen Haare, Erbe ihrer italienischen Mutter, waren ziemlich kurz geschnitten, sie schminkte sich nicht, hatte azurblaue Augen und einen motzigen Mund, von dem Walter den Blick nicht wenden konnte. Es gab ja diese Momente, in denen etwas Ungeheuerliches geschah, in denen sich etwas so Großartiges manifestierte, in denen sich etwas offenbarte, was die Wirklichkeit niemals einlösen konnte. Der Gang war leer, duster, die Schulhofgeräusche klangen nur gedämpft von draußen herein, sie beide gingen alleine wie in einem Western aufeinander zu; der Gang war lang, gehörte nicht zu dieser Welt und es ging um alles. Endlose Serien sexueller Phantasien hatte diese Begegnung entfacht und in Gang gehalten. Marina, die exakt einen Zentimeter größer als Walter war, kam ihm, meist in Highheels und unterschiedlich knapp bekleidet, immer und immer wieder auf dem Flur entgegen, aber jedes Mal wich der imaginierte *sexual encounter* massiv von der Wirklichkeit ab. Der männliche Artikel musste sein, denn *encounter* bedeutete nicht *die* Begegnung oder *das* Zusammentreffen sondern *der* Zusammenstoß.

Walters Schule war viele Jahre ein reines Jungengymnasium gewesen, weshalb Lena, die gerne auf die gleiche Schule gegangen wäre, auf ein Mädchengymnasium musste. Zu dem Gebäude, ein klarer, fast filigraner Fünfziger-Jahre-Bau mit Attikageschoss und dreigliedrigen Fenstern mit einer Quersprosse im Oberlichtbereich, baute man auf dem Schulhof schnell einen Pavillon, in dem die sogenannten musischen Züge untergebracht wurden, weil Ende der Sechziger ein Kulturbürokrat feststellte, dass es zu wenige Lehrer gab. Eigentlich gab es immer nur entweder zu viele oder zu wenige Lehrer. Das so erlangte Abitur befähigte nur zu einem Studium an der Erziehungswissenschaftlichen Hochschule und zur Lehrerausbildung. Natürlich klagten später einige Abgänger und bekamen Recht vor Gericht; ein Abitur zweiter Klasse durfte es nicht geben und sie hatten die Allgemeine Hochschulreife. Und so kam es zu der denkwürdigen Begegnung auf dem Flur. Natürlich sagte keiner von beiden ein Wort und es dauerte noch ein paar Wochen, bis sie sich zufällig in der Tanzschule wiedersahen. Die Tanzschule war in der zweiten Hälfte der sechziger Jahre etwas völlig anderes als das, was sie in den Jahrzehnten davor war und danach wieder sein sollte.

Selbst in einer Stadt wie Koblenz schossen die Coverbands aus dem Boden, jede Schule hatte mindestens eine, und Sonntagnachmittag gab es in der Tanzschule entweder eine Disco, es war auch die Zeit der Soulmusik und des Klammerblues, bei dem man sich von einem Bein auf's andere schiebend langsam im Kreise drehte und eine Hand unter die Bluse oder den Pullover der Partnerin schob, oder einen Live-Auftritt gab. Natürlich gab es Tanzlokale, das *Oberbayern*, das *Casino*, den Tanztee auch am Sonntagnachmittag für einsame Herzen im *Café Bärmann* mit Tischtelefon, Nachtclubs und Striplokale wie das *Chez Nous*, *Petit Fleur*, wo die Pennäler beim Herrengedeck, Stubbi mit einem Korn, für fünf Mark den Mädchen dabei zusehen konnten, wie sie sich auf der kleinen Bühne auszogen. Aber eine Kneipenszene für junge Leute gab es nicht. Walter, seine Klassenkameraden und die Schüler aller anderen Schulen trafen sich in bestimmten Kneipen, und diejenigen Wirte, die tolerant genug waren, Langhaarige und ihr Anderssein zu akzeptieren, fingen an, nicht nur ein gutes Geschäft zu machen, sondern einen ganz neuen Geschäftszweig zu entwickeln.

Der *Lange Pitter* war eine jener uralten Altstadtkneipen, in denen sich die Altstädter ihr Feierabendbier an der Theke gönnten und sich am Wochenende im offenen Kamin ein Spießbraten drehte, zu dem es dann Kartoffelsalat gab. Hier entstand, nach der *Milchbar*, die tagsüber von den Halbstarken frequentiert wurde, die erste In-Kneipe der Jungen und Intellektuellen. Während der Spießbraten sich drehte, wurde die Gitarre gezupft und gesungen; es war auch die Zeit, als Burg Waldeck, die Heimstatt der Wandervögel und später von Hitlerjugend und SS besetzt, sich zum deutschen Woodstock mauserte.

Innerhalb von Monaten änderte sich das alles. Im *Gaslight*, *Safari*, *Drop In*, *Dreams* trafen sich die Jugendlichen, standen dicht gedrängt in dunklen, verrauchten und lauten Kneipen. Es hatte nie ein besseres Jahrzehnt gegeben, jung und verliebt zu sein als von Mitte der Sechziger bis Mitte der Siebziger, so empfanden es Lena und Walter gleichermaßen.

Marina brach die Schule nach nur einem Jahr ab und begann eine Karriere bei wechselnden Arbeitgebern und landete letztendlich beim Finanzamt.

Auch wenn es nicht ganz den physikalischen Grundsätzen entsprach, war es die jeweilige Überkreuzkonstellation von Anziehung und Abstoßung, die zu manchen Zeiten die gegenseitige Attraktion, wie eben zu anderen Zeiten die genau so starke Repulsion verursachte. Walters Schwankungen waren weniger heftig und auch eher zu erkennen als die Marinas. Vor allem war er zunehmend in der Lage, seine Befindlichkeit artikulieren zu können. Marina blockierte jeden Versuch, der in die Nähe von „Psychokack" kam; sie wollte ihr Leben völlig unverstellt leben. Wahrscheinlich verwirrte sie sich mit den überraschenden Wendungen selbst am meisten. Das konnte jedenfalls nicht gutgehen, aber da die Leidenschaft, wenn die beiden keinen Streit hatten, so unglaublich stark war, brauchte es viele Trennungen, bis Walter merkte, dass er es auf Dauer nicht aushalten würde, weil er jedes Mal mehr litt.

Walter war sich bewusst, dass er, wahrscheinlich kompensatorisch, zu schreiben angefangen hatte, was daraus werden konnte oder sollte, wusste er nicht. Er wusste auch, dass es die Spannung war zwischen dem, was er las und dem, was er erlebte, die ihn antrieb. Es brauchte mehr als zehn Jahre, mehrere Umzüge, einen fast sensationellen Anfangserfolg samt Verschwinden in der Versenkung für die Erkenntnis, dass er sein Leben mit Literatur und ohne Marina modellieren musste. Aber erst einmal musste er seine Muskulatur wieder aufbauen, als der Gips endlich abgenommen wurde und Walter erschrocken auf das dünne, enthaarte Käferbeinchen starrte. Er war sich außerdem sicher, dass die Ärzte zu dem Ergebnis kommen mussten, eine nachträgliche, künstliche Fraktur sei nicht zu vermeiden, da der Knochen durch den Silvestersturz völlig schief zusammen gewachsen war, stattdessen hieß es „sieht doch gut aus."

Ende Januar war dieser Teil des Martyriums vorbei, Werner hatte ihn abgeholt und wieder nach Tübingen gebracht, wo in der Uniklinik nun regelmäßig die Krankengymnastik anstand. Fünf Wochen zuhause in Koblenz, Arzberg, im Goldpfad, mehr oder weniger gefesselt, waren für einen Menschen wie Walter, der die Bewegung liebte und von der Bewegung lebte, schwer, schwer, schwer. Ganz zu schweigen von den Eltern und Lena, die ihn mit gemischten Gefühlen ziehen ließen; in dem Gefühlsmix der Familie war Erleichterung vorhanden, wenn auch bei jedem unterschiedlich stark.

Tübingen, April 1973 bis März 1975: Teil 2

Seine Rückkehr nach Tübingen galt also in erster Linie der Rehabilitation seines rechten Beines. Immerhin studierte Walter ja Sport und jede körperliche Beeinträchtigung konnte das berufliche Aus bedeuten. Praktische Prüfungen in Sport waren nicht möglich, aber da der Unfall in der Weihnachtszeit und mit dem Jahreswechsel einigermaßen günstig gefallen war, konnte er alle anderen Seminare und Übungen ordnungsgemäß abschließen; er verlor also nicht allzu viel Zeit. Auf Werners Anraten hatte er nicht den Fehler begangen, zu viele Veranstaltungen zu belegen; Schüler waren ja einen Stundenplan mit weit über zwanzig Wochenstunden gewohnt. Vier Veranstaltungen in Geographie, unter anderen *Allgemeine Wirtschaftslehre, Einführung in die Karthographie, Einführung in die Geographie,* in Englisch *Introduction to Linguistics,* sowie hauptsächlich Phonetik-Übungen. Erst im zweiten Semester fing er dann mit den literaturwissenschaftlichen Seminaren an und begann das Sportstudium mit Turnen und Volleyball. Im vierten Semester, in dem er wegen seines Unfalls weder Turnen, noch Basketball, noch Handball, noch Leichtathletik abschließen konnte, lernte er auch *Creative Writing* in der *Einführung in die Analyse und Interpretation von Lyrik* kennen. Unfall und *Creative Writing* hatten zu seinem ersten Gedicht geführt. Als seine ersten literarischen Versuche jedoch, nahm man es genau, konnte man die Gedichte nicht einordnen, denn in seinen vielen langen Briefen an Marina, wegen ihrer schwarzen Haare von ihm genannt anfangs oft Schwarzes Meer oder Blacksy, hatte er auch diese Texte häufig schon in einen Zusammenhang von Veröffentlichung und späteren Lesern gebracht.

In zweiter Linie war seine Stimmung von dem bevorstehenden Wechsel des Studienortes geprägt. Schon im Frühjahr und Sommer 1974 hatte es gemeinsame Überlegungen mit Marina gegeben, da sie ja nun partout nicht ins Schwabenland wollte, für einen Ortswechsel Walters. Verschiedene Studienstädte, wie Nürnberg oder Erlangen, wurden ins Visier genommen, aber da man zu keinem gemeinsamen Ergebnis kommen konnte, entschied sich Walter für Bonn, weil es gewissermaßen alle Optionen offenhielt. Einigermaßen nah an Koblenz aber eben nicht Koblenz. Es sollte noch ein paar Jahre und mehrere Trennungen dauern, bis klar war, dass Marina auch nicht nach Bonn zu Walter ziehen würde, dass sie nie zusammen leben würden.

Der Sommer 1974 war ein sehr angenehmer, denn Walter hatte sich eingelebt in Tübingen und in seine Existenz als Student. Marina hatte ihn ein paarmal besucht ebenso wie Lena. Lena hatte er übers Wochenende in einem Studentenwohnheim unterbringen können. Werners Freundin hatte dafür gesorgt. Gemeinsam mit Lena fuhr Walter auf seiner Honda nach Rottenburg am Neckar, wo sie entfernte Verwandte besuchten, die dort eine Schreinerei und ein Sägewerk hatten. Auch wenn die Verwandtschaft, Tante Anna, eine Halbschwester des Großvaters väterlicherseits, die dort eingeheiratet hatte, sich zunächst äußerst reserviert, wenn nicht gar abweisend verhielt, wurde es später doch recht herzlich, so dass die beiden Geschwister nach ihrem Samstagsüberfall am Sonntag noch einmal zu Kaffee und Kuchen eingeladen wurden.

Bei ihrem ersten Auftauchen auf dem Hof der Schreinerei war die große Säge verstummt und der Rocker und seine Braut wurden unverhohlen angestaunt. Gammler oder Beatnicks wurden junge Leute damals je nach Region auch genannt. Dabei zeigte das Foto im Studienbuch einen ordentlichen, jungen Mann in Jackett und Pullover mit V-Ausschnitt, in dem ein weißes Hemd mit offenem Kragen zu sehen war. Die Haare bedeckten nicht einmal ganz die Ohren und der Vollbart war sauber gestutzt. Und Lena war selbst für schwäbische Vorstellungen ein properes Mädel mit ihrem Pferdeschwanz, den Jeans und ihrem obligatorischen Pfadfinderhemd unter Pullover oder Strickjacke. Schon faszinierend, fanden Walter und Lena später übereinstimmend, wie grundlegend, wenn auch zögerlich sich die Atmosphäre wandelte, als man sich als Verwandtschaft zu erkennen gab.

„Nein, von Ludwig die Enkelchen! Schön, dass ihr gekommen seid. Wie geht es denn ...?"

Im Sommer 1974 fand ein weiteres Ereignis statt, das wesentlichen Einfluss auf Walters Entwicklung haben sollte. Die Exkursion mit den Geographen über den Schwarzwald, zu Fuß über den Kaiserstuhl und mit der ersten Übernachtung in Freiburg. Man hatte einen Bus gechartert und Zelte dabei, die an einem Baggersee irgendwo in der Rheinniederung aufgeschlagen wurden. Walter wartete die ganze Zeit darauf, dass einer der Dozenten die Zeltbelegung verkündete, aber niemand kümmerte sich darum, und so wurden die Zelte nach Gutdünken und nicht nach Geschlechtern getrennt belegt. Zu der Zeit, als Walter bei den Pfadfindern war, gab es die ersten Jahre keine Mädchen und ein Zeltlager mit ihnen hätte die Jungs in jeder Hinsicht überfordert. So kam es, dass Lena und er nur für knappe zwei Jahre gemeinsam bei den Pfadfindern waren. Dass Mädel und Jungs auch während und nach der Pubertät auf eine unverfängliche Art und Weise miteinander verkehren könnten, in einem Seminarraum zusammen sitzen zum Beispiel, das zu realisieren, dauerte bei den meisten männlichen Jugendlichen, die wie Walter in den fünfziger Jahren aufgewachsen waren, oft bis sie Mitte Zwanzig waren. Lena, nur sieben Jahre jünger, war da schon ganz anders aufgewachsen.

Abends fuhr man nach Freiburg hinein, die Altstadt um das Münster herum war voll mit Menschen anlässlich eines Festes, und wenn man in den Menschenmassen nicht aufpasste und sich nicht auskannte, konnte es leicht passieren, dass man mit den Füßen in einem der vielen Bächle landete.

Am nächsten Tag wurde die Exkursion fortgesetzt, der Rheinfall bei Schaffhausen war das Tagesziel und Walter war von allem so sehr beeindruckt, weil er spürte, dass sich für ihn eine völlig neue Welt auftat. Deshalb suchte er seine sonntäglichen Motorradausritte bald auch nach ganz anderen Kriterien aus, konzentrierte sich nicht nur auf kurvenreiche Strecken.

Die 350er Honda war Walters zweite Maschine, sein erstes Motorrad war eine 250er BMW gewesen, Baujahr 1953, die er zeitgemäß mit einem Chopper-Lenker aufgerüstet hatte. *Easy Rider*, der Film, war

Kult und hatte einen Kulturschock ausgelöst, seit er 1969 in den Kinos gelaufen war. Im Gegensatz zu Peter Fonda, Dennis Hopper, mit Jack Nicholson auf dem Sozius, die mit ihren Harleys eher gemütlich durch die amerikanischen Weiten zockelten, war Walter oft eher waghalsig unterwegs. Immer wieder war er in brenzlige Situationen gekommen, in denen er sich durch die Luft fliegen sah, mit dem letzten Gedanken an „das schöne Motorrad". Er hatte sich ein paar Mal hingelegt, ein paar Blessuren davon getragen, aber nie ernstlich verletzt. Die Maschine gab ihm natürlich eine enorme Freiheit, er konnte jederzeit aufsitzen und davonfahren. Er musste nicht mehr die ganze Nacht hindurch marschieren, um von einem Ort, einer Gesellschaft wegzukommen. So auch eines Nachts gegen drei Uhr, als er auf den Gedanken kam, kurz nach Koblenz zu düsen, mit Marina zu frühstücken und dann rechtzeitig wieder in Tübingen zum ersten Seminar zurück zu sein.

Es war ein Sonntag im Sommer, während auf der Neckarinsel das Tübinger Sommerfest gefeiert wurde, es war Sonntag, der siebte Juni 1974, als Deutschland gegen Holland im Endspiel der Fußballweltmeisterschaft stand und 2:1 gewann.

Walter hatte mit einigen Bekannten das Fußballspiel gesehen, war anschließend zur Neckarinsel zum Feiern gegangen, hatte einen Bierkrug mitgehen lassen, der heute noch auf einem seiner Regale stand. Der Rest des Abends verlief, weil er die letzten Stunden mal wieder alleine unterwegs war, ganz und gar nicht so euphorisch und spannungsgeladen wie der Tag angefangen hatte. Und während er schließlich zu seiner Bude zurück wankte, kam ihm der Gedanke mit dem Frühstück bei Marina.

Tübingen lag trotz des großartigen Erfolgs von Maier, Breitner, Beckenbauer, Müller und Co. in nächtlicher Ruhe wie jede Nacht, in der Walter der Einzige zu sein schien, der noch lebte. Also legte er seine Bikerkluft an, setzte den Helm auf und ließ die Maschine an. Noch war es dunkel und nichts rührte sich. Er fuhr die Landstraße in Richtung Böblingen und war kaum hinter Waldhausen, als er auf einer längeren Geraden in einen mindestens zehn Sekunden dauernden Sekundenschlaf fiel, und zu sich kam, als er samt Maschine in einer Linkskurve geradeaus in den Wald flog. Der Schmerz im rechten Unterschenkel hatte ihn aufgerüttelt, denn er hatte, als er von der Fahrbahn abkam, einen Begrenzungspfosten aus der Verankerung gerissen. Es war aber zu spät, das Motorrad wieder in die Spur und auf die Fahrbahn zurückzubringen. Wie er dann im Graben liegend feststellte, hatte er im fünften Gang und bei wenigstens 120 km/h abgehoben.

Das erste, was er machte, war Licht ausschalten und versuchen, zu sich zu kommen. Spürte er noch alles, wo tat es weh, wo war er? Er zog die Handschuhe aus und verbrannte sich im Dunkeln erst einmal die Hand am heißen Auspuffrohr. Da er kaum mehr als drei, vier Meter von der Fahrbahn entfernt war, seine Geschwindigkeit und der Abflug waren durch die Fahrt über den Randstreifen und reichlich Gebüsch abgebremst worden, versuchte er die Maschine wieder auf die Straße zu bringen. Der Kupplungsgriff war abgebrochen, Walter konnte also nicht schalten. Deshalb betätigte er den Anlasser immer wieder, um so das Motorrad aus dem rund einen Meter tiefer gelegenen Straßengraben zu manövrieren. Das gelang nicht. Also ließ er die Honda liegen, hier würde sie sowie so niemand entdecken, und machte sich zu Fuß auf den Weg zurück nach Tübingen. Walter stand unter Schock, das rechte Bein schmerzte und der Finger der linken Hand auch. Ein Ast musste Kupplungsgriff und die linke Hand getroffen haben. Aber er war nicht in Panik, sondern blendete, wie immer in solchen Momenten, alles aus und fokussierte sich auf eine einzige Sache, nämlich nach Hause zu kommen, sich in sein Bett zu legen, die Decke über den Kopf zu ziehen und ein oder zwei Mal rund um die Uhr zu schlafen. Alles andere konnte warten.

Und er hatte Glück. Nach nur ein paar Minuten näherten sich von hinten, also in Fahrtrichtung Tübingen, die zwei Scheinwerfer eines Autos. Walter hielt den Daumen raus und das Auto hielt an. Es war grün-weiß und POLIZEI stand drauf. Auch egal.

„Was ist passiert?"

Was sollte er sagen? Er humpelte hier nachts in Motorradmontur und mit dem Helm in der Hand durch die Gegend – aber ohne Motorrad.

„Ich bin da hinten in den Graben gefahren."

„Warum?"

„Ich, … da kam ein Reh über die Straße gelaufen und ich habe versucht auszuweichen."

„Ein Reh."

„Ja, es sah so aus."

„Wollen wir mal dahin zurückfahren?"

„Ja, klar."

Er stieg hinten ein und sie fuhren zurück zu der Unfallstelle. Die Polizisten leuchteten das Motorrad an:

„Sieht aber übel aus. Und da vorne fehlt der Begrenzungspfosten."

„Ja, ja, den habe ich wohl mitgenommen."

Die beiden Polizisten riefen über Funk ihre Kollegen, denn sie selbst waren wohl nicht für diesen Landstraßenbereich zuständig, und einen Krankenwagen und:

„Sollen wir einen Abschleppdienst benachrichtigen?"

„Nein, nein, das erledige ich morgen selbst. Das geht schon. Aber mir wird langsam mulmig, schummerig."

Der Krankenwagen sei schon unterwegs, ließen sie ihn wissen, und: „Haben Sie etwas getrunken?"

Ja, schätzungsweise fünf Liter Bier in den letzten zwölf Stunden:

„Ja, beim Fußballspiel habe ich zwei, drei Bier getrunken, aber das ist ja schon fast zwölf Stunden her."

„Sind Sie mit einer Alkoholprobe einverstanden?"

„Ja, sicher."

Sie gaben ihm das Röhrchen und er pustete zaghaft hinein, holte mehrfach Luft, blies den meisten Atem daneben und jeweils nur einen Teil hinein. Der Beamte begutachtete das Teil:

„Naja, knapp an der Grenze."

„Das kann gut sein. Danke."

Walter war klar, dass Deutschland nicht nur am vorausgegangenen Tag Weltmeister geworden war, sondern er das Glück gehabt hatte, seinen Unfall relativ unbeschadet zu überstehen und den Führerschein nicht zu verlieren. Laut Notarzt, kaum älter als Walter, hatte er noch einmal Glück, eben jenen jungen Notarzt erwischt zu haben. Jeder andere Arzt hätte mit großer Wahrscheinlichkeit die Verletzung am linken Zeigefinger für eine Prellung gehalten, verkündete er mehrfach.

In der Klinik angekommen, musste Walter nicht lange warten, es war nichts los. Zunächst gab es eine Diskussion wegen Walters Alkoholgenuss. Er weigerte sich hartnäckig, weil er Angst hatte, der Arzt würde die Polizei benachrichtigen, die fünf Liter Bier einzugestehen. Erst als der Notarzt ihm klarmachen konnte, dass die Angabe allein wegen der Dosierung der Betäubung von Relevanz war, nannte er die korrekte Menge.

Der linke Zeigefinger ließ sich, war er gestreckt, beugen, aber nicht wieder strecken, es sei denn Walter nahm die rechte Hand zu Hilfe. Nach langem Hin und Her stand für den Mediziner fest, dass die Sehne, die über das erste Gelenk des Fingers lief, geschlitzt war, was den Effekt hatte, dass Walter den geraden Finger beugen konnte, aber nicht wieder strecken, weil die geschlitzte Sehne auf beide Seiten des Knochens rutschte.

Es war schon hell, aber immer noch, abgesehen von den lärmenden Vögeln, absolut still in Tübingen, als Walter wie ein auf Abwege geratener Weihnachtsmann mit einem blauen Plastiksack über der Schulter, in dem sich seine komplette Motorradmontur befand, nach Hause in die Käsenbachstraße humpelte, die, als hätte sich das Schicksal vorher darum Gedanken gemacht, keine zehn Minuten von der Uniklinik entfernt war.

Das war es dann und fast für immer mit dem Motorrad gewesen. Walter musste sich einen kleinen Transporter mieten, um den Schrotthaufen nach Koblenz zu bringen, und bekam für den kümmerlichen Rest Honda zweihundert Mark von einem Bastler, der die Maschine ausschlachten wollte. Walter war fortan auf einem alten Fahrrad, das er für zehn DM gekauft hatte, ohne Gangschaltung unterwegs, bis ihn dann nach dem Sportunfall im Dezember sein Gipsbein auch daran hinderte.

Nicht nur, weil er das zweite Jahr in Tübingen in seiner Beweglichkeit eingeschränkt war, sondern auch aus anderen Gründen, hatte er sich doch mit einigen Leuten angefreundet.

Vor allem Werner, Freund aus Arzberger Tagen und Leistungssportler der Leichtathletik, kümmerte sich um ihn. Und da der schon fünf Semester weiter war, pflegte Walter Umgang mit älteren Kommilitonen, was natürlich unterhaltsamer war als mit den Anfängern und ihren immer gleichen Fragen, bei welchem Prof man welche Veranstaltung belegt hatte. Er ging mit den Leichtathleten in die Sauna oder fuhr hinaus nach Schloss Hohenentringen zum Weizenbier und Zwiebelrostbraten vom Hohenloher Weiderind mit hausgemachten Spätzle und buntem Salatteller.

Unter den Sportlern waren viele Sonnyboys und Surfertypen. Mike, der den ganzen Sommer über nur dann nicht im Schwimmbad war, wenn es regnete. Er war Fußballer und fuhr einen *Citroën DS 19*, La Déesse, die legendäre Göttin mit Frontantrieb und einer Pneumatik, die die Bodenfreiheit regulierte. Ecke, schon im Referendariat, der in einem Gartenhäuschen wohnte und seinen Status zudem mit einem weißen Porsche 356 Speedster aufpolierte, „hajo, des muss scho soi, wenns de Madel imponiere willsch."

Bei den Sportstudenten gab es verständlicherweise relativ häufig prominente Kommilitonen, im gleichen Semester wie Walter war zum Beispiel einer der Hoeneß-Brüder; später in Bonn viele Handballer der Bundesliga, Gummersbach war in den Siebzigern internationale Spitze.

Im Sportstudium wurden auch die neuen pädagogischen Ansätze der Nach-68er viel deutlicher als in Englisch. Es wurde sehr viel über Motivation und Gruppendynamik gesprochen. Nur natürlich, man kam sich körperlich nah beim Sport. Ein Sportdozent hatte einmal, als er den Seminarraum betrat, Platz genommen aber nicht das Wort ergriffen, sondern die Studenten weiter reden lassen, bis sie nach und nach verstummten und den Dozenten fragend anschauten. Nach einer halben Stunde erklärte er sein Verhalten – er habe sehen wollen, wie sich die Gruppe ohne sein autoritäres Eingreifen organisierte.

„Sinn Rädle dro, musch nalupfe." Walter hatte eine Zeit gebraucht, den Dialekt zu verstehen, aber er liebte das Schwäbische, weil er einfach die vielfältigen Variationsmöglichkeiten der menschlichen Artikulation nicht nur in literarischer oder linguistischer Hinsicht liebte. Später arbeitete er gelegentlich wie Arno Schmidt oder James Joyce mit fremdsprachlichen und Dialektelementen in seinen Texten. Der Satz mit den Rädle war in der Turnhalle ausgesprochen worden und bezog sich auf einen Turnkasten, an dem Räder befestigt waren, damit man ihn anheben und leichter schieben konnte.

Ein Wochenendseminar führte in den Schwarzwald, auf den Kniebis. Eine Gruppe von rund zwanzig Studentinnen und Studenten, begleitet von zwei Assistenten. Walter war noch nicht so weit in seiner Selbstreflexion, dass er hätte verhindern können, was dann geschah. Tag und Nacht zusammen in der Hütte aufeinander hockend, dauerte es nicht lange, bis er sich mit seinen Witzen entzog und gleichzeitig exponierte. Alle paar Minuten machte er einen Witz, ganz spontan unter dem Druck entstanden und wirklich blitzgescheit mit den Worten spielend, unterhielt er die gesamte Gruppe, bis er schließlich irgendwann zusammenbrach, sich in eine Ecke zurückzog und heulte. Einfach abhauen, wie üblich, war hier oben schwieriger, aber hätte ihn letztlich nicht abgehalten. Man entließ ihn vorübergehend, überließ ihn sich selbst, aber nur bis zu einer Kneipe, in der es zu seiner Überraschung Königsbacher Bier gab, Koblenzer Bier hier oben am Kniebis im Schwarzwald. Er hatte sich von der Gruppe verabschiedet, aber versprochen, nur ins Dorf zu gehen und zurück zu kommen.

Kommen und Gehen. Walter war nach Tübingen gekommen, weil Werner ihm dazu geraten hatte. Werner war nach Tübingen gekommen, weil sein älterer Bruder schon da studiert hatte. Lena wäre später vielleicht auch nach Tübingen gegangen, weil es ihr dort während ihres Besuches gefallen hatte. So war sie aber nach Köln zum Studieren gegangen, nah an Bonn und Walter und noch weiter weg von Koblenz als Bonn. Bruder und Schwester kamen einander näher, indem sie sich von den Eltern und dem Elternhaus im Goldpfad entfernten.

Im Goldpfad, Oktober, November 2011: Global Warming

Globalisierung und *Global Warming* machten deutlich, was nie anders war, dass die Erde nämlich ein geschlossenes System war, in dem alles einander beeinflusste und in dem der Mensch biologisch betrachtet eine sehr erfolgreiche Spezies war; immerhin war die gesamte Bevölkerungszahl auf sieben Milliarden angestiegen. Eine Explosion, man konnte das nicht anders ausdrücken, wenn man bedachte, dass es vor zweitausend Jahren gerade mal dreihunderttausend Menschen waren. Es führte auch kein Weg daran vorbei, dass sämtliche Abläufe auf der Makroebene ganz allein aus Aktionen auf der Mikroebene bestanden. Nicht einmal die kleinste Zelle konnte aus ihrer Verantwortung für das Ganze entlassen werden. Letztendlich war es gleichgültig, aus welchen bewussten oder unbewussten Motiven heraus die Veränderungen herbeigeführt worden waren, es gab unterschiedliche Verantwortlichkeiten und Wirkungen. Das geschlossene System Erde war offensichtlich so angelegt, dass Ursache und Wirkung nicht notwendigerweise unmittelbar an Ort und Stelle auszumachen waren. Das *the polluter pays principle* galt weder juristisch noch moralisch. Der Mittelmeerraum, mit den Ägyptern, Griechen und Römern so etwas wie die Wiege der abendländischen Menschheitskultur, schien unter beidem, Globalisierung und *Global Warming*, besonders zu leiden.

Die Globalisierung der Finanzmärkte hatte neben anderen Ursachen zu dem mehr oder weniger kompletten Staatsbankrott der Anrainerstaaten des nördlichen Mittelmeerraums geführt, allen voran Griechenland. Im südlichen Mittelmeerraum wurden die Erschütterungen im *arabischen Frühling* und beispielsweise in Tunesien, Ägypten oder Libyen deutlich.

Global Warming, so lauteten die Prognosen, würde bald zu einem Temperaturanstieg führen, der die meisten Menschen davon abhalten sollte, hier weiterhin Urlaub zu machen. Unwetter in Italien hatten ein Phänomen auf die meteorologischen Karten gebracht, das man bisher nur aus anderen Gegenden des Globus kannte: Wolkenwirbel wie bei einem *Hurricane*.

Oktober und November waren im Rheinland trocken und sehr sonnig, die Bundesgartenschau ging am sechzehnten Oktober bei strahlend blauem Himmel zu Ende. Am Sonntagmorgen hatte es eine Messe für die verstorbenen Eheleute Christel und Wolfgang Wisman gegeben; der Todestag der Mutter jährte sich zum dreißigsten und der des Vaters zum zehnten Male, wenn auch nicht auf den Tag genau. Jessica war mit dem Kleinen zuhause geblieben. Von der weiteren Verwandtschaft war nur ein Bruder des Vaters mit seiner Frau angereist, die dann mit Lena, Walter, Jessica und Leander frühstückten und anschließend das Bundesgartenschaugelände besuchten und wieder nach Hause fuhren.

Der Himmel war unwirklich blau und wenn man in der Sonne saß, war es wie an einem Sommertag auf einem anderen Stern. Die Bezeichnung *Goldener Oktober* stammte aus einer goldenen Vergangenheit und konnte dieses Phänomen nicht mehr adäquat auf den Begriff bringen.

Nachmittags ging zuerst Walter aus dem Haus, zu einem Hoferöffnungsfest, wo er dann Fred und einige Volleyballkumpel traf, mit ihnen ein paar Bier trank; alle zogen dann weiter zur BUGA-Abschlussveranstaltung. Auch Lena packte Leander in den Wagen und machte sich auf den Weg zum neuen Bauernhof. Jessica hatte zwar nichts gesagt, aber es war ihr deutlich anzusehen, dass ihre Mutter ihr keinen größeren Gefallen tun konnte, als mit dem Kleinen für ein paar Stunden aus dem Haus zu sein. Auch wenn die erste Klausur perfekt gelaufen war, war das schon bei der zweiten überhaupt nicht mehr der Fall. Von einem Tag auf dem anderen löste sich ihr Selbstvertrauen auf, „ich habe ja überhaupt keine Ahnung, ich kenne die ganzen Texte nicht, das wird eine Katastrophe!"

Irgendjemand hatte ihr wohl gesteckt, dass etwas ganz anderes in der nächsten Klausur abgefragt würde, als sie vorbereitet hatte. Walter und Lena sahen sich nur an, waren froh, dass die Krise gleich zu Anfang gekommen war, hatten dennoch allergrößte Mühe, Jessica davon abzubringen, aus dem Prüfungsgeschehen komplett auszusteigen. Sie ging dann doch in Begleitung ihrer Mutter, Walter beaufsichtigte das Kind; die Klausur war vorbei und ab sofort galt die Devise „irgendwie durchkommen und bestehen."

Es war eine in jeder Hinsicht heikle Situation, denn weder Lena noch Walter hatten ihr Studium mit regulären Examina abgeschlossen; von Jens ganz zu schweigen. Allzu forsche Ermunterungen hätten leicht konterkariert werden können. Wenn es wahrscheinlich auch den Tatsachen und Umständen entsprach, der Hinweis auf hormonelle, postnatale Unregelmäßigkeiten verbat sich aus strategischer Überlegung heraus von selbst; er mochte richtig sein, hätte aber unerwünschte Reaktionen hervorrufen können.

Lena hatte ihre Tochter dazu überreden können, wenigstens für ein Stündchen mit zu der Eröffnung zu gehen. Sie hatten ein paar Leute aus dem Dorf erwartet, die sich wie sie die neuen Stallungen und natürlich die Kühe und Kälbchen anschauen wollten. Sie waren gerade in den Wirtschaftsweg eingebogen, als ihnen auch schon Auto um Auto entgegenkam oder sie auf dem Weg zum Hof passierte. Eine als Parkplatz umfunktionierte Wiese war voller Autos, und am Ende sollten mehr als dreitausend Besucher das Fest besucht haben. Mehr als bei den Kirmes-Veranstaltungen der letzten fünf Jahre auf den Dorfplatz zusammen gekommen waren. Ein großes Zelt, in dem es Kaffee und Kuchen gab, Bierstände, Weinausschank, Würste und Steaks, Hüpfburg, viele Stände mit Obst und Gemüse, Blumen und Deko, Traktorenausstellung und Molkerei-Info, ein Rummel wie ihn das Dorf wohl noch nie gesehen hatte. Die Nummernschilder der Autos mit MYK, AW, EMS, WW, SIM, COC und sogar K zeigten, dass viele eine weite Anfahrt hatten. Offensichtlich hatte man in den entsprechenden Publikationen und Medien das Ereignis angekündigt.

Noch waren nicht alle einhundert und sechzig Kühe in die neuen Stallungen gebracht worden. Aber auch ohne Kindheitserinnerungen an Kuhställe in Niedersachsen oder andere landwirtschaftliche Erfahrung sah man diesem offenen Bau seine Modernität an. Immerhin war auch Lena noch als kleines Kind zum Bauern geschickt worden, um Milch zu holen. Und wie fast alle Kinder des Dorfes hatte sie ihre Bauernhofphase mitgemacht, durfte auf dem Traktor mitfahren und im Stall helfen. Außenwände gab es hier nicht, sondern eine Art Rollos, die sich je nach Temperatur mehr oder weniger schlossen, damit die Tiere möglichst immer die Umgebungstemperatur hatten, in der sie sich wohlfühlten. Die gesamte Anlage wurde natürlich elektronisch über einen Rechner betrieben. Ein kleiner Roboter schob ebenso ferngesteuert das Futter an die Kühe heran und zog sich in seine Parktasche zurück, wenn das Programm signalisierte, dass alle satt sein mussten. Das Futter war natürlich nicht einfach Heu oder Rüben sondern ernährungsphysiologisch zusammengesetzte Silage, die hauptsächlich aus Mais bestand. Eine automatisierte Vorrichtung sorgte ebenso für stets hygienische Verhältnisse in den Stallungen, in denen sich das Vieh frei bewegen konnte. Auch die Melkanlage war vollkommen automatisch und die Milchkühe entschieden selbst, wann sie gemolken wurden. Allerdings musste ihr Chip der Melkanlage grünes Licht geben, damit die Tiere sich nicht zu oft melken ließen. Die Melkprozedur war nämlich sehr angenehm gestaltet mit Leckerli und Nackenmassage und Euterwäsche. Fast wunderte man sich, wenn eine Kuh ganz antiquiert *muh* machte. Im Grunde genommen lief die gesamte Anlage so selbständig, dass das System durchaus ein paar Tage lang ohne Eingriff von außen funktionieren konnte. Störungen wurden im Zentralrechner in Köln registriert und innerhalb einer Stunde konnte, falls notwendig, jemand da sein. Natürlich polierten eine Photovoltaik- und eine Biogas-Anlage das grüne Image enorm auf, ohne dass es sich jedoch um einen ökologischen Betrieb gehandelt hätte.

Jessica schien es nicht zu bereuen, wenigstens auf ein Stündchen vom Schreibtisch und mit an die Sonne, die frische Luft und auf den Bauernhof gekommen zu sein, der eigentlich erst mal nichts als ein großer moderner Stall war. Die Nachbarn hatten Leander natürlich schon gesehen und auch ihre Geschenke abgeliefert, aber hier beugte sich nun alle paar Minuten ein Kopf in den Kinderwagen „ja, wo isser denn?" und „wie heißt er denn?"

Jessica war ziemlich genervt, aber Lena nahm alles gelassen hin und gab freundlich Auskunft. Walter ließ sich gar nicht erst blicken: „Ich bin weder Ersatzvater noch Ersatzopa!" Aber natürlich gratulierten ihm seine Kumpels *zum Opa* und er hatte einen ausgeben müssen: „Ihr seid ja bescheuert, Prost!"

Seit Leander mit seinen Körperbewegungen und Gesichtsausdrücken allmählich auch für Männer als menschliches Wesen erkennbar wurde, widmete Walter dem Kleinen mehr und mehr Aufmerksamkeit.

Lena war schlau genug gewesen, ihren Bruder nicht um Übernahme irgendwelcher Aufgaben zu bitten, seine Antwort wäre ein kategorisches „nä, never! Vergiss es!" gewesen; nach und nach machte er einfach all das, was er abgelehnt hätte – hätte sie ihn darum gebeten. An der Anschaffung des Kombikinderwagens hatte er sich finanziell beteiligt wie ebenso Jens. Der Kinderwagen hatte im Übrigen fast tausend Euro gekostet, ein Kombiwagen, der für die ersten Monate eine Tragewanne hatte, sowie den Sportwagenaufsatz für das Kind ab etwa einem halben Jahr und den Babyautositz.

Walter war also weniger das Problem als Jessica. Nicht nur, dass es mit den Examensprüfungen überhaupt nicht mehr so lief, wie sie sich das vorgestellt hatte:

„Ich weiß nicht, ob das richtig war, jetzt ein Kind in die Welt zu setzen."

„Ach, Jessi, mach dir nicht so viele Sorgen wegen der Prüfungen. Ich kümmere mich schon um den Kleinen, das klappt doch alles bestens bis jetzt, sogar Walter fängt an sich zu engagieren, er braucht halt seine Zeit."

„Das isses nicht, Mama."

„Was denn?"

„Ja, guck mal nach Japan, Fukushima. Der nächste Castor-Transport nach Gorleben findet bald statt. Frankreich ist zugepflastert mit alten und unsicheren Kernkraftwerken. In welcher Welt wird mein Kind aufwachsen?"

„Das habe ich mich damals auch gefragt. 1986, als Tschernobyl hochging, war Jana fünf, du warst gerade mal drei Jahre alt, und trotzdem haben wir Jan auch fünf Jahre später bekommen. Walter verwendete damals keinen Salat und kein Gemüse mehr aus dem Garten, keine Kräuter mehr, keine Pilze. Keiner wusste, was wirklich los war. Das war schon schlimm, glaub mir. Aber irgendwie hofft man wohl, dass die Kinder es hinkriegen. Und ihr seid doch alle gesund und …"

„Ich weiß nicht, Mama."

„Doch, die Kinder wachsen in ihre Welt hinein …"

„… und sind mit unseren Sünden belastet."

„Du bist erwachsen geworden trotz Tschernobyl und hast Leander bekommen. Verstehst du, das hat dich gar nicht bekümmert."

„Aber es bekümmert mich jetzt."

„Guck dir den Bauern an. Der investiert mehr als eine Million, auch wenn ringsum die Höfe sterben. Ich glaube, die Familie ist seit zehn Generationen hier in Arzberg als Bauern. Was glaubst du, was die verschiedenen Generationen alles mitgemacht haben wie oft jemand glaubte, die Welt ginge dem Ende zu? Weißt du, Jessi, die Welt gibt es nicht als Belohnung dafür, dass wir gut sind, sondern sie ist einfach da."

Tja, und dann kam wieder jemand vorbei und schaute sich den Kleinen an und man lachte und erging sich in Plattitüden, war abgelenkt und das Leben ging weiter. Einfach so.

Wie war das mit den Generationen, wie mit den Familien, die seit Jahrhunderten an einem Ort blieben, einen Beruf mit dem Hof vererbten und den anderen Familien, die sich, aus welchen Gründen auch immer, von Generation zu Generation an einem neuen Ort in einer neuen Umgebung einrichteten, einrichten mussten. Jessica hatte gefragt, wo denn ihre Vorfahren vor zehn Generationen gewesen seien.

„Welche Vorfahren meinst du, Jessica? Die Wismans, die Schmitts, die Jensens?"

Der Generationswechsel, ging Lena durch den Kopf, war rundum in ihrer Nachbarschaft des Goldpfads in vollem Gange. In den Familien, in denen die Eltern oder ein Elternteil sehr lange lebten, achtzig und neunzig Jahre und älter wurden, hatten die Kinder, die dann ja auch schon fünfzig oder sechzig Jahre alt waren, sich längst woanders nicht nur eingerichtet, sondern auch schon fast bis zur Rente gelebt. In den Familien, in denen die Eltern früh starben, übernahmen häufiger die Kinder oder ein Kind das Elternhaus. So war es bei Walter und Lena gewesen. Drei Häuser standen derzeit leer in der Nachbarschaft, wodurch es auch gar nicht so einfach war, die Immobilien zu verkaufen. Außerdem, das wusste Lena nur zu gut, setzten die Erben die Preise gefühlsmäßig zu hoch an. Die Preisvorstellungen spiegelten die Wertschätzung der Nachkommen für die Lebensleistung der Eltern, das eigene Haus, aber nicht den aktuellen Marktwert der Immobilien wider.

Das war an diesem glasklar und wunderschön sonnigen Sonntag immer wieder Thema gewesen bei den vielen Unterhaltungen, die Lena mit den unterschiedlichsten Menschen führte. In einer Gemeinde wie Arzberg, in der nur entlang der Hauptstraße dreigeschossige Gebäude standen, die Häuser ansonsten zwei- und anderthalb Stockwerke hatten und zu einem sehr großen Teil von den Besitzern bewohnt wurden, in einem Ort, in dem immer noch alle paar Jahre vorhandene Baulücken geschlossen oder neue Baugebiete auf bis dahin landwirtschaftlich genutzten Flächen erschlossen wurden, in einer solchen Gemeinde waren Häuser, Grundstückspreise, Bauen und der Verkauf von Immobilien ein Thema, wie anderswo das Wetter. Kein Wunder, dass die BIA 2000 seit ihrer Gründung im Gemeinderat saß und penibelst darauf achtete, dass keine Frischluftschneisen zugebaut, keine von Fledermäusen bewohnten Bäume gefällt, dass Streuobstwiesen neu bepflanzt wurden, dass insgesamt der ländliche Vorortcharakter und der hohe Wohnwert erhalten blieben.

„Nervt die Bauerei nicht, Lena?"

„Nein, nur die Autos der Bauarbeiter und der Schwerlastverkehr. Man hat den Eindruck, die werden nicht mehr nach Handwerksstunden, sondern nach angereisten Fahrzeugen bezahlt."

„Aber vorher war da doch eine schöne Wiese."

„Auf die die Hunde kackten."

„Wird der irgendwann mal fertig?"

„In das Doppelhaus sind schon Leute eingezogen."

„Ach, die sieht man ja gar nicht. Der will da doch noch mehr Häuser bauen."

„Unsinn, nur die zwei, die schon fertig und bewohnt sind und das eine, das noch im Bau ist."

„Der soll ja uneheliche Kinder mit mehreren …"

Lena wollte sich diesen Blödsinn nicht anhören. Nur weil die Leute sich über den Investor ärgerten, waren die Häuser hässlich und die Bewohner unheimlich: „Das ist doch alles Quatsch!"

Jessica saß längst wieder über ihren Büchern und an ihrem Notebook, Walter war mit seinen Kumpels auf der Festung zum *Abschlussball* der BUGA; sie hatten sich mit Getränken und Schlafsäcken versorgt; sobald die Sonne unterging, sollte es empfindlich kühl werden. Die Bundesgartenschau 2011 ging nicht nur mit einem Besucherrekord zu Ende, sondern schrieb sogar schwarze Zahlen. Damit hatte niemand gerechnet.

Gott sei Dank hatte sich Jessi auch wieder einigermaßen gefangen. Nachdem die erste Klausur bombig gelaufen war, schlich sich unmerklich Unsicherheit bei ihr ein, die zu einer Blockade bei der zweiten Klausur führte, die sie nach eigenen Angaben *versaut* hatte. Zur dritten, das hatte sie ja vor ein paar Tagen verkündet, werde sie nicht gehen: „Keine Ahnung. Das ist alles Scheiße, ich kann das nicht, es geht nicht. Keine Ahnung, warum."

Diese Krise war wie gesagt überstanden, nachdem Lena und Walter und auch Jens ihr gut zugeredet hatten und die Ziele mit realistischem Blick feinjustiert worden waren. Es sollte am Ende eine Zwei und vielleicht nur eine Drei im Gesamtergebnis werden. Es war auch wirklich nicht einfach, sich von Brechts Dramen zu amerikanischer Romanliteratur, die sich mit 9/11 befasste, zu Mittelhochdeutsch und zu den Bildungstheorien der Nachkriegszeit, um nur ein paar Themen zu nennen, innerhalb kürzester Zeit gedanklich vorzubereiten.

So ging der Oktober zu Ende und der November 2011 sollte der trockenste November seit dem Beginn der Wetteraufzeichnungen 1881 werden. Die Trockenheit sorgte logischerweise für teils extrem niedrige Wasserstände auf dem Rhein und anderen Flüssen, und in der zweiten Monatshälfte tauchten auf den freigelegten Uferbereichen Bomben der US Luftwaffe und der *Royal Air Force* aus dem Zweiten Weltkrieg auf. Aber auch Tarnnebelfässer der Deutschen Wehrmacht.

Diese Fässer waren seinerzeit dazu gedacht, vor allem Brücken einzu-
nebeln, damit sie nicht so leicht aus der Luft zu bombardieren waren.
Die Nebelfässer ließen sich relativ leicht unschädlich machen, indem
man sie sprengte. Schwieriger war das mit den Fliegerbomben und
Luftminen der Alliierten. Drei gefährliche Überbleibsel wurden zusammen auf dem Rheinufer in Koblenz-Pfaffendorf gefunden: eine
amerikanische Fliegerbombe, 125 Kilogramm, eine britische Luftmine,
1.784 Kilogramm, ein deutsches Nebelfass. Von April 1942 bis März
1945 war Koblenz Ziel von rund vierzig Luftangriffen, der schwerste
davon im Dezember 1944 mit über eintausend Tonnen Spreng- und
Brandbomben. Auch wenn die Stadt zu siebenundachtzig Prozent
und der Wohnraum zu über neunzig Prozent zerstört worden waren,
längst nicht alle abgeworfenen Bomben waren explodiert; die Zahl der
Blindgänger konnte nur vermutet werden.
Für jedes Kilogramm der Luftmine war bei der Entschärfung ein Abstand von einem Meter vorgeschrieben. Das führte zu einem Evakuie-
rungsgebiet von dreieinhalb Kilometern Durchmesser; 45.000 Menschen, fast die halbe Stadt musste also evakuiert werden. Die Vorbereitungen liefen, Altenheime, Krankenhäuser und ein Gefängnis
mussten geräumt werden. Walters Berufsschule wurde als einer der
Aufenthaltsräume für die Evakuierten genutzt. Am letzten Schultag
wurden die dafür vorgesehenen Klassenräume vorbereitet, das hieß,
alles was hätte entwendet werden können, Beamer, Overhead-
Projektoren, Steckerleisten, Kaffeemaschinen, wurde weggeschlossen.
Auch im Zweiten Weltkrieg waren die Koblenzer Bürger evakuiert
worden. Bis Ende 1944 waren die meisten Einwohner nach Thüringen
verbracht worden; in der Stadt selbst lebten nur noch knapp zehntausend Menschen aus „kriegswichtigen Gründen."
Brücken wurden gesperrt, Durchgangsverkehr fand in Koblenz nicht
mehr statt, die Bahn fuhr weder rechts- noch linksrheinisch, die Schiffe lagen stromauf- und stromabwärts vor Anker, und auch der Luft-
raum über Koblenz war frei von den Linienfliegern der internationalen Flugrouten. Der Grundgeräuschpegel, in dem man wie bei einem
großen Wasserfall einzelne Geräusche nicht wahrnahm, ging an diesem Sonntag nahe Null. Zu hören waren nur die üblichen sonntäglichen Lebensgeräusche der unmittelbaren Umgebung. In Arzberg
herrschte also immer wieder und für Minuten nahezu absolute Stille.
Walter hatte sich den kleinen Leander und den Kinderwagen ge-
schnappt und einen langen Spaziergang gemacht: „Eine Stille, eine
himmlische Ruhe, unglaublich." Wie nachts in Niedersachsen auf
dem Bauernhof.
Am Sonntag, dem vierten Dezember 2011, um vier Uhr nachmittags,
waren die Fliegerbombe und die Luftmine von Koblenz entschärft
und das Nebelfass gesprengt. Walter hatte das Entwarnungssignal bis

in den Höhenwald Arzbergs hören können. Nach und nach wurden die Verkehrswege wieder frei gegeben, schwoll der Geräuschpegel wieder an und in der darauf folgenden Nacht gab es erstmals seit Monaten einen wirklich ergiebigen Regen, so dass schon am nächsten Morgen die Gefahr, noch mehr Bomben könnten bei weiter fallendem Rheinpegel auftauchen, vorerst gebannt war. Auf eine vertrackte Art und Weise brachte der Klimawandel Verfehlungen der Vergangenheit zutage, die auch auf einen zweiten Blick nichts mit früheren Umwelt-sünden zu tun hatten. Auf den dritten Blick jedoch wurde deutlich, wie sehr alles zusammenhing in diesem geschlossenen System Erde.

Im Land des Lächelns, November 2011

I think it's time to realize that SMiLE is a work of art not only as a recording but as a musical opus, a composition. Take Beethoven's 9th. Even a poor rendition by an untalented orchestra will not spoil the artistry of the composition itself.
Thus SMiLE by the Beach Boys will forever be an unfinished work of art. "The SMiLE Sessions" show that some parts might be considered finished. The main reason IMHO why it wasn't finished in 1967 is the fact that Brian couldn't put it together then, put an end to all those bits and pieces, all the wonderful ideas – he couldn't see where it had to end to be finished, he got lost artistically.
The fact that Brian Wilson and Van Dyke Parks (with probably Darian Sahanaja), finished it in 2004, leaving parts, adding something here or there is just an unbelievable feat. But they did it. Regarding "Brian Wilson Presents SMiLE" as the finally finished product doesn't imply belittling the Beach Boys' artistry of the eventually released recording of 1966/67.
I am thinking of writing a longer essay about this issue. Fragments, unfinished works of art, are an important issue in any kind of art. By the way: I am a German writer, real name Walter Wisman.

Diesen Beitrag hatte Walter auf der Community-Seite von Brian Wilson gepostet. Walter machte das nicht nur, weil er Fan war, sondern auch um sein Englisch auf dem Laufenden zu halten. Unter den Fans gab es eine heftige Kontroverse über das *echte SMiLE* Album. Brian Wilson hatte 1966/67 mit den Beach Boys und vor allem Van Dyke Parks, der nicht nur die Lyrics beisteuerte, endlose Musikschnipsel aufgenommen, von denen nur wenige zu kompletten Einzeltiteln zusammengefügt worden waren, unter ihnen *Good*

Vibrations, das modular gebaute Tonstück, das über sechs Wochen hinweg in sechs verschiedenen Studios mit vielen verschiedenen Musikern aufgenommen worden war. Abgesehen von den Spannungen innerhalb der Gruppe und zahllosen anderen Widerständen, war Brian mit seiner *Teenage Symphony to God* auch an den technischen Möglichkeiten der damaligen Zeit gescheitert.

Erschienen war dann 1967 *Smiley Smile*, ab den achtziger, neunziger Jahren tauchten die ersten Bootlegs auf, illegale Aufnahmen, 2004 brachte Brian Wilson *Brian Wilson Presents SMiLE* heraus, und im November 2011 schließlich erschienen die *SMiLE Sessions*. Walter hatte sich die große Box besorgt mit fünf CDs, zwei LPs und zwei Singles, dazu ein Poster und ein Booklet.

Auf Deutsch besagte Walters Text, der tatsächlich einer der am häufigsten gelesenen und kommentierten in der Community wurde, etwa folgendes: „Ich denke, es ist an der Zeit sich darüber im Klaren zu werden, dass *SMiLE* nicht nur ein Kunstwerk als eine Ton-Aufnahme sondern als ein musikalisches Werk, eine Komposition ist. Man nehme Beethovens Neunte. Sogar eine schwache musikalische Darbie-tung durch ein untalentiertes Orchester wird das Kunstwerk als Komposition selbst nicht zerstören können. Somit wird *SMiLE* der Beach Boys für immer ein unvollendetes Kunstwerk bleiben. "The *SMiLE Sessions*" zeigen, dass einige Teile als vollendet betrachtet werden können. Der Hauptgrund warum Brian das Ganze 1967 nicht zusammenbauen konnte, all die Teile und Schnipsel, all die wunderbaren Ideen nicht zu einem Ende bringen konnte, war: – er konnte nicht erkennen, wo ein Abschluss und Ende zu finden waren, er verlor sich künstlerisch.

Die Tatsache, dass Brian Wilson und Van Dyke Parks (mit Darian Sahanaja) es 2004 vollendeten, Teile wegließen, hier und das etwas hinzufügten, ist eine unglaubliche Leistung. Aber sie haben es geschafft. *Brian Wilson Presents SMiLE* als das endlich vollendete Werk anzuer-kennen, schmälert nicht den künstlerischen Wert der nun heraus-gegebenen Aufnahmen von 1966/67. Ich spiele mit dem Gedanken, einen längeren Essay über dieses Thema zu schreiben. Fragmente, unvollendete Kunstwerke, sind ein wichtiges Thema in jeder Kunst. Übrigens: Ich bin ein deutscher Schriftsteller, wirklicher Name Walter Wisman."

Vor kurzem war auch „The Beach Boys FAQ – All that's left to know about America's band" von Jon Stebbins erschienen, Walter hatte es sich angeschafft, gelesen, Jon Stebbins zu seinem Freund auf *facebook* gemacht, ein paar deutschen Literaturagenten den Vorschlag gemacht, das Buch zu übersetzen. Die Voraussetzungen für eine gute Nachfrage seien gegeben: Die jüngsten Aktivitäten Brians und das bevorstehende Jubiläum der Beach Boys, die im Jahr 1961 als

Garagen-Band begonnen hatten, 1962 von *Capitol* unter Vertrag genommen wurden und mit ihren ersten Surf-Hits in die Charts kamen. Die Gerüchte um eine mögliche *Reunion*, im Klartext eine Rückkehr Brians zu den Jungs um Mike Love, geisterten durch die Community und wurden äußerst kontrovers diskutiert. Hier Mr. Love, den nichts mehr als Kommerz und nichts weniger als Kunst interessierte, der mit seinem *stick to the formula* und den Liedchen von Sonne, Strand, Mädchen und Autos im krassen Gegensatz zu Brian stand, der nichts Geringeres wollte, als die Welt mit nie gehörten Harmonien zu verzaubern.

Und das war ihm gelungen, ohne Frage.

Autobiografische Aspekte haben bei unterschiedlichen Autoren und ihren Werken unterschiedliche Relevanz. Selbst bei Autoren wie Hemingway oder Kafka, die in ihren Werken Schauplätze sehr eng und das Personal mehr oder weniger eng an eigene Erfahrungen binden, gibt es keine zwangsweise Konsequenz: Diese Biografie musste diese Werke hervorbringen. Es gab sicher eine Reihe von Lebensläufen, die denen Kafkas oder Hemingways ähnlich waren, ohne dass jedoch nur ein Ansatz für eine ähnliche schöpferische Umsetzung der in den Biografien enthaltenen Potenz vorhanden war.

So betrachtet war auch die schriftliche Niederlegung von Einsteins Relativitätstheorie autobiografisch, zeigte das Werk doch, womit sich der Verfasser Tag und Nacht beschäftigt hatte. Leben und Werk bildeten immer eine Einheit, auch wenn sich an der Oberfläche des Werkes keine Parallelen erkennen ließen.

Brian Wilsons Werk war eindeutig autobiografisch. Es befasste sich mit dem Leben in Südkalifornien, beginnend mit den späten fünfziger und frühen sechziger Jahren. Das Werk reflektierte auch die privaten, familiären Komplikationen und zwar in einem Maße, wie es etwa bei Paul McCartney oder John Lennon nie der Fall war. Die Geschichte der Beach Boys und Brian Wilsons ist eine Familiengeschichte. Drei Brüder, Brian, Dennis, Carl, ein Cousin, Mike, und der Vater als Manager und Antreiber in den Anfangsjahren, dessen Verhalten seinen Kindern gegenüber fast durchgängig als *abusive*, im Sinne von nicht sexuellem Missbrauch, charakterisiert wurde. Von Brians Kreativität hing der Wohlstand der gesamten Großfamilie ab. Kein Wunder, dass die Widerstände enorm waren, als Brian die kommerziellen Pfade in Richtung kreativen Neulands verlassen wollte und Solo-Unternehmungen anstrebte.

Es gab ein Video, *It's OK: The Beach Boys' 15th Anniversary TV Special*, das Brian Wilson in seiner langen, langen Bettphase zeigte, aufgequollen zu mehreren Zentnern, bärtig und mit fettigem Haar:

„Als Brian Wilson eines Morgens aus unruhigen Träumen erwachte, fand er sich in seinem Bett zu einem ungeheueren Ungeziefer verwandelt. Er lag auf seinem panzerartig harten Rücken und sah, wenn er den Kopf ein wenig hob, seinen gewölbten, braunen, von bogenförmigen Versteifungen geteilten Bauch, auf dessen Höhe sich die Bettdecke, zum gänzlichen Niedergleiten bereit, kaum noch erhalten konnte. Seine vielen, im Vergleich zu seinem sonstigen Umfang kläglich dünnen Beine flimmerten ihm hilflos vor Augen."

Brian Wilson war natürlich „Gregor Samsa" und der Textauszug ist der Anfang der Erzählung „Die Verwandlung" von Franz Kafka. In dem Video ging es damit weiter, dass zwei Polizeibeamte, John Belushi und Dan Aykroyd, Brian in seinem Bett verhafteten und aus seinem Schlafzimmer abführten, um ihn, im Bademantel, zum zwangsweise angeordneten Wellenreiten zu bringen. Walter stellte sich vor, in Kafkas Erzählung träten die beiden kalifornischen Polizisten auf. Eine weitere kafkaeske Szene wie aus Kafka „Der Prozess": „Jemand mußte Josef K. verleumdet haben, denn ohne daß er etwas Böses getan hätte, wurde er eines Morgens verhaftet."

Walter hatte außerdem die Plattenfirma von Tom Waits kontaktiert; er hatte einen Text „What's He Building?" in Koblenzer Platt übersetzt: Watt mischt dä do? – Watt zum Doiwel mischt dä do drin? („What's he building in there? – What the hell is he building in there?"). Er bat um die Erlaubnis, diese Übersetzung verwenden zu dürfen, beispielsweise um den Video-Vortrag auf *Youtube* hochzuladen. Er hatte bereits einige Leseproben von eigenen Texten dort veröffentlicht und die Videos wurden auch abgerufen.

Insgesamt gesehen war Walter sehr aktiv in der jüngsten Zeit, was ihn selbst kaum überraschte. Man hätte meinen können, er wollte mit aller Macht zurück in das Bewusstsein der Öffentlichkeit, das jedoch war es nicht oder nicht in erster Linie. Alle diese Aktivitäten waren einfach nur Begleiterscheinungen der Arbeit am Roman. Er hatte einen kreativen Schub, seit er damit angefangen hatte. Und wenn es gut lief, dann gab es eben diese vielen zusätzlichen Ideen, das Bedürfnis, auch das noch zu gestalten und jenes darzustellen. Die Gefahr bestand dann immer darin, dass der Künstler sich hoffnungslos verzettelte, verlor und scheiterte, weil er alles in diesem einen Werk unterzubringen versuchte. Walter war überzeugt davon, dass genau das Brian Wilson 1967 mit *SMiLE* passiert war. Jede noch so abwegige Idee wurde auf Band gebannt, bis sich endlich ein wuchernder Wust an undurchdringlichem Material angesammelt hatte, der ihn paralysierte und erstickte.

Walter maß seinen kreativen Kapriolen keine Bedeutung zu, abgesehen davon, dass sie als eine Art Überdruckventil funktionierten und so verhinderten, dass sein Hauptwerk, der Roman über das Haus im Goldpfad, verwässert wurde, seine Linie verlor und schließlich als Projekt scheiterte. Er erwartete nicht, dass er den Auftrag für die

Übersetzung des Stebbinsschen Buches bekäme, er wusste, dass Epitaph, Tom Waits' Plattenfirma, sich nicht die Mühe machen würde, ihm eine Antwort zukommen zu lassen; das war auch gar nicht wichtig. Für eine gewisse Zeit war auf diese Weise sein Hoffnungspotential beschäftigt. Realistische Einschätzung war das eine, phantasievolle Gedankenspiele, Tagträume waren das andere, die ihm die Gelassenheit gaben, die er brauchte, um etwas zu schaffen, um das ihn niemand gebeten hatte, abgesehen natürlich von Lena. Walter konnte nach all diesen Aktivitäten wieder voll konzentriert an seine Arbeit zurückkehren und spätestens beim nächsten Aktivitätsschub wären die alten Ansätze vergessen.

Im Dezember platzte die Bombe: *Celebration – The Beach Boys 50*. Die Reunion würde also kommen und eine Neuaufnahme von *Do It Again* war bereits eingespielt. *A new studio album and commemorative catalog releases*, hieß es in der Presseerklärung und eine Welttournee mit fünfzig Gigs war geplant. Fest stand bereits der Auftritt beim *New Orleans Jazz & Heritage Festival* am 27. April 2012. Es dauerte kaum vierundzwanzig Stunden, bis Andy, der Kumpel vom deutschen Fan-Club anrief mit der Nachricht, dass er zwei Tickets für das erste Festival-Wochenende, 27. bis 29. April, habe, die Einzelheiten könne man immer noch besprechen. Dass Walter nicht das für ihn vorgesehene Ticket beanspruchen könnte, stand erst gar nicht zur Debatte.

Bonn 1977: Erregen öffentlichen Ärgernisses

„Jemand mußte Josef K. verleumdet haben, denn ohne daß er etwas Böses getan hätte, wurde er eines Morgens verhaftet."
Straßensperren mitten in der Stadt, bei denen schwerbewaffnete Polizisten Autos anhalten und mit Maschinengewehren im Anschlag den Fahrer auffordern, sich auszuweisen, sind Ende der Siebziger in Bonn vielleicht nicht ganz so häufig wie in Beirut, aber durchaus nichts Ungewöhnliches. Der große Unterschied zum Nahen Osten ist, dass in der Stadt keine äußeren Zeichen eines zerstörerischen Bürgerkrieges zu erkennen sind. Die RAF entführt Politiker und Wirtschaftsbosse, verübt Anschläge, versucht Häftlinge freizupressen und mordet, und das Land erschaudert innerlich in einem Bürgerkrieg von Verdächtigung und Bespitzelung wie in der DDR. Das Erdbeben psychotischer Paranoia tief unten verursacht eine Gänsehaut nach innen und hysterische Reaktionen nach außen bei der Gesetzgebung. Walter

verfasst eine Kurzgeschichte über seine persönlichen Erlebnisse unter dem Titel „Erregen öffentlichen Ärgernisses".

» Natürlich bin ich wieder zu früh. Es ist erst halb sieben, Freitagabend, und um Acht wollten wir, Marina und ich, uns hier bei Monika treffen. Marina muß schon in der Nähe sein, ihr Käfer steht um die Ecke. Um viertel vor Acht kommt sie.
„Ist Monika noch nicht da? Sie wollte doch ab Sieben hier sein. Mein Gott, habe ich heute wieder einen Ärger gehabt, deinetwegen! Ich war bei der Polizei."
Wir küssen uns flüchtig, sie redet gleich weiter, „Moni hat mir gesagt, sie hätte Kopfschmerzen und wollte sich hinlegen. Hast du geklingelt? Sie muß zuhause sein. Vielleicht hat sie Oropax eingestöpselt wegen der Kopfschmerzen."
Marina behält den Daumen fast eine Minute auf dem Klingelknopf. Ungeduldig frage ich sie, „Was war denn los? Nun mach es nicht so spannend."
„Erzähle ich dir gleich, guck mal." Sie reicht mir ein Formular, auf dem nur wenige Worte wie An- und Unterschrift und Name handschriftlich vermerkt sind. Vorladung zu einer Zeugenaussage. Ich dränge weiter: „Jetzt rede doch! Um was geht es denn?"
„Du kannst dir gar nicht vorstellen, was los war! Der Brief kam heute Morgen. Ich habe sofort bei der Polizei angerufen. Zunächst konnte oder wollte mir keiner Auskunft geben. Du weißt ja, wie das bei den Ämtern ist. Als ich endlich den zuständigen Typen am Apparat hatte, meinte er, am Telefon dürfe er überhaupt nichts sagen. Ich werde schon erfahren, um was es geht, wenn ich zu dem Termin erscheine. Aber ich wollte wissen, was da los war. Deshalb habe ich meinen Chef, den Schumacher, ans Telefon gerufen. Der kann ausgezeichnet mit diesen Faulenzern verhandeln. Und er legte los. Er müsse wissen, was los sei. Schließlich sei ich seine Angestellte und ich müßte mir einen halben Tag freinehmen und blablabla. Jedenfalls hat er ihn ganz schön belabert, und der Kommissar hat endlich aufgegeben und gesagt, ich könnte sofort vorbeikommen und alles ließe sich in ein paar Minuten erledigen."
Langsam werde ich sauer: „Würde es dir etwas ausmachen, Marina, gelegentlich zur Sache zu kommen?"
„Ja, ja, hör zu." Sie ist immer noch sehr aufgeregt. Was kann da bloß gewesen sein? Ich habe nichts ausgefressen, da bin ich mir ganz sicher. Also, nur kein schlechtes Gewissen! Sie fährt fort: „Also, ich bin hingefahren und dann ging es los. – ‚Bei Ihnen wohnt doch ein junger Mann?' – Bei mir? Nein. Ich wohne alleine. – ‚Seltsam, wir haben da aber ganz andere Informationen, Sie haben doch sicher einen Freund?!' – Ich habe

viele Freunde, sicher nicht so viele wie Sie Informationen haben. Freunde kriegt man nicht so leicht wie Informationen, es sei denn falsche, sage ich und wußte schon genau, worauf der hinaus wollte, dahinter konnte wieder nur eine aus dem Haus stecken. – ‚Sie haben also mehrere Freunde, die zeitweise bei Ihnen wohnen.' – So langsam wurde ich sauer. Verdammt nochmal, nein! Ich habe doch klar und deutlich gesagt, daß ich alleine wohne. Was ging das den überhaupt an? Dahinter steckte mit Sicherheit die bescheuerte Mersmännin. Ich frage ihn also, was das Ganze überhaupt soll. Ob er glaube, ich hätte eine Abteilung der RAF im Kleiderschrank. Der Typ mußte lachen. – ‚Nein. Hören Sie zu. Es geht um einen jungen Mann, der angeblich bei Ihnen wohnen soll. Circa eins siebzig bis eins fünfundsiebzig, mittellanges, dunkles Haar und etwa vierundzwanzig Jahre alt.'"

Während Marina das sagt, lächelt sie, ich bin fast Dreißig.

„‚Er hat einen Zusammenstoß gehabt mit einem anderen Hausbewohner. Im Schwimmbad war es wohl.'"

Ich erinnere mich an einen Morgen, als ich während der Semesterferien bei Marina wohnte, da sie mir einen Job in einer nahe gelegenen Fabrik besorgt hatte. Ich war aus der Nachtschicht gekommen, ins Schwimmbad gegangen und duschte anschließend ausgiebig. Als dann eine ältere Dame ins Schwimmbad kam, warf ich mir sofort ein Handtuch um die Hüften. Giftig schnauzte sie mich an, ob ich mich nicht schämte, fremdes Eigentum zu benutzen und den ganzen Quatsch. Aber auf mein Badetuch hat sie gestarrt; sie hätte nur zu gern fremdes Eigentum benutzt.

Marina wohnt in einem vierstöckigen Neubau, in dem es nur Eigentumswohnungen gibt und fast nur kleinkarierte Spießer, da sind wir uns ausnahmsweise einmal einig. Marina und ich. Dafür hat es aber allen Komfort, Schwimmbad, Sauna und Dachgarten. Selbstverständlich war die Gesellschaft während der Bauzeit bankrott gegangen und selbstverständlich war beim Bau auf Teufel komm raus gepfuscht worden, so daß das Schwimmbad gelegentlich, die Sauna ständig nicht zu benutzen waren. Natürlich gab es Reibereien wegen Lautstärke und all den anderen Unmöglichkeiten, die junge Leute halt drauf haben.

Beleidigt fährt Marina mich an: „Hörst du mir überhaupt zu? - Mir war natürlich gleich klar, wer dahintersteckte, weil du doch mit der Krach hattest im Schwimmbad."

„Ich hatte mit der keinen Krach. Sie hat mich angemotzt und ich habe freundlich einen guten Morgen gewünscht und mich getrollt. So weit käme es noch, daß ich mich mit verklemmten, geilen, alten Weibern rumstreite."

„Jedenfalls war damit alles klar. Erregen öffentlichen Ärgernisses oder wie das heißt. Ich sage zu dem Kommissar, ich wüßte genau, von wem die Sache komme. – ‚Die Sache ist nicht direkt an uns herangetragen worden. Aber sagen Sie uns doch bitte, gibt es in Ihrem Bekanntenkreis jemanden, auf den diese Beschreibung passen könnte?' – Oh, sage ich, da müßte ich erst einmal meinen riesigen Bekanntenkreis abklopfen."

Und dann wird sie kleinlaut: „Naja, dann habe ich halt deinen Namen angegeben und deine Anschrift und gefragt, was denn nun passiert. – ‚Nichts weiter, vielleicht laden wir Ihren Bekannten einmal vor.'"

„Du bist ja vielleicht bescheuert! Zuerst haust du so auf den Putz und dann ziehst du erbärmlich den Schwanz ein und verrätst mich."

Sie scheint betrübt: „Ja, verdammte Scheiße. Die sind gar nicht so dumm. Ich habe mich so über die Mersmännin geärgert, daß ich anfing zu plaudern. Jetzt kannst du der alten Kuh endlich mal eins auswischen."

„Darauf habe ich aber auch mein ganzes Leben gewartet. Ich danke dir ganz herzlich für diese Gelegenheit."

Monika kommt und wir gehen hinauf in ihre Wohnung. Marina kann schon auf der Treppe nicht mehr an sich halten: „Stell dir vor, Moni, der Walter ist angezeigt worden wegen Exhibitionismus!"

„Unmöglich, Walterchen ist doch so harmlos."

Am Tage danach sind wir, Marina und ich, bei einem befreundeten, jungen Ehepaar. Wir unterhalten uns; Bundesligafußball ist Thema Nummer Eins. Weil ich eine Grippe in den Knochen habe, trinke ich nur wenig. Meine Nase läuft, die Augen brennen und mein Schädel dröhnt. Ich erzähle, daß ich wegen Erregen öffentlichen Ärgernisses angezeigt worden bin. Marina verbessert mich und erzählt ausführlich. Ich schließe ihre immer komplizierter werdende Darstellung der Ereignisse:

„Wenn die Polizei mich vorlädt und fragt, ob ich da nackt herumgelaufen sei, werde ich sagen, dahinter könne nur Wunschdenken stecken."

Die Sache mit den Terroristen fängt an, mich zu beschäftigen. „Seltsam ist das schon. In Bonn ist mir letztens auch so etwas passiert. Ich stand in einem Lebensmittelgeschäft an der Kasse an. Ich sah, wie eine Verkäuferin, die erst seit kurzem dort beschäftigt war, einen Verkäufer zu sich rief. Sie steckten die Köpfe zusammen, sprachen leise miteinander und blickten dabei immer wieder zu mir. Der Verkäufer schüttelte schließlich den Kopf und ging wieder an seine Arbeit. Sie rief ihm noch halb lachend, aber laut genug, daß ich es verstehen konnte, hinterher: „Aber die Beschreibung stimmt doch. Alter, Größe und das hübsche Gesicht."

Alle lachen ob meiner Eitelkeit, ich nicht: „Aber das ist wahr. Die hat hundertprozentig geglaubt, ich sei ein Terrorist. Die Polizei hat die Bevölkerung nicht umsonst zu Wachsamkeit und Mitarbeit aufgerufen. Gott sei Dank kaufe ich in dem Geschäft schon lange ein, man kennt mich."

Nach diesem Vorfall hatte ich mir sogar die Fahndungsfotos angesehen, konnte bei keinem eine Ähnlichkeit mit mir erkennen. Allerdings muß man einräumen, daß diese Aufnahmen so entstellt wirken, daß sie niemandem oder jedem gleichen Alters und Geschlechts ähnlich sehen konnten; Hübsches konnte ich nicht entdecken.

Im Radio hörten wir, daß sich Ingrid Schubert in ihrer Zelle erhängt hatte. Ulrike, die Ehefrau meines Freundes, meint: „Die sollen ruhig so weiter machen, bis sie alle weg sind."

Ich sage nichts. Sie gehört nicht zu meiner Generation. Sie ist vier Jahre jünger als ich und gehört doch zu der älteren, offensichtlich nie aussterbenden Generation der Ignoranten; differenziertes Denken ist nicht gefragt. Gemeinsames und entschlossenes Zuschlagen dafür umso mehr. Ich habe keine Lust, mich wegen der immer gleichen Dummheit mit den immer gleichen Leuten in die Wolle zu kriegen. Das bringt nichts.

Abends im Bett fange ich an zu denken. Ich habe Kopfschmerzen und kann nicht schlafen. Ich versuche mit Marina zu reden: „Hat der Kommissar wirklich von Erregen öffentlichen Ärgernisses gesprochen?"

„Nein, das nicht. Aber was sollte es denn sonst sein? Exhibitionismus habe ich doch nur aus Blödsinn gesagt. Du hast geduscht, da wird niemand von dir erwarten, daß du deinen Konfirmationsanzug trägst."

„Eben! Ein öffentliches Ärgernis kann das nicht sein. Ich glaube, es geht wirklich um Terrorismus."

„Du spinnst doch, du und Terrorist", brummt sie und schläft schon halb. Ich verwickele mich immer tiefer in meinen Dialog. Es kann sich nur darum drehen. Was soll der Unsinn mit dem öffentlichen Ärgernis. Es ist fast ein halbes Jahr her. Es war im Hause, nicht öffentlich, ein Verstoß gegen die Hausordnung ist ja nicht gleich ein Fall für die Kripo; bei der war sie doch, oder? Ich war mit der Mersmännin alleine, Aussage gegen Aussage, darauf läßt sich doch die Polizei gar nicht ein. Also werde ich demnächst eine Vorladung bekommen. Gott sei gedankt, daß Marina meine Bonner Adresse angegeben hat. Wenn meine Alten die Ladung in die Hände bekämen, was hast du schon wieder angestellt, wirst du denn nie vernünftig, nimm dir mal ein Beispiel an Karlpeter, der ist schon lange mit seinem Studium fertig und so weiter. Aber das bleibt ihnen und mir ja erspart. Und noch einmal sei Gott gedankt, daß ich es nicht versäumt habe, mich auf dem Bonner Einwohnermeldeamt ordnungsgemäß zu melden. Zurzeit studiere ich in Bonn, 1973 bis 1975 habe ich in Tübingen studiert. Meinen ersten Wohnsitz habe ich noch bei meinen Eltern im Goldfpad in Koblenz. Ingrid Schubert war, soviel ich weiß, auch aus der Koblenzer Gegend. Marina wohnt in Andernach in dem beschriebenen Haus, nicht weit von der Autobahn, konspirative Wohnung?

Nun gut, ich werde zur Polizei gehen. Erst einmal werden sie meine Personalien feststellen wollen. Und da geht es auch schon los. Auf dem Foto im Personalausweis habe ich normale Haarlänge und einen Vollbart. Im Sommer, so die korrekte Beschreibung, hatte ich mittellanges Haar und keinen Bart. Momentan trage ich mein Haar ganz kurz und einen Schnäuzer. Auffällig, was?!

Aber wenn sie mich wirklich in Verdacht haben, werden sie mich doch nicht vorladen, sondern mich beschatten. Das geschieht dann so diskret und rücksichtsvoll wie der Versuch eines geilen alten Herrn, eine unfreiwillige Dame zu beschlafen. Nur eines ist dabei außerordentlich unangenehm, ich bin sehr schreckhaft. Tritt ein Verfassungsschützer abends aus dem Halbdunkel einer Toreinfahrt an mich heran, sagt leise: „Herr Wisman?", werde ich einen Riesensatz machen wie damals, als mich kaum Zehnjährigen, mit der Milchkanne im Dunkel des späten Dezember nachmittags auf dem Weg nach Hause, Knecht Ruprecht vor dem Bauer Klein ansprang und ich auf einem Haufen Pflastersteine landete, mir die Hände blutig stieß und die Milch vergoß. Und einen herzzerreißenden Schrei ausstoßen. Reine Nervensache.

Und was macht unser lieber Verfassungsschützer, MADler oder BKAler, weiß der Teufel, wer für mich zuständig ist. Für die GSG9 bin ich sicher zu unbedeutend. Er wird losballern. Falls ich überlebe, werde ich festgenommen. Kontaktsperre. Einzelhaft, kein Anwalt, keine Besuche von Verwandten, keine Freundin. Marina wird sich nie verzeihen, daß sie geredet hat. Kein Kofferradio, keine Schußwaffen. Man hat aus den Vorkommnissen der letzten Zeit gelernt. Ich sollte noch einmal nachlesen, was Jürgen Fuchs über seine Haft im Gefängnis der Stasi schreibt. Beim Bund hatte ich ja auch eine Nacht eingesessen wegen einer Lappalie, für die es auch noch zehn Tage verschärfte Ausgangssperre gab. Am Wochenende musste ich alle zwei Stunden im großen Dienstanzug vor den drei besoffenen Unteroffizieren antreten, die Dienst hatten und auch in der Kaserne bleiben mussten. Sie hatten zur weiteren Unterhaltung ein paar Mädels eingeschleust, die mit meinen Meldungen mehr Spaß hatten als Touristen mit den Bärenfellmützen vor dem Buckingham Palace. Das Vorhandensein von Verstand und angemessener Kleidung hielt sich bei den wahrscheinlich viel zu jungen Dingern in etwa die Waage.

‚Du übertreibst, lieber Walter!' Beides mache ich ziemlich oft, übertreiben und mich mit ‚lieber Walter' anreden. Man wird mich also nicht beschatten, sondern überprüfen, ob ich gemeldet bin, ob irgendetwas vorliegt. Man wird nichts feststellen können. Ich habe noch nie an einer Demo teilgenommen und halte mich bei Unterschriftenaktionen vornehm zurück, obwohl ich allerhand wirres und linkes Gedankengut mit mir herumschleppe. Aber da sieht man mal wieder, Taktik ist alles. Ich bin aus dem Schneider.

Aber leider nur für kurze Zeit. Denn falls ich in einigen Jahren, vorausgesetzt, ich überlebe das Examen, immer noch in den Staatsdienst will, nicht zu verwechseln mit dem Staatssicherheitsdienst, wird es heißen: „Tja, Herr Wisman, wir haben hier leider noch eine unangenehme Sache vorliegen. Wir müssen daran zweifeln, daß Sie sich auf dem Territorium der freiheitlich-demokratischen Grundordnung bewegen."

Die Kopfschmerzen werden stärker und wenn die Nase weiterhin so hemmungslos wässrigen Schleim absondert, werde ich heute Nacht eine ganze Rolle Toilettenpapier, dreihundert Blatt, verbrauchen. Wie können die Leute nur auf solche perversen Gedanken kommen? (Vertrauliche Hinweise werden auf Wunsch diskret behandelt). Was liegt verflucht gegen mich vor? Daß ich altersmäßig in die Szene passe? Studenten sind ja fast alle Sympathisanten. Mehr ist da doch nicht. Also eine ganze Generation unter Verdacht? Das kenne ich irgendwoher. Vermutet man in meiner Generation den neuen Messias? Alle Erstgeborenen vorsorglich abschlachten. Wenn man einen einzelnen nicht kreuzigen kann, muß die ganze Generation dran glauben. Eine ganze Generation, gebeutelt, geschunden, vom Schulstress geplagt, von Arbeitslosigkeit zermürbt, entmündigt, verkommen, alkoholisiert und von Drogen zerstört, ohne Perspektive, no future.

Nochmals: Walter, du übertreibst! Ja, aber aus Angst.

Anmerkung des Autors: Den vorliegenden Text habe ich am 14. November 1977 fertiggestellt. Die geschilderten Ereignisse haben sich im Sommer und im Herbst jenes Jahres ungefähr so abgespielt. Im darauffolgenden Jahr, es muss schon wieder Herbst gewesen sein, besuchten mich zwei Kriminalbeamte in Zivil in meiner Bonner Studentenbude. Die beiden Beamten waren freundlich und höflich, auch wenn einer von ihnen zu keinem Zeitpunkt die Hände aus den Manteltaschen nahm. Man hat meine Personalien festgestellt und überprüft und mir auf Nachfragen meinerseits bestätigt, dass ich in Sachen Terrorismus angezeigt worden bin. Angeblich sollte ich Ähnlichkeit mit Hans-Christian Klar haben, wenn ich mich recht erinnere. Die Beamten beklagten sich über die Unmenge von Anzeigen, denen man in der Mehrzahl überhaupt nicht nachgehen könne, und wenn doch, dann wie bei mir, erst nach langer Zeit. «

Im Goldpfad, Weihnachten 2011

Den Abstand zwischen Feiertagen, auch wenn sie jedes Jahr wiederkehrten, empfand Lena als sehr unterschiedlich. Der Abstand zwischen ihren Geburtstagen kam ihr länger vor als der zwischen den Weihnachtsfeiertagen. Selbst der Abstand zwischen Ostern und Weihnachten kam ihr unterschiedlich lang vor, was keineswegs allein darauf zurückzuführen war, dass Ostern ein bewegliches Fest war.

Vielleicht lag es an der unterschiedlichen Bedeutung, die sie diesen Festen beimaß. Ostern war womöglich nicht so wichtig, aber vielleicht auch nur nicht so schwierig. Der Zeitraum zwischen den Weihnachtstagen kam ihr immer am kürzesten vor. *Schon wieder Weihnachten*. Das musste früher anders gewesen sein, als sie sich noch wie jedes Kind darauf freute. Mit dem Erwachsenenalter, seit sie selbst Mutter war, hatte dieses Fest auch ein enormes Konfliktpotential offenbart, weshalb Lena gerne länger auf die Freude des Schenkens und Beschenktwerdens warten konnte. Schöne Weihnachts*rage*, hatte das Walter mal gesagt oder sie selbst?

Sicher, seit sie keine Vierzig mehr war, wurden auch ihre Geburtstage nicht nur mit freudigen Gefühlen erwartet und begangen. Da Weihnachten jedoch in einem viel stärkeren Maße Familienfest war, prallten sehr viel mehr Gefühle zwischen Erwartung und Enttäuschung aufeinander. Lenas Geburtstag am neunzehnten Dezember hatte sich gelegentlich als Vorspiel oder Generalprobe für die Weihnachtsfeiern erwiesen, im Guten wie im Bösen, gelegentlich aber auch als atmosphärischer Gegenpol, wenn auf einen harmonisch verlaufenen Geburtstag ein chaotisches Weihnachtsfest folgte oder umgekehrt.

Lenas vierundfünfzigster Geburtstag fing recht fröhlich und wie meist im kleinen Kreise an. Der neunzehnte Dezember 2011 war ein Montag, und sie frühstückten gemeinsam: Jessica, der kleine Leander, Walter und Lena. Am Nachmittag schauten ein paar Nachbarn und Freundinnen vorbei, die Gespräche drehten sich dabei um den Kleinen und das bevorstehende Weihnachtsfest, zu dem Jana, Jens und Jan erwartet wurden, weil natürlich alle das neue Familienmitglied kennenlernen wollten, soweit sie es noch nicht kannten. Ziemlich spät rief Marc an, um ihr zu gratulieren. Lena fragte, weil ihr das in dem Moment des Anrufs bewusst geworden war: „Sag mal, Marc, wie sieht das aus, ich hab schon lange keinen Auftrag mehr bekommen. Ich war zwar die ganze Zeit mit meinem Enkel beschäftigt, aber irgendwann würde ich schon mal gern wieder etwas Geld verdienen."

„Ja, aber Lena, ich hab dir das doch gesagt."

„Was hast du mir gesagt?"

„Dass im Moment Flaute ist. Alle haben Angst, keiner traut sich, Geld in die Hand zu nehmen."

„Wann hast du mir gesagt, dass ich keine Aufträge mehr bekomme, Marc?"

„Im Moment, Lena, im Moment gibt es keine Aufträge. Die Immobilienabteilung wird umstrukturiert und …"

„Wann hast du mir das gesagt, Marc, wann?"

„Als wir auf der BUGA waren, erinnerst du dich nicht? Ich hab doch vorgeschlagen, dass du dir mit dem Café …"

„Marc, wir haben über das Café gesprochen, ja, aber von allem anderen war überhaupt nicht die Rede!"

„Ist ja auch egal …"

„Ist es nicht, Marc, ich brauche das Geld!"

„Lena, reg dich nicht auf. Wenn die Zinsen für Kredite weiter sinken, dann ziehen auch die Immobilienverkäufe wieder an."

Lena wusste, dass das längst der Fall war: „Erzähl mir nichts, Marc, Immobilien werden nach wie vor als zuverlässige Geldanlage angesehen. Gerade in der schwierigen Lage der Weltwirtschaft."

„Ja, Lena, du hast Recht. Es ist trotzdem schwierig bei uns, Umstrukturierung, du weißt doch. Ich werde sehen, was ich tun kann."

Lena kam es wirklich so vor, als seien seit den letzten Weihnachtsfeiern schon mindestens fünf Jahre vergangen. Die Welt war damals noch eine ganz andere gewesen und Lena wusste überhaupt nicht, was zu erwarten war. In ihren Einladungstelefonaten an die Familienmitglieder hatte sie jedoch deutlich gemacht, dass Partner oder Partnerinnen, das ging besonders an Jan und Jens, nicht erwünscht waren: „Walter kocht dann für *uns sieben.*"

So aufgeklärt, emanzipiert, tolerant, wie immer man das nennen mochte, war sie nun auch wieder nicht, dass sie eine Freundin ihres Exmannes oder des verlorenen Sohnes im Goldpfad in die Arme hätte schließen wollen.

Walter war überhaupt kein Problem, er hatte eingekauft und war nur auf seine Kocherei fixiert. Wenn ihm der ganze Familienkram zu viel werden sollte, würde er sich einfach nach oben verziehen, eine CD oder DVD auflegen und sich langsam betrinken. Jana war auch kein Problem, sie kam aus Brüssel und brachte die große Welt mit sich, erzählte allerlei Anekdoten von ganz wichtigen Politikern und ließ den Rest der Familie auf die ihr eigene Art und Weise wissen, dass sie alle doch verdammt ahnungslos in ihrer ländlichen Idylle hockten. Trug sie das jedoch zu dick auf, konnte sich der eine oder andere provoziert fühlen und dann konnte es hitzig werden. Jessica und Leander waren erst recht kein Problem, sie waren ja fast so etwas wie Maria und das Jesuskind. Blieben Jens und Jan. Lena hatte regelrecht Angst davor, sie wiederzusehen. Wenn dann Janas große Politik auf

Jessicas Mutterglück und ihren Examensstress und Jens' und Jans Junggesellenleben in Köln trafen, das nicht gerade von kleinbürgerlichen Werten geprägt war, konnte ein explosives Gemisch entstehen. Lena hatte durch Zufall erfahren, dass Jan schon vor ein paar Wochen die Ausbildung zum Technischen Assistenten Bio-Chemie abgebrochen hatte. Sie hatte nicht vor, ihr Wissen vor der Familie auszubreiten und nahm sich vor, sich nichts anmerken zu lassen, falls die beiden, ihr Sohn und sein Vater, anfingen, irgendwelche beruflichen Erfolge zu verkünden. Es tat ihr im Herzen weh, wenn sie daran dachte, dass ihr Sohn, ihr Kind, ihr Kleiner, nur herumhing und nichts Vernünftiges aus sich machte. Sie wollte doch, dass er glücklich war, dass er alle seine Möglichkeiten ausschöpfte, dass er fröhlich war, lachte, sich mit Leuten traf, in Urlaub fuhr, das Leben genoss. Stattdessen?

Gut, Jens war es gelungen, seinen Video- und DVD-Laden so erfolgreich zu führen, dass er mittlerweile fünf davon besaß. Realistisch betrachtet lebte er jedoch von der Rendite, die das von seinem Vater geerbte Vermögen abwarf. Jens hatte eine große sechsstellige Summe investiert und wenn er nicht wieder anfing zu zocken, sollte er einigermaßen über die Runden kommen; er war ja auch schon bald Sechzig. Und sicher würde er wieder ein paar abwertende Bemerkungen über Arzberg, den Goldpfad und die vergreiste Nachbarschaft machen, fragen, wen es denn seit seinem letzten Besuch alles hingerafft hatte. Sie wollte auf der Hut sein, sich nicht provozieren lassen; es schien ihr außerdem ratsam, aus den Gesprächen alles Berufliche und Finanzielle herauszuhalten, denn wenn sie tatsächlich keine Provisionsgelder mehr kassieren konnte, wenn Walters Vertrag nicht verlängert werden sollte, mussten sie sich in naher Zukunft etwas einfallen lassen. Die Schule wollte Walter behalten, die ADS sträubte sich aber noch. Zumindest eine Verlängerung für ein Jahr schien einigermaßen sicher zu sein.

Waren sie im letzten Jahr noch im Schnee versunken, so war es dieses Jahr recht mild und trüb, Lena konnte sich gar nicht mehr erinnern, wann sie die Sonne zum letzten Male gesehen hatte. Im Januar 2011 war die Heizung ausgefallen, weil es außerdem sehr kalt war und sie auf Hochtouren lief. Lena hatte darauf gedrängt, dass zum einen Öl im Herbst bestellt und zum anderen die Heizung im November gewartet wurde. Nicht auszudenken, wenn sie mit dem Baby kein warmes Wasser hätten.

Heiligabend verbrachten sie zu viert, Lena, Walter, Jessica und Leander, bis nach dem Abendessen Ilona dazu kam. Waren die Mädels im letzten Jahr Heiligabend noch in die Kneipe gezogen, blieben sie dieses Jahr brav zuhause. Walter hatte *aus Solidarität mit den hellenischen Leidensgenossen* griechisch gekocht, Tintenfisch- und

Bauernsalat, als Hauptgang Rinder-Stifado mit Möhren und Krit-haraki, als Nachspeise heiße Kirschen mit Eis, aber in Wirklichkeit hatte er auch mal wieder Lust auf Retsina und Ouzo.

Am ersten Feiertag begann die kritische Phase; Jana war von Brüssel nach Köln gefahren und hatte die beiden Männer eingesammelt. Nun waren sie also zu siebt im Goldpfad. Natürlich drehte sich alles um den kleinen Leander, und weiße Weihnachten waren das erste große Thema des späten Nachmittags. Die Spanne reichte von den Weihnachtstagen 2010, die alle noch gut in Erinnerung hatten, bis zurück in Lenas Geburtsjahr 1957, als es auch einen kalten und schneereichen Winter gegeben hatte. Walter wurde viel gefragt und wusste viel zu erzählen, auch wenn seine eigene Erinnerung für jenen Zeitraum aus einzelnen, kaum zusammenhängenden und noch weniger exakt datierbaren Bildern und Vorstellungen bestand. Die Luft war damals kälter, der Schnee viel höher, längst nicht alle Räume im Haus waren geheizt und die dünnen Fensterscheiben in den Holzrahmen waren mit Eisblumen übersät. Als kleines Kind hatte er noch Leibchen tragen müssen, aus aufgerebbelter Wolle gestrickte Unterkleidung, und ebenso kratzige Strumpfhosen unter knielangen Hosen, die Fäustlinge waren an einem langen Wollfaden angestrickt, der durch beide Arme der Jacke gezogen waren, damit die Hand-schuhe nicht verloren gingen.

Die ersten Rodelpartien wurden in Rama-Kartons unternommen und die Jugendlichen bastelten sich Skier aus den gebogenen Latten von Heringsfässern. 1962/63 galt offiziell als der strengste Winter seit dem Krieg und in Walters Erinnerung waren das Wochen voller Schlitten-partien, eisiger Rutschbahnen, Hockey auf gefrorenen Teichen und sogar Ski-Abfahrten in Arzberg. Sogar Rhein und Mosel waren fest zugefroren. Eine Zeitlang war er fast jeden Abend klatschnass und bei eisigen Temperaturen nach Hause gekommen, weil die älteren Jugendlichen Löcher ins Eis des Weihers geschlagen hatten, das aber bald wieder eine dünne Eisschicht bildete, durch die Walter mit schöner Regelmäßigkeit einbrach. Es setzte Prügel, obwohl es doch gar nicht seine Schuld gewesen war.

Jens' Erinnerungen an Bremen, wo er mit seinen Eltern gelebt hatte, bevor sie Anfang der Sechziger nach Köln übersiedelten, weil der Vater dort an die Uniklinik wechselte, fanden weniger Beachtung; man war hier in Wismans Territorium, im Goldpfad, dem Stammhaus der Wismans, und Walter war gewissermaßen das Oberhaupt des Clans: „Auf euer Wohl, Wolfgang und Christel!"

„Walter, du redest manchmal, als seist du hundert Jahre alt."

„Naja, Jana, auf eine gewisse Art bin ich das auch. In den frühen Fünfzigern hatte sich das Familienleben im Vergleich zum Anfang des Jahrhunderts nur unwesentlich verändert. Wenn man bedenkt, wie sich das alles in nur zwanzig Jahren bis 1970 veränderte, dann ist die Erlebensspanne tatsächlich größer als die Jahreszahl es vermuten lässt."

Es folgte ein bildungshistorischer Exkurs, gelegentlich bereichert von Jessicas Bemerkungen. Laut Walter gab es da eine deutsche Besonderheit, die ihm durch seine Zusammenarbeit mit Muttersprachlern Englisch, Amerikanern, Engländerinnen, Schotten, bewusst geworden war. Nach dem Ersten Weltkrieg hatte es durchaus große gesellschaftliche Umbrüche gegeben, er nannte die *Roaring Twenties* und die Reformpädagogik, Hinwendung zu einem modernen Sozialstaat nach Bismarck insgesamt mit größerer individueller Freiheit.

„Nach dem Zweiten Weltkrieg misstraute man in Deutschland fast allen Ansätzen des zwanzigsten Jahrhunderts und wandte sich nicht nur in der Pädagogik einer Weltanschauung zu, die humanistisch und klassisch sein sollte. Eine Rückwendung ins neunzehnte Jahrhundert. Während der Rest der Welt weiter im zwanzigsten Jahrhundert lebte. Aber ihr seid in eine Welt geboren, in der die Siebziger des zwanzigsten Jahrhunderts schon graue Vorzeit waren."

„Weißt du noch, Walter, 1974/75, als du vier Wochen lang hier herumlagst mit deinem Gipsbein, und deine, deine … Marcella, Mosella …?"

„Marina."

„Sag ich doch, deine Marina hat sich nicht ein einziges Mal blicken lassen. Du hast mir so leidgetan, Walter, das glaubst du nicht."

Die Silvesterfeier 1978/79 hatte Walter im Theater in Bonn verbracht, mit Marina, und sie konnten nicht nach Koblenz zurückfahren, weil Marinas Ford 12m eingeschneit war und keine Züge fuhren. Zwei Jahre später war Jana in Köln zur Welt gekommen. Jana konnte sich nicht daran erinnern, wie sie in den frühen achtziger Jahren Heiligabend bei den Jensens in Köln verbracht hatten und am nächsten Tag nach Koblenz fuhren. Für die Kinder begannen die Erinnerungen an Weihnachten in den Neunzigern und im Goldpfad, da ging es ihnen ähnlich wie ihrer Mutter.

„Lasst uns noch einmal das Spiel spielen, das wir früher immer …"

„Die größte Enttäuschung, die größte Überraschung des Jahres?"

„Mit dem Plumpsack!"

„Dreh' dich nicht um, denn der Plumpsack geht um. Wer sich umdreht oder lacht, kriegt den Buckel voll gemacht."

Ein Spiel, ein Reigen, den sie früher oft gespielt hatten. Jeder sollte etwas nennen, was ihn/sie im zu Ende gehenden Jahr am meisten bewegt hatte. Als Ventil und um den Kindern die Möglichkeit zu geben, ihren Eltern mal die Meinung zu sagen: „Mama, deine Geschenke, tut uns leid, sind so völlig daneben wie sie gut gemeint sind."

Assoziativ und spontan und oft sehr lustig, manchmal aber auch Pein bereitend. **Jessica** griff sich die Kinderrassel als Plumpsack: „Okay, ich fange an, das schönste war und ist natürlich Leander, Angst haben mir deshalb auch das Erdbeben und der Tsunami in Japan gemacht, der zweite Tsunami innerhalb weniger Jahre." Sie warf die Rassel ihrem **Vater** zu. „Ich fand's schön und wichtig, dass Jan sich gut bei mir in Köln eingelebt hat und wir uns so gut verstehen." **Jan** griff sich die Rassel, „und mir macht Angst, dass so unglaublich viel passiert und ich immer noch nicht richtig weiß, was ich werden will. Vielleicht gehe ich zu den Piraten und mache politische Karriere." „Um Gottes Willen", kam es von **Jana**, Assistentin einer Politikerin der Grünen im Europa-Parlament, „die haben ja überhaupt keine Ahnung von Politik." **Walter** dazwischen, ohne Rassel, „die Grünen sind auch nicht besser, die wollen den Urheberrechtsschutz im Netz praktisch abschalten." „Ihr seid nicht dran", sagte **Jan** und warf den Ball seiner **Mutter** zu. „Natürlich Leander." **Jens**, „gilt nicht, hat Jessi schon erwähnt." **Lena**, „okay, ich fand die BUGA richtig schön. Von April bis Oktober." Sie warf **Leander** die Rassel zu, der jauchzte und warf sie gleich weiter zu Jana. Genau genommen ließ er die Rassel fallen und **Jana** hob sie auf. „Die Entwicklung in der EU macht mir Angst und Hoffnung, die Krise des Euro wird, wenn wir sie überstehen, zu einer viel stärkeren Gemeinschaft führen und es wird ..." „Das waren zwei, Jana, das reicht." **Jessica**, „mein Examen hat mich geschockt, ich hätte nicht gedacht, dass ich solche Probleme bekäme." **Jens,** „ich habe den fünften Video-Shop übernommen und der FC hat endlich wieder eine gute Position in der Bundesliga." **Walter**, „Hooligans und Neonazis vom Verfassungsschutz gesponsert, unglaublich!" **Jan**, „Rock am Ring war geil!" **Jana**, „mich hat erschüttert, dass dieser Verrückte Breivik in Norwegen siebenundsiebzig Menschen umgebracht hat." **Jens**, „Bin Laden ist von den Amis umgebracht worden." **Jana**, „Kate und William haben geheiratet." **Lena**, „schau an, eine Grüne ist Royalistin, unglaublich." **Walter**, „Franz-Josef Degenhardt ist gestorben." **Jessica**, „der ist doch schon lange tot." **Jens**, „du verwechselst den mit Franz-Josef Strauß, dem CSU-Politiker. Degenhardt war ein kommunistischer Liedermacher." **Walter**, „Spiel' nicht mit den Schmuddelkindern, sing' nicht ihre Lieder. Geh' doch in die Oberstadt ..." **Walter und Jens**, „Wenn Zigarrenwolken schweben, aufgeblähte Nüstern beben, aus Musiktruhn Donauwellen plätschern, über Mägen quellen, dann hat die Luft sich angestaut, die ganze Stadt hockt und verdaut. Woher kam der laute Knall? Brach ein Flugzeug durch den Schall? Oder ob mitm Mal die Stadt ihr Bäuerchen gelassen hat?" **Jana, Jessica** und **Jan**, „hört, hört, unsere RAF-Opas im Duett." Und jetzt **alle zusammen**: „Jingle bells, jingle bells, jingle all the way, oh what fun it is to ride in a one horse open sleigh."

"Psst!" - „Was ist, *Stille Nacht* singen wir später." *Ding dong.* - „Es hat geklingelt."- „Von drauß' vom Walde komm ich her; ich muss euch sagen, es weihnachtet sehr!" - „Ruhe!" - *Ding dong.*
Walter stand auf: „Ich geh schon" und kam mit einem jungen Mann zurück, der für einen, der aus dem finstern Walde kam, verdammt sonnengebräunt war.
„Carsten!"
Für einen Moment herrschte absolute Stille, weniger heilig als heikel.
Jessica musste reagieren und tat es: „Also, das ist Carsten, der ist zurzeit in Australien, also *eigentlich* ist er in ..."
Lena übernahm, sie kannte ihn ja aus Mainz und machte alle mit einander bekannt. Carsten schüttelte jedem brav die Hand und sah erst jetzt den kleinen Leander in seiner Wiege.
„Ja, wen haben wir denn da?!"
„Da ist Leander."
Carsten stutzte einen Augenblick: „Lena und Leander."
Wieder trat einen Moment Stille ein.
„Carsten, lass uns mal kurz in mein Zimmer gehen."
Jessica und Carsten verschwanden.
„Ich gehe eine rauchen."
„Jan!"
„Eine normale Filterzigarette, Mama, keine Tüte. Guck hier. Aber was soll's, du hast ja eh keine Ahnung davon."
Kurzer Blickkontakt zwischen Lena, Jens und Walter.
„Ich gehe mit."
Jens und Jan, Vater und Sohn, gingen nach draußen.
„Oh Scheiße, sag bloß, der weiß immer noch nix von seinem Glück?!"
Das war von Walter gekommen, denn Lena und Jana wussten, dass Carsten nichts davon wusste, dass er Vater war. Es dauerte nur zwei Minuten, bis Carsten hereingestürmt kam und sich den Kleinen griff und mit Tränen in den Augen herzte.
Später setzten sich alle wieder zusammen und es wurde einer der harmonischsten Weihnachtsabende, an den sich Lena erinnern konnte. Zukunftspläne wurden geschmiedet, man hätte glauben können, das Christentum habe neu begonnen, die ganze Welt läge noch in der Wiege.
Es war Anfang Januar 2012, Journalisten des Springer-Verlags führten geduldig ihren Zermürbungsfeldzug gegen den Bundespräsidenten Wulff weiter, alle Gäste waren längst abgereist und das Haus gehörte wieder Walter und Lena, Jessica und Leander, als die Rhein-Zeitung erneut eine Meldung wegen des Grubenschachts auf dem Arzberger Sportplatz brachte, wo sich vor genau einem Jahr ein riesiges Loch aufgetan hatte. Der Boden hatte sich oberhalb des Lochs durch die starken Regenfälle abgesenkt. Das Loch wurde wieder aufgefüllt und

verdichtet, Untersuchungen ergaben, dass nichts in Bewegung und alles in Ordnung war.

Lena dachte nur, hoffentlich stimmt das auch, als das Telefon klingelte:

„Guten Tag, spreche ich mit Frau Magdalena Wisman?"

„Guten Tag, ja, Lena Wisman."

„Ich bin Frau Antailer, Sparkasse Koblenz, Immobilienabteilung."

„Mhm?"

„Sie haben früher in unserem Auftrag Immobilien betreut, also verkauft. Sie kennen doch Herrn Rehl, Marc Rehl?"

„Ja, sicher, er hat …"

„Es ist so, Frau Wisman. Ich habe die Abteilung von Herrn Rehl übernommen mit Beginn des Jahres, Herr Rehl hat Ihnen sicher von den Umstrukturierungen erzählt?"

„Ja, schon, aber ich …"

„Um es kurz zu machen, ich habe in den Unterlagen gesehen, dass Sie früher sehr gute Abschlüsse erzielt haben, aber Frau Schender …"

„Frau Schender?"

„Ja, Herr Rehl hatte sie mit Ihren Aufgaben betraut, sie war ganz offensichtlich überfordert und Herr Rehl hatte, wie soll ich das sagen? Also, er hat wohl nicht immer Geschäftliches und Privates streng genug getrennt."

„Ich begreife nicht ganz …"

„Sie ist jedenfalls wieder im Kassenbereich, Herr Rehl, stellvertretender Leiter einer Zweigstelle, ich bin seine Nachfolgerin und ich möchte Sie zumindest vorübergehend wieder als unsere Maklerin auf Provisionsbasis gewinnen. Ich schlage vor, wir sehen uns in den nächsten Tagen, um alles in Ruhe zu besprechen."

„Sicher."

So ein Drecksack, dachte Lena, so ein Arschloch, gab einfach seiner aktuellen Geliebten ihren Job, von dem sie lebte! Unglaublich. Dass Lena vor einigen Jahren selbst Marcs Geliebte gewesen war und in seiner Wohnung gelebt hatte, wusste die junge Frau Antailer natürlich nicht und musste sie auch nicht wissen.

Bonn 1975 – 1979, Teil 1: Theater

Nicht nur die Silvesterfeier 1978/79 hatte Walter im Theater in Bonn verbracht, mit Marina, als sie wegen des extrem starken Schneefalls nicht nach Koblenz zurückfahren konnten; Marinas Ford 12m war eingeschneit und Züge fuhren erst einmal auch keine. Theater Bonn hieß genau genommen Theater der Stadt Bonn, Kammerspiele Bad Godesberg. Hier hatte Walter am zweiten November 1977 zu jobben angefangen, als Kulissenschieber, studentische Hilfskraft. Das Theater in Bad Godesberg beschäftigte bis zu zehn Studenten, je nach Produktion, je nachdem, wie umfangreich das Bühnenbild, wie aufwendig die Beleuchtung oder wie oft Umbauten notwendig waren. Diese Jobs waren heißbegehrt und wurden von Freund zu Freund weitergereicht und wer einen solchen Job hatte, der gab ihn erst auf, wenn er mit dem Studium fertig war oder ganz zum Theater wechselte und das Studium drangab. Walter war von Sorger hineingebracht worden; Sorger, der alte Klassenkamerad aus der letzten Bankreihe, hatte ihm auch die Bude in der Sebastianstraße besorgt. Sorger hieß richtig Peter Holler, aber ein Physiklehrer hatte ihn drei Klassen lang unbeirrbar mit Herr Sorger angesprochen.

Um die Technik eines Theaters am Laufen zu halten, gab es Verantwortliche im Stellwerk für die Beleuchtung, Verantwortliche für Kostüme und Garderobe, Requisite und Maske, es gab Schreiner und Elektriker, den Inspizienten, Leute, die die Vorhänge und die Züge bedienten.

Das Theatermilieu war etwas völlig Neues in Walters Leben. Zum einen war es erstmals eine Art fester Job, weil er bis in die achtziger Jahre hinein immer wieder mal angefordert wurde, wenn Not am Mann war, und zum anderen war das Theater nicht nur finanziell eine Bereicherung sondern auch in sozialer Hinsicht, denn die Theaterleute wussten zu feiern, aber nicht zuletzt war es eine Bereicherung für ihn als angehenden Schriftsteller. Diese Vorstellung nahm nur sehr langsam Gestalt an. Walter war sich im Klaren darüber, dass sein Drang zu schreiben von seiner jeweiligen Befindlichkeit abhing und sich also jederzeit, wenn sich seine Situation änderte, auch verändern oder ganz verschwinden konnte, wenn er sich anderen Dingen zuwenden wollte.

Eine Hürde war geschafft, glaubte er, denn der Umzug von Tübingen nach Bonn hatte nicht dazu geführt, dass der Drang zu schreiben verloren gegangen wäre. Aber wer wusste schon, was passierte, wenn er mit dem Studium fertig war, wenn er wieder umzog, wenn er womöglich Marina überhaupt nicht mehr sehen würde. Sie hatten sich, seit sie sich kannten, so oft getrennt, dass er sich nur mit Mühe vorstellen konnte, wie sich ein endgültiger Bruch anfühlen würde. Zwar war Walter derjenige von ihnen beiden, der, wenn auch nur nach und nach, die Situation reflektierte, analysierte und in der Lage war, Muster und Strukturen zu erkennen, was aber nicht unbedingt bedeutete, dass er aus den richtigen Schlussfolgerungen auch die notwendigen Konsequenzen zu ziehen in der Lage war. Keinesfalls war er bereit, sich sein Leben so vorzustellen. Krach und Streit, Trennung, und nach einer längeren Pause wieder Annäherung, Versöhnung, neues Glück und die sich zwangsläufig einstellende erneute Entfremdung mit Krach und Streit und einem weiteren Zyklus.

Ihm war klar geworden, dass erst dann „wirklich Schluss ist, wenn ich das sage und durchziehe." Marina hatte ihn nur ausgelacht: „Du bist doch gar nicht lebensfähig ohne mich."

Und wie würde das Leben aussehen, wenn sie Kinder hätten? Würde das die Situation verbessern, stabilisieren oder verschlimmern? Walter war jetzt mehr als fünfundzwanzig Jahre alt, hatte aber immer noch keine genauen Vorstellungen von seiner Zukunft. In seinen Tagträumen konnte er sich vieles ausmalen. Er sah sich oft einfach als Abenteurer durch die Welt reisen, wobei der Grund oder Anlass so unwichtig war wie in einem Kinofilm, in dem ein Schatz irgendwo verbuddelt war oder von Hand zu Hand wanderte – Hauptsache, es gab einen, wenn auch noch so fadenscheinigen Grund, unterwegs zu sein und Abenteuer zu erleben. Walter konnte sich vieles für die Zukunft vorstellen, das Theater versorgte ihn da mit ganz neuem Stoff für seine Tagträume: Schauspieler, Regisseur, Dramatiker. Und tatsächlich sollte er später von einer Tourneedirektion, die mit dem Theater Godesberg zusammenarbeitete, das Angebot bekommen, auf Reisen zu gehen, allerdings als technischer Allrounder, der den LKW fuhr, Bühnenaufbau und die Beleuchtungseinrichtung überwachte, sich um die Requisiten und Schauspieler kümmerte. Ebenso dauerte es nicht lange, bis er anfing, ein Theaterstück zu schreiben mit dem Titel *Grenzlichter*. Walter konnte sich so vieles vorstellen und er malte sich seine Zukunft unermüdlich in unendlich vielen Varianten aus. Lehrer zu sein, kam darin jedoch nie vor.

Fester Job im Theater hieß für Walter, dass er manchmal ganze Wochenenden oder Wochen im Theater verbrachte, dort sogar schlief und übernachtete, wenn ein neues Bühnenbild zusammengebaut wurde und die Premiere bevorstand, hieß auch auf Tournee zu gehen nach Hanau mit dem Ballett des Bonner Theaters oder mit der Oper und *La Bohème* nach Luxemburg, aber auch wochen- und monatelang keine Arbeit, wenn Sommerferien waren oder wenn kleine Produktionen keine Kulissenschieber erforderten. Um auf einem so begrenzten Raum wie einer Theaterbühne die Illusion unterschiedlichster Schauplätze von Friedhof und Pferdestall, von Puppenküche und Hotelzimmer, von Hausmeisterwohnung und Gartenlaube – was immer Dramatiker, Regisseure und Bühnenbildnerinnen sich einfallen ließen – herzustellen, musste viel aufgebaut, umgebaut und abgebaut werden. Das Bühnenbild zu einer Inszenierung von Goethes Faust I und II hatte 1982 Alfred Hrdlicka mit seinen unverwechselbaren Skulpturen gestaltet. Das war eine der aufwendigen Produktionen, zu denen

Walter aus Koblenz anreiste. Und weil der Raum für all diese Schau-plätze im Theater selbst nicht gegeben war, besaß jede Bühne auch ein meist weit entfernt liegendes Lager. Kulissenschieber bedeutete in erster Linie Kulissenschlepper.

Walter hatte sich allerdings nach kurzer Zeit wegen seiner Kletter-künste als Helfer der Beleuchtung qualifiziert und turnte in den Be-leuchtungsgalerien über der Bühne und dem Zuschauerraum herum und richtete die Scheinwerfer nach den Anweisungen des Beleuch-tungsmeisters und den Wünschen der Regisseure und Schauspiele-rinnen ein, die sehr genaue Vorstellungen davon hatten, wie ihr Ge-sicht und ihr Körper am besten zur Geltung zu bringen waren.

Die Kammerspiele waren nach dem Krieg zunächst als Kino genutzt worden, dann als Tourneetheater, was Boulevard und Komödie be-deutete; zur Zeit Walters brachten die Kammerspiele mit eigener Dramaturgin schon eigene Produktionen auf die Bühne. In den Jah-ren, in denen Walter hier jobbte, wurde die Zahl der Stücke, die er gesehen hatte, wenn auch nur selten aus dem Zuschauerraum, am Ende sicher dreistellig.

Höhepunkt eines jeden Jahres waren die Berliner Theaterwochen im Mai. Sie waren eingerichtet worden, um die besondere Beziehung zwischen Bonn und Berlin zu unterstreichen. Meistens waren die Stücke geradezu prunkvolle Produktionen, die fast ununterbrochene Anwesenheit im Theater erforderten, und man kam in den Genuss der neuen Stücke von Botho Strauß, *Trilogie des Wiedersehens*, *Groß und klein*, *Kalldewey*, *Farce* oder auch *Paare, Passanten*. Außer den Schau-spielern reisten häufig auch die Bühnentechniker vom Halleschen Ufer mit an. Das Theater am Halleschen Ufer war so progressiv, dass alle an einer Produktion Beteiligten, also nicht nur Regisseur und Schauspieler, ein künstlerisches Mitspracherecht hatten. Wenn Bonns Kultur schon üppig subventioniert wurde, so traf das auf Berlin erst recht zu.

Ein Höhepunkt war aber sicher auch die Anwesenheit hochkarätiger Autoren, Schauspieler und Regisseure, beispielsweise Franz-Xaver Kroetz als Dramatiker und Schauspieler in *Nicht Fisch, nicht Fleisch*, Martin Walser, *In Goethes Hand*, und Thomas Langhoff, die zu einem gemeinsamen Pressegespräch in die Bar im Foyer der Kammerspiele baten. Walter, der Walser auch bei einer Lesung, *Ein fliehendes Pferd*, im Audimax der Uni vor mehreren hundert Zuhörern erlebt hatte, sah sich schon mit dabei und verfolgte das ganze Theater mit wachem Auge, weil er lernen wollte. Und tatsächlich hatte Walter ja angefan-gen, ein Theaterstück zu schreiben, das er sowohl Kroetz als auch Langhoff vorlegte. Während Kroetz, der in einem Wohnmobil auf dem Gelände der Kammerspiele campierte, Strom und Wasser für lau abzapfte, sich empört über *die lackierte Kuh* schon in der ersten Szene zeigte, kam von Langhoff Fundierteres. Er gab Walter Tipps, wo zu kürzen, wo pointierter zu dialogisieren war, „aber das ist auf jeden Fall spielbar."

Zur Aufführung des Stücks sollte es jedoch nie kommen. In der über-arbeiteten Version hatte Walter sich aber erlaubt, den Kroetzschen Terminus *der lackierten Kuh* zu übernehmen. An das Theaterstück hatte Walter nicht allzu große Hoffnungen geknüpft, er hatte einfach ausprobieren wollen, ob er das konnte, ob er alles, was er sonst erzäh-lerisch transportierte, in Dialoge zu packen vermochte.

Das Stück *Grenzlichter* verarbeitete die Erfahrungen seines vorausge-gangenen Sommerjobs. Auf einem Rheinschiff hatte er als Bohrgehilfe fungiert, um zwischen Mainz und Bonn Bodenproben aus dem Fluss-bett zu nehmen. Anhand dieser Gesteinsproben wollte man Auf-schluss über Ablagerungen, Fließgeschwindigkeit und Strömungs-verhalten des Rheins gewinnen. Im Anschluss daran hatte ihm der Chef der Brunnenbaufirma angeboten, eine Brunnenwache an Land zu übernehmen. Außerhalb eines Kaffs irgendwo an der Nahe. Wenn ein neuer Trinkwasserbrunnen gebohrt worden war, pumpte man einhundert Stunden lang, ohne Unterbrechung, Tag und Nacht, Was-ser ab, um die Ergiebigkeit des Brunnens abschätzen zu können. Der Vorgang musste technisch betreut und dokumentiert werden. Walter hatte Marina gebeten, ihn übers Wochenende zu besuchen; sie war gekommen und sie hatten sich fürchterlich gestritten, weil es laut war, das Aggregat und die Pumpe fürchterlich nervten, und weil es dre-ckig war. „In dieser versifften Bude kannst du alleine schlafen!"

Walter hatte den Bauwagen ganz romantisch gefunden, mit Wiesen-blumen geschmückt und Holz für ein schönes Lagerfeuer geholt. Das Stück zeigte die Orientierungslosigkeit, die Hilflosigkeit junger Men-schen, den richtigen Weg zu finden. Grenzgänger auf der Suche nach dem Licht in der Hochzeit des Terrors der RAF.

Licht, das wusste Walter nun sehr wohl, war ein ganz entscheidendes Kriterium der Dramaturgie. *Stimmung* hießen die genau festgelegten Positionen, Farben, Schärfen und Helligkeitsstufen der jeweiligen Scheinwerferkombination. Eine gute Technik verfügte über mehrere Scheinwerferbatterien an verschiedenen Stellen im Theater. Zu Wal-ters Zeit gab es noch keine Computer und die Stimmungen wurden akribisch notiert und die Scheinwerfer im Stellwerk mittels einer Wal-ze aufs Stichwort und ihre jeweilige Einstellung gezogen. Natürlich kam es auch vor, dass Walter einen Verfolger bedienen musste, also einen Spot, der einen bestimmten Schauspieler auf der Bühne verfolg-te. Stimmung war seit jener Zeit für Walter nicht mehr nur ein diffu-ses Gefühl sondern das kalkulierte und fein justierte Zusammenspiel einzelner Lichtquellen.

Walter war selbst einmal im Scheinwerferlicht, als er während der Proben zu *Liliom* den Engel machen durfte und mit weißen Flügeln drei Meter über der Bühne schwebte. Während der Vorstellungen übernahm ein Statist die Rolle.

Es gab Stücke, in denen die Bühnenarbeiter als Statisten fungierten und die Umbauten vor dem Publikum durchführten, was zusätzliches Geld einbrachte. Die Schauspieler und Schauspielerinnen waren jeder und jede für sich etwas sehr Ungewöhnliches, gelegentlich auch nur gewöhnliche Hampelmänner, die besoffen von der Bühne fielen, Bühnenarbeiter ohrfeigten, weil die ihnen behilflich sein wollten, wenn die Schauspielerin aus dem grellen Scheinwerferlicht ins Dunkel der Seitenbühne stolperte. Fritz Lichtenhahn, Namensgeber für Hans Lichtenfritz in Walters *Grenzlichter*-Stück, bestand darauf, ein Handwaschbecken mit Wasseranschluss und Abfluss hinter die Dekoration gebaut zu bekommen, weil er sich dort die Hände waschen sollte. Er spielte zusammen mit Witta Pohl in dem Joyce-Stück *Verbannte*. Auf den Einwand: „Man kann Sie und das Waschbecken doch gar nicht sehen", antwortete er entrüstet „aber ich weiß, dass keins da ist! Und ich kann so nicht spielen."

Werner Kreindl hatte Walter angegiftet, „ja, sind wir denn hier beim Millowitsch?!", weil Walter auf der Seitenbühne gestanden hatte, interessiert dem Stück folgte, allerdings mit einer Flasche Bier in der Hand, aus der er hin und wieder einen Schluck nahm.

> *Angela*
> *Als ich dich sah,*
> *warst du in Trauer*
> *und suchtest einen Autor.*
> *Unfähig zu inszenieren,*
> *hielt ich Wache vor Kulissen.*

Das Gedicht hatte Walter für Angela Winkler geschrieben, die mit der Freien Volksbühne Berlin nach Godesberg gekommen war und in dem Pirandello-Stück *Sechs Personen suchen einen Autor* mitspielte. Sie wurde später sehr bekannt durch ihre Rolle als Katharina Blum in der Verfilmung der Böllschen Erzählung *Die verlorene Ehre der Katharina Blum* und auch in der Verfilmung der Grassschen *Blechtrommel*.

Brachten die Berliner wirklichen Künstlerruhm nach Godesberg, so brachten Boulevardstücke auf Tournee durch die Lande Leben in die Bude. Oft handelte es sich um mehr oder weniger abgetakelte Schauspielergrößen, die so noch für ihren Lebensunterhalt sorgten. Diese Menschen waren monatelang unterwegs und kannten kein Zuhause. Sie waren diejenigen, die auch nach der Vorstellung gerne im Theater blieben oder mit den Kulissenschiebern durch die Kneipen zogen.

Premierenfeiern und Dernierenfeiern, auch Uraufführungen besaßen erhebliches Ausuferungspotential zu orgiastischen Bacchanalen, Turbulenzen und Triolen im Theater. Da konnten Tatort-Kommissare schon mal in flagranti erwischt werden: „Du glaubst nicht, mit wem ich den Sepp auffem Klo gesehen hab. Die haben …" – „Mensch, halt's Maul!"

Und dann gab es Tage später dezente Ermahnungen an das studentische Hilfspersonal, sich doch möglichst zurückzuhalten und nicht die künstlerisch bedingte Labilität der Schauspieler bis ins Letzte auszureizen.

„Wo warst du so lange?", sprach Walter Giller, wenn er um fünf Uhr nachmittags für die Acht-Uhr-Vorstellung eintrudelte und nachdem er das erste Gläschen Mariacron beim Bühnenmeister genommen hatte. Alkohol gab es überall. Beim Bühnenmeister, im Aufenthaltsraum der Technik, an der Bar im Foyer. Pfeifen auf der Bühne war tabu, aber Bierflaschen standen überall herum. Bei Dernieren, letzten Vorstellungen, war ohnehin alles erlaubt. Statt des Stoffkaninchens hockte ein lebendiges im Karton und hoppelte über die Bühne in Tankred Dorsts *Der gestiefelter Kater oder wie man das Spiel spielt*, lag während Thornton Wilders *Unsere kleine Stadt* ein grässlich geschminkter Bühnenarbeiter im Grab, wurden Speisen mit Tabasco nahezu vergiftet.

Walter lernte hier den Unterschied zwischen reproduzierender und produzierender Kunst zwar nicht erst kennen, ihm wurden aber vor allem die gravierenden Konsequenzen besonders bewusst. Im Theater wurde nämlich alles subventioniert, nicht nur die Schauspieler, die Leute in Verwaltung und Technik, die Garderobenfrauen, sondern auch die Zuschauer mit einem deutlich höheren Betrag als sie selbst für ihre Eintrittskarte ausgegeben hatten. Einzig und allein die Autoren, die die Stücke geschrieben hatten, blieben außen vor und erhielten lediglich ein paar Prozent von den Einnahmen an verkauften Karten. Der Zuschauer, der sich ein Stück im Theater anschaute, bekam dafür in der Regel mehr Geld als der Autor, der das Stück geschrieben hatte. Die meisten Regisseure und Dramaturgen gestalteten ihr Programm zudem so, dass immer wieder die gleichen Klassiker zur Aufführung kamen, für die überhaupt keine Tantiemen gezahlt werden mussten. Walter wurde auch bewusst, dass seine Bewunderung für Brian Wilson sich aus genau dieser Ahnungsquelle gespeist hatte. Brian war produzierender Künstler, der im stillen Kämmerlein Ungeheuerliches schuf, aber nicht dazu in der Lage war, auf der Bühne eine ungeheuerliche Show abzuziehen.

Bonn 1979, Grenzlichter, Theaterstück (Auszug)

Personen:
Hans Lichtenfritz: Mitte 20, Aushilfe bei der Bohr- und Brunnenbaufirma Jänner KG
Pamela Popeau: Seine Freundin, Angestellte bei einer Versicherungsgesellschaft
Georg Eberer: Ihr Chef, Mitte 40, verheiratet, eine Tochter
Die weiteren Personen in der Reihenfolge ihres Auftritts:
Ein **Oberamtsrat** (Oarat) vom Wasserbauamt, eine **Diplomchemikerin**, ein **Fahrer**.
Frau Jänner, Ehefrau des Firmeninhabers der Jänner KG.
Zwei **Feuerwehrleute**, zwei **Polizisten**, ein **Brandexperte**, zwei **Reporter**, ein **Fotograf**.

I. AKT: Der Bohrplatz
Heller Sommernachmittag in einer Flußniederung inmitten freier Natur. In der Mitte der Bühne ist der Bohrplatz mit LKW, Bohrturm, Pumpe, Aggregat und Bauwagen. Weiterhin auf der Bühne ein Faß mit Diesel, eine Rohrleitung von der Pumpe aus dem Bild hinaus, verschiedene Gerätschaften.

1. Szene
Bei geschlossenem Vorhang setzt laut das Motorengeräusch des Aggregats ein, der Vorhang geht auf, Hans hantiert am Aggregat und schließt die Verkleidung der Maschine, das Geräusch wird so leise, daß Vogelgezwitscher hörbar wird und Hans gut zu verstehen ist. Während des gesamten Monologs ist Hans beschäftigt, bringt Holz, einen Kasten Bier, sammelt Wiesenblumen, kehrt den Bauwagen aus usw. Hans' Monolog ist ein Gedankengang, der nicht nur laut gesprochen wird als Selbstgespräch eines jungen Mannes, der einige Zeit alleine war und sehnsüchtig auf seine Geliebte wartet, sondern hier wendet sich einer direkt an sein Publikum.
Hans: Wie anfangen. Wie soll ich sie begrüßen? Same procedure as every year. *Deutet mit der Hüfte eine Koitusbewegung an, schaut auf die Uhr, dann auf die Wiesenblumen.* Herzlich willkommen in der Wildnis, gnädige Frau! Sie haben Gelegenheit, einen der letzten Pioniere ein Wochenende lang in voller Aktion zu erleben. *Geht zum Aggregat, tritt dagegen.* Besser, ich tobe mich jetzt aus, dann bin ich nachher ruhiger. *Tritt fester. AU! Die Verkleidung ist heruntergefallen – Lärm! Hans hält sich den Fuß, schließt dann wieder die Verkleidung.* Einverstanden, du bist lauter und stärker, aber ich kann dich abstellen, ich bin hier der Boss! Solange kein anderer da ist. Ich bin der Wächter über das Wasser.

Geht ans Bohrloch. Wasser, Born des Lebens. Ich bin dein Hüter, dein Hirte. *Schaut nervös auf die Uhr.* Das Arschloch im Grenzland der Zivilisation. Engel, komm doch bitte endlich! Wir werden die Grenzen der Sinnlichkeit sprengen. Hoffentlich hält die Pumpe durch – Schrottfirma! Ich muss den richtigen Anfang finden, die richtigen Worte sagen und das richtige tun. Aber sie macht ja doch, was sie will. Egal, Hauptsache, du kommst! Stößt zu mir in die Wildnis vor. Stoß dich frei! *Macht erneut die Koitusbewegung – schüttelt den Kopf.* Maulheld. Also bitte, reden wir von etwas anderem. Es muß ein Thema geben, über das ich mich einigermaßen geistreich auslassen kann. Die Fotografie zum Beispiel, vielleicht bringt sie den Fotoapparat mit und wir machen herrliche Aufnahmen. *Tut so, als halte er eine Kamera.* Die alte Weide unten am Fluß, blühende Sommerwiesen, feuchte Auen und mitten reingestreut die Blütenblätter ihres gänsehäutigen Körpers. *Schüttelt sich.* Ich geb's auf. Das ist ein Job für Überqualifizierte: 100 Stunden à sechs DM dem Aggregat lauschen, alle zwei Stunden Wasserstand und Ausstoß kontrollieren, alle fünf Stunden Diesel nachfüllen und zwar rund um die Uhr. Wenn ich Glück habe, verreckt die Maschine oder die Pumpe, die ist sowie so zu schwach. Irgendwann gibt's den großen Knall und alles bricht zusammen, steht in hellen Flammen und mitten drin du und ich! Zwei Wahnsinnige begatten sich inbrünstig im Inferno der verbrennenden Welt – das sind Visionen. Das ist Phantasie! Langsam wird es Zeit, daß sich jemand um mich kümmert. Es ist nicht gut, daß der Mensch allein sei. Oh doch! Wenn er dabei auf jemanden wartet. Warten auf Madame Popeau. Am Ende kommt sie gar nicht und ich hocke hier mit den Blümchen, dem Bier und den Würstchen, ich elendes Würstchen. *Entferntes Motorengeräusch erstirbt, Autotüren werden zugeschlagen; sein Gesicht erhellt sich.* Jetzt gilt's, Junge! *Hans nimmt den Blumenstrauß und versteckt sich hinter dem Bauwagen. Statt seiner erwarteten Pamela treten jedoch im Gänsemarsch auf: Der Oberamtsrat, die Diplomchemikerin und der Fahrer. Der Oberamtsrat ignoriert ihn, die Chemikerin schenkt ihm einen kurzen Blick, der Fahrer einen freundlichen Gruß.*

Fahrer *mit dem Blick auf den Strauß*: Wie aufmerksam!

Hans *wirft die Blumen fort*: Die drei Weisen vom Wasserbau!

Der Oberamtsrat und die Chemikerin treten ans Bohrloch, Hans lehnt enttäuscht am Bauwagen. Der Oberamtsrat winkt ihn zu sich.

Hans: Ich hab zu tun. *Hans öffnet den Schallschutz – Lärm! Der Oberamtsrat gestikuliert wild, bedeutet Hans, die Maschine zu schließen. Hans hantiert an der Maschine, der Fahrer steht abseits und lacht. Hans schließt den Schallschutz, reinigt sich die Hände.*

Oarat: Was fällt Ihnen ein, Sie Schnösel, Sie Rotzjunge ... DU! Also, das ist doch unglaublich!

Hans: Ich mußte was nachsehen und ich nehme an, Ihnen liegt daran, daß die Maschine weiterläuft.

Oarat: Dafür hatten Sie weiß Gott genug Zeit gehabt bevor wir ... das Pumpenbuch!

Hans holt es aus dem Bauwagen und reicht es ihm. Oarat und Chemikerin sehen es gemeinsam durch.

Oarat: Wasserstand kontrollieren!

Hans: Wie bitte?

Oarat: Machen Sie keine Faxen, kontrollieren Sie den Wasserstand ... bitte.

Hans *läßt das Echolot ins Bohrloch hinab:* Der Piepser sagt achtunddreißig Komma fünf Meter. Aber das sehen Sie ja im Pumpenbuch.

Chemikerin: Wie tief hängt die Pumpe?

Hans *schaut ins Bohrloch:* Sehr tief *und auf einen bösen Blick des Oarat* fünfundvierzig Meter.

Chemikerin: Und was ist mit dem Brunnen flußaufwärts? Fällt da der Pegel?

Hans: Nein.

Oarat: Erfreulich. Wir ziehen von da kein Wasser weg. *Er wird freundlicher, der Ärger über den Lärm läßt nach.* Der Ausstoß ist nicht schlecht, selbst wenn er noch geringer werden sollte.

Hans: Das ist nicht mehr wahrscheinlich.

Oarat: Was verstehen Sie davon? Sie kontrollieren hier alle zwei und den anderen Brunnen alle fünf Stunden. *Zum Fahrer:* Geben Sie mir den Koffer. *Zur Chemikerin:* Wir gehen runter zum Becken und nehmen die Proben.

Oarat und Chemikerin verschwinden entlang der Rohrleitung aus dem Bild.

Hans: Das würde mir ganz schön stinken mit dem Arsch.

Fahrer: Früher war ich bei der Müllabfuhr.

Hans: Ja, dann. Trinkst du ein Bier mit?

Fahrer: Nein, wenn der Alte das riecht, beißt er mir die Nase ab. *Er macht eine Pause und sieht sich um.* Nett hast du es hier. Bier und deine Ruhe. Was willst du mehr?

Hans: Ruhe? Hör dir mal 24 Stunden am Tag das Scheißaggregat an. Das nervt ganz schön, sag ich dir. Vor allem nachts ... und dann kommt ihr Heinis statt ... naja ... eigentlich habe ich jemand anderes erwartet.

Fahrer: Freundin?

Hans: Klar. Für den Weihnachtsmann ist es noch zu früh.

Fahrer *wirft einen Blick in den Bauwagen*: Der wüßte mit diesem Liebesnest wohl auch nichts anzufangen. Alle Achtung: Blitzblank.

Hans: Man muß was tun, wenn man was erreichen will.

Sie lachen. Erneut ist Motorengeräusch zu hören, eine Tür wird zugeschlagen. Sie sehen sich an.

Fahrer: Wer sagt's denn, da kommt ja der Weihnachtsmann.

Hans: Scheiße, daß ihr hier seid, ich kann sie gar nicht gebührend empfangen. *Hans macht Anstalten, die Blumen zusammenzusuchen, läßt das aber sein, setzt sein Sonntagsgesicht auf, das ihm abermals zerfällt, als er sieht, daß es wieder nicht Pamela ist, die erscheint.*

Frau Jänner: Hallo Hans!

Hans: Ich faule hier noch ab.

Frau Jänner: Was?

Hans: Guten Tag, Frau Jänner.

Frau Jänner *sieht sich um*: Ach die Herrschaften vom Wasserbauamt sind da.

(....) Die Szene endet mit dem Abgang aller Besucher und Hans ist wieder allein.

Zusammenfassung von

2. Szene

Gleicher Schauplatz, gegen Abend. Pamela ist doch noch gekommen, sie hat sich mehrfach verfahren, die beiden streiten. Dann versöhnen sie sich und unterhalten sich über ihre Probleme, ihre Wünsche und Vorstellungen für die Zukunft.

3. Szene

Gleicher Schauplatz, nachts. Beide können wegen des Lärms nicht schlafen. Sie fangen an mit dem Feuer zu spielen und Pamela verschüttet Diesel und lässt den gesamten Bohrplatz schließlich in Flammen aufgehen.

II. AKT: Schutt und Asche

Gleicher Schauplatz nach dem Feuer. Feuerwehrleute sind da, Kriminalpolizei erscheint und der Oarat, später auch Frau Jänner. Hans und Pamela sind verschwunden.

III. AKT: Die Grenze

1. Szene

Westdeutsches Zonenrandgebiet, ein verlassenes Haus an der innerdeutschen Grenze, die im Hintergrund mit Wachttürmen und Stacheldrahtzäunen sichtbar ist. In dem Haus haben sich Pamela und Hans ein Zelt aufgebaut; die Szenerie ist eine bunte Mischung aus Wochenendhäuschen, Campingplatz, verlassener Goldgräbersiedlung, Ferien auf dem Bauernhof und Aussteigeridylle. Seit dem Feuer sind ein paar Monate vergangen, es ist Herbst. Die beiden haben sich eingelebt, Obst gesammelt und Vorräte angelegt. In der Unterhaltung wird deutlich, dass Hans zuversichtlich ist, auch den Winter gut zu überstehen, Pamela dagegen hat genug von dieser „Idylle" und will zurück ins normale Leben. Sie hat heimlich von einem nahegelegenen Ort aus ihren ehemaligen Chef angerufen, mit dem sie ein Verhältnis hatte.

2. Szene

In ihre heftigen Unterhaltungen hinein über ihre Zukunft erscheint Georg, Pamelas Chef, der durch sein Verhältnis mit seiner Angestellten in eine Ehe- und Lebenskrise geraten ist. Er stammt aus Ostdeutschland und will in mehr oder weniger suizidaler Absicht zurück über die Grenze. Es ist sehr wahrscheinlich, dass er bei diesem illegalen Versuch umkommen wird. So lange er sich bei Hans und Pamela aufhält, streiten sie zu dritt über mögliche Lebensentwürfe in der Bundesrepublik. Georg versucht, die beiden mit Hinweis darauf, dass sie ihr Leben ja noch vor sich haben, dazu zu bewegen zurückzugehen. Das Stück spielt in der zweiten Hälfte der 1970er Jahre und reflektiert die kritische Haltung vieler Intellektueller gegenüber Staat und Gesellschaft.

3. Szene

Pamela hat verkündet, dass sie schwanger ist und zurückgehen wird – nach Westen, in ihr altes Leben. Georg geht zurück nach Osten, nicht in sein altes Leben sondern in den Tod. Hans steht am Ende der Szene da und weiß nicht, ob er bleiben soll oder wem er in welcher Richtung folgen soll. Das Stück endet so:

Pamela: Ich gehe zurück.

Hans: Geh.

Pamela: Ja, das werde ich tun.

Hans: Wohin? Auch dahin? *Er deutet Richtung Georgs Abgang/DDR.*

Pamela: Natürlich nicht. Zurück dahin, wo wir hergekommen sind. Zurück in die Zivilisation.

Hans: In die Wildnis meinst du.

Pamela: Nenne es wie du willst, ich gehe. Ich bin nämlich schwanger. Dritter Monat oder so. Und wir sind nun mal nicht Adam und Eva oder Maria und Josef.

Hans: Romeo und Julia auch nicht.

Pamela: Richtig. Ich gehe also und *sie geht zwei Schritte* ich weiß genau, was du tun wirst. *Sie geht ab in Richtung Westen. Hans wäre ihr eigentlich gedankenlos nachgefolgt. Aber dieser letzte Satz gibt ihm zu denken, so verharrt er unschlüßig, schaut ihr nach, dann Richtung Georg/DDR, dann ins Publikum.*

Hans: Dann weißt du mal wieder mehr als ich.

VORHANG

Bonn 1975 – 1979, Teil 2: Sport

Die Verletzung während der Sportausbildung in Tübingen hatte, weil sie schnell und gut ausgeheilt war, keine schwerwiegenden Folgen, bedeutete aber, dass Walter in den nächsten Semestern enorm viel Sport treiben musste. Alle gängigen Ballspiele, Turnen an den Geräten und am Boden, Schwimmen in sämtlichen Stilarten plus Turmspringen, die komplette Leichtathletik auch mit den technischen Disziplinen wie Diskus oder Speerwurf, Rhythmische Sportgymnastik, die bei manchen Profihandballern wirklich sehr merkwürdig aussah, Schwerpunktfächer wie Rudern oder Ski, Badminton oder Tennis. Die sportliche Grundausbildung bestand aus den praktischen Leistungsprüfungen, sowie den didaktisch-methodischen Seminaren, damit die Studenten lernten, nicht nur ihre Kenntnisse an die Schüler weiterzugeben, sondern diese auch gefahrenfrei Sport ausüben lassen konnten. Dieser Teil des Studiums war Voraussetzung für das Hauptstudium, in dem es dann unter anderem auch um Sportmedizin ging.

Nie mehr in seinem Leben war Walter so fit wie in den Bonner Jahren. Da er nur etwas größer als einen Meter siebzig war und gerade mal sechzig Kilo wog, war er zwar in keiner Sportart der Beste, aber in allen ziemlich gut. Die Spezialisten und Leistungssportler glänzten natürlich in ihrer jeweiligen Sportart, konnten aber auf anderen Gebieten große Probleme haben. Für Leute mit fast zwei Meter Körpergröße waren die Hebelverhältnisse am Reck beispielsweise nun einmal äußerst ungünstig.

Da außerdem in Nordrhein-Westfalen im Gegensatz zu Baden-Württemberg ein pädagogisches Begleitstudium von sechs Semestern für Lehramtsstudenten erforderlich war, Walter in Englisch schon seine Hauptseminare belegen konnte, war er wirklich sehr beschäftigt und fühlte sich tatkräftig wie nie. Auch hier in Bonn gab es noch einsame und ausgedehnte Wanderungen und Spaziergänge durch den Kottenforst und über den Venusberg, Abende allein an der Theke und Wochenenden im Bett mit Büchern, aber insgesamt war die Bonner Zeit eine sehr aktive und helle, voller neuer Erlebnisse und Bekanntschaften, die ganz im Gegensatz zu Tübingen auch sexuelle Erfüllung brachten, so dass die Trennungsphasen von Marina zwar immer noch schmerzten aber allmählich ihren Schrecken verloren.

Die Jahre 1977 und 1978 waren Höhepunkt und Abschluss dieser umtriebigen Phase. Das Jahr 1976 schaffte sich mit großer Hitze und anhaltender Trockenheit einen dauerhaften Platz in der Liste der Jahrhundertsommer und war atmosphärischer Hintergrund für Walters erste längere Prosaarbeit. Mit dem erfolgreich abgeschlossenen ersten Teil der Staatsprüfung in Pädagogik und Philosophie sowie der Grundausbildung in Sport, das Grundstudium Anglistik / Amerikanistik war ja schon länger abgeschlossen, mussten nun die Weichen auf Hauptstudium und das erste Staatsexamen gestellt werden. Walter nahm das Hauptstudium vor allem in Englisch weiterhin sehr ernst, was bedeutete, dass er weniger Veranstaltungen belegte, die dafür aber mehr Zeitaufwand erforderten, spürte aber immer deutlicher, dass er nicht ins Lehramt wollte, womit logischerweise die Frage aufkam „wozu soll ich dann überhaupt in den Examensstress gehen?"

Am zweiundzwanzigsten November 1977, 22.11.77 also, Walter war zwar kein Anhänger der kabbalistischen Nummerologie, liebte Zahlenspiele aber dennoch, schickte er erstmals ein paar Gedichte an einen Verlag in Karlsruhe, von dem er im Radio, SWF3, gehört hatte. Seine Kenntnisse des Literaturbetriebs beschränkten sich auf das im Studium und in der Schule Gelesene, sowie gelegentliche Lektüre des Feuilletons im *Spiegel* oder in der ZEIT. Er hatte also keine Ahnung. Es dauerte einige Zeit, bis Walter eine Rückmeldung bekam. Eine Art der Rückmeldung, die ihn bis auf wenige Ausnahmen, sein ganzes Leben begleiten sollte. Seine Arbeiten fielen *aus dem Rahmen*, waren *hochgradig individuell*, waren *präzis umrissene Gedanken, mit Hass und scharfer Intellektualität ausgeführt*. Gerade diejenigen Lektoren und Redakteurinnen, die sich über die immer gleichen, langweiligen Texte beklagten, zuckten bedauernd die Schultern, wenn es um Walters Werke ging: „Ja, toll, endlich mal was anderes. Aber das kann ich nicht bringen, weißt du (oder: wissen Sie), die Leute wollen halt eher das, was sie gewohnt sind…"

Alles klar, dachte Walter, sie wollen *das immer gleiche langweilige Lied*. Es sollte noch ein paar Jahre dauern, bis er die philosophisch fundierte Beschreibung dieses Phänomens bei Peter Sloterdijk in seiner „Kritik der zynischen Vernunft" las: Mit dem richtigen Bewusstsein das Falsche tun.

Walter nahm all das zur Kenntnis mit lauter Empörung, mit ungläubigem Kopfschütteln oder bissiger Ironie, vorübergehender Verzweiflung und matter Mutlosigkeit, um im journalistischen Jargon der Adjektiv-Nomen-Kombi zu bleiben, und zog für sich den Schluss daraus, unbeirrt weiterzumachen, besser zu werden, alle Möglichkeiten lesend und schreibend auszuloten.

Seit drei, vier Jahren schrieb er nun Gedichte und kurze Erzählungen, die sämtlich seine eigenen Erfahrungen verarbeiteten und insofern schon immer autobiografisch waren. Walter hatte kein Problem damit, denn alle seine Texte waren in gleichem Maße Metaliteratur, bezogen sich also nicht nur auf das, was er erlebte, sondern reflektierten und respondierten auf das, was er fürs Studium, zur eigenen Professionalisierung oder zum Vergnügen las. Die Energie für sein Schreiben gewann er aus der Spannung, dem Widerspruch, der gegensätzlichen Aufladung dessen, was er las und was er erlebte. Dialektisch betrachtet war sein Schreiben die Synthese aus der These des Lesens und der Antithese des Lebens. Es wurde Zeit, fand er, für einen Roman. Er begann einfach:

» Während der Vorbereitungen zu einem Referat in Sport saß ich in der Bibliothek, die zum Sportwissenschaftlichen Institut am Venusberg gehört. Ich suchte nach einem bestimmten Buch und weil ich mich nicht hundertprozentig auskannte und bei der Sache war, griff ich irrtümlich in die falsche Abteilung: IV DF. „Mensch und Sonne" von Hans Surén, erschienen 1936. Untertitel „Arisch-Olympischer Geist". Hier ging alles durcheinander: Freikörperkultur und griechische Ideale, Rassismus, nordische Kraft und Gesundheit, mit Weisheiten von Goebbels und dem Führer durchsetzt.
Die Kapitelüberschriften: „Lichtgruß", „Sonnenkräfte und der nordische Mensch", „Sonne und Germanentum" und „Arisch-Olympischer Geist". Und Fotos, Fotos nordischer Nackedeis beim Schaufeln, mit Hund und Sonnenhut, Damen, Herren, Knäbelein und Mägdelein, alle blank und braun und gesund und germanisch; Sonnenenergie stand hoch im Kurs. Hier ein Grätschsprung über den Wellen am Ufer des Sees; die junge Frau springt sehr hoch und grätscht weit. Mit Pfeil und Bogen, Ringelreihn, männlichem Massenansturm aufs Wasser, und sogar nackt Skilaufen war bereits in. Von Hermann Hesse gab es ja auch ein Foto, aber nicht in diesem Buch, das ihn nackt in einer Felswand zeigte.
Zwei Bände steuerte eine gewisse Bess M. Mensendieck bei: „Funktionelles Frauenturnen mit 164 Abbildungen nach Naturaufnahmen" von 1923, in dem die Turnerin nichts außer einem Tuch über den Augen trägt. Der zweite Band „Anmut der Bewegung im täglichen Leben – mit 77 Abbildungen und vier Figuren", 1929. Zitat: „Soll eine gebildete Frau, ihre körperliche Erscheinung betreffend, die Lebensbetätigung nicht nur in ihrer Gewöhnlichkeit darstellen, sich nicht über das Niveau der Animalität erheben?"
In diesem hilfreichen Ratgeber werden alle häuslichen Tätigkeiten im Bade, in der Küche, beim Bügeln, beim Telefonieren, am Flügel doppelt und vierfach dargestellt; schlechte und intelligente Ausführungen, mit Kleidung, kaschierend, und ohne Kleidung, da hierbei fehlerhafte und korrekte Bewegungen deutlich unterscheidbar sind. Da gibt es Bedeutendes wie die „intelligente Angriffsstellung zum Akt des Überbeugens" im Bilde, und auch der „immer wieder benötigte Akt des Tragens kann so ausgeführt werden, daß er der Intelligenz seiner Besitzerin Ehre macht."«

So war es in seinem Erstling „Roman Autobahn" zu lesen. Dieser Roman war gewissermaßen die Essenz der Erfahrung seiner Tübinger Jahre, besonders die Schwarzwald-Freiburg-Rheinfall Exkursion, und der Bonner Jahre, besonders das Sportstudium. Natürlich kamen auch Marina und ihre gemeinsamen Schwierigkeiten wieder vor, aber Walter versuchte dabei, sie beide in einer sich verändernden Gesellschaft wahrzunehmen.

»Josef besaß bibliophile Kostbarkeiten, medizinische Bücher, die Anfang des Jahrhunderts erschienen waren. Werke waren dabei, deren Lektüre uns schon manche Stunde versüßt haben. Diese Bücher machten Mut und trieben zur Verzweiflung. Zum Beispiel Dr. P.J. Möbius „Über den physiologischen Schwachsinn des Weibes". Da standen absolut geile Sätze drin: „Wie die Tiere seit undenklichen Zeiten immer dasselbe tun, so wäre auch das menschliche Geschlecht, wenn es nur Weiber gäbe, in seinem Umstande geblieben. Aller Fortschritt geht vom Manne aus." Oder: „Nach alledem ist der weibliche Schwachsinn nicht nur vorhanden, sondern auch notwendig, er ist nicht nur ein physiologisches Faktum, sondern auch ein physiologisches Postulat. Wollen wir ein Weib, das ganz seinen Mutterberuf erfüllt, so kann es kein männliches Gehirn haben."
Auch Otto Weinigers Buch „Geschlecht und Charakter" war so ein Hammer. Hier wurde behauptet, daß es für den „physiologischen Zustand", eine Frau zu sein oder auch Jude, Geisteskranker, Krimineller, keine Heilung gäbe. Natürlich bekamen auch die Homosexuellen ihr Fett ab. Aber sie waren immerhin durch Arbeit und Zucht und Ordnung zu kurieren. Die bürgerlich-rassistische „Wissenschaft" auf dem Marsch in den Faschismus. Das hört sich unglaublich abstrus an, aber vor siebzig Jahren war das Wissenschaft. Und ich verwette mein männliches Gehirn, daß es immer noch Schwachsinnige gibt, die ähnliches glauben. Und wer will genau sagen, wie viel dieser *bürgerlichen* Moral uns auch heute noch in den Knochen steckt. Die Irrtümer wandeln sich, aber sie bleiben. «

War Walters Leben in den ersten zwei Jahrzehnten ein Leben in äußerlich so bescheidenen wie stabilen und behüteten Verhältnissen, die oft als starr und beklemmend empfunden wurden, so hatte das dritte Jahrzehnt nicht nur neue Erfahrungen gebracht, sondern auch einen ständigen Wandel der äußeren Umstände. Seit dem Wintersemester 1977/78 studierte Lena in Köln BWL und die beiden Geschwister fuhren nach Möglichkeit einmal im Monat gemeinsam nach Hause, trafen sich immer häufiger an den übrigen Wochenenden in Köln oder in Bonn; Walter kochte dann meist für beide. Sie fingen an, auch gemeinsam Partys zu besuchen. Lena war blutjung und sehr hübsch und kam bei Walters Kommilitonen und Freunden sehr gut an. Sie lebten ihre akademisch laszive und naiv hedonistische Ära in vollen Zügen und erlangten einen gewissen Ruhm in einem sicher begrenzten Zirkel. *Party animals* waren sie beide nie, dafür waren sie tief im Innern einfach zu kleinbürgerlich, aber über die Stränge schlagen, auf den

Putz hauen, die Sau rauslassen, das konnten sie zu Zeiten sehr wohl. Exzessive Entgleisungen ereigneten sich nur, wenn sie nicht gemeinsam feierten, und waren selten, aber eindeutig Walters Spezialität. Vor Lenas Augen hätte er nie gewagt, nur mit einem BH auf dem Kopf bekleidet, irgendwann in der Nacht aus einem Nebenzimmer, in das er sich mit der jüngeren Schwester der Gastgeberin zurückgezogen hatte, die übrigen Partygäste zu überraschen und so für eine heftige, kontrovers geführte Diskussion zu sorgen. Die Feministinnen beschimpften ihn natürlich als üblen Macho, die Männer wollten das nicht so eng sehen, und Walter hockte nackt zwischen den Diskutanten und goss Öl ins Feuer, bevor er sich wieder zurückzog.

Es waren die Siebziger, Flower Power, und es war möglich, morgens um fünf nach einer Feier ein wildfremdes Mädel an einer Bushaltestelle anzusprechen und mit nach Hause zu nehmen, ohne dass es einen billigen Beigeschmack hatte, sondern vielmehr das erhebende Gefühl, alle Grenzen hinter sich gelassen zu haben. Sorger flog jedes Jahr nach Indien oder Sri Lanka und kehrte mit bestem Shit zurück. Walter war weder mit Shit noch mit Indien zu locken, er war Biertrinker und nach Westen ausgerichtet, ein alter Abendländer, Lena dagegen war für ein paar Monate sehr meditativ unterwegs.

Aber die Unschuld war bald verloren, und es war klar, dass es nie Unschuld gewesen war, sondern nur Ahnungslosigkeit, oft genug die Ahnungslosigkeit, die Walter als aktive Ignoranz bezeichnete. Besonders in Bonn war nicht zu übersehen, was mit der Bundesrepublik geschah, wenn mitten in der Stadt Straßensperren der Polizei den Verkehr aufhielten, wenn Zivilbeamte in Walters Studentenbude auftauchten und seine Personalien überprüften. Beide trugen Trenchcoats und einer von beiden nahm die Hände nicht aus den Manteltaschen, während der andere Walters Personalausweis kontrollierte. Ja, eine Frau hatte ihn angezeigt, weil er angeblich Hans-Christian Klar ähnlich sah.

Höhepunkt eines jeden Sommers war das Fest der Sportler an einem Samstag auf dem Venusberg, ein Zelt war aufgebaut, die *Sunny Skies* spielten, hinter ihnen das Plakat der Verkehrswacht „Achten Sie auf Kinder". Den ganzen Tag über gab es Wettbewerbe, die meisten waren lustig bis ziemlich bescheuert, jedenfalls nicht sportlich im üblichen Sinne. Sorger, Sepp und Lena hatten Walter überredet, an der *Bonner Meile* teilzunehmen. Das war ein 400-Meter-Lauf rückwärts. Nach dreihundert Metern musste jeder Läufer einen halben Liter Bier trinken und konnte dann die letzten einhundert angehen. Am Start waren rund fünfzig teils schon angetrunkene Athleten. Die Reihen lichteten sich bereits auf den ersten dreihundert Metern. Beim Bier angekommen, lag Walter noch im Mittelfeld, konnte aber als geübter Biertrinker schnell wieder auf die Laufbahn und dann seine Kondition ausspielen. Wie die Fliegen fielen die Kombattanten und Walter stampfte unbeirrt als erster durchs Ziel. Die Siegesfeier begann ihren mehr als dreißigstündigen Verlauf.

1977 gab es auch den ersten Rock-Palast vom WDR, die ganze Nacht durch spielten Bands live. Man konnte das im Fernsehen verfolgen und die Musik zeitgleich im Rundfunk hören. Das war etwas ganz anderes als der behäbige *Beat Club* vor zehn Jahren.

Häufig ging es nachts ab zwei Uhr in *Die Kerze*, wenn man nicht zum Schwimmen über den Zaun eines Schwimmbades stieg oder in den Rheinauen-Park oder vom Rückweg von der *Kerze* kurzentschlossen in den Tümpel am Poppelsdorfer Schloss sprang. 1979 war das Jahr der Bundesgartenschau in Bonn und dafür wurde der Rheinauen-Park mit einer aufgeschütteten Hügellandschaft und einer ausgedehnten Seenplatte angelegt. Während die Hügel noch Schutthaufen waren, konnte man in den Seen schon baden. Alles Stoff für den „Roman Autobahn" Roman.

Das Schwerpunktfach Rudern wurde mit einer Wanderfahrt beendet. Die Boote, Vierer mit Steuermann, waren nach Trier transportiert worden, wohin die Studenten und Studentinnen mit dem Zug anreisten und die Boote übernahmen. Dann ging es die Mosel hinunter bis nach Koblenz und von da den Rhein hinunter bis nach Bonn. Auch diese Tour eine Wochenend-Veranstaltung, aber so ganz anders als die vor ein paar Jahren von Tübingen aus in den Schwarzwald. Damals der verschneite, dunkle, kalte Schwarzwald, heute das warme, sonnige Moseltal, wo man abends in Winningen zu einem Riesling einkehrte. Unfreiwilliges Zusammensein mit Menschen, mit denen er nicht zusammen sein wollte, konnte bei Walter noch immer zu merkwürdigen Reaktionen führen, die aber kaum noch in echten Konflikten resultierten, eher in einem Verhalten, das skurril wirkte und zunehmend dem Umstand zugeschrieben wurde, dass er ja angehender Schriftsteller sei. In diese Unternehmung hatte er immerhin schon einige Jahre investiert. Er war keiner von denen, die glaubten, geeignete Kandidaten für den Nobelpreis zu sein, nur weil sie in paar Gedichte geschrieben hatten. Walter ahnte von Anfang an, dass er in dieser Hinsicht sehr geduldig mit sich selbst sein musste, dass er alleine seinen Weg gehen musste, seine nächtlichen Fluchten hatte ihn auch das gelehrt.

Wanderungen, Fahrten, Touren, 1960 – 1995

» Als der vor sich hin starrende Mercedesfahrer endlich an uns vorbei kann, ignoriert er unser fröhliches Zuprosten. Es macht Spaß, bei Tempo 120 zu frühstücken, mit 'ner Flasche Wein, versteht sich. Die Kilometer-zahl auf den blauen Autobahnschildern nimmt ab, während unsere Laune zunimmt. Ich bin mir sicher, daß die paar Tage verdammt gut werden, wie so oft vorher. Letztes Mal war ich ja mit ihr da. Unange-nehme Sache damals für sie. Für mich auch, und billig war es nicht gera-de. Aber bescheuert ist sie trotzdem und verarscht hat sie mich, wie noch nie ein Typ verarscht worden ist. Hoffentlich amüsiert sie sich gut in London. «

So begann Walters erste Prosaarbeit „Amsterdam" aus dem Jahr 1975. Schon sehr früh ging es im *Frühtau zu Berge, Fallera!* Für Walter und sehr bald auch für Lena, schon lange vor ihrer jeweiligen Pfadfinder-zeit gab es Wanderungen zur Ruine Sporkenburg, zum Arzbacher Römerturm oder zum Baden durch die Ruppertsklamm an die Lahn. Ein Fußmarsch von fast zehn Kilometern, eine Wegstrecke. Einen Sommer lang fuhren sie sogar mit den Rädern bis zum Schloss Lan-genau an der Mündung des Gelbachs in die Lahn kurz vor Obernhof. Das war eine Strecke von immerhin fünfundzwanzig Kilometern, einfach. Die Hinfahrt war kein Problem, es ging bergab nach Bad Ems und dann an der Lahn entlang. Aber die Fahrt am späten Nachmittag zurück, nachdem sie den ganzen Tag im Wasser getobt hatten, und die letzte Steigung von Bad Ems wieder hinauf nach Arzberg raubte jedem von ihnen die allerletzten Kräfte. Sie schoben die Räder, ob sie noch gar keine Gangschaltung oder schon die Torpedo Dreigang-Nabenschaltung hatten. Die längste Strecke, die Walter je auf dem Rad zurückgelegt hatte, war auf der Rückfahrt aus dem Spessart, sie hatten im Freien übernachtet, ohne die Zelte aufzubauen, waren bei Morgengrauen in der Wetterau aufgewacht wegen der zwitschernden Vögel und der morgendlichen Kälte, fuhren erst einmal zwei Stunden, bis die ersten Geschäfte aufmachten, frühstückten dann und radelten weiter bis Wetzlar an der Lahn. Dann ging es die ganze Lahn hinunter bis Lahnstein und von da nach Koblenz, nach Hause. Irgendwo, viel-leicht bei Nassau, war die Nacht hereingebrochen und als sie in Arz-berg ankamen, hatten sie fast vierundzwanzig Stunden auf dem Rad gesessen.
In den Osterferien, da war Lena einmal als Zehn- oder Elfjährige da-bei, campierten sie einige Tage auf dem Römerturm bei Arzbach und es gab einen Kälteeinbruch mit Wind und Schnee, der Urin war am anderen Morgen in den Zweigen frostig als gelbe Zapfen sichtbar, so

dass Walter morgens ins Dorf hinunter ging, Zuhause anrief und der Vater kam und Lena und Peter, der auch erst dreizehn Jahre alt war, abholen musste. Walter war da schon siebzehn oder achtzehn Jahre alt und es hatte hinterher mächtigen Ärger gegeben. Die Mutter hatte Lena natürlich erst gar nicht mitgehen lassen wollen. Walter war zu der Zeit so etwas wie der Bandenchef der Goldpfad-Gang. Er war der Älteste von den Kindern in der Siedlung und es war nicht ungewöhnlich, dass die Eltern ihm die Kinder anvertrauten. Auf der Römerturm-Tour waren einige Jungs und Mädchen dabei, die in Lenas Alter oder etwas älter waren. Römerturm und Ruine Sporkenburg waren zehn, fünfzehn Jahre lang häufig besuchte Ort, mal nur für einen Nachmittag oder auch für ein Feierwochenende. Die Sporkenburg hatte mindestens zweimal Potential für einen womöglich tödlichen Unfall Walters gehabt. Von der Ruine waren die Außenmauern rundum fast vollständig bis in eine Höhe von etwa fünf Metern erhalten, wahrscheinlich früher die Deckenhöhe des ersten Stockwerks. Front- und Rückgiebelwände jedoch waren in voller Höhe vorhanden und sicher zehn, zwölf Meter hoch. Es war relativ leicht, wenn auch nicht ungefährlich, von den niedrigeren Außenwänden auf eine der hohen Giebelwände zu klettern, die oben fast einen Meter breit waren. Walter kletterte, wann immer er hierher kam, hinauf. So auch während einer Tour, als Marina und er mit einem befreundeten Paar, Fred und Nina, hier eine Nacht verbrachten. Sie waren mit Freds VW-Käfer gekommen, der einen Kilometer entfernt in Eitelborn abgestellt worden war, hatten Grillzeug dabei, Getränke, zwei Zelte und vier Campingstühle. Walter schnappte sich einen der Stühle, kletterte mit ihm auf die Giebelwand und triumphierte in seinem Campingthron hockend über den Angsthasen zehn Meter unter ihm.

Eine der Angsthasen, Nina, setzte sich in einen der anderen Campingstühle, der prompt zusammenbrach. Eins zu vier war Walters Chance gewesen, von der Mauer in den Tod zu stürzen. Bei Russisch Roulette und einem Revolver mit sechs Kammern war die Chance, sich selbst zu töten, geringer. Beim zweiten Male war die Höhe, und auch die Wahrscheinlichkeit abzustürzen, geringer. Walter studierte schon Sport, als die Sporkenburg restauriert oder konserviert wurde, was bedeutete, dass ihre Außenmauern gesichert wurden. Das Gerüst war natürlich eine Verlockung und Walter turnte den Oberarmstand in gut sechs Metern Höhe. Walter hatte ihn zuletzt mit Sechzig am Barren probiert; seine Schultern ruhten noch immer sicher auf den Holmen und seine Beine ragten tadellos gestreckt nach oben.

Man konnte drei Phasen intensiver Reisetätigkeit ausmachen, wobei es natürlich Unterschiede gab zwischen Walter und Lena. Zunächst waren da die Tagesausflüge oder Wanderungen von mehreren Tagen mit den Kindern der Nachbarschaft aus dem Goldpfad. Dann folgte die lange und sehr intensive Phase der Pfadfindertouren und schließlich die ersten Fahrten mit Autos, dem Käfer oder 500er Fiat nach Amsterdam, Paris, seltener London, an den Nürburgring, zum Großen Preis von Monaco oder auch längere Ferienfahrten, wie 1970 an die Adria und die Côte d'Azur. Fred, der Käfer-Pilot, war dabei, außerdem Werner, der Walter später nach Tübingen holte, und Wolf; alle außer Walter hatten schon das Abi in der Tasche. Auch in den Mitsiebzigern gab es mehrere Fahrten nach Spanien. Immer mit dem Zelt, immer mit einem PKW oder VW-Bus.

Es konnte passieren, dass sie Freitagabend in der Kneipe hockten und sich kurzentschlossen ins Auto setzten und nach Amsterdam fuhren. Sie pennten dann im Auto oder im Vondel-Park oder fuhren ans Meer nach Zandvoort und schliefen am Strand. Schlafsäcke hatten sie immer dabei und ein paar Tage ging es damals auch ohne Dusche.

Die Fahrt mit Fred, Werner und Wolf erst an die Adria, dann an die Côte d'Azur bewältigten sie in Freds Käfer, zu viert, mit zwei Zelten, einer Gitarre und dreißig PS über den *Passo del San Gottardo.*

Pfadfinderfahrten gab es häufig zwei im Jahr. Neben der großen Sommerfahrt ging es immer auch in ein Pfingstlager. Gelegentlich in der Nähe, an die Agger bei Siegburg, an den Brexbach, im Sommer ging es meist weiter weg, nach Füssen oder nach Dänemark, Schweden und Norwegen bei der Großen Nordlandtour 1967, bei der Lena natürlich noch nicht dabei war. Wenn sie nicht im Freien oder in Zelten übernachteten, kamen sie auch bei Bauern in der Scheune unter oder fragten im katholischen Pfarrhaus nach einer Übernachtungsmöglichkeit. Für Walter endete das Pfadfinderleben, nachdem er Marina kennengelernt hatte und Lenas Pfadfinderleben erst richtig begann; die brachte es, bis sie nach Köln zum Studieren ging, auf sehr viel mehr Fahrten als Walter. Lena hatte es auch sehr gerne gesehen, als ihre beiden Töchter zu den Pfadfindern gingen. Das alles fand jedoch ein abruptes Ende, als 1995 ein Seil riss, an dem auch Jana und Jessica zogen. Sie waren im Pfingstlager in Westernohe im Westerwald und mehrere hundert Teilnehmer zogen an einem viel zu schwachen Seil, das auch prompt riss, wobei zwei Jungs ums Leben kamen. Jessica und Jana wurden nicht verletzt, weil alle Pfadfinder aus Arzberg weiter hinten am Seil zogen und zwar hinfielen, aber zunächst gar nicht mitbekamen, was vorne geschehen war. Jens und Lena waren mit Jan, der gerade eingeschult worden war, bei einem befreundeten Ehepaar, als sie davon erfuhren. Auch wenn Mobiltelefone noch nicht sehr verbreitet waren, gab es immer eine Telefonkette und über Umwege erfuhren sie nach nur wenigen Stunden von dem Unfall. Jens und Lena holten die Kinder sofort ab und es sah so aus, als seien die Töchter nicht traumatisiert, weil sie einfach zu weit vom eigentlichen Unglücksort entfernt gewesen waren und erst später erfuhren, was wirklich passiert war.

Lena hatte bis dahin gehofft, eine richtige Pfadfinder-Tradition in der Familie begründen zu können, aber Jens setzte sich danach endgültig durch und es gab nur noch konventionelle Urlaube mit der ganzen Familie in regulären Ferienwohnungen oder Ferienhäusern. Sie konnte Jens nur knapp davon abbringen, eine Privatklage gegen die Verantwortlichen zu starten: „Das gibt doch auf jeden Fall ein Gerichtsverfahren und eine genaue Untersuchung, du musst dich da nicht auch noch reinhängen, das ist alles schlimm genug, Jens."

Jens war die „faschistische Deutschtümelei" um „*Jenseits des Tales standen ihre Zelte, zum hohen Abendhimmel quoll der Rauch. Das war ein Singen in dem ganzen Heere …*" und „*Diesseits des Tales stand der junge König und griff die feuchte Erde aus dem Grund. Sie kühlte nicht die Glut der armen Stirne …*" „einfach zu homoerotisch aufgeladen".

Nun gut, in dem Text des Freiherrn von Münchhausen war viel von Knaben und Reiterbuben, jugendfrischen Wangen und krankem Herz die Rede. Es war halt das Gedankengut und die Emphase aus der Zeit des Wandervogels um 1920. Und richtig war auch, dass die Nazis das in ihrer Ideologie aufgegriffen hatten. Aber schon zu Lenas Zeiten sangen sie auch ganz andere Lieder, Popsongs zum Beispiel.

Das Leben änderte sich ständig und Lena fand es schade, dass ihre Kinder diesen Aspekt des Lebens draußen im Freien nicht so erlebten wie sie und ihr Bruder in ihrer Kindheit und Jugend. Bis etwa 1970 hatte sich das Leben draußen abgespielt. Ins Haus im Goldpfad ging man zum Schlafen, zum Essen, um Hausaufgaben zu machen, zu besonderen Anlässen, wenn es draußen in Ströme regnete oder wenn man krank war. Ihre Kinder waren im Vergleich dazu Stubenhocker, das galt besonders für Jan, und sie gingen gewissermaßen nur noch zu besonderen Anlässen nach draußen. Andere Aspekte besonders aus Walters Kindheit und früher Jugend waren ihr und ihren Kindern allerdings auch erspart geblieben.

Arzberg, frühe 1960er Jahre: „Königsteiner Rufe": „Der Jesusknabe" in der „Stadt Gottes"

Viele Jahre schmückte den Treppenaufgang zum ersten Stock des Hauses Im Goldpfad 10 ein gerastertes Zeitungsfoto, das einen jungen Mann im Profil zeigte, der auf einer Bank lag und Zeitung las. Er hatte einen US-Parka an, lange Haare und einen Vollbart, war das, was man zu der Zeit, Ende der Sechziger, Anfang der Siebziger, einen *Gammler* nannte. Die Mutter hatte das Foto aus dem „Paulinus", dem Trierer Bistumsblatt der katholischen Kirche, ausgeschnitten und der Vater hatte es auf eine Spanplatte geklebt und an die Wand gehängt. Eine Aufnahme von Walter hätte nicht anders ausgesehen. Es war natürlich kein Foto von Walter und die Bildlegende warb um Verständnis für die jungen Menschen, die ihr Leben so ganz anders leben wollten, die sich anders kleideten, nicht zum Friseur gingen und sich nicht rasierten, enthielt aber auch einen Hinweis darauf, dass man Gottes Geduld nicht überstrapazieren sollte.

Das war Mutters Art, Walter zu zeigen, wie sie ihn sah, mit Befremden und mit Bewunderung. Als hätte es sie nicht gewundert, wenn er es bereits auf das Titelblatt einer Zeitung gebracht hätte.

Jahrzehnte später, lange nach dessen Tod, hing ein Farbfoto von Dennis Wilson im Flur, auch er mit langen Haaren und Vollbart, und es kam nicht selten vor, dass Walter gefragt wurde, ob das ein Foto des jungen Walter sei. Walter fragte sich, ob sein Gesicht vielleicht nur eine Schablone war, in der man einen ihm unbekannten jungen Mann, Hans-Christian Klar oder Dennis Wilson erkennen konnte.

Die Wismans waren eine katholische Familie, von der in jeder Generation ein paar Frauen und Männer ins Kloster gegangen waren, eine Tradition, die aber ab den Siebzigern langsam dem Ende entgegen ging, weil die Generation aus den Anfängen des zwanzigsten Jahrhunderts allmählich verstarb und die nachfolgende, also Walters Onkel und Tanten, sich aus den Orden lösten, um ein weltliches Leben mit Frau oder Mann führen zu können. Und die Zeiten, in denen fast jede Familie sieben oder acht Kinder hatte, waren ja auch bald vorbei. Bei Walter reichte es nur noch zu längeren Aufenthalten in Sankt Augustin, dem Kloster der Onkel, zu Exerzitien und Überlegungen des Siebzehnjährigen, Theologie zu studieren und als Missionar nach Afrika zu gehen. Immerhin war ein Onkel auf Neuguinea *bei den Menschenfressern*. Walter und Lena hatten von ihm Kaurimuscheln geschenkt bekommen.

Lenas und Walters Opa Wisman, der Vater der Mutter war ja im Krieg gefallen, nahm seinen Enkel gerne mit, wenn er in Arzberg die „Königsteiner Rufe", die „Stadt Gottes" und den „Jesusknaben" austrug. Er führte ein Heftchen, in dem alle Abonnenten und ihre Barzahlungen vermerkt waren. Die „Königsteiner Rufe" war seit 1949 die Zeitschrift der heimatvertriebenen Katholiken, die „Stadt Gottes" wurde von den Steyler Missionaren herausgegeben, der Orden, dem die Männer der Familie angehörten; „Societas Verbis Divini", Gesellschaft des göttlichen Wortes. In Sankt Augustin, dem Haus der Steyler Missionare, war Walter nicht nur ein paar Jahre lang regelmäßig Gast, das Kloster war auch Schauplatz einiger Szenen in der Verfilmung von Bölls Roman „Ansichten eines Clowns". „Der Jesusknabe" war die katholische Monatszeitschrift für Kinder und hieß seit 1965 „Weite Welt". Den „Paulinus" gab es wöchentlich und per Post im gesamten Bistum Trier, zu dem Koblenz seit Jahrhunderten gehörte.

Die nicht wenigen Flüchtlinge aus Ostpreußen kannten einander ohnehin, der Opa war mit seiner geselligen Art bei den meisten im Dorf bekannt und beliebt; und sein Sohn Wolfgang war geachtet wegen seines Fleißes. Er war gerade mal dreißig Jahre alt, hatte eine Frau und zwei Kinder und ein eigenes Häuschen. Und all das, obwohl er erst vor rund zehn Jahren mit buchstäblich nichts in Arzberg angekommen war. Für den Opa gab es in fast jedem katholischen Haushalt ein Schnäpschen. Walter musste aufpassen, dass sie unbeschadet nach Hause kamen, was natürlich bedingte, dass nur eine begrenzte Zahl von Abonnenten an einem Tag besucht werden konnten. Walter war sich nicht ganz sicher, denn an seine Pubertät hatte er praktisch keine Erinnerung, weshalb er sie gerne seine dunkle Zeit nannte, aber es war nicht auszuschließen, dass er bei den letzten Touren auch in den Genuss des einen oder anderen Schnapses kam.

Der Katholizismus, auch der rheinische, war in den fünfziger und frühen sechziger Jahren eine außerordentlich repressive Einrichtung, aber repressiv waren zu jener Zeit alle öffentlichen Einrichtungen, allen voran die Schule. Die Konsequenzen der Repression waren immer noch überdeutlich zu sehen.

Jede Woche zur Beichte, Sonntag morgens nüchtern zur Messe wegen der Heiligen Kommunion, Auswendiglernen der lateinischen Litaneien als Messdiener. Walter rebellierte aber schon beim *Confiteor* und war dann draußen. Messdienerinnen gab es auch zu Lenas Zeit noch nicht. Walters und mit Einschränkungen auch Lenas Einstellung zur Kirche und zum Glauben war die einer aufgeklärten Distanz, beide wären aber nie auf die Idee gekommen auszutreten. Widersprüche waren noch nie ein Grund, sich nicht wohl zu fühlen. Denn es gab ja auch die andere Seite. Die aus dem Heidnischen stammende sinnlich-körperliche. Weihrauch, Essen und Trinken in Form von Wein und Brot, es gab mit unzähligen Blumen geschmückte Prozessionen und bombastischen Altäre an Fronleichnam. Gesang aus Hunderten von Kehlen, verstärkt durch Chöre und Orgel und Pfarrkapelle: Großer Gott, wir loben dich. Da lief es einem kalt den Rücken hinunter. Zeugung, Geburt und Tod waren für jeden Menschen die Eckpunkte des Lebens und es war nicht vorstellbar, diese nicht mit einem wie auch immer gearteten Ritus aus den Alltagsereignissen hervorzuheben. Glaube hin und Amtskirche her. Und das Verbot der Abtreibung ließ sich auch ganz anders interpretieren, als es üblicherweise geschah. Der sexuelle Akt war sakrosankt, für die Kirche etwas so Heiliges, dass jegliche Manipulation untersagt war. In die Liebe und das Leben sollte der Mensch nicht hineinpfuschen. Jesus Christus und seine Jünger sahen auch heute noch aus wie Hippies.

Bonn 1975 – 1979, Teil 3: Literatur

Die Bücherei der Pfarrgemeinde von Arzberg wurde von Nonnen geführt, wie auch der Kindergarten, bevor das Personal im Kindergarten weltlich und die Bücherei geschlossen wurden. Jeden Sonntag nach der Messe versorgten sich Walter und später auch Lena mit Lesestoff für die Woche. Walter, wie später Lena, las gerne die „Fünf Freunde"-Bücher von Enid Blyton, dann die *Spurbücher*, eine Reihe, die ursprünglich aus Frankreich stammte und dort unter dem Titel *Signe de Piste* seit 1937 Jugendliteratur herausbrachte, die sich vor allem an die Bündische und Pfadfinder-Jugend wandte. Auch fast den gesamten Karl May schleppte Walter nach Hause. Walter war nie ein Freund von *Heftchen* gewesen: „Sigurd", „Fix und Foxi", „Micky Maus". „Tim und Struppi" sagten ihm zu, „Lurchi und seine Freunde" gab es immer, wenn bei Salamander Schuhe gekauft wurden. Und Mutter legte großen Wert darauf, dass die Kinder, wenn sie im Frühjahr und Herbst eingekleidet wurden, Markenware bekamen. Die ersten Bücher, die Walter geschenkt bekam, waren meist Bücher zu den wenigen und damals aktuellen Fernsehsendungen wie „Fury", „Rin Tin Tin", „Am Fuß der Blauen Berge" oder auch „Mike Nelson, Abenteuer unter Wasser". Die Schullektüre umfasste den klassischen Kanon vom Nibelungenlied über Novellen wie „Der Schuß von der Kanzel" von CF Meyer bis zu den Erzählungen und Romanen von Böll und Grass. Im Englisch-Unterricht wurden Sachen wie „Three Men in a Boat" von Jerome K. Jerome oder „The Canterville Ghost" von Oscar Wilde gelesen.

Walter und auch Lena konnten also durchaus auf eine Lesekarriere zurückblicken, als sie mit ihrem jeweiligen Studium begannen, auch wenn die Eltern in ihrem Wohnzimmerschrank fast nur die wenigen Bücher hatten, die ihre Kinder ihnen geschenkt hatten. Und das waren meist Bücher, die sich mit der alten Heimat Ostpreußen beschäftigten, sei es in Romanen, Bildbänden oder in Dokumentationen über die Flucht. So wie die Eltern nur ganz selten auf die Idee gekommen waren, ihre Kinder an ihren Studienorten zu besuchen, so versuchten die Kinder nicht, ihre Eltern zu einem anderen Leben zu bewegen. Das Haus im Goldpfad war ihr gemeinsamer Ort, das Leben draußen führte jeder für sich. Die Eltern hatten Walter und Lena den Zugang zu Gymnasium und Studium ermöglicht unter der Prämisse, dass die

Kinder sich in dieser Welt alleine zurechtfinden mussten, weil Christel und Wolfgang diese Welt nicht kannten und nie kennen lernen würden. Dass die Kinder es einmal besser haben sollten, bedeutete vor allem die Unterstützung der Kinder dabei, ihren eigenen Weg in eine Welt zu finden, die den Eltern für immer fremd bleiben würde.

Erst jetzt, mit fast fünfzig Jahren, als beide Kinder aus dem Haus waren, unternahmen die Eltern erste wirkliche Urlaubsfahrten. Als hätte die Flucht, die erzwungene Reise unter unsäglichen Umständen in ihrer Jugend, ihnen jeglichen Drang in die Ferne genommen. Ihre Heimat war im Goldpfad 10. Die Reiselust ihrer Kinder unterstützten oder tolerierten sie mit einer Mischung aus Bewunderung und Verwunderung.

Das Theater, der Sport und die Literatur prägten die Bonner Jahre Walters. Sein ständig wechselndes Aussehen reflektierte die doch sehr unterschiedlichen Lebensbereiche. Wurde er im Theater schon einmal von einer ältlichen Statistin mit Rasputin verglichen, „Rasputin, weißt du, war ein außergewöhnlicher Mensch, Walter", und es war unmissverständlich, dass sie auf Rasputins unmoralischen Lebenswandel voller Sexorgien anspielte und nicht auf seine Marienerscheinungen. Walter, langhaarig und mit Vollbart, ließ sie einfach stehen. Dann war es ein Erlebnis, beim Friseur zu sitzen, der sich zunächst nicht traute, Walters Anweisung zu befolgen: „Alles ab!" Von Fastglatze und glatt rasiert über Fassonschnitt, zurückgegeltem Haar und Oberlippenbart zu Langhaar mit und ohne Vollbart, nichts war wirklich Walter, aber alles war möglich. Eine Übung im Übrigen, die er sein ganze Leben beibehalten sollte. *Wer ist Walter? Sehe ich so aus?*

Immer gleich auszusehen erforderte Maßnahmen wie Haareschneiden, Rasieren. Tat man nichts, war bald erkennbar, dass Veränderung das einzige war, was sich von selbst einstellte. Immer wieder versuchte er, sich in Selbstporträts zu definieren. In dunklen Stunden sich selbst zu erkennen: „In a dark time the eye begins to see." Theodore Roethke. In a dark time the *I* begins to see.

Sein Lieblingslyriker neben Theodore Roethke war Robert Lowell und dessen Gedicht „Skunk Hour" insbesondere. Auch hier eine Zeile: „One dark night", die ansetzt, eine existenzielle Krise zu schildern. Von Roethke waren es eine ganze Reihe von Gedichten, die ihn sein Leben lang begleiteten: „Open House", „In a Dark Time" oder auch „Frau Baumann, Frau Schmidt, and Frau Schwartze". Manchmal saß er stundenlang noch da, wenn er nachts aus der Kneipe kam, und las sich laut die Gedichte vor. Roethke war deutschstämmiger Amerikaner und die drei Damen waren Tanten aus Theodores Kindheit. Walter hatte unter dem Titel „Die drei Damen aus den Mittelweiden" ein Gedicht geschrieben, das die Dreier-Wohngemeinschaft Marinas mit

Rita und Anna, in der sie seit 1979 lebte, mit den Roethke-Tanten thematisch und motivisch vereinte.

Der erste große Einfluss beim Roman wurde Ernest Hemingway, von dem Walter fast alle Prosaarbeiten auf Deutsch und Englisch sowie eine Reihe von Biographien gelesen hatte. „Ernest Hemingway – A Life Story" von Carlos Baker war über achthundert Seiten stark und zitierte eingangs James Joyce „To live, to err, to fall, to triumph, to recreate life out of life …" („A Portrait of the Artist as a Young Man"). In einer Seminararbeit über „The Sun also Rises", den sogenannten Fiesta-Roman, hatte Walter besonders die Kapitelanfänge interpretiert, die mit der lapidaren Formulierung „In the morning" anfingen. Da auch der Titel schon den Morgen, den Sonnenaufgang zum Gegenstand hatte, ging Walter davon aus, dass diese Passagen von besonderer Bedeutung waren. Die jeweils erste Seite dieser Kapitel war betont besonnen, sehr leise und zurückhaltend formuliert, voller tiefer Bilder, die, wenn man sie eingehend analysierte, das laute und wilde Geschehen um die Exilamerikaner während der Fiesta in Spanien reflektierten und kommentierten. Anhand dieser kurzen Szenen, in denen so gut wie nichts geschah, sondern lebendige Details intensiv dargestellt wurden, ließ sich der gesamte Spannungsbogen des Romans darstellen. Nur einmal im Roman stand „In the morning" mitten in einem Kapitel, während der Fiesta nämlich, zu einem Zeitpunkt, an dem die natürliche Abfolge von Tag und Nacht umgekehrt war. Nachts wurde gefeiert, tagsüber ausgeschlafen.

Dieses Gestaltungsprinzip hatte Walter für mehrere Arbeiten übernommen. So im „Roman Autobahn", in dem mehrere Kapitel mit der Formulierung „auf der Autobahn" anfingen. Der Roman begann so:

» Auf der Autobahn ist alles anders. Die Autobahn hat eigene Gesetze und eine eigene Bevölkerung. Die Autobahn ist ein Land, das sich über die ganze zivilisierte Welt erstreckt. Ein Autobahnabschnitt in Dänemark, die „Strada del Sol" und die „Route 66" haben mehr miteinander gemein als Villenbewohner, Hochhausmieter und Bahnhofspenner, die in ein und derselben Stadt lebten. «

Für die Seminararbeit bekam Walter natürlich eine Eins, denn der Roman war bereits 1926 erschienen und nach so vielen Jahren eigentlich ausreichend analysiert und interpretiert; aber auf diesen Aspekt war anscheinend noch niemand vor Walter gestoßen. Sehr viel später sollte eine Teilnehmerin eines Walterschen Kreativen Schreibkurses einmal sagen, Walter habe das für die Literatur, was in der Musik als absolutes Gehör bezeichnet wurde. Wenn Walter etwas las, dann erzeugte die Lektüre sofort einen kompakten Eindruck, der ihn in die Lage versetzte, schon beim ersten Eindruck zu hören, zu spüren, wie

Motive aufgebaut und variiert wurden oder wenn ein falscher Ton sich eingeschlichen hatte. In Thomas Pynchons Roman „Vineland", den Walter 1993 las, fiel ihm auf, dass am Anfang ein Eichelhäher einen Hund fast in den Wahnsinn trieb, weil der Vogel ihm dauernd das Futter wegfraß und dadurch aggressiv wie ein bissiger Köter wurde. Dieser Hund, der in dem Roman überhaupt keine Rolle spielte, tauchte am Ende wieder auf und hatte eine Feder eines Eichelhähers in der Schnauze. Dieses Bild, das wahrscheinlich außer Walter niemand auf der Welt wahrgenommen hatte, begeisterte ihn, weil es im ganz kleinen Motiv zeigte, was der große Roman drum herum erzählte, dass etwas in Ordnung gebracht wurde, was am Anfang nicht in Ordnung war. Und dass Großartigkeit im kleinen Detail entstand, Geniales im Unscheinbaren, leicht zu Übersehenden.

Im Studium hatte er sich das Werkzeug dazu angeeignet, den intuitiven ersten Eindruck nach wiederholter Lektüre auch am Text belegen zu können. Alle literarischen Bemühungen Walters hatten das Ziel, vor allem kompositorisch perfekt zu sein, was die einzelnen Motive wie auch den gesamten Bogen der Textur anging, ob es nur ein paar Zeilen oder mehrere hundert Seiten waren. Walter wollte nie die Welt verändern, er wollte perfekte Texte gestalten.

Von seinem Professor hatte Walter zu Beginn des Wintersemesters 1979/80 das Angebot erhalten, für ein Jahr nach Berkeley zu gehen, um seine Studien weiterführen zu können. Walters Verlag hatte später ein Stipendium als *Writer in Residence* daraus gemacht. Lena, die mittlerweile Jens kennengelernt hatte, sah ihren Bruder nun nicht mehr so oft, hatte aber das Manuskript von „Roman Autobahn" an einen ihr bekannten Lektor in Köln gegeben und es sah gut aus. Auf den Sommer 1978 bezogen sich Bruder und Schwester seitdem gerne mit dem Titel eines schwedischen Films von 1951: *Sie tanzte nur einen Sommer.* In dem Film geht ein junger Mann, der gerade sein Abitur gemacht hat, für einen Sommer aufs Land und lernt dort ein Mädchen kennen, ein blutjunges Bauernmädchen, und sie verlieben sich natürlich ineinander, was im Dorf nicht so gut ankommt. Der Film, und das besonders stellte den aktuellen Bezug her, wurde zum Skandal wegen einer Nacktbadeszene.

„Das mit poetischen Bildern und maßvoller Freizügigkeit für die freie Liebe eintretende Filmdrama erregte durch eine für seine Zeit unübliche Nacktszene moralische Entrüstung und wurde dadurch zum Publikumserfolg." (Lexikon des Internationalen Films)

„Sorger sagt, mein Verlagsvertrag sei nur zustande gekommen, weil und nachdem du mit dem Mattin *peu à peu* ins Bett gegangen bist."

Mattin hieß mit Nachnamen Pöhl und hatte tatsächlich die merkwürdige Angewohnheit *peu à peu* in mindestens jedem dritten Satz zu verwenden. „Das hatte ich am Anfang auch gedacht, lieber Walter. Aber fast glaube ich, das Gegenteil ist wahr."

„Das Gegenteil?"

„Ja, dass er mit mir ins Bett gegangen ist, um an dein Manuskript zu kommen. *peu à peu* gewissermaßen."

„Das ist doch Schwachsinn, Lena."

„Nachdem er dein Manuskript hatte, wollte er von mir nichts mehr wissen."

„Das kann auch andere Gründe gehabt haben, Schwesterlein."

„Werd' nicht frech, Walter. Im Ernst, der war total happy, guckte mich nur an und meinte, *na also, geht doch.*"

Walter jedenfalls sah sich erneut vor anstehenden Veränderungen, die seine und ganz allein seine Entscheidungen erforderten. Eigentlich wäre es an der Zeit gewesen, das Studium zu beenden, also das Staatsexamen anzugehen. Da gab es aber andererseits das Angebot für Amerika, eine Chance, die er so sicher nicht wieder bekommen würde. Noch traute Walter der ganzen Sache nicht, aber der Verlag hatte eine Veröffentlichung für das Frühjahr 1980 versprochen. Dunkel ahnte Walter auch, dass sich aus jeder einzelnen Entscheidung Konsequenzen ergaben, die die anderen Optionen vielleicht unmöglich machten. Wenn er sich zum Examen anmeldete, würde er ein Jahr lang für nichts anderes als Prüfungsvorbereitungen Zeit haben. Und danach gab es nur eine vernünftige Entscheidung, nämlich ins Referendariat zu gehen und das Zweite Staatsexamen abzulegen, also Lehrer zu werden.

Wollte er darauf hoffen, dass sein Roman tatsächlich im Frühjahr erschien und dass er womöglich ein Erfolg wurde, wusste Walter immerhin schon, dass er von den verkauften Exemplaren nicht allzu lange würde leben können, denn das war leicht auszurechnen anhand von Verkaufspreis, der Stückzahl und der Tantiemen von maximal zehn Prozent pro verkauftem Exemplar. Die Aussicht, auf Lesungen durch die Lande zu tingeln, sich an Podiumsdiskussionen, Wettbewerben und Ausschreibungen zu beteiligen wie eine Baufirma, nein, aber womöglich Groupies und die anderen Annehmlichkeiten literarischen Ruhms, wenn auch nur kurz, zu genießen, ja, besaß ohne Zweifel Reiz, machte aber auch Angst, denn die Dinge waren ja bekanntlich in Wirklichkeit nie so, wie man sie sich vorstellte.

Weg gehen, in die USA, nach Kalifornien, an eine der schillerndsten Unis der Welt, nämlich Berkeley, zu wechseln, hatte sicher den größten Einschüchterungsfaktor, obwohl es gleichzeitig Flucht bedeutete. Und Flucht, weg gehen, wenn es Walter nicht mehr gefiel, war Intuition und immer der bessere Impuls, egal, was daraus wurde. Wenn er sich hier nicht entscheiden konnte, war es vielleicht besser, aus der Distanz eine neue Position zu finden. Ein Tagebucheintrag:

» I'm naked to the bone
With nakedness my shield.
(Theodore Roethke, Open House)

Dein Fleisch offenbarte sich der Welt, schutzlos;
die Natur verbarg es bald vor ihr.
(Walter Wisman, Verbrennung)

So, Montag 5.11.79, 18:45 BN Bad Godesberg, Rheinallee, Nummer weiß ich nicht. Studentenwohnheim. Zimmer Nr. 3 (ehemals Fritz Tropter). Gerade habe ich ein neues Gedicht geschrieben:

Manchmal, wenn ich sterbe

Manchmal, wenn ich sterbe, lebe ich
und dann, wenn ich liebe, weine ich.

Mit Christus schlugen die Menschen
den Menschen an das Kreuz der Dialektik,
bis die Jungfrauen das Hymen von
der Höhle entfernten und den Leichnam gebaren.

Manchmal, wenn ich denke, bin ich nicht
ganz klar im Kopf. Warum auch nicht?

Wenn du nicht bei mir bist, bin ich dir nah.
Wenn andere deine Brüste streicheln, sorg ich mich.
Wenn du dich zu andern legst, erheb ich mich,
verlaß dich nie, denn mein heilger Geist erleuchtet dich.

Nur einmal möchte ich metaphysisch ficken,
transzendental dich an mich drücken.
Manchmal, wenn ich sterbe, lebe ich.

Und manchmal, wenn ich liebe, weine ich.
Und immer, wenn ich weine, lieb ich dich.
Und immer, wenn ich liebe, bin ich nicht.

Eine neue Phase hat begonnen, ganz unzweifelhaft, mit dem Kauf dieser Kladde, 20,40 DM. Hab den ganzen Tag fürchterlich viel nachgedacht über Roethke, hervorragende Interpretation von Blessing, viel übers Ficken; denn aus der Fotze komme ich + will dahin zurück. Open House +

In a Dark Time beeindrucken mich, regen mich an. Und ich hab seit 4 Wochen nicht mehr mit Marina gesprochen, nicht gefickt, niemanden gefickt; von fürchterlichen Krisen geschüttelt → beste Voraussetzungen zum Schreiben; im November schreibe ich am meisten, was Gedichte anbelangt.

Das Gedicht gefällt mir. Ich habe lediglich eine halbe Stunde gebraucht + so wie ich es zum 1. Mal hingeschrieben habe, blieb es auch. Aber den ganzen Tag ging ich schwanger damit + Roethke + Blessing haben mich gefickt + Marina hat mich nicht gefickt + ich habe nicht gewichst → GEDICHT!

Ganz plötzlich in der U-Bahn kam mir der Gedanke: *Sometimes when I die*. Und ich war noch nicht hier, da war es schon fertig. Dialektik ist der Welt + dem Menschen so angemessen wie die Schere einem Mikroprozessor. Aber davon kommt noch mehr!

Dialektik, Mensch, Welt
Schere, Boxhandschuh, Mikroprozessor
Mußte Jungfrauen durch alte Frauen ersetzen: paßt besser zum Hymen, zur Höhle, zum Leichnam, zur Geburt.

Ich finde es phantastisch, daß ich jetzt Tagebuch führe. Fast 30 Jahre habe ich es nicht gekonnt + nicht gewollt + heute gehe ich in den Schreibwarenladen + kaufe eine Kladde für 20 DM, obwohl ich so gut wie kein Geld mehr habe, noch 50 Mark in bar, auf der Kasse 0, was solls. Im Moment ist es mir scheißegal.

Die 3. Phase hat begonnen, die 1. begann im Jahre 1968, als ich anfing Marina Briefe zu schreiben, Marina ist übrigens eine Sau, ein charakterloses Schwein + Dummheit tritt nie auf ohne bodenlose Frechheit + Dreistigkeit, dummdreiste Dame. Die 2. dann im Winter 74/75, als ich mir das Bein gebrochen hatte + als Krüppel von Marina mal wieder sitzen gelassen wurde. Jedenfalls besuchte ich ein hervorragendes Seminar in Tübingen über Poetry, begann zu schreiben. 1. Versuch: ein Gedicht von Pound zu vervollständigen; mein Versuch war gelungen, also ging es weiter. + die dritte begann heute + wieder ist Marina SCHULDIG! + Roethke half ihr + mir + der Welt. Kinners, Kinners, ich könnte stundenlang weiterschreiben + ich werde schreiben, was mir in den Sinn kommt, vielleicht Sperma auf die Seiten träufeln + warten ob's ein Bäumchen wird.

22:10 Was habe ich heute gemacht? 8:00 aufgestanden, Brötchen gekauft + Milch + Zeitung + Spiegel (hab übrigens beschissen geschlafen, um 3 Uhr das letzte Mal auf die Uhr gesehen), gefrühstückt, alleine in der großen Küche, die anderen waren wohl schon alle weg oder noch nicht auf, ziemlich viel an Marina gedacht, war nämlich Sonntag zuhause in Koblenz, n paar Sachen geholt + versucht, bei ihr anzurufen, zuerst besetzt (13:40) dann war Rita dran (18:30), Marina nicht da. Rita klang mitfühlend + verständnisvoll, sprachen aber nur wenig, keine Post für mich, hab neues Zimmer, aber auch wieder nur bis 31.1.1980. War natürlich verzweifelt, weil mir klar war, daß sie andere mir vorzieht + es ihr egal ist, was mit mir passiert. Ist ja auch egal. Dann kam ich auf die Idee, Rita zu fragen, ob sie nicht Lust hat, am Freitag nach Bonn zu kommen; Walser liest in der Uni. Könnten dann bißchen reden, was trinken + zusammen schlafen, würde die Matratze auf den Boden legen müssen, das Gestell knarrt fürchterlich. Stellte mir vor, wie ich die kleine schwarze Statistin aus dem Theater fragen würde, was sie vorhat, hatte natürlich einen anderen Macker, aber sie sieht bezaubernd aus, wirklich, vielleicht frage ich sie doch; Rita ist nicht hübsch aber warm und kuschelig.

War jedenfalls die ganze Nacht aufgeregt + schlief schlecht.

Im Radio labert André Heller von Idylle, von Erfolg, naja, fuhr dann in d. Stadt + in die anglistische Bibliothek + fand ROE, beeindruckte mich wirklich sehr + war stolz, daß Ansätze davon auch bei mir schon zu finden sind. Und versöhnte mich mit Marina + der Welt, war davon überzeugt, daß bald etwas passiert. Hängt ganz davon ab, wie ich mich entscheide. Ich weiß es einfach nicht.

Kaufte anschließend die Kladde, fuhr dann mit dem Bus auf den Venusberg, hatte den Kopf voll Ficken, Fotzen + Metphysik. Bedaure daß ich es doch nicht gleich notiert habe jetzt ist es erst mal weg irgendwann kommt es wieder in irgendeiner Form, ein bißchen davon in manchmal, wenn ich sterbe. Was soll ich machen? Wenn ich tot wäre, müßte ich nicht mehr dauernd sterben, dann wäre es scheißegal, ob ich mich zum Examen anmeldete oder nach Berkeley abhaute oder ob mein Romänche Autobähnche ein Seller würde. Also machte ich ein bißchen Sauna und ging mit 60,5 kg nach Hause. + konnte es nicht erwarten, mich hinzusetzen + das Poem hinzuschreiben. Kam mir unheimlich großzügig vor Marina gegenüber. Hab dann bißchen was gegessen + Robert Lowell getippt + übersetzt; hätte Lust, einen trinken zu gehen, hab gestern nichts getrunken, obwohl Vollmond. Ich würde unheimlich gerne einen trinken, verdammte Scheiße, aber wo? Es ist halb elf, lies nochmal Manchmal, wenn ich sterbe.

6.11.79, 1:30 Noch ein bißchen mit drei Personen diskutiert, ziemlich schwierige Angelegenheit: machts der Khomeini besser als der Schah, oder haben die Mullahs nicht auch einen Machtapparat aufgebaut, den keiner mehr (+ schon gar nicht das Volk) kontrollieren kann. Was ist aus der Revolution geworden? Ich geh schlafen. «

In einer ersten Version hatte es geheißen: *Wenn du mit anderen fickst, erheb ich mich,* aber diese Version war wie das zweite *ficken* eine Konzession an den Zeitgeist und entsprach nicht dem Thema der Dialektik und der Intention des Gedichtes, nämlich mit Oppositionen zu operieren. Und der Gegensatz zwischen „sich legen" und „sich erheben" war deutlicher als der zwischen „ficken" und „sich erheben". Und deshalb blieb das zweite *ficken* erhalten, weil es mit *metaphysisch* kollidierte.

Auch Walters Wohnkarriere in Bonn war erheblich bewegter als die in Tübingen, wo er in zwei Jahren nur in einer Bude in der Käsenbachstraße gewohnt hatte. Sorger hatte ihm seine erste Bude besorgt, in der Sebastianstraße in Poppelsdorf. Walters Weg zur Sebastianstraße führte in direkter Linie vom Hofgarten mit Anglistischem Seminar und Unihauptgebäude, dem Kurfürstlichen Schloss, über die Poppelsdorfer Allee zum Poppelsdorfer Schloss und am Botanischen Garten vorbei. Die Kastanien waren immer ein ganz früher Bote der Jahreszeiten und dann auch der Verschmutzung, wenn Krankheiten schon früh im Jahr die Blätter verdorren ließen. Walter liebte die Sternwarte, die aussah wie ein Wasserturm, er liebte die Rosenrabatte und die Lindenallee vorm Poppelsdorfer Schloss. Der Gang vom Anglistischen Seminar zurück in die Sebastianstraße hatte immer etwas ganz Besonderes.

Der Vermieter hatte einen Lastwagen, ein Fuhrunternehmen und vier Studentenbuden auf dem Hof mit einem Lokus. Dann kam eine lange Zeit nur ein paar Häuser weiter eine Bude mit immerhin einem Bad und einer Wanne, das er sich mit einem ganz strebsamen Anglisten teilte.

Hier wurde er „zwecks nächtlicher Ruhestörung" gekündigt und danach war Walter halbwegs unbehaust, das heißt illegal in Studentenwohnheimen untergekommen, hatte manchmal im Theater übernachtet oder in Sorgers Bude, wenn der in Fernost unterwegs war. Die meisten Unterkünfte hatte ihm also Sorger besorgt, der, wie man heute sagen würde, gut vernetzt war. Was ihn nicht vor einer Paranoia bewahrte. Er hatte nämlich im Römerlager die Bude von einem Hans Pelzer übernommen. Was nicht erlaubt war. Sobald jemand vor Ablauf seiner maximalen Belegungszeit auszog, mussten die Buden neu vergeben werden, wurden aber in solchen Fällen unter der Hand weitergegeben. Weckte man Sorger zu jener Zeit nachts auf und fragte ihn nach seinem Namen: Hans Pelzer! Als er dann Walter Hans Pelzers Identität suggerieren musste, wusste er nicht mehr, ob er Sorger, Pelzer oder Walter war.

Die Bude in der Rheinallee war Walters letzte Unterkunft in Bonn und der illegale Status hatte auch ihm ziemlich zugesetzt, denn das Wohnheim war ein ganz kleines. Fünf oder sechs Zimmer mit einer gemeinsamen Küche. Da fiel einer, der nicht offiziell gemeldet war, schnell dem Hausmeister auf, wenn man nicht dafür sorgte, bei Zimmerbegehungen beim Arzt und ansonsten möglichst unsichtbar zu sein.

Im Goldpfad, 31. Januar 2012: Ausgezeichnet!

Lena: Hast du das mit bekommen, Walter, Daniela Dröscher erhält den Koblenzer Literaturpreis. Die habe ich letztes Jahr bei den Literaturtagen während der BUGA gesehen. Da gab es doch einen kleinen Eklat wegen der missglückten Laudatio. Die Dröscher wurde mit einem Preis ausgezeichnet. Schade, dass du nicht dabei warst. Wenn du nirgendwo hingehst, wie willst du dann mit den Leuten in Kontakt kommen?

Walter: Dafür habe ich doch dich, Schwesterchen.

Lena: Nein, im Ernst, Walter. Warum solltest du nicht so einen Preis bekommen? Wir könnten das Geld gut für unser Häuschen gebrauchen.

Walter: Weil mein einziger offizieller Bucherfolg dreißig Jahre zurückliegt.

Lena: Aber in den Ausschreibungen steht doch, dass sie das literarische Experiment hier in der Region fördern wollen.

Walter: Wer Geld für eine Auszeichnung ausgibt, kann in die Ausschreibung schreiben, wozu er lustig ist und von allem Möglichen fabulieren, Experiment, Avantgarde, weiß der Teufel was, und dennoch wird dann nach der Augenfarbe der Bewerber entscheiden, Körbchengröße der Kombattantin …

Lena: Haha. Die war übrigens, soweit ich das erinnere, recht schmal insgesamt. Du bist ja doch sauer, Walter.

Walter: … entschieden, ja! Und klar, manchmal denke ich, man kann ja nie ganz ausschließen, dass die furchtbaren Juroristen mal einen verwegenen und hellen Moment haben. Naja, vergiss es. Das darfst du alles nicht so eng sehen, Lena. Du hast das Mädel doch gesehen. Die war noch im Kindergarten, als mein „Roman Autobahn" auf der Bestenliste stand und den Koblenzer Literaturpreis gibt es ja auch erst seit ein paar Jahren.

Lena: Fünfzehn, glaube ich, Walter, seit fünfzehn Jahren und er wird alle drei Jahre vergeben, so weit ich weiß.

Walter: Naja. Die ist jung, hübsch, hat tausend Sachen studiert, ist in München geboren, lebt in Berlin und hat schon einige Preise abgeräumt. Und dann schau mich an, Lena.

Lena: Fishing for compliments. Da müsste mal ne Quote her für männliche, grantige Einzelkämpfer.

Walter: Schöne Idee. Nein, mit denen kann man doch nicht glänzen. Natürlich wollen die sich hier ein bisschen Glanz, große Literaturwelt nach Koblenz holen, die Koblenz-Touristik ist federführend, und die große Literaturwelt der Provinz heißt im Moment Berlin. Das gab es im Übrigen schon mindestens einmal in der rheinischen Geschichte.

Lena: Ach, Walter. Immer kannst du alles erklären, warum machst du dir das nicht zunutze?

Walter: Mach ich doch, mach ich. Ich weiß, dass ich mit meinen Büchern so einen Preis nicht bekommen kann. Das schützt vor Enttäuschungen. Ich habe mich ja auch nicht beworben. Hast du etwa, Lena?

Lena: Nein, natürlich nicht, Walter. Doch nicht ohne dein Okay.

Walter: Es würde viel zu viel Mut verlangen, Mut, den eine solche Jury nicht hat, nicht haben kann. Schau mal, da sitzen, wie viele in der Jury? – zwanzig?

Lena: Ja, ungefähr.

Walter: Da sind nicht nur Literaturwissenschaftler drin, sondern auch Buchhändlerinnen, die mit Experiment nichts am Hut haben, sondern mit Büchern möglichst viel Geld verdienen wollen, Leute von der Stadt, aus den Ämtern, von den Kammern. Da geht es zu wie im Rundfunkrat, Proporz ist das Kriterium und nicht pro artem. Experiment, Experiment, jedes Kunstwerk ist ein Experiment, weil man nämlich vorher nie weiß, ob es gelingen wird. Und was für mich konventionell erzählt ist, empfinden die schon als avantgardistisches Experiment.

Lena: Ja, und?

Walter: Bei einer so großen Jury findet nur ein Werk oder ein Autor, eine Autorin, Wohlwollen, die keinem wehtut, verstehst du. Das muss deshalb keine schlechte Literatur sein, nein, keineswegs. Aber Literatur, die aus dem Rahmen fällt, polarisiert, die auf begeisterten Zuspruch bei den aufgeklärten Wissenschaftlern trifft, erregt den Widerspruch des alten Kammerpräsidenten und des Vertreters der katholischen Kirche. Da sitzen Leute aus den Sportverbänden, den Parteien, verstehst du, alle gesellschaftlich relevanten Gruppierungen. Ich hab doch damals selbst in Jurys gesessen. Da geht es um Minimalkonsens. Eine Literatur, die allen gefällt und keinem wehtut, mag erfolgreich sein, hat aber nichts mit dem zu tun, was ich als Leser und als Schriftsteller will.

Lena: Trotzdem. Du hast es einmal geschafft, warum nicht wieder?

Walter: Ach, Lena, dein Optimismus, deine Naivität.

Lena: Ja, und? Du hast doch gesehen, dass es geht. Wir sollten das wirklich machen mit meiner Autorenschaft, vertrau' mir, ich bin zwar nicht mehr so jung …

Walter: Aber immer noch hübsch, Lena. Du siehst blendend aus. Fishing for compliments hast du das genannt.

Lena: Ach ja. Danke, Bruderherz. Wie weit bist du denn mit unserem Romanprojekt? Du redest nie darüber. Hast du schon einmal jemanden Probe lesen lassen? Würdest du mir vielleicht einmal etwas zeigen?

Walter: Nein, Lena. Aber, ja, ich habe jemanden, der die Kapitel zum Lesen bekommt.

Lena: Und wie ist die, seine, ihre Resonanz, kritische Anmerkungen?

Walter: Ich brauche keine Resonanz. Ich brauche das Bewusstsein, dass es jemand gelesen hat, wenn es fertig ist. Und natürlich kommen von der Seite dann Fragen, Anmerkungen, mit denen ich mich auseinandersetze und so oder so verarbeite.

Lena: Und warum kann ich das nicht lesen?

Walter: Weil du viel zu nah dran bist, beteiligt bist. Du könntest dich nicht zurückhalten und würdest mich beeinflussen.

Lena: So schlimm?

Walter: Nein, Quatsch, alles schön kleinbürgerlich. Außerdem bekommst du es selbstverständlich zu lesen, bevor das in die Öffentlichkeit geht.

Lena: Wie weit bist du denn?

Walter: Also, ich habe bis jetzt rund siebzig tausend Wörter und die siebziger Jahre abgeschlossen. Das ist, nach den Jahrzehnten betrachtet, etwa die Hälfte, ich käme am Ende auf weit über einhunderttausend.

Lena: Was ist das in Seitenzahlen?

Walter: Hängt natürlich vom Buchformat und Satz ab. Drei-, vierhundert Seiten mindestens. Aber ich bin noch nicht so weit, wirklich abschätzen zu können, wie viel es am Ende sein wird. Erst wenn ich am Schluss angekommen bin, weiß ich, wie das Ganze aussehen soll, ob ich noch Passagen einbauen oder rigoros kürzen muss. Anfang und Verlauf lassen sich erst vom Ende her determinieren und dekorieren.

Lena: Ich kann mir also Zeit lassen mit der Vorbereitung auf meine Rolle als literarische Debütantin.

Walter: Dazu kann ich noch weniger sagen. Und ich will mir darum auch keine Gedanken machen. Der Schreibschub treibt mich jetzt schon fast anderthalb Jahre an, das ist enorm, und ich fühle mich nach wie vor gut und ganz zuhause im Text. Ich will da nichts riskieren. Ich will mich nicht mit diesen Nebenaspekten beschäftigen.

Lena: Sollst du auch nicht, Walter. Mach einfach weiter, wie du denkst.

Walter: Mache ich sowieso. Und, mal ehrlich, ich weiß nicht, wie sich eine solche Auszeichnung mit all dem Rummel drum herum auf meine Arbeit ausgewirkt hätte. Ich kann ungestört die zweite Hälfte angehen ohne all das.

Lena: So wild wäre das mit dem Rummel auch nicht geworden.

Walter: Nicht? Dann stell dir mal vor, wenn hier den ganzen Tag das Telefon klingeln würde, TV Mittelrhein, der SWR mit seinen Teams angerückt wäre für eine Home-Story. Jessica hätte sich …

Lena: Um Gottes Willen, Walter, gar nicht auszudenken. Das hätte gleich noch eine Home-Story über ein Familiendrama gegeben. Jessica im Examen und Leander beim Zahnen mit Blähungen. So gesehen müssen wir wirklich heilfroh sein, dass du den Preis nicht bekommst. Unglaublich, du machst mich ganz fertig, Walter. Da habe ich die ganz unschuldige Vorstellung, wie schön es doch wäre, wenn wir mal wieder Glück hätten und etwas Besonderes erlebten, aber dann rede ich zwei Minuten mit dir, Walter, und es stellt sich heraus, dass die Erfüllung meines Wunsches eine Katastrophe geworden wäre, unglaublich.

Walter: Weiß Jessica denn schon, was sie nach dem Examen macht?

Lena: Sie will im Moment nicht darüber reden, Walter. Ich weiß nur, dass Carsten vorhat, im Sommer aus Australien zurück zu kommen, sie wollen dann zusammen etwas machen, aber, na ja, du kannst sie darauf jetzt nicht ansprechen. Vielleicht geht sie auch mit dem Kleinen nach Australien. Wie sieht es denn mit deiner Vertragsverlängerung aus?

Walter: Das sieht auch nach einer unendlichen Geschichte aus, wird sich aber auf jeden Fall in den nächsten drei oder vier Wochen entscheiden. Wenn ich keinen Vertrag bekomme, muss ich mich ja auf der Agentur als jobsuchend melden und darauf habe ich überhaupt keinen Bock. Wenn ich wirklich keinen neuen Vertrag bekommen sollte, muss ich, muss ich, ich müsste alles irgendwie neu sortieren.

Lena: Mir geht das genauso. Marc hatte mich ja auch aus meinem Vertrag hinaus manövriert und seine neue Tussi da hinein bugsiert, der Drecksack, ohne mir was zu sagen. Aber damit hat er sich selbst ausgeknockt, seine Nachfolgerin hat mit mir einen neuen Vertrag geschlossen, aber es kommen keine Aufträge. Wir hängen ganz schön in der Luft, Walter.

Walter: Ich kann das aushalten. Und im Sommer werden wir Klarheit haben. Summer means new love.

Lena: Du und deine Beach Boys.

Walter: Ja, die kommen im Sommer nach Deutschland auf ihrer Tour zum fünfzigjährigen Band-Jubiläum.

Lena: Und du hast Tickets. Summer means new cash.

Roman Autobahn, 1980

„Daß Literatur als Buch – oder in Zeitungen, Zeitschriften, Medien usw. – etwas Verkäufliches, eine Ware ist, die nach dem Gesetz von Angebot und Nachfrage über einen Markt gehandelt wird, war in den sechziger Jahren noch ein Thema, über das gestritten wurde."
So schreibt Heinz Ludwig Arnold 1981 als Herausgeber in seinem Vorwort zur zweiten, völlig veränderten Auflage von „Literaturbetrieb in der Bundesrepublik Deutschland – Ein kritisches Handbuch"; die erste Auflage war 1971 erschienen. Walter hatte das Handbuch erst 1988 erworben. Christa Wolf war Preisträgerin des *Büchner-Preises* 1980. Wolf Wondratschek war 1968 der erste Preisträger des *Literarischen März* gewesen, seine erste Veröffentlichung 1969 „Früher begann der Tag mit einer Schußwunde". Die „Gruppe 47" hatte zum letzten Male 1967 im Fränkischen getagt. „Die Blechtrommel" kam 1979 als Verfilmung in die Kinos, bekam als erster deutscher Film einen Oskar, und als Mutter des kleinen Oskar agierte Angela Winkler, über die Walter im Godesberger Theater ein Gedicht geschrieben hatte. Neu erschienen waren 1980 „Kopfgeburten" von Grass, von Simmel „Wir heißen euch hoffen", von Tolkien „Der Herr der Ringe", von Marquez „Die Nacht der Rohrdommeln", von Engelmann „Das neue Schwarzbuch", von Wallraff „Zeugen der Anklage" und von Christiane F. „Wir Kinder vom Bahnhof Zoo". Und vor allem Michael Endes „Die unendliche Geschichte". Walter konnte das Buch nie ganz zu Ende lesen, er bekam keinen Zugang zu dem, was da an Zeitgeist entstand.
Franz-Josef Strauß war Kanzlerkandidat der Union, Alfred Hitchcock starb an Walters dreißigstem Geburtstag und Czeslaw Milosz erhielt den Literatur-Nobelpreis. 1970 war die erste *Mainzer Minipressen Messe* durchgeführt worden.
Eckehard Henscheid hatte seine „Trilogie des laufenden Schwachsinns" von 1973 bis 1978 mit den Romanen „Die Vollidioten – Ein historischer Roman aus dem Jahr 1972", „Geht in Ordnung – sowieso – – genau – – – Ein Tripelroman über zwei Schwestern, den ANO-Teppichladen und den Heimgang des Alfred Leobold" und „Die Mätresse des Bischofs" vorgelegt. In diesem Roman tauchte ein Brüderpaar auf, die Brüder Iberer, deren Nachname sehr unterschiedlich klang, je nachdem welche Silbe man hauptbetonte. Walter korrumpierte den Namen gerne zu „Ieberer Briederer".
Walter war ja über die Literaturwissenschaft zum Schreiben gekommen und in seiner allmählich wachsenden Bibliothek fanden die drei Romane ab 1982 ihren Platz. Henscheid und seine Romane waren eine Offenbarung, weil sie zum einen von *2001* verlegt wurden, einem alternativen Versandhandel, der 1969 in Frankfurt gestartet und also

nicht Teil des etablierten Literaturbetriebs war, und zum anderen urkomisch eine Szene, die *Neue Frankfurter Schule* – „die schärfsten Kritiker der Elche / waren früher selber welche" – , beleuchtete, die im Feuilleton bis dahin kaum Beachtung gefunden hatte. Die Auswirkungen der 68er, das Entstehen der alternativen Szene in den Siebzigern, führten im Januar 1980 zur Gründung der Grünen, die 1983 erstmals in den Deutschen Bundestag einzogen. Man war also bereits auf dem Marsch in die Institutionen, bald durch die Institutionen, oder wurde von den Institutionen aufgesogen und vereinnahmt. Der Bereich alternativer Literatur sollte erst noch zur vollen Blüte in den achtziger Jahren heranreifen.

Einen Jungautoren-Hype um einen Stuckrad-Barre oder ein Fräulein-Wunder um Figuren wie Charlotte Roche hätte es mit der 1950 bis 1970 geborenen Generation nicht geben können. Solche Phänomene waren nur ohne ein Bewusstsein für die Entwicklungen der ersten drei Nachkriegsjahrzehnte möglich. Stattdessen sorgte Mitte der Siebziger Carl Weissner dafür, dass Charles Bukowski in Deutschland bekannt wurde. Kaum etwas könnte den Unterschied deutlicher machen, Roches handzahme „Feuchtgebiete" und Bukowskis „Darstellung brutaler Gewalt, obszöner Sexualität und des Schmutzes der Gosse" (Der Literatur-Brockhaus).

In Walters und Lenas Bewusstsein war natürlich auch ein deutlicher Bezug zwischen der politischen und privaten Entwicklung. Ihnen war klar, das heißt ihnen wurde im Verlaufe der Jahrzehnte klar, dass die Anstrengungen ihrer Eltern vergebens gewesen wären, hätte es nicht auch politische Veränderungen gegeben, die ihnen als Flüchtlings- und Arbeiterkindern Abitur und Studium möglich machten. Beide waren nicht nach außen hin politisch aktiv oder in einer Partei, Walter blieb zeitlebens sozialdemokratisch und grün bis in die Wolle. Ähnliches galt für Lena, die, was kaum verwundern konnte, liberale Anwandlungen hatte, wo Walter eher anarchistisch angehaucht war.

Und als so Privilegierte gehörten sie, gemessen am Bevölkerungsdurchschnitt, zu den Aufgeklärten und Informierten, gebildet und selbstbewusst. Nicht zuletzt sein Verlagsvertrag, der durch Lenas wie auch immer geartete Vermittlertätigkeit zustande gekommen war, ermutigte Walter, sich ein Leben als Schriftsteller mit all den Unwägbarkeiten des Freiberuflers und mit seinem familiären Hintergrund vorstellen zu können. Ohne allerdings von dem, was Arnold an Erkenntnissen und Ansichten in seinem Band über den Literaturbetrieb gesammelt hatte, mehr als eine ungefähre Ahnung zu haben. Dazu bestand auch keinerlei Notwendigkeit, so lange er als Student eingeschrieben war, der für zwei Auslandssemester er in den Staaten war.

Walters Debüt-Roman „Roman Autobahn" reflektierte in einem Krimi seine Erfahrungen während seines Studiums in Tübingen und Bonn, übernahm dabei Gestaltungselemente aus Hemingways Fiesta-Roman und wurde inhaltlich insbesondere durch die zufällige Konfrontation mit Büchern wie den von Hans Surén initiiert.

Ein Zirkel von Sportlehrern, die sich in dem geistigen Umfeld verbrämter Naziideologie bundesweit zusammengefunden haben, missbraucht junge Turnerinnen und Turner sexuell. Eine dieser Turnerinnen wird, weil sie aus dem Kreis ausbrechen will, umgebracht. Karl-Dorian und Josef, die beiden männlichen Hauptpersonen, studieren in Bonn und haben das Mädchen und deren Schwester kurz vor dem Verbrechen kennengelernt. Karl-Dorian, Sportstudent und Walters alter ego, und die Schwester versuchen auf eigene Faust, den Mord und einen weiteren in diesem Umfeld aufzuklären, was ihnen am Ende auch gelingt. Weil die Täter, Sportlehrer, bundesweit vernetzt sind, ergibt sich bei der Recherche die Notwendigkeit, in ganz Deutschland unterwegs zu sein, also auf der Autobahn. Weil in dem Roman auch eine Reihe von sogenannten Sexszenen vorkommen, hatte man zu jener Zeit schnell den Namen Charles Bukowski, des gebürtigen Andernachers, zur Hand, der in Deutschland gefeiert wurde und in den USA bis dahin so gut wie unbekannt war. Erst der Ruhm in Deutschland half ihm in den Staaten zu einer gewissen Bekanntheit.

Nicht nur an den Sex-Passagen hatte Mattin eine Menge Änderungen gefordert, so dass es fast zu einem vorzeitigen Ende der Zusammenarbeit gekommen wäre. Walter betrachtete sich als Künstler und seine literarischen Arbeiten als Kunst; er wollte nicht darüber diskutieren, sondern beanspruchte die alleinige Autorität. Aber der Verlag steckte nun einmal Geld in den Roman und wollte ein Produkt haben, das sich verkaufen ließ. Walters Argument, ein guter Verkäufer könne alles verkaufen, zählte natürlich nicht.

Nachdem Walter den Verlagsvertrag unterschrieben hatte, den er allein seiner Schwester Lena zur Begutachtung vorgelegt hatte, reiste er nach Köln zu Fotoaufnahmen für die Presseunterlagen. Da sich auch Lena im Verlagswesen nicht richtig auskannte, war der Vertrag so abgefasst, dass der Verlag mehr oder weniger freie Hand hatte. Es war beispielsweise nicht festgehalten, welchen Werbeaufwand der Verlag betreiben musste. Der Roman wurde im Katalog unter den Neuerscheinungen aufgeführt, es wurden aber keine eigenen Anzeigen geschaltet. Die Startauflage von zweitausend Exemplaren zeugte eher von Zurückhaltung als von einer offensiven Strategie. Als Walter darüber informiert wurde, dass das Buch im Druck war, stand schon fest, dass er in die Staaten gehen würde. Im März zum offiziellen Erscheinungstermin gab es eine kleine Präsentation des Frühjahr-Programms für geladene Pressevertreter im Verlag. Mit Mattin, der längst mit Lena nichts mehr zu tun hatte, suchte Walter endlich im

Gespräch etwas herauszufinden: „Wie geht das denn jetzt weiter im Einzelnen?"

„Wir haben natürlich Buchhändler, ausgewählte Journalisten des Feuilletons *peu à peu* vorab mit Probeexemplaren versorgt und die Resonanz war ganz positiv, wie du bald sehen wirst. Wir warten jetzt erst einmal ab, wie der Verkauf anläuft und ich denke schon, dass wir dann für den Herbst eine Lesetournee ins Auge fassen können und Interviews, was halt so gemacht werden muss."

„Das wird nicht gehen."

„Wie – wird nicht gehen?"

„Na ja, ich bin in zwei Monaten weg nach Berkeley, ich, ähm, ich hab da eine Art Stipendium."

„Writer in Residence?"

„Ja, nein, so etwas Ähnliches. Das, ähm, ist schon vor einiger Zeit so arrangiert worden."

„Das kann gut für dich sein, es kann aber auch gut sein, dass es nicht gut ist, wenn du nicht da bist zur Buchmesse und so, *peu à peu.*"

In diesem Moment löste sich Walters Anspannung der letzten Monate in der Gewissheit auf, sich falsch entschieden zu haben. Es war das grimmig wohlige Gefühl, in der wirklichen Welt zu sein, und es war vorzeitige Resignation, die er mit dem Bewusstsein annahm, dass nichts wert war, was allzu leicht zu haben war. Nicht, dass es ihm schlecht ging, nein, keineswegs, aber er wurde das Gefühl nicht los, dass er in den wirklichen wichtigen Dingen zu oft daneben griff. Lena, noch in ihrer Phase der Mischung aus Esoterik und Pfadfindertum, hielt dagegen: „Das Richtige wird sich für dich entscheiden."

Also galt die Devise, vergiss es und mach das Beste draus. Und darauf ein Kölsch! Außerdem käme, wenn sich das Buch wirklich gut verkaufte, genug Geld rein, um umdisponieren und für ein paar Wochen zurückfliegen zu können. In einer doppelten Verneinung wollte er zum Ziel kommen, denn er hielt den Spruch, dass sich Gutes am Ende immer durchsetze, für völligen Schwachsinn.

Berkeley, CA, USA; 1980

Take a jumbo cross the water
Like to see America
See the girls in California
I'm hoping it's going to come true
But there's not a lot I can do.
(Roger Hodgson, Rick Davies; Supertramp: Breakfast in America)

Walter fragte sich, warum auch er der Faszination des Strandes erlegen war, dem kalifornischen Klischee, lange bevor er einen Strand gesehen hatte und auf den Wellen des Pazifiks gesurft war. Von Berkeley aus hatte er jedenfalls nur den Blick auf die San Francisco Bay, deren Ausmaße man leicht unterschätzte. Die Bucht hinter der Meeresenge an der Golden Gate Bridge war ja auch ein Mündungsdelta verschiedener Flüsse und in der Nord-Süd-Ausdehnung fast einhundert Kilometer lang. Außer der Golden Gate, die in Nord-Süd-Richtung verlief, gab es vier Brücken in Ost-West-Richtung über die Bay. Aber Berkeley war mit seinem Campus etwas anderes als Los Angeles und Süd-Kalifornien.

Sicher, die Beach Boys hatten ihn dazu gebracht, Kalifornien für das Land seiner Träume zu halten und Träume waren selten sehr differenziert. Im Sommer 1980 waren die Beach Boys auf Europa-Tournee; sie kamen Berkeley während Walters Zeit nie näher als Lake Tahoe in Nevada oder Los Angeles im Dezember, als sie in Hollywood ihren Stern auf dem *Walk of Fame* bekamen. Den Stern immerhin bekam Walter Anfang 1981 noch zu sehen. Die Strände am Pazifik waren von Berkeley aus nur mit dem Auto und längerer Anfahrt zu erreichen, das Wasser oft verdammt kalt, und als er den ersten Sommertag bei kaum zwanzig Grad Celsius erlebte, war er erleichtert, dass auch hier die Wirklichkeit vielfältiger war als in den wenigen assoziativen Aspekten aus der Ferne.

1977 war er schon einmal in Nordamerika gewesen, ohne dass seine Eltern das mitbekommen hatten; nur Lena wusste davon. „WANTED: Starke Männer für kanadischen Tabak" war das internationale Arbeitsprogramm für deutsche Studenten überschrieben und Walter konnte nicht widerstehen. Kurzentschlossen machte er mit, flog mit rund einhundert deutschen Studenten rüber, arbeitete sechs Wochen auf einer Tabakfarm in Süd-Ontario. Er hatte keine konkreten Pläne für die Zeit danach gemacht. Er hatte sich vorgestellt, nach New York City zu gehen, dort die Intellektuellenszene zu studieren, so lange das verdiente Geld ausreichte; und Onkel Franz besuchen natürlich. Vielleicht konnte er ja literarisch reüssieren. *If you can make it here …*

Aber es kam mal wieder anders, denn er lernte zwei deutsche Studenten, Dieter und Tom, kennen, die auch auf der Farm arbeiteten und die ihn überredeten, gemeinsam ein Auto zu kaufen und auf Reisen zu gehen. Zweimal *coast to coast*. Erst von Toronto über den *Trans Canada Highway* nach Vancouver, dann runter nach Los Angeles, wo sie das Auto wieder verkauften, und Dieter, der eine Student, zurückflog, wogegen Walter und Tom mit dem *Greyhound* quer durch die Staaten zurück nach New York fuhren und dann nach Hause flogen. Ein paar Tage hatten sie auch in Berkeley verbracht und die Stadt hatte Walter damals auf Anhieb gefallen. Bei der *Immigration* auf dem

Flughafen JFK hatte der *Immigration Officer* ihn schon verwundert gefragt, wie er denn mit siebenundzwanzig Jahren noch Student sein könne: *Life must be easy in Germany.*

Jetzt war er schon Dreißig und immer noch Student. Seinen dreißigsten Geburtstag hatte Walter nicht groß gefeiert. Im März war Vater fünfzig geworden und das hatte ein großes Fest gegeben. Walter hatte ihm geholfen, den Partykeller, der als Kellerraum einst erst dem alten Michaelis, dann Walter und Lena als Zimmer gedient hatte, für das große Familienfest neu herzurichten. Alle Geschwister waren aus dem gesamten Bundesgebiet angereist, auch Cousinen und Cousins und Vaters Onkel und Tanten soweit sie noch lebten. Sie kamen auch aus der DDR und sogar aus Polen, der alten Heimatstadt Danzig. Dass Walter nicht zu Mutters fünfzigstem Geburtstag kommen würde, war zwar traurig, aber ein großes Fest im Jahr reichte gewissermaßen. Walters Weigerung, seinen eigenen Geburtstag zu feiern, war für die Familie keine große Sache. Für Walter schon. Nicht nur, dass er nicht wusste, wie er sich entscheiden sollte, er steckte in einer Krise, selbst gesundheitlich ging es ihm nicht gut, seine Haut reagierte überempfindlich und Milben bescherten ihm schlaflose Nächte.

Alptraum 6./7. April 1980

Wache, statt zu schlafen,
heute Nacht bei einem Feuer.
Kratze, statt zu träumen,
meinen linken Oberschenkel
dreihundert fünf und sechzig
Mal und den rechten
nicht ein einziges Mal
weniger.
Parasitärer Flächenbrand
wütet bis in das innerste Mark
einer jeden Nervenzelle,
die brüllend in mir glüht.
Bleiben wird ein verbranntes
Feld verkohlter Stümpfe.

Er hatte noch ein Gedicht *An meine Haut // Kriegsschauplatz / Vermittler zwischen den Fronten / allergische Grenze ...* geschrieben, die aber auch *Spielwiese / fremder Haut mit Zungenfingern / sanft und laut* war.

Zwei Weisheitszähne hatte er sich ziehen lassen müssen, einige Wurzeln wurden entfernt und Plomben erneuert. Bisher hatte Walter körperliche Beeinträchtigungen nur als Folge von Verletzungen, Stürzen und Unfällen erlebt. Dass Vorgänge im Körper selbst, von unsichtbaren äußeren Aggressoren ausgelöst, derart schmerzhaft werden konnten, empfand er als zutiefst verstörend. Wie auch immer er sich entschied, die massive Veränderung in ihm hatte längst eingesetzt und weil das in den seltensten Fällen gleichmäßig auf allen Gebieten geschah, entstanden immer wieder Ungleichgewichte, sorgten Gegenreaktionen für schmerzhafte Anpassungsprozesse. Solche Phasen des Übergangs waren dann in jeder Hinsicht Risse in einer wenn nicht heilen so doch einigermaßen stabilen Welt.

Wenn allein die reifliche Abwägung keine Entscheidung nahelegte, so sagte sich Walter, musste er eine Entscheidung treffen und dann dafür sorgen, dass diese Entscheidung zur richtigen wurde. Das jedoch lag nicht an ihm allein. Äußere Umstände, andere Personen, konnten immer noch beste Entscheidungen zu Fehlentscheidungen machen. Walter war bei allen seinen bisherigen Entscheidungen so vorgegangen, dass Marina, wenn sie es denn gewollt hätte, Teil seines Lebens hätte bleiben oder wieder werden können. Die Entscheidung nach Berkeley zu gehen, war keine Entscheidung gegen Marina aber eine Entscheidung ohne sie.

Dass es Walter und seiner Haut, seiner Gesundheit insgesamt, sehr viel besser ging, sobald er in Kalifornien war, überraschte ihn nicht. Das Klima, die Meeresluft ließen ihn frei atmen. Er war zwar erst dreißig Jahre alt, hatte aber schon ein deutliches Gespür dafür entwickelt, dass sich das Leben in Phasen abspielte und dass Übergänge so lange schmerzlich sein mussten, bis sich ein neues vorübergehendes Gleichgewicht einstellte. Der Transit nach USA, die Zeit davor in Bonn, waren hektisch und ungesund, weil Walter zunächst so tat, als wollte er sich alle Optionen offenhalten, stürzte sich also in Vorbereitungen für alle drei Entscheidungen statt sich für eine Sache zu entscheiden und nur dieses eine Vorhaben voranzutreiben. Es war auch ein Zufallsrennen, denn sobald bei einer der drei Vorbereitungen etwas zur Unterschrift vorlag, sagte er sich, hätte diese Option das Rennen gemacht. Das erste, was Walter dann in die Hand bekam, war sein Visum in der amerikanischen Botschaft in Bonn und danach wurde er langsam wieder ruhiger. Der Verlagsvertrag war natürlich schon früher, Ende 1979, unterschrieben worden, aber da passierte erst einmal nichts, außer dass zweitausend DM auf sein Konto kamen und für etwas Entspannung sorgten.

Lena studierte ja nun auch, bekam zwar BAFöG, aber davon allein konnte man kaum leben, sie brauchte also auch Unterstützung von den Eltern. Walter bekam kein BAFöG mehr, er war ja schon im fünfzehnten Semester, und so viel brachten das Theater und die Ferienjobs nicht ein, wenn jedes Jahr sechs Monate hatte, in denen kein Geld hereinkam. Mit Lena hatte er zuletzt kaum darüber gesprochen, sie hatte jetzt Jens, und die Eltern kommentierten zwar die Möglichkeiten, soweit sie deren Tragweite erkennen konnten, blieben aber auch dieses Mal bei ihrer Maxime: „Junge, du musst wissen, was du tust und gut für dich ist. Du kriegst das alles hin, wenn du willst. Aber ein Examen wäre doch schon …" Lena hatte ihn nur davor gewarnt, allzu große Erwartungen an üppige Einnahmen aus Buchverkäufen zu knüpfen.

„Du kriegst zehn Prozent vom Ladenpreis, da kannst du dir ausrechnen, wie viele tausend Exemplare du verkaufen müsstest, wenn du jeden Monat nur tausend Mark haben willst. Und wie lange läuft so ein Titel, wenn jedes Frühjahr, jeden Herbst unzählige Neuerscheinungen mit massiver Werbung auf den Markt geworfen werden?"

Walter ließ sich auf keine langen Diskussionen ein, glaubte dennoch fest daran, dass sein Roman wie eine Bombe einschlagen und ihn reich machen werde. Den Eltern gegenüber hatten sie lediglich erwähnt, dass Walter ein Buch geschrieben hatte und dass das vielleicht sogar veröffentlicht werden könnte. Mehr brauchten sie vorerst nicht zu wissen.

Die Entscheidung für Berkeley war letztlich die Entscheidung für ein sicheres Einkommen ein Jahr lang. Sein Stipendium und sein Honorar für *Creative Writing* und den Deutschunterricht nämlich. Dazu die Tantiemen, falls und wenn sein Debüt-Roman erst einmal in den Läden war.

„Life must be easy in Germany." So war er ja vor drei Jahren am Flughafen begrüßt worden. Aber so einfach war es auch wieder nicht. Mit Sieben eingeschult, nach dem fünften Schuljahr aufs Gymnasium, da machte man halt erst mit zwanzig oder einundzwanzig Jahren Abi, ohne irgendwo gebummelt zu haben. Dann die Bundeswehrzeit. So kam es, dass Walter sein Studium erst mit Dreiundzwanzig anfing, wenn in den USA viele Studenten schon fertig waren. Das Leben, die Anforderungen und Erwartungen waren nun mal anders. Mit oder ohne Erwartungen, das neue Leben sog Walter so auf, verschlang ihn und besetzte alle seine Sinne, dass er schon bald gar keine Vorstellung mehr davon hatte, wie er bisher gelebt hatte.

Dass die Literaturliste, ganz im Gegensatz zu den Gepflogenheiten an deutschen Universitäten, ernst gemeint war, sollte Walter bald erfahren. Er hatte erst einmal zwei Seminare belegt: *American Novel* mit der Literaturliste *The Scarlet Letter,* by N. Hawthorne; *Huckleberry Finn,* by M. Twain; *The Great Gatsby,* by F. Scott Fitzgerald; *Their Eyes Were Watching God,* by Z.N. Hurston; *The Catcher in the Rye,* by J. D. Salinger; *The Crying of Lot 49,* by Th. Pynchon. Die Seminarbeschreibung lautete etwa so: Wir werden uns auf die zentralen Themen des amerikanischen Romans nach demokratischer Ideologie konzentrieren – Verweigerung und Autonomie, Loyalität, Schuld und Sühne, Zukunftsorientierung und die Last der Vergangenheit – und werden versuchen herausfinden, mit welchen formalen Innovationen der amerikanische Roman darauf reagiert.

Das zweite Seminar hatte einfach die Bezeichnung *American Literature* und wartete mit folgender Literaturliste auf: Wharton, E.: *The Age of Innocence*; Johnson, James W.: *The Autobiography of an Ex-Coloured Man*; Eliot, T. S.: *The Waste Land and Other Writings*; Hemingway, E.: *The Sun Also Rises*; Fitzgerald, F. Scott: *The Great Gatsby*; Faulkner, W.: *The Sound and the Fury*; Cather, W.: *The Professor's House*; West, N.: *Miss Lonelyhearts and the Day of the Locust*; Wright, R.: *Native Son*. Die Beschreibung hier: Eine Untersuchung der amerikanischen Literatur, die versucht, die literarischen Antworten auf das am Anfang des zwanzigsten Jahrhunderts aufkommende moderne Leben aufzuspüren. Wir werden eine Palette von Genres und Stilen lesen, um den besonderen Einfluss des Modernismus und anderer experimenteller Moden auf das Schreiben jener Epoche zu bewerten, wobei wir ebenso die Signifikanz erforschen werden, die der Realismus und Naturalismus für amerikanische Autoren weiterhin hatte. Wir werden uns ganz besonders damit befassen, wie Schriftsteller solche Themen wie nationale Identität und Rassenunterschiede ansprachen; neue Bewusstseinspsychologie, Emotion und Sexualität; ‚hoher' Modernismus und populäre Kultur, Klasse und Kosmopolitismus; und die literarische Reaktion auf die neuen Informations- und Unterhaltungsmedien.

Walter hatte den Vorteil, dass er die Hälfte der Titel auf den Listen schon gelesen hatte. Das Studium in den USA war nicht nur anders als in Deutschland, sondern auch ganz anders als er erwartet hatte. Da die Seminare meist nur sechs Wochen dauerten und jeweils mit Essays und Abschlussprüfung daherkamen, hatte man in dieser Zeit keine Zeit für irgendetwas anderes. Zum Glück war sein Stipendium nicht an Leistungsnachweise gebunden, sondern diente ihm zu seinen eigenen Studien und literarischen Arbeiten. Weder gab es weitere Studenten, die mit diesem Stipendium ausgestattet waren, noch schien es Vorgänger oder spätere Nachfolger zu geben. Walter fragte nicht weiter nach, er verließ sich auf seinen Professor Feerful, hatte die Urkunde, der Flug war bezahlt worden, das Zimmer im YMCA reserviert, das Geld ging samt einmaliger Anschubfinanzierung von fünfzehnhundert Dollar jeden Monat aufs Konto. Wozu Fragen stellen?

Die USA waren dabei, auf reaktionären Kurs zu gehen, Ronald Reagan kandidierte gegen Jimmy Carter, und sollte diesen 1981 als Präsident ablösen. Bevor Walter nach San Francisco weitergeflogen war, hatte er von New York kommend, in Washington, D.C., seinen alten Freund Donald besucht, den er in Koblenz Anfang der siebziger Jahre in der Firma Unbrako kennengelernt hatte. Walter hatte einen Ferienjob, Donald seine Stelle schon seit ein paar Monaten, weil die deutschen Behörden seine US-Abschlüsse nicht anerkannten und er von irgendwas seinen Lebensunterhalt bestreiten musste. *Unbrako Fasteners*, eine amerikanische Firma, stellte Schrauben her und wurde später wie viele andere amerikanische Firmen in Koblenz geschlossen. Bei *Procter & Gamble* hatte Walter Lenor-Flaschen an einer Maschine etikettiert, die in den zwanziger Jahren in Deutschland hergestellt worden war, nach dem Zweiten Weltkrieg in die USA transportiert und dort ein paar Jahre verwendet wurde, bevor sie wieder nach Deutschland zurückgebracht wurde, nachdem *Procter & Gamble* die Koblenzer Firma *Rei* („Rei in der Tube" mit dem Jingle nach „La Cuccaracha") übernommen hatte.

Donald jedenfalls war Amerikaner, der gegen den Vietnamkrieg protestiert hatte und in Europa seine antiamerikanische Haltung besser ausleben konnte. In Amsterdam hatte er Silke kennengelernt, die in Koblenz studierte. Zu viert, Donald und Silke, Walter und Marina, waren sie in Marinas Käfer nach London gefahren, hatten dort in einem Studentenwohnheim ein kleines Zimmer mit zwei Etagenbetten belegt. Die Hölle. Gegen Silke war Marina ein friedfertiger und stiller Engel. Silke, aus Hamburg gebürtig, war eifersüchtig und pflaumte Donald unentwegt an, sobald ein Mädel nur in seine Nähe kam, was in London relativ häufig geschah. Sie war Vegetarierin und Alkohol war für sie des Teufels. Die Krönung des Horrortrips war die nächtliche Irrfahrt auf dem Rückweg durch Belgien, das Walter bis dahin für ein kleines und relativ dicht besiedeltes Land in Europa gehalten hatte. In jener Nacht erlebte er jedoch ein unendlich weites, völlig unbesiedeltes und dunkles Straßenlabyrinth abseits der Autobahnen.

Weil Donald in Deutschland beruflich keinen Fuß auf den Boden brachte, heirateten die beiden schließlich und zogen in die USA, wo Silke, wen konnte es wundern, einen Kulturschock erlitt und nach wenigen Wochen wieder in Hamburg war.

Als Donald Walter am Flughafen abholte, war Walters erste Frage: „Und? Immer noch Vegetarier? Immer noch kein Alkohol?"

Sie fuhren als erstes in eine Kneipe und die Frage wurde mit Bier und Steak beantwortet. Zu seiner Überraschung musste sich Walter, der nicht gleich alle seine Klamotten auspacken wollte, von Donald, der mittlerweile fürs Pentagon arbeitete, ein Oberhemd ausleihen, denn es musste ein Oberhemd mit Kragen sein, um in die Kneipe zu kommen, *tennis shoes* waren erst recht nicht erlaubt. So bekam Walter einen ersten Eindruck vom konservativen Amerika, auch wenn es an der Westküste etwas entspannter zuging. Für die Ostküstler lebten dort ohnehin nur Cowboys und Drogenabhängige. Cowboys gab es in Berkeley nicht allzu viele, aber Drogen, heiliger Strohsack, wenn man die *Telegraph Avenue* einmal entlang ging, war man *high* von der

Atemluft. Für Walter hatte Berkeley, das keine nennenswerte *downtown* wie etwa San Francisco hatte und das sich sanft von der Bay zu den Berkeley Hills mit dem rund fünfhundert Meter hohen Grizzly Peak hinauf schwang, immer etwas von einer Gartenstadt. Abgesehen vom Campus, der einen nicht unerheblichen Teil auf der Stadtkarte ausmachte, war die größte Fläche rechteckig angelegt und voll mit unendlich vielen Häusern, alle mit einem kleinen üppig wuchernden Garten drum herum.

Berkeley war eine der liberalsten Städte der USA und seine Uni war bekannt, allerdings eher für Natur- als für Geisteswissenschaften. Und es war neben San Francisco die Hochburg der Hippies. Der Name der Stadt stammte von dem irischen Philosophen und Bischof von Cloyne, George Berkeley, 1685 – 1753, an dessen Zeilen „westward the course of empire takes its way" sich Frederik Billings 1866 erinnerte, als er mit einigen Kollegen vom Founders' Rock aus Schiffe unter der Golden Gate Bridge beobachtete. Billings war im Übrigen 1848 während des Goldrauschs nach San Francisco gekommen, wurde Präsident der *Northern Pacific Railway* und einer der Gründerväter des *College of California*, aus dem die *University of California* hervorging.

Was bei Silke den Kulturschock und die Flucht zurück nach Deutschland ausgelöst hatte, kam Walters Mentalität entgegen, die oberflächliche Freund-, ja Herzlichkeit in den sozialen Beziehungen, die mit einer Distanziertheit und Kälte hinsichtlich tieferer und engerer Bindung einherging. Walter konnte mit Studenten oder Dozenten Sport treiben, was ihm von Anfang an zusätzlich zu den anderen Seminarteilnehmern gesellschaftlichen Umgang brachte; er ging zu Partys und man ging zum Schwimmen in den Seen von Berkeleys Hinterland. Natürlich studierten in Berkeley junge Menschen aus der ganzen Welt und *anders* zu sein war sozusagen normal, aber gelegentlich fühlte sich Walter besonders von den jungen Amerikanerinnen auf eine Art und Weise angesehen, die ihn anfangs erheblich verunsicherte, bis er eines Tages in San Francisco eine Straße entlang ging und zwei Mädels in einem offenen Sportwagen ihm mit ihren Pfiffen und Rufen und Blicken deutlich machten, was er zwar gehofft hatte, dessen er sich aber gar nicht sicher gewesen war, dass die junge Amerikanerin als solche einen *crush* auf ihn hatte. *To have a crush on someone, to have a strong desire for someone*, ein starkes Verlangen nach einer Person haben also. Auch schon 1980 kleideten sich Jugendliche weltweit ähnlich, hatten lange Haare und Vollbart, wenn sie Männer waren, hörten Popmusik; der Anfang für die Globalisierung war längst gemacht. Dennoch witterten die Mädels, mit denen Walter hier zu tun bekam, ganz offensichtlich seine europäische Andersartigkeit. Er war anders als amerikanische Männer, die ja in seinem Alter längst im Beruf standen, Professoren waren. Allerdings sah man Walter sein Alter nicht auf den ersten Blick an. Bei aller Oberflächlichkeit hatte Walters Ausstrahlung allem Anschein nach den charismatischen Charme des alten Europa.

Hatte Bonn gegenüber Tübingen schon mit einer erheblichen Steigerung der Lustkomponente in seinem Leben aufgewartet, so kam in Berkeley eine neue Dimension dazu. In Bonn waren seine sämtlichen Sexualkontakte, wie viele es gewesen sein mochten, One-Night- oder maximal One-Weekend-Stands, außer denen mit Marina selbstredend. Das ging hier eher nicht. In dem knappen Jahr Berkeley war Walter mit nur zwei Mädels liiert, aber eben über längere Zeit. Sharon, drei Monate, und Bonita, mehr als ein halbes Jahr, waren Walters erste länger dauernde Beziehungen, seit und außer Marina.

Eintrag in Walters Tagebuch vom 20.07.1980:

» Überhaupt scheinen die Weiber hier entweder einen anderen Geschmack zu haben oder sie sind freizügiger. Jedenfalls werde ich kolossal angemacht die ganze Zeit. Am Anfang hab ich mich verdammt unwohl gefühlt dabei; weil ich einfach nicht wußte, was das zu bedeuten hat + wie ich reagieren soll. Well, ich hoffe, Sharon war der Anfang. See the girls in California! I'm still looking forward to seeing + fucking them! «

Sharon hatte er bei einer *house warming party* kennengelernt, sie hatte ihm bald ihren Stetson, ihren Cowboyhut, aufgesetzt und so landeten sie später in einem der Betten des *aufgewärmten* Hauses. Den ganzen Abend lief immer wieder *Police*, und Stings quietschende Stimme auf *Roxanne* nervte ihn ziemlich: „you don't have to put the red lights on / you don't have to sell your body ..." Sharons Geschmack strapazierte Walters Geduld erheblich, auch bei der Auswahl der Kinobesuche: *Xanadu* mit Olivia Newton-John und ELO, Electric Light Orchestra.

Die ganze erste Nacht hatten sie nackt nebeneinander gelegen und geredet und geredet und geknutscht und einander gestreichelt und geredet. Sharon war keine Jungfrau mehr, hatte ein paar sexuelle Erfahrungen, war fürchterlich enttäuscht von dem typischen Paarungsverhalten amerikanischer Männer, das sich offensichtlich weder durch Phantasie noch sonderliche Gefühlsduselei auszeichnete. Und so konnte, musste Walter, der mit ihr spaßeshalber sogar einen Walzer, *well, yes, a Viennese Waltz!* getanzt hatte, sich von seiner besten, sprich emanzipierten, europäisch humanistisch aufgeklärten Seite zeigen.

Walter empfand diese Nacht als enorme Herausforderung, Sharon nicht einfach herumzukriegen, sie flachzulegen, sie zu vögeln, sondern sie soweit zu bringen, dass sie mit ihm vögeln wollte, was sie von Anfang an wollte, und sie so weit zu bringen, das auch wirklich genießen zu können. Walter war nicht scheinheilig, keineswegs, sich selbst gegenüber jedenfalls nicht und er hatte nicht verdrängt, dass auch er *back in good old Germany* gerne mal den *male macho* gegeben hatte. Sharon kam aus dem mittleren Westen, ihre Eltern hatten da eine große Farm, sie war Anfang Zwanzig und studierte auch irgendwas mit Agrar, sie war stämmig gebaut, nicht sehr groß, hatte blondes, kurzes und sehr borstiges Haar, Sommersprossen und litt unter den Folgen einer hartnäckigen Akne. Ihr Gesicht war voller Papeln und Pusteln, im Dunkeln fühlte sich die Haut auf dem Leib jedoch überraschend glatt und vor allem trocken an. Walters Haut war nach der überstandenen Krätzeattacke wieder wie neu – *like a baby*.

Für Sharon war Walter die Wiedergeburt von Casanova, Goethe, Einstein und Freud in einer Person. Für alle anderen blieb es bei Walt. Er hatte nur seinen Namen nennen müssen, Walter Wisman, um bei den literarisch Gebildeten, und von denen gab es in Berkeley einige, Walt Whitman, den amerikanischen Lyriker der *Leaves of Grass*, Grashalme, auf den Plan zu rufen.

„Hey, you're a great great great grandson of Walt Whitman, great!"

Natürlich schrieb Walter neue Gedichte und auch einige auf Englisch. Aus seinen handgeschriebenen Notizen: „Zusammenziehen der Zeiten durch symptomatische Phänomene, ein Durchwachsen und Durchdringen dessen, was war, ist und sein wird. Das sind die Mythen über den Ursprung der Welt und des Menschen, die Mythen vom Bad im Zeitenfluss, von Unsterblichkeit und Wiederauferstehung, von Tod und Verzweiflung" wurde dieses Gedicht:

Tying the Times Together
Summer love in a labyrinth of sin, the myth
Of dying cities, damaged by a trembling ground.
The magic of migrating people on drifting continents.
A multitude of murderers on the rising surf at sunset.
Bathers scattered on a beach with swaying palms.
Peace and war to come with the high and low
Of an ocean nobody can cross.

Wenn Sharon ihn in seiner Bude im YMCA besuchte, ging sie nie mit ihm zusammen hinein, sondern ließ sich immer von einer befreundeten Kommilitonin, am *concierge* in der Rezeption vorbei, hineinbringen. Manche YMCA-Häuser lagen in Bezug auf Komfort zwischen Jugendherberge und Hotel, das in Berkeley eher darunter. Walters Zimmer hatte einen Kühlschrank und einen kleinen Fernseher, zwei Betten, einen begehbaren Schrank, einen Schreibtisch, keine Nasszelle; Toilette und Dusche waren auf der Etage, eine gemeinsame Küche ein Stockwerk tiefer. Aber ein Schwimmbad gab es und eine *gym*. Auf

Walters Etage wohnten nicht nur Touristen für ein paar Tage, sondern auch Studenten wie er für ein oder zwei Semester und außerdem Leute, die auf Kosten der Allgemeinheit, *welfare*, hier untergebracht waren.

Walter hatte sich zwei Nahziele gesteckt, ein Motorrad und eine andere Bude. Sparen war noch nie Walters Stärke aber von den „Roman Autobahn"-Tantiemen und dem Stipendium konnte er sich bald eine gebrauchte Enduro kaufen, eine 250er Honda, und im Herbst zog er zu zwei Bekannten, die sich ein kleines Holzhäuschen teilten; im Parterre Küche, *living room* und Bad, oben die drei Schlafzimmer. Jetzt waren also neben den Wanderungen in den Hügeln Berkeleys auch Ausflüge in die nähere und weitere Umgebung möglich, wie damals in Tübingen. Um das Haus war ein drei Meter breiter Gartenstreifen, der nur nach hinten hinaus etwas länger war und für BBQ genutzt werden konnte. So winzig das Grundstück sein mochte, zusammen mit dem Bewuchs der Nachbarhäuser lebten sie in einem Park voller Palmen, Eukalyptusbäumen, Kakteen und Bougainvillea-Sträuchern, dufteten Kräuter und Hanf.

Im Dezember, zu Mutters fünfzigstem Geburtstag war es mit allem soweit, Maschine, neue Wohnung, neue Freundin. Als er Zuhause anrief und seine Mutter ans Telefon ging, traf es ihn ins Herz. Da es beim Telefon ja nicht unbedingt um akustisch perfekte Klangtreue ging, klangen Stimmen, die sich sonst nur ähnlich waren, manchmal identisch. Seine Mutter klang als sei ihre eigene Mutter, die Osterholzer Oma auferstanden, nicht allein der Stimme wegen, nie zuvor hatte Walter Mutters ostpreußischen Dialekt so stark herausgehört. Vorher waren Briefe gekommen:

» Arzberg, den 11.8.80
Lieber Walter.
Haben Deine Karte dankend erhalten, sind froh, daß es Dir gut geht. Wenn Du den Brief bekommst, dann bist Du schon bald drei Monate da. Wir haben Deine letzte Karte am Samstag, d. 9. 8., erhalten. Schmeckt Dir noch das Studieren? Lena ist heute mit Jens abgefahren in Urlaub, wollte erst bei Tante Rosa rum, dann weiter an die Ostsee. Samstag war großes Feuerwerk, Rhein in Flammen, haben draußen bißchen gegrillt, der Kurt war da mit Frau, aber Lena war schlecht gelaunt. So, nun haben wir auch unser Telefon, ist gut, daß die Lena bißchen weg ist, denn die saß nur noch da dran. Sind alle feste am anrufen, nur der Karl noch nicht. Die Osterholzer haben schon zweimal angerufen. Am Samstag hat einer zweimal hinter einander angerufen, wollte Jutta Berg sprechen und ein Wasserschloß kaufen, ich glaube das war der Klaus, aber ich habe gar nicht geantwortet, habe eingehängt. Papa hat gleich gesagt, daß der das war. Nun, wie geht es

Dir, denn ich glaube, ein Brief ist wohl schon unterwegs. Nun will ich Schluß machen, und sei vorsichtig, daß Dir nichts passiert und gehe abends nicht so viel aus, ich werde so früh schon immer wach, da bist Du wohl noch auf.

Sonst noch alles beim Alten, wenn Lena zurückkommt, dann wollen Papa und ich ja bißchen weg. Am 23.8. hat Rosa Geburtstag, hoffentlich ist Lena zurück bis dahin, daß sie auf das Haus aufpassen kann. Marina hat uns auch besucht, sie ist ja umgezogen.

Nun sei brav, wir denken an Dich, Mutti. «

Auf einer der Rückseiten des dünnen, blauen Luftpostpapiers waren zwei Zusätze vermerkt, einmal von Mutter: „Bitte deutlich schreiben" und von Lena: „Lieber Walter, der Brief ist wegen einer falschen Adresse zurückgekommen ‚unbekannte Adresse' und ich schicke ihn Dir mit der neuen, damit Du ihn hoffentlich bald hast. Alles Gute, Deine Lena."

Anfang Oktober fand im *California Memorial Stadium* auf dem Campus das *Bread & Roses Festival* statt, Headliner waren Kris Kristofferson und Neil Young, und an Walters Seite Bonita Alvarez. Bonita war auch auf der *house warming party* gewesen und Walter wusste im Nachhinein gar nicht, warum er nicht mit ihr im Bett gelandet war, denn auch mit ihr hatte er sich angeregt unterhalten. Ihre Version: „It was your obligation to fuck her." Aha, seine Verantwortung war es also gewesen, Sharon zu ficken, aber jetzt sei sie dran: „Now it's my turn, Walt."

Romantisch und pragmatisch. Die Byrds sangen dazu *turn, turn, turn* und es drehte sich einiges, es drehte sich alles und es drehte sich alles nur noch um Bonita. Walter verstand so vieles nicht, versuchte nicht, das zu verstehen, was er kaum glauben konnte. Er nahm sich vor, mit allem, was er hatte mitzumachen, aufwachen konnte er immer noch, später. Eine Zeit zu lieben, und eine Zeit zu hassen; eine Zeit für den Krieg und eine Zeit für den Frieden: *turn, turn, turn.* Von den Byrds war die Aufnahme, von Pete Seeger die Musik und der Text aus dem Alten Testament. Sharon war in den Sommerferien zurück zur Familie gefahren, zurück zur Farm und es gab überhaupt keinen Zweifel daran, dass es das war, denn sie wechselte an eine andere Uni.

Bonita Alvarez war wirklich eine Schönheit, ihre Familie stammte aus Mittelamerika, und lebte schon seit zwei oder drei Generationen in den Vereinigten Staaten, Texas, New Mexico, California. Bonita verdankte ihre Schönheit einem großen genetischen Topf, unter ihren Vorfahren waren Südeuropäer, Indios und jede Menge Mischlinge. Dunkles, langes Haar, große braune Augen, eine atemberaubende Figur, die sie mit genauso viel Lässigkeit wie Eleganz bewegte. Sie schien keinen allzu engen Kontakt mehr mit ihrer Familie zu pflegen;

wenn sie über ihre Familie sprach, tat sie das mit der Liebe und Dankbarkeit eines wohlerzogenen Kindes, aber es kam selten vor. Bonita war sehr selbstbewusst, finanziell ging es ihr gut; sie arbeitete bei einer der Reedereien, die den Fährverkehr auf der Bay betrieben. Walter liebte vor allem die Fahrt mit ihr von Vallejo nach San Fran, wo sie dann im Hafen *lobster* aßen, *Chardonnay* tranken und einfach glücklich waren. Mit Bonita unternahm er Wochenendtouren nach Norden in die *Redwood-Forests* Oregons und nach Süden die legendäre 101 die Küste entlang durch Big Sur, nach Santa Barbara und Los Angeles.

Als Weihnachten näher kam und Bonita Vorbereitungen traf, über die Feiertage zu ihren Eltern zu reisen, wuchs in Walter die Befürchtung, sie könnte ihn auffordern mitzufahren. Sie tat es nicht, meinte nur: „Next year, my dear."

Anfang des Jahres 1981 kam ein Brief von Lena:

» Hallo, Walter, schönen Dank für Deinen langen Brief und die vielen Fotos: ich beneide Dich und ich freue mich mit Dir, dass es Dir so gut geht. Deine Bonita ist ja wirklich eine Schönheit, ich kann gar nicht begreifen, wie sich so eine Frau mit Dir einlassen kann. Nein, im Ernst, sie scheint sehr nett zu sein, sie hat so eine herzliche Ausstrahlung.

Ich weiß nicht, ob ich Dir das sagen soll, aber ich bin schwanger. Ja, von Jens. Ich hab's vorige Woche erst erfahren. Ich werde das Kind auf jeden Fall bekommen, ob ich Jens heirate, weiß ich allerdings noch nicht so genau. Er freut sich aber auch, wirklich.

Weihnachten war ich Zuhause (die wissen natürlich noch nichts!) und ich weiß nicht, wie ich das jetzt sagen soll. Also, Mama ist doch operiert worden nach ihrem Geburtstag, das heißt, sie sollte operiert werden. Irgendwie krieg ich da aus Papa nichts raus, Mama blickt da eh nicht durch, jedenfalls ist Papa sehr bedrückt und ich habe ihn erwischt, wie er in einem unbeobachteten Moment geweint hat. Mama sollte am Darm operiert werden, sie ist wohl auch im OP gewesen, aber nicht wirklich operiert worden.

Walter, wenn Du mit Papa redest, wird er was sagen, da bin ich mir sicher. Aber ich glaube nicht am Telefon. Ich habe ein sehr komisches Gefühl. Und ich kann nichts machen. Ich muss mich hier in Köln ja auch um einiges kümmern, weißt Du. Ich hoffe Du freust Dich darauf, Onkel zu werden.

Alles Liebe, grüße auch Bonita ganz herzlich von mir.

Deine kleine Schwester Lena «

Walter rief an und wusste, dass Lena Recht hatte. Vater war einsilbig und wusste oder konnte keine Details weitergeben, aber Walter war klar, dass es schlimm um Mutter stand. Er traf nicht gerne Entscheidungen, aber in Situationen wie dieser gab es nichts zu überlegen. Er musste zurück, seine Zeit in Berkeley war zu Ende.

It's your choice, Walter, you have to decide. Stay with me, marry me or go back.
I have to go back, Bonita.
Okay, Walter, and be nice to yourself.

Im Goldpfad, 1981: Ein Tod und eine Geburt

Lena holte Walter mit Vaters Auto, einem orangeroten Audi 80 Baujahr 1976, vom Frankfurter Flughafen ab. Walter war von San Francisco nach New York geflogen und von dort weiter nach Frankfurt. Wäre es nicht zu der überraschenden und vorzeitigen Abreise gekommen, hätte er gerne seinen Onkel Franz, einen Bruder der Großmutter väterlicherseits, für ein paar Tage besucht. Er war in den fünfziger Jahren ausgewandert und lebte seitdem in New York. Zum zweiten Male hatte das nicht geklappt.
Sie sprachen nicht viel während der Fahrt. Lena hatte den Eltern immer noch nichts von ihrer Schwangerschaft erzählt, Vater nichts über Mutters Krankheit. Beides würde sich bald jedoch unmissverständlich zeigen, das war klar. Ebenso klar war, dass Lenas Schwangerschaft es nicht zulassen würde, ihr Studium planmäßig abzuschließen.
„Wär ja auch ein Ding, wenn du vor mir fertig wärst, Lena."
Zuhause gab es Kaffee und Kuchen, selbstgebackenen natürlich. Walter zeigte Bilder und erzählte von seinem fast einjährigen Aufenthalt in den USA. Dass er sein Stipendium rund drei Monate zu früh abgebrochen hatte und vor allem, warum er Berkeley so schnell verlassen hatte, darüber wurde nicht geredet. Es gab die stille Übereinkunft, so glaubte zumindest Walter, Mutters Krankheit nicht in den empfindlichen Einzelheiten anzusprechen. Nach dem Kaffee ging Walter mit seinem Vater in den Garten, um die neue Laube mit dem Grillplatz zu begutachten. Und hier, wo die Frauen sie nicht sehen konnten, verlor der Vater die Fassung. Er umarmte seinen Sohn, weinte und schluchzte: „Sie muss sterben." Immer wieder: „Sie muss sterben."
Was Walter schließlich herausbekam, war, dass Mutter im Krankenhaus gewesen war, dass man nicht nur den Darmkrebs diagnostiziert hatte, sondern Metastasen im ganzen Körper, auch in der Leber schon; und damit war Mutter inoperabel. Die Ärzte hatten sich nicht festle-

gen wollen, wie lange sie noch zu leben hatte, schärften dem Vater aber ein: „Sagen Sie ihr nichts. Sie würde nur den Lebenswillen verlieren und früher sterben."

Daran hatte sich der Vater gehalten. Hätte er es seiner Frau gesagt, hätte er sich schuldig gefühlt, ganz gleichgültig, wann sie gestorben wäre. Die Wismans und ihre Wortkargheit. So viel hatte der Vater selten auf einmal erzählt. Die Wismans gehörten nicht zu den Familien, in denen immer offen über alles geredet wurde. Walter empfand große Sympathie für das wortlose Verständnis seiner Familie im Kontrast zur wortreichen Verständigung in anderen Familien, obwohl er die natürlich immer bewundert hatte. Es war überhaupt nicht vorstellbar, wieder ins Haus zu gehen und das Gespräch so anzufangen: „Also, wir wissen alle, Mutti, dass du sterben musst. Wir wissen nicht, wie lange du noch zu leben hast, Mutti, aber wir werden alle da sein, um mit dir die Zeit, die uns noch bleibt, zu verbringen."

Nichts davon wurde ausgesprochen, auch wenn alle ziemlich genau so empfanden. Mutter wusste natürlich nicht, was ihr Sohn erfahren hatte, dass sie nämlich nach der Diagnose und bei der fortgeschrittenen Metastasierung vielleicht noch ein Jahr hatte. Und das bedeutete, Tod der Mutter und Geburt des Enkelkindes waren im Herbst zu erwarten. Dass Mutter ihre Zweifel hatte, brachte sie ostpreußisch klingend zum Ausdruck: „Da stimmt nich was, warum machen die nichts?"

Diese Aussage wiederholte sie gebetsmühlenartig in ihrem wieder stärker anklingenden Ostpreußisch und wollte gar keine Antwort. Ein knappes halbes Jahr war vergangen und sie sah zwar nicht gesund aus, aber auch nicht todsterbenskrank. Kein Zweifel bestand daran, dass Mutter nicht im Krankenhaus, sondern dass sie zuhause sterben sollte. Das immerhin hatte der Vater mit dem Hausarzt und der Gemeindeschwester verabredet, und da Walter jetzt wieder zurückgekommen war, würde es bestimmt gehen.

Die Machtverhältnisse hatten sich verändert, Walter schien nun derjenige zu sein, zu dem alle schauten, sein Vater, seine Mutter und seine Schwester, als wäre er in der Lage, alles wieder in Ordnung zu bringen. Niemand erwartete Wunder, aber er war wieder da, er war zuhause, und damit war etwas wieder ganz, sah wieder heil aus. Bei allem Schmerz, bei aller Angst vor dem so großen wie unvorstellbaren Verlust, war Walters Anwesenheit wie ein Abkommen, das Relevanz und Orientierung schon vor der Kapitulation geben sollte.

Vater, Mutter, Lena hatten ein jeweils sehr unterschiedliches Verhältnis zu Walter und zueinander, Walter hatte zu allen dreien zwar auch ein jeweils individuelles Verhältnis, das jedoch in allen drei Beziehungen eine gleichermaßen starke Komponente von Distanz enthielt. Ob man nun sagte, er schwebte über den Dingen oder ihm ging alles

214

am Arsch vorbei, es traf zu und es traf nicht zu. Es war nicht das wohlige Gefühl nach Hause gekommen zu sein, weder in der Variante erfolgreich aus der Fremde noch gescheitert aus der Fremde. Zuhause und in der Fremde war hier, wo er jetzt eine Aufgabe hatte. Er wusste nicht, wie diese Aufgabe aussehen würde, ob er in der Lage war sie zu meistern, aber sein Platz war jetzt und hier im Goldpfad bei seinen Eltern, die ihn brauchten.

Gegen Abend fuhren Walter und Lena gemeinsam mit dem Zug nach Köln, wo Walter in Lenas Bude übernachtete, am nächsten Morgen fuhr er nach Bonn zurück, um mit Sorger über ein Zimmer und einen Job zu reden. Sein Tagebucheintrag:

» Tja, Christel muß also sterben! Und zwar nicht blabla wir alle müssen sterben. Sie hat Krebs + lange dauerts wohl nicht mehr. Wolfgang ist ziemlich fertig. Und dann hat er auch noch Ärger mit seinem Knie. Evtl muß er auch ins Krankenhaus. + Lena spinnt rum. + Bonita wollte mich heiraten und ein Kind von mir. + ich? Communique: right now he's saying nothing at all! «

Das war noch in Koblenz vermerkt, später in Bonn:

» Heute kein Theater, wollte eigentlich nach KO. Hab aber den ganzen Tag gepennt. Am Montagabend mit Sorger im Gesindehaus + gestern Abend im Alt Heidelberg Sepp getroffen. Allen erzählt, wie es um Christel steht + daß Bonita mich heiraten wollte + ein Kind + mir wird immer klarer, daß ich gar keine Zukunft habe. Am liebsten wäre ich in Berkeley geblieben und hätte für Bonita den Haus- und Hampelmann gemacht. Aber ich werde mich wohl nächstes Jahr zum Examen melden + durchfallen + dann mal weitersehen. Jedenfalls ist alles Kacke. Ich bin nur mal gespannt, ob ich irgendwann wieder anfange zu schreiben. Im Moment kann ich mir das nicht vorstellen. Mir fällt es sogar schwer, dieses Scheißbuch vollzupinseln. Keinerlei Bedürfnis mich mitzuteilen. Auf jeden Fall müßte ich gelegentlich aufhören zu rauchen und zu saufen! «

Walter hatte Glück, er konnte am ersten April eine Bude übernehmen, im Theater konnte er jobben. Er war flexibel genug, sollte die Mutter pflegebedürftig werden, nach Koblenz zu pendeln oder sein altes Zimmer im Goldpfad wieder zu beziehen. Pläne machte er keine. Er konnte sich nicht vorstellen, wie Weihnachten 1981 aussehen würde, denn dann war Mutter aller Voraussicht nach nicht mehr am Leben. Er versuchte sich vorzustellen, mit welchem Bewusstsein er zum letzten Male die Jahreszeiten erleben würde, und ob sie die Jahreszeiten in dem Bewusstsein wahrnahm, dass es das letzte Mal in ihrem Leben sein sollte. Über das Wetter zu reden, bekam eine völlig neue Dimension.

Der Sommer wurde eine Zeit ohne feste Koordinaten; es gab nur den einen Fixpunkt Tod, der so unausweichlich wie unfassbar war. Walter wusste, dass seine Mutter in den nächsten Monaten sterben musste. Er konnte es sich nicht vorstellen und wartete gleichzeitig darauf und wäre froh gewesen, wenn auch er nichts davon gewusst hätte; die faktische Unabwendbarkeit stand im krassen Gegensatz zur immer wieder aufflammenden Hoffnung auf Spontanheilung wie zu der ebenso schwer zu unterdrückenden Hoffnung, es möge bald zu Ende gehen. Und dann kam es dazu, dass gerade die brutal begrenzte Zeit zur Ewigkeit wurde. Walter, und in geringerem Maße auch Lena, pendelte zwischen Bonn und Koblenz, wollte nichts Verbindliches anfangen, so lange Mutter noch lebte, so lange keiner wusste, wie das Ende aussehen würde. Unübersehbar war, wie Mutters Welt kleiner wurde. Ging sie anfangs noch einkaufen, spazieren, in den Garten, schränkte sich das zunehmend ein: Auf das Haus, dann den ersten Stock, das Schlafzimmer, ihr Bett. Walters Tagebuchaufzeichnungen:

» 09.06.81: Israelis haben gestern einen (im Bau befindlichen) Atomreaktor angegriffen und zerstört; im Irak!
31.07.81: Im August 1999 wird die nächste Sonnenfinsternis in Mitteleuropa zu sehen sein. Ich möchte dann daran denken, daß ich heute mir diesen Tag vorstelle! Dann werde ich 49 sein & werde denken, ja damals warst du 31 & vollkommen … na was wohl?! Heute Nacht (letzte!) mal wieder einen Solo-suff durchgezogen in meiner Bude. Hab mir ganz toll vorgestellt, falls ich irgendwann mal wirklich resignieren sollte bzw einsehe, daß das alles keinen Sinn hat, wie ich mir einen Strick nehme & mich damit in einem Baumwipfel festzurre & 3 Knollenblätterpilze (o.ä.) fresse & den Vögeln zum Fraß diene. Man wird mich nicht finden. What shalls, noch ist es lange nicht so weit. Am liebsten würde ich mich verlieben in eine reiche Fotze, der ich den Haushalt führen kann & die Kinder großziehen. Ich frage mich, warum ich nicht zur Abwechslung was in Angriff (ins Visier) nehme, was eventuell sogar als mög-lich (machbar) sich herausstellt. Prost! Werde mir jetzt die letzte Flasche Bier aus d. Keller holen. Wolf kommt morgen.
22.08.81 Christel geht's immer schlechter!
28.08.81 & sie ist heute wieder ins Krankenhaus gekommen; sie scheints nicht einsehen zu wollen: da muß doch was sein – jetzt wäre ich doch ganz froh, wenn ich ein bißchen Pulver hätte (= gearbeitet hätte).
11.09.81 Christel ist aus dem Krankenhaus entlassen & ich hocke hier!
20.09.81 War eben z. H., habe angefangen zu kochen, bin dann mit dem Hund [der Nachbarn] gegangen. Als ich zurückkam, fingen Christel & Lena Pallaver an, warum sie nicht heiratet usw. Ich habe gesagt, ihr könnt mich alle am Arsch lecken & bin gefahren. SCHEISSE!
21. 09.81 Christel geht es immer beschißener & die Schmerzen werden immer schlimmer … evtl werde ich morgen Mattin anrufen?!?

23.09.81 So langsam fängt Christel an zu schnallen, daß es wohl nix mehr wird mit ihr. Aber auf welche Art?! Ich bin nicht der Mensch zu rechten, aber es tut weh! Wenn man z.B. im Angesicht d. Todes kaum andere Gedanken hat als was wohl die Nachbarn denken und daß die Ärzte sowie so Idioten sind (obwohl sie immer noch hofft, daß sie vielleicht doch noch irgendwas machen können), ob die Fenster geputzt sind, ob irgendeine Kleinigkeit (sie wurde zB massiert) auch bezahlt !!! wird. & dann (vgl. Mann ohne Eigenschaften, MoE S. 149) ist sie verbittert daß sie doch früher jedem zu essen gegeben hat! ... & jetzt liegt sie da & kann nichts mehr fressen, weil sie dauernd kotzen muß. „Man kann einen Schlag außer als Schmerz auch als Kränkung empfinden." & sie empfindet die teuflischen Schmerzen mit Sicherheit als in direktem Zusammenhang mit ihrem Leben stehend. Mich würde interessieren, wie ich mich verhalte(n würde), wenn es mal so weit ist (sein sollte). Wie gesagt, so wie sie es empfindet, läuft es darauf hinaus „wodurch er unerträglich ‚wächst'" (MoE) ... andererseits daß man ihn überhaupt nicht bemerkt! & wohl bemerkt es handelt sich immer um denselben ‚Schlag'. Wir werden sehen. Ich hätte nie geglaubt, vielleicht doch, daß die Leute diese ganze Scheiße der offiziellen Propaganda (Kirche, Staat) so glauben & vertrauen: schaffe, schaffe, schaffe & der Lohn wird Dein sein. Laß gut sein Junge! Morgen Nacht werde ich wohl da schlafen. Aber mein Alter, Wolfgang, hat da doch die besseren Nerven. Wenn ich sie schon so schwer atmen höre & mit jedem Atemzug ... aua ... aua & immer so weinerlich. Da hätte ich wirklich manchmal Lust: Du mußt jetzt sterben .., & tu das mit Würde! – Ich hab schon wieder Unruhe im Leib! PUB.

06.10.81 Bin jeden Tag in Arzberg; Christel fällt immer mehr vom Fleisch: aber essen (!) mußt du doch. – Ein kleines Kunstwerk gemacht: Hierarchie einer Führungstroika.

07.10.81 Heute vor einem Jahr war ich noch bzw schon in Berkeley. Anyway, ob sie noch ihren 51. erleben wird, steht in den Sternen, wenn ich wenigstens so alt würde! Das wären immerhin noch 20 Jahre. Das ist fast so viel, wie ich bis jetzt (genau von 11 – 31) ge- & erlebt habe. We'll see. Ich kann nur hoffen, daß man mich nicht auf meine letzten Tage so belügt & verarscht, wie man das bei Christel versucht. – Der Mattin lässt sich ja viel Zeit. Ich will es gerne Christel noch erzählen, denn mir ist das ansonsten egal. D.h. der Zeitpunkt ist mir gleichgültig. Daß das Neue früher oder später erscheint, ist längst keine Frage mehr.

10.10.81 Zuerst kam es mir als etwas Schreckliches vor, daß Christel so bald sterben muß; & jetzt habe ich das Gefühl, als ginge es schon ewig so & daß es doch nie passieren wird. Ungefähr so wie mit dem Abi: so viele lange Schülerjahre hat man darauf gewartet & konnte sich nichts Richtiges darunter vorstellen, außer daß es ja was sein mußte, das all die Jahre wert sein sollte. & irgendwann ists vorbei & man weiß überhaupt nicht, worauf man die ganze Zeit gewartet hat. Ich kann mir noch immer sehr gut vorstellen, wie ich immer gedacht habe: Wenn Du mal das Abitur hast! ...

20.10.81 Um wenigstens chronologisch einigermaßen auf dem Laufenden zu bleiben: Also Christel: Seit Samstag liegt sie & ist praktisch nicht mehr ansprechbar (abgesehen davon, daß ich sie gestern mal gefragt habe ‚verstehst du mich?' & sie schwach mit dem Kopf genickt hat) ißt gar nix mehr & trinkt selbst auch nix mehr, pinkelt trotzdem ab & an ins Bett. Samstagabend ist Rita in FFM mit dem Auto verunglückt: exitus! Marina fährt am Donnerstag zur Beerdigung nach Trier.

Meine Trauer ist sublimiert (- sie hält sich in Grenzen -), mehr physisch. Ich reagiere körperlich, indem ich mich (scheinbar) entstreße, d.h. ich mache gar nix. Bin motorisch praktisch antriebslos. Muß trotzdem viel laufen (Samstag von Arzberg nach Saffig). Obwohl ich mich nicht zwinge ‚cool' zu sein, scheine ich es zu sein. Es ist einfach zu viel, Lena steht kurz vor der Niederkunft, aber das spielt im Moment hier keine Rolle, damit muß sie alleine klarkommen; hoffentlich ist Jens wenigstens bei ihr. An einem gewissen Punkt merkte ich aber, wie dünn das Eis ist. & ein kurzes physisches Zucken (- mir wurde es erst klar, als es vorbei war -) & ich hätte die Flasche, die gerade in mein Blickfeld geriet, irgendwohin geworfen. & d. h. daß ich besser doch noch mehr laufe & den anscheinend doch vorhandenen Streß mir vom Leibe renne, bevor er physisch ausbricht. Denn das ist keine psychische Angelegenheit. Andere Leute sterben & du beschäftigst dich kleinlich mit albernen Gedanken. Abwarten: Auch du wirst Gelegenheit haben, dich dem ‚großen Auftritt' unwürdig zu erweisen. Danke!

Rita, Rita! Sie ist die erste Fotze, die gestorben ist, nachdem ich & sie & wir & so wer weiß. Das wäre ein phantastischer Zustand, sich überhaupt nicht mehr bewegen, sich keine Gedanken machen, nichts ändern wollen, no ambitions, no future, no fuck, no writing, no money, no travelling, nix fressen nix saufen in der Ecke hocken & bereit sein offen nackt aufgelöst fassungslos & ohne Grenzen …

22.10.81 Christel hats hinter sich seit heute Morgen 4.30! + + + «

Einen Tag vorher hatte Lena ihre Tochter Jana in Köln zur Welt gebracht. Da die Beerdigung erst in der darauffolgenden Woche war, konnte Lena dabei sein. Es war keine schöne Beerdigung, die Mutter war einfach zu früh gestorben, denn natürlich hatten die Eltern darauf gehofft, gemeinsam den Lebensabend zu verbringen nach all der Arbeit, den Sorgen und Schwierigkeiten, das Haus zu halten und den Kindern eine vernünftige Ausbildung zu ermöglichen. Das Ehepaar Wisman hatte wie viele andere ihrer Generation mit der Vision gelebt „später werden wir uns etwas leisten können, später werden wir das Leben genießen können, später." Es gab kein später.

Nur ein früher. Dass die Krankheit und die tödliche Schwere im Umgang mit der Sterbenden Tabuthema waren, hatte Konsequenzen. Zum einen wäre jede überschwengliche Zuneigungsbezeugung genauso verdächtig aufgenommen worden wie ein allzu nostalgischer

Rückblick in ihrer Gegenwart. Die Pflege und die Sorge eines jeden Tages mit der Mutter forderte beide Männer ganz und gar. Walter bedauerte schon vor dem Tod der Mutter, nicht mehr mit ihr über die Vergangenheit und ihr Leben gesprochen zu haben. Wer immer alles von anderen wissen wollte, vertraute zu wenig der eigenen Phantasie, war Walters Ausrede.

Christel, Mutter, war diejenige gewesen, die Energie hatte, unbändigen Lebenswillen, die Optimismus hatte und die Kraft, den oft zaudernden Vater anzutreiben.

„Wie stellst du dir das vor, Christel, wir haben nichts, wir können nichts, und du willst ein Grundstück kaufen, ein Haus bauen, wovon sollen wir das bezahlen? Wie soll das gehen?"

„Wir schaffen das, Wolfgang, die anderen haben doch auch nicht mehr."

„Oh, Christel, und wenn was passiert, wenn ich krank werde, vom Gerüst falle, was weiß ich."

„Wir sind jung, Wolfgang, wir können das. Lass es uns wenigstens versuchen."

Und sie hatten es versucht, und es hatte ja auch geklappt. Walter würde nie erfahren, um wie viel Uhr genau er geboren wurde. Ob die Rot-Kreuz-Baracke in Syke überhaupt noch stand, er wusste es nicht. Sicher existierte ein Taufbuch, denn er war schon im Mai getauft worden, katholisch, oben im protestantischen Norden und mit einer protestantischen Mutter. Die Eltern hatten erst ein Jahr später im Rheinland geheiratet, nachdem die Mutter zum katholischen Glauben konvertiert war und Wolfgang und Christel volljährig waren.

Bevor Walter eingeschult wurde, reiste er oft für Wochen mit der Mutter zu ihrer Verwandtschaft nach Niedersachsen. Er hatte keine zusammenhängenden Erinnerungen daran, nur einzelne Bilder und ein Empfinden für die Befindlichkeit der Menschen um ihn herum. Störche waren da und Gräben, auf denen Enten schwammen. Abends, wenn die Männer sich im Stall versammelten, und Walter mit den anderen Jungs im Heu lag und heimlich ihren Unterhaltungen lauschte, die sich um ihre Kriegserfahrungen drehten. Er schlief zusammen mit seinem Cousin am Fußende des Ehebetts mit Tante Ina und Onkel Heinrich, Mutters Schwester und Schwager. Ob es Überlegungen gab, dass Mutter, die vielleicht mit den Wismans im Rheinland nicht zurechtkam, zu ihrer Familie zurückkehrte? Walter würde es nie erfahren.

Als er mit sechzehn Jahren seinen ersten Personalausweis beantragen wollte, wurde ihm mitgeteilt, es gebe keinen Walter Wisman. Nachdem einige Akten gewälzt, Fragen gestellt und beantwortet worden waren, kam heraus, dass Walter standesamtlich immer noch als Walter Schmitt, mit dem Mädchennamen der Mutter, eingetragen war, da

Mutter zum Zeitpunkt der Entbindung ja nicht verheiratet und Walter unehelich zur Welt gekommen war.

„Hat Ihr Vater Sie denn als Sohn anerkannt?"

„Ich denke schon, ja, ich lebe seit sechzehn Jahren mit ihm in unserer Familie zusammen."

Walter bekam seinen Ausweis ohne weitere Formalitäten. Man glaubte ihm einfach. Die Eltern mieden beide so weit wie möglich Behörden und Schriftverkehr: „Ach, das geht auch so."

Unmerklich war Mutter ihr unglaublicher Elan, der die ganze Familie antrieb, verloren gegangen. Wenn Walter nach einem Wochenende zuhause zurück in den Studienort fuhr, war sie voller Sorgen. Die Welt draußen war irgendwann nur noch schlecht und voller Gefahren, vielleicht war es schon der Krebs gewesen, der ihr die Kraft und Zuversicht raubte, lange bevor die Krankheit diagnostiziert wurde. Kriegserlebnisse schienen sich wieder in ihr Bewusstsein zu schieben, denn sie warnte ihren Sohn eindringlich davor, seinen Mund vor fremden Menschen zu weit zu öffnen. Walter hatte zwei Goldbrücken über den fehlenden Backenzähnen im Unterkiefer. Sein früherer Zahnarzt, ein äußerst rabiater Bursche, hatte sie ihm gezogen, als Walter gerade sechzehn Jahre alt war. „Die schlagen dir das Gold aus dem Mund, Walter, pass auf dich auf."

Die Mutter, die ohnehin fast nur für das Haus, den Garten und die Familie gelebt hatte, mied, so gut es ging, jeglichen nachbarlichen oder gesellschaftlichen Umgang. Krankenbesuche duldete sie nicht und stellte sich schlafend, wenn doch jemand kam.

Lenas Versuch, das Familienleben und besonders das der Mutter zu bereichern, indem sie schwanger wurde, hatte die Situation nicht leichter gemacht. Nach der Operation im Herbst 1980 hatte sie, ohne zu wissen, wie schwer die Mutter erkrankt war, biologisch Roulette gespielt, die Pille abgesetzt und es darauf ankommen lassen, schwanger zu werden. Sie war es geworden, und dann kam zuerst die Bestätigung für die Schwangerschaft und danach die Gewissheit der tödlichen Erkrankung. Was gut gemeint war, stellte sich dann als nicht allzu glückliche Koinzidenz heraus, die Kunde von der Schwangerschaft war nicht freudig begrüßt worden, sondern sorgte letztlich nur dafür, dass Lena während der letzten Wochen kaum für die Pflege zur Verfügung stand.

Mutter war also zuhause gestorben, in ihrem Schlafzimmer, in ihrem Bett. Der Arzt war jeden Tag gekommen, um ihr die Spitze zu verabreichen, die Gemeindeschwester zweimal am Tag, der Vater hatte seinen Urlaub schon aufgebraucht; Walter war zuletzt fast vierundzwanzig Stunden um seine Mutter herum. Auch nachdem sie gestorben war, lag sie noch den ganzen Tag in ihrem Bett. Immer wieder ging Walter zu ihr, fasste sie an, erschrak, wenn ihr Luft entwich, rief den Arzt an, weil sie immer noch warm war; und ob er sicher sei, dass sie tatsächlich …

Er spürte zunehmend die gleichen Symptome bei sich auf und war am Schluss überzeugt, auch bald sterben zu müssen. Er ging zum Arzt, der ihm eine leicht vergrößerte Leber attestierte, ihn aber ansonsten für gesund erklärte. Lena zog zur Überraschung aller mit ihrem neugeborenen Kind Mitte November in den Goldpfad, weil Jens im Examensstress steckte und die Wohnung in Köln sehr klein war. Jens studierte Jura. Bei den Juristen gab es drei Kategorien von Studenten, die Karrieristen, die Idealisten und die Verpisser, die ohne großen Aufwand Beamte werden wollten. Bei den Karrieristen gab es diejenigen, die in die Politik wollten und diejenigen, die mit dem Zweitstudium BWL beste Voraussetzungen für eine blitzsaubere Karriere in der freien Wirtschaft hatten. Jens war eine Mischung aus Idealist und Verpisser. Von allen anderen Studienfächern waren seine Kenntnisse deutlich genug, um zum Ergebnis zu kommen, nein, das will ich nicht. Von Jura war seine Vorstellung so schwammig, dass er keine Argumente vorbringen konnte, es nicht zu studieren. In der Zukunft sah er sich in einem schäbigen, kleinen Büro voller Aktenschränke hocken, um den Menschen zu ihrem Recht zu verhelfen, denen sonst keiner helfen wollte. Also eher wie der Privatdetektiv Philip Marlowe als mit schickem Anzug und Krawatte in einem Hochhausbüro mit Blick auf den Dom.

Unmittelbar nach dem Tod von Christel Wisman, geborene Schmitt, war nicht nur wegen der Beerdigung immer noch viel zu tun für die beiden Männer, die in den letzten Wochen kaum geschlafen hatten. Bevor dann aber die Stille und die Dunkelheit des Novembers sie völlig paralysiert hatte, war Lena mit dem Säugling da; und Jana war glücklicherweise ein gesundes und ruhiges Kind, das nachts kaum schrie.

„Schade, dass Mutter das nicht erleben konnte. Sie wäre so glücklich mit ihrer Enkeltochter gewesen."

Walter hatte jedoch einige Zweifel daran, ob Lena auch nur vorübergehend in den Goldpfad gezogen wäre, wenn Mutter noch lebte. Da die Eltern kein Testament gemacht hatten, der Vater hätte sich eher die Zunge abgebissen als das Wort *Testament* in den Mund zu nehmen, griff die gesetzliche Erbfolge. Der Vater erbte von der Hälfte der Mutter eine Hälfte, Lena und Walter die andere Hälfte. Der Vater hatte also dreiviertel Anteil, die Kinder jedes ein Achtel, was dann auch aktenkundig gemacht wurde. Für ein paar Wochen lebten sie in der Konstellation Wolfgang, Walter, Lena, Jana zusammen, bis der Vater seine Kinder aufforderte, wieder ihr eigenes Leben in die Hände zu nehmen, an ihren jeweiligen Studienort zurückzukehren, er käme schon alleine klar.

Im Goldpfad, 1982/83: Pläne und schlechte Träume

Lena war zurück nach Köln zu Jens gefahren, Walter nach Bonn. Beide Kinder, Walter und Lena mit der Enkeltochter, besuchten ihren Vater nun häufiger, als sie das in den letzten Jahren davor getan hatten, sah man von dem letzten Jahr mit Mutters Tod ab. Beide hatten sie auch nach wie vor einen Hausschlüssel. Walter dekorierte sein Jugendzimmer, das ja nie etwas anderes als ein Arbeitszimmer mit Schlafgelegenheit gewesen war, in ein anderes Arbeitszimmer mit Schlafgelegenheit um. Weder Walter noch Lena verfolgten das Ziel, ihr Studium bald mit dem Staatsexamen beziehungsweise einem Diplom abzuschließen. Das immerhin hatte ihnen Jens nun voraus, auch wenn er kaum Anstalten machte, seine berufliche Karriere voranzutreiben. Walter war jetzt seit drei Jahren aus dem Studienbetrieb in Bonn draußen und er hätte mit Vorbereitung und Ablegen der Prüfungen in den beiden Fächern Englisch und Sport sicher zwei Jahre investieren müssen; mit ungewissem Ausgang.
Also jobbte er weiter und fasste die Möglichkeit, beruflich zweigleisig zu fahren, ins Auge; einen Job suchen und finden, der ihn einigermaßen ernährte, weiter schreiben und die literarische Karriere irgendwann wieder ankurbeln. Das Schreiben war bei allem Auf und Ab, bei allen Krisen und Auszeiten, ein wesentlicher Lebensinhalt; die Karriere war ein wiederkehrender, schöner Traum, aber nicht wichtig. Lena pausierte, verfolgte dann aber, wenn auch mit reduzierter Stundenzahl, ihr Studium, bis sie erneut schwanger wurde und Jessica zur Welt brachte. Das war es für sie dann erstmal mit dem Studium.
„Roman Autobahn" hatte sich im ersten Halbjahr ganz ordentlich verkauft, dann stagnierte der Absatz und nach rund einem Jahr waren die ersten Remittenden von den Grossisten retourniert worden, so dass der Verlag keine zweite Auflage angehen wollte. In den USA und so lange Walter sich um die kranke Mutter gekümmert hatte, erhielt der Erstling nicht die Unterstützung, die er gebraucht hätte, um ein nachhaltiger Erfolg zu werden. Walter tingelte nicht durch die Lande mit Lesungen, bewarb sich nicht bei Preisen oder Stipendien, machte nicht bei Podiumsdiskussionen mit, ging nicht zu Vernissagen oder Charity-Veranstaltungen, äußerte sich auch nicht zu jedem politischen Thema so, dass es eine Schlagzeile wert gewesen wäre. Grün mochte er sich seine Haare nicht färben, auch nicht rosa, er hatte keinen Bock, sich mit dem Rasiermesser in aller Öffentlichkeit Blut auf die Wange zu ritzen, und er hatte noch weniger Lust, einen Roman aus Sicht eines Kinderschänders als Plädoyer pro Pädophilie zu schreiben. Er wollte auch nicht, wie es ein Kollege, dem der Literaturzirkus genauso zuwider war, später formulierte, Kopfstand machen und das Deutschlandlied furzen. Er war in der Öffentlichkeit

einfach nicht zu sehen, zu hören und damit nicht existent. Er war kein Eleve des Elfenbeinturms, keineswegs, aber die laute Geschwätzigkeit, die grelle Oberflächlichkeit der Öffentlichkeit war ihm ja nicht nur als Schriftsteller suspekt; bei den Wismans war ihm die Zurückhaltung im Gebrauch von Gesten und des gesprochenen Wortes in die Wiege gelegt worden. Auch im Alltagsleben bevorzugte Walter die Schriftform, für ihn war ein Problem erledigt, wenn er es gedanklich durchdrungen und als Formulierung auf den Punkt und das Papier gebracht hatte. Das Problem mochte faktisch weiter existieren, aber sein Stachel war zur Bleistiftspitze geworden, die das Problematische in der gelungenen Textur erträglich machte.

Sein zweites literarisches Projekt hatte den Titel „In the Country" und war ein „Poetisches Protokoll in neun Poemen". In dem fast dreihundert Seiten starken Manuskript hatte Walter seine Gedichte, Skizzen und Notate der letzten Jahre versammelt und ihnen eine Art Rahmenhandlung gegeben, eben das poetische Protokoll in neun Poemen. Außerdem war es voller Illustrationen, Collagen und Tuschezeichnungen. Die neun Rahmengedichte waren ein Freivers-Langpoem im Stile eines Robinson Jeffers, das im Vorspann Goethes Faust I (Walpurgisnacht) zitierte:

> *Einst hatt' ich einen wüsten Traum.*
> *Da sah ich einen gespaltnen Baum.*
> *Der hatt' ein ungeheures Loch;*
> *So groß es war, gefiel's mir doch.*

Daraus wurde bei Walter Wisman:
In the Country
Wär ich Arno Schmidt, würde ich sagen:
In the cunt tree.
Darf ich's deutsch denn wagen?
Im Mösenbaum, im Mösenbaum,
da hatt' ich einst ...

Die Handlung beschrieb eine phantastische Reise vom Hörsaal in Bonn nach Nordamerika. Auf seinem Weg zur Uni sieht Aloys, der männliche Protagonist, ein Plakat der Zigarettenmarke Marlboro „Freiheit und Abenteuer". Im Hörsaal dann geschieht die Verwandlung: Das Unigebäude und der Hofgarten verwandeln sich in die nordamerikanische Prärie und Aloys in einen Hengst. Olga, „die zammelig verzottelte Kommilitonin", in die Aloys verliebt ist, wird zur Stute und trägt wie er einen Cowboy. Der Professor, eine poetische Inkarnation Feerfuls, der ihm das Stipendium in Berkeley besorgt hatte, kommt in den Hörsaal in Westernkleidung und auf einem Pferd:

Völlig ungewöhnlich, ohne Hektik, ohne seine Tasche kam der Herr Professor
endlich dann herein. Er zog jedoch an einer Leine, die ins Unsichtbare
außerhalb des Raumes reichte. Er zog, doch änderte sich nichts.
Nun komm schon, tönte seine Stimme seltsam fremd und herrisch.
Und was war das?! In Aloys die Befremdung wuchs.
Lässig auf des Herrn Professors Lippe tanzte eine Kippe.
Niemals zuvor hatte dieser Mensch geraucht.
Aber niemandem schien etwas aufzufallen. Unglaublich, alle taten so, als
wäre alles so wie sonst.

Im Saal erstarb die Unterhaltung sanft,
und die Blick wandten sich nach vorn zu des Herrn Professors Pult.
Olga, die kritische Kommilitonin, sah mal wieder ganz entzückend aus!
Mit zammelig verzottelten Haaren und motzigem Mund
Aloys starrte ungeniert auf Olgas Lippen. Junge, da ist Leben drin!
Und er wußte ganz genau, diese Lesung sollt' ihn fesseln.
Alles wie gewöhnlich, alles wie gehabt. Allein der Aufzug
des alten Akademikers verriet, daß es heute was Spezielles gab.
Er kramte nicht in seiner Tasche – er hatte sie ja nicht dabei –
sondern stieg sicher auf ein Pferd,
das gesattelt endlich dem Zug der Leine nachgegeben hatte
und im Raume stand.
Seltsam auch die Kleidung des aufgesessenen Profs: Jeans, lederner Bein-
schutz, Baumwollenes mit offenem Kragen, eine Weste und ein Stetson.

Vor ihm waren keine studentischen Zuhörer, sondern
da lag unendlich weites Land.
Professor Sprungson zog eine Schachtel Zigaretten aus der Tasche,
steckte sich bereits die zweite an, blies Rauch aus, stieg vom Pferd.
Breitbeinig, sicher im Galopp gezeugt, gings zur Tafel,
die sich unmerklich in eine wolkenumkrönte Bergkette verwandelt hatte:

DER GEDANKE AN
FREIHEIT UND ABENTEUER
MACHT GESCHMACK AUF
FREIHEIT UND ABENTEUER

Das waren also Walters Metamorphosen. Ovids *Metamorphoseon libri*,
„Bücher der Verwandlungen", waren Walter zwar inhaltlich bekannt,
aber er hatte sie nie ganz gelesen. Morphologie, so dunkel es mit den
drei O klingen mochte, war ein Wort vollendeter Formen. Er liebte die
Morphologie; den Begriff hatte ja der alte Geheimrat Goethe geprägt.

Morphologie vom griechischen *morphé* gleich Form, Gestalt, und *lógos* die Vernunft, die Lehre, das Wort. Morphologie gab es in der Biologie, in der Linguistik, Mathematik, Psychologie, alles hatte eine Form. Walters und vieler anderer Künstler Credo: Form und Inhalt.

„Hast du so etwas wie *In the Country* in deinem Bücherregal?"

„Nein."

„Siehste, Walter."

„Nicht siehste, sondern siehste! Siehst du denn nicht, dass man aus der Tatsache des Nichtvorhandseins eines solchen Buches zweierlei Schlüsse ziehen kann, Mattin?"

„Doch, Walter, sehe ich. Ich ziehe *peu à peu* den Schluss daraus, dass es dafür keinen Markt gibt."

„Und ich ziehe den Schluss daraus, dass es sich lohnt, diesen Markt zu schaffen!"

„Walter, ich kriege dieses Manuskript im Verlag nicht durch, das kannst du vergessen. Du bist ja nicht der erste, der so etwas anbietet. Aber solche Mischdinger gehen einfach nicht, noch weniger als reine Lyrik, das kauft kein Mensch, glaub mir."

„Auch nicht *peu à peu* – du Vollidiot?", dachte Walter.

Das war im Wesentlichen die Unterhaltung zwischen Autor und Lektor Anfang 1982, als Mattin sich endlich zu einem Gespräch bereit erklärt hatte. Positive Perspektiven sahen anders aus. Der Erstling nur noch in Restexemplaren auf den Ramschtischen, das zweite Werk ohne Aussichten auf Veröffentlichung.

Literaturwissenschaftlich hatte Berkeley nichts Neues gebracht, er war ja durch Feerful amerikanische Literaturwissenschaft gewöhnt, aber doch eine deutliche Vertiefung seiner Kenntnisse. Walter wusste um viele Literaten, die empfahlen, sich über eine Fremdsprache und nicht die Muttersprache der Literatur zu nähern, und er war zeitlebens froh, nicht Germanistik studiert zu haben. Seine Vorurteile gegen die Germanistik und die Germanisten sollte Jahrzehnte später seine Nichte Jessica, die ja Englisch und Deutsch studierte und somit vergleichen konnte, bestätigen. Die deutsche Literaturwissenschaft war im Vergleich zur amerikanischen viel zu verkrampft auf die politischen, ernsthaften Aspekte von Literatur versteift. Deswegen schaffte es der Literaturbetrieb in Deutschland nicht, einen Autoren vom Kaliber eines Pynchon oder eines T.C. Boyle hervorzubringen, deswegen hatte es auch ein Henscheid schwer, im Feuilleton und beim Publikum.

Walter ging es nun dennoch daran, sich einen wissenschaftlichen Einblick in die deutsche Literatur zu verschaffen, sowohl was Autoren und Werke selbst anging als auch die Sekundärliteratur dazu.

Walters Schaffen fand nun auch nicht mehr Lenas Aufmerksamkeit. Nachdem Lenas zweites Kind, Jessica, zur Welt gekommen war, brachte sie bei einem Besuch im Elternhaus in Anwesenheit Walters ein Anliegen vor: „Also, wie soll ich anfangen?"

„Fang halt an, Lena."

„Ja, also, ich habe mir überlegt, dass es für Papa und meine Kinder doch schöner wäre, wenn sie hier in Arzberg mit ihrem Opa aufwachsen, wo es ruhiger und sauberer ist als in Köln."

Walter und Vater sahen sich an. Zu dritt waren sie ja die Erbengemeinschaft Wisman, eine Gesamthands-Gemeinschaft, wie Lena sie aufklärte, und jeder hatte das Recht, seinen Anteil nicht nur zu nutzen, sondern auch zu verkaufen. Walter wurde nervös und fragte sich, warum sie nicht vorher mit ihm darüber gesprochen hatte, statt über die angeblichen Hitler-Tagebücher, die der Stern veröffentlichen wollte, und eine neue unheimliche Krankheit, die AIDS genannt wurde: „Lena, was hast du vor?!"

„Ich will nur mit euch reden, ich möchte, dass ihr euch meinen Vorschlag anhört."

„Was für einen Vorschlag, Lena?", wollte der Vater, dem sicher nicht jedes einzelne rechtliche Detail bewusst war, wissen.

„Das Grundstück ist doch groß genug, dass wir in der unteren Hälfte ein Häuschen hinstellen könnten. Die Jensens wollen sich finanziell beteiligen. Es wäre doch auch für dich schöner, Papa, wenn du deine Enkelkinder in der Nähe hättest. Du wärst nicht so allein, es käme wieder Leben in den Goldpfad zehn."

Vielleicht hatte Lena auf den Überraschungseffekt gesetzt, weil sie verhindern wollte, dass sich die beiden Männer ohne sie verständigten; das Recht war die eine Sache, die andere Sache waren die internen Familienverhältnisse, sie war die Tochter, die kleine Schwester. Es herrschte erst einmal Ruhe. Der große Bruder und der verwitwete Vater waren überrascht worden. Walter ging zum Fenster und sah nach draußen. Da war die noch neue Laube, der Grillplatz, der seit Mutters Tod so gut wie nie benutzt wurde, außer wenn Walter und Lena einmal da waren, der Gemüsegarten lag brach, der Vater kam nicht dazu, sich darum zu kümmern. Er war froh, wenn er im Vorgarten und um die Laube herum den Rasen mähen und die Hecken einigermaßen in Ordnung halten konnte. Kirschen, Äpfel, Johannisbeeren und anderes Obst wurden kaum noch gepflückt. So besehen wäre es keine schlechte Verwendung für das mehr oder weniger ungenutzte Gelände von rund fünfhundert Quadratmetern. Als kleiner Junge war Walter auf die Bäume geklettert, hatte Baumhäuschen gebaut, war herunter gefallen, auf dem Rasen hatten sie Federball gespielt, hatten Kaninchen gehalten und Hühner, hatten sie Zelte aufgebaut und am Lagerfeuer Würste verkohlt, hatten sie sich auf dem Dachboden des Schuppens versteckt und heimlich Zigaretten geraucht oder in Doktorspielen dilettiert. Wie viele Gartenfeste hatten sie mit Mutter gefeiert, Kindergeburtstage, hatten Schneemänner gebaut und Schmetterlinge gefangen. In diesem Garten hatte Mutter an einem wunderbar sonnigen und ruhigen Nachmittag gearbeitet, als Walter, der kaum zehnjährige Walter, vom Spielen nach Hause kam und die Mutter sofort spürte, dass etwas nicht stimmte:

„Was ist los, Walter?"

„Nix, Mama."

Und dann zog er aus der rechten Hosentasche vorsichtig seine Hand, an der zwei blutige Finger nur noch an dünnen Fleisch- und Knochenresten hingen. Ein Bauernbursche, der Eichen am Hohlweg für die neuen Bauplätze gefällt hatte, hatte Walter zeigen wollen, wie perfekt er die Axt handhaben konnte, was jedoch nicht der Fall war, denn der Hieb ging nicht knapp neben die Finger, sondern traf sie genau im mittleren Knöchel. Die Finger wurden dann im Krankenhaus in Ehrenbreitstein wieder zusammengenäht, wo nur ein Jahr später auch sein gebrochener Arm gegipst wurde. Den Gipsarm trug er als Drittklässler wie eine Trophäe, die außerdem das Schulleben angenehmer gestaltete, weil sein rechter Arm drin steckte, Walter natürlich nicht schreiben konnte und von Mutter wieder angezogen und ausgezogen werden musste. Die Fichte und die beiden Kiefern, die jetzt den Rasen vom Gemüsegarten abtrennten, hatte Walter als Sämlinge aus dem Wald gebracht und sie müssten dann auch gefällt werden.

Dieser Blick, ging Walter durch den Kopf, vom Wohnzimmerfenster in den Garten, war das letzte Bild, das die Mutter von der Welt hatte, die Welt, aus der sie gegangen war. Da sollte bald ein Haus stehen?

„Lena", fing der Vater an, „eigentlich keine verkehrte Idee. Mutti und ich haben das Haus ja schließlich für euch, unsere Kinder und die späteren Enkelchen, gebaut, wenn wir auch gerne noch ein paar Jahre gemeinsam gehabt hätten. Du hast recht, Lena, wir müssen uns darüber unterhalten, Walter hat ja auch ein Wörtchen mitzureden."

„Ja, ich weiß es nicht. Ich bin etwas überrascht von dem Vorschlag, Lena. Überrascht. Wie denkt denn Jens darüber?"

Walter konnte sich überhaupt nicht vorstellen, dass der freiwillig aus Köln wegging, und dann noch in dieses Kaff Arzberg, über das er es bei seinen Besuchen nicht an abfälligen Bemerkungen fehlen ließ.

„Den beiden Töchtern zuliebe wäre er schon bereit, und, immerhin, seine Eltern wollen uns unterstützen."

„Der Garten würde mir schon fehlen, Lena."

„Vater hat keine Zeit dafür und dich habe ich auch noch nicht da drin arbeiten sehen, Walter."

Nun gut, sie verständigten sich darauf, dass sie sich alle drei das noch einmal durch den Kopf gehen lassen wollten und dann erneut beraten, wie es weitergehen konnte.

Als sie sich beim nächsten Mal zusammensetzten, hatte Vater bereits die ersten Zeichnungen auf dem Tisch liegen. Wie schnell deutlich wurde, war er ganz begeistert von Lenas Idee, mit ihrer Familie zurück in den Goldpfad zu ziehen. Lena und Walter schauten sich mit großen Augen an. Was den Vater begeisterte war jedoch weniger die Aussicht, aus seiner Einsamkeit und Trauer herausgeholt zu werden, sondern die Aussicht auf Beschäftigung, auf eine neue Bauphase, in der er aktiv werden konnte und nicht nur Türen streichen, Tapeten kleben oder eine Laube und einen Grillplatz bauen konnte. Allerdings wollte er nicht, dass im Garten ein neues Haus gebaut wurde. Jammerschade wäre es doch, wenn die Kinder nicht im Garten spielen könnten. Walter nahm Vaters Pläne erfreut zur Kenntnis; statt des Neubaus dachte er an einen Umbau des alten Gebäudes mit einem Anbau, so dass jedes Stockwerk groß genug für eine Familie war. Lena sollte mit Jens und den beiden Töchtern im Parterre einziehen, Vater die Wohnung im ersten Stock nehmen, die ja durch die Dachschräge kleiner war, und Walter sollte im Anbau eine Einliegerwohnung bekommen mit separatem Eingang, Dusche, WC, kleiner Einbauküche und Wohnschlafraum. Wie er das Apartment dann nutzte, war seine Sache, er würde es vermieten können, wenn er es selbst nicht bewohnen wollte.

Durch den Um- und Anbau würde die Immobilie im Goldpfad 10 enorm am Wert gewinnen und damit auch die Achtel-Anteile der beiden Kinder. Lena und Jens sollten ihre Wohnung die nächsten Jahre mietfrei nutzen können, wenn Lenas Schwiegereltern sich finanziell beteiligten. Walter sollte für seinen Gewinnzuwachs mitarbeiten, also in Eigenleistung erwirtschaften. Wie gut fünfundzwanzig Jahre zuvor, hieß es also, Ärmel aufkrempeln und zupacken. Christel war nicht mehr da, ihren Mann anzutreiben; der war jetzt da, seine Kinder, wenn nicht anzutreiben, so ihnen doch bestimmt vorzugeben, was zu tun war.

So ging das Jahr 1983 langsam dem Ende zu mit dem Vorhaben, im nächsten Jahr das Projekt Um- und Anbau starten zu wollen. Walter, der nach wie vor zwischen Bonn und Koblenz pendelte, sich mit Gelegenheitsjobs über Wasser hielt, war immer noch als Student eingeschrieben, vor allem aus dem Grund, dass er auf diese Art und Weise günstig krankenversichert war. Erst im Jahr 1986, mit einer deutlich über zwanzig liegenden Semesterzahl auf dem Studentenausweis, sollte sich das ändern. Er war dann über die KSK Wilhelmshaven kranken- und rentenversichert, die Künstler- und Sozialkasse, die erst 1983 zur Absicherung freischaffender Künstler ins Leben gerufen worden war.

Walter war nicht scharf darauf, auf Dauer in Koblenz zu leben. In Bonn hatte er seine Freunde und Bekannten, wo sollte er in Koblenz hingehen, wenn er mal eine Frau kennenlernen wollte? Womöglich geriet er wieder in die Fänge von Marina, die angeblich verheiratet war. Das Leben in Bonn hatte einen erheblich größeren Unterhaltungswert, was die Dinge anging, die Walter wichtig waren, Kneipen, Feste, Sportmöglichkeiten, Gelegenheitsjobs, die er auch literarisch verarbeitete, als Kurierfahrer beispielsweise. So in einem fünfseitigen Gedicht mit dem Titel „Mein Opfertag" und dem Eingangszitat aus

Robinson Jeffers „Apology for Bad Dreams":
Better invent than suffer: imagine victims
Lest your own flesh be chosen antagonist.

Walters Gedicht endete so:

Kurz im Scheinwerferlicht das Paar,
die uralte Ambivalenz zärtlicher Umarmung,
Würgegriff. Zwischen ihren blutwarmen
Schenkeln sehe ich ihn fingern bei 15 Grad
minus. Auf der Suche nach abgelegten
Altertümern und verkannten Kostbarkeiten
wühlt hingebungsvoll ein Jäger und Sammler
mit schwarzen Fingernägeln; versessen
wendet er den Sperrmüll um und um.
Ich begegne Tieren, die ich sonst nie sah.
Den Keiler auf der Fahrbahn. Den Hirsch
am Randstreifen, Füchse von links nach
rechts, die Schatten der Eulen.
Eifellandschaft bei Kempenich und Hannebach,
nie will ich dich bei Tage sehen.
Wo beginnt mein Tag, wo endet die Nacht?
Dem Leben sei dies Opfer gebracht.
Unsterblich bin ich solange ich lebe.
And here I am
to make all your lies come true.
The day I rise from my desk
I'll leave my work only
to kill or to die.

In den Goldpfad zu ziehen, schien ihm überhaupt nicht denkbar, aber er half gerne mit und wenn dann die Bauphase beendet war, konnte er seinen Anteil, die Souterrain-Wohnung, vermieten und hatte so ein geringes aber regelmäßiges Einkommen.
Während eines seiner Besuche bei Vater blätterte Walter die Zeitung durch und sah einen kleinen Artikel, der darüber berichtete, dass sich in Koblenz eine Autorengruppe formiert hatte, die sich monatlich

zum Gedankenaustausch treffen wollte, die vorhatte, gemeinsam Texte zu erörtern und aktiv ins Kulturleben der Stadt einzugreifen. Walter war perplex. Er war stets davon ausgegangen, dass er in dieser Gegend weit und breit der einzige war, der Bücher schrieb, der bereits mit einem Buch auf dem Markt war. Er wusste nur um die Existenz des offiziellen Kultur- und Literaturbetriebs, soweit er im Feuilleton vorkam, in den Museen und Bibliotheken oder bei Lesungen in der Uni zu finden war. Aber als er dann zum ersten Male zu einem Treffen kam, sah er mehr als fünfzehn Männer und Frauen, junge und alte Schreiber, von denen einige auch schon Bücher publiziert hatten. Dass es auch in Bonn und dort sogar schon länger eine ähnliche Gruppierung gab, irritierte Walter zutiefst. Da gab es also eine Welt in unmittelbarer Umgebung, von deren Existenz er nichts geahnt hatte, und dass er, ahnungslos wie er war, Teil dieser Welt gewesen war. Seine Selbsteinschätzung war aufgrund von Ignoranz inadäquat, irrig. Er musste sich neu justieren.

Walter war Weltmeister im Auslassen von Möglichkeiten. Hatte er in Berkeley Möglichkeiten gesucht, mit Verlagen oder Agenten in Kontakt zu treten? Hatte er überall auf sich als Autor aufmerksam gemacht, Kollegen angesprochen, wenn sie auf dem Campus lasen? Hatte er überhaupt irgendetwas anderes unternommen, als den Kontakt zu nutzen, den Lena hergestellt hatte? Nein, hatte er nicht. Hier wollte er nun hingehen, in dem nicht mehr ganz ungetrübten Bewusstsein, den anderen in der Gruppe literarisch weit überlegen zu sein. Wenn er schon beim Bau mithalf, also in Koblenz zumindest phasenweise leben musste, konnte er seine Zeit auch dafür nutzen.

Im Goldpfad, März 2012: Kulturinfarkt

So schnell kann dem Menschen ein kurzer Zeitraum wie eine Ewigkeit vorkommen. Das Wetter musste sich nur zehn Tage lang nicht ändern, schon glaubte man, die stabile Hochdrucklage habe schon immer geherrscht. Blauer, leicht dunstiger Himmel, morgens um die Null Grad, nachmittags an die zwanzig. Dass es davor eine Ewigkeit lang trüb gewesen war und es keine Sonne zu sehen gab, war längst vergessen. Der März 2012 brachte wie im Vorjahr eine solche Wetterlage, bei der, nach dem späten und dann recht kalten Winter, alles fast gleichzeitig explodierte. Ende März blühten im Wald der Weißdorn und die Buschwindröschen, im Garten die Forsythien und Azaleen, die Krokusse, Narzissen und auch schon die Tulpen. Mitte März hatte

Jessica ihre letzte mündliche Prüfung für das Erste Staatsexamen bestanden; das Ergebnis war insgesamt nicht so gut wie vor einem Jahr erwartet, aber auch nicht so schlecht wie vor einem halben Jahr befürchtet. Die Erleichterung war ihr nicht nur ins Gesicht geschrieben, sondern war im Haus Goldpfad 10 an ihrem glockenhellen Lachen und dem Gejauchze Leanders nicht zu überhören. Brian Wilson bekäme das bestimmt mit einem seiner Lieblingsinstrumente, dem Xylophon, hin.

Nur ein paar Tage später erhielt Walter die Nachricht, dass seine Vertragsverlängerung beschlossene Sache war: unbefristeter Vertrag mit sechzehn Stunden. Der stellvertretende Direktor, der auch Walter hieß, hatte ihn im Klassenraum angerufen. Walter ließ es sich nicht nehmen, seine Schüler, angehende staatlich geprüfte Elektrotechniker, darüber zu informieren, dass sie glücklich sein konnten, ihn auch im nächsten Jahr noch als Lehrer genießen zu dürfen. Was diese mit Applaus, Trampeln und Pfeifen zur Kenntnis nahmen.

Im Klartext hieß das, die letzten drei Jahre vor der Rente waren nicht nur gesichert, sondern brachten ihm sogar ein höheres Einkommen. Koblenz richtete sich auf das Jahr Eins nach der BUGA ein, die Seilbahn verkehrte wieder, die drei Kernbereiche Festung, Schloss und Blumenhof/St. Kastor wurden wieder geöffnet. Auf dem Sportplatz in Arzberg hatte sich kein weiteres Loch aufgetan und der Verein plante, aus dem Hartplatz, auf dem Walter sich beim Fußball so manche blutige Schürfwunde zugezogen hatte, einen Rasenplatz zu machen, Naturrasen. Das Nachbardorf hatte seit einigen Jahren einen Kunstrasenplatz; das musste man toppen. Die Kirchenmitteilungen der Pfarrgemeinde St. Nikolaus, die mit sieben anderen Pfarreien den Verbund „Rechte Rheinseite" eingegangen war, gab es neuerdings auch als PDF-Datei per E-Mail. Weil sich einige wichtige Dinge geändert hatten, konnte es weitergehen – fast wie bisher.

„Und wie fühlst du dich jetzt, Walter", wollte Lena wissen, nachdem er ihr vom Vertrag erzählt hatte, „erleichtert? Papa wäre jedenfalls sehr stolz auf dich."

„Ja, auch. Andererseits hätte ich ohne Vertragsverlängerung mein Leben völlig neu ausrichten müssen. Das wäre eine echte Herausforderung geworden."

„So ein klein wenig Sicherheit tut auch mal gut."

„Schon, Lena. Aber erstens kann man nie ganz sicher sein und zweitens werde ich dann in drei Jahren vor einer erneuten Herausforderung stehen, falls ich dann noch lebe, denn von meiner Rente werde ich meinen Lebensunterhalt nicht bestreiten können."

„Warum solltest du dann nicht mehr leben, Walter?"

„Immerhin sind unsere Eltern beide an Krebs gestorben."

„Ist das ein Problem für dich? Das ist doch lange her. Ich gehe zwar regelmäßig zu Vorsorgeuntersuchungen, aber ansonsten versuche ich, nicht daran zu denken."

„Ich denke oft daran, Lena. Ich bekomme regelmäßig meine Gewissheitsanfälle, dass ich Krebs habe. Ich spüre das dann im ganzen Körper und bin richtig krank. Und das schon seit Mutters Tod."

„Davon merkt man aber nichts. Schreibst du gerade darüber?"

„Ja. Und weißt du, ich überlege mir dann auch, ob wir uns gegenseitig pflegen würden, wenn es dazu kommen sollte."

„Wer will wen pflegen? Was ist das denn hier für eine trübe Stimmung?! Sprecht ihr über Baumer, der von der Leite gefallen ist?"

„Ach, Jessi, schläft der Kleine?" Lena war überrascht.

„Ja, Mama."

Walter war auch überrascht: „Wo hast du das denn aufgeschnappt, Jessi. Ist der tot?"

„Ja, ich war doch gestern mit Ilona bei ihren Eltern. Die Frau soll ihn von der Leiter gestoßen haben. Familiendrama. Die hatte angeblich was mit ..."

„Hör auf! Das ist doch alles Blödsinn, Jessica, das kommt bestimmt vom blöden Gerd."

Seit Walter ihr erzählt hatte, dass damals in Bonn das Gerücht umging, sie hätte mit Mattin geschlafen, damit ihr Bruder den Verlagsvertrag bekam, dass im Goldpfad früher das Gerücht umging, Mutter hätte mit dem Bergmann geschlafen, damit dieser den Bauplatz der Familie Wisman überließ, seitdem reagierte Lena höchst allergisch auf Gerüchte.

„Weiß ich nicht, aber die Baumers kamen mir schon immer komisch vor."

„Was glaubst du, wem wir alles komisch vorkamen und noch vorkommen."

„Egal, ich muss euch beiden etwas sagen."

Jessica gehörte zu den Menschen, die nicht gerne über ihre Angelegenheiten sprachen und vieles lieber für sich behielten; wenn sie aber etwas mitzuteilen hatte, tat sie das sehr direkt.

„Ich habe gestern mit Carsten telefoniert und wir haben vereinbart, dass ich nach Australien fliege. Das habe ich verdient nach dem Examensstress. Carsten zahlt mir den Flug und vielleicht kann ich in seiner Firma arbeiten."

Walter wollte wissen: „Und du willst Leander hier lassen."

„Nein, auf keinen Fall. Carsten würde mich sofort wieder in den Flieger setzen, wenn ich ohne seinen Sohn da ankäme."

Walter sah zu Lena. Ihr war der Unglaube anzusehen wie dem Papst die Gläubigkeit.

„Das glaube ich jetzt nicht. Jessica! Das kannst du nicht machen, vierundzwanzig Stunden Flugzeit, das kann man dem Kind …"

„Doch, Mama, zwanzig Stunden Flug kann man einem Kind zumuten. Einem so kleinen viel eher als einem größeren, das überall herumlaufen will. Er wird dann halt in Australien laufen lernen."

„Schade, dass mein Vertrag verlängert wird, vielleicht wäre ich mitgeflogen und hätte mir da einen Job gesucht, an einer deutschen Schule oder so."

„Walter, bist du jetzt völlig übergeschnappt?! Ich, und ich? Ich soll ganz alleine hier bleiben?"

„Mama, beruhige dich, Walter bleibt hier, und ich komme mit Leander und Carsten doch auch wieder zurück."

„Ich kriege einen Herzinfarkt, Kind. Tu mir das nicht an."

„Soll ich nicht wieder kommen?"

„Jessica, quäle deine Mutter nicht, du weißt, was sie meint."

„Ist schon gut. Mama, du kannst ja mit Walter in den Sommerferien nachkommen, dann machen wir zusammen da Urlaub."

Walter, im Kopf sehr gut in multi-tasking, ließ Mutter und Tochter alleine Reisepläne schmieden, ging an seinen PC, schaltete ihn an und schrieb eine Buchsbesprechung, mit der er sich schon eine Weile beschäftigte. Seit einigen Jahren bekam Walter nämlich, da er auf seiner Website auch Kommentare, Buch- und CD-Besprechungen veröffentlichte, im Frühjahr und Herbst die Verlagsankündigungen der Verlagsgruppe Random House/Bertelsmann, also von Knaus, Kösel, Diederichs beispielsweise.

Walter hatte sich nicht angeboten, sondern man war wohl im Netz auf seine Seiten aufmerksam geworden. Walter war erstaunt zu sehen, wie die Bücher hier promoviert wurden. Es gab natürlich nicht nur die kostenlosen Exemplare vor dem offiziellen Erscheinungstermin, sondern es gab auch aufwendige CDs dazu; Walter hätte sogar auf dem Bestellcoupon Interviewwünsche äußern können. Vielleicht sollte er tatsächlich mal eine Autorin zum Interview bitten, er konnte immer noch viel lernen. Vor allem eine seiner Besprechungen bescherte ihm eine Menge Besucher im Internet. Da er schon seit 1998 im Netz mit einer eigenen Website präsent war, selbst hinreichend programmieren konnte, war das Ranking verschiedener Seiten außerordentlich gut. Seine Kommentare zur aktuellen Literatur, zur postmodernen Literatur oder auch Karriereplanung für Schriftstellerinnen und Autoren erzielten Top-Rankings; manchmal sogar die Nummer Eins von mehreren Millionen.

Im März 2012 erschien von Dieter Haselbach, Armin Klein, Pius Knüsel, Stephan Opitz: „Der Kulturinfarkt – Von allem zu viel und überall das Gleiche", bei Knaus verlegt. Walters Kommentar:

» Kulturförderung bedeutet, Menschen den Genuss von kulturellen Darbietungen mit öffentlichen Geldern von Bund, Ländern und Kommunen preisgünstiger zu ermöglichen, als es möglich wäre, wenn die Dienstleistung der Kulturproduzenten unter den Bedingungen des freien Marktes verkauft und erkauft werden müsste. Damit steht der Kulturbetrieb keineswegs alleine da, denken wir nur an die Landwirtschaft. Anders aber als bei der subventionierten Landwirtschaft, bei der sowohl die Verbraucher, Konsumenten, als auch die Produzenten, Landwirte, profitieren, verhält es sich bei der Kultursubvention ganz anders (könnte aber auch sein, dass ich von der Agrarsubvention zu wenig verstehe). Und das liegt daran, dass die Produzenten im Kulturbetrieb nicht so eindeutig festzumachen sind wie in der Landwirtschaft, denn es geht nicht nur um Groß und Klein.

Nicht jeder Kulturschaffende ist Künstler, und bei den Künstlern muss meiner Meinung nach zwischen produzierenden Künstlern, Autoren, Komponisten beispielsweise, und reproduzierenden, Schauspielern, Musikern, unterschieden werden. Produzierende Künstler schaffen in jedem Fall, reproduzierende nur von Fall zu Fall urheberrechtlich geschützte Werke (z.B. Tonträger). Unterschieden werden muss schon allein aus dem Grund, weil der Kulturbetrieb diese beiden Künstlergruppen ganz gravierend unterschiedlich behandelt. Es gibt eine Hierarchie in der Subvention.

Das meiste Geld erhält der Kulturgenießende, der Zuschauer, was politisch ja gewollt ist. Danach folgen die reproduzierenden Künstler, ohne die kein Kulturgenuss möglich wäre. Praktisch kein Geld aus der Subvention erhalten die produzierenden Künstler.

Ein Beispiel: Die ohne Subvention nicht mehr existenten Stadt- oder Landestheater geben das meiste Geld dafür aus, dass die Bürger ins Theater kommen. Das heißt, der Zuschauer, Konsument, wird am stärksten subventioniert, weil er dafür, dass er ins Theater geht, mehr Geld bekommt als er selbst ausgibt; lässt man mal außen vor, dass er als Steuerzahler auch seinen Theaterbesuch subventioniert. Dann folgen die Beschäftigten im Theater, oftmals als reproduzierende Künstler Angestellte der Stadt oder des Landes. Die einzigen, die bei der Subvention außen vor bleiben, sind die Autoren. Die nämlich bekommen ihre Tantiemen anteilig zu dem Erlös aus dem Kartenverkauf. Jeder einigermaßen Gebildete weiß, dass die zeitgenössischen Stücke nicht notwendigerweise die mit den höchsten Zuschauerzahlen sind und dass Theater selbst diese Tantiemenzahlung umgehen, indem sie überwiegend gemeinfreie Stücke, die Klassiker halt, inszenieren.

Kommen wir – endlich! – zum Buch „Der Kulturinfarkt" von Dieter Haselbach, Armin Klein, Pius Knüsel und Stephan Opitz. Man könnte sie, je nach Standpunkt, als Nestbeschmutzer beschimpfen oder als

Kenner der Szene, deren Urteil man vertrauen kann. Ich sage, sie sind Kenner, aber sie sind als solche überhaupt nicht frei von Betriebsblindheit. Die Erkenntnis: „Derzeit fördern wir Lobby und Institutionen – nicht die Kunst" ist absolut richtig, genauso richtig wie der Untertitel „Von allem zu viel und überall das Gleiche". Dieser Kulturzirkus hat mitsamt der sogenannten freien Szene, teilsubventioniert, die Penetranz des Talk-Show-Pallavers angenommen, bei dem permanent die ewig gleichen Gesichter das ewig gleiche Zeug absondern. Es muss eine Art Reiz in dieser Form von ritualisierter Spiegelfechterei liegen, der sich mir nicht erschließen will. Ich vermute, es vermittelt eine gewisse Sicherheit, wenn wir, egal was passiert, mit den immer gleichen Floskeln beruhigt werden können.

"Man muss nur die Begriffe und die Interessen klar auseinanderhalten. Reden wir von Kunst, Kultur, von Wirtschaft, von Migration, von Glück 1 oder von Glück 2?" (Der Kulturinfarkt, S. 132). Genau darin liegt für mich das Problem des Buches, dass die Autoren die Begriffe Kunst und Kultur nämlich nicht eindeutig gegen einander abgrenzen. Die Verwendung der Begriffe von Kunst und Kultur, da sie an keiner Stelle definiert werden, changiert von fast synonym bis fast antonym. Kunst ist, was Künstler schaffen, so meine These, und zwar *vor* aller Förderung, Vermittlung, Vermarktung. Im Kapitel "Alles ist Kunst und jeder Mensch ein Künstler" (S. 123 ff.) werden außerdem noch Kreative, Amateure und künstlerisch Aktive einbezogen. Es werden jede Menge Statistiken zitiert, um beispielsweise zu belegen, wie sehr die Zahl der Künstler zugenommen hat. Ob und wie viele Travestiekünstler, Feuerschlucker, Alleinunterhalter oder Tänzerinnen dabei sind, das fände man nur heraus, wenn man genau hinschaute.

Da die Autoren des Kulturinfarkts aus dem Kulturbetrieb kommen, kennen sie (fast) nur die Kunst, die im Kulturbetrieb vorkommt. Kunst und Kulturbetrieb schließen einander nicht aus, nein, sie mögen einander sogar in Bereichen bedingen, aber sie sind und bleiben zwei sehr unterschiedliche Phänomene; und ich behaupte, die Kunst ist das, was bleibt und immer wieder kommt, der Kulturbetrieb das, was kam und gehen wird. Das immerhin konstatieren auch die Autoren. Ergänzt sei, dass die Kultur nicht notwendigerweise einen Infarkt erleiden wird, wenn der Kulturbetrieb krankt, weil Kultur nicht nur da lebt.

„Der Anteil nicht-westlicher Kunst an den subventionierten Programmen ist lächerlich" (S. 39) bedarf deshalb der Ergänzung: Die Teilhabe produzierender Künstler an den subventionierten Programmen ist praktisch nicht vorhanden.

Deswegen wage ich die These, das Buch mag den Kulturbetrieb in Unruhe versetzen und zusammen mit den unumgänglich scheinenden Kürzungen in gewissem Umfang auch reformieren, aber es wird nichts an der Situation der produzierenden Künstler ändern. Die Situation produzierender Künstler wäre relativ einfach zu verbessern, Stichwort „Goethegroschen".

Das meint, dass die Nutzung der Kunstwerke, die nicht mehr urheberrechtlich geschützt sind, mit einem geringen Obolus zu verbinden wäre. Man könnte an einen halben Cent für einen van Gogh in den unzähligen Kalenderabbildungen denken, um nur ein Beispiel zu nennen. Mit diesem Geld könnte sich die Kunst selbst finanzieren. Ein Generationenvertrag der besonderen Art: die Werke der verstorbenen Künstler unterstützen die Arbeit der lebenden. Aber das ist politisch nicht durchzusetzen und wird immer weniger durchzusetzen sein, man möge sich nur die aktuelle Diskussion um ACTA anschauen. Und deswegen hat das Buch „Der Kulturinfarkt" auch sehr viel mit der Entwicklung des Internets zu tun. Das nämlich geht über das Anspruchsdenken des konventionellen Kulturbürgers hinaus und viele Internetnutzer beanspruchen in Piratenmanier, prinzipiell alles erbeuten zu dürfen, was auf dem Ozean des Worldwide Web herumschippert. Den Piraten der Weltmeere war schon immer gleichgültig, wer ihr Schiff gebaut und wer die Güter produziert hatte, die sie an sich rissen. Sie interessierte auch nicht, für welchen Hafen und zu welchem Zweck die Güter bestimmt waren; sie unterbrachen den Waren- und Datenfluss zu ihrem eigenen Nutzen. «

Im Goldpfad, Bauphase 1984/85

Wolfgang Wisman war stolz darauf, dass der Architekt die offiziellen Pläne für den Anbau, die dem Bauamt vorgelegt und dort genehmigt wurden, fast genau nach seinen handgezeichneten Skizzen gefertigt hatte. Wolfgang hatte darauf verzichtet, beim neuen Gebäudeteil zu viele Konzessionen an den Zeitgeist der Achtziger zu machen. Zusammen mit der dezenten Aufpolierung des Altgebäudes, das ja in der Substanz kerngesund war, niemand wusste das besser als er, ergab das einen harmonischen Gesamteindruck, der die schlichte Zeitlosigkeit des Baustils der fünfziger Jahre perfekt zur Geltung brachte. Ganz im Gegensatz zu vielen Häusern in der Nachbarschaft, die aussahen, als habe man neben einen schlichten Schuhkarton eine mit Schleifchen bunt verzierte Hutschachtel gesetzt. Wolfgang Wisman war ein unbedingter Verfechter der Eindeutigkeit von Lot und Wasserwaage, er liebte die Gerade und den rechten Winkel. Und er liebte es, Stein auf Stein zu setzen, zu sehen, wie seine Pläne Wirklichkeit wurden.

Der Anbau sollte im Souterrain die Einliegerwohnung werden und im Parterre ein fast dreißig Quadratmeter großes Wohn-, Esszimmer; aus dem Wohnzimmer im Altbau wurden wieder wie ursprünglich zwei Zimmer, nämlich Küche und Schlafzimmer. Die alte Küche wurde zu einem Kinderzimmer. Später konnte auch im ersten Stock mit ähnlicher Raumaufteilung ein Zimmer zusätzlich für eines der Kinder genutzt werden.

So viele Häuser hatte Wolfgang in seinem Leben gebaut, und dieser Bau brachte Erinnerungen an die Zeit zurück, als er und Christel noch jung waren, Walter noch nicht zur Schule ging und Lena, die jetzt selbst zwei Töchter hatte, noch gar nicht auf der Welt war.

In seiner Heimatstadt Danzig war Solidarność dabei, für erste Ansätze einer Öffnung zur Demokratie zu sorgen. Wolfgang und Christel waren in den Siebzigern dorthin gereist, hatten Wolfgangs Neffen besucht. Weiter ins südliche Ostpreußen, Christels Heimat zu reisen, wäre zwar möglich gewesen, lag aber doch abseits der gut befahrbaren Routen. Als sie vor Wolfgangs Elternhaus standen, das sich in den dreißig Jahren seit Kriegsende kaum verändert hatte und nun von Polen bewohnt wurde, die sie sehr freundlich empfingen, war Wolfgang klar, dass er nie hierher zurückkehren wollte. Aber später hatten Christel und er darüber gesprochen, ob sie ihren Lebensabend nicht vielleicht doch in der alten Heimat verbringen könnten oder in Niedersachsen, in Ostseenähe und landschaftlich der alten Heimat nicht unähnlich. Das war nach Christels Tod nicht mehr möglich und Wolfgang, der ja noch mehr als zehn Jahre Berufstätigkeit vor sich hatte, war froh, jeden Tag aus dem Haus zu müssen.

Das Leben würde sich ändern, wenn Lena mit Jens und den beiden Mädchen einzog, gewiss. Und was mit Walter wurde, war überhaupt nicht klar. Wofür hatte er die ganzen Jahre studiert? Damit er jetzt Taxi fuhr? Walter war da gewesen, ja, als Christel bettlägerig war und Wolfgang seinen Urlaub aufgebraucht hatte. Walter war auch jetzt da, wenn es darum ging, für die Bodenplatte des Anbaus auszuschachten. Ohne Walter hätten sie Christel nicht zuhause pflegen können, hätte sie nicht zuhause sterben können. Wolfgang schlief immer noch in seiner Hälfte des Ehebettes, die andere, Christels Hälfte, wo sie ihre letzten Tage verbracht hatte und gestorben war, blieb leer, ohne Bezug. Lena bedrängte ihn ständig, das alte Schlafzimmer auf den Sperrmüll zu werfen und ein neues zu kaufen. Warum sollte er?

Noch immer lag er nächtelang wach und glaubte den Atem seiner Frau zu hören. Sie hatten zwar nie großartige Zukunftspläne gemacht, aber sie hatten gemeinsam gehofft, das wurde ihm erst nachträglich bewusst, das Leben genießen zu können, wenn das Haus abbezahlt war und die Kinder sich selbst versorgen konnten. Es war doppelt traurig, dass Christel, die ihre Kinder so geliebt hatte, die Enkeltöchter nicht erleben durfte. Auf ihrem Totenbett hatte sie ihm zugeflüstert und ihm das Versprechen abgenommen, sich um Walter zu kümmern, ihn nicht fallen zu lassen. Er hatte es versprochen, aber was konnte er tun? Ihn wie früher mit auf den Bau nehmen, wenn er einen Handlanger brauchte? Wenn man Geduld mit ihm hatte, stellte er sich gar nicht so ungeschickt an. Und seit er dreißig war und aus Amerika zurück, schien er nicht mehr ganz so wild und flatterhaft zu sein.

Aber dann war der Kerl mit den Gedanken wieder ganz weit weg. Wolfgang hatte keine Ahnung, womit sich Walter beschäftigte. Das mit der Schreiberei begriff Wolfgang nicht, das war auch nie ein Thema, über das sie gesprochen hätten. Vielleicht brauchte Walter einfach länger, um wirklich erwachsen zu werden. Mit Lena war das ganz anders. Sie war praktisch und nahm das Leben in die Hände. Das einzige, was er an ihr nicht verstand, war, warum sie Jens nicht heiraten wollte.

Fast ein Jahr lang hatte er, Wolfgang, alleine und ohne seine Christel im Goldpfad 10 gelebt, er hatte schon während ihrer Krankheit, oft mit Unterstützung von Walter oder Lena, gelernt, Lebensmittel und Kleidung selbst einzukaufen, den Haushalt zu führen und Behördengänge zu erledigen. Alles das eben, was Christel ihm immer abgenommen hatte. Das Familienleben, als Walter und Lena klein waren, spielte sich an den Wochenenden ab, denn so lange die Kinder zur Schule gegangen waren, hatte Wolfgang in der Regel eine Fünfzig-Stunden-Woche gehabt. Einer musste das Geld ja nach Hause bringen. Ein neues Familienleben würde es bald wieder geben, aber er musste nicht mehr allein für alle sorgen, und das war gut so.

Lena war glücklich. Es sollte ein neues Familienleben geben, eines wie es das im Goldpfad noch nie gegeben hatte. Drei Generationen unter einem Dach. Das würde allen gut tun, Opa, Walter, Jens und den beiden Mädels. Sie konnten sich gegenseitig helfen, das Leben angenehmer und reicher zu machen. Es war ihre Idee gewesen, zurück in den Goldpfad zu ziehen. An den Wochenenden arbeiteten sie alle zusammen, Jens und Walter, Vater und der eine oder andere Kollege vom Bau, je nachdem, welche Arbeiten anfielen. Vater konnte handwerklich sehr viel, aber die Elektrik, die Sanitärinstallation und auch die Zimmermannsarbeiten überließ er gerne den Fachleuten.

Walter ließ es sich nicht nehmen, am Wochenende für alle, die auf der Baustelle waren, zu kochen; da saßen sie dann zusammen am Tisch, verschwitzt und müde, aber glücklich. Walter und Jens kamen sich wieder näher, denn sie waren sich, was Einstellungen und Verhaltensweisen anging, durchaus ähnlich, was aber dennoch einen großen Unterschied bedeutete. Kam Jens gewissermaßen von oben mit einem Vater, der Professor an der Uni-Klinik war, so kam Walter, wie Lena, eindeutig von unten; Vater war durch und durch Bauarbeiter, nicht in der sozialistisch-proletarischen sondern in der solide handwerklichen Tradition, also durch und durch konservativ. Solide Handwerker waren sie jetzt alle. Es war enorm, wie sehr die gemeinsame Arbeit an einem Projekt sie zusammenschweißte. Vater war der stille Vorarbeiter, Jens und Walter seine Gehilfen, die abends mit unschöner Regelmäßigkeit ziemlich angetrunken waren. Bier war immer auf der Baustelle, dafür sorgte Walter. Er war auch derjenige, der den Lieferdienst übernahm und Baumaterialien einkaufte.

„Walter, hast du endlich die Fliesen für dein Bad im Souterrain ausgesucht? Ich will morgen da weiter machen."

Walter hatte sich nicht entscheiden können, als sie gemeinsam, Lena, Vater und er, Fliesen für die anderen Bäder ausgesucht hatten.

„Ich fahre gleich hin, die wollten mir noch ein paar Muster besorgen."

„Mach es nicht zu teuer, das geht auf deine Rechnung, Walter."

Das war kein Problem, das Bad, die Dusche, war nicht sehr groß. Und Walter verdiente nicht schlecht im Moment mit seiner Fahrerei. Krankenversichert war er immer noch als Student und sein Geld bekam er bar in die Hand.

„Denk dran, dass du auch den Fugenmörtel und die entsprechende Farbe mitbringen musst."

Walter machte sich auf den Weg. Zwar gab es auch in den Achtzigern des letzten Jahrhunderts schon erste Baumärkte, die waren aber keineswegs so dicht gesät wie zehn oder gar zwanzig Jahre später; außerdem kaufte Vater als Handwerker lieber in Fachmärkten in der Gewissheit, hier besser, kompetenter bedient zu werden.

Es waren die achtziger Jahre, der Anschlag auf die Verkehrsmaschine bei Lockerbie, das Unglück in Ramstein, das Geiseldrama von Gladbeck, die Kernschmelze in Tschernobyl standen in krassem Gegensatz zu den glamourösen Auftritten Michael Jacksons oder Falcos; Dirty Dancing, Modern Talking und Miami Vice zeugten nicht gerade von Zurückhaltung bei Form und Farbe. Von Patrick Süskind erschien „Das Parfüm" und von Salman Rushdie „Die satanischen Verse".

Walter war froh, mal wieder von der Baustelle wegzukommen, als Handlanger musste er vor allem die weniger angenehmen Jobs, die Drecksarbeit machen, Lkw abladen und Schutt wegschaffen, Fliesen abstemmen, Schlitze kloppen, kehren und sauber machen. Einen Moment überlegte er, ob er sich nicht kurz waschen sollte, ließ das aber und fuhr in Arbeitsklamotten und ziemlich verstaubt zum Fliesenmarkt, wo ihn die Verkäuferin empfing:

„Hallo, Herr Wisman. Ich habe Ihre Muster jetzt da. Schauen Sie."

Sie legte ihm einige Fliesen auf den Tisch, alle sehr dunkel.

„Wenn Sie dazu die entsprechenden Armaturen nehmen …"

„Ich hätte lieber etwas Helleres, Zeitloses." – „Aber Ihr Vater …"

„Es geht um *mein* Bad." – Sie überlegte einen Moment, während Walter in Gedanken seinen Zettel und den restlichen Arbeitsplan für den Tag durchging. Vater konnte sehr ungemütlich und grantig werden, wenn er mit seiner Arbeit nicht weitermachen kam, weil Walter oder Jens zu langsam waren. Und es sah nicht so aus, als käme er heute hier weiter. Aber bloß keine kackbraunen Fliesen, um Gottes Willen, das ging ja gar nicht.

„Also, da könnte ich Ihnen vielleicht doch noch etwas zeigen. Kommen Sie einmal mit."

Sie verließen den Verkaufsraum, liefen durch das Lager und kamen in ein Wohnhaus, das neben den Hallen lag: „Ich zeige Ihnen mal die Fliesen in meinem Bad."

Die Fliesen waren schön, genau das, was Walter sich vorgestellt hatte. Cremeweiß mit einem dezenten blau-goldenen Dekor: „Ja, genau so etwas wollte ich."

Er schaute sich die Fliesen an, ließ die Finger über das Dekor gleiten und sah über der Badewanne schwarze Dessous liegen. Die Frau folgte seinem Blick auf ihre Unterwäsche, errötete und sagte: „Oh, die habe ich wohl vergessen anzuziehen", und fing an, den Kittel aufzuknöpfen.

Walter realisierte nicht, was vor sich ging, in seinem Kopf verstellten Speismischungen, Fliesendekor und Schlitze kloppen den Kontakt zwischen dem, was sich vor seinen Augen darbot und seiner sonst notorisch sexuell gepolten Sensorik. Sie stand nun nackt vor ihm, Walters Wahrnehmungsapparat war noch immer auf einer völlig anderen Frequenz, sonst hätte er gesehen, dass die junge Frau, die eben noch bekittelt im Verkaufsraum der Halle gestanden hatte, eine Schönheit war und eine wirklich atemberaubende Figur besaß. Erst als sie sich bückte, um nach der Wäsche zu greifen, wobei ihre Brüste beim Vorbeugen in Bewegung gerieten, schlug in Walters Gehirn der Blitz urplötzlich entfachter Begierde ein, denn er sah im Spiegel an der Wand ihr Gesäß und den Ansatz ihrer Schambehaarung zwischen den Schenkeln, spürte ihre Lippen an seinem steifen Schwanz, der gleichzeitig von hinten in sie eindrang:

„Moment. Was machen Sie da?"

„Ich ziehe meine Unterwäsche an."

„Das sieht aber mehr nach Ausziehen aus." Der Kittel lag neben der Klobürste. Die Szene, die sich nun in dem Bad mit den Musterfliesen abspielte, inspirierte Walter später zu einer Passage in seinem zweiten Roman „Transit Wirklichkeit".

» Aus der Klobürstenperspektive, Igel hängt in der Plastikgrotte, sieht die Wanne aus wie eine halbierte, mutierte Gottesanbeterin mit Stummelbeinchen. Das schwarze Äußere der Wanne wäre, wäre die Wanne außen eingefliest, deren verborgenes Inneres. In dem weißen, nicht unbefleckten Inneren, außen drin *so to say*, liegt Tina Lefacks in ihrem venerischen Schaum und lässt eine Sprechblase aufsteigen:

„Bringst du mir bitte das Telefon?"

Sie wünscht das Fernsprechgerät. Nun gut, ich besorge es ihr. Tina steckt ihren Finger achtmal in verschiedene Löcher der Scheibe, puhlt darin herum und spricht dann in die ebenfalls durchlöcherte Muschel. Was sagt man dazu? Sie sagt, schamhaft die Löcher der Sprechmuschel bedeckend „danke" und lächelt mich an; ich kann also gehen.

Will sie etwas von mir? Immer diese meine gottverdammte Unsicherheit. So kann ich das nicht stehenlassen. Ich könnte sie einfach fragen. Aber ich will sie nicht fragen, weil ich es nicht wissen will. Ich will nämlich überhaupt nichts von ihr! Doch dann hat ER sie gesehen, und schon habe ich einen zwanghaften Reim. Wenn sie wirklich wollte, könnte sie ja fragen. Wahrscheinlich ahnt sie, dass ich nichts von ihr will und sagt deshalb nichts.

„Hallo!"

Das sagt sie nicht in den gut aufgelegten Hörer, der mit seinem Mittelteil schmal und steif auf der Gabel liegt, über die seine beiden Enden scheinbar schlaff und breit herunterhängen.

„Ja?"

„Nimmst du das Telefon bitte wieder raus?"

Wozu das jetzt wieder? Das Telefon ist halb innerhalb, halb außerhalb des nicht vorhandenen Fliesenwalles, der aus dem Außen das Innen gemacht hätte. Ich muss wieder ganz dicht heran an die Braut in der Wanne, an den Braten in der Pfanne. Ich habe keinen Blick für die badende Venus, stiere nur auf das schwarze Telefon, ich sehe nichts von dem weißrosa Schaum, den sie an zwei, drei Stellen mit der flachen Hand absichtlich auseinanderdriften lässt. In dieser Wanne liegt ein wonnevoller Eisberg.

„Was bedeutet eigentlich K-Dom?"

In meiner übergroßen Ordnungsliebe beginne ich die verdrehte Telefonschnur zu entwirren.

„Ist das eine Abkürzung? Für Kölner Dom oder vielleicht Kondom?"

In meiner außerordentlichen Geschicklichkeit habe ich mich mit der Telefonschnur halb schon stranguliert. Aber Sauerstoffmangel ist ein Stromstoß für das Schlagfertigkeitszentrum des Hirns, da biste mit ein Schlach fix un foxi:

„Beides. Ich war früher Verpackungskünstler und habe seinerzeit mit einem prominenten Kollegen das Projekt erarbeitet, den K-Dom mit einem K-Dom zu überziehen, um ihn vor zersetzenden Umwelteinflüssen zu schützen."

„Aber dann konnte der Heilige Geist ja gar nicht mehr aus dem K-Dom heraus?" Wie wahr, *kingdom come!* Kado ist hilflos verkabelt in diesem schwül dampfenden Badezimmer des Eisbergs. Die badende Göttin liegt in ihrem Treibeis, in ihrem Schaum, ihrem Charme und ihrer Scham. Ihr Kopf sieht aus wie eine haarige Klitoris in dieser wannigen, schaumigen Vulva. Daneben zischt der heiße Badeofen wie Nansens Fram im Packeis des Nordpolarmeeres.

Klar, der Pimmel steht unter Volldampf. Metaphernchaos hin und Bilderstreit her, du kannst weder die Fram noch den Badeofen, noch den Pimmel samt Kado in die Badewanne schmeißen, das wäre der unverfrorene Gipfel des Eisbergs. Also hilft nur noch offensive Offenheit vorm Ofen:

„Nein, ich heiße Kado, ohne ÄMM. Kado ist die Abkürzung von Karl-Dorian."

„Aha. Und statt Verpackungskünstler bist du ein auf der ganzen Linie gescheiterter Entfesselungskünstler. Komm mal her."

Ich stolpere „Spiel ohne Grenzen" also zu ihr hin, zur Wanne, zur Wonne, zur Sonne, zur Tonne, zum Nordmeer, noch mehr!, und indem Tina die Arme hebt, mich zu entfesseln aus den Schlingen der Deutschen Bundespost, direkte Nachfolgeorganisation allerletzten Grades von Hermes, tauchen die beiden Eisberge auf. Tanik auf der Pipamik! Ich schmelze dahin, bin längst entfesselt.

T. Lefacks hat es tatsächlich geschafft, mich aus der kommunikativen Verwirrung zu lösen. Ich bin in die Wanne geplumpst mit Klamotten und ohne Telefon, ohne Badeofen, und Herr Nansen wurde ganz blass. Dann brach ein karibischer Orkan ins Eismeergefilde ein. Ich habe etwas erlebt, was noch nie ein Mann mit einer nackten Frau in einer Wanne erlebt hat. Tina Lefacks hat etwas erlebt, was noch nie eine Frau mit einem solchen Tölpel von Mann in einer Wanne erlebt hat. Es war die totale, endgültig entfesselte Explosion, höchste Glückseligkeit, die Aufhebung der Welt und ihrer Grenzen in sonnigster Weite: die wonnigste Seite des Chaos: haben wir gelacht! «

Tagebucheintrag:

» 25.04.85 (Do) 22.53 Mein lieber Mann! Heute habe ich bis 2200 oben gemengt! Das nimmt und nimmt kein Ende. Jens läßt sich selten blicken. Aber das Schlafzimmer ist fertig, der Teppichboden liegt. Im Bad sitzt der Lokus (noch nicht angeschlossen), das Waschbecken ist schon angeschlossen, Badewannenarmaturen ebenso. Immerhin etwas. Morgen kommt Lenas Küche, der Parkettboden wird fertig sein. Was solls. Die Tapete wird wohl auch drankommen Samstag & dann ist die Sache gelaufen, oder? Tja, morgen hab ich eigentlich kaum was zu tun, eventuell den Rest Tapete abreißen im Flur, die Profilleisten evtl gelb streichen im Flur. Wir werdens ja sehen, jedenfalls nimmts ein Ende. Dann wohnt Lena wieder im Goldpfad und mein Arbeitszimmer wird dann auch fertig gemacht.

28.04.85 (So) Umzug erledigt. Köln – Goldpfad 10. Es ist natürlich noch alles drunter & drüber. «

Walter, Lena und ein übel gelaunter Jens hatten Samstag die Möbel in Köln eingeladen, wonach Lena mit den Kindern im Pkw nach Koblenz fuhr. Kaum war sie mit den beiden Mädels um die Ecke gefahren, verabschiedete sich Jens kurz und kam ein paar Minuten später bestens gelaunt auf den Beifahrersitz des Siebeneinhalb-Tonners gestiegen. Er hatte gekokst.

„Muss das sein, Jens?"

„Das muss sein, Schwippschwager, hau den Gang rein und ab gehts ins wunderschöne Korpulenz."

ULCUS MOLLE INFO 7 ~ 9 '84
Über die Exartikulation der Realität und die Expansion des Chaos von Walter Wisman

Paradise, sacrifice
Mortality, reality
But the magician is quicker and his game
Is much thicker than blood
And blacker than ink
And there's no time to think
   - Bob Dylan: No Time to Think

Spricht ein Mensch von der Realität, so kann er nie DIE Realität an sich und in toto, sondern nur die durch seine beschränkte Wahrnehmung reduzierte Sicht von Wirklichkeit meinen; die Erkenntnis der Welt ist bekanntermaßen unvollständig.

Die erste Reduzierung der Realität findet demnach statt, sobald sie wahrgenommen und erkannt wird, sei es nun aufgrund eines unbestimmten Gefühls, sei es optisch, akustisch, mit Laser oder wie immer. Eine Fledermaus erlebt und sieht keine andere Realität, sondern sie sieht und erlebt DIE Realität anders.

Die Realität zum Beispiel, daß die Erde im und ein Teil des Kosmos ist. Hier sehen wir, daß die Realität nicht von der Erkenntnis abhängig ist, denn wir dürfen wohl davon ausgehen, daß die Erde schon rund war als ,Realisten' sie noch für eine Scheibe hielten. – Vorausgesetzt, sie IST eine Kugel. –

Die zweite Reduktion, genau genommen ist diese eine Fortführung der ersten, erfolgt beim Menschen, indem er die erkannte Realität in Begriffe fasst. Der Prozess der zweiten Realitätsreduktion, die allein ihn vor dem Tiere auszeichnet, ist ein mühsamer und langwieriger Vorgang. Bei einem durchschnittlich zivilisierten Menschen dauert diese Verstümmelung knapp zwanzig Jahre, bei akademisch Amputierten bis zu zehn Jahre länger. Durchaus logisch, daß nur Menschen mit ganz extremer Realitätsbeschränkung, die oftmals fünfzig bis sechzig Jahre – somit fast ein ganzes Menschenleben – für ihre Wirklichkeitsbeschneidung benötigen, in gesellschaftlich verantwortliche Positionen gelangen.

Realität ist alles, was ist („ ... and nothing is but what is not", Macbeth, 1. Akt, III. Szene). Warum sollten wir, die wir niemals alles erkennen und begreifen werden, wider besseres Wissen, das wenige, was wir wissen, auch noch mutwillig beschneiden?! Denn gerade die Leute, denen die Lippen übergehen von Einsichten über die Begrenztheit der Realität, wissen wohl einiges aber nichts von der Realität.

,Realisten' in Politik, Wirtschaft und Wissenschaft sind ,real existierende' Amputationsopfer. Jede Wanze, jede Fledermaus lebt stärker in der Wirklichkeit als diese Amputierten. Besonders Kindern und sogenannten Schwach- und Wahnsinnigen darf man gelegentliche, verhältnismäßig ungetrübte Einblicke in die Realität zutrauen.

Ein krasses Zeittypisches: „Türke"; wir ahnen, wie viel an Wirklichkeit (Landesgeschichte, ,Kultur', Sprache, Religion, an individuellem Schicksal usw.) in diesem (zweifach reduzierten) Wort stecken kann; wir wissen aber auch, worauf sich der Begriff bei den normal Deutschverstümmelten reduziert hat.

Realitäten sind Tat-Sachen, Sachen, die zu Taten führen, Sachen, die aus Aktionen entstehen (können), Realitäten sind Wirklichkeiten, alles was Wirkung hat (Gefühl, Phantasie und Wahn ebenso wie Panzer, Atombomben und Hundezähne), ist real; Realitäten sind Gegebenheiten, weil es die Träne des Nilkrokodils gibt, ist sie Wirklichkeit. Ob wir es nun erkennen oder nicht, Realität IST.

Es steht außer Frage, die weltweite Nachrichtenseuche der Medien (ganz der Tradition des griechischen Orakels verhaftet wie die realistischen Denker dem ,cogito ergo sum', das nur zu den geschilderten Eingriffen führen KANN!) hat statt zu größerer Realitätsnähe zu weiteren unerträglichen Exartikulationen an der Wirklichkeit geführt. Es steht weiterhin außer Frage, daß z.B. ein Künstler, der seiner Phantasie und seinem Wahn (sofern sie wirklich sind) freien Lauf läßt, ein sehr viel realistischeres Bild vermitteln kann. Kann, nicht muß; daneben läge auch er, behauptete er, DAS HIER ist doch wohl die Realität!

Also ist jede Phantasie etwas ganz Reales, wogegen ein objektiver Berichterstatter immer ein Wirklichkeitsverstümmler ist (der, nebenbei gesagt, selbstverständlich auch ganz real ist!). Aber vor allem seine Behauptung, seine Darstellung sei realistisch, muß entschieden zurückgewiesen werden, da das Ergebnis nichts mehr mit der Fülle der Realität zu tun hat, die zu einem Vorgang oder Ereignis führte, sei sie wahrgenommen oder nicht, sei sie in Begriffen faßbar oder nicht. Was sich schließlich in einem Zeitungsartikel, einer Fernsehmeldung wiederfindet, hat mit dem ursprünglichen Geschehen so viel gemein wie ein im Laboratorium gewonnener Tropfen H_2O mit den Weltmeeren, ihren Farben, ihren verschiedenen Drücken, ihrer Tier- und Pflanzenwelt, ihren Gezeiten, ihrer Geschichte und Zukunft. Journalisten sind wie ein Konditor, der einzelne Traubenzuckermoleküle als die tollsten Hochzeitskuchen verkaufen will.

Man ist versucht, eine solche Darstellung von Vorgängen in der Welt unrealistisch zu nennen, eine Erzählhaltung, die sich allem Diffusen, Indifferenten und was da sonst an Unhaltbarem sei, öffnet und zuneigt, als Annäherung an das Reale. Ich will jedoch nicht in den Fehler der ‚Realisten' verfallen und alles, was mir nicht in den Kram paßt, unrealistisch' und ‚irreal' nennen; es ist real. Ein sprichwörtliches Körnchen Realität ist auch da übrig geblieben.

Hinter der jetzt entstandenen Begriffsverwirrung steht niemals (in diesem Falle niemals) geistige Disziplinlosigkeit oder sprachliches Unvermögen (unvollständige Verstümmelung), sondern ist eine direkte Reflexion der Unmöglichkeit, Wirklichkeit in ihrer Totalität (in ihrer Realität also) erkenntnismäßig oder begrifflich zu fassen. Jede sauber durchdachte, logisch formulierte Systematik, Philosophie oder Mathematik ist ‚irreal', weil die Gedankengebäude nicht dem Chaos der Wirklichkeit entsprechen, sondern einzig und allein die absolute Notwendigkeit und fast grenzenlose Fähigkeit des Menschen bezeugen, sich darin zurechtzufinden, ab- und unterscheidend einzugreifen. Die Bemühungen und die unzweifelhaften Ergebnisse sind durchaus real, sind sie doch gedankliche Wirklichkeit, die Auswirkungen hat und im Chaos zuhause ist. In dem vorhandenen Chaos ist die Anarchie die einzig reelle Lebensform. Anarchie läßt sich natürlich nicht herbeiführen, sie bedarf keiner Revolution, keiner Geistes- oder Genmanipulation; nicht ein Gesetz müßte geändert werden. Seien es Naturreligionen, Relativitätstheorien, faschistische Diktaturen oder ‚ewige Reiche'; sie sind im Chaos zuhause und Spielarten der Anarchie.

OB KONGO ANTARKTIS BIG BEN ODER SHANGHAI – CHAOS UND ANAR- HIE IMMER DABEI!

Was bedeuten da schon die weltweiten (vergeblichen) Versuche der Verstümmelungs- und Verdummungspropaganda, Ordnung vorzugau- keln?! Denn (unter uns gesagt): Seht sie euch an, die Päpste und Präsi- denten, die Häuptlinge und Heiligen! Anarchisten allesamt!

Walters Karriere als Literatur-Funktionär
Teil 1: 1985 – 1988

Jeder Mensch spielte in seinem Leben zu verschiedenen Zeiten und an verschiedenen Orten unterschiedliche Rollen. Bei Walter waren es wahrscheinlich ein paar mehr als bei den meisten Menschen, mit denen er zusammenlebte. Sein Privatleben fand in zwei Familien statt, bei Denise und ihren beiden Söhnen, Kevin und Pascal, bei Lena und deren beiden Töchtern Jana und Jessica. Dann waren da noch die beiden Väter, Denises Vater und Wolfgang, Walters und Lenas Vater. Walter wohnte in Denises Haus, hatte aber in der Souterrainwohnung im Goldpfad sein Arbeitszimmer. Er fuhr weiterhin zwei Touren, eine von elf oder zwölf abends bis zwei oder drei Uhr nachts, eine vormit- tags von acht bis elf. Danach machte er Mittagessen für Denise und die Jungs, die vom Kindergarten oder später aus der Schule kamen und die er nachmittags bei den Hausaufgaben betreute, zum Fußball- platz fuhr oder zu Freunden.

Häufig nahm er sie mit nach Arzberg, wo er sich dann mit Lena bei der Betreuung der vier Kinder abwechselte. Die Jungs und Mädels waren altersmäßig gestaffelt, – Kevin 1980 geboren, Jana 1981, Pascal 1982 und Jessica 1983 – aber wenn die Nachbarskinder von den Trüt- tings und anderen dazukamen, war es ein bunter Haufen, der sich ganz gut organisieren ließ. An den Nachmittagen, an denen Lena die Betreuung übernahm, konnte Walter in seinem Arbeitszimmer im Souterrain schreiben. Mittwochs löste Denises Vater, Toni, seine Toch- ter im Laden ab, der ja in der Nähe von Neuwied war, so dass auch sie mit Lena mal einen freien Nachmittag machen konnte; oder beide Frauen unternahmen gemeinsam etwas mit den Kindern.

Am Wochenende waren sie oft zusammen, vier, fünf, sechs, sieben oder acht Erwachsene und die mindestens vier Kinder. Die zweite Hälfte der Achtziger, nach Mutters Tod und dem An- und Umbau, wurde, wie Lena das gehofft hatte, eine sehr intensive Familienphase. Seine Rollen als Schriftsteller, Literat, wurden ebenso zusehends vielfältiger. Zunächst und zuvorderst war und blieb es die Rolle des Schaffenden am Schreibtisch, denn, auch wenn es immer wieder längere kreative Pausen oder Krisen gab, Walter schrieb weiter. Die Rolle des Autors in der Öffentlichkeit bei Lesungen oder Diskussionen hatte er bei seinem ersten Roman „Roman Autobahn" ja nie wahrgenommen. Seine Rolle als Literaturwissenschaftler, wenn auch nicht mehr im akademischen Bereich, behielt er bei, las viel und systematisch. In die öffentliche Rolle als Autor entwickelte er sich über die Autorengruppe in Koblenz, dann den VS, den Verband Deutscher Schriftsteller in Rheinland-Pfalz, und als Funktionär auf Bundesebene. Er lernte also auch die Literaturszene kennen, die sich unterhalb oder neben, jedenfalls außerhalb des großen Literaturbetriebs abspielte, den die breite Masse wahrnahm; zu der im Übrigen bis vor kurzem ja auch Walter gehört hatte.

Walter wunderte sich über die Überheblichkeit des Literaturbetriebs gegenüber all den Dilettanten, Hobby- und Möchtegernautoren. Jeder DFB-Funktionär, der mit der Fußball-Bundesliga zu tun hatte, schien intelligenter zu sein, denn von den Holzköpfen der höchsten Etagen des bezahlten Fußballs wäre niemand auf die abartige Idee gekommen, über all die Hobby- und Freizeitkicker in den verschiedenen Ligen die Nase zu rümpfen. Im Gegenteil, die Bundesliga, ob als Spieler, Trainer, Manager oder Funktionär mit ihr verbunden, wusste sehr wohl, dass ohne das ganze Fußvolk, das schließlich auch in die Stadien pilgerte und Fan-Bettwäsche kaufte, niemand von ihnen so viel Geld verdienen würde.

Dass auch der florierende Literaturbetrieb einen Unterbau, Hobbyliteraten und einen Amateurbetrieb auf verschiedenen Leistungsniveaus unbedingt brauchte, kapierte man hier, in der Belletristik-Beletage, nie. Für diese Großkopferten waren die aktiven Literaturliebhaber jeglicher Couleur ja nur eitle Egomanen. Psychologisch betrachtet, so vermutete Walter, speiste sich die impulsiv schroffe und allein auf äußere Kriterien wie Vermarktung durch einen *Publikumsverlag* gerichtete Abgrenzung, der Versuch sich zu distanzieren, aus der Befürchtung, inhaltlich, also literarisch, gar nicht so anders zu sein.

Der „Ulcus Molle", zu deutsch *Weicher Schanker*, war eine in Europa eher seltene Geschlechtskrankheit, aber so hieß auch das von Bibi Wintjes herausgegebene Info des Literarischen Informationszentrums. Der Begriff klang einfach gut in seinen Ohren, es hatte aber sonst keinerlei Bewandtnis damit. Das Heft war, bevor es Computer und entsprechende Software in allen Haushalten gab, ein typisches Szeneprodukt, auf der Schreibmaschine gesetzt, die Texte verkleinert und am Setztisch zusammenmontiert mit allerlei Bildchen, Illustrationen,

Letraset-Buchstaben und Zeitungschnipseln. Letraset- oder Abreibebuchstaben gab es fast in der gleichen Vielfalt an Schriften und Symbolen wie später die Fonts in einer Layout- und Textverarbeitungssoftware oder schon immer bei professionellen Setzern. Auch Walter liebte es, seine Gedichte und Texte auf diese Art und Weise grafisch zu gestalten.

Arno Schmidt hatte in einigen seiner Bücher, wie „Abend mit Goldrand" durchaus Ähnliches versucht. Im „Ulcus Molle Info" versammelte sich die komplette alternative Literaturszene, von avantgardistisch bis spirituell-sexistisch, von grün bis esoterisch und lesbisch, von revolutionär bis sozial-romantisch und makro-biotisch.

Wintjes, vorher in der Datenverarbeitung bei Krupp angestellt, hatte 1969 bereits mit seinem *Nonkonformistischen Literarischen Informationszentrum* angefangen, kündigte 1974 und betrieb das Info-Zentrum, das vor Amazon schon als Versandbuchhandel diente, mehr oder weniger im Einmann-Betrieb, was ja meistens Einmann plus Einefrau bedeutete, bis zu seinem Tode 1995. Die hier vertriebenen Zeitschriften waren allein ihrer Titel wegen schon bemerkenswert: Da gab es den „Metzger", „die Anachronistischen Hefte", „Sprachlos", „Tumult", „Gasolin", „das Dreck-Magazin", „Konkursbuch", „Rosa Flieder", „Die Gegenrealistische Revolte", „Sagittarius" oder auch „Die Viererbande". Die Szene, in der Walter munter mitmachte, traf sich alle zwei Jahre in Mainz zur Minipressenmesse, der auch Walter die ganzen Achtziger hindurch mit einem eigenen Stand treu blieb. Die Humboldt-Univesität in Berlin verwahrte später den Nachlass des Informationszentrums in ihrem Archiv für Alternativkultur.

Ab 1983 war Walter Mitglied der Autorengruppe Koblenz, ab 1985 ihr Sprecher. Hier gab es nicht nur interne Lesungen und hitzige Debatten, mit der Gruppe hatte er auch seine ersten Lesungen in der Öffentlichkeit. Die Rhein-Zeitung Koblenz, beziehungsweise deren Heimatausgaben Kirner Zeitung oder Westerwälder Zeitung berichteten:

23.10. 83: „Völlig aus dem Rahmen fielen die Texte (…). Unter dem Motto „Aber es wird niemanden geben, der versteht" amüsierte er mit Nonsenstexten, die teilweise jedoch einen Sinn hatten. Er spielte mit Verben, Reimen, sexuellen Begriffen und verdrehte Sprichwörter. Er gab zu, daß er die Texte selber nicht versteht und daß sie ihm trotzdem gefallen. In ihnen sah er eine Auflehnung gegen die katastrophale Forderung, daß jeder alles sofort verstehen muß."

2.5.84: „Zynische Töne, Verfolgungsängste, quälende Selbstreflexionen, Gleichnisse der Auswegslosigkeit kennzeichnen das doch sehr stark von Kafka und Benn geprägte Werk (…). Präzis umrissene Gedanken, mit Haß und scharfer Intellektualität ausgeführt, entwerfen die Vision einer stacheldrahtigen Zukunft. Schreiben, „weil mir sonst der Schädel platzt" und wissen, „daß kein Gott" ist – und doch ist die dichterische Welt (...) keine trostlose, sie ist vielmehr eine Kampfansage gegen die lähmende Verzweiflung und zermürbende Endzeittrauer. Tollkühne Wortgefüge verraten einen Meister der Form."

Im gleichen Jahr hatte Walter, der sich immer noch auch zeichnerisch, grafisch und malend betätigte, seine erste und einzige Ausstellung unter dem Titel *Greetinx from Copelance*. Sie fand in der Buchhandlung „Grüner Worthort" statt, in der es auch Bioprodukte gab.

26.8.84: „Fernab von Postkartenschönheiten – ‚Schöne Grüße aus Koblenz'.

‚Schöne Grüße aus Koblenz' nennt sich eine kleine Ausstellung im Koblenzer Buchladen (...). Insgesamt sind zwölf Exponate zu sehen. Diese erheben keinen Anspruch als Kunstwerke zu gelten, vielmehr sollen sie dem Betrachter Denkanstöße geben. Die Idee zu dieser Ausstellung kam dem echten Koblenzer Schängel (...) auf der Bonner Ausstellung „Back to the USA". Sendet jemand „Schöne Grüße", so sagt er etwas über den Ort aus, an dem er sich befindet, und er sagt etwas über seine Befindlichkeit an diesem Ort aus.

In Mischtechniken und Collagen hat (...) seine Bilder komponiert: Sprühfarbe auf Spanplatte, Wasserfarben auf Papier, sowie die Verwendung von Fotos und Texten. Als Motive hat er markante Koblenzer Ansichten und Perspektiven gewählt, so die Feste Ehrenbreitstein, das Deutsche Eck, die Kastorkirche."

4.12.84: „Und schließlich (...) ein bißchen unbequem, manchmal dunkel und beunruhigend in seiner Lyrik. Die für diesen Abend ausgewählten Gedichte zeigten die unterschiedlichsten Schattierungen seines Könnens, von dem nachdenklich-aufrüttelnden „Manchmal, wenn ich sterbe" bis zu „Es brennt", dem selbstironischen Umgang mit dem eigenen Talent."

19./20.11.85: „Für (...) ist die Schriftstellerei zugleich Broterwerb. „Ich habe eine Menge noch zu lernen/von euch, ihr alten Dichter" bekennt er freimütig in einem Gedicht, und obwohl sein Werk zahlreiche literarische Einflüsse (Ezra Pound, Gottfried Benn, T.S. Eliot u.s.w.) verarbeitet, ist sein Stil hochgradig individuell. Dabei jongliert er mit allerlei literarischen Versatzstücken und fremdsprachlichen Elementen, und manche scheinbar beliebig verklebte Wortfügung erweist sich im Nachhinein als scharfsinnig formuliertes Bild (z.B. „die trübe Brühe kläglichen Siechtums eines kranken Rheins ..."). Oft auch ist die Collage, d.h. das freie Niederschreiben zufälliger Assoziationen Kompositionsprinzip. Einiges wirkt bloß hintergründig dahingeraunt („Das große Gedicht des Todes ist geschrieben, und es heißt Leben"), das meiste ist verantwortlich artikuliert und macht direkt betroffen."

Auch Bonn, seine alte Studienstadt, hatte längst eine Autorengruppe, die sich schon erheblich besser im städtischen Kulturbetrieb positioniert hatte. Eine Delegation aus Koblenz durfte beim Literaturmarkt vor dem Bonner Rathaus mitmachen. Woran sich Walter später erinnerte, war, dass er Karl, den Kriegsveteranen, von der Bühne lotsen musste, weil der immer „nochen Gedichtche" vorlesen wollte. Karl, schon über Siebzig, der bei Gruppensitzungen gern mal von den „immer noch knackiche Brüst" seiner Frau schwärmte, prägte den Satz „sofort fiel mir nicht besonderes auf", was Walter wiederum zu einem Text inspirierte:

Nachdem wir die Fische gerodet hatten, bestand die Gefahr, daß die Dattel in der Sonne fächel. Deshalb Trudel und Anton zickzack zum Sattel. Dort bat mich der Amtsvorsteher Kommanull, ihm bei den Damen zu hältern. Ich willustete ein, stöpselte im Gewärz, grabbelte cross-country rittlings durch Gebräuntes außerdärmisch im Dessouslicht. Wir lippelten und züngelten postcoital frankiert. SOFORT FIEL MIR NICHTS BESONDERES AUF ... Dennoch glockte Schamihari ante portas. „Es ist ein schöner Abend", sargten wir uns einszweidrei und stöpselten erneut voll durch in Sinn und Gefälle.

Weitere und weit intensivere Kontakte bestanden zur Autorengruppe Mainz, die bald sogar das erste Literaturbüro im Lande eröffnen konnte. Walter gehörte wieder zur Delegation aus Koblenz und hatte einen eigenen Text zur Eröffnung verfasst, den er in Mainz vortrug:

Herr Karl-Dorian Rotzner verschlang mit Vorliebe die großen Schriftsteller des zwanzigsten Jahrhunderts. Er liebte die vollkommenen Fragmente Kafkas, den mannhaften Hemingway und den „Mann ohne Eigenschaften". Am allerliebsten war ihm James Joyce und sein „Ulysses", dessen Genialität seinen eigenen literarischen Ambitionen einen feinen Beigeschmack von Vermessenheit und Vergeblichkeit zugleich vermittelte. Die Entwicklung des modernen Romans im zwanzigsten Jahrhundert beschäftigte seine Gedanken, während er sich fröstelnd in seinem Arbeitszimmer umher bewegte und seine Unterlagen in eine braune, schon leicht verschlissene Tasche packte. Muffig waren Licht und Luft in dem Kellerraum, der ihm seit einiger Zeit als seine literarische Werkstatt diente. Draußen war es feucht und trüb und kühl. Ihm wurde etwas traurig zumute. Der Gedanke allerdings an seinen bevorstehenden Auftritt vertrieb den Anflug von Traurigkeit mit ebenso unwillkommener Nervosität.
Ob ich nicht doch ein paar Exemplare mitnehme, sicherheitshalber: Drei, vier oder fünf? Lohnt nicht. Verkaufen kannste bestimmt nix. Reklame machen vielleicht: Walter Wisman und „Roman Autobahn". Kann sich bestimmt keiner mehr dran erinnern. Bloß keine kalten Füße kriegen jetzt ...

Er wandte sich ab von dem Schreibtisch, auf dessen Platte er mit dem Knöchel seines rechten Zeigefingers dreimal geklopft und dabei ‚toi toi toi' gemurmelt hatte, hob die Tasche vom Boden auf und warf sie über die Schulter. Er verließ das Zimmer und trat auf die Straße hinaus.

„Ai guude", sprach Herr Kleckers klirrend ihn an, hielt inne im Kehren und stützte sich auf seinen Besen.

„Guude", sagte Herr Rotzner, öffnete den Wagen und warf die Tasche hinein. Bei dem bleibt der Bürgersteig aber auch keinen Samstag ungekehrt, nein, umgekehrt: Am Samstag steigt der Bürger …

„Noch weg, Kado?", fragte Albert Kleckers keck, „uf Samsdachnummendaach?"

„Jo, jo, no Määnz", antwortete Herr Karl-Dorian Rotzner und schickte sich an, in den Wagen zu steigen. Bestimmt badete der dann gleich, zog seinen 100% Synthetics Jogging-Anzug an, aber adidas mußte es sein, Flasche Bier, Sportschau und dann auf die Alte, juchhe! Scheint unheimlich geil zu sein, wie die letztens …

„No Määnz", lachte Albert Klecker klotzend, stellte den Besen schräg gegen seinen Bauch und zog mit behaarten Händen die Hose hoch, „Karnevalssitzung?"

„Nänä, Lesung", sagte Herr Rotzner und beugte sich erneut hinab, um in den Wagen zu steigen. Karneval, du Eierkopp. Kennt nix anderes als Mainz wie es stinkt und kracht, typisch. Kommt das am Ende heute Abend in der Glotze?

„Als watt giehste dann?", alberte Albert Kleckers klingelnd und fing wieder an zu kehren, „vill Spaß jedenfalls, Kado, un tschö!"

„Tschö mit Ö", lachte Herr Rotzner ein wenig reuig versöhnt und sank erleichtert in sein Fahrzeug. So ein Dödel. Er schaltete das Radio an und fuhr los. Habe ich mich doch zu bescheuert angezogen? Immer diese Unsicherheit. Aber irgendwie brauche ich das, Verkleidung, Camouflage. Meine Tarnkappe, ach wie gut, daß keiner weiß, wer ich wirklich bin. Also doch Fassenacht. Wolle mer'n roilosse? Unser lieber Karnevalist aus Kowelenz als die literarische Schönheit vom Lande, das Brechtlein von Rhein. Landregenliteratur. Hoffentlich gibt's keinen Regen und wird glatt. Fehlte gerade noch, daß ich die Kiste zu Schrott fahre. Mal wieder. Warum passiert mir das immer? Besser so, sie hat ja oft die Pänz dabei, nänä, dann lieber ich mit der Fresse aufs Lenkrad, Mensch, hat mir die Nase geblutet, und natürlich ne Fahne, aber die Bullen haben nix geschnallt, Gottseidank. Scheiße, wenn doch einer was kaufen will? Oach, egal, jetzt fährste ohne Bücher und mit der blöden Verkleidung, basta. Am besten durchs Rheintal. Sowie so: Loreley mir dein Ei. Darf nicht zu viel trinken. Blödsinn eigentlich, könnte ja genauso gut zuhause bleiben und mir einen reinziehen, statt mich da zum Affen zu machen. Wie der

Albert: Bleibe im Lande und nähre dich redlich: Königsbacher und Kornelia. Spielt Flöte mit den Kurzen, Sackzement, flötet und krault ihm dabei die Eier, heieiei. Vollmond. Gestern war Vollmond und Freitag, der dreizehnte und Jango Tango. Einmal so sein wie der. Hm, kannst ja die Hosen runterlassen da in Mainz, hoho, nänä, alles Kokolores, Dolores. Ohgottogottogott. Wenn das mal nicht in die Hose geht: Eröffnung des Literaturbüros: Literaturgyros: Lilli linke Titte auf Rattentour, linke Titten Rattatatatam TORTUR! Wie viele Gyrosbürohengste haben sich an diesem Wort schon vergangen?! Senken den Senkel voll in die Schenkel, a tergo in Palermo. Geplänkel im Literaturarchiv: Sitzen sich den Arsch schief vor lauter Langeweile. Eigentlich eine Zumutung: Non-Stop-Literatur bis in die Puppen. Jeder bildet sich ein, der top act des Abends zu sein. Naja, ich freue mich doch drauf. Doch ja: Ich habe ein gutes Gefühl, ja. Es ist der helle Wahn mit der Literatur, aber irgendwie geht's und es macht immer wieder Spaß, trotz alledem: Ja!

Der Anfang war natürlich eine Transkription des ersten Bloom-Kapitels aus dem „Ulysses": „Mr. Leopold Bloom aß mit Vorliebe die inneren Organe von Vieh und Geflügel. Er liebte dicke Gänsekleinsuppen, leckere Muskelmägen, gespicktes Bratherz, kroß geröstete Leberschnitten, gerösteten Dorschrogen", und der Schluss endete genau wieder Innere Monolog der Molly mit einem „Ja".

In der Tat war es so, dass Walter bei Lesungen häufig noch das eine oder andere Exemplare seines bis dahin einzig veröffentlichten Buches verkaufen konnte; zusammen mit den Lesehonoraren kam sogar Geld herein. Die nächsten Jahre wurden *quite busy*, ab 1986 gab die Autorengruppe die eigene Literaturscheitschrift *schreib*KRAFT heraus, von Walter redigiert und dem „Ulcus Molle Info" nicht unähnlich layoutet.

Walter hatte sich einen kleinen Kasten gebastelt mit einer Glasplatte, auf die er durchsichtiges Millimeterpapier geklebt hatte und unter der eine Glühlampe war, so dass er hier seine Texte und Bilder wunderbar montieren konnte. Allerdings hatte er als Glasplatte ein Stück Fensterscheibe genommen und als er eines Tages ein Stück Papier mit Klebstoff andrücken wollte, wandte er zu viel Kraft auf und das Glas zersplitterte, wobei sich Walter einen Fetzen Fleisch bis auf den Knorpel des rechen Ringfingers abschnitt. Danach besorgte er sich dickeres Glas; überhaupt hatte seine Tendenz zu Unfällen und zur Selbstverstümmelung spürbar nachgelassen, immerhin ging er langsam auf die Vierzig zu; er war tatsächlich ruhiger geworden.

Kristiane Allert-Wybranitz, eine sehr erfolgreiche Lyrikerin zu jener Zeit, schrieb Walter an und bat ihn um Genehmigung, seinen Aufsatz „Ein Autor in der Gruppe", in dem er seine Erfahrungen mit der Autorengruppe Koblenz darstellte, in ihr Buch aufzunehmen „Wie finde ich den richtigen Verlag? Anregungen, Tips, Adressen für Autoren".

Walter, der von ihren Gedichten nicht viel hielt und auch eine Persiflage auf eines ihrer Gedichte geschrieben hatte („Gerne möscht ich dein Gerätschen fingern / doch schleim ich an dir rum / mit Nippellecken und die Oyta quetschen"), akzeptierte das Honorar. Er publizierte regelmäßig auch in der *Feder*, der Zeitschrift des VS, Verband deutscher Schriftsteller.

Es gab Lesungen und man versuchte, sich auch in die öffentliche Diskussion einzuschalten, um der lokalen Literatur vor Ort Geltung und Gehör zu verschaffen. Gemeinsam brachten einige Mitglieder der Gruppe ein *Literarisches Feuerwerk* auf die Bühne, das neben Rezitation auch halbwegs inszenierte Textpassagen und literarische Darbietungen enthielt, die heutiger Slam-Poetry sehr nahe kam.

Am neunten November, bekanntlich ein wichtiges Datum in der Historie Deutschlands, wurde Walter in die Vorstände vom VS und dem Förderkreis deutscher Schriftsteller in Rheinland-Pfalz als Schriftführer gewählt. Am gleichen Abend war er mit Denise in der Kulturfabrik, um eine Vorstellung von Jango Edwards zu erleben. Bei seinem Trick mit dem Wasserglas, in das er Mineralwasser gefüllt und über das er ein Präservativ gestülpt hatte, war es Walter, der auf der Bühne stand und das Glas hielt, während sich das Präservativ mit freigewordener Kohlensäure füllte und schließlich prächtig abstand.

1987 starb Opa Wisman und Walter fuhr mit seinem Vater zur Beerdigung nach Dortmund. Das war seit langem das erste Mal, dass Walter die Familie, die aus Danzig herübergekommen und nun in ganz Deutschland verstreut lebte, wieder zu sehen bekam. Sein Vater, Wolfgang, war nun der Älteste der engeren Wisman-Familie. Im gleichen Jahr meldete sich Marina, mittlerweile Mutter zweier Kinder, bei Walter, um mit ihm das Beach Boys-Konzert in Bad Segeberg zu besuchen. Denise hatte er erzählt, er sei mit einem Kumpel, auch Fan, unterwegs. Das kam so überraschend und war so schnell vorbei, dass er nicht einmal ein schlechtes Gewissen hatte.

Ende des Jahres wurde Walter als Vorstandsmitglied aus Rheinland-Pfalz in die Vorbereitungsgruppe der Internationalen Literaturtage entsandt, die im darauffolgenden Jahr in Nürnberg, Erlangen und Fürth stattfinden sollten. Fast vierzig Autorinnen und Autoren aus Afrika, Asien, Lateinamerika und der Karibik waren eingeladen und den Gästen sollte jeweils ein deutscher Autor oder eine Übersetzerin als Begleiter und Moderator bei den Veranstaltungen zugeteilt werden. Das waren Lesungen, Diskussionen, musikalische und sonstige Events. Die Vorbereitungsgruppe traf sich mindestens einmal im Monat in Frankfurt im Haus der Gewerkschaft. Bald jedoch gab es Streit; eine Art Nord-Süd-Konflikt zwischen den Landesverbänden in

Berlin und Bayern, so dass sich der VS als Veranstalter zurückzog und unter Federführung der Bayern ein Interlit e.V. gegründet wurde. Anna Jonas, aus dem Berliner Verband und wie man vermutete, Grass'sche Gallionsfigur als Bundes-Vorsitzende, hatte Walter auch bei einigen Gewerkschaftsseminaren kennengelernt, war aber nicht ganz schlau aus ihr geworden.

» 20.2.88 (Sa) 14.40 So, Interlit ist gestorben, d.h. der VS ist draußen, steht nicht mehr in der Verantwortung. Ich muß jetzt nicht mehr nach FFM & es gibt damit auch keine Chance mehr, daß ich in Erlangen dabei sein könnte. Ein bißchen schade schon, andererseits war der Knatsch zu groß & ich war am Donnerstag wohl derjenige, der von Anfang an darauf gedrängt hat, unter die ganze Sache einen Schlußstrich zu ziehen. Einige haben sich noch einige Zeit gesträubt, weil es ja tatsächlich eine tolle Sache hätte werden können, aber eine sinnvolle Zusammenarbeit zwischen VS und Interlit e.V. war eigentlich zu keinem Zeitpunkt gegeben. Ende. «

Am sechsundzwanzigsten April jedoch erhielt Walter die Einladung vom Interlit e.V., dabei zu sein, was ihn natürlich freute. Er hatte sich als Begleiter der jamaikanischen Lyrikerin Lorna Goodison beworben und freute sich darauf, sie bei den Veranstaltungen und ihren Lesungen zu begleiten; vorgesehen waren für sie eine Schullesung und eine im KOMM in Nürnberg.

» 25.09.88 (Sa) 14.35 I'm here in Erlangen Transmar Kongreßhotel, room 415. As usual I can't say anything yet. It's strange anyway …
23.52 Jesus! Diese Empfänge mit Small-Talk & Sekt & ich bin rumgelaufen wie ein Eierkopp. Die Lorna hab ich dauernd gesehen, aber es war keine Chance an sie ran zu kommen. Aber dann hat es doch noch geklappt. Ich hab wirklich schon geglaubt, die ganze Sache geht in die Hose, weil es ja immer schwieriger wurde. Aber dann hat sie mir doch eine Chance gegeben – ich glaube, so kann man es ausdrücken. Die Eröffnung mit den ellenlangen Reden war natürlich ziemlich ätzend. Egal, ich bin doch froh, daß ich mit ihr in Kontakt gekommen bin. Sie ist eine außerordentlich beeindruckende Person. Selbstbewußt und everything. Sie kommt mir vor, als wäre sie einen Kopf größer als ich, dabei ist sie wahrscheinlich ungefähr genauso groß wie ich. Naja. Und gefragt hat sie mich, ob ich Student sei. Das habe ich dann klargestellt & auch daß ich 38 bin. Das hat sie 1 wenig überrascht.
29.09.88 (Do) 17.30 As usual: keine Eintragungen, wenn ich mitten im Leben stehe, ob so ein Kongreß mitten im Leben ist? Jedenfalls, die Schullesung heute war ganz ok. Lorna hat gesagt: *you did a good job,*

Whitman – das reicht mir voll & ganz. Ich bin immer in Versuchung, so intensiv vorzutragen, wie ich das könnte. Aber da die Gedichte nun einmal ihre eigene Intensität haben, die im Englischen eben nicht diese Theatralik, diese Dramatik beanspruchen, muß ich mich auch bei den Übersetzungen, von denen ich noch einige hier bewerkstelligt habe, zurücknehmen …

3.10.88 (Mo) 19.40 Nun will ich also doch noch meiner Chronistenpflicht nachkommen & wenigstens ein bißchen was über Erlangen, Interlit 2 zu Tagebuch bringen. Fangen wir mal ganz persönlich & egoistisch an: Lorna hat gemeint, ich solle nicht immer so zurückhaltend sein: *Be a man!* Nicht in sexueller Hinsicht, sondern als Schriftsteller wohl: *You got visions & you got authority!*

20.30 Sonntags kam ich gerade rechtzeitig zum Empfang durch den OB an. & da ging es gleich richtig los. Sekt & Häppchen & small talk & alle kannten sich (so kam es mir vor), alle haben sich umarmt, nur einer lief mal wieder rum wie Falschgeld: Walter. Lorna hatte ich gleich von Anfang an im Visier, aber getraut hinzugehen habe ich mich nicht: Sie hat einen ziemlich souveränen Eindruck auf mich gemacht, ziemlich großgewachsen („Guinea woman") & welterfahren. Nach einiger Zeit kroch in mir die Angst hoch, daß ich nie mit ihr ins Gespräch komme & schwor mir dann, kein Weizen anzufassen, bevor ich nicht mit ihr gesprochen hätte. Dieser Schwur & meine doch immer vorhandene Gewißheit, irgendwann wird's schon klappen, hat Lorna wohl dazu bewogen, sich so zu postieren, daß ich gar nicht anders konnte, als mit ihr zu sprechen & dann ging es eigentlich ganz gut. Wie sie mir später sagte, hatte sie sich auch die ganze Zeit gefragt, warum ich nicht mit ihr redete. Ich hab sie dann zum Hotel gebracht & bin dann noch ein bißchen in die Stadt, in eine Disco & lag wohl so gegen halb drei im Bett & bin um 5 schon wieder wach geworden. Mit der Schlaferei hat das irgendwie nicht geklappt, ich war wohl zu aufgedreht, nur eine Nacht habe ich mal richtig gute 8 Stunden gepennt, aber ich war nie müde oder verkatert morgens. Ich bin aufgestanden, hab geduscht & gefrühstückt & war immer voll da. Dafür habe ich dann letzte Nacht von 24 bis 11 Uhr gepennt. Es ist übrigens nicht unangenehm, nach Hause zu kommen, dennoch die Chance zu haben alleine zu sein, noch vermisse ich meine Lieben nicht, es wäre ungleich härter, von dem Kongreßgeschehen, Hotelleben & dem ganzen Spock auf family life level geknallt zu werden, der Übergang wird sanfter somit [Lena und Denise waren mit den Kindern in Urlaub].

21.30 Es fällt mir schwer, aber ich mache weiter: Im Laufe der nächsten Tage bis Do hat sich das dann doch langsam gegeben & wir sind immer besser ins Gespräch gekommen, auch wenn sie mich wohl immer noch nicht ganz ernst genommen hat. Das hat sich dann geändert, als wir (zusammen mit Binder und Rosario Ferré) unsere Schullesungen in Fürth hatten. Ich stellte sie kurz vor & sie fing dann an zu lesen. Ich las dann anschließend die deutsche Übersetzung vor (4 Gedichte, und zwar <u>gute</u> Gedichte, hatte ich selbst noch in den Tagen davor übersetzt). Ihr Resümee: *You did a good job!* Auch wenn sie das Deutsche nicht versteht, hat mein Vortrag sie überzeugt. & das war natürlich auch für mich ganz wichtig & das Eis war wohl endgültig geschmolzen: Fr & Samstagabend waren wir abends (spät) noch essen (alleine), haben uns unterhalten, ich habe sie ins Hotel gebracht, bin dann noch downtown oder in mein Zimmer, hab was aus der Minibar genuckelt, Olympia geguckt. Die ersten 3-4 Tage habe ich ziemlich viel gesoffen & gequalmt, aber dann wurde es langsam besser. & mit fränkisch fressen war eh nix drin, sie isst kein Schweinefleisch, sondern viel frisches Gemüse (auf Jamaika kann man das ja auch) & Fisch. Tja, Samstagabend hab ich dann gesagt, daß ich mit dem gleichen Zug fahren könnte wie sie (8.20 ab N Hbf), wenn sie nix dagegen hätte. Sie hatte nicht.

Im Zug hab ich dann gesagt, daß ich die Fahrt in FF airport unterbrechen könnte, weil sie ja doch einen verdammt schweren Koffer hatte (25 kg) & das hat sie dann gefreut. Am gate A 1-25 haben wir uns dann voneinander verabschiedet. Ich hatte ihr im Zug ein Exemplar „Roman Autobahn" und „In the Country" in der zusammenkopierten Text/Bild-Collage geschenkt, sie hat es gleich im Zug durchgeblättert – ich wäre fast in meinem Sitz versunken – sie hat sich alle Bilder angeguckt & gemeint: *it is ok, it's alright!* Naja. & dann ist sie noch mit der Information rausgerückt, daß sie am 8.10. wieder in Frankfurt ist (bis 10.10.), – sie ist ja zunächst nach Kairo gejettet - & Sa oder So eine Lesung habe. Wir werden uns am Wochenende nochmal sehen. Wahrscheinlich.

Es hat sich also ganz gut entwickelt von So, 25.9 bis So 2.10. & am Flughafen haben wir uns sogar umarmt. Nicht, daß das etwas Besonderes wäre, in ER haben sich alle stets umarmt, geherzt & geküßt. Aber Walter hat sich da natürlich ganz rausgehalten.

Als Zwischenbilanz: Ich hab was gelernt & ich hab mich weiter verändert & habe nach wie vor nicht das Gefühl, an die Erschöpfung oder eine Begrenzung meiner Kapazitäten gelangt zu sein. Dieses langsame, stetige, geduldige Voranschreiten allerdings, etwa mit Lorna, reicht nicht aus, vielleicht habe ich schon bald genügend Reife & Erfahrung, stärker, selbstbewußter und kompetenter für meine „visions & authority" in Sachen Literatur einzutreten, ohne egozentrisch, arrogant oder karrieregeil zu sein. Denn, so Lorna weiter, ich könne nicht mein ganzes Leben Erfahrungen machen; ich hatte zu meiner Entschuldigung vorgebracht, daß ich die Dinge sich gerne entwickeln lasse & daß ich versuche, mit meinen Erfahrungen zu wachsen. Das scheint offensichtlich nicht zu genügen. Ob ich allerdings den Weg, den Lorna vorschlägt, einschlage, wage ich zu bezweifeln. *HE will help you to find your true self.* Aber alle diese Koinzidenzen, diese „wundersamen Fügungen". Vielleicht werde ich ja bald wieder auf den Boden der Tatsachen zurückgeholt. Vielleicht aber auch nicht. Früher war ich verzweifelt überzeugt davon, daß mir dieses o jenes gelingt, es hat aber nicht geklappt, dennoch hat meine Energie immer gereicht, weiterzumachen. Heute fange ich an zu GLAU-BEN, daß es mir gelingen wird. «

Im Goldpfad, 19./20. Dezember 1987:
Lenas dreißigster Geburtstag

Lenas dreißigster Geburtstag, der neunzehnte Dezember 1987, fiel auf einen Samstag, das war schon einmal gut so, denn Lena fand, dass es an der Zeit war, mal wieder ein großes Fest zu feiern. Ihr Einzug vor drei Jahren war relativ unspektakulär vonstatten gegangen, so kurz nach Mutters Tod und all dem Durcheinander mit dem Umzug, den kleinen Mädels und Jens' Widerborstigkeit. Ja, sie hatten sich gut eingelebt, Jana ging mittlerweile zur Schule, in der Lena selbst und auch Walter schon eingeschult worden waren. Jessica war im Kinder-garten. Jens hatte sich mit dem Geld seines Vaters in eine Anwalts-kanzlei eingekauft und schien in seinem Philip-Marlowe-Büro ganz zufrieden zu sein, fuhr allerdings regelmäßig und oft für mehrere Tage oder übers Wochenende nach Köln: „Ich brauch manchmal rich-tiges Stadtleben, Lena, versteh das bitte. Außerdem muss ich mich um meine Eltern kümmern."
Seit sie eingezogen waren, hatten sich viele neue Bekanntschaften mit anderen Eltern ergeben, was nicht ausbleiben konnte, wenn Kinder in den Kindergarten und zur Schule gingen. Ein paar alte Bekanntschaf-ten hatte sie aufgefrischt und auch mit Denise, Walters Partnerin seit der Bauzeit, verstand sie sich blendend. Ganz im Gegensatz zu seiner ersten großen Liebe, Marina, die sie nie gemocht hatte.
Wann hatte sie zuletzt im Goldpfad eine Party gefeiert? Vor zehn Jahren wohl, im Frühsommer 1977, nachdem sie ihr Abi bestanden hatte und bevor sie nach Köln zum Studieren ging. Zehn Jahre waren seitdem nur vergangen, aber die Welt war eine völlig andere gewor-den, auch wenn Lena wieder im Elternhaus lebte. Hatte sie sich das alles so vorgestellt, bevor sie nach Köln ging oder sie als Schülerin durch Besuche bei Walter in Tübingen und Bonn das studentische Leben kennenlernte, dann selbst studierte? Eigentlich hatte sie schon

vorgehabt, ihren Abschluss in BWL zu machen, und der war ja noch lange nicht vom Tisch. In ein paar Jahren sollte Koblenz eine Universität bekommen. Vielleicht ergab sich da eine Möglichkeit.

Der dreißigste Geburtstag war wohl der erste runde Geburtstag, der einem Menschen klarmachte, dass zwar noch eine Reihe von Jahrzehnten vor einem liegen mochte, aber kein ganzes Leben mehr, denn man stand schon mitten drin. Vater hatte auch ein ganz neues Leben anfangen müssen nach Mutters Tod, und es war ganz sicher richtig gewesen, dass Lena mit ihrer Familie hier eingezogen war. Vater ging es gut und die beiden Mädchen, auch wenn sie Alternativen nicht einschätzen konnten, wuchsen in dieser immer noch fast ländlichen Umgebung sehr gesund und behütet auf. Genau so fühlte sich Lena auch: gesund und behütet. Jana ging auf dem Bauernhof Milch holen und konnte die Kühe im Stall anfassen. Mit Denise hatte Lena versucht, Vater zu Damenbekanntschaften zu verhelfen, sie hatten Anzeigen studiert und Witwen, die ihnen passend vorkamen, zu Kaffee und Kuchen eingeladen. Mit der einen oder anderen war er sogar ausgegangen, aber das war es dann auch schon gewesen. Lena empfand sich als Mittelpunkt eines kleinen und sehr harmonischen Sozialwesens. Und das war ein weiterer Grund zu feiern.

Das Haus war vorbereitet worden. Der alte Partyraum im Keller war reaktiviert worden, da stand nun wieder eine Bar, Walter hatte seine Wohnung aufgeräumt und Platz geschaffen für eine Disco mit Tanzfläche, Lena hatte ihm aber untersagt, die Songliste nur nach seinem Geschmack zusammenzustellen. Ein Zimmer im ersten Stock stand ohnehin leer, weil Vater gar nicht alle Räume belegen konnte und wollte, hier hatte sie zusammen mit Walter eine kleine Ausstellung arrangiert; zu sehen waren Familienfotos ab den fünfziger Jahren und solche aus den verschiedenen Bauphasen des Hauses. Sie hatten im Keller, auf dem Dachboden, im Schuppen gekramt und altes Spielzeug und Küchengeräte oder auch Mutters Nähmaschine gefunden und ausgestellt. Lenas Puppenstube, der gemeinsam mit Walter genutzte Post-Spielkasten mit Stempeln und Briefmarken, Walters legendärer L3500 Mercedes-Laster und sein heißgeliebtes Bambi-Hemd, fünfziger Jahre Frühform eines deutschen Hawaiihemdes. Zwei Karbidlampen, die von den Bergleuten nach Feierabend auf dem Bau benutzt worden waren. Das alte verbeulte Henkelmännchen, in dem Mutter Vaters Mittagessen zur Baustelle gebracht hatte, noch schwarz vom Anwärmen auf den Bauholzfeuern.

Parterre waren die Küche mit dem Büffet und das Wohnzimmer zum Sitzen. Ansonsten waren die meisten Türen ausgehängt und die Gäste konnten sich auf drei Etagen frei bewegen, was allerdings die Gefahr mit sich brachte, dass sich feste Grüppchen etablierten. Dem wollte Lena durch eigene Mobilität und vorbereitete Programmpunkte begegnen, die immer wieder alle zusammenbringen und in neuer Formation ins Partygeschehen entlassen sollte. Fluktuation war angesagt, permanentes Neuarrangement der bekannten Konstituenten, in der Hoffnung, der Funke möge überspringen und alle in vibrierender Feierlaune halten.

Geburtstag so kurz vor Weihnachten zu feiern, reduzierte nämlich die Wahrscheinlichkeit, in der vorweihnachtlichen Hektik und Aufregung bei allen geladenen Gästen den richtigen Grad an Ausgelassenheit entzünden zu können. Die Wunderkerzen waren zwar schon eingekauft, aber für Heiligabend gedacht. Normalerweise.

Zwischen Zwanzig und Vierzig lag nicht nur Dreißig, dazwischen lagen Welten, dazwischen lagen Geburten und Todesfälle, Liebschaften und Kündigungen, Umzüge und Einschulungen, mein Gott, diesen einen Tag, diese überschaubare Anzahl von Feierstunden, Getränken und Speisen, Verwandten und Freunden, wollte sie genießen. Vor dreißig Jahren war sie hier zur Welt gekommen und in diesem Haus aufgewachsen und sollte sie eines Tages wie ihre Mutter hier auch sterben, dann, dann, ja dann sollte es wohl so sein; aber jetzt war feiern angesagt. Das Haus sollte klingen, es sollte vibrieren, es sollte lachen und es sollte tanzen, die Augen der Feiernden sollten sprühen und die Münder nicht stille stehen. Als wäre es Frühsommer und jeder verliebt.

Walter hatte als Geschenk für Lena die Getränke eingekauft und in Absprache mit ihr auch die Verköstigung vorbereitet. Er hatte einen großen Eintopf gekocht, im Ofen waren zwei Bräter mit fünf Kilo Schweine- und Rindfleisch, Salate waren zubereitet, Käse, Antipasti, Brote. Allerdings hatte er an just jenem Abend einen *Feuerwerk*-Auftritt mit seinen Kollegen von der Autorengruppe in Mendig. Aber gegen elf sollte er zurück sein. Somit blieben ihr wenigstens all die Lobhudeleien verschiedener Damen erspart, „mmmh, Walter, wie hast du den Braten so zart hinbekommen? – Was ist denn da für ein wunderbares Gewürz dran? – Göttlich, Walter, kann man dich mieten?"

Gegen acht trudelten die Gäste ein. Lenas Vater war natürlich da, Jens und die beiden Mädchen, Denise mit ihren beiden Söhnen. Die Trüttings waren ebenso mit Ilona gekommen. Die beiden alten Ritters von gegenüber hatte Lena auch eingeladen. Drei Schulkameradinnen, Susi, Ellen und Ruth mit Partner. Zwei weitere Ehepaare, die Lena aus der Schule und dem Kindergarten kannte. Es dauerte nicht lange, da bevölkerten über dreißig Personen, einschließlich der Kinder, die in allen Stockwerken gleichzeitig ihr Unwesen trieben, das Haus im Goldpfad 10.

Die Freunde und Freundinnen aus der Pfadfinderzeit waren da und hatten zwei Klampfen mitgebracht. Nach ihrer „Heia Safari!" ersten

Sangesrunde mit dem König, der jenseits des Tales stand, verdrehte nicht nur Jens die Augen. Danach wurden sie zum Klampfen nach draußen in die Laube verbannt. Draußen dauerte es nicht lange bis die Gitarren verstimmt waren und dann blieben die Pfadfinder wie alle anderen drinnen und sangen zu der Cassetten-Musik. In der Laube glaubte Lena auch Jens erkannt zu haben, wie er sich seine Line zog, aber genau wie bei der nächsten Beobachtung wurde sie abgelenkt, weil jemand einen Korkenzieher haben oder mit ihr anstoßen wollte. Im Scheinwerferlicht eines vorbeifahrenden Autos sah sie ganz kurz die nackt aufblitzenden Unterkörper eines Mannes und einer Frau, die auf seinem Schoß hockte.

Draußen war es längst dunkel, die Temperaturen lagen in den letzten Tagen deutlich über null, Raucher konnten auf dem Balkon oder in der Kellerbar rauchen. Es war nicht mehr so wie in den Sechzigern, als dem Rauchen wie einer revolutionären Tat gefrönt wurde, spätestens Tschernobyl hatte ein Bewusstsein für die Schädlichkeit bestimmter Stoffe geschaffen, die man bis dahin für harmlos gehalten hatte, aber man war auch noch weit von einem Gesundheits- und Umweltbewusstsein etwa der Jahre nach 2000 entfernt. Man musste sich nur vor Augen halten, was alles noch nicht geschehen war.

Erstmals Anfang des Jahres war ein großer Blonder namens Thomas Gottschalk mit der Moderation von „Wetten … daß?" im bayerischen Hof aufgetreten. Boris Becker war noch ein ganz junger Mann, der sich nach den ersten großen Erfolgen und dem Verlieren des Halbfinales bei den *Australian Open* von seinem Trainer Günter Bosch getrennt hatte. „Rudis Tagesschau" hatte einen Eklat ausgelöst, weil ein gewisser Ajotollah Chomeini in Damenunterwäsche gezeigt wurde, und ein Politiker aus Schleswig-Holstein, Uwe Barschel, war tot in der Badewanne eines Genfer Hotelzimmers aufgefunden worden. Das Jahr hatte überhaupt lustig angefangen, weil die ARD aus Versehen die Neujahrsansprache Helmut Kohls vom Vorjahr wieder ausgestrahlt hatte, was in erster Linie den Kanzler der Lächerlichkeit preisgabm, obwohl der ja überhaupt nichts dafür konnte.

„Lena, du siehst ja toll aus! Lass dich drücken. Wie geht es dir? Wann haben wir uns das letzte Mal gesehen? Mein Gott, Mädchen, du kannst doch noch keine Dreißig sein. Prost, Lena!"

Es dauerte mindestens eine Stunde, bis die Bewegung ins Haus und im Haus herum sich harmonisierte und zu einem Zustand der Homöostase fand, in dem also alle Gäste und Gastgeber in ihrem sich selbstregulierenden System im Goldpfad 10 glücklich waren. Was war das anderes als eine Installation: „Du stellst dich mal da hin, guck mich an. Und wenn wir …" – „Spitze, Baby, sachma, wie kriegtma so glänzende Augen?" – Das Licht, das Licht. – „Wolln wa nicht in'n Keller gehen? Cocktailchen nehmn?" – „Auf das Geburtstagskind, prost,

Lena!" Noch bevor Walter zurückkam, brachte Lena das hinter sich, was sie am meisten fürchtete: ihre Begrüßungsrede, gleich danach tanzten und sangen Jana und Jessica zusammen mit Ilona zu „La Bamba" von Los Lobos *Yo no soy marinero, soy capitan*, es hörte sich sogar Spanisch an und – „ach guckma, wie süß!" – „Bad" von Michael Jackson *Your butt is mine*. *Nice butts* jedenfalls gab es genug zu sehen, in männlicher wie weiblicher Ausformung.

Jens beschloss die erste dreiteilige Programmdarbietung mit einer launigen Rede auf seine „süße und unwiderstehliche Ausnahmeerscheinung namens Lena", obwohl er seine Augen nicht von Susi lassen konnte, die es sich auch zu diesem Anlass nicht hatte nehmen lassen, tief dekolletiert zu erscheinen. „Nice cleavage" sollte Walter später seinem Schwippschwager zuraunen, der wegen drei Stunden Vorsprung schon deutlich betrunkener ergänzte „und der Arsch ist auch nicht zu verachten."

„Kerle", dachte Lena nur, die den Wortwechsel zwar nicht mitbekam, aber genug sah. „Naja, das gehört für die zum Feiern wohl dazu." Sie selbst war längst auch schon nicht mehr nüchtern, hatte aber alles noch unter Kontrolle. So bekam sie auch nicht mit, dass Walter und Denise sich für kurze Zeit zurückzogen.

„Du musst den Kerlen erst einmal den Dampf aus dem Kessel nehmen. Richtig durchvögeln, verstehst du, der hat dann nur noch Durst und kein Interesse an anderen Weibern. Prost, Lena!"

Für Susi und alle anderen Frauen hatte Walter tatsächlich keine Augen mehr. Aber zu dem Zeitpunkt war es ohnehin schwerer geworden, alle im Blick zu behalten.

Denise war eine Nummer für sich, sie konnte sich mit Wolfgang über das Bauhandwerk unterhalten und war gleichzeitig so weiblich wie sexy. Vater Wolfgang versuchte ihr klarzumachen, wo welche Leitungen verlegt waren, wenn „später mal was zu machen ist, wenn ich nicht mehr da bin. Walter wusste ja schon nach drei Tagen nicht mehr, wo die Kabel liegen und hat dreimal in dasselbe reingebohrt, das ist unglaublich, Denise."

Denise, die Schlanke, die Praktische, die Walter nach Belieben beherrschte. Denise, das Biest, bei der Lena nie wusste, ob sie den Sex einfach nur so genoss oder die Genugtuung darin bestand, ihn für bestimmte Ziele einzusetzen. Wahrscheinlich traf beides zu und erhöhte ihre Befriedigung.

Fast triumphal geriet der Einzug Walters mit seinen Feuerwerkern der Autorengruppe; kaum im Haus, hieß es auch schon: „Mmmh, Walter, wie hast du denn den Braten so zart hinbekommen? – Was war denn da für ein wunderbares Gewürz dran? – Göttlich, Walter, kann man dich mieten? Komm, trink erst mal einen, du musst doch durstig sein – Prost, Lena!"

Nahtloser Übergang zum zweiten Darbietungspunkt des Abends, Kostproben aus dem Literarischen Feuerwerk. Kostprobe aus der Kostprobe:

Es brennt

Es brennt, es brennt
schrill schillernd mein Talent.
Ich liebe die Reime und reime die Träume,
das DDT auf roten Schnee und
silbermetallic die Bäume. Ich mixe
in allen Ehren Erinnern und Begehren.
Es brennt, es brennt
schrill schillernd mein Talent.
Man nennt mich Wunnu Wark,
den Vetter der Jeanne d'Arc.
Bei meines Geistes Morgenröte
erblaßt sogar Geheimrat Goethe.
Es brennt, es brennt
schrill schillernd mein Talent.
Die Flammen zügeln schon gefährlich nah,
mein Kopf, der Tropf, bleibt kühl und klar.
Jetzt packt die Phantasie mich gar
würgend röchelnd hustend laut klopf klopf
mein Hirn sitzt glanzvoll auf dem Topf
und duftet tierisch anorganisch.
Es brennt, es brennt
schrill schillernd mein Talent.
Es riecht schon ganz verbrannt.
Doch bin ich gar so prähistorisch
talentiert, die Fachwelt reagiert frappiert,
die Leserschaft geschafft und konsterniert,
der Rezensent blamiert.
Ich bin so frei und ungeniert:
Es brennt, es brennt
schrill schillernd mein Talent.
Nanu nana, achja, die Feuerwehr ist da.
TATÜ TATA.

Das Ganze, der Text von Walter, kam gut an, von verschiedenen Rezitatoren abwechselnd mit dem Chor in dem Singsang der Neuen Deutschen Welle vorgetragen, die Jahre später als Rap verstümmelt eine Wiedergeburt erleben sollte.
Danach, es war schon Mitternacht, und mit dem Verbringen der insgesamt sieben Kinder zu einem Baby-Sitter im Schlaflager des Trüt-

262

tingschen Hauses, waren die Weichen gestellt, ging jetzt die Post so was von ab, aber hallo! Gefolgt wurde dieser Auftritt nämlich von den drei Mädels, die mit Lena Abitur gemacht hatten. Nun erst begriff Lena, dass die Mädels in ihren Kostümen gekommen waren. Hell-lila mit Strass durchwirkte Fummel, die alle aus dem gleichen Stoff gearbeitet aber unterschiedlich geschnitten waren. Alle drei schulterfrei, zwei, Susi und Ellen, tief dekolletiert, Ruths Kleid war auch schulterfrei, aber hochgeschlossen und endete in einer Art Rollkragen.

Nun ja, mein Gott, kostümiert waren sie eigentlich immer. Mal so, mal so. Eine Blonde, zwei Dunkelhaarige, ja, *Charlie's Angels* aus den ersten Episoden mit Kate Jackson, Farrah Fawcett-Majors und Jaclyn Smith. Hätten die Klassenkameradinnen ihre erste Idee der Kostümierung realisiert, Susi im Tennis-Outfit, Ruth im Reitdress und Ellen im Bikini, Lena hätte sofort gewusst, um was es ging. Die Serie hatte angefangen, als sie Abitur machten. Susi war der löwenmähnige, athletische Engel *Jill*, verkörpert von Farrah, Ellen war der ausgebuffte Engel *Kelly*, dargestellt von Jaclyn, und Ruth war die coole, smarte, mehrsprachige Chefin *Sabrina*, gespielt von Kate. Es stellte sich heraus, dass Lena und nicht Charlie der unsichtbare Drahtzieher und Auftraggeber war.

"Once upon a time, there were three little girls who went to the police academy. And they were each assigned very hazardous duties but I took them all away from all that and now they work for me. *My name is Lena.*"

Sie hatten mit *Lena's Angels* eine Hommage an Lena und die gute alte Schulzeit in Gedichtform eingeübt und außerdem einen Sketch *Vier flotte Frauen und ein dröger Dreier*, ein Feuerwerk voller sexueller Anspielungen, wobei sich am Ende herausstellte, dass der Dreier ein Lottogewinn war. Lena war froh, dass die *Angels* den nicht ganz unterdrückten Seufzer „und jetzt ausziehen!" von Jens und Walter nicht hören konnten. Lena wollte sich nicht vorstellen, was hätte passieren können. Schlägerei, übelste Beschimpfungen der Macho-Schweine oder aufreizender Strip, in dem Zustand, zu diesem Zeitpunkt, wäre alles möglich gewesen.

Jens hatte Lenas Blick bemerkt und versuchte, die Kurve zu kriegen, indem er so tat, als habe er Walter Details aus einem Scheidungsverfahren erzählt, bei dem die betrogene Frau tatsächlich einen Privatdetektiv engagiert hatte, der herausgefunden und dokumentiert habe, wie der Ehemann eben jene Worte zu seiner Geliebten gesprochen haben sollte: „und jetzt ausziehen!" Dokumentiert sei auch die ausgezogene Geliebte, die beiden improvisierten munter weiter: „Wenn ich so dick wie Günter Strack wäre, könntest du für mich den Josef machen. Da steckt wirklich ne Menge Kohle drin, Walter."

„Walter, Jens! Ihr seid kein Fall für Zwei, sondern ein Fall für den Psychiater."

„Soschdama watt sohn?", Walter versuchte den Betrunkenen zu geben.

„Sag mir mal was."

„Prosssst, Jung, Jens, Jensjung!"

„Das musste ja mal gesagt werden, prosit, Walterchen!"

Ruth hatte als einzige von den ehemaligen Schulkameradinnen einen männlichen Partner mitgebracht, Marc: „Der Schwarze Montag vom neunzehnten Oktober ist genau zwei Monate her, liebe Leute, die Börsenkurse brachen um zwanzig Prozent ein, kann man sich das vorstellen, zwanzig Prozent?!"

„Ich kann."

„Das kann sich niemand vorstellen. Und das war erst der Anfang."

Irgendwie gefiel Marc Lena und sie unterhielten sich kurz aber sehr angeregt. Marc war bei der Sparkasse beschäftigt und kannte sich mit Immobilien gut aus. „Die wilde Bauerei ist erst einmal vorbei, sage ich dir."

An der Nordseeküste am plattdeutschen Strand, man mochte es nicht glauben, nur vier Tage vor Heiligabend gab es im Goldpfad 10 eine Polonäse durch alle Stockwerke, *sind die Fische im Wasser und selten an Land.* Es sollte nicht lange dauern, da stand sogar ein Pferd auf dem Flur.

„Man muss ja dazu sagen, dass das eine ein holländisches Liedchen ist *Er staat een paard op de gang* und das andere eine Neufassung nach der Melodie des irischen Volkslieds *The Wild Rover.*"

„Kluuchschaissä, nä!"

„Hassen schöness Fäss, Lena, schönes Fäss, äscht. Prost. Schönes Fäss. Wie alt wirsse? Nä, gieh fott, doch kain Draisssisch. Im Leebe nitt."

Lena machte einen letzten Rundgang mit einer Flasche Champagner im Kühlmantel. Sie begann in der Küche; hier hatte sich nicht nur Geschirr gestapelt, hier standen auch zahllose leere Flaschen herum. Martina Trütting, Ruth, Peter und Heiner von den Pfadfindern kratzten die letzten Reste aus den Töpfen: „Die Braten sind wirklich spitze, Lena, das muss man deinem Bruder lassen."

Heiner hatte seine Hand um Ruths Hüfte gelegt; war sie nicht mit Marc gekommen? - „Prost, Lena!"

Weiter zum Wohnzimmer, in dem sich die älteren Gäste versammelt hatten, als da waren Wolfgang, sein Freund Willi, dessen Frau ihren Kopf an seine Schulter gelegt hatte und schlief. Das Ehepaar Ritter von gegenüber, in deren Garten Lena als Kind so oft gespielt hatte. Und Denise, deren Leistungskurve eindeutig nach unten zeigte und deren Kopf immer wieder nach vorne nickte.

„Lena, das ist ein ganz tolles Fest, es ist wirklich schön, dass die Nachbarschaft mal wieder zusammensitzt, deine Mutter wäre stolz auf dich. Prost, auf deine Mutter, Lena. Wir gehen aber bald."

Lena stieß mit allen an und nahm Denise mit in den Keller. Der Partyraum mit der Bar war nur noch von Kerzen erhellt; um die Bar hatten sich Marc, die drei Pfadfinderinnen, Ellen und Susi, Jürgen Trütting und von Walters Autorengruppe drei Kerle versammelt, deren Namen Lena vergessen hatte. In den paar Minuten und mit zwei Gläsern Champagner, während deren Lena und Denise in der zweiten Reihe an der Theke standen, schwirrten die Gesprächsthemen um Willy Brandts vorzeitigem Rücktritt vom SPD-Vorsitz, die *Documenta 8* und das Begrüßungsgeld für DDRler, das von zweimal dreißig auf einmal einhundert DM erhöht worden war. Janas Lehrerin und Jessicas Kindergärtnerin waren auch hier und ließen sich von Marc mit Rotwein, Chips und Börsentipps versorgen; der Typ hatte etwas weniger Charme als Selbstbewusstsein, und sein Charme war schon enorm.

„Hasse nochn Flasch Rotflasch?"

Wer wollte das wissen? Oh, einer der Autoren, der dickbäuchige und Pfeife rauchende. Marc widmete seinen männlichen Gästen eindeutig nicht die gleiche Aufmerksamkeit wie den weiblichen.

Walter fanden Denise und Lena, die sich gegenseitig um die Hüfte gefasst hatten und so ihren schwankenden Gang abwechselnd stabilisierten und destabilisierten, in der Disco mit Tanzfläche, also in seinem Zimmer im Souterrain. Auch hier war es dunkel, eigentlich sah man nur Dezemberlicht durch die Fenster herein scheinen und die Kontrollleuchten der Musikanlage, aus der laut Bluesmusik drang. Zwei Paare tanzten eng umschlungen, Walter hockte in seinem Sessel und spielte Luftgitarre.

„Na, ihr zwei Hübschen, wie hammas denn?"

„Al Fatah", antwortete Denise, die Walters Humor mittlerweile ganz gut kannte „und du, mein Schatz? Wie geht es dir?"

Es ging ihm gut und dann tanzten sie zu dritt zum Deacon Blues von Steely Dan: *This is the day / of the expanding man / that shape is my shade / There where I used to stand / It seems like only yesterday / I gazed through the glass / at ramblers / wild gamblers / that's all in the past.*

Und zu dritt sangen sie mit aller Inbrunst den Refrain: *I'll learn to work the saxophone / I'll play just what I feel / drink Scotch whisky all night long / and die behind the wheel / they got a name for the winners in the world / I want a name when I lose / they call Alabama the Crimson Tide / call me Deacon Blues …*

Im Goldpfad, Sommer 1989: Unwetter ziehen auf

Am vierundzwanzigsten Juli 1989 gab es ein heftiges Gewitter mit Hagel, was dazu führte, dass im Goldpfad 10, wie in einigen Nachbarhäusern, der Keller voll Wasser lief. Die Ursache dafür lag darin, dass die Wasseranschlüsse im Keller und damit auch im Souterrain tiefer lagen als die Kanaldeckel auf der Straße. Die Abflüsse aus dem Haus hatten zwar Gefälle zum Kanal hin, wenn aber der Kanal bei heftigem Gewitter vollständig mit Regenwasser gefüllt war, der Druck immer höher wurde und die Wassersäule auch bis zur Straßenoberfläche stieg, quoll das Wasser aus den tiefer liegenden Ausflüssen heraus, also aus dem Bodenabfluss der Waschküche, der Duschwanne und dem WC in Walters Souterrainwohnung. Wären es nur der Kellerraum und die Waschküche gewesen, es wäre nicht weiter problematisch geworden, denn das Wasser wäre auch wieder auf dem gleichen Wege abgeflossen, sobald der Druck im Röhrensystem nachgelassen hätte. Der Partyraum und Walters Wohnung waren aber tiefer gelegt, um mehr Deckenhöhe zu haben und hier stand das Wasser auch dann noch, nachdem es im übrigen Keller schon abgeflossen war.

Walter war an jenem Sonntag alleine zuhause, denn er hatte mit seinen Kumpels Fred, Wolf und Werner am Tag davor einen Geburtstag gefeiert, Lena war mit Jens und den Kindern irgendwo unterwegs, Vater war auch nicht zuhause. Es war Freds Neununddreißigster. Fred und Walter waren Jahrgang 1950, Wolf und Werner dagegen 1949. Sie hatten nur zu viert und ganz pfadfindermäßig am Waldrand beim alten Steinbruch ein Lagerfeuer gemacht, Würste und Steaks gegrillt, Kartoffeln in der Glut gegart und zwei Kästen Bier geleert. Ein Zelt hatten sie nicht aufgebaut, es war ein heißer Tag mit über dreißig Grad.

Gegen Morgen hatten sie sich in ihre Schlafsäcke gelegt und gepennt, bis es wieder heiß wurde. Am späten Vormittag war Walter, so wie er aussah und roch, natürlich nicht zu Denise gefahren, sondern hatte sich in seinem Zimmer im Goldpfad hingelegt. Walter war noch erheblich verkatert, lag auf der Couch, hatte seinen Schlafsack über den Kopf gezogen wie ein kleines Kind seine Lieblingsdecke, hörte den Donner und das Prasseln des Regens und dann das Trommelfeuer der Hagelkörner. Es dauerte eine Weile, bis er begriff, dass seine linke Hand kalt geworden war, weil sie im Wasser hing.

Die meisten Menschen, denen Walter später von diesem Wassereinbruch berichtete, der im Übrigen nicht der einzige bleiben sollte, wollten ihm nicht glauben, hier oben auf dem Arzberg Wasser im Keller? Sturm, ja, vom Orkan abdeckte Dächer, ja, aber doch kein Wasser im Keller. Das Haus im Goldpfad hatte beides, Wasser im Keller und

Dachziegel, die der Orkan davon fegte. Besonders schlimm sollte im Februar 1990 „Wiebke" wüten. Infolge des sehr milden Winters gab es schon vor „Wiebke" zwei Orkane, nämlich „Daria" und „Vivian". Bei „Wiebke" war Willi zu Besuch, als der Sturm losbrach, Jan lag in seinem Bettchen und bekam nichts mit, die beiden Mädels, Jana und Jessica, hörten nicht auf zu fragen, was denn da draußen los war und was alles passieren konnte. Was passierte, war, dass einige Ziegel vom Dach flogen. Da es zu gefährlich war, von außen auf das Dach zu steigen, gingen die vier Männer, Vater Wolfgang und sein Freund Willi, Walter und Jens auf den Dachboden und stopften das Loch mit Kartons und den Sachen, die dort oben herumlagen, damit der Sturm das Loch nicht noch größer reißen konnte und am Ende das ganze Dach davonflog.

Später saßen sie dann im Wohnzimmer bei Kerzenschein, denn der Strom war ausgefallen, und bei Champagner, den Jens ausgegeben hatte, weil er, wie er sagte, einen Fall bravourös vor Gericht gemeistert hatte.

Der Strom war auch das Erste, was Walter überprüfte. Das Wasser hatte die unteren Steckdosen noch nicht erreicht; Steckerleisten lagen keine auf dem Boden, so viele Elektrogeräte hatte Walter hier unten nicht. Er watete durch die Brühe, ging nach oben zum Sicherungskasten und stellte den Strom ab. Dann fing er an, alle Gegenstände, die auf dem Boden lagen, hoch zu lagern oder aus dem Fenster auf der dem Wind abgewandten Seite zu werfen, wenn die Sachen schon unbrauchbar schienen.

Weil das Unwetter ihn so überraschend erwischt hatte, begriff er gar nicht so recht, was vor sich ging, sondern er funktionierte einfach. Schon bevor der Regen aufgehört hatte und das Wasser durch den Abfluss wieder ablief, fing er an, in seinem Zimmer das Wasser mit einem Eimer aus dem Fenster zu schütten. Als erster kam Vater zurück, der das Unwetter mit Willi und seiner Frau in Winningen abgewartet hatte, und half Walter. Als Lena mit Jens und den Kindern zurückkam, war alles Wasser weg, aber es hätte Wochen gedauert, bis der Keller wieder trocken und bewohnbar geworden wäre, hätte Vater nicht ein Gerät von der Baustelle mitgebracht, das die Feuchtigkeit aus der Luft und aus den Wänden herauszog. So lange konnte Walter sein Arbeitszimmer und Refugium nicht nutzen, sondern musste die ganze Zeit bei Denise bleiben.

Auch für Lena und ihre Familie gab es einige Aufregungen, denn noch bevor Jessica als zweites Kind eingeschult wurde, bekam sie Mumps. Jana hatte Durchfall, wollte nichts mehr essen und trinken und war kurz davor, durch die Fontanelle ernährt zu werden, als sie sich dann doch mit Cola und Chips umstimmen ließ. Jan war im Schwimmbad ausgerutscht und hatte sich das Kinn aufgeschlagen.

Jemand, der keine Kinder hatte, konnte sich nicht vorstellen, was alles passieren konnte, wenn man welche hatte.

Das Leben bekam eine völlig ungeahnte Dynamik, wenn die Kinder nach und nach das Kindergartenalter erreichten, eingeschult wurden, später zur Kommunion gingen, in die Pubertät kamen. Eine Atempause gab es da nicht. Die Kinder mussten essen, aber was? Die Kinder mussten angezogen werden, aber womit? Die Kinder mussten zur Schule gehen, aber auf welche? Die Kinder sollten Sport treiben und Hobbys haben, aber welche und wer fuhr sie dahin und holte sie wieder ab? Die Kinder sollten Freunde haben, aber waren die Gören von den Meiers der richtige Umgang? Die Kinder durften fernsehen, aber welche Sendungen und wie lange?

Alle Entscheidungen, die ein Erwachsener tagtäglich ohne großes Nachdenken traf und einfach agierte, waren für die Eltern von Kindern Entscheidungen, deren Tragweite gar nicht abzuschätzen war. Menschen, die nicht in dieser Tretmühle, in diesem Milieu steckten, konnten nicht begreifen, was all das bedeutete. Familien mit kleinen Kindern lebten in einer eigenen Welt, sprachen eine eigene Sprache, hatten ihre eigenen Regeln. Selbst wenn Lena und ihre Kinder, mal mit Jens und mal ohne, mal mit dem Opa, mal ohne ihn nach draußen gingen, umgab sie dieser Kokon. Wenn Lena Jahrzehnte später, nachdem Jan ausgezogen war und bevor Jessica mit ihrem Leander wieder in den Goldpfad einzog, in einem Café oder einem Biergarten saß und eine Familie mit kleinen Kindern in der Nähe war, war sie voller Mitgefühl und oft auch voller Bedauern, wenn sie daran dachte, was sie alles falsch gemacht hatte.

Transit Wirklichkeit, 1990

Die Badezimmerszene mit Kado und Tina Lefacks im Berlin der Wendejahre 1989/90 war in dem Roman „Transit Wirklichkeit" zu finden, der zweite große Roman nach „Roman Autobahn". Weitere zehn Jahre später sollte der dritte große Roman mit dem Titel „Rheinland Papiere" erscheinen. Die Idee zu dem Roman war Walter schon Ende der siebziger Jahre in Bonn im Theater gekommen, als er sich vorstellte, sein Theaterstück „Grenzlichter" käme zur Uraufführung. Da Marina sich sehr leicht in der Figur der Pamela Popeau wieder erkennen würde und sehr empfindlich war, was Details ihres Intimlebens anging, stellte Walter sich vor, wie sie sich an ihm für den Verrat und die Verletzung der Privatsphäre rächen würde. Beim Schlussapplaus, so sah Walter die Szene vor sich, stand er allein im Scheinwerferlicht und bot eine perfekte Zielscheibe für jemanden wie Marina, die, so malte er sich das damals aus, in der Galerie da oben zwischen den Scheinwerfern hockte und mit einer Waffe auf ihn zielte. Verhindern wollte er den realen Mordversuch, indem er einen Anschlag auf der Bühne inszenierte. Kaum stünde er also auf der Bühne im hellen Spot, bräche ein Gewitter mit Donnern und Blitzen los, wie es nur eine professionelle Theatertechnik zustande brachte. Der inszenierte Anschlag wiederum überraschte Marina so sehr, dass sie ihren Schuss verzog und Walter überlebte.

Dieser novellenartige „Schuss von der Kanzel"-Plot wurde zur Keimzelle des Romans, der in der Theater- und Taxifahrerszene Berlins spielte. Aus Walter und Marina waren Helga, die Theaterautorin des Stückes „Grenzgänger", und Gudrun, die Taxifahrerin und ihre Lebensgefährtin, geworden. Helga hatte ein Stück geschrieben, das in der Hausbesetzerszene Berlins spielte und das Kennen- und Liebenlernen der beiden Frauen auf die Bühne brachte. Das zweite und männliche Hauptpersonenpaar waren Karl-Dorian und Josef aus Köln, die bei einem Berlinbesuch die beiden Frauen in einer Kneipe kennenlernten und von Helga zur Premiere ihres Stückes eingeladen wurden.

Fast zehn Jahre lang hatte Walter vor allem an der Personenkonstellation herum getüftelt und war dabei nie sehr weit gekommen. Erst als er die beiden Protagonisten in Berlin zu einem weiblichen Paar und die beiden Kölner zu einem männlichen Paar gemacht hatte, trug das die Handlung und die ihr innewohnenden Themen und Motive.

Nämlich: Wem gehört die Geschichte, der Autorin oder derjenigen, die sie erlebt hat, und: Was passiert, wenn aus Wirklichkeit Literatur wird und die wieder auf die Realität zurückwirkt?

Glücklicher Zufall, Koinzidenz war, dass, während Walter an dem Roman schrieb, der im Berlin 1989/90 spielte, die Ereignisse sich zuspitzten, die schließlich zum Fall der Mauer und zum Zusammenbruch der DDR führten. Walter konnte das sehr gut einbauen, weil es thematisch perfekt passte: Wem gehört die Geschichte? Dem Volk oder der offiziellen Propaganda der Parteiorgane? Was passiert, wenn die Fiktion des „real existierenden Sozialismus" auf die wirkliche Realität der Bürger trifft?

Dass er Denise in einem Badezimmer kennengelernt und zum ersten Male geliebt hatte, gab dem Romanprojekt den völlig unerwarteten Kick, der alles ins Rollen brachte, obwohl die Szene im Roman eher eine Randepisode war und keine große Relevanz in der Geschichte hatte. Die Tatsache allerdings, dass die Badezimmerszene in dem Roman eine weitere Inkarnation fand, sprach eine andere Sprache.

Das Themenmotiv „wem gehört die Geschichte", ließ sich sehr wohl auch unter der philosophischen Fragestellung „was ist Eigenes, was ist Fremdes – wo fange ich an und wo hört der andere auf", nicht nur im Anspruch auf Lebensgeschichte, sondern auch im Anspruch auf Urheberschaft an Texten, Kunstwerken allgemein, darstellen. Neben den juristischen Aspekten natürlich die weit tiefer gehende Frage nach Identität, da jeder Mensch doch nur aus geborgten Genen bestand.

Walter hatte Bildbetrachtungen aus der ARD-Reihe „Hundert Meisterwerke", die seit 1981 gesendet und wegen des Erfolgs auf „Tausend Meisterwerke" erweitert wurde, aufgezeichnet und dann in seinem Roman für einen anderen Kontext *transkribiert*. Es handelte sich um das Bild „Das Bad" von Mary Cassatt, auf dem eine Mutter und ihr Kind zu sehen waren. Walter hatte den Text in seiner Struktur und teilweise seiner Wortwahl übernommen, variiert und seine eigene Badezimmerszene im Roman reflektierend beschrieben und analysiert. Ähnliches machte er im Verlauf des Romans mit vier weiteren Bildbeschreibungen.

Walters Lebensgeschichte nahm eine erneute Wendung, die von einer Frau verursacht wurde. Denise, Ende Zwanzig und Mutter zweier Knaben, war zu dem Zeitpunkt, als Walter mit seinem Vater in dem Fliesenfachhandel auftauchte, gerade von ihrem Mann geschieden worden. Walter hatte ihr offenbar sofort gefallen; den Intellektuellen konnte er selbst in seinen dreckigen Arbeitsklamotten nicht verbergen. Sie jedenfalls hatte sich, das erzählte sie ihm später, sofort in ihn verliebt. Weil sie wusste, dass sie nicht allzu viele Chancen bekommen würde, mit ihm anzubandeln, überlegte sie sich etwas, das, so hoffte sie, zum Erfolg führen musste.

Sie liebte spontanen Sex, vor allem, wenn er sorgfältig vorbereitet und bis ins kleinste Detail ausgetüftelt war. Den Spiegel hatte sie eigens vorher angebracht und so positioniert, dass Walter sie gleichzeitig von vorne und von hinten sehen musste. Der konnte sich später zwar sehr genau an das verwirrende Spiel von Spiegelbild und posierendem Modell, an den großartigen Sex im Bad erinnern, musste aber eingestehen, dass er Denise als Person erst danach wahrgenommen hatte. Offensichtlich war seine Wahrnehmung, gerade weil Walter sich ständig auch mit anderen Dingen beschäftigte, ab einem gewissen Punkt so gesättigt, dass ganze Bereiche völlig ausgeblendet wurden.

So war das mit Denise gewesen, die er im Laden überhaupt nicht *gesehen* hatte, die es dennoch verstanden hatte, sich in den Vordergrund zu spielen, sich für Walter sichtbar zu machen, so wie das vor ihr Eva mit Adam schon durchexerziert hatte: „Und sie sahen, dass sie nackt waren."

Sein reicht nicht, es musste auch jemand *da sein*, der *sah*, der erkannte. Dabei waren nicht einmal Äpfel auf den Fliesen, nur rechteckige Muster, wohl aber andeutungsweise schlangenähnliche Schnörkel.

Walter und Denise fingen eine Beziehung an und bevor Walter sich versah, war er Stiefvater von zwei Jungs, sieben und neun Jahre alt. Walter und Denise heirateten zwar nicht, aber sie lebten zusammen in dem Haus mit dem Bad der schönen Fliesen. Das Geschäft gehörte ihrem Vater, Denise arbeitete weiter in Verkauf und Büro, Walter kümmerte sich um die Kinder und übernahm gelegentlich Auslieferungen für die Fliesenfirma; er fuhr weiterhin seine beiden Kuriertouren, die er seinem Vater gegenüber der Einfachheit halber als Taxifahrten deklariert hatte.

Marina war damals, Ende der Sechziger, kurz nachdem Walter sie kennengelernt hatte, von zuhause ausgezogen, hatte mit Freundinnen und in Wohngemeinschaften gelebt. Walter kannte zwar auch ihre Eltern und den jüngeren Bruder, aber die Kontakte hatten sich auf gelegentliche Familienbesuche beschränkt.

Mit Denise hatte er sofort eine weitere Familie. Von ihrem Mann war sie geschieden, die Mutter war vor ein paar Jahren gestorben, der Vater lebte mit einer Lebensgefährtin zusammen in deren Haus. Es war für Denise gar nicht so einfach gewesen, es so einzurichten, dass sie in dem Moment allein im Geschäft war; sie hatte Walters Vater genau zugehört und ihren Vater zu einem Kunden geschickt, sobald sie Walters Auto sah, und es hatte ja auch alles bestens gepasst.

Geld verdiente Walter nun genug, aber alles schwarz. Ab 1986 schrieb er sich nicht mehr als Student ein, nachdem er das siebenundzwanzig Semester lang getan hatte, sondern war nun über die KSK, die neugegründete Künstlersozialkasse, kranken- und rentenversichert. Als Schriftsteller.

Eigentlich hatte er den Brief nach Wilhelmshaven geschickt, um Informationen zu bekommen, wie die Konditionen für eine eventuelle Aufnahme waren. Er hatte seine Situation seit dem Erscheinen von „Roman Autobahn" geschildert, seine weiteren literarischen Arbeiten, seinen Status als Literaturstudent gelistet und seine Existenz als Schwarzfahrer verschwiegen. Er war aufgenommen worden. Die Politik der KSK in den Anfangsjahren war das genaue Gegenteil der späteren Jahre, als man ganz strenge Aufnahmekriterien an eine Mitgliedschaft knüpfte.

Nun war er gewissermaßen auch offiziell Schriftsteller und sozialversicherter Freiberufler. Nachdem Walter aus dem akademischen Studium der amerikanischen Literatur ausgeschieden war, führte er seine Studien nicht nur fort, sondern weitete sie auf die deutsche und andere Literaturen aus. Ganz wichtig wurden deutsche Autoren wie Franz Kafka, Gottfried Benn, Rainer Maria Rilke, Friedrich Nietzsche, dann auch Arno Schmidt und Eckhard Henscheid. Von James Joyce las er sowohl den „Ulysses" als auch „Finnegans Wake" auf Deutsch und in Englisch. Gelegentlich las er Jana und Jessica, wenn er seine beiden Nichten betreute, laut aus den Büchern vor, während sie spielten. Manchmal hörte er auf zu lesen und dann hielten die Mädchen in ihrem Spiel inne, sahen ihn an und sagten „weiterlesen, Walter", weder sagten sie „bitte" noch nannten sie ihn Onkel.

Die achtziger Jahre begannen in den USA mit der Lektüre zweier Bücher von Carlos Castaneda, „Journey to Ixtlan" und „Tales of Power". Castaneda, aus Peru eingewandert, arbeitete als Journalist und schrieb später Bücher, die sich mit Anthropologie und Ethnologie befassten. In Arizona hatte er seinen spirituellen Lehrer Don Juan Matus kennengelernt, dessen Name Don Juan auch in den Titeln der deutschen Übersetzungen vorkam: „Don Juan in den Städten", „Die Lehre des Don Juan". Es ging um Schamanismus vor allem und um Indianerweisheit, natürlich auch um Halluzinogene. Walters Hausdroge war nach wie vor gutes deutsches Bier, dennoch fing er an, im Wald und auf den Wiesen Kräuter und Pilze zu sammeln; er hungerte, bis er glaubte, über dem Boden zu schweben.

In die gleiche Richtung zielte die Lektüre des deutschen Wissenschaftlers Hans Peter Duerr, der in philosophischer Anthropologie habilitiert hatte und an verschiedenen Universitäten in Deutschland und der Schweiz Ethnologie und europäische Kulturgeschichte lehrte. Die Titel sprachen für sich: „Traumzeit: Über die Grenze zwischen Wildnis und Zivilisation". Das Buch war 1978 erschienen und erlebte 1980 bereits seine fünfte Auflage. Die Kapitel hatten Überschriften wie „Die Vagina der Erde und der Venusberg", „Wilde Weiber und Werwölfe", „Der Wolf, der Tod und die Insel des Ethnologen" oder „Die Halbwahrheiten des Coyote oder Castaneda und die Altered States of America". In zwei Bänden hatte Duerr „Der Wissenschaftler und das Irrationale" mit Beiträgen aus Ethnologie und Anthropologie herausgegeben, weiterhin besaß Walter „Sedna oder Die Liebe zum Leben".

Ebenso bei Syndikat in Frankfurt am Main erschien von Georges Devereux „Baubo: Die mythische Vulva". Syndikat Autoren- und Verlagsgesellschaft, 1976 – 1986, Stroemfeld Roter Stern, 1971 gegründet, wie zu der Zeit etwa auch der Maro Verlag; samt und sonders post-68er Erscheinungen.

Das war die andere Seite der mit dicken Schultern gepolsterten, glamourösen Achtziger, was sich in den Siebzigern als alternative Szene angebahnt hatte, breitete sich als intellektuelle Frühform von Esoterik bis aufs flache Land aus. Eine Esoterik allerdings, die heidnisch und lustbetont war, und nichts mit ihrer späteren Form der Kuschel-Esoterik gemein hatte, dafür aber mit der komplementären Exoterik, die schon bei den Lehren des Aristoteles als Begriff vorhanden war.

Für seine literarischen Studien schaffte sich Walter auch Bücher wie „Der Mensch und seine Symbole" an, von und über C.G. Jung. Für Walter endete das Pilze- und Kräutersammeln mit dem Unglück von Tschernobyl und der Wolke, die über ganz Europa einen Schatten legte. Ab 1982 warf eine andere Figur einen fast hundert Jahre währenden Schatten, so schien es, auf die deutsche Politik: Helmut Kohl, Kanzler bis 1998.

Drei weitere Namen waren von herausragender Bedeutung für Walters intellektuelle Reife: Klaus Theweleit, Friedrich Kittler und Peter Sloterdijk. Von Klaus Theweleit, wie Walters Mutter aus Ostpreußen gebürtig, besaß er bald weit über zehn Titel. Als erstes natürlich die beiden Bände der „Männerphantasien", „1. Frauen, Fluten, Körper, Geschichte", „2. Männerkörper – zur Psychoanalyse des weißen Terrors". Die beiden Bände hatte er gelesen, bevor er nach Berkeley ging. Die Bände fielen auch deshalb auf so fruchtbaren Boden, weil er sich dem Thema bei den Recherchen zu „Roman Autobahn" von einer bestimmten Seite her genähert hatte, ausgehend von der Lektüre der Bücher im Sportinstitut damals.

„Der Bruder an der Seite der Schwester scheint die besondere Eignung dieser zur Ehefrau zu attestieren, sprich: von Schwestern, die mit ihren Brüdern Bootfahren oder den Artamanen beitreten, kann man erwarten, daß sie Jungfern sind." (Band 1, S. 17) „Ist nicht schon der Gedanke, die Geschlechter könnten isoliert voneinander betrachtet werden, ein typischer Gedanke eines solchen isolierten ICH, des bürgerlichen Mann-Individuums." (Band 2, S. 408). Die beiden Zitate sind die erste und die letzte Unterstreichung in Walters Erstauflage.

Im Jahr 2000 las Theweleit im Studio des SWR in Mainz und Walter war dabei. Später beim Italiener wartete Walter geduldig, bis Theweleit, der mit den VIPs gespeist hatte, gehen wollte, gab sich dann als wirklichen Kenner seiner Bücher zu erkennen und Theweleit blieb noch ein paar Stunden für ein intensives Gespräch und schenkte Walter die signierte Neuauflage der Männerphantasien: „Für Walter, Mainz 14.9.2000 – Klaus Theweleit".

Theweleit war von Hause aus Germanist und Anglist, war als freier Mitarbeiter beim SWF gewesen, betätigte sich später als Literaturwissenschaftler, Schriftsteller, Kulturtheoretiker und lehrte an verschiedenen Universitäten. Mit seinen „Männerphantasien" versuchte er, den Nazi-Terror nicht nur historisch sondern auch psychoanalytisch zu erkunden, wobei er nicht *über* den Faschismus reden wollte, sondern das analysierte und interpretierte, was die Faschisten *selbst* gesagt und getan hatten. War die Geschichte des deutschen Nationalsozialismus schon schlimm genug, so war die Beschäftigung damit, soweit sie im Geschichtsunterricht überhaupt vorkam, wenig erhellend. Das war bei Theweleits reich bebilderter Abhandlung ganz anders. Ähnliches gelang ihm mit dem „Buch der Könige", 1988, und „Der Pocahontas Komplex", die beide auf je vier Bände angelegt waren. Vom „Buch der Könige" erschienen aber nur Band 1 „Orpheus und Eurydike", wobei das *und* durchgestrichen war, sowie die Bände 2x „Orpheus am Machtpol" und 2y „Recording Angel's Mysteries". Vom „Pocahontas Komplex" erschienen bis 1999 „Pocahontas in Wonderland. Shakespeare on Tour" (in Walters Bibliothek mit Signierung von T.K., Mainz 14.9.2000) und „"You give me fever". Arno Schmidt. Seelandschaften mit Pocahontas. Die Sexualität schreiben nach WW II".

Diese Bücher waren nicht nur eine für Walter bis dahin völlig unbekannte, in der Öffentlichkeit auch weitgehend umstrittene, Form von Literaturwissenschaft, die alle möglichen Quellen zu Wort kommen ließ und sich wieder reich bebildert zeigte, sondern interpretierten und analysierten Literatur völlig anders. Die behandelten Autoren reichten von Dante, Shakespeare über James Joyce, Arno Schmidt, Franz Kafka, Gottfried Benn bis Thomas Pynchon, die Künstler und Musiker von Wagner und Elvis Presley bis Jimi Hendrix, mit Abbildungen aus Pornoheftchen, Comics, Walt Disney Filmen und von Werbeplakaten und weit, weit darüber hinaus. Theweleit bezog die gesamte Wirklichkeit und Kunstwelt in seine Betrachtungen ein, soweit man sie zwischen zwei Buchdeckeln fassen konnte.

» 9.10.88 (So) 18.50

So, das ist mal wieder vorbei: der ganze erste Ansturm dieser Saison von Anfang Sept bis eben heute, Rückkehr aus Frankfurt, Buchmesse. Gestern habe ich Lorna noch 1x gesehen, aber nur kurz eigentlich & immer einen Haufen Leute drum herum. Es hat in etwa so aufgehört wie es angefangen hat, nicht ganz befriedigend, aber was zählt, ist das, was dazwischen war. Naja, vorläufig 1x abgehakt. Abends (gestern) war ich dann mit Wolf & Gelli essen. Heute morgen bin ich dann noch 1x auf die Buchmesse & habe KP Wolff getroffen (den ich gehofft hatte zu treffen), hab mir den Theweleit gekauft „Buch der Könige". Hab schon angefangen zu lesen: „Ein Kennzeichen von Autoren der Moderne, daß es (siehe Kafka und viele andere) keinen Unterschied mehr gibt zwischen Brief-, Gedicht-, Tagebuch- oder Roman-Texten, sondern nur noch Schreiben und Schreibweisen als mediale Fessel oder Chance." (S. 1118, Anmerkung zu S. 44).

Damit dürfte jetzt wieder Ruhe einkehren. Montag werde ich aufräumen & saubermachen, damit ich dann am Dienstag meine Familien empfangen kann. Ich bin mir übrigens ziemlich sicher, keine orpheischen Fähigkeiten, Charakterzüge zu haben. Das – zumindest – hat sich geändert.

Die Buchmesse & das ganze Drumherum hat mir gezeigt, wie bescheuert das alles ist. Es hat keinen Sinn, in diesen Schwachsinn einzusteigen – so aufregend das auch sein könnte. In unserer heutigen Situation ist das, <u>was</u> mit der Lit passiert, wie sie hergestellt, beworben, verteilt, vermarktet & verkonsumiert wird, von entschieden ästhetischer Bedeutung & da bleibt mir gar nix anderes übrig als weiterzumachen ‚my way', das dürfte jetzt feststehen. Eindrücke habe ich genug gesammelt.

<u>20.50</u> S.97 (Fußnote) „Ist es nicht viel schöner, einem schwer verständlichen Buch einen Gedanken zu entnehmen oder zwei, als einem gut verständlichen gar keinen?" Das macht Mut fürs eigene Schreiben wie für die Lektüre von schwierigen Büchern wie Theweleit. «

Peter Sloterdijk beeindruckte Walter besonders mit seinen beiden Bänden „Kritik der zynischen Vernunft", 1983, deren Kernaussage für Walter in dem Satz „mit dem richtigen Bewusstsein das Falsche tun" gipfelte und die eigene Erfahrung bestätigte, was vor allem Menschen im Kultur- und Medienbetrieb anging. Ganz im Gegensatz zu Theweleit war Sloterdijk geradezu publizierwütig und zunehmend in der Öffentlichkeit, den Medien präsent. Auch wenn Walter weitere Bände von ihm anschaffte, seinen Thesen und Theorien konnte er nicht mehr folgen; die Tatsache, dass er sich als Philosoph in tagesaktueller Politik zu Wort meldete, fand einerseits Walters Zustimmung, weil sich jemand wie er überhaupt dazu äußerte, führte aber, weil Sloterdijk sich eben als Philosoph äußerte, zu schwer nachvollziehbaren oder missverständlichen Aussagen.

1986 erschien von Friedrich Kittler „Grammophon Film Typewriter". Kittler, 1943 geboren, starb im Oktober 2011. Er war Literaturwissenschaftler und Medientheoretiker, und seine Beschäftigung mit Aufschreibesystemen, Technik und Militär erweiterten Walters Literaturverständnis erheblich: „Romanschreiben ist eine Fortsetzung der Spionage mit anderen Mitteln", las er in Kittlers „Draculas Vermächtnis - Technische Schriften", das 1993 erschien und in Walters Exemplar Kittlers Widmung „p(t) = ∫ f(x) f (x+t) dt F.A. Kittler" enthielt.

„Der Doppelgänger ist der Geist der Dichtung. Während die versammelten Romantiker noch beim »Klang der Becher« saßen, um ziemlich professionell jene Inspiration herbeizuführen, die dann Gedichte wie Chamissos *Erscheinung* eingab, hat schon längst eine andere Erscheinung den Platz am professionellen Schreibpult besetzt. Deshalb ist das Licht im Arbeitszimmer kein Delirium des Romantikers, sondern eine Arbeitsbedingung seines Doppelgängers. Deshalb auch erntet Chamissos Frage: »Wer bist du, Spuk?« keine Antwort, sondern die berechtigte Gegenfrage: »Wer stört mich auf in später Geisterstunde?«

Einem Doppelgänger, der den ganzen Abend lesend oder schreibend, jedenfalls schriftstellerisch am Pult zugebracht hat, müssen müde Zecher in der Tat wie Geisterstundengeister vorkommen." (Draculas Vermächtnis, S. 82).

Kittler hatte die Eröffnungsrede der Rheinland Literaturtage im Koblenzer Schloss gehalten. Walter hatte die Literaturtage 1996 organisiert und sich mit ihm und anderen in einer Podiumsdiskussion über das Thema „Auf der Datenautobahn in die Medienlandschaft" ausgetauscht. Sein Wunsch, auch Theweleit dabei zu haben, ließ sich leider nicht realisieren, aber immerhin hatte Walter beide kennengelernt und besaß von beiden mit persönlicher Widmung versehene Bücher. „F.A. Kittler confluentia 7.9.96" in „Grammophon Film Typewriter". Die später mit dem Literaturnobelpreis ausgezeichnete Herta Müller las ebenso am Eröffnungsabend. Sehr leise.

» 5.12.89 (Di) 16.00
Mein Lieber! 5 Seiten habe ich heute gezaubert im 4. Kap. ‚Helga & Gudrun & Erwin auf der Mauer, auf der Lauer'. Der Kittler „Grammophon Film Typewriter" brings. Wenn solch ein Hammer auf einen solchen Hohlkopf schlägt, dann krachts oder klingts.
<u>17.10</u> Im Überschwang der Gefühle fast vergessen zu notieren: R.G. (z. Zt. in Ägypten) hat sich für die MS-Seiten bedankt & einen Verrechnungsscheck über 500,- als Sponsoring dazugelegt. Ich bin so unverschämt, nehme an & freue mich. «

Weitere Aspekte seiner schriftstellerischen Ausbildung: „Wahrheit und Poesie – Spannungen in der modernen Literatur von Baudelaire bis zur Gegenwart" (1985) von Michael Hamburger, deutschbritischer Lyriker, Essayist und Übersetzer; „Theorie des Erzählens" von Franz K. Stanzel, im gleichen Jahr in dritter Auflage erschienen, das sich unter anderem mit den typischen Erzählsituationen im Roman beschäftigte.

Schriftstellerisch und literarisch betrachtet, waren die achtziger Jahre das erste Jahrzehnt, in dem Walter sich unabhängig vom Universitätsbetrieb gezielt mit Literatur und Sprache in den unterschiedlichsten Formen und Facetten beschäftigte, eine ganze Reihe von Aufsätzen und Essays verfasste, die sich genau damit befassten, er aber außer ein paar Gedichten und kurzen Erzählungen kaum Neues schrieb. Dafür ordnete und redigierte er alles, was er bis dahin geschrieben hatte, und versuchte herauszufinden, wo seine Stärken und Schwächen lagen, was er tun musste, um dahin zu kommen, wo er hinwollte. Das war nicht in äußerem Erfolg messbar, sondern bestand in der Eigenverpflichtung, ein unverkennbar eigenständiges Werk zu schaffen, das sich nur in seinem eigenen literarischen Kosmos verorten sollte; wobei Walter sich der Gefahr bewusst war, nur schwer verstanden zu werden, wenn man nicht wenigstens um einige der Sonnen und Fixsterne in seinem Firmament wusste. Deshalb war Komplexität eine weitere konsequente Forderung an seine Texte, bei gleichzeitig an der Oberfläche vorhandenem möglichst nachvollziehbarem und unterhaltsamem Plot mit prägnantem Personal; darunter die mehrschichtige Komposition der Themen und Motive. Etwa 83/84 stand fest, dass er den Weg des Schriftstellers gehen wollte, was außerdem bedeutete, dass er weiterhin nebenbei jobben würde. Auf einer seiner Touren am 28. Dezember 1983, er fuhr gerade durch das Ahrtal Richtung Bad Neuenahr, hörte er es auf SWF3: Dennis Wilson von den Beach Boys war im Hafen Marina del Rey ertrunken. Er hatte, ziemlich alkoholisiert, nach Schätzen getaucht, die er in besseren Zeiten achtlos über Bord seiner Jacht geworfen hatte.

Im Goldpfad, Frühjahr 1992: Trennungen

„Was ist hier los? Ich liebe dieses Arschloch doch."
„Du darfst das nicht persönlich nehmen, Lena, Jens passt nicht hierhin, er liebt dich, aber er kann so nicht leben, er kann hier nicht leben. Das kommt schon mal vor. Arzberg ist halt immer noch ein Dorf."
Walter und Lena saßen zusammen, die letzten Gäste des Kommunionkaffees für die Nachbarschaft waren gegangen. Die Ritters von gegenüber, Willi mit Frau, die Trüttings und ein paar andere. Jessica war neun Jahre alt, im dritten Schuljahr und in diesem Jahr Kommunionkind. Jana war schon elf Jahre alt und ging seit einem Jahr aufs Gymnasium in Koblenz. Jan war drei Jahre alt, ging aber noch nicht in den Kindergarten.
Lena war also vollauf mit den Kindern und dem Haushalt beschäftigt, immerhin versorgte sie auch ihren Vater mit, was zumindest eine warme Mahlzeit betraf, meistens das Abendessen, wenn alle zusammen waren. Walter kochte zwar gerne und auch wirklich gut, aber nur, wenn er Lust dazu hatte. Sie kümmerte sich um Vaters Wäsche, aber die Wohnung sauber halten musste er selbst. Da er jetzt mit über sechzig Jahren nicht mehr so viel arbeitete, hatte er auch die Zeit dazu.
Vor zwei Monaten war Jens' Vater gestorben und Jens hatte sich, da die Mutter nie in die wichtigeren finanziellen Angelegenheiten eingeweiht war, sondern während der gesamten Ehezeit nur ihr großzügig bemessenes Haushalts- und Taschengeld erhalten und ausgegeben

hatte, um alles gekümmert. Dass er seit der Zeit viel in Köln war, okay, das mochte ja notwendig sein, aber dass er nun ganz dort bleiben wollte, damit hatte Lena nicht gerechnet.

„Anscheinend war ich viel zu beschäftigt, um irgendetwas zu bemerken. Aber als Papa letzte Woche ankam und uns mitteilte, dass er im Sommer zu seiner Theresa ziehen will, da war mir schon so komisch, als hätte ich gespürt, dass noch was anderes nachkommt."

„Du kannst sie nicht leiden, stimmt's?"

„Stimmt, sie ist mir nicht geheuer. Zu nett, auf eine, ich weiß nicht, fast schmierige Art und Weise nett. Ich glaube, wenn sie ihn mal fest im Griff hat, wird sich einiges ändern. Glaubst du, Walter, die werden heiraten?"

„Früher oder später, ja!"

„Scheiße, Scheiße, Scheiße. Ich meine, das ist ja nicht der Hauptgrund, aber alle drei Kinder verstehen sich unglaublich gut mit Papa und seit er nicht mehr so viel arbeitet, kümmert er sich."

„Naja, das ist doch bekannt. Mit uns hat er nicht so viel Zeit verbringen können damals."

„Mit mir schon, Walter."

„Trotzdem, er ist ein richtiger Opa und das mit dem Bewusstsein des früher nicht sonderlich präsenten Vaters."

„Und ich fühle mich wie eine Gefangene zwischen ungespülten Kaffeetassen und Kuchenresten. Heilige Kommunion, dass ich nicht lache. Da machen sich alle vom Acker als wäre hier die verseuchte Erde und ich sitze fest."

„Ach, komm, Lena, du bist nicht allein."

Sie sahen sich an und in ihrem Blick lag genauso viel Trost wie Spott und Resignation; am Horizont dämmerte eine Zukunft, die weder in Walters noch in Lenas Plänen je eine Rolle gespielt hatte, eine gemeinsame Zukunft. Das Arrangement mit Vater war für seine beiden Kinder sehr günstig, er wollte zunächst einmal keine Miete, er wollte sogar die Grundbesitzabgaben für die nächsten beiden Jahre übernehmen, also die Gebühren für Müllabfuhr, Abwasser und so weiter. Wenn er in zwei, drei Jahren in Rente ging, würde er sich das wahrscheinlich nicht mehr leisten können.

Die Kosten für Strom, Wasser und Heizung hatten sie in den letzten Jahren auf die drei Parteien im Haus gerecht aufgeteilt, wenn Walter und Lena die Belastung jetzt ein Viertel, drei Viertel teilten, wurde sie nicht zu hoch, für beide nicht. Da Lena für die Kinder viel Strom und Wasser verbrauchte, hatte man sich auf diese Verteilung geeinigt.

Jens, das zumindest schien vorerst kein Problem zu werden, hatte hoch und heilig versprochen, dass er seine Kinder und deren Mutter finanziell besser ausstatten wollte, als es vom Gesetz her vorgeschrieben war. Und Jens hatte jetzt so viel Geld geerbt, dass er davon ohne eigenes Einkommen leben konnte, wenn er nicht alles verzockte.

Jens war weg, das war klar, und Vater mehr oder weniger ebenso, auch wenn er seine Möbel bis zum Sommer noch in seiner Wohnung ließ. Walter, der ja nach wie vor mit Denise und ihren Jungs zusammenlebte und die kleine Wohnung im Goldpfad als Arbeitszimmer und Ausweichquartier nutzte, schien die Gelegenheit günstig zu sein für eine weitere Verkündung: „Ich kann ja dann die Wohnung im ersten Stock von Papa übernehmen und wir können das Souterrain vermieten, an eine Studentin oder so."

Lena schaute auf: „Walter, was wird das? Was ist los?!"

„Denise und ich trennen uns."

„Ihr trennt euch?"

„Ja, sie will nicht mehr. Ich habe schon alle meine Sachen ausgeräumt. Ich hatte ja nie viel bei ihr. Gott sei Dank hatte ich die ganze Zeit meine Wohnung unten, aber wenn Papa …"

„Halt, halt, jetzt mal langsam. Wieso trennt ihr euch, wieso will sie nicht mehr?"

„Was weiß ich. Sie sagt, ich sei ja nur unterwegs am Wochenende."

„Naja, wenn ich das richtig sehe, hat sie da nicht ganz unrecht."

„Das ist halt so, meine Vorstandssitzungen und sonstigen Veranstaltungen sind nun mal am Wochenende. Dafür bin ich aber die ganze Woche für ihre Jungs da, koche für sie und kutschiere sie herum, wenn sie im Laden steht und Geld verdient."

„Ach du Scheiße nä."

„Ich glaube, sie will mich loswerden, weil sie mich nicht mehr braucht, verstehst du, die Jungs sind jetzt aus dem Gröbsten raus, die kann sie nachmittags auch mal alleine lassen."

„Und ich dachte, bei euch wäre alles perfekt. Ich meine, auch wenn ihr beide zu lauten und impulsiven Aktionen und Reaktionen neigt, habt ihr mir schon den Eindruck vermittelt, als hättet ihr eine Menge Spaß miteinander."

„Hatten wir ja auch, hatten wir. Du hast das gar nicht immer mitbekommen, aber die hatte mich schon öfter vor die Tür gesetzt, und dann hab ich halt unten geschlafen."

„Ich sag doch, Walter, laut und impulsiv. Das renkt sich wieder ein."

„Nein, dieses Mal nicht, Lena. Ich habe ihr das gesagt, dieses Mal gehe ich zum letzten Mal."

„Vielleicht solltet ihr euch gemeinsam eine neue Wohnung suchen, heiraten."

„Vielleicht, vielleicht. Das ist jetzt gelaufen."

„Ja, hör mir auf. Da glaubt man, es sei irgendwie Ruhe eingekehrt, das Leben habe eine gewisse Stabilität und Kontinuität und rumms ist mit einem Schlag alles anders. Walter, was wird das? Wir beide allein in diesem Haus mit meinen Kindern? Versteh mich bitte nicht falsch, Walter, du bist eine große Hilfe und meine Kinder lieben dich wie sie ihren Opa lieben, keine Frage, aber du bist nicht immer da und es ist ja auch gar nicht deine Aufgabe."

„Es ist nur eine vorübergehende Lösung. Wir schauen einfach mal, wie es so läuft. Ich werde dir mit den Kindern helfen, Martina und die Ritters sind auch da, mein Gott, das wird schon gehen; und wenn Jan nächstes Jahr im Kindergarten ist, wird dein Spielraum wieder größer. Ich meine, ich bin ja immerhin schon über Vierzig, aber ich habe keine Ahnung, wie mein Leben nächstes Jahr aussehen wird, ehrlich nicht, Lena."

„Keine Ahnung?"

„Keine Ahnung. Aber wir kriegen das hin, Lena."

Walters Karriere als Literatur-Funktionär: Teil 2, 1989 – 1996

»12.2.89 (So) 17.30
Jetzt habe ich hier den ganzen Nachmittag mit dem PC rumgefummelt, mit dem Wordprogramm & finde kein vorne & kein hinten, es ist Scheiße!
<u>19.30</u> Warum mache ich Arschloch nur diesen ganzen schwachsinnigen Heckmeck?! Der Reihe nach. Fr. habe ich J. samt PC, Bildschirm, Drucker, Software abgeholt in FFM. Abends war Onkel M. hier & es gelang mir, lediglich 3 Fl. Weizen zu trinken. Sa morgen dann downtown zu meiner Kafka-Lesung, die außerordentlich gut besucht war, ca 35 Leute. & der Laden ist sehr klein. Einige, die zu spät kamen, gingen wieder, weil es zu voll war & sie so weit hinten nix hören & sehen konnten. Meine Programmauswahl, die Kommentare waren wohl ok. Mein Vortrag auch, obwohl ich 2x ein bißchen hängen geblieben bin. Aber so früh am Morgen. & der Text ist so eng & klein gesetzt, wenn man in der Mitte der Seite einmal den Blick hebt, um das Publikum anzuschauen, ist es sehr schwer, die Stelle wieder zu finden. 50,- gabs. Ich möchte das also doch eher als eine pos. Erfahrung speichern. Nachmittags dann J. hier & wir haben mal den Satzspiegel ausgefummelt & er hat mich eingewiesen, Texteingabe, -formatierung usw. Abends haben wir dann gegessen. Heute bin ich dann ins Arbeitszimmer & nach anfänglichen Schwierigkeiten habe ich doch alles zusammengebracht, ich habe meinen eingegebenen Text (heute dann die ersten 3 Seiten) richtig formatiert, korrigiert

& ausgedruckt. Ich habe das sogar speichern können. Aber als ich das dann wieder abrufen wollte, war der Text zwar noch da & das Format, aber dann habe ich den Blocksatz nicht mehr hinbekommen. Der Computer hat den Vorteil, daß man fummeln, probieren kann & dadurch alte Fehler vermeiden, neue machen kann, bis es klappt. Aber das Problem für mich ist ja das ganze Drumherum, der Gesamtüberblick fehlt mir halt. Aber die ganze Hektik täuscht nicht darüber hinweg, daß es alles sinnlos ist, was ich hier mache, mit oder ohne PC. «

Der Computer war ein IBM XT und die Software DOS 3.1, die in den nächsten Jahren regelmäßige Updates erfuhr, bis Microsoft später mit Windows auf eine grafische Benutzerfläche umstieg. Bis dahin musste Walter nach jedem Anschalten und vor jeder Texteingabe, da der XT keine Festplatte hatte, zunächst die Textverarbeitung aufspielen und spätestens nach drei Seiten den eingegebenen Text auf Floppy abspeichern. Der Ausdruck erfolgte über einen 9-, später 24-Nadel-Drucker. Das Papier war endlos, am Rand gelocht und perforiert. Das sah alles noch nach echter, knochentrockner EDV aus und hatte noch nichts mit irgendwelchen virtuellen Fisimatenten zu tun. Keine zehn Jahre später sollte Walter FiSi-Rehabilitanden, Fachinformatiker Systemintegration, technisches Englisch beibringen. Vor dem XT hatte Walter zum einen mit einer konventionellen Schreibmaschine gearbeitet, die letzten Jahre mit einer Olivetti, die Typenräder mit verschiedenen Schriften hatte und ebenso einen kleinen Speicher, in dem man etwa eine Seite eingeben konnte, bevor sie ausgedruckt wurde. Der XT war geliehen, die Olivetti durfte Walter abends und am Wochenende in Denises Büro nutzen. Er selbst besaß lediglich eine einfache Schreibmaschine.
Das Schreiben auch mit diesem einfachen Computer war etwas völlig anderes. Hatte Walter bisher mit handschriftlichen Notizen und Skizzen angefangen, die getippt und dann wieder handschriftlich korrigiert und ergänzt bis fast zur Unleserlichkeit, um erneut eine Tippversion zu erstellen. Der Vorgang konnte sich beliebig oft wiederholen. Am Rechner nun konnte er beliebig oft Korrekturen vornehmen, sich verschiedene Variationen anschauen, bevor er etwas speicherte oder ausdruckte. Die Schwelle, der Zugang zum eigenen Schreiben war, wenn die Kiste mal lief, niedriger und verführte zu allerlei Spielereien, die sonst zu viel Mühe erfordert hätten und unterlassen worden wären. Natürlich wurde der Schaffensprozess nicht mehr automatisch und in Papierform nachvollziehbar. Walter legte jedoch Wert darauf, zumindest bei einzelnen Kapiteln alle Entstehungsphasen eines Textes zu speichern oder auszudrucken. Wobei er weniger an die Nachwelt dachte, sondern mehr an die Reflexion darüber, wie die eigene Arbeit funktionierte und wie sie womöglich besser auszugestalten war.

In viele Bereiche war Bewegung gekommen, Veränderung lag in der Luft. Ob Walter es nur so empfand oder ob es doch tatsächlich eine Aufbruchsstimmung gab, ließ sich nicht mit Sicherheit entscheiden. Mehr als zehn Jahre nachdem der Verband Deutscher Schriftsteller in die Gewerkschaft Druck und Papier eingetreten war, was wiederum in allen Landesverbänden die Gründung von Fördervereinen nach sich zog, begannen auch diese Fördervereine sich bundesweit zu organisieren. Die Fördervereine waren gegründet worden, weil der VS, vorher eingetragener Verein, als gewerkschaftliche Gruppierung nun keine staatlichen Zuschüsse für Lesungen, Stipendien etc. beantragen konnte. Aber auch in der Gewerkschaft war die Zeit für Veränderungen angebrochen, die IG Druck und Papier ging in der IG Medien auf, diese später in Ver.di, Vereinigte Dienstleistungsgewerkschaft. Auch die deutsche Wiedervereinigung zog eine Menge Veränderungen auf allen Ebenen nach sich. Eine der ersten Förderkreis-Tagungen, und gleichzeitig die letzte auf westdeutscher Basis allein, vor der Wiedervereinigung, war in Hildesheim vom zweiten bis vierten Juni 1989.

» <u>5.6.89 (Mo) 22.30</u>
Back home! Daß es in RPL nicht zum besten bestellt ist, war ja schon immer klar. Daß es anderswo besser sein dürfte auch. Aber daß es solche Unterschiede gibt ... Nur ein Beispiel, um die Dimensionen anzudeuten. Der Fök RPL erhält p.a. vom Kumi max. 5.000 DM Zuschuß. Der Fök in BW bekommt jedes Jahr 100.000 DM p.a. für Lesungen & Arbeitsstipendien der im Land lebenden Autoren, d.h. diese 100.000 sind nur *ein* Posten *eines* Zuwendungsempfängers. Da habe ich mir ja wirklich die Crème de la Crème ausgesucht. Es ist ohnehin schwer genug & da lebe ich zu allem Überfluß in einem solchen Bundesland, um mich bundesweit durchzusetzen (von hier aus!) ... «

Im Februar 1990 waren Walter und zwei seiner Erzähltexte zum ersten Male Gegenstand einer einstündigen Radio-Sendung „Literatur auf dem Prüfstand". Da er selbst kein Auto besaß, war er häufig mit dem Zug unterwegs und meistens nach Mainz. Die beiden PKW der Familie gehörten Lena und Vater. In seiner Zeit als Kurierfahrer durfte er den Golf die Woche über auch privat nutzen. War Walter als Student erst nach Süden, Tübingen, dann nach Norden gereist, nach Bonn, ging es nun immer nach Süden durch das wilde, romantische Rheintal mit der Loreley. Er sah den Rhein bei Hochwasser und dramatischem Niedrigwasser, er sah den Loreleyfelsen im Frühling und im Winter, und Walter schätzte die Fahrten, weil sie ihm die Möglichkeit gaben, entspannt wegzufahren und gelassen zurückzukehren.

War er zum Südwestfunk in Mainz unterwegs, war er meistens alleine, ging es zu Vorstandssitzungen, gab es fast immer eine Mitfahrgelegenheit. Walter gefiel das Reisen, unterwegs zu sein, kam er abends nach Arzberg zurück, ging er regelmäßig in eine Kneipe, um eine Art Zwischenstopp, eine Pufferzone, vor der Rückkehr in das Haus im Goldpfad, einzulegen.

Er hätte sich gut vorstellen können, so zu leben, on the road, mit Auftritten, Empfängen, Small-talk, Hotels. Als Funktionär hatte er viel mit Politikern zu tun bis hoch zu Ministern, aber vorwiegend mit den Staatssekretären darunter. Am fünften Mai 1990 fanden in Mainz die Wahlen zum Förderkreis Deutscher Schriftsteller in Rheinland-Pfalz e.V. statt. Walter Wisman, der seit 1986 in VS und Förderkreis als Schriftführer fungiert hatte, wurde zum neuen Vorsitzenden gewählt. Er übernahm die Aufgabe mit Elan aber keineswegs blauäugig, immerhin hatte er in den vergangenen Jahren eine Menge gelernt über die öffentliche Literaturförderung, und da er kein Blatt vor den Mund zu nehmen gedachte, rechnete er nicht damit, dass ihm seine Funktionärstätigkeit seiner Karriere als Schriftsteller nutzte.

Im Gegenteil, nach Vorstandssitzungen kehrte er regelmäßig in dem Bewusstsein nach Hause, dass alle Mühen vergeblich waren, was ihn so deprimierte, dass er nach Sitzungen manchmal tagelang nichts schreiben konnte. Bis er sich so im Griff hatte, dass er zuhause erst einmal alle Termine und Aufgaben, Rundschreiben, Protokolle, Anträge beiseite schob und, fast aus Trotz, an seinen Texten arbeitete.

Als ehrenamtlicher Vorsitzender landete er automatisch auf einer ganzen Reihe von Adresslisten, und die Einladungen flatterten nur so ins Haus, vom Mainzer Bischof bis zum Geschäftsführer des Sparkassenverbandes Rheinland-Pfalz. Sponsorentreffen, Ausstellungseröffnungen mit Spargel, Rumpsteak und Riesling, bei denen sich die Künstler mal richtig satt essen konnten. Es sprach als Festredner bei Jubiläen und Symposien. Er diskutierte auf Podien und im Rundfunk, er gab Interviews und es gab Homestorys, im Klartext *office & library stories*.

Im Oktober war er über ein Wochenende in Stuttgart zu einem weiteren Treffen der Förderkreise. Im Januar 1991 war er zum ersten Male im Fernsehen des SWF, am vierundzwanzigsten Mai war er in Lübeck beim ersten gesamtdeutschen Kongress des VS dabei, nicht nur als Funktionär sondern auch mit einer Lesung auf dem Marktplatz.

Obwohl er nun viel unterwegs war und ständig unter Menschen, zog er sich oft genug zurück, lief irgendwo am Wasser entlang, fand einen Park oder ein Waldstück. Und verlor Denise. Während der Kongress drinnen tanzte, suchte Walter oft das Weite, Offene draußen im Freien. Der Winter in diesem Jahr war wieder einmal ein sehr kalter, besonders im Dezember in Weimar und Erfurt. Das Ministerium hatte einen Austausch zwischen rheinland-pfälzischen und thüringischen Autoren finanziert, und so reiste Walter dorthin, wo es in Bahnhofsnähe schon Kneipen von Wessis gab, aber auch noch Hotels, bei denen Toilette und Dusche auf dem Flur waren und deren Heizung nach einem für Walter unerfindlichen System ansprang und sich ausschaltete. War sie an, wurde es richtig heiß, blieb sie aus, war es schweinekalt. Und das war es die meiste Zeit.

Nicht nur in der Stadt sondern auch im Umland hatte man den beißenden Geruch von Braunkohle in der Nase. Walters Tauschpartnerin war Autorin und Pastorin, die sich um ihn kümmerte, die Lesungen in Weimar und Erfurt arrangiert hatte, sowie eine Schullesung. Die Thüringer Zeitung titelte zu Walters Lesung in einem Café „Sex and crime im Lesecafé". Die Lesung in Erfurt hatte keine Zuhörer, die Menschen interessierten sich so kurz nach der Wende für anderes und vielleicht war die Vorbereitung durch die Pastorin auch nicht die beste. Jedenfalls las Walter vor den vier Veranstaltern ein, zwei surrealistisch angehauchte Gedichte und kassierte seine vierhundert D-Mark. Und die für jede der drei Veranstaltungen. Die Lesungen der Pastorin in Koblenz, organisiert von Walter, waren nicht gerade überlaufen, aber doch erheblich besser besucht. Ein Jahr später hatte sich die Pastorin noch einmal gemeldet und Walter zu einem Wochenend-Workshop mit Jugendlichen aus Thüringen in die Rhön eingeladen. Seine Tagebucheintragung danach:

» 29.6.92 (Mo) 9.51
Back from Hofbieber (Rhön). Ein wunderschönes, wonnig-warmes, sonniges, sinnig-sinnliches Wochenende liegt hinter mir. Es baut mich ungeheuer auf und macht mich ungeheuer dankbar, nicht nur, daß ich in Ludwigshafen (Jury, Laudatio) + in der Rhön (Workshop + Lesung ev. Jugend Thüringen) gut war und gut verdient habe, 900,- DM. In Ludwigshafen war ich professionell, in der Rhön moving & touching. Die Kids waren hin + weg. Vor allem, als ich ihnen Van Morrissons ‚On Hyndfordstreet' auf Kassette vorspielte und dann die entsprechende Passage aus Stella vorlas. Und dann, Samstag, sind wir (Steffen, 20, Almut, 20, Maja, 20, und Yvonne, 17) zum Baden in einem See gewesen. Ohne Textilien. Y hat mich angesehen, wie ich schon lange nicht mehr angesehen worden bin. Und ich war mir ziemlich sicher, daß MIR das nicht mehr passieren könnte. Es ist auch nichts passiert, es ist bei den Blicken geblieben. Und dann saß ich im Zug von Fulda nach FFM (DR-Bahn) ganz allein im Abteil. Mit meiner Sehnsucht, die früher allumfassendes Verliebtsein gewesen wäre. Und jetzt hocke ich hier und habe schon 2x Manfred Mann's *Plains Music* gehört. Das habe ich am Sonntagmorgen zum Frühstück laufen lassen. Die lauschten so andächtig, andächtiger als

bei jeder Messe. Musik aus einer anderen Welt. Aber jetzt gilt nur eins: Freitagabend muss ich topfit + präpariert sein für den Festkommers in Boppard: 100 Jahre CTSG. Das ist wieder was ganz anderes, aber 500 Eier sind auch mindestens drin. The aspects are right! «

Walter erinnerte sich auch daran, dass er der Einzige war, der in der Rhön am Freitag das Endspiel der Europa-Fußballmeisterschaft sah, das Deutschland 2 : 0 gegen Dänemark verlor. Da er sich nicht auskannte, musste er lange suchen, bis er in dem kleinen Ort eine Kneipe gefunden hatte. Ganz anders bei der WM zwei Jahre davor, als sie alle den 1 : 0-Endspielsieg der deutschen Nationalmannschaft über Argentinien im Arzberger Hof feierten; sie alle waren: Jens und Lena, die Kinder mit dem Opa, Walter, die Trüttings, der ganze Goldpfad war auf den Beinen, überhaupt das ganze Dorf.

» 30.6.92 (Di) 11.30
Und die Unterlagen von HK Zahm (Fök-Kasse) sind auch da! Gott seis 3x gedankt!!! Jetzt kann alles in Ordnung gebracht werden. Aber es wird wohl dabei bleiben, daß ich nicht für eine Wiederwahl zur Verfügung stehen werde. [HK Zahm war Schatzmeister des Fök und hatte ein paar Tausend DM veruntreut, weil er mit seiner Firma ins Trudeln geraten war. Die Vorstandsmitglieder des eingetragenen Vereins hätten mit ihrem Privatvermögen haften müssen, was Walter finanziell in enorme Schwierigkeiten gebracht hätte.] Auf jeden Fall bin ich entschlossen, die Erfahrung vom Wochenende zu nutzen & ein weiterentwickeltes Programm (wie schon vor 10 Jahren als Roadshow entworfen) zu präsentieren. Endlich, endlich mit Pachelbels *Cannon in D* (von Van Dyke Parks) als Intro & Abgangsmusike! Toi toi toi. Nochmal zu Y. So können nur 17-jährige gucken, echt!
1.7.92 (Mi) 16.30
Sitting on top of the world. Ich fühle mich verdammt gut im Moment. Es hat mich enorm erleichtert, die Unterlagen von HK Zahm zu bekommen. Und das Wochenende! Und am Freitag in Boppard. Und näxten Samstag in Bonn. Naja. Vielleicht war ja das Wochenende die Wende für mich. Ochen Wende. Hab ich mich früher zumeist über Ablehnung trotzig zu neuen Taten aufgeschwungen, läufts ab jetzt hoffentlich anders. Warten wirs ab.
4.7.92 (Mo) 14.50
Völlig dran & total drin! An den Roman ist überhaupt nicht zu denken. Und die Feierei ist verführerisch. Ich habe aber einiges erlebt an den beiden Wochenenden. Nicht nur 1100 DM eingenommen. Oh no! Die Dame an diesem Wochenende war älter. + das ist eben etwas ganz anderes! «

Zwar hatte Walter selbst noch keine Auszeichnung oder ein Stipendium, einen Preis bekommen, dafür saß er nun in Jurys und vergab als Vorsitzender Auszeichnungen wie „Buch des Jahres", so an Irina Wimmer für „Eine Wintergeschichte für H." oder „Eine schlechte Geschichte" an Wolfgang Stauch. Auf Wochenendseminaren gab er Tipps für Nachwuchsautoren und seit 1992 führte er regelmäßig Schreibkurse an der VHS durch. Vor rund zwanzig Jahren hatte er selbst während des Studiums über *Creative Writing* zum Schreiben gefunden und jetzt verdiente er Geld mit diesen Kursen.

Im gleichen Jahr wurden in Kaiserslautern zum ersten Male Rheinland-Pfälzische Literaturtage durchgeführt, Eröffnungsreden hielten Frau Staatsministerin Rose Götte, der VS-Vorsitzende Pütz und der Förderkreis-Vorsitzende Wisman. Das Vorsitzendenleben ging drei Jahre lang so weiter bis Neuwahlen anstanden und Walter sich nicht zur Wiederwahl stellte, weil er das Gefühl hatte, zehn Jahre Vorstandsarbeit seien genug. Andere müssten jetzt ran. Aber es war noch nicht genug. 1996 sollten die Literaturtage in Koblenz stattfinden und Walter bewarb sich für den Posten des Organisators vor Ort. Der Job war für ein Jahr mit immerhin zehntausend D-Mark dotiert. Walter bekam den Zuschlag und eine der aufreibendsten Zeiten seines Lebens nahm ihren Anfang.

Es gab eine Arbeitsgruppe aus den Vorständen von VS und Förderkreis, die sich alle drei Wochen traf und Walters Auftraggeber war. Hier wurden die Programmpunkte inhaltlich festgeschrieben, die Walter dann umzusetzen hatte. Das bedeutete zunächst, die Künstler zu kontaktieren, ob sie Interesse an der Veranstaltung hatten und ob sie an den jeweiligen Terminen verfügbar waren.

Walter stellte den Kontakt zu den möglichen Veranstaltungsorten her und stellte ihre Verfügbarkeit fest. Für alle Programmpunkte wurde ein inhaltlich Verantwortlicher bestimmt, der zum einen seine speziellen Wünsche äußerte und zum anderen den Veranstaltungspunkt später moderierte.

Die Dritten Rheinland-Pfälzischen Literaturtage fanden vom zweiten bis achten September 1996 statt. In dieser Woche gab es auch eine ganze Reihe von Schullesungen. Die Literaturtage begannen am Montag mit einem Film nach einem Drehbuch von Anna Seghers „Katharina oder: Die Kunst Arbeit zu finden". Als problematisch stellte sich heraus, dass es sich um eine sehr alte Filmkassette handelte, der Film mit einer halben Stunde Verspätung begann und die Tonqualität sehr schlecht war. Am dritten September ging es weiter in der Stadtbibliothek mit einer Buchvorstellung „Drittes rheinland-pfälzisches Literaturjahrbuch" und anschließender Eröffnung einer Buchausstellung. Am Mittwoch gab es wieder einen Film, „Das letzte Siegel" von Stephan Dähnert. Am fünften September hieß es „Frieden schaffen – mit oder ohne Waffen?", eine Diskussion über Texte von Fritz von Unruh mit Martin Lüdke, Moderation, Carl Amery und Herta Müller und einigen anderen Teilnehmern.

Am Freitag dann die offizielle Eröffnung im Kurfürstlichen Schloss durch die Staatsministerin Frau Dr. Rose Götte und den OB Dr. Schulte-Wissermann, Festredner Friedrich Kittler. Weitere Programmpunkte waren das Tanztheater Regenbogen, ein Büfett, eine Lesung mit Herta Müller und letzter Programmpunkt die Frank Zappa Coverband *Sheik Yerbouti*.

Als Probleme hierbei stellten sich heraus: Erstens: Podeste für die Bühne mussten herbei. Die kamen dann aus der Stadthalle Lahnstein, den LKW fuhr Walter. Wann hatte er zum letzten Male am Steuer eines Siebeneinhalbtonners gesessen? In den Siebzigern als Student, und er war froh gewesen, wenn damals bei der Schrottkiste die Bremsen funktionierten. Bei diesem Wunderwerk der Technik brachte das leiseste Anbremsen den Kasten sofort zum Stehen und der pneumatisch gefederte Sitz schaukelte den verdutzten Walter hin und her: *holy crap*! Mit zwei Jungautoren transportierte er die Podeste her und in der gleichen Nacht wieder hin, so dass Walter keine Gelegenheit hatte, was ihn sehr schmerzte, mit Kittler ein Bier zu trinken und ins Gespräch zu kommen.

Zweitens: Die Band brauchte Starkstrom für ihre Verstärker. Woher nehmen in dem Schloss, das nach dem Zweiten Weltkrieg, vor fast fünfzig Jahren, wieder aufgebaut worden war? Es fand sich ein Anschluss im Keller, nach einer längeren Suche nach dem Hausmeister. Der Weg zum Stromanschluss war so weit, dass alle Beteiligten große Zweifel daran hatten, dass die Leitung stabil bleiben würde. Als die Band um elf Uhr zu lärmen anfing, waren aber alle Zweifel eindrucksvoll beseitigt.

Drittens: Zwischen den hinteren Säulen des Schlosses hatten sich wie jeden Abend Penner eingefunden, die hier ihren gemütlichen Abend verbrachten. Sie waren nicht übermäßig laut, aber man hörte sie gerade so über der Hörbarkeitsschwelle, was unter Umständen mehr ablenkte als eine eindeutige Lautstärke, und das nicht nur bei dem sehr leisen Vortrag der späteren Nobelpreisträgerin Herta Müller.

Walter ging hinaus zu ihnen und bat sie, sich doch ein Stück weiter niederzulassen, am Denkmal von Vater Rhein und Mutter Mosel beispielsweise, keine dreißig Meter entfernt und direkt hinter der alten preußischen Befestigungsmauer, auf der immer noch Efeu wuchs und wo Walter vor mehr als fünfundzwanzig Jahren wunderbare Mittagspausen mit Marina verbracht hatte.

In gleicher Linie stand Joseph Görres, der seinerzeit die Cisrhenanische Republik ausrufen wollte, auf seinem hohen Sockel und grüßte im Dunkeln die andere Rheinseite. Und fünfzehn Jahre später sollten hier bei strahlendem Sonnenschein die Rheinstufen zur Bundesgartenschau 2011 eingeweiht werden.

Die Kongregation von Stadtstreichern an diesem Abend im September 1996 war sehr demokratisch strukturiert und diskutierte Walters Bitte; die Diskussion wurde richtig heftig und für Walters Bemühungen um Ruhe somit kontraproduktiv, als Walter zwanzig D-Mark anbot: „Ich gebe einen aus!" Jetzt wurde die Frage erörtert, ob man käuflich sei. Man kam zu dem Schluss, dass man es nicht war, zeigte aber dennoch guten Willen und wollte ein Stück weiter ziehen – mit den zwanzig Mark.

Samstag war Großkampftag. Los ging es morgens mit dem Workshop „Auf der Datenautobahn in die Medienlandschaft – wo leben wir eigentlich?", Teilnehmer unter anderen Friedrich Kittler und Walter Wisman, der zur Vorbereitung auch einen HTML-Kurs besucht hatte. Gemeinsam mit einigen Jugendlichen hatte er einen Internet-Krimi geschrieben, wobei Walter im Gegensatz zu den Jugendlichen genauso viel Wert auf den Text legte wie auf die Programmierung. Die Kids waren schon in den Neunzigern so fit, dass sie beispielsweise den Zahlencode für sämtliche Farben auswendig kannten.

Das störte Walter an den Nerds enorm, Inhalte waren ihnen gleichgültig, Hauptsache, es gab was zu programmieren. So waren auch die ersten Computerspiele entstanden, es gab nicht genug zu programmieren, die Freaks wollten aber ihre Programmierkunst ausleben, also bastelten sie Spiele. Das ärgerte Walter genauso wie der Umstand, dass Pornos offensichtlich nur von Vollidioten gemacht und angeschaut wurden. Als hätten Intellektuelle und Künstler keinen Spaß an den neuen Medien und dem Sex.

Am Nachmittag hieß es „Nichts für trübe Tassen – der etwas andere Samstagnachmittag" mit Thomas C. Breuer und einem literarisch-akrobatischen Tanztheater zu Texten von Ernst Jandl. Um achtzehn Uhr ging es aufs Schiff „Rock am Ruder!", wobei auf der Fahrt nach Gondern nur Frauen das musikalische und literarische Programm bestritten. Auf der Hinfahrt hatte Walter organisatorische Verpflichtungen in Koblenz und ließ sich später mit dem Auto hinbringen. In Gondern angekommen, ging es zu Fuß zur Schloßberghalle, an der das mit Abstand Schönste der Name war. Das Gebäude war einfach nur ein riesiger rechteckiger Kasten aus den Siebzigern, der Platz für mehrere hundert Menschen bot, mit einer Bühne. Walter hatte den Fehler begangen, dem Wunsch eines Sponsors nachzugeben, ohne sich ein Bild von der Halle zu machen, sondern der Einlassung „wir feiern da alles, das ist eine ganze fantastische Location" geglaubt.

Obwohl über einhundert Menschen mit dem Schiff mitgereist waren, verloren die sich nun in der kahlen, leeren Halle in den ersten drei

Reihen. Akustik beschissen, alles beschissen. Die vier Autoren, die nun lasen, gaben ihr Bestes, die triste Umgebung nicht mit lebendiger Literatur zu provozieren, sondern gaben sich schmuck- und lustlos wie die leeren Stuhlreihen.

Walter lief draußen vor der Tür Amok „ich werde wahnsinnig!" und wieder in die Halle, nur um zu sehen, dass die Vorleser in eine meditative Erstarrung verfallen waren und von der Moderatorin nicht gestoppt werden konnten. Der erste überzog um zehn Minuten, der zweite um fünfzehn und am Ende dauerte die Unsäglichkeit eine Stunde länger als geplant. Die Rückfahrt nach Koblenz auf dem Schiff ließ Walter sich nicht nehmen und betrank sich dezent „das kann alles nicht wahr sein", während die „Stadt Koblenz" gemütlich durch die Nacht über die Mosel schipperte. Weit nach Mitternacht legte das Schiff am Deutschen Eck an.

Am Sonntag gab es wieder eine Matinee „Kreativität heute". Den Abschluss gestaltete die Autorengruppe Koblenz unter dem Motto „Quellen · Worte · Ströme", das Thema, wie leicht zu erkennen, war Walters Idee gewesen. Und diese Veranstaltung sollte auch die letzte der Autorengruppe gewesen sein, denn nur ein paar Monate später löste sich die Gruppe auf. Für das, was man hatte erreichen wollen, einen festen Platz im städtischen Kulturleben nämlich, gab es keinerlei Unterstützung oder Interesse, nur penetrante Ignoranz.

Bei all dem Stress, den Walter in dieser Zeit hatte mit den Veranstaltungsorten und den Programmpunkten, den rund fünfzig teilnehmenden Künstlern, all der Arbeit, die damit verbunden war, Verträge und Anträge schreiben, Sponsoren finden, das Programmheft und das Plakat gestalten, Pressearbeit, Catering und Getränke bestellen, den rund siebzigtausend D-Mark großen Etat verwalten, er hatte es getan in der Hoffnung, dass die Veranstaltungen ihr Publikum finden mochten und die Literatur danach einen besseren Stand in der Stadt haben möge.

Die Resonanz war enttäuschend, generell war der Publikumszuspruch viel zu gering für die Qualität des Angebots. Enttäuschend auch die Zusammenarbeit mit Politikern und politischen Beamten. Dass diese Menschen es mit der Wahrheit nicht immer so ganz genau nahmen, unterstellte ja jeder, der bis drei zählen konnte, aber nun musste Walter erleben, dass sie ihn vorsätzlich auflaufen ließen.

Als Walter den zugesagten Zuschuss von der Stadtbibliothek abrufen wollte, wurde er vom Leiter der Stadtbibliothek gefragt „haben Sie sich die Zusage schriftlich geben lassen, Herr Wisman?"

„Natürlich nicht, ich vertraue Ihnen doch."

„Ja, da haben Sie wohl einen Fehler gemacht."

Die Abschlussrechnung ergab ein Minus, das von der Gewerkschaft und dem Verzicht Walters auf eintausend D-Mark Honorar ausgeglichen wurde. Die nächsten fünf Jahre hoffte Walter, dass niemand vom Finanzamt auf die Idee kam, seine gesamten Unterlagen zu prüfen. Nach Ablauf der Frist im Jahre 2001 entsorgte er die Akten erleichtert und immer noch mit nicht sehr guten Gefühlen. Es fiel ihm nicht leicht, sich damit abzufinden, dass selbst wenn er sein Bestes gab, die Menschen mit der Schulter zuckten „mag ja alles toll sein, interessiert mich aber nicht."

Das war am Ende seine Erkenntnis, es gab keinen Anspruch auf Anerkennung, der sich aus Leistung ergab, zumindest nicht in der Literatur. Und das war dann auch das Verführerische, als Walter schließlich doch Lehrer wurde. Er bewarb sich erfolgreich, er wurde eingeladen und man kam ins Gespräch, er konnte zeigen, was er drauf hatte. Hier wurde seine Leistung sofort registriert und anerkannt.

Und dann wurde es schwierig, weiter zu schreiben, weiter das Beste aus sich herauszuholen, wenn es keine anständige Gelegenheit gab, sein Potential unter Beweis zu stellen. Der Literaturbetrieb funktionierte, wie Walter schon immer vermutet hatte, zu einem großen Teil wie das oberflächliche und kurzlebige Showbusiness, und zwar zu einem viel größeren Teil als er je befürchtet hatte. Mit Dreißig hätte er da vielleicht mitgemacht, vielleicht sogar noch mit Vierzig, aber er ging jetzt auf die Fünfzig zu.

„Flüsse spielen seit Urzeiten für die Ansiedelung und den Handel, den Transport von Waren und Ideen der Menschen eine ganz entscheidende Rolle, gleichzeitig waren und sind sie Nahrungsquelle, Trinkwasser und Quelle für romantische Empfindungen.

Hier zeigen sich aber auch die Folgen menschlicher Eingriffe in die Natur: Hochwasser. Flüsse verweisen auf Grenzziehungen, bedeuten Grenzverkehr. Im übertragenen Sinne sprechen wir vom Bewußtseinsstrom *stream of consciousness* und dem Gedanken- und Redefluß. Der Zusammenfluß, die Mündung, der Mund schließlich als der Ort, das Instrument, an dem sich Bewußtseinsstrom und Gedankenfluß ausdrücken.

Nichtlinear betrachtet ließe sich Gegenwart als Zusammenfluß von Vergangenheit und Zukunft erfassen. Vernetzung der Welt bedeutet nicht zuletzt einen zunehmenden Fluß von Kommunikation, Koordination, Bewegung, Entwicklung. Zusammenflüsse sind aber auch Orte, von denen man gegen den Strom, flußaufwärts zu den Quellen, den Ursprüngen zurückfinden kann.

Eingebettet in das diesjährige Kultursommerthema „Kultur & Medien" versuchen die Literaturtage festzuhalten, wo wir uns befinden, woher wir kamen, wohin es uns möglicherweise treibt."

So hatte Walter im Programmheft formuliert, für ihn war jetzt erst einmal Rekonvaleszenz angesagt. „Roman Autobahn", seinerzeit in einem renommierten Kölner Verlag herausgekommen, hatte nicht die Aufmerksamkeit bekommen, die der Roman verdient gehabt hätte, wegen des USA-Aufenthaltes und des Todes der Mutter. „Transit Wirklichkeit", in einem kleinen rheinland-pfälzischen Verlag erschienen, erging es nicht viel besser wegen all der Umtriebigkeiten, die dem Roman letztlich eher schadeten, obwohl es mit der Buchvorstellung in der Stadtbibliothek und der offiziellen Einladung durch den OB noch recht vielversprechend begonnen hatte.

Nach Abschluss der Literaturtage wurde es still um Walter. Er zog sich zurück, schmollte nicht, brauchte aber wirklich Zeit, sich neu zu sammeln, sich auf das zu besinnen, um was es ihm wirklich ging: das Schreiben, die Literatur, und nicht um den ganzen Affenzirkus drum herum. Er hatte sich ein neues Betätigungsfeld erschlossen, das Internet, und im Oktober 1998 war es so weit, dass er seine Homepage online stellen konnte, die er im Laufe der Jahre zu einer großen Webpräsenz ausbaute, zu seinem eigenen literarischen Kosmos. Er nannte seine Domain *kloy.de*, im Untertitel „das Abenteuer Literatur".

Zur Bezeichnung „kloy" war es folgendermaßen gekommen. Walters Literaturseite sollte „das Gelbe vom Ei" sein. „Eigelb" hieß im Englischen *yolk*, rückwärts gelesen eben *kloy*.

Interludium I, Algarve 1994/95

Für ein paar Monate, Dezember, Januar und Februar, hatte Walter die Gelegenheit, Stefan, den er in einem seiner Schreib-Kurse kennengelernt hatte, auf einer Reise an die Algarve zu begleiten. Stefan war dabei, sich aus Deutschland zu verabschieden und in Portugal ein neues Leben anzufangen.

» Heute ist Di 20.12.94, 21 Uhr.
Ganz allmählich finde ich mich hier ein. Meine Seele ist wohl angekommen. Bisher habe ich das für Gerede gehalten und halte es weiterhin für Gerede. Daß ich eine Seele habe, akzeptiere ich. Aber sie ist nicht unsterblich, auch wenn sie länger lebt als es das Datum für das Ableben eines Individuums ausweist. Jaja, da ist etwas, das uns anhaftet, das uns umgibt, das auch Schwierigkeiten hat, knapp 3000 Km in 36 Stunden zu

überwinden. Ich, der ich laut Ausweis und auch sonst sichtbar bin, war Sonntagmorgen um 1 Uhr hier in Brancanes, Ortsteil von Olhâo. Losgefahren sind wir Freitag 14 Uhr 20. Es hatte gerade schneegeregnet und die Kinder rutschten auf der Schmiere herum, während ich meine Klamotten in Stefans Auto verstaute.

Runter nach Freiburg und weiter Offenburg, rüber nach Mulhouse, rüber ins Rhônetal, die Rhône runter und morgens waren wir am Mittelmeer und überquerten die Grenze nach Spanien. Bis dahin war es ein Kinderspiel. Auf eine lange Fahrt war ich eingestellt. Und den ganzen Tag über ging es auch noch ganz gut. Spanien ist ein verdammt großes Land auf einer verdammt großen Halbinsel. Barcelona, Taragona, Zaragoza, Madrid, Tallavera, Badajoz, Ourice, Faro. Die Nächte waren vollmondhell und angenehm zu fahren, wenn auch immer wieder Nebelfelder größte Aufmerksamkeit beanspruchten.

Die zweite Nacht war natürlich erheblich anstrengender, die Phasen zwischen Fahren, Einkehr und Fahrerwechsel wurden immer kürzer. Es ging letztlich jedoch ohne alle Probleme. Sonntag sind wir auf einen Markt und ich habe einige Sachen für die Kinder gekauft. Montagmorgen Formalitäten: Geldwechsel und Telefon wieder anmelden, Strom bezahlen, Einkaufen und und und. Dann habe ich meine erste Fahrradtour gemacht in knallend sengender Sonne (die Luft im Schatten höchstens 17°) und bei mörderischem Gegenwind die ersten 15 Km.

Abends habe ich meine Post erledigt, die erste und nötigste. Paket für Jana, Jessica und Jan und eine Weihnachtskarte für Lena. Ein Brief an Tanja, so dicht ist sie schon dran. Allerdings habe ich bewußt zuerst die Familie drangenommen. Und dann ging's mir fast ein wenig beschissen. Die Birne brannte, der Schädel brummte (vom Gegenwind und weiß der Teufel wovon) und müde bis zum Gehtnichtmehr. Die Seele war halt noch nicht da. Um 10 war dann auch schon Feierabend hier.

Heute ging's erheblich besser. Bißchen einkaufen, bißchen schlendern, Cafe leitte trinken, kleine Radtour machen, mich verfahren, mich vergehen und ergießen im Grünen (neuerdings muß ich das bloomig umschreiben), Holz sägen, Kochen und jetzt so ganz allmählich an die wichtigen Sachen rantasten. And here we are. Es ist wirklich schön hier.

Geranien blühen und Rosen und die Weihnachtssterne, aber das sind wirklich hohe Dinger, nicht solche Krüppel wie bei uns. Es gibt Eukalyptusbäume und Feigen und Mandelbäume, von denen man noch Mandeln ernten kann. Sukkulenten und Agaven, Palmen und Petunien, Apfelsinen und Klementinen, Zitronen sogar hier am Hause. Salbei und Rosmarin und Thymian: Parsley, sage, rosemary and thyme, sang Paul Simon in *Scarborough Fair*. Mit dem Bike bin ich heute durch das ausgetrocknete Bachbett, da drum herum ist ein wenig Heide. Da duftete es!

Ja, mir geht es jetzt viel besser. Die Seele muß angekommen sein. Vielleicht gibt es Menschen, die besser ohne ihre Seele auskommen als ich.
22.12., 20 h 35
Heute sind wir herumgefahren, haben einen Balken, Zement und ein Rohr gekauft. Haben was geschweißt an dem Ruder des Katamaran, haben eine kleine Brücke gebaut. Mit anderen Worten, so langsam geht's. Die Sonne war heute richtig sengend. Ich konnte es nur im Schatten aushalten. Dennoch setze ich mich jeden Tag der Sonne aus, um mich zu akklimatisieren und um ganz schlicht und ergreifend ein wenig Bräune zu bekommen. Urlaub also. Und doch anders. Urlaub bedeutete bisher immer keine Zeile schreiben, höchstens ein bißchen lesen, kochen und trinken und mal etwas Bewegung. Auch wenn morgen schon eine Woche vorbei ist, kann ich es doch gemütlich angehen lassen. Sagen wir Mitte nächster Woche könnte ich meine Amnesie-Passage ausbauen. Wenn ich dazu ein paar Zeilen hinkriege und ein paar Skizzen, Notizen für das Gespräch der Journalistin (Tanja sagte was davon, daß sie Reiner hieße) und Miriam, Josef. Mehr muß es nicht sein.
Abgenommen hätte ich gerne, aber das wird kaum möglich sein, auch wenn ich noch so viel mit dem Bike fahre. Für morgen habe ich mir eine erste längere Tour vorgenommen. Warten wir's mal ab. Mit der Joyce-Lektüre habe ich angefangen und mir Gedanken gemacht bezüglich der Konzeption *von die ganze Sach*. Es läuft doch. Angerufen habe ich zu Hause und mit meinen Lieben gesprochen.
Mit Stefan im Übrigen komme ich ganz gut klar. Das klappt, mehr muß ich dazu nicht sagen. Natürlich spukt mir die ganze Zeit der Gedanke im Kopf herum, Tanja könnte anrufen und sagen, sie hätte Lust, auf ein paar Tage runterzukommen. Nach Südfrankreich fährt sie ja ohnehin. Naja.
24.12.94, 12 h.
So, this is X-mas. Heiligabend jedenfalls und wen kann es wundern, wenn bei mir keine Weihnachtsstimmung aufkommen will. Bei strahlend blauem Himmel und 15°. Meine Seele scheint angekommen zu sein. Das andere Zuhause scheint weit, weit weg zu sein. Der Gedanke an Tanja und den gemeinsamen Roman kommt mir reichlich überflüßig vor. Ich könnte unter Umständen sehr wohl ohne Schreiberei leben, denke ich. Wenn ich dort, wo immer: Kalifornien, Algarve, nicht nur sein könnte mit meiner Seele und auch einer sinnvollen Beschäftigung. (Komischer Satz). Ob ich beispielsweise noch schriebe, wenn ich hier lebte, scheint mir äußerst fraglich. Und das legt den Schluß nahe, daß es dieses aberwitzige Leben im in jeder Beziehung hochgerüsteten Deutschland ist, welches mich zum Schreiben zwingt. Das Problem liegt nicht darin, sich irgendwo anders heimisch zu fühlen, sondern dort etwas Sinnvolles zu

tun – hier (dort = in D) kann ich ohne das auskommen. Immer nur mit
dem Bike durch die Gegend radeln kann eine nette Urlaubsbeschäfti-
gung sein, aber auch nicht mehr. So what? Hier wie dort und jederzeit: I
don't know.

Heute Nacht geträumt von Tanja. Daß sie mit einem Typ aus der Autorengruppe rumgemacht hat und zwar mit dem Kerl, der eigentlich nicht
viel hermacht, von dem Lena aber sagt, er habe eine subtile sexuelle
Ausstrahlung. Er ist genauso alt wie ich, hat aber erheblich weniger
Haare auf dem Kopf. Warum träume ich immer so wenig verschlüsselt?!

Heute Abend sind wir bei Amando zum Essen eingeladen. Manchmal ist
die Aussicht, sich aufgrund mangelnder Sprachkenntnisse kaum an der
Konversation beteiligen zu können, durchaus aufheiternd.

19 h 10 E bisje komisch isses schon, doch ja! Sie hat angerufen, nachdem
ich ihr gestern unsere Nummer aufs Band gesprochen hatte: Lady T. Ich
hatte sie abgeschrieben (s. Traum), d.h. ich sah sie davonziehen. Und
schon ist sie wieder da. Das geht zuweilen sehr schnell bei mir, ohne daß
es an die Oberfläche dringen könnte. Andere leben alles voll aus und
gelangen so zu der Einschätzung, ich sei unglücklich. Schnee soll dort
liegen und kalt soll es sein. Das wird die Kinder freuen. Die dürften jetzt
Bescherung haben. Die Post im Übrigen ist noch nicht angekommen, das
dauert somit mindestens eine Woche.

Mit dem Katamaran sind wir heute Nachmittag in den Prielen herumge-
schippert hinüber zur Badeinsel. Nächste Woche werden wir mal auf die
andere Seite machen, zu der dem Meer zugewandten Seite. Ich werde
Muscheln suchen und wir werden am Feuer etwas grillen. Denn wir
müssen uns nach den Gezeiten richten. So ist das.

25.12.94, 18 h 35

Hl. Abend mit viel Fisch und Vinho tinto und Wiskey hinternach. Amando
hatte seine ganze Familie bei sich, Sohn und Tochter, Schwiegersohn
und Schwiegertochter, Schwägerin und jede Menge Enkel. Außerdem
ein armes Waisenkind. 35 Jahre, aber den Verstand eines Zehnjährigen.
Zwei Zähne hatte er noch und die waren schön sauber. Abstehende
Ohren und einen Silberblick, den man hätte vergolden können. Der
machte den Pausenclown, zog sich dauernd um, tanzte und drehte sich
schwindelig und wurde ständig mit Zitronenhälften beworfen. Auf dem
Video war zu sehen, daß er zu Zeiten auch mit Eiern beworfen wird. Und
ich hab gesehen (auf dem Video), daß ich bald einen Kopp habe wie
Neuss im Endstadium. Näxte Woche wird diätiert!!!

Zurück zum Depp. Natürlich ist das brutal, wie sie mit ihm umgehen,
weil er zudem alle paar Minuten einen Klaps in den Nacken bekommt.
Man brauchte nur die Hand zu heben und er hob seine schützend an
den Schädel. Fraglich bleibt dennoch für mich, ob unser Umgang mit

geistig Behinderten humaner ist, wenn wir sie wegsperren, so gut wie irgend möglich ausbilden und in Werkstätten verheizen. «

In den nächsten fünf Jahren reiste Walter immer wieder für kürzere oder längere Aufenthalte nach Portugal zu Stefan, der ein großes Grundstück in der Nähe von Olhão hatte, auf dem zwei Häuser standen. Eines, das neue, war ein rechteckiger, weißer Kasten mit einer Dachterrasse, in dem Stefan lebte. Das andere war ein altes typisch portugiesisches Häuschen, an dem erste Verfallserscheinungen zu erkennen waren, weil es nicht mehr genutzt wurde. Walter konnte bei Stefan umsonst wohnen, beteiligte sich dafür an den Renovierungsarbeiten, an der Pflege der Mandel,- Feigen- und Orangengärten und natürlich an den Lebenshaltungskosten. Stefan hätte es gerne gesehen, wenn Walter ganz nach Portugal gekommen wäre, damit sie beide sich mit einer noch auszuhandelnden Geschäftsidee hier ein angenehmes Leben gestalten konnten. Faro war die nächstgrößere Stadt mit Flughafen. Westlich von Faro erstreckte sich die touristisch voll erschlossene Felsenalgarve, östlich Richtung Spanien gab es zwischen den dem Festland vorgelagerten Inseln ein Wattenmeer, so dass man nur mit einem Boot oder Schiff an die Strände der Inseln gelangen konnte. Auch hier gab es Tourismus, aber in wesentlich geringerem Umfang.

Walters Leseauftritte und Aufsätze in den 1990ern

Neben regulären Lesungen trat Walter mit dem *Literarischen Feuerwerk* der Autorengruppe auf. Er war auf dem Literaturtelefon der Stadt Mainz zu hören und las im Rundfunk. Er gab Rezitationsabende, beispielsweise mit Kafkas Texten, wobei sein mit Abstand liebstes Stück „Josefine, die Sängerin oder Das Volk der Mäuse" war. Er gestaltete literarische Matineen und stellte seine Lieblingsautoren und Lieblingsbücher vor. Darunter war am zwanzigsten Januar 1990 ein Programm, das sich mit Robinson Jeffers Gedichten, Elfriede Jelineks Roman „Lust" und Botho Strauß befasste. Er stellte Charles Bukowski vor: *Dichter meets poet: Charles Bukowski rezitiert und erläutert von Walter Wisman.* Er rezitierte und erläuterte den „Ulysses" von James Joyce. 1998 schließlich realisierte er einen Traum, den er seinerzeit schon im Theater in Bonn entworfen hatte: *Walter's Lyrical Roadshow.* Er hatte eigene Texte arrangiert, sie mit Musik und Tanz kombiniert, Kostüme entworfen und die Lichtstimmungen in einem exakten Szenarium festgehalten. Ein weiteres Lieblingsthema: Thomas Pynchon. 1989 hatte Walter als erstes den Roman „Gravity's Rainbow" gelesen und danach, da Pynchon kein Vielschreiber war, jede seiner Veröffentlichungen. Kein Vielschreiber in dem Sinne, dass man meistens mehr als fünf Jahre warten musste, bis wieder ein Roman von ihm erschien. Dafür waren die dann aber oft so lang, dass man auch fast fünf Jahre brauchte, um sie zu lesen.

Das Besondere für Walter war ein wachsendes Bewusstsein dafür, wie sich bisher unterschiedliche Lebensbereiche und Interessensgebiete miteinander verbanden, so dass bestimmte Themen und Motive zuerst einzeln zutage traten und dann in seine Arbeit und Auffassung von der Welt einflossen; was bisher separat und isoliert zu sein schien, fügte sich zusammen. Ein Beispiel dafür war ein kurzer Aufsatz mit dem Titel **„California Saga: Die sollte man endlich mal abgelegen – die Vorurteile, und Verschiedenes zur Kenntnis nehmen"**, den er Mitte der Neunziger in der Zeitschrift des deutschen Beach Boys Fanclubs veröffentlichte.

» Wer als beherzter Mensch in einer Runde von Intellektuellen schon einmal zugegeben hat, Beach Boys Fan zu sein, wußte wahrscheinlich vorher, daß er nur mitleidige Blicke ernten würde.

Kalifornien, das ist nicht nur im New England Osten der USA das Synonym für Sonne, Strand, Girls, für eine hedonistische und oberflächliche Lebensweise. Ein Dilemma, das die Beach Boys geradezu beispielhaft verkörpern. Denn natürlich ist das nicht alles. Timothy White hat in seinem „The Nearest Faraway Place" (1) sehr schön beide Seiten der Medaille gezeigt.

Kalifornien, das sind der Pacific Ocean und die Coast Ranges, das sind Silicon Valley, Hollywood und die Redwood Forests in Big Sur. Kalifornien wurde erst Mitte des 18. Jahrhunderts von den Spaniern besiedelt und ist auch heute noch über weite Strecken ein unbesiedeltes Land. Von Big Sur, einem gut siebzig Kilometer langen Küstenstreifen zwischen San Francisco und Los Angeles, heißt es: The population of Big Sur is around 1,200" (2). Groß LA hat mit nur unwesentlich größerer Ausdehnung annähernd zehn Millionen Einwohner.

Es ist ein weiter Weg von Crescent City, etwa Höhe Rom, an der Grenze zu Oregon bis nach San Diego, etwa Höhe Tripolis, an der Grenze zu Mexiko. Von spanischem Einfluß zu reden, wäre untertrieben, erlebt Kalifornien doch zurzeit seine zweite spanische Einwanderungswelle; Chicanos aus Mexiko. *California* heißt heißer Ofen, *Big Sur* kommt von der spanischen Bezeichnung *el pais grande del sur*, das große Land im Süden, *Ventana Creek* gleich *window*, also Fenster und *creek* ist der Bach, *San Francisco*, die Stadt des Heiligen Franziskus und *Los Angeles*, *Nuestra Señora la Reina de los Ángeles*, die Stadt der Engel, *Monterey* ist ein anderer Königs-Berg. Es ist bezeichnend, daß die Beach Boys in ihrer *California Saga* auf der *Holland* LP (3) ein Gedicht von Robinson Jeffers rezitieren: „The Beaks of Eagles", die Schnäbel der Adler. Jeffers, 1887 bis 1962, Misanthrop, Kulturpessimist, in den zwanziger Jahren einer der ersten Aussteiger in Big Sur, baute auf einer sturmumtosten Klippe mit eigenen Händen sein „Tor House" aus Granit: *That jagged country which nothing but a fallen meteor will ever plow.* Er schätzte die Tiere mehr als Menschen: „Ich brächte eher, wärn die Strafen darauf nicht, einen Menschen um als einen Habicht" (4, Seite 33). Jeffers, ein hochgebildeter Mann, sprach mit fünf Jahren schon Lateinisch und Griechisch, verbrachte einen Teil seiner Kindheit und Schulzeit in Europa, lebte in Internaten in Leipzig, Genf und Zürich, gilt als einer der bedeutendsten amerikanischen Lyriker nach Walt Whitman (5, Bd. 8, Seite 695 – 706).

Seine überwiegend *free-verse long poems* (Freivers-Langgedichte) fußen auf griechischen Tragödien und schrecken vor nichts zurück: Sodomie, Inzest, Mord und Totschlag: „Berühmt wurden seine frühen Erzählgedichte, in denen Menschen seiner Landschaft, Fischer und Farmerstöchter, Stranderemiten und Kriegsheimkehrer auf Blut- und Wahnwegen irren, als hätte es die qualvollsten Helden der Griechen an die Küste von Carmel verschlagen (6, Seite 9).

„ ... Von hier sieht / man das Blut nicht / Der Zunge austreten, wo die Kette befestigt ist / Oder das Tier erbeben, nur seinen vorgestreckten Hals und / die ausgestellten Läufe. Man sieht die Peitsche / Die auf die Flanken fällt, den ausholenden Arm, nicht das / Gesicht der Frau. / Das ungeheure Licht schlägt hoch vom Westrand, quer über / die Wolkenbänke des Passats. Der Ozean / Dunkelt ein, der oberste Wolkenstreif erstrahlt, die Hügel / Löschen alle Farbe. Entfesselte unvorstellbare Schönheit / Legt sich über die Abendwelt, nein – tritt aus ihr hervor, da / Venus sich dort unten / Aus dem lichtgeströmten Himmel löst." (4, Seite 16 f., Apologie für böse Träume).

Ein bißchen was davon kann man auch bei Elfriede Jelinek nachlesen: „Lust" (7) ist nach meiner Einschätzung ein fader Aufguß der Jefferssschen Dramen; die Kärntner Karawanken sind nun mal nicht das kalifornische Küstengebirge. Jelinek kennt als ausgewiesene Amerikanistin mit Sicherheit Robinson Jeffers. Sie hat Thomas Pynchons „Gravity's Rainbow" (8) mitübersetzt. Pynchons jüngster Roman „Vineland" (9, ebenso in dtsch.) spielt in Kalifornien, hauptsächlich in den Sechzigern. Die Beach Boys werden nicht namentlich genannt, aber ihr Geist und der der Zeit ist überall zu spüren: „Surfers rode God's ocean." Vineland ist ein, vielleicht *der* Roman über Kalifornien.

„Als die sechziger Jahre vorbei waren, als die Rocksäume fielen und die Farben gedeckter wurden und alle Make-up trugen, das einen aussehen ließ, als trüge man kein Make-up, als abgerissene und geflickte Sachen außer Mode kamen und die Konturen der Nixonschen Repression so deutlich auszumachen waren, daß selbst die dämlichsten Hippie-Optimisten sie erkennen mußten, da hatte sie sich dem aufkommenden Herbstwind zugewandt und gedacht: Jetzt erlebe ich endlich mein Woodstock, mein Goldenes Zeitalter des Rock'n Roll, meine Acid-Abenteuer, meine Revolution." (9, Seite 91 f.)

Der Name *Vineland*, gleich Weinland, bezieht sich eigentlich auf einen Landstrich an der Ostküste und geht wie Grönland, gleich Grünland, auf eine Wikingerbezeichnung zurück. Es gibt da auch noch ein Helluland, Steinland, und ein Markland.

Kalifornien hat jede Menge Künstler und Exzentriker angezogen, unter vielen anderen auch Henry Miller. Steinbecks Werk ist ohne Kalifornien gar nicht denkbar: Tortilla Flat (1935), Of Mice and Men (1937, Von Mäusen und Menschen), The Grapes of Wrath (1939, Die Früchte des Zorns), Cannery Row (1945, Die Straße der Ölsardinen), East of Eden (1952, Jenseits von Eden). Im letzten Teil der *California Saga* wird Steinbecks „Travels with Charly" (1962) genannt.

„Don't Go Near the Water" (10), man kann Kalifornien lieben auch ohne Strand. Charles Bukowski war, wie Brian Wilson, erklärtermaßen ein Strandhasser, hätte aber nirgendwo anders leben wollen als in San Pedro, CA.

Monday Beach, Cold Day
bluewhite birdlight
nothing but the motor of sand
noticing bits of life:
I and fleas and chips of wood
wind sounds, sounds of paper
caught with its life flapping,
deserted dogs
as content as rock
facing rump to sea
furred against sun and sensibility,
snouting against dead crabs
and last night's bottles ...
everything dirty, really,
really dirty. (11)

„(...) everything dirty, really, / really dirty" und dennoch ist Kalifornien immer noch ein herrliches Land, ein faszinierendes Land am Abgrund; entlang des Andreas Grabens ist die Erde immer noch in Bewegung. Je mehr man dahinter blickt, je mehr man die Widersprüche und Gegensätze erkennt, „last night's bottles", die Zerrissenheit, die James Dean und die Berufskalifornier Beach Boys, und vor allem Brian und Dennis, verkörpern, umso mehr weiß man es zu schätzen.

Literatur:

(1) White, Timothy: The Nearest Faraway Place – Brian Wilson, the Beach Boys, and the Southern California Myth, New York 1994

(2) Lussier, Tomi Kay: Big Sur – A Complete History & Guide, Monterey 1979

(3) The Beach Boys: Holland, Brother/Reprise 1973

(4) Hesse, Eva: Robinson Jeffers – Gedichte, Passau 1984

(5) Kindlers Neues Literaturlexikon, München 1996

(6) Strauß, Botho: Fragmente der Undeutlichkeit, München 1989

(7) Jelinek, Elfriede: Lust, Reinbek bei Hamburg 1989

(8) Pynchon, Thomas: Gravity's Rainbow, New York 1973 (dtsch. Die Enden der Parabel, Reinbek bei Hamburg 1981)

(9) – ders.: Vineland, New York 1990 (dtsch. Vineland, Reinbek bei Hamburg 1995)

(10) The Beach Boys: Surf's Up, Brother/Reprise 1971

(11) Bukowski, Charles: The Roominghouse Madrigals, Santa Rosa 1992 «

Anmerkung 1, W. Wisman, Mai 2012:
Verbindung von Brian Wilson und Thomas Pynchon.

Jules Siegel behauptete zum einen, Thomas Pynchon, der sehr öffentlichkeitsscheu ist, von ihm existiert nur ein einziges altes Foto, *Pet Sounds* vorgespielt zu haben, was diesen in angedröhntem Zustand wohl sehr beeindruckt hat, und ihn zum anderen mit Brian Wilson in dessen arabischem Zelt im Haus in Beverly Hills zusammengebracht haben soll. Die Geschichte war deshalb besonders glaubwürdig, weil beide vom gegenseitigen Ruhm so eingeschüchtert waren, dass sie so gut wie nichts miteinander sprachen. Ähnliches berichtete auch der kürzlich verstorbene Robin Gibb von den Bee Gees, der eine Stunde mit einem mehr oder weniger stummen Brian zusammengesessen hat. (Quellen: Jules Siegel in einem Playboy Artikel 1977, "Who Is Thomas Pynchon ... And Why Did He Take Off With My Wife?", sowie "Brian Wilson, Catch A Wave: The Rise, Fall and Redemption of the Beach Boys' Brian Wilson" von Peter Ames Carlin, Rodale, 2006.)

Wilson und Pynchon mochten nicht die einzigen Künstler sein, die keine Unterscheidung zwischen Ernst und Unterhaltung machten, bei denen deshalb auch die Kritik mit ihren E oder U Kriterien zu kurz grift, aber bei beiden wurde es überdeutlich. In Pynchons letztem Roman „Against the Day" geht es in die höchsten Höhen und die tiefsten Tiefen. Er kann Passagen abliefern, die nichts anderes sind als

Pornografie. Ich erinnere mich an eine Szene, in der eine Frau Sex mit zwei Männern hat, kein Hochglanzporno sondern richtiger *dirty sex* in allen Variationen, so dass die Frau am Ende gar nicht mehr weiß, wessen Körpersekrete aus welchem Körperteil sie zu schmecken bekommt, einschließlich ihrer eigenen über Umwege. Und das wird so lakonisch und mit Liebe zum Detail erzählt, als bereite sich jemand seinen heiß geliebten und lang ersehnten Morgenkaffee zu; was dem Ganzen dann doch den pornografischen *touch* nimmt.

Andere Passagen wieder sind höchst poetisch: "Pedestrians below were moving at their accustomed gaits, sitting at the tables in front of Florian and Quadri, if Francophile raising toasts to Bastille Day, feeding, photographing, or cursing the pigeons, who, aware of some baleful anomaly in their sky, stuttered wildly into the air, then, reconsidering, settled, only to sweep a moment later heavenward again, as if on the strength of a rumor" (S. 255).

Aber vor allem ist der Roman so übervoll mit historischen und wissenschaftlichen Fakten und Erfindungen, dass der immer wieder geäußerte Verdacht, hinter Pynchons Romanen stecke die Arbeit eines ganzen Teams, nicht einmal völlig grundlos zu sein scheint. Brian Wilson und die Beach Boys sind banal und genial, das wird gerade am neuen Album „That's Why God Made the Radio" in der gesamten Bandbreite hörbar. Vielleicht musste man ein wenig amerikanisch und kalifornisch sein, um die Beach Boys zu mögen.

Anmerkung 2, W. Wisman, Juni 2012:
California Saga

Am zweiten Juni traten die Beach Boys in der Hollywood Bowl auf. Ungewöhnlich war an diesem Konzert der Auftritt einiger der Kinder der Beach Boys unter dem Namen *California Saga*, nach dem Song-Tryptichon auf dem Holland-Album von 1971. Brian Wilsons Töchter Carnie und Wendy, Mike Loves Tochter und Sohn Ambha und Christian, Carl Wilsons Sohn Justyn, Dennis Wilsons Sohn Carl B., Al Jardines Söhne Matt und Adam. Einige der Kinder, die zu der Zeit schon geboren waren, sind auf dem Cover des „Sunflower" Albums von 1970 zu sehen. In der Hollywood Bowl sangen sie an diesem Abend gemeinsam einige Lieder vom Album „Friends", das 1968 erschienen war, unter anderem den Titelsong. Spätestens jetzt sollte der hartherzigste Kritiker anfangen zu begreifen, dass es sich hier wirklich um eine Familiengeschichte handelt. Um die Geschichte dieser Familie, die unglaublich gerne Musik macht und gesanglich harmoniert. Dass es eben kein Spruch ist, kein PR-Gag, wenn von allen Bandmitgliedern immer wieder behauptet wird, dass sie von Anfang an, also von den späten 1950er und frühen 1960er Jahren an, einfach nur Spaß daran hatten, miteinander zu singen und zu musizieren. *It's a family business*. Und in keiner Familie wird ständig nur hohe Kunst produziert. Das Paradoxe ist, dass genau die privaten Dinge besonders aus Brians Leben immer wieder aufgewärmt, aber in ihrer Bedeutung nicht begriffen werden. Wichtig und richtig wäre, diese Dinge nicht (nur) zu wiederholen, sondern ins Kalkül, in die Bewertung mit einfließen zu lassen. Die wenigsten Kritiker werden dem Phänomen Beach Boys gerecht. Gerecht werden im Sinne von Fairness und Kompetenz. *Brian Wilson on stage* ist Brian Wilson mit seinen privaten Defekten, er hat es nie geschafft, sich ein professionelles Bühnen alter ego zuzulegen wie beispielsweise ein Mick Jagger.

Billboard.com am sechsten Juni 2012: "The Beach Boys' new "That's Why God Made the Radio" will perhaps give the legendary act its highest debut ever and first top 10 album since 1976. The album is on course for a start in the range of 60,000 to 65,000 and should easily become the group's first top 10 since 1976's "15 Big Ones" hit No. 8."
Die CD debütierte auf Platz 3 der Charts.
Die deutsche Juli-Ausgabe des Magazins **Rolling Stone** brachte zu Tour, CD und Jubiläum eine Reihe von kurzen Aufsätzen, in denen zwei Wahrheiten enthalten waren. Wahrheit Eins: Die Beach Boys haben in ihrer Band-Geschichte alles falsch gemacht außer ihrer Musik. Wahrheit Zwei: Die Beach Boys waren nie wirklich eine Rockband, sie waren immer auch ein Familienbund, der zusammen musizierte.
All die hämischen, überheblichen Kritiken unter Abkanzelungen wie „betreutes Singen" (DIE ZEIT) wandelten sich in Bewunderung, wenn nicht Begeisterung, nachdem die Beach Boys ihre drei Deutschland-Konzerte abgeliefert hatten. Und ganz folgerichtig meinte einer der Konzertkritiker, dass es gerade die Widersprüche sind, die das Wunder dieser Musik ausmachen (Das Schwäbische Tagblatt resümmiert: „Vor allem aber Freude, Dankbarkeit, großes Wundern, Staunen und die Erkenntnis, dass Widersprüche Wahrheit bedeuten."). Und auch das ist bezeichnend, dass sich die Band und Brian Wilson, der ja besonders für seine ausgefeilte Studio-Tüftelei berühmt ist, sich im Verlaufe ihrer schon fünf Jahrzehnte währenden Karriere immer wieder live neu erfanden und ihr begeistertes Publikum finden.
„Ein großartiges Repertoire, ein grandioser Abend." (Badische Zeitung).

Walter Wismans Tagebücher, 1979 –

Am fünften November 1979 hatte Walter Wisman als Student in Bonn mit seinen Tagebuchaufzeichnungen begonnen. Die letzte handschriftliche Aufzeichnung stammte vom

» 2.3.95 (Do) 13.45
Tanja hat angerufen. Ihr geht es nicht gut – was Wunder! Nein, sie hat Krach mit ihrem Vater. Er scheint zu spüren, daß sie wohl aus der Firma will: nach Berlin, um Filmdramaturgin zu werden – falls sie genommen wird. So what? «

Dieser Eintrag fand sich in der achten Kladde, was die Gesamtzahl der Eintragungen auf 2294 handgeschriebene Seiten brachte, wobei grob geschätzt jede Seite mindestens einhundert und fünfzig Wörter haben durfte. Im Dezember 1991 begann Walter zusätzlich eine Aufzeichnung unter dem Titel „Tausend Tage im Leben eines Träumers", die jedoch nur noch digital am Computer erfasst wurde. Ab dem vierundzwanzigsten September 1996 führte Walter dann die weiterhin ausschließlich digitalen Aufzeichnungen weiter, die bis Mai 2012 auf knapp einhundert einzelne Dateien mit jeweils rund zweitausend Wörtern angewachsen waren.

» 24. September 1996
Es wird Zeit, wieder Eintragungen vorzunehmen, auch wenn die "Tausend Tage im Leben eines Träumers" zu Ende gegangen sind. Und noch immer lebe ich. Gestern der erste Kurs Literaturwerkstatt an der VHS Koblenz, heute Abend der erste Conversational Club. So langsam komme ich wieder in den normalen Tritt. «

Die Eintragungen in den „Tausend Tagen" waren nicht datiert und wurden teilweise parallel zu den anderen Tagebucheintragungen vorgenommen und begannen so:

» **A Day in the Life of a Tree**
Feel the wind burn through my skin,
The pain, the air is killing me;
For years my limbs stretched to the sky,
A nest for birds to sit and sing.
Brian Wilson/John F. Rieley
C 1971 Brother Publishing Co.

302

Days are getting longer, habe ich immer geschrieben in dieser Jahreszeit. Obwohl es gar nicht stimmt. Zwar geht die Sonne wieder später unter seit der Sonnenwende, aber bis in den Januar noch später auf. Es könnte sein, daß ich ein weiteres Manuskript angefangen habe, was bedeutete, daß mit heutigem Datum das eine Manuskript endete. Gleichzeitig bin ich noch dabei, ein Buch zu vollenden. Zwei Kapitel fehlen noch: Bosnien.

Nach Ablauf dieses Jahres wird hoffentlich das Buch erscheinen können, das zweite Buch geschrieben, das dritte inhaltlich abgeschlossen sein.

Seit gut drei Monaten eine recht happige Krise: Die regelmäßig stattfindenden Deniseschen Trennungsfestspiele. Ich soll also aufgeben, am Wochenende wie jeder anständige Mann zuhause bleiben und vor allem endlich richtige Kohle ranschaffen. Ich werde nicht aufgeben und dennoch Kohle ranschaffen. Und die Trennung beibehalten.

Trennungsgrund: zu viele Trennungen. Ich werde richtig Gas geben. Jens hat sich schon vom Acker gemacht, Papa Wolfgang wird bald folgen: holy crap! Es wird sicher ein oder zwei Jahre dauern, bis mein Gasgeben mich vorwärts bringt, aber so lange muß ich irgendwie aushalten. Ich habe um die Gewährung eines Arbeitsstipendiums gebeten beim Literaturreferenten im Ministerium. Mitte nächsten Jahres wird über meinen Antrag und die bereits eingegangenen und noch eingehenden entschieden. Scheiß spät erst.

Drei Tage später habe ich mir erlaubt, der Ministerin einen Brief zu schreiben. Und in diesem Brief klage ich einige Mißstände an. So führe ich unter anderem auch Beschwerde gegen das Verhalten des Literaturreferenten. Vor allem: Früher sei Förderung oft zur Belohnung für Wohlverhalten eingesetzt worden. Mag jeder selbst entscheiden, ob mir das nützt oder schadet.

A day in the life of a tree, oder: A year in the life of a dreamer. Bis spätestens Mitte nächsten Jahres werde ich zudem wissen, wie man in Lüneburg über meine Bewerbung denkt. Stimmt nicht. Bei Nichtannahme werde ich es nicht erfahren, sondern nur die Ablehnung erhalten mit der Mitteilung, wer der/die glückliche StipendiatIn ist.

Das wäre nicht übel. Wohnen in Lüneburg, fünfzig Quadratmeter mietfrei, dazu neun Monate lang monatlich 1600 DM Stipendium. Weg von hier und anderswo willkommen sein. Weiter: Um Lesungen habe ich mich bemüht in Hamburg, in Karlsruhe und Tübingen. Abwarten. WALTER'S LYRICAL ROADSHOW möchte ich im Frühjahr uraufführen. Mit „Transit Wirklichkeit" habe ich mich bei der Ausschreibung zum "Buch des Jahres" beworben. Zu diesem Buch müßte es noch einige Besprechungen und Vorstellungen geben, im Südwestfunk, im Saarländischen vielleicht auch. Großes Glück hätte ich, wenn es Michael B. gefiele und er in der ZEIT z.B. was drüber bringen könnte. Das wär echt was. Meine VHS-Schreibwerkstatt läuft hoffentlich weiter. Da bestünde in Zukunft die Möglichkeit, an anderen Orten ähnliches zu veranstalten. Gott sei Dank haben wir gleich am achten Januar mit dem literarischen Feuerwerk einen kleinen Auftritt, so daß ich wieder etwas Bargeld haben werde. Weihnachten ist ja immer gut, um ein paar Schulden abzutragen. Ich leite also meine Geldgeschenke direkt weiter. Ohne jedes Bedauern. Dann werde ich noch einiges mehr in die Wege leiten, damit wenigstens das eine oder andere davon eintritt und mir weiterhilft. Hart wird es auf jeden Fall bis in den Februar, März hinein. Dann werden auch schon die ersten Absagen eintrudeln, die mich weiter anstacheln werden.

Gerade fließt ein Jahrhunderthochwasser ab, und das Paradoxe daran, mit dem steigenden Hochwasser sind auch die Chancen des CDU-Kandidaten für den Posten des OB gestiegen. Er konnte als Katastrophenbürgermeister auf allen, sogar überregionalen Kanälen schon einmal zeigen, was er kann. Welche Katastrophe wird mir die Möglichkeit geben zu zeigen, was ich kann?

Natürlich mache ich mir Gedanken darüber, ob es nicht gescheiter wäre, in der dritten Person zu erzählen, Distanz zu schaffen. Ob ich beim *ich* bleibe, hängt nicht zuletzt davon ab, was alles noch geschehen wird; wenn nichts oder nicht genügend geschieht, wird es mit diesem Buch sowieso nix. Grundsätzlich, denke ich, wäre die so geschaffene Distanz eine künstliche, keine künstlerische.

"I'm naked to the bone / with nakedness my shield". Zum wievielten Male zitiere ich Theodore Roethkes "Open House"? Und es geht auch gar nicht um mich.

Schon früher habe ich mir bewußt gemacht, daß der Text über Signalprocessing, Fourieranalyse und die Übereinstimmung zwischen Sinus- und Cosinussignalen oder über Wieners "Cybernetics or control and communication in the animal and the machine" in höchstem Maße autobiografisch ist, weil er genau das festhält, was den Doktoranden, die Doktorandin Tag und Nacht ausschließlich beschäftigt. Daß andererseits die intimsten Tagebuchaufzeichnungen der Anne Frank oder des Samuel Pepys Fiktion sind, sobald sie auf Papier gebracht werden. Das wird mit zunehmender zeitlicher Distanz immer deutlicher. Die privaten, intimen, also (auto)biografischen Details lösen sich auf wie der Körper, von dem schließlich nichts bleibt. Von dem alles bleibt, aber nichts mehr in dieser Konstellation, in dieser Nähe und Wärme. Die Tagebuchaufzeichnungen aber bleiben ein Dokument.

A day in the life of a tree, so etwas wie ein Versuch über ein geglücktes Jahr? Die Dinge sind, was sie sind, sagte Erich Fried, ich tendiere eher dazu: Die Dinge sind das, was wir aus ihnen machen, und leider Gottes

schon unwiderruflich gemacht haben. Sie sind, was sie sind, ohne Frage, Qualität müssen wir ihnen zu- oder abschreiben. Denn ich halte es weniger mit Fried oder Handke als mit Theweleit und Kittler:
"Als ein unbekannter Grieche, vermutlich in Milet, das unabzählbar vielfache Geräusch von Menschenstimmen auf vierundzwanzig Buchstaben verteilte, als daraufhin Pythagoras die unabzählbar vielen Klänge eines Zupfinstruments auf sieben Intervalle reduzierte, also mit griechischen Buchstaben anschreibbar machte, als schließlich Guido von Arezzo für solche Tonleitern auch noch die fünf Notenlinien erfand, war das im Prinzip nichts anderes als digitale Signalverarbeitung. Unabzählbare Unendlichkeiten schrumpften, zumindest auf dem Papier, zu abzählbar endlichen Mengen. Metaphysik war immer nur die Verwechslung solcher Datenkompressionen mit einem sogenannten Wesen, immer nur die Unterstellung, daß Kontingenz in Schrift aufgeht, Klang in Musik und Entropie in Ordnung."
(Friedrich Kittler, *Draculas Vermächtnis*, 1993, S. 194). «

Bei Theweleit wiederum hatte Walter gelernt, wie wichtig es für Autoren war, die Schreibergüsse in die richtigen Kanäle zu leiten. Als Privatperson hätte er die Vorstellung, Tagebuch zu führen, damit abgetan, dass das doch etwas für pubertierende, weibliche Teenager sei. Erst mit neunundzwanzig Jahren und nach fünf Jahren Schreiberfahrung entstand die Notwendigkeit, zweigleisig zu schreiben. Kein Wunder also, dass auch bei Walter die Tagebucheintragungen vom Umfang her etwa seinen literarischen Arbeiten gleichkamen.
Die Erkenntnis, das Wissen um zwei gleich umfangreiche Schriftkörper, sollte die Vorstellung von autobiografischer Literatur relativieren. Selbst wenn beide Schriftkörper sich vom Ansatz her, stilistisch und thematisch, nicht unterschieden, hätte man höchstens die halbe Wahrheit, in den meisten Fällen jedoch weit weniger. Es gab Zeiten intensiver Tagebucheintragungen, wenn er schrieb; die Phasen, in denen er nicht nur nicht schrieb, sondern überhaupt daran zweifelte, ob sein Schreiben Sinn hatte, wurden kaum im Tagebuch dokumentiert. In schreibintensiven Phasen vermerkte er in wenigen Tagen so viel Text im Tagebuch wie in Jahresspannen der Enthaltsamkeit. Wahrscheinlich war das Gefühl dafür, was ins Tagebuch gehörte und was in das Manuskript, den Roman, das Gedicht floss, das entscheidende Moment, um aus Geschriebenem Literatur zu machen.

Im Goldpfad, Anfang Mai 2012:
Ein Nachmittag auf dem Steg

Der Mai 2012 zeigte sich launisch wie sonst nur mancher April. Morgens gab es gelegentlich Raureif, es regnete häufig mit heftigen Böen bei Gewittern und Regenbögen im Westen über dem Neuwieder Becken, was nur morgens vorkam, wenn die Sonne gerade aufgegangen war, weil das Richtung Nordwesten lag. Bei Nachmittagsgewittern standen die Regenbögen im Osten. Es gab aber auch Tage, an denen es fast dreißig Grad warm war.

Jessica hätte sich lieber beständig schönes Frühsommerwetter gewünscht, jetzt, da sie Freizeit hatte und sich vom anstrengenden sechsmonatigen Examensstress erholen konnte. Koblenz gönnte sich als Reminiszenz an das vergangene Jahr ein kleines BUGA-Festival. Lena unternahm viel mit ihrer Tochter und dem Enkel, schon in dem bitteren Bewusstsein, dass beide bald in Australien sein sollten, wobei noch lange nicht ausgemacht war, wann die beiden zurückkamen, und ob sie dann womöglich zu dritt, also mit Carsten, zurückkamen. Lena jedenfalls war fest entschlossen, im Sommer hinzufliegen. Sie hätte Walter gerne dabei gehabt, der aber wollte nicht:

„Ich bin dabei, mich dem Ende der ersten Niederschrift des Romans zu nähern und da darf es keine Ablenkung geben. Es reicht schon, dass ich jetzt am Ende des Schuljahres in den Prüfungen stecke."

Wenn Walter so zurückdachte, war es nicht das erste Mal, dass die erste Version einer literarischen Arbeit im Sommer fertig wurde. Mochten die Arbeiten unterschiedlich lange dauern, die Schaffenszyklen schienen eine eigene Korrespondenz mit den äußeren Umständen zu führen.

„Ich weiß gar nicht, warum du so ..., so penibel und pflichtbewusst bist. Du hast ja noch nicht einmal den Vertrag."

Walter lachte: „Den habe ich immer noch nicht, nein. Die Baum bekommt Ende Mai ihre Stellenzuteilung und dann kann sie den Schulen ihre beantragten Stellen genehmigen oder nicht, und dann erst kann ich meinen Vertrag bekommen. Du hast nicht ganz Unrecht, Lena. Ich bin jetzt fünf Jahre an der Schule und habe keinen Tag gefehlt. Ein Kollege meinte letztens, ich sei penibler als ein Beamter."

„Voll korrekt. Ich glaube, das haben wir von unseren Eltern geerbt, Walter. Ich bin auch so, immerhin hat mich Frau Antailer wieder in die Immobilienabteilung zurückgeholt und ich habe schon meinen zweiten Auftrag. Sobald ich den erledigt habe, bin ich weg nach Aussi-Land. Komm doch mit, Walter."

„Lena, das geht nicht. Ich habe Tickets für Stuttgart Anfang August, Beach Boys 50th Anniversary Celebration Tour."

„Die kommen doch bestimmt auch nach Australien."

„Nein, keine Gigs in Australien. Und übrigens auch keine in England. Bis jetzt nicht, aber bei deren chaotischem Management ist alles möglich. Aber, Lena, wir können das Haus nicht so lange alleine lassen. Du weißt, dass ich dann keine ruhige Minute hätte. Was, wenn es Gewitter gibt und der Keller voll Wasser läuft. Was, wenn eine Wasserleitung platzt und der Keller voll Wasser läuft? Was, wenn mal wieder ein Orkan über die Lande fegt?"

„Jetzt im Sommer. Wenn, wenn, wenn, Walter."

„Ja, du hast es doch selbst erlebt, wie oft der Keller vollgelaufen ist. Wenn nicht jedes Mal gleich jemand zur Stelle gewesen wäre und das Wasser nicht sofort abgepumpt worden wäre, sondern tagelang im Keller gestanden hätte, gar nicht auszudenken."

Vor ein paar Tagen hatte in der Zeitung gestanden, dass die Hauseigentümer jetzt auch für die Wasserleitung zu ihrem Haus verantwortlich waren, früher galt das erst ab dem Anschluss im Haus. Die Leitungen in den beiden Wohnungen waren beim Umbau in den Achtzigern erneuert worden, aber die im Keller waren jetzt über fünfzig Jahre alt. Walter hatte unlängst ein Stück erneuern lassen müssen, weil an einer Stelle Rost ansetzte. Wenn sie alle Leitungen neu verlegen müssten, dann waren das ja nicht nur die offen liegenden Leitungen im Keller, dann mussten überall die Wände und die Böden aufgestemmt werden. Lena hätte dann immer noch genug Geld für Australien, aber allzu viele neue Ausgaben durften dann nicht mehr kommen.

Sie lehnten sich beide in ihren Liegestühlen zurück und blinzelten in die Nachmittagssonne. Vor ein paar Jahren hatte Walter, der keine Zeit mehr für einen Gemüsegarten hatte und dem eine riesige Rasenfläche zu langweilig war, schließlich waren sie keine Teenager mehr, um jauchzend Federball zu spielen, den Spaten gegriffen und angefangen zu graben.

„Gräbst du jetzt dein eigenes Grab, Walter?", hatte Lena gefragt, die zu der Zeit noch bei Marc wohnte.

Walter hob ein großes, breites Loch aus, zehn mal fünf Meter, und bestellte für achthundert Euro Teichfolie, legte sie aus und ließ Wasser ein. Er hatte auch einen Steg gebaut und der hatte sich zu seinem absoluten Lieblingsplatz entwickelt. Hier lag er, wann immer es ging, in seinem Deckchair und bei kühlem Wetter in seinen Schlafsack eingepackt. Es hatte natürlich Diskussionen gegeben, als Jessica Leander zur Welt brachte. Aber das hatte sich nun erledigt; bis der Kleine richtig laufen konnte, war er *down under* und es bestand keine Gefahr, dass er im Teich ertrank.

Wie aufs Stichwort kam Jessica mit dem Kinderwagen, stellte ihn im Schatten ab und setzte sich zu Mutter und Onkel.

„Schläft er?"

„Ja, eben eingeschlafen. Gott, hat der einen Spaß gehabt mit dem schweren Traktor, der hat diese großen Rollen Heu weggefahren."

„Und wo wart ihr?"

„Große Runde über die Golfplätze."

„Sag mal, Walter, was ist das eigentlich für ein Teil, das da an der Garagenwand hängt."

„Das ist eine Deichsel, Jessi. Die braucht man …"

„Ich weiß, was eine Deichsel ist. Wir deichseln das schon, gell?!"

„Okay, aber weißt du auch, warum die da hängt?"

„Nein, deswegen frage ich ja."

„Das ist die Deichsel von dem Fuhrwerk, mit dem die Familie meines Vaters, deines Großvaters, Wolfgang Wisman, in den letzten Kriegstagen von Danzig nach Niedersachsen floh."

„Cool."

Für eine Weile hingen sie ihren Gedanken nach, Walter stellte sich den langen Treck der Flüchtlinge vor, Lena überlegte, wie sie möglichst schnell den aktuellen Immobilienauftrag erledigen konnte, Leander wurde in seinem Traum von der Ahnung geplagt, dass seine Windel bald voll genug war, sich zu melden, und Jessica hielt den Moment für gekommen:

„Mama, warum fliegst du nicht gleich mit mir mit, das ist doch irgendwie doof, wenn du dann später nachkommst, weißt du, wir könnten …, das geht ganz flott mit dem Touri-Visum, das ist überhaupt kein Problem, und wenn Walter auch reisen will, dann kann er ja nachkommen, und mit dir dann …"

„STOPP! Jessi. Mach mal langsam."

„Ja, aber Mama, das wäre doch wirklich besser."

„Kind, ich muss die Verhandlungen abschließen, das weißt du."

„Ja, dann mach hin, bitte."

Lena schien sich über den Ton, den ihre Tochter anschlug, zwar zu ärgern, sagte aber nichts, weil sie selbst ja genau das wollte, wenn möglich zusammen mit Tochter und Enkel nach Australien fliegen. Walter sah dem Ganzen gelassen entgegen, dann wäre er, nicht zum ersten Male, alleine im Haus im Goldpfad. Die Arbeit am Roman hatte in den letzten Monaten richtig Fahrt aufgenommen, er hatte seine Themen, seinen Ton und den Rhythmus gefunden; wie ein Fluss sich aus seinen Nebenflüssen speiste, breiter wurde und seine Fließgeschwindigkeit erhöhte. Er war jetzt sehr zuversichtlich.

Jessica war dabei einzudösen, Leander schlief zwar die meisten Nächte durch, hielt sie aber dennoch gut auf Trab. Sie war zwei Stunden mit dem Kinderwagen durch die frische Luft gelaufen, und nun die Ruhe am Teich, die von badenden Amseln und dem Gluckern des kleinen Bachlaufs dezent akzentuiert wurde, ergänzt von den konzentrischen Wellenringen, die entstanden, wenn ein Goldfisch sein

Maul durch die Wasseroberfläche stieß. Nach zehn Minuten waren alle drei Erwachsenen genauso wie der kleine Leander in einen geruhsamen Nachmittagsschlaf gesunken. Leander war es auch, der die Erwachsenen aufweckte. Er wollte frisch gemacht werden.

Jessica stand auf, nahm ihn aus dem Wagen: „Ich geh dann mal."

„Walter, dein Teich ist unbezahlbar."

„Und du hast gemeckert, dass die Wasserrechnung … apropos, Wasser. Die Leitung fängt im Keller schon wieder an einer Stelle an zu rosten."

„Du hast doch letzten schon mal was austauschen lassen."

„Ja, das waren ungefähr zwei Meter, das ist jetzt eine andere Stahllegierung und ein geringerer Durchmesser. Aber da ist eine neue Roststelle. Ich glaube, wir müssen die bald mal komplett erneuern. Auch die Leitungen unter Putz. Das Problem ist nur, dass ich keine Ahnung habe, wo Papa alles verlegt hat damals."

„Frag doch mal Denise, die weiß es bestimmt."

„Mein Gott, Denise – wie kommst du jetzt auf die?"

„Ich hab den Kevin letztens getroffen, der hat mit seinem Bruder jetzt das Fliesen-Geschäft übernommen. Ich habe mich mit ihm unterhalten. Denise ist im Allgäu."

„NÄ!"

„Doch, ich glaube, das hat er gesagt. Allgäu, die ist da seit ein paar Jahren verheiratet."

„Ich war mit ihr und den Jungs zweimal da, und der Typ von der Pension, Familienbetrieb, einer der Söhne, hat um sie herum scharwenzelt. Das glaube ich jetzt nicht."

„Das muss so auch nicht sein, das ist doch alles ewig her."

„Aber warum kommst du jetzt darauf?"

„Ich erinnere ich mich wegen der Leitungen daran. Weil Papa in der Bauphase mal gesagt hatte, dass du dir hier am Haus nichts merken würdest, weil es dich nicht interessiert, und Denise da ganz anders wäre. Wo wir schon dabei sind. Leonie war da."

„Leonie?" - „Ja, Leonie." - „Und was wollte sie?"

„Mich endlich mal kennenlernen. Du hast doch nicht geglaubt, dass du so eine Beziehung über Jahre geheim halten kannst."

„Warum nicht, Lena?"

„Schau mal, Walter, sie wollte einfach nur wissen, ob das alles stimmt, was du ihr über uns so erzählt hast. Ich habe doch geahnt, dass du da jemanden hast. Und habe ich dir nachspioniert, habe ich Fragen gestellt? - Nein, habe ich nicht. Und du musst keine Angst haben, das kann weiter so bleiben. Ihr wollt euer Verhältnis nicht an die große Glocke hängen, okay. No problem."

„Und was genau wollte sie wissen?"

„Frauen sind da pragmatisch, Walter, sie wollte nur wissen, ob wir zusammenwohnen und wie wir …"

„Misstrauisch, Lena, Frauen sind misstrauisch und neugierig. Sie wollte wissen, ob wir auch zusammen schlafen!"

„Nein, Walter, das wollte sie nicht wissen, sie wollte wissen, *wie* wir zusammenleben. Walter, unsere Eltern haben uns in den Fünfzigern und Sechzigern so was von kleinbürgerlich katholisch erzogen, dass das Inzesttabu so tief in unserer Psyche eingegraben ist wie wohl sonst nirgendwo. Das echte Tabu wirkt ja nicht als Verbot sondern als Nichtwollen, als emotional vollständige Ablehnung allein der Vorstellung eines Wunsches. Bei mir jedenfalls."

„Das stimmt schon, Lena. All diese angeblichen Tabuverletzungen sind lediglich alberne Spektakel, um Aufmerksamkeit zu erregen, nähren sich allein aus dem schäbig verzweifelten Wunsch, wahrgenommen zu werden. Ein Tabu ist ein bisschen mehr als guter Geschmack und gute Sitten. Aber: Unsere Eltern kamen auch vom Land, aus Ostpreußen, und hatten eine sehr naturnahe und sinnliche Einstellung zum Leben, das noch weitgehend von Vorstellungen des neunzehnten Jahrhunderts geprägt war."

„Das ist wohl wahr. Jedenfalls besteht heute kein Grund zur Aufregung."

Walter hatte Leonie vor ein paar Jahren kennengelernt, wenn Walter sich richtig erinnerte, war das auch zu der Zeit, als Lena bei Marc wohnte. Walter war damals viel unterwegs an den Wochenenden und den Ferien, wanderte, unternahm Radtouren, Konzerte, Festivals, reiste und machte viel Sport. Es war eine seiner langen Nichtschreibephasen gewesen. Und diese Phasen waren immer sehr angenehm, weil er einfach unbeschwert leben konnte und den Kopf für die schönen Dinge frei hatte, auch mal für flüchtige Sexualkontakte, die der jetzt über Fünfzigjährige zwar anders aber nicht weniger leidenschaftlich erlebte.

Wenn er wie jetzt in einer Schreibphase steckte, dann war das natürlich eine sehr intensive Phase, aber für die Umwelt und soziale Kontakte war er dann überhaupt nicht zu haben, denn nur für ganz kurze Zeitspannen dachte, reflektierte, sinnierte, analysierte er nicht über das, was er geschrieben hatte, schreiben wollte, was seinen Figuren passieren konnte, welche Themen wie ausgebaut und variiert werden konnten. Leonie jedenfalls war die dritte Frau in seinem Leben, mit der er wirklich zusammen war. Ließ man mal die exterritorialen Beziehungen zu Sharon und Bonita außer Acht, naja und Almut. Er hatte Leonie bei einer Fortbildung kennengelernt, sie war Stimmtrainerin, hatte eine Praxis für Logopädie, die sie mit ihrem Bruder führte. Sie lebten mit ihrer Mutter zusammen, die seit kurzem pflegebedürftig war. Allerdings hatten sie ein sehr großes Haus, so dass es ähnlich wie

im Goldpfad, jedoch deutlich großzügiger und neuer, mehrere Wohneinheiten und die Praxis gab. Als Leonie und Walter nach zwei Monaten sich darüber verständigten, dass sie sich nicht nur liebten, sondern auch zusammen leben wollten, wenn auch in getrennten Wohnungen, verabredeten sie die Umstände, mit denen sie bis jetzt bestens zurecht gekommen waren. Es ging ihnen nicht um Geheimhaltung. Sie wollten drei Leben haben, je eins für jeden von ihnen und ein gemeinsames. Und das hatte bisher hervorragend geklappt. Was vor allem Walter nicht wollte: „Bringe doch mal deine Freundin mit."
– „Kann man die Dame mal kennenlernen?"
Auch wenn sowohl Marina als auch Denise sich von ihm getrennt hatten, nicht er sich von ihnen, empfand Walter keinerlei Groll gegen sie, war dankbar für all die guten und schlechten Erfahrungen. Beide hatten sich von ihm getrennt, das war in all den Streitereien ziemlich deutlich geworden, weil sie ihn für einen Versager hielten, einen Verpisser, der sich auf Kosten anderer ein schönes Leben machte, ein Lebenskünstler, haha. Leonie dagegen hatte ein sehr hohe Meinung von ihm, weil sie davon beindruckt war, wie Walter es mit Mitte Fünfzig noch in den Schuldienst geschafft hatte und da so hervorragend zurechtkam.
„Ich hab jetzt die nötige Gelassenheit. Ich hätte doch früher keine Geduld mit Schülern gehabt."
Wie Denise und Marina zuvor, interessierte sich auch Leonie nicht sonderlich für Walters literarische Arbeiten, was ihn überhaupt nicht störte, denn das war nun mal seine Arbeit, seine andere Existenz, die er nicht gerne mit dem Alltagsleben vermischte. Er musste nicht auch noch in seiner Freizeit, wenn er schon dauernd über seine literarischen Projekte nachdachte, reflektierte, sinnierte, mit anderen darüber reden.
„Vielleicht bist du doch der bessere Lehrer?"
„Du meinst der bessere Lehrer, Lena, als Schriftsteller? Das glaube ich nicht, ehrlich. Ich kenne mein ganzes Leben eigentlich nichts anderes als die Schule, den Unterricht als Schüler, Student und Lehrer, Dozent und ich kenne die Literatur als Leser, Literaturwissenschaftler und Schriftsteller und Dozent. Ich denke, ich weiß, wovon ich rede. Ich habe mich so entschieden, es war und ist meine Verantwortung und mein Risiko. – Außerdem", fügte er hinzu, als ihm die Hinterhältigkeit ihrer Provokation bewusst wurde, „hast du mich auf den neuen Romanstoff nicht nur aufmerksam gemacht, sondern ihn mir geradezu aufgedrängt und zwar just in der Zeit, als ich Überlegungen anstellte, ganz und ausschließlich Lehrer zu sein."
„Vielleicht ist deine Schwester auch eine gute Pädagogin, eine, die spürt, welche *prompts*, welche metakognitiven Hinweisreize du brauchst, Brüderchen."

Während des Pädagogikstudiums hatte sich Walter intensiv mit Bildungstheorien beschäftigt und er war Anhänger des Begriffs „Bildung" gegenüber dem Begriff Ausbildung. Ihm ging es nicht nur um die Inhalte sondern vor allem auch um die Einstellung. Er war nach wie vor davon überzeugt, dass man die Mühen des Lernens, schließlich musste man die ganze Zeit Dinge tun, die man noch nicht beherrschte, nur dann erfolgreich bewältigte, wenn man auch mit dem ganzen Herzen an die Sache ging, unter Zuhilfenahme emotionaler *prompts* sozusagen.

Sachlichkeit war ein weiteres Referatsthema gewesen, Sachlichkeit im Sinne von der jeweiligen Sache angemessen, und das bedeutete für ihn im Unterricht, dass es auch Spaß machen musste. Den Spaß am Unterricht, am Lernen konnte man über die aufwendige Vorbereitung erreichen, was sehr viel Arbeit bedeutete und Walter nicht so sehr lag, oder über die eigene Persönlichkeit, was pädagogisch nicht ganz so sinnvoll war, aber Walter umso mehr lag. Und was Walter ebenso gelernt hatte, die Dinge sorgfältig auseinanderzuhalten, als Lehrer war er kein Schriftsteller und als Schriftsteller kein Pädagoge und nur als *Creative-Writing-Coach* beides.

In jedem noch so beschissenen Schulsystem war gute Bildung möglich, wenn es gute Lehrer gab, das beste System nutzte nichts, wenn die Lehrer nicht alles mitbrachten, was an Sachverstand und Hingabe nötig war.

„Ich hatte letztens einen Traum, Walter. Jana hatte einen Knoten in der Brust, und, was ich gar nicht begreifen konnte, sie hat nicht mich oder Jens angerufen, sondern dich, Walter."

„Sie wollte euch halt schonen, selbst im Traum."

„Es war mein Traum Walter, nicht ihrer."

„Das habe ich schon verstanden, Lena."

„Das bezweifle ich."

„Doch, ich verstehe das. Wir beide haben erlebt, nicht nur dass, sondern wie unsere Eltern an Krebs gestorben sind. Und wir beide haben Angst, dass uns das gleiche Schicksal ereilt. Also, zum einen selbst an Krebs zu erkranken, zum anderen, mitzuerleben, dass der andere an Krebs erkrankt. Bei dir kommt noch die Angst um die Kinder dazu. Und so läuft eine sehr verständliche Angst, die ja nicht nur eine allgemeine Angst vorm Sterben ist, in einem solchen Familiengefüge viele Wege, schichtet sich und bildet ein Sediment von Ressentiments gegen das Schicksal, das erlebte und das drohende."

„Ja, und Jana hatte letztens am Telefon die Sprache auf die Erkrankungen unserer Eltern gebracht und dann was von *skip a generation* ewähnt."

„Dieses *eine Generation überspringen*, auch in Bezug auf bestimmte Charaktereigenschaften, muss sich wohl auf alte Erfahrungen stützen und verspricht nur so lange Hoffnung, bis man selbst wieder Kinder hat, ich verstehe das schon, Lena."

„Meinst du, wir sollten so etwas wie eine Patientenverfügung machen?"

„Ich würde mich da ganz auf dich verlassen, auch dass du, jetzt, da du sie kennengelernt hast, dich mit Leonie absprechen würdest. Du kannst ja ein Testament aufsetzen."

„Hast du eins? Ich meine, eines, in dem du festhältst, was mit deinen Büchern, deinen Manuskripten passieren soll und so weiter?"

„Nein."

„Warum nicht?"

„Weil ich mir ziemlich sicher bin, dass es mir, wenn ich tot bin, völlig gleichgültig ist, was damit passiert. Und als Lebender brauche ich die Gewissheit über das Schicksal meiner Werke nicht. Ich leiste meinen Teil."

„Rock'n Roll I gave you the best years of my life ..."

„But you were changing your direction and I never even knew that I was always just one step behind you. Das, Lena, trifft auf mich überhaupt nicht zu, tut mir leid. Ich habe Literatur nicht nur gelesen ..."

„Sondern auch geschrieben."

„Sondern vor allem gelebt! Denn die Literatur hat mir die besten Jahre gegeben, und einen *step behind* oder *beyond* der literarischen Trends des Literaturbetriebs zu sein, kann kein Punkt sein. Das einzige, was mich am Literaturbetrieb wundert, ist, dass so viele Schriftsteller, obwohl sie wirklich gut sind, Erfolg haben."

„Und was heißt das?"

Daraus leitete Walter ab, dass das System erhebliche Imponderabilien aufwies, irrationale Momente, „so dass man nie ganz ausschließen konnte, dass ..."

„Dass auch du noch reüssierst."

„Ja, nun, das Ganze ist so unberechenbar, trotz aller Konzernkonzentration und Renditenvorgabe, dass man nichts ausschließen kann."

Es war ja auch nicht so schlimm, wenn es Spaß machte. Was ihn ärgerte, war, dass der offizielle Betrieb so tat, als sei das an der glänzenden Oberfläche alles und alles andere nichts.

„Und du, wovon träumst du, Lena,, wenn es nicht der Krebs ist? Willst du eine eigene Immobilienfirma aufmachen, jetzt da du wieder im Geschäft bist?"

„Das jedenfalls eher als ein Café."

„Hä? Wie kommst du jetzt auf ein Café?"

„Die Idee wollte mir Marc schmackhaft machen, als er seiner aktuellen Geliebten meinen Job vermacht hatte. Aber ich bin wieder da und er ist weg!"

Jessica kam mit Leander zurück, und nun drehte sich erst einmal wieder alles um den Kleinen. Walter hatte eine Art Laufstall für ihn gebaut, eine kleine Spielwiese, auf der er herumkrabbeln konnte und keine Gefahr bestand, dass er ins Wasser fallen konnte. Ein zusammenhängendes Gespräch zwischen allen dreien kam nicht mehr zustande, weil mal Lena mit Leander spielte und Walter und Jessi ein paar Gedanken austauschten über die Piraten und die Aufregung um das Urheberrecht, mal kümmerte sich Walter um den Kleinen und die Frauen sprachen miteinander.

Natürlich fand Jessica den Ansatz der Piraten für diese neue Variante einer Basisdemokratie *ganz prickelnd*, wogegen Walter fand, sie seien gar keine Partei, sondern wie der ADAC eine Interessenvertretung, hier das Auto und die Straße, da der PC, das iPhone und das Internet. Überhaupt war ihm das ganze Gerede von Revolution überaus suspekt, immerhin arbeitete er schon seit über zwanzig Jahren mit dem PC und pflegte seit fast fünfzehn Jahren seinen Internetauftritt, und da taten diese Youngster so, als hätten sie alles gerade eben erfunden. Die Freiheit des Internets, so ein Schwachsinn, das Internet war wie jedes andere Medium weder frei noch unfrei. Diejeinigen, die das Medium anriefen und nutzten, hatten die Chance, frei oder unfrei zu sein. Es gab eine Menge Aufrufe, Resolutionen und vor allem Presse. Noch nie waren die Urheber so im Bewusstsein der Öffentlichkeit. Und das hatte sein Gutes.

Vielleicht, so Walter, brachte die aktuelle Entwicklung etwas Ähnliches zustande wie die industrielle Revolution. Verglich man die Arbeitsbedingungen davor und danach, so hatte sich fast alles geändert, weil mit den sich verschärfenden Arbeits- und Lebensbedingungen letztendlich auch die Sozialreformen einsetzten, die zum modernen Sozialstaat führten. Womöglich geschah das jetzt auch mit den Urhebern geistiger Güter und ihrer Rechte daran.

Die Behauptung der Piraten, im Netz sei sowie so alles frei und eine Entlohnung der Nutzung von Inhalten nicht möglich, war der allergrößte Schwachsinn, denn Microsoft, Apple, Google, Facebook und alle anderen zeigten doch, wie schnell und wie viel Geld verdient werden konnte. Die beiden Frauen bekundeten durstig zu sein, und Walter erklärte sich bereit, Getränke zu holen und versprach zudem einen kleinen Imbiss. Seine Abwesenheit nutzte Jessica:

„Du, Mama, übrigens. Ich hab auch mit Jan gesprochen. Er hat mir gesagt, dass er mit Papa nach Australien fliegt. Also, zunächst einmal unabhängig von mir, Leander und Carsten. Er wollte mir nichts Genaues sagen. Sie würden sich dann melden, wenn sie drüben sind. Hat Papa dir nichts gesagt?"

„Nö. Wie kann der denn mit Jan nach Australien fliegen, der soll sehen, dass er endlich mal eine Schule abschließt oder Lehre anfängt, irgendwas verdammt Vernünftiges. Die zwei, ich glaube es nicht."

Walter war wieder da und der Jahrestag von Osama Bin Ladens Tötung durch die Amerikaner war Thema wie der Tod von Donna Summer, aber auch der neue Rasenplatz auf dem Sportplatz, Walters Prüfungen, Lenas Immobilie und Jessicas Reisevorbereitungen, das völlig verantwortungslose Verhalten von Jens. Das Gespräch plätscherte dahin wie das Wasser über den kleinen Wasserfall, über den das Wasser aus dem Bachlauf in den Teich zurückfloss. Die leichte Strömung an dieser Stelle lockte oft die Goldfische an, die gegen die Strömung anschwammen und sich wieder zurücktreiben ließen. So spielte halt jeder in seinem Element und mit den Mitteln, die zur Verfügung standen.

Rheinland Papiere, 1999

1999 und der Jahreswechsel, vor dem alle Angst hatten: 2000. Was wurde nicht alles befürchtet, obwohl ja das neue Jahrhundert und das neue Jahrtausend erst ein Jahr später beginnen sollten; es gab ja nun mal kein Jahr Null, sondern es begann mit dem Jahr Eins. Dennoch gingen die schlimmsten Befürchtungen von einem Chaos in allen Computersystemen aus bis zum Weltuntergang überhaupt. Das war weder das erste noch das letzte Mal, dass sich die Computer-Nerds verschätzt hatten; aus dem einfachen Grund, weil sie sich und ihr Medium nämlich heillos überschätzten.

Ein Medium ist ein Mittel, und die wahrscheinlich nicht einmal ersten Medien waren die griechischen Orakel. Und Datenverarbeitung begann laut Kittler schon vor ziemlich langer Zeit. Die heillose Überschätzung der Rechner und des Mediums Internet wäre ohne die Ignoranz gegenüber der Vergangenheit nicht möglich. Die Leute müssten nur einmal in einen Kochtopf gucken, der einen Glasdeckel hat und in dem Nudeln kochen. Sie sollten dann den Herd ausstellen und warten, bis sich das Wasser beruhigt hat und keine Bewegung im Topf mehr erkennbar ist. So. Alles, was an diesem System feststellbar und messbar ist, jede einzelne Nudel, die genaue Zusammensetzung des Kochwassers, Beschaffenheit der Herdplatte und des Kochtopfes, unterliegt physikalischen Gesetzen. Es müsste für die ach so leistungsstarken Rechner doch gar kein Problem sein, auszurechnen, welche Nudel sich als erstes bewegt, wenn die Herdplatte wieder angeschaltet wird und das Wasser in Wallung gerät. Eine solche, absolut alltägliche Angelegenheit, zu der alle Konstituenten jenseits aller Unberechenbarkeit liegen, wird niemals berechnet werden können, weil es einen Faktor gibt, der sich allem entzieht: Das Chaos. Und Walter liebte dieses Spiel: Welche Nudel bewegt sich zuerst?

Die ersten Daten, Jahreszahlen, an die sich Walter erinnern konnte und die er sorgfältig mit Schönschrift eingetragen hatte, waren die in seinen Schulheften, ab den letzten neunzehnhundertfünfziger Jahren vielleicht oder ab dem dritten Schuljahr, 1960. Sein erster Terminkalender war ein Ensslin Jugendkalender von 1964: „Ein Jahrbuch des Wissenswerten für Jungen und Mädchen. Mit 100 Abbildungen. 15. Jahrgang. Ensslin & Laiblin Verlag Reutlingen."

Hier trug Walter nicht nur seinen Stundenplan und seine Schulnoten ein, sondern auch „Meine besten Sportleistungen": 4,50 m Weitsprung, 10,7 sec. 75-Meter-Lauf. Es war auch ein kleines Lexikon mit den wichtigsten mathematischen Formeln, dem periodischen System der Elemente, den wichtigsten Begriffen aus der deutschen Grammatik, mit französischen und englischen unregelmäßigen Zeitwörtern, Daten der Weltgeschichte. Aufsätze über Rembrandts Gemälde, Falcks Rettungskorps in Dänemark und: „Leben wie vor tausend Jahren – Eine Forschungsreise zu den Kassena in Westafrika", Bildunterschrift: „Neuerdings tragen Frauen auch Hüfttücher. Die spärliche Kleidung ist hygienisch und keineswegs schamlos; denn auch Neger schwitzen bei über 40° im Schatten …"

Das schwarze Mädel hatte tatsächlich ein Hüfttuch um, ein bauchiges Gefäß auf dem Kopf und zeigte die wahrscheinlich ersten nackten Brüste, die der pubertierende Walter auf einem Bild zu sehen bekam. Weiterhin gab es Artikel über so illustre Sachen wie verschiedene Perpetuum mobiles, „Jäger am See", den Kaiserstuhl, eine „Merkliste für Rucksack und Reise", sowie „Die wichtigsten Postgebühren der Bundespost", „Briefe bis 20 g" kosteten „20 Pf".

Es war immer etwas Besonderes gewesen, eine neue Jahreszahl einzuüben 1961, 1962 … und dabei daran zu denken, was nun hinter ihm lag, was das neue Jahr bringen mochte und wie es wohl aussähe, wenn er in unendlich ferner Zukunft 1968 schriebe, das Jahr, in dem er achtzehn Jahre alt werden sollte. Dass er einmal gedankenlos 2012 schreiben würde, eine Zahl, die ihm die meiste Zeit seines Lebens nur im Zusammenhang von Science Fiction in den Sinn gekommen wäre, ließ sich nur mit der Inflation seiner Lebensjahre erklären.

Der Roman „Rheinland Papiere" war Walters dritter großer Roman und folgte dem Muster von „Roman Autobahn" und „Transit Wirklichkeit" nicht nur in Bezug auf die Titelgebung mit den zwei Begriffen, der Dualität, der binären Oppositionen, der Ambiguität, der Zweisamkeit, die man auch ganz anders hätte kombinieren können:

„Autobahn Wirklichkeit", „Transit Papiere" oder „Rheinland Roman", um nur drei weitere zu nennen. Seine nicht von Anfang an so konzipierte Trilogie ging zu Ende, ohne dass er gewusst hätte, wie es weitergehen könnte. Was hatte sich geändert seit „Transit Wirklichkeit"? – Die Wirklichkeit.

Seit ein paar Jahren lebten er und seine Schwester nun mit deren drei Kindern zusammen im Elternhaus, nachdem auch der Vater ausgezogen war. Walter pflegte seinen Familienstand als „ledig mit Familie, chronisch verliebt" anzugeben. Er hatte angefangen, VHS-Schreibkurse zu geben und Englisch als selbständiger Dozent zu unterrichten, Kurierfahrten übernahm er schon lange nicht mehr, aber er schrieb weiterhin, war über die KSK kranken- und rentenversichert. Der Titel „Rheinland Papiere" deutete es an, mit diesem Roman widmete er sich seiner Heimat, dem Rheinland, wenn auch ein großer Teil des Romans in den USA spielte.

» Der Wind wehte leicht aus Nordwest vom Niederrhein über die Eifel her und ließ die sechzehn Flaggen der Bundesländer am Deutschen Eck in Richtung Rheintal, Mittelrhein flattern, da wo er am romantischsten war. Rhein und Mosel kräuselten sich unter dem Luftzug leicht schräg gegen die Strömung und, das konnte man sehr schön von der auf der Höhe gegenüberliegenden Festung Ehrenbreitstein erkennen, flossen mit ihrer unterschiedlichen Wasserfärbung einige hundert Meter nebeneinander her, bis sich das Moselwasser in Höhe der Insel Niederwerth für immer im Rhein verlor.

Es war ein schöner, ruhiger Frühsommertag, ein Samstag, Ende Mai; die großen Touristenströme, sofern sie sich überhaupt noch an Rhein und Mosel verirrten, waren dabei, für dieses Jahr erneut anzusteigen, bis sie im Herbst wieder versickerten. Auch der Rhein, nicht ungewöhnlich für die Jahreszeit, führte reichlich Wasser. Das Älteste, was es hier außer dem Wasser selbst gab, waren die Namen der beiden Flüsse Rhein und Mosel. Sie hießen schon so, lange bevor die Römer Koblenz seinen Namen gaben. Rhenus und Mosella waren römische Versionen von Flussnamen einer untergegangenen, dreitausend Jahre alten, europaweiten Sprache. Namen sind Schall und Rauch! Namen sind Dramen mit Musik, Namen sind Aufführungen.

Am Rheine schlage ich dann ein Theater auf und lade zu einem großen dramatischen Feste. So hatte Wagner einst seine kühnen Pläne mit dem Nibelungen-Ring und Rheingold formuliert. Der Ring, das Drama von den fließenden Anfängen des Daseins bis zum Weltenbrand. Das Deutsche Eck war heute deshalb sehr belebt: Das Rheingold, die Oper aus dem Nibelungen-Ring von Richard Wagner sollte von der Rheinischen Philharmonie und Sängern des Stadttheaters aufgeführt werden. Eine Versammlung von Freunden hatte es werden sollen, in irgendeiner schönen Einöde, fern von dem Qualm und dem Industriepestgeruch der Zivilisation, so hoffte einst Wagner.

Sobald die wenigen Touristen und vielen einheimischen Konzertbesucher vorbei an den Absperrgittern aus dem Windschatten des mächtigen Kaiserdenkmales traten, erfasste der Wind ihre Kleidung, ihr Haar, die Programmhefte. Claudia Zickler drehte sich mit einer so knappen Bewegung um, dass der gelbe Rheinkies unter ihren Sohlen knirschte, und sah zu dem Denkmal des alten, verachteten Kaisers zurück, den sie gewiss nicht hatte wiederhaben wollen:

"Hei, Kurt, hast du das gesehen?"

"Was?"

Ihr Mann hatte es nicht gesehen. Der Wind hatte für einen kurzen Moment einen Wirbel um das massig eherne Monument gebildet, die Fahnen wehten plötzlich in die entgegengesetzte Richtung und hingen dann wie leblos an ihren Schnüren. Eine völlig überfütterte Stadttaube geriet dadurch aus ihrer Flugbahn und in die Schnüre, flatterte verzweifelt, Federn stieben durch die Luft und die Taube trudelte nach unten, aus Claudias Blickfeld und unbeachtet von den vielen Möwen, die oben um das Denkmal segelten, so weit weg, dass man ihre Schreie nicht hören konnte.

In die jähe Stille hinein begann das Durcheinander des sich warmspielenden, die Instrumente stimmenden Orchesters zu jammern.

"Och häi, de Schnorra-Edda, watt mist dau dann häi?"

"Och häi, de Manni, watt mist dau dann häi?"

Oh Gott, Claudia sah zu ihrem Mann, der entschuldigend mit den Schultern zuckte. Sie konnten beide nur hoffen, dass dieser Berufskoblenzer und sein Bekannter mit Spitznamen Schnorrer-Edgar, beide mit aufgetakelten Ehefrauen, ihre Plätze nicht in Hörweite hatten. Während sie durch die Menge zu ihren Sitzen strebten, die Instrumente weiter sich im Stimmengemurmel warm spielten, verwehten die Mundartklänge:

"Jo waiste, isch hann gedacht, wenn häi schunne mo watt bäim Kaisa is, dann moss ma ..."

"Jo, do moss ma in Kuldua mache, gä!"

"Dau sähs et. Hann isch da aijentlisch schun fazällt ..."

Im Kino hatten Claudia und Kurt vor Jahren einmal ein Reklamedia gesehen und den Text gehört, der zu einer Art geflügeltem Wort zwischen ihnen geworden war: Behaaklischkait in jedem Roum, Möbel nur von Rosenboum!

In Ehrenbreitstein, von wo sonst nur Leopard-Panzer auf Güterzügen ins Manöver starteten, ähnlich "kuldualos, gä!", dampfte der Rheingold-Express. Im achtzehnten Jahrhundert beherbergte Ehrenbreitstein eine

Künstlerkolonie um Januarius Zick. Hier lebten auch die Mutter Beethovens, die Familie La Roche, Brentano, später Joseph Breitbach.

Die Stadt gab sich Mühe, touristisch nicht den Zug ins nächste Jahrtausend zu verpassen: Vor ein paar Wochen das Dampfspektakel am Deutschen Eck, nun der historische Rheingold-Express, der Dampf abließ und sich auf den Weg nach Rüdesheim machte, hier Wagners Rheingold, ein Spektakel, das nicht nur Koblenzer anlocken sollte. Mit Volldampf ins nächste Jahrhundert. Wie gerne hätte man einmal so etwas Großes wie eine Bundesgartenschau gehabt. Aber, und daran war nicht zu rütteln, dem zwanzigsten Jahrhundert waren zwei Jahrhunderte am nächsten, das einundzwanzigste und das neunzehnte, und hier im Rheinland hatte nun mal die Vergangenheit Zukunft.

Und war nicht auch für die Expo 2000 in Hannover ein Themenpark vorgesehen mit dem gleichen Motto: Zukunft der Vergangenheit. Vom einundzwanzigsten Jahrhundert wusste man ja noch nicht einmal, ob es tatsächlich kommen wollte. Konservative Menschen, die nicht allzu weit in die Vergangenheit zurückgingen, waren womöglich die wahrhaft Fortschrittlichen. Waren es wirklich nur das bevor stehende Endes des Jahrhunderts und der Anfang eines neuen Jahrtausends, die für Verwirrung sorgten?

Auf den Wogen des Rheins spiegelte sich verspielt weißes Gewölke. Beim Blick übers Wasser machte Claudia einen Kormoran aus, dessen dunkler Kopf mit dem etwas helleren Schnabel aus den Wellen ragte. Kormorane waren erst in jüngster Vergangenheit wieder an den Rhein zurückgekehrt, wie sogar vereinzelt Lachse, Rheinsalme. Der Rhein war sauberer geworden, so sauber wie er vor Jahrzehnten mal war.

Das feuchte Gezücht lebte wieder auf. Bis zu einer Minute tauchten die Kormorane von der Oberfläche ab für ihre lautlose Jagd nach glitschiger Beute und tauchten oft an weit entfernten Stellen wieder auf. Im Gegensatz zu anderen Wasservögeln ragte bei ihnen nur der Hals aus dem Wasser. Claudia machte gerne einen Wettstreit daraus, ein Glücksspiel, bei dem sie gewann, wenn sie ihren Blick dort hatte, wo der Vogel auftauchte, bei dem der Vogel gewann, wenn sie ihn erst später erspähen konnte. Dieses Mal schien sie das Spiel verloren zu haben, denn der Kormoran blieb vor ihrem Blick verborgen. Einer ihrer Tagträume präsentierte sie als stolze Fischerin auf einem Rheinnachen mit abgerichtetem Kormoran, der stets mit reicher Beute auftauchte. «

Die Idee zum Roman war wieder einmal eine dramatische gewesen. Walter hatte den Dramaturgen des Koblenzer Stadttheaters kennengelernt und ihm seine „Grenzlichter" zu lesen gegeben. Für Koblenz sei das Stück nicht spielbar, meinte der Dramaturg, aber er half Walter, das Stück bei einem Wettbewerb für Nachwuchsdramatiker in Berlin einzureichen; erfolglos. Walter dachte aber wieder eine Zeitlang dramatisch und so kam er auf die Idee, Wagners „Rheingold" am Deutschen Eck aufzuführen, allerdings in einer erweiterten Version. Während der Aufführung sollten nämlich als Terroristen verkleidete Schauspieler die Aufführung stören und die Zuschauer samt der anwesenden Prominenz als Geiseln nehmen, um sich den Weg zum Rheingold, das in Wirklichkeit Nazigold war, frei zu sprengen. Walter verzichtete darauf, mit dieser Idee an den Dramaturgen heranzutreten, denn wenn der „Grenzlichter" schon nicht spielen wollte, dann erst recht nicht dieses terroristische Opernspektakel am Deutschen Eck und auf der Festung Ehrenbreitstein. Also schrieb Walter eine Erzählung, einen kurzen Krimi: „... al dente, enthält ironisch-satirischen Biß, einen spritzigen Schuß Spannung und bittere Tiefe", schrieb die Rhein-Zeitung.

Die Erzählung war zwar in einem Koblenzer Verlag erschienen, aber Walter wollte es damit nicht bewenden lassen. Und so strickte er einen Roman um diese Rheingold-Aufführung, in dem er der Geschichte des Rheingoldes, also Nazigoldes, nachging. Zu der Zeit waren auch wieder Einzelheiten darüber in die Medien gekommen, wie sehr sich beispielsweise die Schweiz, deren Banken, am Eigentum der Juden aus Deutschland unrechtmäßig bereichert hatten. „Rheinland Papiere" war auch die erste bewusste Hinwendung zu dem, was ihn später noch intensiver beschäftigen sollte, die Rheinromantik.

Walter spürte nicht nur wegen der Zahl 1999, dass etwas zu Ende ging, ohne dass er wusste, wie es weitergehen würde. Klar war, dass seine Dozententätigkeit an Bedeutung zunehmen musste, denn er brauchte ausreichende und regelmäßige Einnahmen, die er mit seiner Schreiberei nicht erzielen konnte. Auf Kosten seiner Schwester hier zu leben, war eine Vorstellung, die überhaupt nicht in Frage kam. Wenn er weiter eine windige Schriftstellerexistenz leben wollte, hätte er ausziehen und alleine leben müssen, das jedoch wollte er im Moment nicht.

Was Walter sehr optimistisch stimmte, war die Tatsache, dass das Unterrichten ihm Spaß machte und dass er es ganz offensichtlich auch gut konnte, was er sich vor zwanzig Jahren nicht hatte vorstellen können. Er hatte sich auch nicht vorstellen können, einmal seine Bücher selbst zu verlegen und herzustellen. Durch die Redaktionsarbeit für die Autorengruppe hatte Walter einen Drucker kennengelernt, der in Walters Alter war, alleine arbeitete und oft für solche Kunden, die Alternativen, für Schülerzeitungen etc.

Beeindruckend war eine ungefähr drei Meter hohe und fünf Meter breite Wand voller leerer Bierkästen, „meine Altersvorsorge". Alle paar Monate kam allerdings ein Lkw vom Getränkehändler, fuhr alles weg, und man wurde dann Zeuge, wie die Altersvorsorge wieder Kontur annahm: „Da muss aber einer noch'n Kaste Bier holle, fahre, ginn." Das war Koblenzer Platt: drei Verben: holen, fahren, gehen.

In dieser Druckerei hatte es sagenhafte Druckerfeten gegeben mit Live-Musik, hier hatte Walter bei Schneidefeten das Erscheinen seiner beiden letzten Romane gefeiert. Um die Kosten zu drücken, durfte Walter hier auch selbst die Druckbögen zusammenlegen und kleben, bevor sie geschnitten wurden. Wenn so ein Büchlein die letzten Arbeitsschritte erlebte, verbrachte Walter viel Zeit mit dem Drucker Klein und nach ein paar Jahren verband sie eine Art Freundschaft, die sich allerdings auf die schwarze Kunst beschränkte und nur in der Druckerei stattfand. Die „Rheinland Papiere" waren jedoch mit über vierhundert Seiten so dick, dass man die Bücher nicht mehr vernünftig von Hand zusammenkleben konnte. Nun waren also neben Klein, der die Bögen im Buch druckte und dem Drucker, der die farbigen Umschläge druckte, auch ein Buchbinder beteiligt, der die Bögen und Umschläge maschinell zusammenlegte und klebte.

Druckerfeten wurden traditionell in der Johannisnacht vom dreiundzwanzigsten auf den vierundzwanzigsten Juni gefeiert, also in unmittelbarer Nähe zur Sommersonnenwende. In der Einmanndruckerei Klein gab es bei diesen Gelegenheiten nicht nur Live-Musik sondern auch den Auftritt einer Stripperin. Walter lehnte an der Schneidemaschine und die Stripperin näherte sich ihm nur noch mit BH, Höschen, high heels und Strapsen bekleidet. Als Walter der Aufforderung der ihn umtänzelnden Frau, den BH zu öffnen, nachkommen wollte, gelang ihm das nicht, weil er schon zu betrunken war; sie hielt aber auch alles andere als still. So etwas würde die Generation *book on demand* und *e-book* jedenfalls nie erleben. Er sah wild aus, hatte sich die Haare wieder lang wachsen lassen, ein Kopftuch um und eine dicke, noch blutige Narbe über der Nasenwurzel. Wie er sich die Narbe zugezogen hatte, wusste er nicht mehr ganz genau.

An einem heißen Samstag war er mehr als fünfzig Kilometer mit dem Mountainbike durch den Wald gefahren, hatte bei einer anschließenden Geburtstagsfeier fünf Liter Weizenbier getrunken und war dann noch auf einer Dorfkirmes gelandet. Auf dem Heimweg musste es dann passiert sein. Er war gestürzt, und zwar, so seine Rekonstruktion, mit Nase und Stirn genau auf die Bordkante. Er hatte einen kompletten Filmriss, aber irgendwo im Hinterkopf das Bild der Bordkante und zwar an einer bestimmten Stelle auf seinem Nachhauseweg.

Statt zum Arzt zu gehen, verkroch er sich blutverschmiert in sein Zimmer, das er tagelang nicht verließ, und wenn Lena noch so oft an seine Türe klopfte, fing nach ein paar Tagen an, das verkrustete Blut abzukratzen, um dann festzustellen, dass er eine zentimeterlange Platzwunde davongetragen hatte, die unbedingt hätte genäht werden müssen. Im Nachhinein hatte sich seine Unvernunft jedoch als vorteilhaft erwiesen, denn nach dem Verheilen war die Narbe ohne die OP deutlich weniger auffällig.

» 3. September 1999:
Der Umschlag ist fast fertig, er muß nur noch drucklackiert werden. Und dann wird das Buch hoffentlich nächste Woche fertig sein; da muß man dem Binder ein wenig Druck machen, wenns geht. Tja, es sieht schön aus, aber es kommt noch immer keine rechte Freude auf; erst wenn wirklich alles fertig ist ... Die Internet-Seiten habe ich alle schon aktualisiert, die neuen Grafiken sind drin. Mittlerweile bin ich so fit, daß ich auch die grafischen Dateien ziemlich kompakt hinbekomme. Und ohne Frage macht ein Buchrücken mit fast drei Zentimetern schon was her.
6. September 1999:
Gestern hat sich der Klein mit dem Motorrad tot gefahren. Scheisse! Ich hatte ja immer die leise Befürchtung, mich könnte es erwischen, wenn das Buch fertig ist, weil ich mir eine Zeit DANACH nicht vorstellen konnte, und nun hat Klein es gedruckt und knallt mit einem Auto zusammen. Umschlag und Druckbögen sind jetzt beim Buchbinder. Den ruf ich nachher mal an. Ob's diese Woche noch fertig wird?
9. September 1999:
Heute ist der offizielle Erscheinungstermin. Und es ist nicht fertig, morgen vielleicht; meinte der Buchbinder. Ich bin die letzten Tage doch mehr daneben, als ich zunächst dachte. Am Dienstag habe ich mit Verena, der Witwe, telefoniert. Mit Klein hatte ich natürlich keinen Preis ausgemacht, wir haben einander vertraut. Er hätte mir schon einen anständigen Preis gemacht. So musste ich das nun selber machen. Ich hoffe, meine Einschätzung, dass es eher etwas mehr ist, stimmt. Ich werde es ihr in den nächsten Tagen bar geben, knapp viertausend.
Bringt mich natürlich, gerade im Moment, etwas in Bedrängnis, morgen ist ja der letzte BRD-Englischkurs. Der Buchbinder wird auch an die tausend kosten, beim Bachel wirds sogar noch mehr für Filme, Papier und Umschlag. Aber was solls, da muss ich jetzt durch, vielleicht kommt ja doch etwas rein mit dem Roman. Die ISBN endet auf 09-5, so würde ein Ami den fünften September schreiben, Kleins Todestag. «

Mit dem deutlichen Gefühl, dass noch gar nicht überschaubar war, was alles zu Ende ging, verabschiedete sich also das Jahr 1999. Fest stand allein, dass das Leben bald anders aussehen würde. Verlust und Abschied waren, hatten die Menschen und Hoffnungen einem den Rücken gekehrt, die Befreiung von einem Ballast, den man zwar gespürt, aber nie als Last empfunden hatte. Ein Gefühl der Erleichterung kam nicht auf; die Ungewissheit über das Ziel und die Zweifel an den

Mitteln, die einem zur Verfügung standen, wogen schwer. Mit fast Fünfzig hätte Walter Lust gehabt, etwas Neues anzufangen, vielleicht doch nach Portugal, zu Stefan zu ziehen. Das Leben mit einem erheblichen Teil Selbstversorgung und irgendeinem Nebenverdienst, Nachhilfe, Unterricht in Englisch oder Deutsch, wäre kein Leben im Luxus aber entspannt.

Nach Berlin zu gehen, wie derzeit anscheinend alle Künstler, die in der Provinz lebten, mochte er nicht, und wenn auch nur aus dem einen Grund, dass er noch nie getan hatte, was alle anderen taten. Sein Leben war noch immer ein Provisorium, hatte die Qualität von Vorläufigkeit. Am Haus machte er nur das Notwendigste und meist nur auf Drängen von Lena oder Vater, der sich, da auch seine neue Frau ein Haus mit Garten hatte, im Goldpfad nicht mehr so wie früher engagierte. Veränderungen geschahen meist sehr langsam und gewissermaßen natürlich, was man am Garten gut erkennen konnte. Wenn alles zu sehr wucherte, griff Walter rodend und schneidend ein, riss aus und pflanzte neu, immer mit dem Gedanken im Hinterkopf, wenn ich mal Zeit habe und feststeht, dass ich hier bleibe, dann werde ich mir einen Plan machen und alles neu gestalten.

Er hatte noch nicht einmal alle Unterlagen aus seiner Studienzeit gesichtet, die auf dem Speicher lagerten. Alle paar Jahre ging er hinauf und sortierte aus, warf weg und wunderte sich, wie fleißig er doch gewesen sein musste. Auf dem Speicher lag Spielzeug, das fast fünfzig Jahre alt war, Kleider von Mutter, die vor fast zwanzig Jahren gestorben war. Und wenn Lenas Kinder mal mit hier hoch kamen, fanden sie Lenas und Walters Kindersachen, zogen sie an und waren in der Zeitmaschine unterwegs. Auch im Keller unter der Treppe gab es Ecken, in die seit Jahrzehnten niemand mehr einen Blick geworfen hatte. Walter sagte sich, dass es einer gewissen Größe bedurfte, diese Art von Unzulänglichkeit und Unvollkommenheit zu ertragen, die andere vielleicht in den Wahnsinn getrieben hätte.

Walter war frei in seinen Entscheidungen, es gab keinerlei Verpflichtungen Lena gegenüber. Auch wenn er sich im Hause an Erziehung und Betreuung der Kinder beteiligte, legten beide Geschwister Wert darauf, ihre Freizeit, ihr Privatleben außerhalb des Hauses völlig unabhängig voneinander zu leben. Lenas Kinder Jana, Jessica und Jan waren jetzt neunzehn, siebzehn und zehn Jahre alt. Lena wäre auch alleine zurechtgekommen, dennoch hatte Walter sie in den vergangenen Jahren nicht unerheblich unterstützt. Aber die beiden Mädel waren fast erwachsen und Jan würde sie auch ohne ihn durch die Pubertät bekommen. Walter wollte kein Vaterersatz sein, Jens kümmerte sich, soweit er das von Köln aus konnte. Er hatte häufig etwas mit allen drei Kindern unternommen, bis dann die Mädchen ihre eigenen Wege gehen wollten.

Jens hatte ihm, nachdem er aus dem Haus im Goldpfad ausgezogen war, sogar Geld aufdrängen wollen, „Erziehungsgeld." – „Quatsch! Lass stecken, wir wohnen halt gemeinsam unter einem Dach, essen mal zusammen, und wenn die Kids Fragen haben, versuche ich sie zu beantworten, no big deal, Jens, echt nicht."

So hatte er das schließlich auch mit Denises Kindern gemacht – ohne dafür bezahlt zu werden. Walter vermutete, dass Denise eine der Frauen war, die mit einem gewissen Instinkt ausgestattet waren. Sie musste, auch durch die wiederholte Anwesenheit seines grundsoliden Vaters bedingt, in Walter jemanden erkannt haben, der ganz gut in ihr Leben mit den beiden Jungs passen könnte. Das Frappierende war, dass diese Ahnung ohne jeden Umweg, also ohne dass sie sich dessen bewusst geworden wäre, in Libido umschlug, sie hatte ihn gewollt, ohne jeden Hintergedanken, das hatte sie ihm später versichert, als die Libido weiter gewandert war.

Jens hatte ihm bei der Gelegenheit gestanden, dass er unmittelbar nach Jans Geburt weggegangen war, weil er nicht noch ein Kind haben wollte, „ich traue Lena nicht, tut mir Leid, Walter. Die hätte am liebsten eine ganze Pfadfindersippe gehabt." – „Du übertreibst, Jens."

Es war ein sehr langes Männergespräch geworden, so dass Walter Jens noch nicht einmal böse war am Ende. Walter hatte das Geld natürlich abgelehnt und fühlte sich paradoxerweise dadurch noch stärker verpflichtet; er vermutete, dass Jens einfach seine Unterhaltszahlungen an Lena um das „Erziehungsgeld" aufstockte. Walter hätte sich lieber die Zunge abgebissen, als Lena danach zu fragen. Jens hatte wahrscheinlich mit Walters Ablehnung gerechnet; und eine solche Hinterhältigkeit ärgerte Walter, aber was sollte er tun? Wäre er jetzt weggezogen, wäre er sich vorgekommen, als hätte er sich damit, dass er das Geld abgelehnt hatte, freigekauft oder riskiert, dass Lena weniger Geld bekam, ohne dass sie den wahren Grund erfuhr. Walter wollte aber weder käuflich sein, noch sich freikaufen, noch seine Schwester auf irgendeine Art und Weise schädigen. Also blieb er.

„Fünf Jahre", dachte er, „bis Jan aus der Pubertät ist."

Im Goldpfad, 2000 – 2001: Wolfgang und Walter

War bei Christel Wismans Krankheit verständlich gewesen, dass Mann und Sohn sich weder gern noch ausführlich über die Darmgeschichten von Frau und Mutter unterhielten, so war das bei Vaters Prostataerkrankung nicht mehr ganz nachvollziehbar, immerhin waren ja auch fast zwanzig Jahre seither vergangen. Dass weder Walter noch Lena in Einzelheiten über die Krankheit informiert waren, lag dieses Mal aber vor allem an Theresa, die sich besonders Lena gegenüber zunehmend reserviert gab. Mitte der neunziger Jahre war Vater wegen seiner Prostata ins Krankenhaus gekommen. Er war aber weder operiert worden noch musste er sich einer Chemotherapie unterziehen. Er war ziemlich lange im Krankenhaus und mal gab es diese Information, Hinweise auf jene Diagnose, dann wieder ganz andere; es schien jedenfalls kein Krebs zu sein, zumindest kein bösartiger. Mehr wusste vielleicht Theresa, aber die sagte nichts, und aus Vater wurde man auch nicht schlau, „ja, weißt, ja, Jung, wie das ist. Die sagen mal so und mal so …"

Walter hatte in Gesprächen mit Lena schon mal versprochen, mit den Ärzten Tacheles zu reden, sich endlich so zu verhalten, wie sich das für einen Mann seines Alters, seiner Erfahrung am Ende des zwanzigsten Jahrhunderts gehörte. Dann kamen jedoch wieder die Zweifel, es ging ja nicht um ihn und nicht um Lena, es ging um Vater, und hatte der nicht ein Recht darauf, mit seiner Krankheit so umzugehen, wie er das für richtig hielt? Und wenn er es für richtig hielt, darüber zu schweigen? Es war schwer, das zu akzeptieren, vor allem, dass er diese Dinge, wenn überhaupt mit jemandem, dann mit seiner Theresa besprach. Im Gegensatz zu ihr wussten und akzeptierten Walter als auch sein Vater, dass ihnen, nachdem der Krebs sich 2000 wieder gezeigt hatte, ein Jahr blieb. Es wurde ein sehr stilles Jahr. Still und stumm von Benommenheit. Kaum hatte Vater eine neue Frau, ereilte ihn das gleiche Schicksal wie seine verstorbene Frau. Dass da jemand bestraft wurde, so abwegig der Gedanke in Wirklichkeit war, der Vater würde es in manchen Momenten so empfinden, spürte Lena und wusste Walter. So lange Vater noch mobil war, kam er zum Nachmittagskaffee zu Lena und seinen Enkelkindern. Die Situation zwischen Lena und Theresa war am Ende so angespannt, dass Lena deren Haus nicht mehr betreten wollte und dann auch nicht mehr durfte.

Zunächst waren es die Nebenwirkungen der Chemotherapie, die Vater das Leben schwer machten, aber Theresa, die Wolfgang Wisman natürlich liebte, wollte ihn nicht jetzt schon wieder verlieren, nach den nur wenigen Jahren, die sie verheiratet waren und zusammenlebten. Und so unternahm sie alles, um dessen Leben zu verlängern, selbst die windigsten Wunderheiler wurden nicht ausgelassen. Es kam so weit, dass der behandelnde Urologe Walter zu sich bestellte, um ihm klarzumachen, dass der Krebs im letzten Stadium und unheilbar war und dass es nicht gut war, „den armen Mann mit allem möglichen Hokuspokus und heilloser Hetzerei von einem Heiler zum nächsten zu belasten." – „Ich weiß das, Herr Doktor." – „Dann machen Sie das doch bitte Ihrer Mutter klar." – „Stiefmutter. Meine Mutter ist vor fast zwanzig Jahren auch an Krebs gestorben." – „Dann wissen Sie ja Bescheid. Auch Ihre Stiefmutter sollte das akzeptieren und ihm nicht unnötig zusätzliche Strapazen aufbürden, sein Leiden vergrößern."

Walter versprach zu tun, was er konnte. Als er aus der Praxis auf die Straße in Vallendar am Rhein trat, die Menschen sah und die Autos vorbeifahren hörte und das Leben so tat, als ginge es einfach weiter, immer weiter, trat er für einen kurzen Moment aus Raum und Zeit heraus und hielt diesen Moment für den Moment, in dem er erfahren hatte, dass es sein eigener Krebs war, über den er mit dem Arzt gesprochen hatte. Würde es einen solchen Moment geben? Wann würde es diesen Moment geben und würde er sich dann an diesen Moment hier auf der Straße vor der Arztpraxis erinnern?

Walter kümmerte sich um seinen Vater. Die größte Freude, die er seinem Vater machen konnte, war, eine feste Stelle anzunehmen. Walter wusste, dass die sterbende Mutter ihrem Mann das Schicksal des Sohnes ans Herz gelegt hatte. Dass Walter tatsächlich einen Festanstellungsvertrag unterschrieb, zunächst befristet für zwei Jahre und auch nur mit halber Stundenzahl, hing mit seinem freiberuflichen Schriftstellerdasein und seiner selbständigen Dozententätigkeit zusammen. Kranken- und rentenversichert war er nach wie vor über die KSK, und von seinen verschiedenen Einnahmen zahlte er Einkommenssteuer, aber beispielsweise nichts in die Arbeitslosenversicherung. Bei der Bundesversicherungsanstalt stieß irgendwann ein findiger Mitarbeiter auf eine fast einhundert Jahre alte Regelung, nach der selbständige Dozenten in die Rentenversicherung einzahlen mussten. Da sie ja selbständig waren, also keinen Arbeitgeber sondern nur Kunden und Auftraggeber hatten, bedeutete das, sie mussten den vollen Satz übernehmen, zwanzig Prozent, die man nicht einmal als Ausgaben verbuchen durfte. Auf die einhundert Prozent Einnahmen kamen je nach Status rund dreißig Prozent Einkommenssteuer, und wenn man dazu die üblichen Betriebskosten und Ferienzeiten ohne Einnahmen rechnete, also mit zehn Monatsgehältern auskommen musste, war man nahe an dem, was zynischer Weise Negativeinkommen genannt wurde.

Eine ganze Reihe von Kollegen und Kolleginnen, unter ihnen hochqualifizierte Muttersprachlerinnen Englisch, gingen zurück in ihr Heimatland, die meisten in eine Festanstellung, nachdem sie Kredite aufgenommen hatten, um mehrere zehntausend Mark in die Rentenkasse nachzahlen zu können. Die Nachzahlung konnte Walter nach einem langen Rechtsstreit umgehen, weil er zum einen eine Lebensversicherung hatte und zum anderen Miteigentümer an einer Immobilie war, dem Haus im Goldpfad. Seiner Altersvorsorge war somit aus rechtlicher Sicht Genüge getan. Aber bei Stundensätzen von maximal fünfzig Mark für eine Dozentenstunde konnte niemand so viele Stunden unterrichten, um davon leben zu können. Da Walter nun ganz regulär auch Sozialabgaben entrichtete, war er ab sofort nicht mehr in der KSK versichert.

Die Dozententätigkeit, offiziell war er Reha-Ausbilder, war nun seine Hauptbeschäftigung, er sah sich weiterhin nicht als Hobby-Schriftsteller, sondern war Schriftsteller von Beruf. Der zweite Zweijahresvertrag umfasste schon eine Zweidrittelstelle, und der dritte, praktisch unbefristet, war ein Vollzeitjob. Alles beim BRD, dem Beruflichen Rehabilitations-Dienst Koblenz.

„Das hättest du schon viel früher machen sollen, Walter", sprach der Vater, als Walter ihm davon erzählt hatte.

„Ich glaube, früher hätte ich das nicht gekonnt, Papa, da wäre ich viel zu ungeduldig gewesen."

Das Leben bestand nicht nur aus Zeit, die ablief, zerrann, das Leben war auch Raum, ein Raum, der bei dieser Art von Sterben kleiner wurde, ein Raum, der sich schloss, schrumpfte und wie ein schwarzes Loch in sich zusammenfiel. Es war erschreckend und faszinierend, wie sich auch Vaters Rückzug aus der Welt vollzog. Zuerst stellte er die Besuche im Goldpfad bei Lena und Walter ein. Es folgte dann der Sommer, in dem Walter fast jeden Tag nachmittags mit ihm auf der Bank im Garten vor Theresas Haus saßen; Theresa, die sich stets zurückzog, wenn Walter kam. Sie sprachen nie viel, es war ein stummer Dialog zwischen Vater und Sohn und Monologe, die jeder für sich führte. Natürlich hatte der Vater seinem Sohn erzählt, dass alles geregelt sei, Testament, Ehevertrag mit Theresa, Erb- und Pflichtteilsverzicht.

„Aber das ist doch jetzt nicht wichtig, Papa."

„Jetzt nicht, aber dann, Walter."

‚Dann', das war in Vaters Sprachregelung die Bezeichnung für die Zeit nach seinem Tod. Früher hatte er, wenn er Walter etwas am und im Haus erklärte, gemeint „wenn ich mal nicht mehr da bin." Gemeint waren damit die Möglichkeit, dass er wegzog, und die Wahrscheinlichkeit, dass er vor Walter starb. Walter wusste, was Vater sich von ihm wünschte, und welchen Gefallen er ihm mit der Festanstellung getan hatte. Vater teilte ihm wortlos auch mit, bloß nicht zu viel zu reden, sie beide erinnerten sich an das Jahr, in dem sie gemeinsam Mutter gepflegt hatten. Vaters Haltung war deutlich, kein großes Aufheben machen, ihn ruhig die letzten Tage verbringen lassen, wenigstens er, Walter sollte das respektieren. Sie sprachen nicht mehr viel über das Haus oder die Vergangenheit, sie saßen einfach da, sprachlos wegen ihrer Ohnmacht angesichts der Gegenwart des Todes. Walter spürte sehr deutlich, wie bedeutungslos die Welt für den Vater wurde und er bedauerte schon jetzt, dass er nie erfahren würde, was Vater im Krieg erlebt hatte, wie seine Flucht verlaufen war, wie die ersten Jahre in Niedersachsen waren, wie er Mutter kennengelernt hatte. Von all diesen Dingen hatten Walter und Lena bei Familientreffen die eine oder andere Anekdote zu hören bekommen, aber oft in verschiedenen Variationen, weil die Erinnerungen noch weiter auseinander gingen als die Wahrnehmungen in der Gegenwart. Im Angesicht des Todes wurde Vaters stiller, bescheidener und geduldiger Charakter überdeutlich.

Als er dann nicht mehr aus dem Haus ging, das Bett nicht mehr verlassen konnte, die Schmerzen stärker und die Unerbittlichkeit des Verfalls grausam sichtbar wurden, verstand Walter, wofür der Vater den Sommer über seine Kräfte gesammelt hatte. Das war kein leichtes Sterben. Und keine leichte Pflege. Anders als bei Mutter war Walter längst nicht so nahe dran. Theresa hatte ihn gebeten, dort zu übernachten, damit er ihr helfen konnte, wenn nachts etwas zu tun war, wenn Vater beruhigt oder eingerieben werden musste, wenn er zu trinken bekam, wenn seine Lippen mit einem Lappen befeuchtet werden mussten. Walter hätte das bis zum Ende so halten können, Theresa jedoch hatte eine polnische Pflegerin engagiert, die vierundzwanzig Stunden da war, so dass Walter wieder im Goldpfad schlief.

» 13. September 2001:
Zwei Tage, nachdem die Twin-towers des World Trade Centers zusammen gebrochen sind. Die Welt wird nach diesem Anschlag eine andere sein, nichts, buchstäblich nichts an Ungeheuerlichkeit scheint mehr unmöglich zu sein. Es gibt keine Sicherheit mehr. Man kann sich auf nichts mehr verlassen, was menschliche Konvention, Zivilisation angeht. Ich habe live am Fernseher erlebt, wie der erste Turm zusammensank, wie der zweite Jet in den zweiten Turm knallte, wie dann auch der zusammenbrach.

Ich weiß nicht, was in diesen Leuten vor sich geht. Sie können nicht glauben, dass sie dadurch ihren politischen Zielen näher kämen. Hier kann es nur noch darum gehen, Apokalypse über die Erde und die Menschheit zu bringen, sich selbst und so viele wie möglich vor den ewigen Richter zu stellen, wenn es den denn geben sollte. Ich bin mir eher sicher, dass es ihnen nicht um ein Ergebnis geht, nicht einmal um Rache, sondern um Zerstörung, um Untergang.

Tja, jetzt habe ich schon zwei Nächte bei Wolfgang verbracht, ohne dass ich tatsächlich habe aufstehen müssen in der Nacht. Als ich Lena das erzählte, sagte sie, das habe sie sich gedacht (dass Theresa so einen Terz macht ...), und ich habe mir gedacht, klar, du selbst bist ja genauso. Aber wahrscheinlich ist es so einfach nicht. Ich gehe davon aus, dass ich drei-

oder viermal die Woche dort pennen werde. Es ist ja wirklich nicht viel, was ich damit tue. Aber was kann ich? «

Im Sommer geschah etwas, mit dem Walter nicht gerechnet hatte, nicht rechnen konnte, was auch gar nicht ins Bild passte und schon gar nicht in die Zeit. Er bekam eine Mail von Almut, die damals an dem Workshop in der Rhön teilgenommen hatte und bei dem Bade-ausflug dabei gewesen war. Walter erinnerte sich, dass er, damals immerhin schon zweiundvierzig Jahre alt, nicht ohne Mühe den jungen Leuten beim Durchschwimmen des verdammt breiten Sees hatte folgen können, dass sie alle nackt waren und dass die kleine Yvonne ihn mit einem Blick angesehen hatte, der weder vorher noch jemals nachher so durch seine Pupillen in seinen Kopf und sein gesamtes System eindringen und Verheerendes anrichten konnte. Almut war vor ein paar Jahren aus Erfurt weggezogen, hatte für kurze Zeit in verschiedenen westdeutschen Städten gelebt und war in Würzburg gelandet und arbeitete dort in einer Buchhandlung. Sie war auf sein neues Buch gestoßen, hatte seine Website gefunden und seine E-Mail-Adresse. Der Rest sollte Geschichte werden, denn nach einigen Monaten schlug Almut vor, sie könnten sich doch einmal treffen, wenn er Lust habe. In der Natur gab es Samen, die erst nach Frost oder Wald-bränden keimen konnten; eine Leidenschaft war plötzlich da, ohne dass sie vorher überhaupt etwas von der Existenz eines Samenkorns geahnt hätten.

» 29. September 2001:
Gestern Abend noch habe ich sie angerufen und ihr gesagt, dass ich nächste Woche komme. Also werde ich am Montag zum Grundbuchamt fahren, mir den Auszug aus dem Grundbucheintrag geben lassen, den zusammen mit der Bescheinigung meiner Lebensversicherung dann dem Meier-Öckens bringen [wg. Freistellung von der Nachzahlung in die Rentenversicherung] und dann noch mal bei Wolfgang vorbeischauen und dann geht's ab nach Würzburg. Bis Donnerstag könnte ich bleiben, denn Freitagmorgen habe ich ja wieder Kurs. Ich zähle schon die Stun-den; paarundfünfzig bis zur Abfahrt. Es ist unglaublich, wie das manch-mal läuft, unglaublich. Damals war sie übrigens Zwanzig, heute ist sie also Neunundzwanzig, aber das ist mir scheißegal.
30. September 2001:
Mein lieber Mann, Almut, da musste ich allen Mut zusammennehmen! Das geht hin und her mit den Mails und telefoniert wird auch und die Stunden werden gezählt, die Türchen am Adventskalender werden im Stundentakt geöffnet. Ich habe einen Almut-Ordner angelegt. Das ist ein atemberaubendes Dokument. Ich muss nur sehen, dass ich die Scheiß-

Grippe los werde, die aber ist so unglaublich hartnäckig, oder anders herum, ich habe da nicht Obacht gegeben, sie immer wieder auflodern lassen. Na gut, man wird sehen, Almut. Ja, Mann wird sehen.

02. Oktober 2001:

Wolfgang ist heute gestorben: RIP. Das soll für heute reichen.

02. November 2001:

Und musste für einen ganzen Monat reichen. Aber irgendwann muss ich doch wieder dran und hier bin ich. Es ist so unglaublich viel passiert, dass ich gar nicht weiß, wo ich anfangen soll. Vielleicht da: Almut war gestern da, hat heute Nacht hier geschlafen, vorhin habe ich sie zum Bahnhof gebracht, morgen wird sie wieder hier sein, ich habe ihr ein Zimmer in Bad Ems gemietet.

Aber erst mal Wolfgang. Er ist gestorben, während ich in Würzburg war, alleine in Almuts Wohnung, sie war in der Buchhandlung. Als ich die Nachricht auf dem Handy hatte, bin ich natürlich gleich losgedüst und als ich hier ankam, war Wolfgang schon im Sarg und in der Leichenhalle. Am Tag drauf (Mittwoch) habe ich ihn noch einmal gesehen, zusammen mit Lena war ich da. Es ging dann alles doch sehr viel schneller, als ich dachte. Er wollte einfach nicht mehr, hat sich geweigert, zu essen, zu trinken, zu leben. Es gab so viel Scheiße drum herum mit Theresa, mit Lena, später die ganze Beerdigung, das war nicht schön.

Lena hatte Wolfgang natürlich noch einmal sehen wollen, sich von ihm verabschieden, bevor ich nach Würzburg bin. Weil sie aber mit Theresa überkreuz war, musste ich mit. Und ich habe Theresa angerufen, um ihr zu sagen, dass ich Lena, Jana und Jessica mitbringe. Sie wollte Lena nicht ins Haus lassen. Und da musste ich als Sohn, der mit diesem ganzen Weiberscheiß nichts zu tun hat, darum bitten bei dieser blöden Tussi, die ihn erst seit ein paar Jahren kennt, dass meine Schwester unseren Vater noch einmal sehen darf. Und ich habe darum gebeten. Das war so unglaublich erniedrigend für mich, bei dieser Kuh darum zu bitten. Das war dann auch mit ein Grund, warum ich weg bin, obwohl ich erkannt hatte, wie kritisch Wolfgangs Zustand bereits war.

„Schaff die Polacken weg, Christel", war einer von den am Ende ziemlich sinnlosen und zunehmend unzusammenhängenden Sätzen, die er von sich gab. Ich denke, es war richtig wegzufahren, nicht hier zu sein; ich war ihm wahrscheinlich näher so. «

Almut war 1971 in Erfurt zur Welt gekommen und hatte eine DDR-typische Sozialisation erfahren und als Heranwachsende konnte sie nicht genau ausmachen, worauf ihre Orientierungslosigkeit im Wesentlichen zurückzuführen war, auf ihre eigene Befindlichkeit als Teenager oder auf die Morbidität des sterbenden Sozialismus ostdeutscher Provenienz. Ihre Eltern waren weder Dissidenten noch Kader, sie waren einfache Leute, die leben wollten und für die Reisen keine sonderlich große Bedeutung hatten, was Almut immer als Defizit empfand. Sie wollte weg, weg von den Eltern, weg aus Erfurt, weg aus der DDR, sobald das möglich war. Und auch in Westdeutschland hielt sie es nie lange an einem Ort aus. In ihrem Aussehen und Verhalten hatte sie so etwas wie einen dezenten Anflug von Punk, färbte sich die Haare öfters in verschiedenen Farben, hatte später auch Piercings und Tattoos. Gleichzeitig war sie *richtig lieb*, überhaupt nicht rebellisch, eher kleinbürgerlich und klein, fast pummelig und hatte überraschend große Brüste, was Walter durchaus in Erinnerung hatte vom gemeinsamen Badeausflug damals in der Rhön. Wellen und Wasser, da bewegte sich einiges.

Walter mochte nicht aussehen wie Fünfzig, er sah aber auch nicht mehr aus wie Neunundzwanzig oder Neununddreißig. Er gehörte jetzt zu den älteren Männern, die es nicht gewagt hätten, ein deutlich jüngeres Mädel oder auch nur eine Frau Mitte Dreißig zu verführen. Was vor dreißig Jahren die Sensation gewesen wäre, *mit einer 30 Jahre alten Tussi im Bett!*, war nun fast tabu.

Diese ganze Relativität der jeweiligen Altersstufen und die strikte Ablehnung jeglicher Promiskuität waren einfach nur zum Kotzen, oder? Es ging doch hier nicht um Nabokovs „Lolita" oder Goethes „Gretchen". Almut war fast Dreißig und Walter war kein Faust. Er war einer von denen, die sich verführen ließen, die sich sogar so vernünftig zeigten und dem Mädel vor Augen führten, wie wenig Zukunftsaussicht eine solche Beziehung haben konnte. Aber er jubilierte innerlich vor Glück, als Almut meinte, dass sie ja auch nicht bei jedem gleichaltrigen Mann bisher davon ausgegangen war und in Zukunft ausgehen wird, dass sie mit ihm den Rest ihres Lebens verbringt, *so what* – so viel männliche Bewusstseinsspaltung durfte schon sein, schließlich konnte ihm morgen schon ein Backstein auf den Kopf fallen und er wäre noch vor seinem Vater tot gewesen.

Samen, die Frost oder Hitze brauchten, um zu keimen, Leidenschaft, die Todesnähe und Vergeblichkeit brauchte, um aufzulodern. Das Ganze ging fast ein halbes Jahr lang gut. Sie sahen sich an den Wochenenden, so oft wie möglich verlängert durch Feiertage oder Kurzurlaube, meist in Würzburg, oft in Pensionen, wenn sie sich zum Wandern im Spessart oder in einer anderen schönen Gegend trafen, die zwischen ihnen lag. Kaum kamen erste Gespräche auf, ob sie nicht hier oder da oder ganz anderswo zusammenleben könnten, als Almut mal ein Wochenende nicht konnte und Walter anfing darüber nachzudenken, ob er sie Lena vorstellen konnte. Aber richtig wohl fühlten sie sich nur, wenn sie zusammen im Bett lagen, dann existierte keine Welt draußen, dann waren sie ebenbürtig und gleich.

In der Küche schon traten die Unterschiede zutage, Walter kam mit einer bauchigen Korbflasche Chianti und Antipasti an, Almut, mit thüringischer Hausmannskost groß geworden, streckte noch tief in ihrer McDonald-Phase, was für Walter neben allen Ernährungsbedenken erhebliche Zweifel an ihrer Intellektualität aufkommen ließ.

Als Buchhändlerin war sie allerdings hervorragend, was Walter paradox vorkam. Natürlich blieben ihnen die Blicke der Vorbeigehenden nicht verborgen, wenn sie Händchen haltend durch die Stadt liefen. So unvermittelt die Beziehung begonnen hatte, so unscheinbar und unauffällig ging sie zu Ende. Sie reisten einfach nicht mehr zueinander, jeder blieb an seinem Ort: „Mir geht es nicht so gut" – „Ich muss leider nach …" – „Also, dieses Wochenende ist leider ganz schlecht."

Ein paar Monate später kam Post von Almut, die wieder in eine andere Stadt gezogen war. Sie hatte ihm ein Fotoalbum geschickt; mit ihren Aktaufnahmen, was Walter zum einen eifersüchtig auf den Fotografen werden ließ und ihm zum anderen die Frage aufdrängte, ob er wieder einmal alles falsch gemacht hatte.

Und erst jetzt fiel Walter in das schwarze Loch. Vater war tot, die Beerdigung vergessen, das Grab war Anlass für eine unangenehme Auseinandersetzung zwischen Lena und Theresa geworden, wobei Lena Walter vorwarf, sie im Stich gelassen zu haben. Die Formalien waren alle erledigt, das Haus gehörte nun Lena und Walter, Sparguthaben, Auto und sonstiges gingen an Theresa, das Leben lief weiter. Obwohl der Vater schon ein paar Jahre vor seinem Tod nicht mehr im Goldpfad gelebt hatte, fehlte er. Lena beschäftigte sich mit den Kindern, Walter hatte seinen Vollzeitjob, das Leben war so tödlich normal, dass es nahe am Abgrund war, ohne dass die beiden etwas davon ahnten.

Walter schrieb nicht mehr und Walter las nicht mehr, das einzige, was ihn noch an sein literarisches Leben erinnerte, waren seine Schreibkurse, die er wegen des Geldes oder aus Gewohnheit weiter anbot. Für beide war das Haus ihr letzter Halt, das Leben hatte so viele Veränderungen gebracht, Jens war fort, Marina und Denise und Almut vergessen, die Eltern waren beide tot:

„Manchmal komme ich mir vor, wie die Überlebende einer Katastrophe, Walter."- „Ja, diese Katastrophe nennt man Leben."

„Wenn ich die Kinder nicht hätte, ich weiß nicht, was ich machen würde."- „Wir haben das Haus, Lena."

„Ja, Walter, das Haus unserer Eltern. Ist das jetzt eine Last oder ein Geschenk?" - „Ich glaube, so lange dieses Haus für uns da ist, werden wir das Gefühl haben, immer noch in der Welt zu leben, in die wir geboren wurden, und wenn sich drum herum noch so viel verändert."

Rhein-Mosel-Halle Koblenz, Janas Abiturfeier 2000

Mit neunzehn war Jana mit der Schule fertig und hatte ein sehr gutes Zeugnis in der Tasche, das besser war als das ihrer Mutter damals und weit besser als das ihres Onkels Walter, von den Zeugnissen und Examina ihres Vaters Jens ganz zu schweigen, der die Hochschulreife und den Berufseinstieg in einer Rechtsanwaltskanzlei der Intervention seines Vaters zu verdanken hatte. Jana war nach Lenas Einschätzung das mit Abstand ehrgeizigste von ihren drei Kindern.

Jana wusste ganz genau, was sie studieren wollte: Jura und Politikwissenschaften. Sie wollte in die Politik, jedoch nicht in die Parteipolitik, sie engagierte sich zwar schon länger bei den Grünen, sondern in die Behörden und Institutionen, in denen sich entschied, was aus den Parlamentsbeschlüssen wurde. Sie wollte nicht nur reden, sondern auch handeln.

Im Mai war es dann so weit, es gab einen richtig großen Abschlussball in der Rhein-Mosel-Halle mit einem Drei-Gänge-Menü. Jede Abiturientin, jeder Abiturient war angehalten, mindestens die gesamte Familie dazu einzuladen, um dem Ganzen einen großen und hoffentlich würdigen Rahmen zu geben. Bei rund fünfzig Abgängern, plus Eltern, plus Geschwister, plus Lehrerschaft ergab das eine Gesellschaft von mehr als dreihundert Personen. Die Schülerband spielte und die Theater-AG trat auf, Gastredner und Lehrer sprachen und die Schulabgänger sorgten für Abi-Gags und ein sechzigminütiges Unterhaltungsprogramm, das jedem Varieté zur Ehre gereicht hätte.

Jana wäre dieser Veranstaltung gerne ferngeblieben, aber das hätten ihr ihre Freundinnen nicht verziehen. Also ging sie die Sache frontal an und machte bei der Organisation mit, weil sie zum einen nicht den ganzen Abend im kleinen Schwarzen herumlaufen wollte und zum anderen möglichst wenig Zeit an dem Tisch mit ihrer Familie und den Bells verbringen wollte. Auf diese Idee hatte sie Kirsten Bell gebracht, mit der sie eine Reihe von Fächern, so das Leistungsfach mit Schwerpunkt Sozialkunde, in der gymnasialen Oberstufe belegt hatte. So begann Jana also ihre Marathonverhandlungen.

Ihre Mutter, ihre Schwester Jessica und ihr Bruder, auch wenn er sich sträubte, waren ohne jede Diskussion auf der Meldeliste gelandet. Dass Vater Jens dabei sein musste, stand auch außer Frage, erforderte aber in Bezug auf Einladung und Absprachen einiges an Talent und Sorgfalt. Die Empfindlichkeiten seitens der getrennt lebenden Eltern waren nach wie vor erheblich, bekanntlich brauchte der Mensch rund zehn Jahre, um über den Verlust eines wirklich geliebten Partners hinwegzukommen.

Jens war vor acht Jahren nach Köln zurückgezogen. Und Lena hatte außer der einen oder anderen unbedeutenden Bekanntschaft, von denen sich nur eine zu einer Affäre entwickelte, keine Beziehungen angefangen. Da ging es bei Jens in Köln, das wussten auch die Kinder, ganz anders ab. Die Großeltern blieben außen vor, der Opa aus Köln und die Oma aus Koblenz waren tot, die Oma in Köln dement und der Opa in Koblenz hatte nicht mehr lange zu leben, das verstanden Jana und ihre beiden Geschwister sehr wohl. Walter seinerseits entzog sich möglichen Überlegungen einer eventuellen Teilnahme, indem er eine ganze Woche in Hamburg auf einer beruflichen Fortbildung weilte, bei der es um die Einbeziehung neuer Medien, wie das Internet, in die berufliche Ausbildung ging.

Lena wollte Jens nicht sehen, weil sie immer noch den Verlustschmerz empfand, auch wenn sie sich jetzt schon so weit gelöst hatte, dass sie nicht in der Lage gewesen wäre, ein neues Leben mit Jens anzufangen, hätte der das denn gewollt. Jens wusste das oder ahnte es zumindest; außerdem gehörte Koblenz nach wie vor nicht zu den Städten, die er gerne besuchte. Wenn er die Kinder sehen wollte, mussten sie gewöhnlich nach Köln reisen. Nahm man alle diese Umstände zusammen, ergab das ein enormes Potential für einen Eklat, Emotionen und Tränen, nicht nur der Rührung.

Die Tischnachbarn waren die Familie Bell. Kirsten und Jana waren sehr gut miteinander befreundet, nicht zuletzt auch deshalb, weil die Familienschicksale sich sehr ähnelten. Kirsten hatte einen jüngeren Bruder in Jessicas und eine jüngere Schwester in Jans Alter. Die Eltern lebten auch seit einigen Jahren getrennt, was nicht zuletzt ein Grund dafür war, dass sich Jana und Kirsten in einer Art Solidargemeinschaft gefunden hatten. Kirstens Vater Ralf hatte die Familie verlassen, wozu ihn seine Frau gezwungen hatte, war nach Frankfurt gezogen und lebte eine ähnlich windige Existenz wie Jens. Er hatte immer Geld, fuhr einen Porsche, ging regelmäßig ins Sonnenstudio, und führte ein Jet-Set-Leben „für Arme und Zurückgebliebene", wie Jens sich ausdrückte, das außerdem ohne Jets auskommen musste, weil es sich allein in Frankfurt abspielte.

War Jens eher der alternative, unkonventionell intellektuelle Lebemann aus gutem Hause, der nicht viel Wert auf Äußeres legte, war das bei Ralf ganz anders, der war nämlich unter der durchsichtigen Oberfläche ziemlich hohl, weil man ihm die bildungsferne Herkunft anmerkte, sobald man ein paar Worte mit ihm gewechselt hatte. Die Familien Wismann-Jensen und Bell waren sich schon vorher zwei oder drei Mal bei Schulaktivitäten wie Theateraufführungen begegnet, nicht immer vollzählig; die beiden Männer mochten sich jedenfalls nicht. Die Frauen auch nicht besonders, weil sie sich gegenseitig daran erinnerten, dass sie ihr Leben ohne Männer leben mussten, wenn auch aus unterschiedlichen Gründen.

Kaum hatten sie zu zehnt an ihrem Tisch Platz genommen, verschwanden Kirsten und Jana hinter die Kulissen, versprachen aber zur Vorspeise zurückzukommen. Vater Ralf fing an, über seine jüngsten Erfolge im Golfen zu erzählen und schon entspannte sich die Situation zwischen Jens und Lena, weil sie sich zumindest in der Einschätzung dieses Tischnachbarn in völligem Einklang befanden. Mutter Bell, Ruth, studierte die Getränkekarte, es schien als hätte sie ihre Nervosität über das unerwünschte Zusammensein mit dem Manne, dem sie keine Träne nachweinte, schon mit einem oder zwei *Piccolöchen* bekämpft.

„Mir ist langweilig", meinte Jan und das dachte wahrscheinlich nicht nur er.

„Geh spielen", lachte Jens, obwohl ihm im gleichen Moment bewusst wurde, dass niemand, außer Lena vielleicht, seine Ironie begreifen würde. Einem Elfjährigen, der in der Ferne schon das Unwetter der Pubertät heraufziehen spürte, empfahl man nicht *spielen* zu gehen. Und ein Vater, der sich aus dem Staube gemacht hatte, als sein Sohn die Empfehlung, *spielen* zu gehen, tatsächlich noch als Befreiung empfunden hatte, sollte das schon gar nicht tun. Gerade deshalb hatte Jens das so gesagt.

Aber Jan und Karo, die kleine Bell, standen auf und gingen nach draußen vor die Halle. Auch Jessica und Björn, beide Siebzehn, sahen sich an und folgten ihren jüngeren Geschwistern. Jens verzichtete nun darauf ihnen hinterher zu rufen: „Aber nicht rauchen."

Der Ober war gekommen, um die Bestellungen für die Getränke aufzunehmen. Eine Flasche Sekt, eine Flasche Wein, zwei Flaschen Wasser, Limo für die Kleinen und Cola für die Mittleren. Man hatte sich auf einen Riesling für die Vorspeise verständigen können und einen Rotwein von der Ahr für den Hauptgang, Rumpsteak für die Männer, Schweinefilet für die Damen und Hähnchen für die Kinder. Die Vorspeise war eine Spargelsuppe, die Beilagen, Blumenkohl, Erbsen und Möhren, sowie Pommes Frites, zum Hauptgang waren für alle gleich, ebenso die Nachspeise, gemischtes Eis mit frischen Erdbeeren.

„Bei uns war das noch ganz anders", fing nun Ralf an.

„Ich finde das toll!", kam von Ruth, die das Sektglas erhob und mit Lena, Jens und Ralf anstieß. „Das ist wenigstens ein würdiger Abschluss."

„Wir wären nicht im Traum auf die Idee gekommen, mit Schlips und Kragen und Lehrern und Eltern zu feiern. Wir wollten unseren eigenen Spaß haben, ohne die Alten und die Pauker. Wir haben die ganze Stadt unsicher gemacht."

Nun saßen die getrennt lebenden Eltern alleine ohne ihre Kinder am Tisch, als wollten diese ihnen etwas zeigen, wie es nämlich war, verlassen zu werden. Aber es war ja leicht, sich in diesem Rahmen über

Erinnerungen an die eigene Schulzeit auszutauschen, so dass keine peinliche Stille eintrat. Jeder gab eine Anekdote zu Besten, über skurrile Pauker, Erlebnisse bei Klassenfahrten und Schülerstreiche: „Bei uns haben mal welche den Lokus in die Luft gesprengt, Gottseidank während des Unterrichts, so dass niemand zu Schaden kam. Die Täter wurden aber auch nie überführt. Es wurde spekuliert, ob das womöglich gar keine Schüler waren, sondern eine Art Terroranschlag. Die RAF, die Rheinische Anarchisten Front."

Die ungelenken Höhlenzeichnungen von vorwiegend Genitalien, primären sowie sekundären Geschlechtsteilen, und die Botschaften auf den Wänden der Knabentoilette mochten für den zartbesaiteten Zeitgenossen skandalös und explosiv sein, gaben aber keinen Hinweis auf den oder die Täter, sondern waren eindeutig schon vorher da: „Revolution!"; „Ficken, blasen"; „Mathe ist schwul, Pissen ist Macht"; „Here I sit, I'm broken hearted, I came to shit and only farted!"; „Che Guevara"; „die Möse ist kein Radio, sie spielt auch keine Lieder, sie ist nur ein Erholungsheim für steif gewordene Glieder."

Ruth, fand Lena, war eine recht angenehme Person. Zierlich und resolut, mit einer Naturlockenpracht und einer dezent fränkischen Dialekteinfärbung; dezent bedeutete, dass es fränkisch klang, ohne dass stimmlose Konsonanten wie k, p, t zu ihren stimmhaften Varianten g, b, d wurden. Nachdem sie mit den ersten Gläsern Sekt ihre Nervosität weggespült hatte, trank sie viel Wasser und nur wenig Wein. Sie hatte nicht nur ihren Mann vor die Türe gesetzt, obwohl sie drei Kinder von ihm hatte, sondern sich auch finanziell auf eigene Füße gestellt, indem sie zuhause selbständig und mit zwei Mitarbeiterinnen ein Steuerberaterbüro betrieb. Sie hatten sich auf weibliche Kundschaft spezialisiert, was als Alleinstellungsmerkmal offensichtlich sehr gut funktionierte.

Ruth machte Lena Mut, endlich auch wieder in eine Berufstätigkeit einzusteigen, wenn Jana bald aus dem Hause war. In den letzten Jahren hatte sie sich immer wieder mal Prospekte von privaten Bildungseinrichtungen zuschicken lassen. Und Walter hatte sie darauf aufmerksam gemacht, dass mittlerweile viele reguläre Universitäten und Fachhochschulen die neuen Medien nutzten und seriöse Fernlehrgänge mit überschaubar kurzen Präsenzphasen anboten. Wenn sie genug verdiente, könnte sie sich eine Haushaltshilfe leisten, was sie bisher immer abgelehnt hatte. Das wäre gegen ihren Mutter- und Hausfrauenstolz gegangen.

In diesem Punkt, wenn sie auch sonst ganz anders zu sein glaubte, war Lena so konservativ wie ihre Mutter. Zur Vorspeise kamen die Kinder zurück und das Gespräch pendelte nun zwischen der „was willst du denn mal werden" Zukunft und der „wir haben damals" Vergangenheit. Nach dem Essen verschwanden die Kinder wieder nach draußen, das Wetter war gut, ein lauer Maienabend, und Lena wollte wissen: „Was macht ihr eigentlich draußen?"

„Spielen", kam ganz gewitzt von Jessica.

Die Rhein-Mosel-Halle war an den Rheinanlagen direkt am Fluss, neben Weindorf und Kurfürstlichem Schloss. Draußen tummelte sich eine Menge Volk, flanierte am Ufer entlang, knutschte und kohabitierte ungeniert im dunklen Park hinter dem Schloss, nutzte die Wiesen als Grill- und Partyplatz.

„Fallt bloß nicht ins Wasser!", kam von Jens, denn an Jans Hose sahen einige Stellen aus, als wären sie bereits einmal nass und wieder getrocknet worden.

„Papa!"

„Ich mein ja nur, Kinder."

Nach dem Essen fing das Programm an, wurde eine Fläche vor der Bühne freigeräumt. Wie sich herausstellen sollte, für eine sportliche Aufführung der Cheerleader des Gymnasiums. Im letzten Jahr hatte es erstmals ein Fußball-Hallenturnier der Gymnasien gegeben und in diesem Jahr spielten nicht nur die Jungs Fußball, sondern gab es für die Mädchen den Wettbewerb der besten Cheerleader, den Janas Schule gewonnen hatte. Jens war schon ganz nervös geworden, was Lena missverstand, denn Lena wusste, dass die Mädchen toll aussahen, knapp gekleidet waren und sich spektakulär bewegten. Jens dagegen glaubte, die Fläche würde für den Elterntanz vorbereitet.

„Wiener Walzer, ich sterbe."

„Wie bitte?"

Als dann die Pompom Girls zu einer wirklich fetzigen Musik auf die Bühne stürmten, verstand Lena die glücklich grinsende Miene ihres Exmannes erneut falsch. Insgesamt musste sie jedoch feststellen, dass der Abend relativ gesittet vonstatten ging, die Eltern waren dabei, ihre Reifeprüfung erfolgreich zu bestehen. Beide Elternpaare waren kein Paar mehr, jeder war für sich ein Solist, die Frauen alleinerziehend, was dazu führte, das sich alle paar Minuten neue Koalitionen bildeten, mal waren die beiden Frauen ein Herz und eine Seele gegen die Männer, dann waren es die Verlassene Lena und der zum Teufel gejagte Ralf gegen die resolute Ruth und Jens, dann auch mal Jens und Lena gegen Ruth und Ralf, wenn es um die Kinder ging, die das alles herzlich wenig interessierte; sie bekamen es ja auch nicht mit. Die erste Geige spielte eindeutig Ruth, wonach es am Anfang überhaupt nichts ausgesehen hatte. Manchmal solidarisierten sich Lena und Jens mit Ralf gegen Ruth, weil sie ihren Ex so süffisant abkanzelte, dass der das meistens gar nicht merkte.

Lena stellte sich vor, wie die beiden vor zwanzig Jahren gewesen sein mussten. Ruth, die resolute, geistige Überfliegerin, die geglaubt hatte, es sich erlauben zu können, einen ziemlich geistlosen Schönling mit

durchs Leben zu schleppen. Ein Unterfangen, das sie nach dem dritten Kind aufgab, allerdings nicht, das hatte Lena aus verschiedenen
Mündern bei Schulveranstaltungen erfahren, ihre Neigung zu geistlosen Schönlingen unter Dreißig. Jana hatte Ähnliches erwähnt und wie
peinlich das für Kirsten war.

„Die sind alle so vernünftig heute", hatte Jens in dem Moment ge-
meint, als die Schülersprecherin ihre Dankrede an die Schule, die
Lehrer und die Eltern hielt. Und was muten wir ihnen zu, dachte
Lena, was für ein Paket geben wir ihnen auf ihren Lebensweg mit. Mit
Walter hatte sie auch einmal darüber gesprochen, der ihr entgegen-
hielt „davon müssen Kinder sich lösen, völlig gleichgültig, wie die
Eltern sind. Vielleicht ist es sogar einfacher, sich von Scheißeltern zu
lösen als von guten."

Es war schon Mitternacht, als Jana kurz ans Mikrophon trat und sich
bei allen bedankte, die zum Gelingen des Festes beigetragen hatten,
vor allem, dass die Eltern „nicht nur zahlreich sondern auch vollständig" erschienen waren.

„Ganz schön ironisch, unsere Tochter."

Und auch Jan holte sich einen kleinen Applaus ab und zwar bei denen, die in ihn zur Tür hereinkommen sahen, patschnass.

„Jan, wie siehst du aus?!"

„Die Tussen haben mich provoziert."

Jens setzte wieder sein Grinsen auf, noch breiter als das, zum dem die
Cheerleader aufgetreten waren.

„Grins nicht so blöd, Vollidiot", platzte es aus Lena heraus, die das
sofort bereute. Bis zu diesem Moment hatte alles geklappt, ihr war
kein einziger Patzer unterlaufen, ganz im Gegensatz zu den beiden
Männern, bei denen Ralf mit seinen dummen Kalauern die saure
Zitrone des Abends hätte erhalten müssen. Aber es war noch nicht
ganz zu Ende. Sie waren alle erleichtert ins Auto gestiegen, und Lena
steuerte den Bahnhof an, damit Jens nach Köln fahren konnte.

„Mama!"

„Was ist, Jana?"

„Wo fährst du hin?"

„Zum Bahnhof, euer Vater …"

„Mama! Hast du das vergessen? Papas Auto steht bei uns und er
schläft heute bei uns, das war so ausgemacht. Hallo!"

„Oh ja, verdammt, sorry, das habe ich … das war so ein aufregender
Abend, Entschuldigung. Mein Mädchen Jana, du bist so toll, schon
richtig erwachsen und …"

„Es ist gut, Mama, fahr einfach nach Hause."

Die kurze Fahrt auf den Arzberg verlief schweigend zwischen den
Eltern, während Jana ihre jüngeren Geschwister über die technischen
Probleme hinter den Kulissen des rauschenden Balles informierte und

wie sie das alles professionell gemeistert hatte. Es mochte wirklich ein tolles Fest für die Abiturienten und deren Eltern gewesen sein, ein würdiger Abschluss der Schulzeit, die gelungene Verabschiedung in ein neues Leben, aber am Ende waren alle einfach nur froh, im Bett zu liegen. Jeder in seinem eigenen und Jan auch wieder mit trockenen Klamotten.

Lena und Marc, 2003 – 2005

Dass Lena und Marc sich wiedersehen würden, war weder wahrscheinlich noch unmöglich, Koblenz war mit einhunderttausend Einwohnern nicht so klein, dass man sich irgendwann über den Weg laufen musste, aber auch nicht so groß, dass eine zufällige Begegnung etwas Sensationelles an sich gehabt hätte. Auch dass sie sich nach fünfzehn Jahren wiedererkannten, war nicht sonderlich bemerkenswert, immerhin veränderten sich die meisten Menschen von Dreißig bis Mitte Vierzig äußerlich nicht mehr so gravierend wie von Zehn bis Fünfundzwanzig beispielsweise.

Lena stand in der Sparkasse vor der Schautafel mit den Immobilien. Ihr Vater war vor zwei Jahren gestorben, Walter und Lena hatten sich daran gewöhnt, Erben zu sein und die Alleinverantwortung für das Haus und den Garten zu haben. Im Internet hatte sie gelegentlich aus reiner Neugier, sie wollte einfach wissen, wie der Markt aussah, was ihr Häuschen wohl wert war, auf den Immobilienseiten recherchiert. Sie war fasziniert von der angebotenen Vielfalt und gleichzeitg froh, dass sie nicht auf der Suche war. Ein Neubau wäre nicht in Frage gekommen, eine Eigentumswohnung vielleicht. Also ein Häuschen, aber was für eins? Ein altes und billiges, in dem sie den Rest ihres Lebens damit verbrachte, Renovierungsarbeiten auszuführen? Etwas Neues? Wie neu, wie groß, wie komfortabel?

Weder sie noch Walter hatten ein Interesse daran zu verkaufen, sie wollten das Haus zumindest so lange halten, wie sie in Koblenz leben würden. Walter hatte sich beim BRD über seine Kettenverträge sogar in eine Art unbefristeter Festanstellung manövriert, und sie wollte mit Jessica und Jan jetzt auch nicht umziehen; Jessica stand kurz vor dem Abitur und wollte danach studieren; was, wusste sie im Gegensatz zu ihrer großen Schwester noch nicht. Das Haus kostete sie, bei allen Unterhaltungskosten, die vor allem durch immer wieder fällige Renovierungsarbeiten nicht unerheblich waren, weniger Geld als zwei Wohnungen; eine für Walter und eine für Lena bald nur noch mit Jan zusammen. Es war einfach schöner, den Kindern zumindest eine Zeitlang noch die Möglichkeit geben zu können, nach Hause und in ihr eigenes Zimmer zu kommen. Kinder liebten offensichtlich nur die Veränderungen, die sie selbst herbeiführten. Erwachsene, ging Lena durch den Kopf, waren da nicht sehr viel anders. Aber es bedeutete eben, dass im Haus im Goldpfad Räume mehr oder weniger ungenutzt blieben.

Jan war jetzt vierzehn Jahre alt. Aus dem stillen, etwas verträumten Jungen war ein verschlossener, geradezu wütend vor sich hin pubertierender Kerl geworden, der mit der Baseball-Cap auf dem Kopf und dem Skateboard unter dem Arm oder unter den Füßen immer häufiger die Schule schwänzte. Lena kam damit überhaupt nicht zurecht und sie hätte mit dem Klammerbeutel gepudert sein müssen, wenn sie sich unter diesen Umständen auch noch Hausverkauf und Wohnungssuche aufgehalst hätte. Mit den Mädchen war es, insgesamt gesehen, relativ problemlos abgelaufen, was wahrscheinlich daran lag, dass Dinge, die erfolgreich hinter einem lagen, leicht in ihrer wirklichen Schwere unterschätzt wurden.

Das Haus hatte sich in den letzten Jahren eindeutig als Stabilisierungsfaktor, als feste und verlässliche Größe erwiesen. Aber Interesse halber mal schauen, das musste sein.

„Du willst doch nicht verkaufen? Oder hast du Interesse an einer weiteren Immobilie, Lena?"

Es war Marc, der in der Immobilienabteilung der Sparkasse arbeitete. Kennengelernt hatte sie ihn auf ihrem dreißigsten Geburtstag und später waren sie sich gelegentlich in der Stadt über den Weg gelaufen und hatten immer wieder mal ein paar Worte gewechselt.

„Walter hat sich das letztens auch sehr interessiert angesehen."

„Was soll man schon groß machen, wenn man in der Zweigstelle in Arzberg darauf wartet, beim Geldautomaten an die Reihe zu kommen."

„Ich würde mich freuen, wenn wir ins Geschäft kommen könnten."

Das Haus mochte alt sein und renovierungsbedürftig, aber Arzberg hatte eine bevorzugte Stadtrandlange, und das für heutige Verhältnisse große Grundstück von achthundert Quadratmetern war Gold wert.

„Welches Objekt würde dir denn am meisten zusagen, dich ansprechen?"

Lena sah sich alle Angebote der Reihe nach durch. Wichtig war ihr dabei die Lage, sie hätte immer ein freistehendes Haus mit Garten drum herum gewollt – wie sie eins im Goldpfad besaß. Während sie also die Fotos und die kurz gehaltene Legende darunter studierte, spürte sie Marcs Blick auf sich. Sie sah ihn an. Die Fotos der Häuser hatten eine ganze Reihe von Assoziationen bei ihr ausgelöst, ein Konglomerat von Erinnerungen und Entwürfen. Marcs Blick löste eine völlig andere Assoziation aus, die Lena für einen Moment konfus machte; sie war sich, so wie man bei kaltem Wetter einen Handschuh wohlig auf den Fingern spürte, ihrer Unterwäsche bewusst, deren Auswahl sie an diesem Morgen besonders viel Aufmerksamkeit gewidmet hatte. Sie trug einen schwarzen Slip und BH, beides mit Spitzen und perfekter Passform.

„Welches Objekt, Lena?"

Sie zeigte auf einen etwa fünfzig Jahre alten Bungalow auf der Karthause, mit schönem altem Baumbestand und tollem Blick auf das Rheintal. Die Alt-Karthause war seit jeder neben dem Oberwerth schon immer eine der bevorzugten Villengegenden der Stadt.

„Ja, das ist ein Schnäppchen, wir können uns das Haus anschauen, wenn du willst."

Es war kurz vor Mittag, Jessica und Jan waren ebenso wie Walter in der Schule, Lena hatte keine Termine, keine Verpflichtungen, den Einkauf konnte sie später erledigen. Also stiegen sie in seinen Wagen und fuhren los.

„Erzähl mir ein bisschen was über das Haus, Marc."

„Ja, Lena, Häuser haben immer ihre Geschichte, die der Immobilie die vierte Dimension verpasst, gewissermaßen."

„Länge, Breite, Höhe und Zeit."

„So ist es Lena. Euroboden, eine Münchner Immobilienfirma, spricht von der ‚kulturellen Zusammenkunft von Ort, Raum, Geist und Zeit', von bevorzugten Exklusivitäten in 1A Lagen."

„Naja, das ist doch Werbegeschwurbel im Premium-Segment, Marc. Durchdachte Exklusivität", fast hätte sie gesagt „in lasziver Lage."

„Mag sein, Lena, dieses Haus hat jedenfalls eine ganz besondere Geschichte. Wie du auf den Fotos gesehen hast, wurde es in den Sechzigern gebaut, Bungalowstil, zwei leicht gegeneinander versetzte Gebäudeteile, die eine wunderbare Terrasse mit offenem Kamin ermöglichen, nach Süden gelegen, diese Seite fast komplett verglast, teilweise mit Sprossenfenstern und Sprossentüren, sehr hell, der Rasen leicht abschüssig mit genialem Blick auf das Rheintal, die Stadt und den gegenüberliegenden Westerwald. Das ganze Grundstück ist rund herum so bepflanzt, dass man von außen praktisch keinen Einblick hat. Ich glaube, man kann vom Dach aus mit einem Fernglas Arzberg und euer Häuschen auf der gegenüber liegenden Rheinseite erkennen. Einfach ein wunderschönes Objekt, Lena."

„Und die Geschichte?"

„Ja, die Geschichte der Bewohner. Also, gebaut hat das ein Professor der damaligen Pädagogischen Hochschule auf dem Oberwerth, aus der ja dann die Erziehungswissenschaftliche Hochschule und schließlich die Uni Koblenz-Landau wurde. Der Professor lebte hier mit seiner Familie, er hatte einen Sohn und eine Tochter, bis zu seiner

Pensionierung. Die Familie hatte ein Ferienhäuschen an der Nordsee und dorthin hat er dann seinen ständigen Wohnsitz verlegt. Das Haus wurde vermietet, weil die Kinder, ich weiß nicht wo, irgendwo in Deutschland wohnten und arbeiteten. Die Frau stirbt, der Vater später auch. Wie es so geht, die Kinder haben kein Interesse am Haus, also wurde es vor zehn Jahren verkauft an einen schnell zu Geld gekommenen Kneipier, der aber bald pleite ging und wieder verkaufen musste. Das Haus blieb ein paar Jahre unbewohnt, bis sich, und das ist jetzt etwas pikant, Lena, bis sich dat Nettche hier in ihrem wohlverdienten Ruhestand niederließ."

„Nettche. Wer ist dat Nettche?"

„Nettche, Jeanette, die bekannte Koblenzer Prostituierte. Hast du noch nie von der gehört?"

„Nö. Wie kommst du darauf, dass ich Koblenzer Prostituierte kenne?"

„Dat Nettche ist, war, ein Koblenzer Original. Es gibt sogar einen Song in Kowelenzer Platt über sie. Du hast wirklich noch nichts etwas von ihr gehört?"

„Nö."

„Unglaublich. Jedenfalls hat die sich mit ihrem Zuhälter, ich glaube, der war zwanzig Jahre jünger, hierhin zurückgezogen, als sie schon über Fünfzig war. Aber das ging nicht lange gut, und der Kerl machte sich auf und davon und zwar mit allem, was Nettche sich in ihrem harten Arbeitsleben beiseitegelegt hatte. Futsch, alles futsch. Sie hat dann wieder gearbeitet, bis sie vor ein paar Jahren starb und mit großem Pomp im Beisein der Koblenzer Prominenz beerdigt wurde."

Nun glaubte Lena sich doch daran zu erinnern, davon in der Zeitung gelesen zu haben. Mein Gott, dachte sie, wie mochte es in dem Haus aussehen? Lebensgroße Gipsleoparden und schwarze Diener in Livree, Plüsch, Leder und Lack, eine rote Lasterhöhle als Schlafzimmer mit verspiegelter Decke, womöglich eine Folterkammer für Sado-Maso-Spiele?

Aber wahrscheinlich war das Haus ja völlig leer. Von außen sah das Gebäude aus, als sei es gerade erst gebaut worden, der Anstrich war neu, die Fenster waren doppelt verglast, hatten weiße Kunststoffsprossen, keine Rollläden sondern seitliche Fensterläden.

„Das Haus ist komplett von dem Kneipier saniert worden, von außen und von innen. Das heißt wärmegedämmt, neue Elektroinstallation, neue Wasserleitungen, neue Heizung. Das sind die Dinge, die ein Haus kostbar machen, nicht die emotionale Bindung der Besitzer, ihre Erinnerungen. Der Kneipier hatte sich allerdings finanziell überhoben, zu teuer gekauft, aufwendig renoviert und eine Inneneinrichtung vom Feinsten, dann lief die Kneipe schlecht. Naja. Dat Nettche kam deshalb relativ günstig an das Haus."

Auch drinnen schien die Zeit stehen geblieben zu sein. Die Einrichtung war von einer schlichten Eleganz geprägt, die Lena als zeitlos empfand. Möbel, die schon vor fünfzig Jahren hier gestanden haben könnten und die auch in fünfzig Jahren nicht geschmacklos wirken würden. Viel helles Holz, dezente Muster auf den Polstermöbeln. Als die Fünfziger noch nahe an Bauhaus waren und sich gerade anschickten, die reine Alltagstauglichkeit mit zurückhaltendem Chic aufzuwerten.

„Was sind das für Möbel, Marc?"

„Jeanettes. Sie hatte einen Inneneinrichter zu Rate gezogen, der sich strikt an die vorhandene Architektur hielt. Passt gut, Lena, oder?"

„Unbedingt. Mich wundert nur, dass noch alles da ist."

„Die musste von einem Tag auf den anderen, Hals über Kopf raus. Dann stand das Haus eine Zeitlang leer und jetzt bieten wir es mit der Möblierung an. Erst gestern war noch der Kunde hier, der mit großer Sicherheit kaufen wird. Ich wollte vorhin das ‚Verkauft'-Etikett in der Schautafel anbringen. Hab ich jetzt ganz vergessen."

„Tut mir Leid, Marc."

Vor dem Rundgang durchs Haus führte Marc Lena nach draußen auf die Terrasse, wo auch die passenden Gartenmöbel nicht fehlten. Sie setzten sich. Es war ein ruhiger Septembernachmittag, die Sonne schien warm aber nicht heiß, vom Straßenlärm war hier hinter dem Haus nichts zu ahnen, Bienen und Wespen summten und sammelten den letzten Nektar des Sommers, von Vögeln war kaum etwas zu hören, die Nester leer und verlassen, der Nachwuchs längst flügge, die meisten Zugvögel schon auf ihrem Flug nach Süden, nur eine Amsel zeterte laut durch die Stille.

„Ich habe Durst, Marc. Hast du mal ein Glas Wasser?"

Marc stand auf und kam mit zwei Sektkelchen zurück.

„Prosecco Spumante gefällig?"

„Jetzt aber."

„Lena, den hatte ich gekauft, um auf den Abschluss gestern anzustoßen, aber der Kunde war wohl Antialkoholiker. Prost, Lena, auf alle schönen Häuser."

„Und deren Bewohner, Prost."

Sie genoss den Prosecco und die Sonne. Es war fast wie im eigenen Garten.

„Wenn man sich vorstellt, was so ein Haus alles erlebt hat, wie die Menschen sich hier heimisch gefühlt haben, was sie empfunden haben, als sie das Haus verlassen mussten …"

„Kannst du dir das vorstellen, Lena?"

„Ja, sehr gut sogar."

„Dann lass uns das doch mal durchspielen."

„Wie durchspielen, was spielen?"

Einen Moment schwieg Marc, kippte dann den Prosecco mit einem Schluck hinunter und räusperte sich: „Das ist kein Spiel, du Schlampe. Was denkst du dir eigentlich, schau doch mal in den Spiegel, wer will denn von dir noch etwas?"

„Jetzt aber, Marc! Spinnst du?!"

„Ich heiße Fred, du Schlampe, Fred mit gaaanz langem Eeeeee. Nettche, mit dir will doch schon lang keiner mehr ins Bettche."

„Achja, Marcfred. Du gibst den Zuhälter mit Boss-Anzug und Seidenkrawatte, das passt." Sie lachte erleichtert.

Er stand auf, zog das Jackett aus, nahm die Krawatte ab, öffnete die vier obersten Knöpfe seines blütenweißen Hemdes, so dass seine Brustbehaarung zu sehen war. Er flegelte sich in den Gartensessel, vergrub beide Hände in den Hosentaschen, hielt die Hände aber nicht still.

„Na gut."

Auch Lena stand jetzt auf, legte ihre Jacke ab, zog den Pullover über den Kopf, ließ die Jeans fallen und fragte triumphierend „sieht so eine alte Schlampe aus?"

Die Hände in die Hüften gestemmt, Beine gespreizt, stand da eine Frau von Mitte Vierzig, deren Figur nicht besser zur Geltung gebracht werden konnte als durch die schwarze Unterwäsche und die sanften Sonnenstrahlen. Lena gehörte, wie die meisten Wismans weder groß noch sonderlich kräftig, zum athletischen Konstitutionstyp, charakterlich erregbar, explosiv. Ihr Sternzeichen war Schütze, woher ihre Genussfreudigkeit und Selbständigkeit rühren mochte; das Rationale des Steinbocks war, da sie nur drei Tage vor dem Beginn dieses Sternzeichens geboren war, nicht fern.

Das Rollenspiel von Nettche und Fred war so plötzlich zu Ende wie es angefangen hatte, in die Arme fielen sich nun Lena und Marc, die gar nicht wussten, wie ihnen geschah. Aus dem ganzen, ungeheuer erotischen Arsenal, dem überwältigenden sexuellen Potential hatte sich ein Verlauf ergeben, der wie der Fluss im Mittelrheintal seine Zeit gebraucht hatte, um mäandernd in die Tiefe zu gehen, dann jedoch ein perfektes Landschaftsliebesleben darbot. Sie blieben nackt auf der Terrasse liegen, sonnten sich im postkoitalen Glück eines grandiosen Spätsommers. Es gab nicht nur ein Nachspiel im Schlafzimmer, ohne jede Deckenverspiegelung, es gab unendlich viele Nachspiele in unzähligen Immobilien, die Marc und Lena auf diese Art und Weise emotional aufluden, damit die erotische Energie einen erfolgreichen Abschluss begünstigen konnte und den neuen Bewohnern Glück brachte.

Marc brachte Lena zurück nach Arzberg, unterwegs kaufte sie drei Döner Kebab, über die sich Jessica und Jan freuten; die längere Abwesenheit der Mutter war ihnen gar nicht aufgefallen. Sie waren so sehr

344

mit sich selbst beschäftigt, dass ihnen entging, wie verändert ihre Mutter war, denn intensiven Sex sieht man Menschen noch eine gewisse Zeit danach an, ähnlich wie Sportlern das Glücksempfinden nach einer erfolgreichen Leistung; Glanz in den Augen, Rot auf den Wangen, emotionale Erschöpfung in der Stimme, ein Grinsen um die Mundwinkel. Lena wusste nicht genau, was angefangen hatte, aber dass diese so unerwartete wie aufwühlende Begegnung ihr Leben verändern würde, war ihr klar.

Immobilien wurden zu ihrem Movens, zur Triebfeder für die längst überfällige Veränderung. Es gab kaum einen stichhaltigeren Grund, sich und sein Leben zu ändern, als der Sex mit und die Liebe zu einem Menschen, der ja das eigene Leben und den persönlichen Erfahrungsschatz um eine ganze, neue Welt bereicherte und damit auch komplizierte.

Marc führte Lena in die Welt der Immobilien ein. Stadt- und Reihenhäuser, verlassene, denkmalgeschützte Gehöfte in Eifel, Hunsrück und Westerwald, Auto-Werkstätten mit Einliegerwohnung, Ateliers und Apartments, mit und ohne Aufzug, barrierefrei, mit Balkon und großzügigem Bad, Fußbodenheizung. Sie liebten sich als Makler und Maklerin, komplett durch alle Immobilien und Rollenspiele als Verkäufer und Käuferin, als Zwangsvollstrecker und Vollstreckte, als Polizist und Hausbesetzerin, als Ehemann und Ehefrau in der letzten Stunde in ihrem Eigenheim, als Hausfrau und Briefträger, als Nachhilfeschüler und Lehrerin. Sie studierten Unterlagen über Hypotheken, Tilgung, Darlehen, Kaution und Kataster. All die Ländereien, Parzellen, Anwesen, Besitztümer, der Grund und Boden, Feld und Flur, Liegenschaften, all die Liebschaften und Schicksale um Erbstreitigkeiten, Pleiten, Konkurse und Zwangsversteigerungen von halbfertigen Objekten. Abschreibung, Rendite und Bausparverträge, Eigenleistung und Eigenheimzulage, ein Haus war nicht nur ein Haus. Jedes Haus war ein Kosmos, war eine Geschichte. Feuchte Altbauten voller Schimmel aber mit toller Aussicht. Lofts, Luft- und Lustschlösser, missbraucht als Römerbad, Saunaclub, Edelbordell, Orte von Orgien, Dienstbarkeit, Prostitution und Provision.

Lena träumte von Doppelgaragen und Einbauküchen, sie dachte in Kategorien wie Baujahr und nutzbarer Wohnraum, sie reflektierte über Sanierungskosten und Zuschüsse für Wärmedämmung, füllte Anträge für Solaranlagen aus. Nach drei Monaten und unzähligen Geschlechtsakten überließ Marc ihr das erste Objekt, eine Eigentumswohnung in Bendorf, die zuletzt von einer Prosituierten, „Chantal mit gr. OW, OV + BV", genutzt worden war. Die Wohnung war leer und besenrein, als Marc und Lena sie besichtigten und Lena Marc damit überraschte, dass sie die Bedeutung aller Abkürzungen kannte. „Im

Internet recherchiert"; das lud nicht nur zu Rollenspielen sondern auch zu Wortspielen ein, „Ab-Kür-Zungen in Gewerbeobjekten".

Sie beschäftigte sich mit Stadtplanung und dem preußischen Stadtplaner James Holbrecht, der mit der Verbesserung von Stadtentwässerungssystemen wesentlich zur Gesundheit nicht nur der Berliner beigetragen hatte. Sie gelangte zu der Auffassung, dass Stadtplaner und Politiker, die heute noch auf der grünen Wiese Wohngebiete für junge Familien aus dem Boden stampften, hinter Gitter gehörten. In zwanzig, dreißig Jahren, wenn die Kinder erst einmal ausgezogen waren, dauerte es nicht mehr lange, bis man hier ein Rentnerghetto hatte.

Der Goldpfad war auf seiner gesamten Länge zwar über Jahrzehnte hinweg gewachsen und besaß damit einen guten Generationenmix, aber in ihrer unmittelbaren Umgebung, in den Häusern, die in den späten Fünfzigern und frühen Sechzigern gebaut wurden, waren Dreiviertel der Bewohner über achtzig Jahre alt. Ab den Achtzigern und Neunzigern des letzten Jahrhunderts waren Lenas und Martinas Kinder die einzigen in der Nachbarschaft. Erst in den letzten zwei Jahren sah man außer den Alten, die mit Rollatoren oder ihren Autos unterwegs waren, auch wieder Kinder, die zur Schule liefen.

Nach weiteren drei Monaten waren Lena und Marc nicht nur offiziell ein Paar und Geschäftspartner, eigentlich Kollegen, er Angestellter der Sparkasse, sie selbständige Immobilienagentin im Auftrag der Sparkasse, sondern stellten Überlegungen an zusammenzuziehen, denn Marc suchte eine neue Wohnung, „sollen wir uns nicht zusammen etwas suchen, Lena?"

Früher oder später musste diese Frage kommen, und eigentlich war der Zeitpunkt gar nicht so schlecht, sie kannten sich jetzt immerhin schon ein halbes Jahr und sie verstanden sich sehr gut, nicht nur sexuell und beruflich, sondern gewissermaßen auch privat, also in allen Bereichen, die nichts mit Sex und Geschäft zu tun hatten. Jessica war kein Problem, die hatte sich an der Uni in Mainz eingeschrieben für Deutsch und Englisch, Walter würde alleine zurechtkommen, wenn Lena sich weiterhin finanziell an der Erhaltung des Hauses beteiligte. Was bedeuten konnte, dass sie einen Teil vermieteten. Das Problem war natürlich Jan. Wenn sie ihn fragte, bekam sie Antworten wie „ist mir egal" oder „du machst doch sowie so, was du willst" oder „ich geh euch doch völlig am Arsch vorbei."

Es war schwer, damit umzugehen, denn auf Diskussionen ließ sich der Junge nicht ein, weder durch inständige Bitten, noch durch alternative Angebote.

Three male role models, habe der Junge, meinte Walter, drei männliche Vorbilder, drei alternative Angebote, als Mann erwachsen zu werden; laut Lena womöglich eine *contradictio per se*, wenn sie sich die drei Angebote ansah. Marc war von den Dreien sicher noch der konventionellste, bürgerlichste. Nach der Mittleren Reife hatte er bei der Sparkasse angefangen und seine Ausbildung bravourös absolviert. Er hatte Karriere gemacht im Laufe der nun rund dreißig Jahre Zugehörigkeit zum dem Geldinstitut. Er verdiente gut, hatte sich schon vor fünfzehn Jahren die erste Eigentumswohnung gekauft, ein paar Jahre später eine weitere Immobilie, die er nicht selber nutzte, sondern seitdem vermietete. Bis Anfang Dreißig hatte er bei den Eltern gelebt, war Einzelkind, nie verheiratet, hatte aber immer Beziehungen gehabt, denn er war gesellig, ein kommunikativer Mensch, und kam durch seine Arbeit in Stadt und Land herum.

Walter und Jens waren nicht so ganz gerade durchs Leben gekommen, aber beide waren als nun über Fünfzigjährige durchaus nicht im Leben gescheitert, jeder hatte für sich seinen Weg gefunden und keinen Vater mehr vor und über sich. Beide waren lebenslustige Optimisten, die ihre dunklen Seiten und Phasen mit zunehmendem Alter besser beherrschten, so dass Lena hoffte, auch ihr Sohn würde eines Tages zu sich finden. Und deswegen hatte sie auch nichts dagegen, wenn er zwischen den drei Männern hin und her pendelte.

Erster Wohnsitz war natürlich bei Lena und Marc, in dessen großzügiger Stadtwohnung. Sein Zimmer im Goldpfad durfte Jan behalten. Seinen Vater sah er mindestens einmal im Monat in Köln, meist ein ganzes Wochenende. Das war okay für Lena. Sie wollte einfach nur, dass er seine Möglichkeiten ausschöpfte, er musste nicht unbedingt Abi machen wie seine Schwestern. Er war ja nicht dumm, sein Problem waren die Fehltage.

„Es ist aber doch Dummheit, wenn man so oft fehlt", war Walters Vorwurf an Jan, „du musst das so hinkriegen, dass dir nichts passiert. Nicht übertreiben. Verstehst du, immer wissen, wie man Probleme verhindert, die man nicht mehr meistern kann."

Sobald es aber Probleme gab, schwierig wurde, wich Jan aus, verschwand, blieb weg, aber die Probleme blieben, wurden schlimmer. Er gehörte nicht zu denen, die laut wurden oder aggressiv. Seine provokante Verschlossenheit hatte schon immer eher andere dazu gereizt, laut zu werden. Für Lena war Jan so etwas wie ein wandelnder Vorwurf, eine wandelnde Anklage, ohne dass sie gewusst hätte, was er ihr vorwarf. Dass sie mit einem anderen Mann die Küche und das Schlafzimmer teilte? Jesus und Maria, Jens war vor mehr als zehn Jahren weggezogen und Jan dürfte mitbekommen haben, mit wie vielen Weibern sein Vater seitdem das Bett geteilt hatte.

Lena ging langsam auf die Fünfzig zu, ihre zweiten Wechseljahre, wenn sie nicht schon begonnen hatten, waren sicher nicht mehr fern. Frauen mussten im Gegensatz zu Männern diesen Prozess ja zweimal durchmachen, rein in die Geschlechtsreife in der Jugend, raus aus der Geschlechtsreife mit Fünfzig, Sechzig, je nachdem. Schon bevor sie mit Marc zusammengekommen war, hatte sie nach jahrelangem Aussetzen wieder die Pille genommen; und die tat ihr gut, bis jetzt jedenfalls. Das neue Leben war einfach anders und das neue Leben war äußerst kompliziert. Ihr Sex- und Erwerbsleben war prima, das Privatleben, soweit es sie und Marc betraf, auch, das Familienleben mit Marc und Jan war eine Katastrophe von Anfang an. Und wenn Lena nicht riskieren wollte, dass alle Aspekte ihrer Beziehung mit Marc den Bach runter gingen, musste sie handeln.

Da Jan nicht ganz zu seinem Vater nach Köln ziehen wollte, noch nicht, ging sie mit Jan zurück in den Goldpfad, so konnte sie wenigstens Marcs Geliebte und Geschäftspartnerin bleiben.

Walter beim BRD, dem BerufsRehabilitationsDienst
1996 – 2006

Ein Bild aus der Natur konnte am besten Walters berufliche Entwicklung beim BRD beschreiben. Sah man das Ergebnis, den Vollzeitjob als *personal assistant* der Pädagogischen Leitung, positiv, bot sich das Bild der Quelle an, die zu einem Bach, einem Fluss wurde und schließlich im Meer sinnvoller Beschäftigung mündete. Sah man das Ergebnis negativ, so hätte man das Bild der Lawine heranziehen können, die sich aus einer Schneeflocke zu einem immer größer und schneller werdenden Schneeball entwickelte, der als Lawine alles niederwalzte, was ihr auf ihrem Weg in die Quere kam. Beide Bilder waren zutreffend und gingen konkret mit der Aufgabe jeglicher literarischer Aktivitäten einher.

Die Anfänge jedenfalls waren so winzig, dass man im Nachhinein kaum noch schlüssig nachvollziehen konnte, wo und wann es begonnen hatte. Lawine wie Bachlauf hatten ihren Ursprung womöglich an einer Wasserscheide, über die Walter einmal ein Gedicht geschrieben hatte: The Great Divide. Bei Walter war die Reaktionskette leicht zu verfolgen. Vom Studium des Lehramtskandidaten ging es über *Creative Writing* zum Schreiben, zur Existenz des Schriftstellers. Vom Schriftsteller ging es zum Dozenten für Kreatives Schreiben und vom Dozenten für Kreatives Schreiben zum Dozenten für Englisch. Vom freiberuflichen Dozenten für Englisch ging es zum angestellten Ausbilder und schließlich zum Beruf des Lehrers für Englisch. Er war auf Umwegen da gelandet, wo er schon vor rund dreißig Jahren hätte sein können. Dann wäre er Beamter geworden und wesentlich besser gestellt. Walter sah sich jedoch nicht als Gescheiterten, sondern als jemanden, der entgegen aller Vorurteile und Vorwürfe auch außerhalb der Literatur und als Spätberufener erfolgreich war. Der Weg, den er gegangen war, forderte erheblich mehr an Kompetenz, Leistungsbereitschaft und Wandlungsfähigkeit.

Denn jede Veränderung fegte Altes hinweg und schuf Neues. Aus der knochentrocknen elektronischen Datenverarbeitung, EDV, war durch die epidemische Verbreitung des *Personal Computer* etwas losgetreten worden, was innerhalb kürzester Zeit die Welt, große Teile der Welt jedenfalls, revolutionierte. Noch Anfang der Achtziger hatte Walter als Kurierfahrer nachts Kontoauszüge aus dem Rechenzentrum in die Filialen der Raiffeisenbank gefahren. Allein die Tatsache, dass die Rechner mit immer kleineren Mikroprozessoren ausgestattet wurden, machte beispielsweise solche Fahrten überflüssig, denn bald konnte jeder seine Auszüge an jedem Terminal seines Geldinstituts und zwar bundesweit ausdrucken.

Es entstanden neue Berufe. Das Berufsbild des Fachinformatikers wurde 1997 in Deutschland zusammen mit den drei weiteren IT-Ausbildungsberufen Informatikkaufmann, IT-Systemkaufmann und IT-Systemelektroniker in der Verordnung über die Berufsausbildung im Bereich der Informations- und Telekommunikationstechnik geregelt. Erste Ansätze dazu hatte es bereits 1993 und 1994 gegeben.

Nimmt man die politischen Entwicklungen, Zusammenbruch des Ostblocks mit der deutschen Wiedervereinigung, Zusammenwachsen der Europäischen Union, sowie insgesamt die Globalisierung, dazu, erkennt man leicht, wie umfassend sich die Welt änderte. Für Walter, der ja Englisch studiert hatte, bereits Erfahrung als Dozent gesammelt hatte und seit Ende der Achtziger mit dem PC arbeitete, war es ein Leichtes, in diesen Berufsfeldern Fachenglisch zu unterrichten.

Es gab gehörige Anlaufschwierigkeiten, Lehrbücher gab es kaum, die ersten Prüfungen waren, gerade was den englischen Teil anging, voller Fehler. Aber auch die handwerklichen Berufe wie Dreher und Fräser, und vor ihnen die Technischen Zeichner, veränderten sich durch CAD, Computer Aided Design, CNC, Computer Numerical Control, bis hin zu CAM, Computer Aided Manufacturing, bei dem der gesamte Produktionsprozess von Computern gesteuert wurde.

Am PC erstellte Zeichnungen von Bauteilen und Werkstücken, digitale Dateneigabe an Maschinen statt Handzeichnungen und Einrichten durch manuelle Eingabe der Maße. Im Bereich Maschinenbau hatte diese Entwicklung bereits kurz nach dem Zweiten Weltkrieg begonnen. Englisch war aus keiner Ausbildung mehr wegzudenken. Und das war Walters Chance; und Walter nutzte sie.

Es begann 1996 mit einem Englisch-Intensivkurs; insgesamt vier Lehrer unterrichteten einen Sechswochenkurs von gut zwanzig TeilnehmerInnen Vollzeit Englisch. Die Vormittage waren der eigentliche von

englischen Muttersprachlerinnen abgehaltene Sprachkurs; Walters
Aufgabe war, nachmittags zu ergänzen und zu vertiefen, sowie lan-
deskundliche Aspekte hineinzubringen oder auch mal Texte von
Popsongs. Später übernahm er, aufgrund der Fluktuation bei den
Dozenten, zudem einen großen Teil des Vormittagsprogramms. Diese
Kurse von je sechs Wochen liefen zwei Jahre lang mit Unterstützung
des Arbeitsamtes.

» 31. Oktober 1997:
Gestern neun Stunden BRD-Kurs, von acht morgens bis nachmittags
viertel vor vier. Aber es ging. Am Tag vorher hatte ich einen Teilnehmer
zusammenscheißen müssen, der ist dann gestern weggeblieben; gut so.
Das kommt natürlich auch vor. Wenn man so locker ist wie ich, so spaßi-
gen Unterricht macht, dann glauben manche, sie müssten noch eins
draufsetzen. Naja. Gestern dann allerdings nichts geschrieben, seit gut
vierzehn Tagen ununterbrochenen Schreibflusses eine kleine Atempause. Das wird ohnehin, entgegen sonstiger Gepflogenheiten, zum Ende
hin schwieriger und langwieriger. Das liegt in erster Linie an der kniffli-
gen Feinarbeit mit den Wagnersachen. Piddelskram. Aber auch im Plot
fällt mir immer wieder was ein. So soll der Schatz nicht im Denkmal
selbst liegen, sondern in einer Kammer unter dem Rhein (!), zu der der
Zugang nur über das Denkmal erfolgt. Nun bekommt auch die Gang-
stermaßnahme, die eher jungen und kräftigen Leute zurückzubehalten,
einen Sinn: Die Männer müssen durch den engen Gang den Schatz nach
oben schleppen, während die Frauen weiter auf ihren Plätzen als Geiseln gehalten werden.
15. Dezember 1997:
Die Affinität zum Tod ist derzeit größer als die zum Leben, ich habe das
Gefühl, daß ich mich zu Tode saufe. Das Finanzamt hat meinen Stun-
dungsantrag abgelehnt, ich fasse da aber noch einmal nach, mit nicht
allzu viel Hoffnung. Komischerweise habe ich auf dem Konto über 8.000
DM, der Auszugsdrucker funktionierte nicht, so daß ich nicht genau
weiß, wie das zustande kommt. Das BRD-Honorar kommt üblicherweise
nicht so früh. Andererseits hatte ich damit gerechnet, daß die Nachzahlung für 1996 schon abgebucht sei. Irgendwie wird's schon gehen. «

Bald darauf entstand unter den freiberuflichen Dozenten große Unruhe und Verwirrung, weil zum einen die sogenannte Scheinselbständigkeit bei Dozenten verfolgt wurde, die nur einen Auftraggeber
hatten, deren Status, da sie oft auch einen Schreibtisch in der Ausbildungsstätte hatten, de facto eine abhängige Beschäftigung war. Zum
anderen sollten die ‚echten' Selbständigen ihren Beitrag in der gesetz-
lichen Rentenversicherung leisten, und zwar den vollen Betrag von

rund zwanzig Prozent, wobei danach noch das gesamte Einkommen zu versteuern war. Honorare, die dann noch einen Gewinn abgeworfen hätten, waren am Markt nicht zu realisieren. Höchstens für Computerfachleute, die über einhundert DM pro Stunde verlangen konnten. Für die anderen Lehrkräfte war allerhöchstens die Hälfte Standard. Viele Muttersprachler gaben die Jobs auf, manche verließen sogar Deutschland, andere Dozenten, wie Walter, gingen ein festes Beschäftigungsverhältnis ein. Ab dem ersten Oktober 1998 war er freier Mitarbeiter im Englischunterricht in der Ausbildung zu den IT-Berufen. Im Sommer 2001 begann er, was seinem sterbenden Vater das Gefühl gab, der Verpflichtung seiner ersten Frau, sich um Walter zu kümmern, Genüge getan zu haben, mit einem Zweijahresvertrag seine erste feste Anstellung in Teilzeit, vierundzwanzig von den üblichen achtunddreißig ein halb Arbeitsstunden pro Woche im öffentlichen Dienst.

» 3. Mai 2001:
Also, beim BRD wird es entweder eine halbe oder eine dreiviertel Stelle geben, das werde ich nächste Woche erfahren. Ich weiß nicht, ob das eine gute oder schlechte Nachricht ist. Eher eine gute, denn die wirklich schlechte wäre ja wohl gewesen, wenn ich gar keinen festen Zeitvertrag bekäme. Das wären entweder knapp unter oder recht deutlich über 2.000 (netto), schätze ich mal, was das Doppelte ist von dem, was ich zurzeit einnehme. Aber vor allem werden sich meine Ausgaben drastisch reduzieren. Halbe Krankenkasse, halbe Rente und die Lohnsteuer wird einbehalten, dh ich habe keine Vorauszahlungen mehr zu leisten. Und ich werde weiter schriftstellerisch tätig sein (müssen); auch die VHS-Kurse laufen erst mal weiter. Naja, wenn ich jetzt noch den PC hinbekomme, sieht die Welt schon wieder ganz anders aus. «

Nicht nur die VHS-Kurse liefen weiter, sondern 2002 begann Walter auch an der Fachhochschule zu unterrichten. Nachdem Vater gestorben war, zeigte sich für ihn und seine Schwester Lena sehr deutlich, dass der Unterhalt des Hauses regelmäßige Einnahmen erforderlich machte. Ab 2003 erhöhte Walter deshalb mit seinem zweiten Zweijahresvertrag die Stundenzahl auf dreißig.

» 2003-06-11:
Mal wieder Wasser im Keller. Leider hatte ich gerade den neuen Korkboden gelegt. Naja, das wird ein Versicherungsschaden. Dieses Mal mache ich da nix mehr selber. Scheiße.
2003-06-12: Scheiße, doch! Das ist nicht versichert. Es ist alles raus, Böden, Möbel, nun wird saniert, aber gründlich dieses Mal.

2003-06-18: Heute ist der Mutmacher-Artikel in der RZ, im Bereich „Kultur regional" bin ich der einzige von, ich weiß nicht, fast fünfzig Mutmachern in dieser Mutmacher-Ausgabe. Eine halbe Seite über den Schriftsteller, der anderen Mut zum Schreiben macht; sehr ansprechend. «

Die Veränderungen gingen weiter. Aus dem Arbeitsamt war die Agentur für Arbeit geworden. Das alte Arbeitsamt war neben anderen Sozialversicherungsträgern eine der Einrichtungen, die Rehabilitanden an den BRD geschickt hatte. Berufliche Rehabilitation bedeutete eine zweijährige Vollausbildung. Rehabilitanden waren Menschen, die bereits eine Erstausbildung erhalten hatten und in ihrem alten Beruf nicht weiterarbeiten konnten. Klassische Fälle waren Fernfahrer mit Rückenschaden, schwere Arbeitsunfälle oder auch Allergien bei Bäckern oder Friseurinnen.
Rehabilitation konnten nur Menschen in Anspruch nehmen, die selbst über ihre Beiträge diese Art von beruflicher Wiedereingliederung finanzierten. War der BRD bis 2004 mit fast achthundert *Rehabs* überbelegt, so sank die Zahl innerhalb von zwei Jahren um die Hälfte. Der BRD war nicht nur eine Ausbildungsstätte, die sowohl den theoretischen, schulischen Teil als auch den praktischen, betrieblichen Teil der Ausbildung übernahm. Dazu kamen außerdem ein ärztlicher und psycho-sozialer Dienst, ein Internat, die Kantine, die Verwaltung. Wenn eine solche Einrichtung sparen musste, konnte sie nicht den Strom abschalten, Gebäude abreißen oder die teuren CNC-Fräs-Maschinen verschrotten, sie konnte das nur über das Personal.
Die Agentur ging dazu über, berufliche Reha-Maßnahmen in der Zeit erheblich zu kürzen, maximal waren sechsmonatige Lehrgänge möglich, und alle diese Maßnahmen zentral, das hieß in diesem Fall im Regionalzentrum Frankfurt, auszuschreiben. Das wiederum führte dazu, dass kleine Anbieter, die lediglich ein paar feste Mitarbeiter hatten, und erst bei Zuschlag Räumlichkeiten anmieteten und Dozenten für gerade mal sechzehn Euro die Stunde unter Vertrag nahmen, einen nicht auszugleichenden Wettbewerbsvorteil hatten.
Über die Qualität dieser Maßnahmen musste man nicht reden, es ging darum, Geld zu sparen. Agenda 2010. Nun hatte Walter eine Arbeit gefunden, die ihm Spaß machte und regelmäßig gutes Geld einbrachte, da schien sich auch das wieder in Luft aufzulösen.

» 2005-04-14:
Mittlerweile bin ich mir fast hundertprozentig sicher, dass meine Tage beim BRD gezählt sind. Und zwar etwa dreißig, ich weiß nicht genau, wie viele Tage Urlaub mir noch zustehen, eventuell muss ich auch den ein

oder anderen Tag noch opfern, weil ich mein Gleitzeitkonto ziemlich überzogen habe. Ich hab einfach keinen Bock mehr. Tja, was dann wird, steht in den Sternen. Wenn ich ein wenig Polster hätte, könnte ich mich wunderbar ausspannen, in Haus und Garten arbeiten, mich den Sommer über erholen. Aber mit den 1.000 Arbeitslosengeld I läuft da nicht viel. Es ist ja noch nicht aller Tage Abend.

2005-04-27:

Heute war ein wichtiger Tag! Erst die Betriebsversammlung mit sehr widersprüchlichen Informationen, dann das Gespräch mit Frau Förster, das auch keine endgültige Klärung brachte, aber immerhin ein wenig mehr Klarheit. Die Möglichkeiten sind wie folgt. Es wird eine neue Stelle ausgeschrieben, auf die ich mich bewerben werde. Es wird eine Stelle sein, die es noch nicht gibt und deren Spezifika nicht festgelegt sind. Ich habe mich aber angeboten, ein Profil dazu zu erstellen. Und ich werde mich natürlich nicht darum bemühen, das Stellenprofil so zu formulieren, dass es für meine Bewerbung ungünstig ist. Ich will keine Prognosen abgeben, mich nicht in Wahrscheinlichkeiten ergehen, die Chance jedenfalls ist da. Und sollte ich sie bekommen, so wäre ich die Treppe hinaufgefallen, was auch für die Rente und eine spätere Arbeitslosigkeit von unschätzbarem Wert wäre.

Schließlich bringt mich ab jetzt jedes Jahr um zehn Prozent der Rente näher. Progressiv betrachtet dann jeweils sogar mehr. Sollte ich die Stelle nicht bekommen, habe ich mir die Option erbeten, bis Ende des Jahres bei gleichen Bedingungen zu bleiben. James geht dann von 100 auf 40 % mit der Gewissheit, danach einen Zeitvertrag mit 100 % Stelle zu bekommen. Die Variante beide auf 60 % mit einem Zweijahresvertrag habe ich für mich abgelehnt, weil ich das Risiko, jetzt auf 60 % zu gehen und in einem oder zwei Jahren auf 60 % der 60 % beim ALG, einfach zu groß ist. Dann gehe ich lieber jetzt in die Arbeitslosigkeit mit relativ hohem ALG I und der Möglichkeit, mich völlig neu zu orientieren. Wenn ich mich auf die 60/60 Lösung einließe, würde ich meinen Handlungsspielraum drastisch reduzieren, weil ich ja in zwei Jahren voraussichtlich auch nicht jünger sein werde. So sieht's aus.

2005-05-31:

Neues gibt es eigentlich nicht. Am 13. ist das Bewerberauswahlverfahren, acht KandidatInnen gibt es, mehr weiß ich noch nicht. Aber wie der Zufall (?) so spielt, Jenny erhielt heute irrtümlich eine Mail, die an alle Betriebsratsmitglieder gesendet wurde (Jenny ist kein BR-Mitglied), und in der Mail wurde zu absoluter Verschwiegenheit aufgefordert in Sachen „Praktiken", die es bei der Ausschreibung zur neuen Stelle wohl gegeben haben soll/muss. Ich könnte das jetzt leicht auf mich und die Tatsache beziehen, dass ich bei der Formulierung der Stellenbeschreibung mitgeholfen habe, ich ziehe das zwar ins Kalkül, bin aber jederzeit in der Lage, mir auch ganz andere Bezugspunkte auszudenken. Anyway. Ich bleib kühl und gehe gefasst in die Entscheidung. Ich war ja eigentlich nie ein sehr kompetitiver Charakter, aber das hat sich wohl geändert, und jetzt gehe ich mit einer gewissen Aggressivität in diese Sache – mit der Gewissheit, dass auch ein negativer Bescheid mich nicht wirklich aus der Bahn wird werfen können. Aber dass dann wirklich alle Karten neu gemischt werden, ist schon klar. Und es gäbe wohl keine bessere Gelegenheit den richtigen Schnitt zu machen, wenn es denn schon sein muss. Dann richtig.

2005-06-08:

Ach, Kinder, was ist nur in der Welt los?! Nun werde ich nächste Woche zum ersten Male in meinem Leben ein Assessment-Center durchlaufen, immerhin für jeden der vier letzten aus den insgesamt acht Kandidaten zwei Stunden an den zwei Tagen. Natürlich bereite ich mich vor, soweit das geht. James hatte gestern ein Vorstellungsgespräch in Heidelberg, Freitag wird er dort eine Lehrprobe abhalten. Bekäme der die Stelle dort, könnte ich hier sogar mit Englisch weitermachen, wenn, ja wenn nicht gar alles den Bach runter geht. Ab 1. Juli wird es jedenfalls Kurzarbeit geben. Für mich gibt es zu den beiden Optionen, die neue Stelle oder die von James, eine weitere, nämlich bei der Bundeswehr, zwölf Stunden die Woche, das wäre dann ein Basisverdienst, der mit anderen Einnahmen aufgestockt werden müsste. Zudem habe ich eine Bewerbung für die FH in Erfurt fertig gemacht, da wird eine Lehrkraft für technisches und kaufmännisches Englisch gesucht. Da passe ich verdammt gut rein. Aber: Erfurt? Und auch nur für zwei Jahre. Ich denke, ich würde es nehmen. Ein Zimmerchen dort, und hier einiges vermietet; ich könnte was ansparen.

2005-06-16:

Was sich abzeichnete, ist nun Wirklichkeit geworden: Ich habe das AC „gewonnen"! Nun müssen noch der Geschäftsführer und der Betriebsrat zustimmen, dann habe ich einen neuen Vertrag; wohl für zwei Jahre. Volle Stelle, da wir aber ab Juli wahrscheinlich Kurzarbeit haben, wird sich das mehr oder weniger aufheben, ich könnte sogar weiterhin freitags FH machen. Damit habe ich aber Zeit, bis das im WS wieder losgeht. So wie es aussieht, werde ich dann der Einzige sein, dessen Gehalt im Juli höher ist als im Juni; wenn auch nur geringfügig. Wichtig ist jedoch, dass meine Beiträge in AL-Kasse und BFA auf 100 % meines neuen Gehaltes berechnet werden, und das bedeutet, beides wird in die Höhe gehen. Natürlich bin ich gespannt, ob es mir/uns gelingen wird, eins meiner Konzepte zu verkaufen. Wegen meiner konzeptionellen Kompetenz vor allem bin ich ausgewählt worden. Meine Präsentationen waren sehr gut. Am zweiten Tag sagte mir der eine Psycho, man sei von meiner Präsentation am Vortag begeistert gewesen, wovon ich da allerdings nichts bemerkt hatte. Pokerfaces. Meine Schwächen liegen wohl in der kommunikativen Verkaufskompetenz, sowie in meinem Selbstbewusstsein, wodurch ich bekanntlich gelegentlich überheblich wirke. Beides sind mir natürlich bewusste Tatsachen und hat ja auch in anderen Bereichen schon zu Nachteilen geführt. «

Walter hatte nun seinen dritten Zweijahresvertrag und zwar Vollzeit, allerdings mit der Aussicht auf Kurzarbeit. Kettenverträge waren nicht erlaubt, eigentlich war sein dritter Vertrag schon gleichbedeutend mit einer unbefristeten Einstellung. Walter wollte aber erst einmal die weitere Entwicklung abwarten und sich alle Optionen offen halten. In seinen späteren Bewerbungsschreiben las sich diese Zeit so:

Aktivitäten, Veranstaltungen und Fortbildungsseminare im Rahmen der „Stabsstelle Innovative Kompetenzfelder" bei der Pädagogischen Leitung des BRD
21./22. September 2005: Seminar „Einführung in die EU-Förderung", Bonn.
20./21. Oktober 2005: Bildungskonferenz 2005, Neuss/Düsseldorf .
Herbst 2005: Beteiligung an der Ausschreibung des Berufsförderungsdienstes der Bundeswehr. Zuschlag für 29 Fortbildungsmaßnahmen. Die Kurse wurden von mir im BRD betreut.
15./16. November 2005: Bundesfachtagung „Weiterbildung und Arbeitsmarktpolitik", Bonn.
2005 und 2006: Teilnahme an verschiedenen Ausschreibungen des Regionalen Einkaufszentrums Frankfurt der Bundesagentur für Arbeit, z. B. BvB, Trainingsmaßnahmen.
18. Januar 2006: Workshops „Vorbereitung Ausschreibungen", Bonn.
24./25. Januar 2006: Workshop „Möglichkeiten der Implementierung von E-Learning-Angeboten in der Berufsförderung in Kooperation mit der Bundeswehr und der Helmut-Schmidt-Universität" in Hamburg, Bergisch-Gladbach.
3. Februar: Ca. 40 Arge-Vertreter im BRD mit einem Vortrag meinerseits vor dem Plenum, sowie Leitung eines der Workshops.
10. Februar: Gespräch bzgl. Lehrstellen im BRD (Fit for job) mit Arge Mayen-Koblenz, Caritas Andernach, Kölner WIFA.
13./14. März 2006: Bundesfachtagung „Berufsvorbereitung und Berufsausbildung", Bonn.
16. März: Agentur für Arbeit, Montabaur: Wegebau (Projekt für Arbeitslose).
30. März: Führung einer Chinesischen Delegation durch den BRD.

24. – 28.4.2006: Teilnahme an einem Informationsaustausch im Rahmen des EU-Projektes *Equal* bzw. *Eminus*, WijK aan Zee (NL), Besuch der Berufsschule *Horizon College* in Alkmaar.

1. Juni 2006: Besuch bei der Arge Westerwald. Konzept zur Integration U25 erstellt (InBAr).

21. Juni 2006: Job- und Ausbildungsmesse des BFD in Lahnstein. Betreuung des BRD-Standes.

Juli 2006: Grobkonzept einer Trainingsmaßnahme U25 für die Arge Koblenz.

Kurz danach erhielt Walter die Kündigung zum dreißigsten September aus „betriebsbedingten Gründen". Keiner von den drei festangestellten Englischlehrern, James, Jenny und Walter, blieb, ihren Job übernahm wieder eine selbständige Dozentin, bei der sich dann niemand mehr darum kümmerte, wo ihr Schreibtisch stand. Die über fünfzig Kündigungen betrafen alle Bereiche außer der Verwaltung, zu der ja auch die Personalabteilung gehörte, die in einer Reihe von Verfahren vor dem Arbeitsgericht einige der Kündigungen zurücknehmen musste.

James war in Heidelberg an einer privaten Universität, Jenny in Trier an einer konfessionellen Berufsfachschule, Walter arbeitslos, abgesehen davon, dass er weiterhin an der VHS und der Fachhochschule unterrichtete und deshalb in Koblenz blieb. Er erhielt eine Abfindung, die Personalverwaltung wollte keinen weiteren Gang vor das Arbeitsgericht riskieren und akzeptierte Walters drei Kettenverträge stillschweigend als unbefristete Anstellung und damit seinen Anspruch auf eine Abfindung, und die war immerhin fünfstellig. Da Walter glaubte, im Bildungsmanagement, also in der Konzipierung und Betreuung von beruflicher Fortbildung, eine neue Aufgabe gefunden zu haben, versuchte er die Kontakte, die er in dem einen Jahr hatte knüpfen können, für eine Neuanstellung zu nutzen; die Lehrtätigkeit sah er als Übergangslösung an.

Von null bis zehn, die Erzählungen

„It was a wrong number that started it, the telephone ringing three times in the dead of night, and the voice on the other end asking for someone he was not." So begann Paul Auster seinen Roman "City of Glass", den Walter Ende 2003 in der „The New York Trilogy" Ausgabe von 1988 gekauft hatte. Die falsche Nummer, das Telefon, das dreimal läutete und ihn an die Stelle im Markus Evangelium erinnerte: Ehe der Hahn zweimal kräht, wirst du mich dreimal verleugnen. Walter hätte gerne gewusst, wie der Übersetzer „in the dead of night" übersetzt hatte, kaufte sich aber keine deutsche Ausgabe; und dann die Stimme am anderen Ende, die nach jemandem fragte, der er nicht war. Eine komplexere Exposition war kaum denkbar.

Eine falsche Nummer trat etwas los. Was? Warum die Metapher „in the dead of night", die natürlich mitten in der Nacht bedeutete; dennoch: Tod und Nacht! Wer ist die andere Stimme? Und vor allem: Wer ist ER, aus dessen Perspektive erzählt wird? Das ganze Leben ein Irrtum, eine falsche Verbindung? Ein Verrat mit tödlichem Ausgang?

Wenn Walter Literatur interpretierte, fragte er sich nie, was der Autor dem Leser wohl sagen wollte, sondern er sah mit großer Genauigkeit auf das, was der Autor geschrieben hatte.

Und dann war ein Satz wie „It was a wrong number that started it" eine ungeheuerliche Aussage. „Ich schreibe nicht mehr", war ein Satz, den Walter sehr oft von sich gegeben hatte, nachdem sein Vater gestorben war. Ob es da ein Zusammenhang gab oder nicht, ließ sich nicht genau ausmachen, denn es gab viele Zusammenhänge, Gründe und Umstände, die sich in den letzten Jahrzehnten angesammelt hatten. Richtigerweise hätte man sagen müssen, dass es weniger an den Argumenten gegen das Schreiben lag, als vielmehr daran, dass Walter einfach verstummt war, was sein literarisches Schreiben anging.

Bevor man etwas sagte, überlegte man, ob man es sagen sollte, was man sagte und wie man es sagte. Warum sollte man reden? Wenn man nichts zu sagen hatte, bedurfte es keiner weiteren Überlegung zu schweigen. Von einer Schreibblockade wollte er nicht sprechen, weil er bisher immer nur dann geschrieben hatte, wenn er schreiben wollte. Blockaden, also schreiben wollen aber nicht können, kannte Walter nicht, Schwierigkeiten schon, auch mal Probleme, den Plot weiter zu entwickeln, Personen mit interessanten Charakteren auszustatten, überhaupt die richtigen Worte zu finden, aber das waren handwerkliche oder künstlerische Herausforderungen und keine Blockaden.

Was jetzt geschah, war nicht einmal ein Verlust, es war einfach so, als hätte er nie geschrieben, als sei da nur ein weißes, leeres Blatt, das weder Angst noch sonst etwas machte. Es war völlig ohne Belang.

Natürlich verstand jeder den Satz „ich schreibe nicht mehr" als Ankündigung, als Versprechen für die Zukunft, wogegen Walter sich nicht in der Lage dazu sah, Aussagen für die Zukunft zu machen. Er wusste, wie lange sein nächster Vertrag lief, er wusste, wann die nächsten Zahlungen für das Haus fällig waren, er wusste, wann sein Auto zum TÜV musste, er wusste, dass er nächsten Donnerstag gerne zum Volleyball gehen würde, aber wie sein Leben in der nächsten Zeit aussehen sollte oder könnte, wusste er nicht. Deshalb war seine Aussage "ich schreibe nicht mehr" eine reine Zustandsbeschreibung, die allein für den Moment galt, in dem sie geäußert wurde. Dass sie häufig wiederholt wurde, änderte nichts daran, verstärkte aber bei allen, die den Satz zu hören bekamen, den Eindruck der Endgültigkeit. Die Stärke seiner Empfindung speiste sich ja aus der Vergangenheit, aus den Erfahrungen, aus seinem gegenwärtigen Zustand; sie zog ihre Stärke nicht aus einer zukünftigen Entwicklung.

Wenn ein Mensch wusste, was Phasen waren, dann Walter, der durch so viele hindurch gegangen war. Er wusste deshalb auch, dass Phasen nie oder nur sehr selten lupenrein waren. Während die eine zu Ende ging, hatte die andere schon angefangen und eine dritte und womöglich vierte das Bild vorübergehend zusätzlich verwirrt. Dazu gab es externe Phasen, also gesellschaftliche und politische Entwicklungen, auf die man als Individuum keinen direkten Einfluss hatte, zu denen man sich aber verhalten musste; ob man nun dagegen ankämpfte, sich arrangierte oder alles ignorierte. Da alle diese Phasen in sich Entwicklungen unterworfen waren, formierte sich jeder einzelne Tag als nie dagewesenes und nie wiederkehrendes Unikat.

Am Ende des Studiums war er eine Zeitlang Student und Schriftsteller gewesen, dann Kurierfahrer und Schriftsteller, dann Schriftsteller und Dozent; Dozent, auch in den verschiedenen Ausprägungen als Ausbilder, Bildungsmanager und schließlich Lehrer. Zwei Jahre nach dem Erscheinen der „Rheinland Papiere" war er nur noch Lehrer. Ein paar Jahre lang. Es war keine Entscheidung gegen das Schreiben, nein, die Bereitschaft zum Schreiben stellte sich nicht mehr ein. Natürlich hatte das mit der Erfahrung zu tun, dass kein Roman nach „Roman Autobahn" mehr nennenswerte Verkaufszahlen erreichen konnte und sich damit die Frage stellte „für wen schreibe ich?"

Die Antwort lautete seit den ersten Schreibversuchen in Tübingen: „Erstens für mich selbst, zweitens im Dialog mit der Literatur und den Literaten, die ich lese, drittens für die Leser, die meine Bücher lesen wollen."

Daraus ergab sich auch die Hierarchie in der Verantwortung, in erster Linie war Walters Schreiben in seiner eigenen Verantwortung, verpflichtet dem Kanon und den literarischen Koordinaten, in denen er kommunizierte, sprach und angesprochen wurde, aber zu guter Letzt auch dem Lesepublikum, was bedeutete, dass er sich verantwortlich dafür fühlte, seine Literatur öffentlich zugänglich zu machen. Auch dann noch, als kein Verleger mehr Geld in Walters Arbeiten investieren wollte.

Da Walter schon lange mit dem PC vertraut war, dessen Geschwindigkeit und Anwendungsmöglichkeiten ihm völlig neue Wege eröffneten, er grafisch geschickt war und Spaß auch an dem haptischen, also konkreten Produkt Buch hatte, eignete er sich alle Fähigkeiten an, um seine Bücher nicht nur zu schreiben, sondern selbst herstellen zu können. Alles, was Walter nach der Jahrtausendwende publizierte, passierte über *book on demand*. Der Drucker Klein war tot, Druckerfeten mit Stripperinnen so lange her, dass sie kaum noch wahr waren. Ohne große Investitionen, mit geringen laufenden Kosten waren seine Bücher jetzt über alle gängigen Lieferwege erhältlich. Werbung konnte er nur gelegentlich betreiben und die Absatzzahlen blieben bescheiden, aber das betraf ja nicht nur Walters Bücher.

Überhaupt war die Wahrnehmung jener Menschen, die ihn kannten, nicht ganz im Einklang mit Walters Wirklichkeit. Er hatte einen, wenn auch kurzen, Eintrag bei Wikipedia, seine Website war mit einer Reihe von Stichworten hervorragend im Ranking bei Google, alle seine Bücher waren bei Amazon neu und gebraucht erhältlich. Für Menschen, die sich nicht wirklich mit dem Literaturbetrieb auskannten, sah das nach Erfolg aus. Ein Erfolg allerdings, das wussten diese Menschen nicht, der nichts einbrachte. Viele glaubten, Walters Bücher würden viel gekauft, aber kaum einer kaufte sie.

» 2005-07-29:
Oh Leute! Jetzt hab ich seit langer Zeit mal wieder schwarze Zahlen auf dem Konto zu verzeichnen. Kaum habe ich mich dazu entschlossen, die Schreiberei aufzugeben, wird alles besser. Ich habe Urlaub, die erste Woche ist zwar fast vorbei, aber es bleiben ja noch drei.

2005-08-09:
Es gibt noch eine andere Erklärung dafür, dass ich nicht mehr schreiben MUSS! Meine Musen, die mir keine andere Möglichkeit des Überlebens gelassen haben; sie sind alle weg, sie haben mich verlassen, ich habe mich von ihnen gelöst, womit offensichtlich auch das Loslassen dieses Lebensinhaltes einhergeht.

Ich habe es bisher nicht so gesehen, aber es hat einiges für sich. Und natürlich spielen auch die anderen Beweggründe (ausbleibender Erfolg) nach wie vor eine Rolle. Gar nicht auszudenken, wie ein neuer Erfolg sich auf die Beziehungen und damit auf mein Schreiben ausgewirkt hätte. Aber es liegt auf der Hand, es kann keine Koinzidenz, kein rein zeitlicher Zusammenhang sein.

2005-08-28:
30 Jahre sind genug! Da ich im Laufe der letzten drei Jahrzehnte immer wieder Neuigkeiten, die mein Schreiben betrafen, publik gemacht habe, ist es nur konsequent, auch den Schlusspunkt öffentlich zu machen. Inkonsequent und ein Widerspruch in sich wäre es, das Ende meines Schreibens in einem umfangreichen Schreiben zu erläutern, zu begründen, zu rechtfertigen oder Schuldzuweisungen vorzunehmen. Es ist

vorbei und das muss genügen. Wer mehr wissen will, kann das lesen, was schon geschrieben steht. «

Eine der vielen Varianten, die Walter durch den Kopf gingen, war eine öffentliche Bücherverbrennung, seiner eigenen Bücher natürlich. Aber am Ende blieb er einfach nur stumm in seiner Obskurität. Das wäre auch ein schöner Romananfang: *One day he turned mute in his obscurity.* Der Duden „auf der Grundlage der aktuellen amtlichen Regeln" von 2009 gab das Wort Obskurität mit Dunkelheit, Unklarheit an, „Der Kleine Stowasser" von 1967 bot für obscuritas: 1. Dunkelheit, 2. Undeutlichkeit, Unverständlichkeit und 3. Unberühmtheit an. Das Online-Wörterbuch dict.leo.org lieferte sechs Übersetzungen: die Dunkelheit, die Finsternis, die Obskurität, die Unklarheit, die Unverständlichkeit, die Verworrenheit.

Nichtschreiben war nur möglich mit Nichtlesen. Ein Jahr lang las Walter keine Bücher. Walter wollte nie Hobbyschriftsteller sein, weshalb alle seine Jobs immer Teilzeitjobs und zweitrangig waren im Vergleich zum Schreiben. Was aber nicht bedeutete, dass er nicht jeden Job, während er ihn ausübte, genauso ernst nahm wie das Schreiben. Mit dem letzten seiner Verträge beim BRD war Walter zum ersten Male Vollzeitbeschäftigter. Was ihm ein weiteres bequemes und nach außen gut vertretbares Argument lieferte, das Schreiben aufzugeben. Einen Roman schrieb man nicht nach Feierabend, am Wochenende, in den Ferien. Es sei denn, man hieß Kafka und lieferte neben fertigen Arbeiten eine Vielzahl von Fragmenten ab und starb mit Vierzig an Auszehrung; heute wäre das Burn-out.

Walter hatte sich die lapidare Maxime zu Eigen gemacht: Schreiben kann nur, wer lebt. Es brachge also gar nichts, sich für die Literatur aufzuopfern. In allen Jahrzehnten hatte es Krisen gegeben, die unterschiedlich schwer und lang waren und, wenn sie überstanden waren, einen Neuanfang markierten, eine Änderung im Ton und in der Sprache und eine Hinwendung zu neuen Themen. Auch in den Jahren vor der Jahrtausendwende und der Herausgabe der „Rheinland Papiere" hatte es eine solche Krise gegeben.

» 10. August 1997:
We're back! Bereits am Freitagmorgen so um 10 Uhr rum. Einen Tag früher als wir vorhatten; Onkel Alfred ist gestorben, am Donnerstagmorgen. Morgen wird eine Trauerfeier abgehalten, die Urnenbeisetzung findet auf Wunsch des Verstorbenen später in aller Stille statt. He's done it now. God bless you. I still haven't.
Das zweite wichtige: In Swansea habe ich mich sehr mit Dylan Thomas beschäftigt. Die DT-Exhibition, die es in Swansea erst seit einem Monat

gibt, habe ich besucht, mir dort den DT-Omnibus (Poems, Stories, Broadcasting, *Under Milk Wood*) gekauft und eine Biografie von George Tremlett, *In the Mercy of his Means*. Sein Elternhaus im Cwmdonkin Drive habe ich nicht gesehen, aber ich bin wohl dran vorbei getappt, jedenfalls liegt es keine fünfzehn Minuten Fußweg entfernt von unserer *flat* in der Walter Road (sic!), wo wir unsere Ferien verbracht haben. Dies alles, besonders die unglücklichen Entwicklungen nach seinem Tod und mit dem DT-Trust und Alfreds Tod haben mich dazu bewogen, doch ein Testament zu machen. Wie es im Moment aussieht, werde ich darin jegliche posthume Publikation verbieten und in der Todesanzeige die letzten drei Zeilen aus *A Blessing* von James Wright mir erbeten:
Suddenly I realize / That if I stepped out of my body I would break / Into blossom.

Drittens: Keine Nachrichten, keine Informationen sind in der Zeit des Urlaubs angekommen. Das ist merkwürdig, denn die Jury-Sitzung zur Vergabe der Arbeitsstipendien müßte längst stattgefunden haben. Das zunächst das wichtigste. Besonders zu Dylan Thomas wird noch eine ganze Menge zu sagen sein. Aber erst einmal werde ich hier ein wenig aufräumen, denn seit wir hier sind, bin ich noch nicht weit gekommen, heute Sonntagmittag, habe ich zum ersten Male überhaupt wieder den PC an. Gestern eine Radtour, what else, abends *Feuerwerk*, echt toll, das beste ever.

14. August 1997:
Auch wenn's schwerfällt. Das mit Dylan Thomas muß nachgetragen werden. Gestern kam übrigens die Absage von Rowohlt; das übliche: Durchaus interessant, paßt nicht in unser Programm, wünschen viel Erfolg bei einem anderen. Gut. So kann's weitergehen. Es tut immer weniger weh, und ich komme immer weiter ab davon. Bleibt also doch nur noch das Arbeitsstipendium, es kann nicht mehr lange dauern, bis auch da die Absage eintrudelt.

Dennoch bleiben Perspektiven. Ich möchte was Theoretisches über TL haben. Was von Thomas, einen TL-Reader mit Kommentaren oder eine mehr wissenschaftliche Analyse mit Tagebuch-Aufzeichnungen, Manuskripten, Presseresonanz, was ich ihm dann alles zur Verfügung stellen könnte. Vielleicht sogar eine Biografie über WW. Als Abschluß. Wenn es den Schriftsteller WW nicht mehr geben wird. Als Nachruf. Das hätte den Vorteil, daß ich als Privatperson munter weiter leben kann.

Dylan Thomas: Viel wußte ich ja nicht von ihm, aber eine unbestimmte Vorstellung hatte ich schon. However. Sonntag, 3. August, Regen den ganzen Tag, bin ich in die Exhibition und war gleich hin und weg. Vor allem der Fernsehbericht (schon ziemlich angestaubt, aber immer noch gut) über Thomas, unter anderen mit Robert Lowell (!) hat's mir angetan. Anschließend habe ich mir den DT-Omnibus gekauft (ein Reader mit Gedichten, Stories ...) und angefangen zu lesen, *Under Milk Wood* zuerst, wenn ich mich recht erinnere. Und aus allem, was ich bis dahin erfahren hatte, war klar, daß ich die Biografie lesen mußte. Montags ist die Ausstellung geschlossen, Dienstag war ich da und dann habe ich die Tremlett-Biografie gekauft, weil sie zum einen die wohl aktuellste ist, mit den alten Biografien abrechnet und weil der Tremlett zum anderen ausgewiesener Biograf in Sachen Pop-Stars ist. Und die Biografie ist gut, auch wenn praktisch keine Werkanalyse drin ist, aber das war eigentlich von vorne herein klar. Vielleicht werde ich mir dazu noch etwas anschaffen. Vergleiche zu ziehen, wäre ziemlich schwachsinnig, die Unterschiede sind gravierend. DT litt (am Ende) unter zu viel und schlecht "gehandeltem" success, am Anfang unter der blödsinnig-schwachsinnig romantischen Vorstellung des Dichters als Säufer und Hurenbock, was dann in einer weitgehend peinlichen Katastrophe enden mußte.

Mit 39 war Ende wie bei Dennis Wilson, da könnte man schon eher Parallelen ziehen. Dennoch, wenn es mir ähnlich gegangen wäre mit frühzeitigem und weltweitem Erfolg, ich wäre mit Sicherheit auch abgeglitten. Und lange weg vom Fenster. Käme wieder die alte Gleichung: Erfolg muß mit dem Leben bezahlt werden. Aber ich glaube nicht, daß man wirklich eine Wahl hat, denn auch Erfolglosigkeit siehe Kafka endet gern tödlich. Hätte ich die Wahl gehabt, ich hätte mich damals sicher für die Variante Thomas/Wilson entschieden, aber das ist an mir vorbeigegangen, und so habe ich ein recht bescheidenes, aber glückliches Leben, was ich ja auch zunehmend annehme, und zwar tatsächlich als großes Glück. Und offensichtlich unabdingbar damit verknüpft: Die Aufgabe der Schriftsteller-Existenz. Weil das anders eben nicht mehr geht. «

Nach dem Ausscheiden beim BRD, dem Jahr halber Arbeitslosigkeit und dem erneuten Einstieg in das Berufsleben als Lehrer, bedeutete das, keine volle Stelle mehr; das Schreiben hatte sich wieder zu Wort gemeldet: so viel fremdbestimmte Arbeit wie notwendig, um ausreichende Einnahmen zu haben, und genügend Zeit, um schriftstellerisch arbeiten zu können.

Denn dann war Auster aufgetaucht und Walter hatte sein Pfingsterlebnis oder um beim Namen zu bleiben, er hatte die Perle bei Paul Auster gefunden. Ein Wort genügte: Kontinuität. Denn im Wechsel, in der ständigen Bereitschaft, sich zu verändern, lag die Kontinuität. Es gab einen Beruf bei Film und Fernsehen, der sich genau so nannte: Continuity. Walter machte einen Krimi draus, dessen weibliche Hauptperson Eva Kupper bei der Bavaria in München als Continuity-Girl beschäftigt war. Der männliche Protagonist Karl Schmidt war Drehbuchautor. Beide arbeiteten an einer Daily Soap mit. Der Name des Drehbuchautors stellte den Bezug zu Arno Schmidt her, dessen „Seelandschaft mit Pocahontas" Walter gelesen hatte. Und so hatte Walter auch einen Untertitel: „Hitchcocks – Pocahontas." Aus seinen Zwei-Begriffe-Titeln war ein Drei-Begriffe-Titel geworden: Continuity, Hitchcocks, Pocahontas. Das „S" an Hitchcock war kein Genitiv-S sondern ein Plural-S; bei Film und Fernsehen liefen viele herum, die sich für so genial wie Hitchcock hielten. Diese drei Begriffe reichten als Keimzelle für Stoff und Motive des Romans aus.

Nicht ganz. Wie bei fast allen Schreibanstößen kam auch dieses Mal ein privater Aspekt, ein menschliches Schicksal dazu. Die Kollegin beim BRD, Doris, die als eine der ersten Walters Schreibkurse belegt und ihn auf die Möglichkeit der Englisch-Intensivkurse hingewiesen hatte, was Walter in der Folge dann immerhin für zehn Jahre ein geregeltes Einkommen bescherte, erlitt einen Nervenzusammenbruch. Die Arbeitsbelastung und die unsicheren Aussichten beim BRD waren ein Grund, ihr Privatleben ein anderer. Sie gehörte zu den Frauen, die immer an die falschen Männer gerieten. Verheiratete Männer, mit denen sie Verhältnisse einging, an die sie größte Hoffnungen knüpfte, die aber allesamt scheiterten. Walters Rat mochte zynisch klingen; er riet ihr nämlich, die Dinge realistisch zu sehen und zu akzeptieren, dass sie nicht für die eine dauerhafte, große Liebe geschaffen sei. Wenn sie sich damit arrangiere, könne sie die Liebschaften genießen, so lange sie hielten, und sich auf die neue freuen, wenn es zu Ende ging.

Was er eigentlich sagen wollte und dann auch expressis verbis formulierte, war der Ratschlag, keinen von außen aufgedrängten Phantomen hinterher zu hecheln, glückliche Ehe nämlich, sondern das zu leben, was ihr wirklich lag, Singledasein mit wechselnden Liebschaften. Enttäuschungen konnte es nur da geben, wo Hoffnung war. Also sollte sie ihre Hoffnungen so justieren, dass sie erfüllbar wurden.

Eine Zeitlang mochte sie die Hoffnung gehegt haben, auch mit Walter ein Verhältnis einzugehen, was für Walter jedoch ein primär sexuelles gewesen wäre. Aber ob es daran lag, dass er nicht verheiratet war oder an einem anderen Grund, irgendwie hatten sie den Moment verpasst. Und beide waren überrascht, wie gut eine Freundschaft zwischen Mann und Frau funktionierte, wenn dieser Moment des sexuellen Verlangens aufgetaucht und verpasst worden war.

Waren Walters literarische Arbeiten bisher sehr oft davon geprägt, dass er seine literarischen Fähigkeiten ausprobieren wollte und deshalb sehr unterschiedliche Werke ablieferte, gab es bei dem Neuansatz nach Vaters Tod und dem Beginn des neuen Jahrtausends eine Hinwendung nicht nur zum Alltag sondern auch zur Alltagssprache. Literarizität ergab sich genau daraus, so wie sie sich aus Kafkas jüdischem Pragerdeutsch und Austers New York Englisch ergeben hatte und ergab. Seine wieder auflebende Lektürefreudigkeit fokussierte sich neben Paul Auster auf die amerikanischen Großmeister des Gegenwartsromans: T.C. Boyle, Don DeLillo, Thomas Pynchon und Philip Roth. Und die waren alles andere als eine falsche Nummer: it was a number of very good novels that restarted it. Eine Anzahl sehr guter Romane setzte es erneut in Gang; sein Schreiben.

"Ich will nichts besitzen und auch nichts sein. Ich habe keine Ambitionen." Das hatte John Steinbeck 1934 in einem Brief an George Albee geschrieben. Walter hatte dieses Zitat an den Anfang seines Aufsatzes „Living on the Border Line - Ein sublimer Jauchzer vom Limes", den er für die Literaturzeitschrift „Kritische Ausgabe" zum Thema "Literarische Provinz" verfasst hatte. Jetzt, mitten in seinen Fünfzigern, erkannte Walter, dass er sich sein Leben schon immer so eingerichtet hatte. Dass da gar nichts so vorläufig gewesen war, wie er es oft empfunden hatte. Nur konsequent, dass er eine halbe Stelle an der Berufsbildenden Schule antrat. Was nicht ausschloss, dass es wieder Phasen geben würde, in denen er nur lebte, Leben einatmete, aufsaugte, mit zusammengekniffenen Augen beobachtete und am Leben litt.

» 2007-08-20: Meine erste Stunde habe ich gehalten, obwohl der Vertrag noch nicht da ist, der aktualisierte Vertrag. 13 Stunden jetzt. Da werde ich bis Oktober mehr machen, mehr als 13, weil einer krank ist, und dann das für den Rest der Vertragszeit abfeiern. Ich hab immer ein blödes Gefühl, wenn, wie in diesem Falle, mir gesagt wird, Herr Wisman, Sie unterrichten aber noch nicht, bis Sie unterschrieben haben; die Schule will aber natürlich, dass ich es trotzdem tue. Wo soll sie eine Vertretung für die Vertretung hernehmen? Und so gehe ich in die Klassen. «

Nach dem *Continuity* Krimi 2002 war erst einmal wieder für ein paar Jahre Ruhe, bis ein Band mit kurzen Erzählungen erschien, die sich mit alltäglichen und aktuellen Themen auseinandersetzten. Erzählt wurde von einem Rentner, der sich in seinem Ruhestand die Welt des Internets erschloss und am Ende in den Weiten des *eBay* Kosmos buchstäblich verloren ging. Erzählt wurde von einer Marathonläuferin, die sich ihren Lebenstraum einer Sahara-Safari erfüllte, die in dem Albtraum einer Geiselnahme endete. Erzählt wurde von einem Starkoch, der nach einem Skandal um Sex und Drogen, vor laufender Kamera während einer Kochsendung Selbstmord beging. Erzählt wurde von einer Fernsehsendung, in der ähnlich wie bei Dschungelcamp oder Big Brother, Nachwuchsschriftsteller in Containern interniert wurden, sich gegenseitig bekämpften, verschiedene Aufgaben lösen mussten, vom Publikum nach und nach rausgeworfen wurden, bis einer oder eine übrig blieb, den lukrativen Verlagsvertrag als Belohnung zu erhalten. Erzählt wurde von einer gemischten Volleyball-

Freizeit-Truppe und von Matt, dem Belt-Guard, der in einem Science-Fiction Milieu in einer Welt lebte, die in Gürtel aufgeteilt war. Für die Initialzündung der Sammlung sorgte jedoch eine Immobilie und ihre Geschichte. Die Immobilie nämlich, in die Walter sich vor über zehn Jahren mit seiner Geliebten einmal in der Woche zurückgezogen hatte: „Das Herrenhaus, eigentlich waren es ja zwei aneinander gebaute Häuser, war in der Dunkelheit zwischen den hohen Tannen als mächtiger schwarzer Monolith plötzlich aufgetaucht und wurde von den Scheinwerfern seines Autos nur an den Grundmauern auszugsweise erhellt. Ein paar erleuchtete Fenster irrlichterten schwach und verloren."

Die meisten dieser Erzählungen stellten über ihre Exposition sehr deutlich den Bezug zu dem Thema her, das der Geschichte zugrunde lag, und häufig auch den zu einem Autor, einem Roman; einer dieser Romane, die genannt wurden, war „The Human Stain" von Philip Roth.

„Die Reisen des Johannes" war die nächste längere Erzählung, in der es auch, anders als es der auf Mobilität verweisende Titel nahelegte, um eine Immobilie ging. Johannes, der Ich-Erzähler, fragte sich, was es mit dem Haus auf sich hatte, das er von seinen Eltern geerbt hatte. Es ging also um die Geschichte eines Hauses. Die Mutter von Johannes stammte aus Ostpreußen und sein Vater aus Frankreich. Europäische Geschichte, deutsche Geschichte und vor allem rheinische Geschichte war ein wesentliches Thema der Erzählung, die auch eine Liebesgeschichte war.

Die beiden Kernwörter, aus denen sich diese Arbeit entwickelte, waren Eigentum und Eigentümlichkeiten. Eigentum im Sinne von Besitz und Eigentümlichkeiten im Sinne von Eigenschaften. Beides konnte bekanntlich vererbt werden. Hinter all dem steckte auch die große Frage, was war Fremdes, was war Eigenes, wo fing Individualität an, die ja aus vererbten Eigenschaften bestand. Fremdes und Eigenes war auch schon Thema des Romans „Transit Wirklichkeit" gewesen. Diese Frage ließ sich ganz leicht auch auf die künstlerische Leistung erweitern, gerade wenn die eigene Arbeit, wie bei Walter, in ständiger Korrespondenz mit fremder Literatur stand.

In regelmäßigen Abständen tauchte das Problem des Plagiats in der Presse auf, was Walter meist mit Kopfschütteln verfolgte, denn der platte Vorwurf, dass jemand abgeschrieben habe, blieb viel zu sehr an der Oberfläche. Das *paste & copy* Problem, das ja durch das Internet eine ganz neue Dimension erhalten hatte, war nicht so leicht abzutun.

Der nächste Schritt war ein Kurzroman, den er im Untertitel einen Bildungsroman nannte. Dieser Roman baute natürlich auf seinen Erfahrungen als Lehrer auf und machte sie zum erzählerischen Gegenstand. Die Handlung war allerdings fiktiv und wurde aus Sicht

einer Lehrerin erzählt. Der Roman enthielt auch wieder eine Liebesgeschichte und die Handlung Spannungselemente eines Krimis, ohne
ein klassischer *Who-done-it* Stoff zu sein. Es ging also nicht darum,
jemanden zu überführen oder ein Verbrechen aufzuklären, sondern
um die Erlebnisse einer Frau in ihrer Lebenskrise, die in kriminelle
Machenschaften hineingezogen wurde, die sie überhaupt nicht begriff. Es ging um ihre Geschichte, für die ein Anfang und ein Ende zu
finden war.

Walter und Leonie, Herbst 2007

Die Geschichte von Walter und Leonie begann ganz romantisch auf
einer alten Burg im Rheintal. Die Burg lag nicht direkt auf den Höhen
am Hauptfluss, sondern in einem der vielen Seitentäler des Rheins, in
denen früher und teilweise auch heute noch guter Wein angebaut
wurde. Die Seitentäler vom Main und der Nahe im Süden bis zur Ahr
und der Sieg im Norden hatten den ganz besonderen Reiz der abgele-
genen und gewundenen Landschaftsschnörkel. Auf kleinem Raum
konzentrierte sich ein Leben wie im großen Rheintal.
Abends hatte es im Rittersaal eine Weinprobe gegeben mit einem
Winzerbüfett. Da saßen Walter und Leonie schon neben einander,
prosteten sich zu, lachten miteinander und gaben sich ganz dem Augenblick hin.
Ein paar Stunden zuvor hatte Leonie einen Workshop geleitet, an dem
Walter mit einigen Kollegen teilgenommen hatte: Stimmtraining für
Lehrer. Walter war mit dem gesamten Kollegium auf einer Fortbil-
dungsveranstaltung zu dem Thema Lehrergesundheit und einer Vielzahl von Workshops, aus denen man aussuchen konnte. Seit er vor
einem Jahr an der Schule angefangen hatte, war das bereits die zweite
Fortbildung. Die erste stand unter dem Motto „Evaluation von Abi-
tursarbeiten in der Berufsoberschule".
Für diese Klasse war Walter eingestellt worden, die Abiklasse eines
erkrankten Kollegen. Dass man an einer Berufsbildenden Schule die
Allgemeine Hochschulreife erlangen konnte, war Walter bis dahin
nicht bekannt gewesen, wie vieles andere auch nicht. Wie sehr zum
Beispiel ein Lehrer von seiner physischen Präsenz lebte. Seine fachli-
che und pädagogische Kompetenz allein reichten in den seltensten
Fälle. Und innerhalb der physischen Präsenz wiederum spielte die
Stimme eine herausragende Rolle, sich im Klassenraum nicht nur
Gehör zu verschaffen, sondern als Sender permanent eine starke Fre-

quenz zu haben. Nun war Walter ja durchaus schon stimmgeschult, weil er als Schriftsteller Lesungen und als Funktionär Reden gehalten hatte, in Rundfunk und Fernsehen in ein Mikrophon gesprochen hatte. Er wusste also seine Stimme einzusetzen. Aber es war ganz gut, noch einmal ein paar Tipps zu bekommen und mit neuen Stimmübungen Vergessenes aufzufrischen. Den tiefsten Punkt der Stimme suchen, dann langsam in die höhere Regionen gehen und die Tonlage finden, in der sich die Stimme am wohlsten fühlt. „Und immer dran denken, tiefe Stimmen sind sexy."

Lehrergesundheit, immerhin. Walter lag auf Matten auf dem Boden und versuchte zu meditieren, machte gymnastische Übungen, die leicht am Schreibtisch und mit wenigen Geräten wie Bällen durchzuführen waren und ihm zeigten, dass er doch nicht so ganz gelenkig war, wie er immer gedacht hatte. Bestimmte Koordinationsübungen funktionierten überhaupt nicht. Da passte es wohl bei einigen Synapsen nicht ganz. Angefangen hatte die Veranstaltung mit dem Kabarett-Vortrag eines Kollegen, der tatsächlich komisch war.

Walter war auch im zweiten Schuljahr noch dabei, einige Vorurteile über Bord zu werfen. Natürlich gab es an Berufsschulen sehr schwierige Kundschaft in den Klassen, in denen Schüler aufgefangen werden sollten, an denen das Schulsystem und das Elternhaus bisher versagt hatten und die jeden Pädagogen an seinem Beruf verzweifeln ließen. Aber die überwiegende Mehrheit der Kollegen war in der Einstellung zur Arbeit und zu einander eine jeweils individuelle Mischung aus herzlich, engagiert, entspannt und zynisch sarkastisch.

Schön zu sehen war auch und gerade an Berufsbildenden Schulen, dass im Bemühen um Durchlässigkeit im deutschen Schulwesen vor allem Undurchsichtigkeit erreicht wurde. Es gab so viele Möglichkeiten, seinen eigenen Weg zu finden, dass das ganze System labyrinthische Formen angenommen hatte und zudem von Bundesland zu Bundesland variierte. Eine aktuelle Studie allerdings bestätigte dem deutschen Schulsystem Durchlässigkeit und zwar vor allem nach unten. Der Fall nach unten war schon immer frei.

Es war eine zweitägige Veranstaltung und Walter hatte sich ein Einzelzimmer genommen. Leonie hatte nicht vorgehabt, über Nacht zu bleiben, aber nachdem einige seiner Kollegen sie dazu überredet hatten, an der Weinprobe teilzunehmen und sie natürlich auch Weine probierte, war es besser, nicht mehr Auto zu fahren. Zwar war bis zum Schluss nicht ganz klar, wo sie nächtigen würde, aber der Kollege Meier meinte, „wir werden dich schon irgendwo unterkriegen, Mädchen." Gott sei Dank fiel dieser Satz schon so früh am Abend, dass niemand mehr darauf zu sprechen kam, als sich die Teilnehmer der Weinprobe nach und nach in ihre Zimmer verzogen.

Walter hatte sich damit abgefunden, den Rest seines Lebens als Single zu verbringen und das war ja auch im Verlaufe der Zeit immer einfacher geworden. Klar, er war älter geworden, er konnte einiges entspannter angehen, aber auch die Tatsache, dass es eine ständig zunehmende Zahl von Singlehaushalten gab, bedeutete, dass er auf nichts verzichten musste, was er brauchte.

Nicht zuletzt das Internet hatte dafür gesorgt, dass die Kontaktaufnahme dann und unter den Vorgaben stattfand, die beide Seiten sich wünschten. Romantisch mochte das nicht mehr sein, aber so war es halt im dritten Jahrtausend nach der großen Finanzkrise, wobei Lena ja „nach *Ausbruch* der großen Finanzkrise" sagte, denn die Krise selbst, und dabei verwies sie auf die anhaltende Eurokrise, war noch lange nicht überstanden.

Ganze drei Beziehungen hatte er in seinem Leben gehabt, die länger dauerten als eine Nacht oder ein verlängertes Wochenende. Marina, Denise und Almut. Drei große Beziehungen, 3 GB, drei Gigabyte. Alle drei Liebesbeziehungen wurden von den Frauen beendet, was jedes Mal weniger geschmerzt hatte. Drei Prozessoren, drei Betriebssysteme, drei verschiedene Leben. Die Liebschaften in Berkeley, Sharon und Bonita, so intensiv sie gewesen sein mochten, gehörten in ein anderes Leben, waren *fairy tales: Once upon a time. Once upon a cloud.* In den Wolken des Internets wurden ja heute die Märchen erzählt.

Wäre Walter damals dort geblieben, in der meist wolkenlosen Märchenwelt Kaliforniens, hätte er im Nachhinein sein bis dahin einzig wichtiges deutsches Verhältnis mit Marina als *Märchen: Es war einmal* betrachtet. Nicht zuletzt die Tatsache, dass er seit über zwei Jahrzehnten in ständig wechselnden Einrichtungen unterrichtete, also immer wieder mit neuen Menschen zusammenkam, und gleichzeitig ein relativ geregeltes Leben im gemeinsam mit der Schwester und deren Kindern bewohnten Haus führte, sorgte dafür, dass sich Walter in seinem Leben zwischen der Sicherheit des Vertrauten und den Herausforderungen des Neuen wohlfühlte.

Es war immer wieder schwierig, das Geld zusammenzubringen, neue Jobs zu finden, sich an den PC zu setzen, wenn die Geschichten erzählt werden wollten, aber wenn man ihn gefragt hätte, ob ihm etwas fehlte, hätte er geantwortet „eigentlich nicht. Es könnte ein bisschen davon mehr sein und davon weniger, aber insgesamt lebe ich so, wie ich leben will."

Die große Liebe? Drei hatte er gehabt, *fair share*, würde man sagen, er hatte seinen gerechten Anteil gehabt. Nicht undankbar sein. Er war nun bald Sechzig, den Rest würde er auch noch über die Runden bringen. Und zwar gut, denn er wusste, was für einen Tonus sein Leben hatte, kannte die Spannungsbögen, spürte intensiv das Potential für überraschende Entwicklungen und war sich nicht sicher, wie es nach Ablauf des derzeitigen Vertrages weitergehen konnte, ob er diesen Vertrag überhaupt bis zu Ende erleben würde. Er glaubte die Mitte seines Lebens gefunden zu haben und aus dieser Mitte erschloss er sich die beiden anderen Dimensionen der Höhe und der Tiefe, an deren Enden sich Mitte, Höhe und Tiefe zur vierten Dimension vereinigten.

Am nächsten Morgen wollte Leonie ohne Frühstück verschwinden.

„Quatsch, du gehst mit. Wir sind hier über fünfzig Männer und Frauen aus dem Kollegium, manche nehmen nur an ausgewählten Workshops teil, übernachten nicht, Dozenten und Referenten nehmen an den Mahlzeiten teil, je nachdem, wann ihre Veranstaltungen stattfinden. Außerdem gibt es auch noch ein anderes Seminar auf der Burg. Dich wird niemand fragen, warum du noch da bist, Leonie. Aber ich frage dich, warum du schon gehen willst."

„Ich muss dann aber bald weg, Walter, nach dem Frühstück."

Sie gingen an das kleine Fenster in der Dachgaube und sahen hinaus. Es war später September, die Sonne war gerade aufgegangen, es gab keine Wolken am Himmel, wohl aber ein paar Nebelfetzen über dem schmalen Flusslauf. Sie blickten über die kleine Stadt im Tal, die im neunzehnten Jahrhundert noch geteilt war in einen preußischen Teil, der zum Rheinland gehörte, und einen pfälzischen Teil, der zu Bayern gehörte. Die Eisenbahnlinie überquerte den Fluss vor einem schroff aufragenden Felsen mit einer Burgruine. Man sah ein Wehr, an dem sich viele Wasservögel versammelt hatten. Nach der einen Seite hin sah man Weinberge, in denen schon die Lese angefangen hatte. Auf den Höhen ging der Blick in eine teils offene, teils bewaldete Mittelgebirgslandschaft.

„Wir leben ja schon in einer schönen Gegend, Walter."

„Warte, bis du den Ausblick von meinem Balkon siehst! Ja, Leonie, das ist sehr schön. Man weiß, dass alles da ist und man kann sich so vieles vorstellen, aber erst wenn man davor steht und es anschaut, wird man ein Teil davon. Dann erkennt man die Schönheit in der Schönheit."

„Das hast du schön gesagt, Walter."

„Ich meine es ernst, meine schöne Löwin."

Und so begann die Geschichte von Leonie und Walter.

Im Goldpfad, Juli 2012: Abschlussgespräch

Walter und Lena setzten sich zu einem letzten Gespräch am Küchentisch zusammen, ihr *final table talk*.

Lena: „Jetzt wird also wieder alles anders, Walter. Ich gehe mit Jessi und Leander nach Australien und du bleibst alleine hier."

Walter: „Ich werde schon zurechtkommen, mach dir keine Gedanken, Schwesterchen. Das ist ja nicht das erste Mal, dass ich alleine hier bleibe. Und ihr kommt ja auch zurück."

Lena: „Wer weiß. Vielleicht bleiben wir da, vielleicht kommen wir alle zurück und das Haus ist wieder voll. Und dann zieht deine Leonie auch noch ein, das wird doch lustig. Mit deinem Vertrag ist alles in Ordnung?"

Walter: „Ja und nein. Ich habe keinen Vertrag in Händen aber eine Zusage, eine feste Zusage, auf die sich ja auch die Schule verlässt. Ich habe schon den Stundenplan fürs nächste Schuljahr und ich habe ein Wahlpflichtfach für die Zweiradmechaniker konzipiert, da dürfte nichts mehr schiefgehen. Weißt du, Lena, das Radfahren ist eine geniale Erfindung. Es ist die stabilste und natürlichste Bewegung. Man bewegt sich auf allen Vieren wie beim Krabbeln, Hände am Lenker, Füße auf den Pedalen und hat dazu den Arsch auf dem Sattel, das ist außerdem bequem. Stell dir vor, dein Körper ruht auf fünf Punkten, stabiler geht es nicht. Man muss sich nur dran gewöhnen, dass das Ganze auf zwei Rädern passiert und Vertrauen in die Stabilität durch Gravitation und Bewegung haben. Das Rad, die erste Erfindung, der Anfang aller Technik. Die elementare Verbindung von natürlicher Bewegung mit Technik, genial."

Er hatte oben in seinem Flur eine DIN-A-3 Collage von Karten, Fotos und Zeichnungen hängen; eine der vierfarbigen Karten zeigte Detailaufnahmen von weiblichen Gesäßen auf Fahrradsätteln. Natürliche Bewegung, Technik, Erotik, genial.

Lena: „Schön, Walter, sehr schön, und warum geben die dir den Vertrag nicht?"

Walter: „Das Land will Geld sparen. Mein Vertrag läuft bis Ende Schuljahr 2011/12, also bis zum einunddreißigsten Juli. Der neue, unbefristete Vertrag beginnt aber nicht mit dem neuen Schuljahr, sondern mit dem ersten Schultag des neuen Schuljahres, also am dreizehnten August. Und das bedeutet auch, dass ich mich für zwölf Tage arbeitslos und arbeitssuchend melden muss, wegen den ganzen Sozialversicherungsformalitäten."

Lena: „Wer spart denn da was, bei all den An-, Ab- und Ummeldungen, dem ganzen Papier- und Formularkram? Wie viele Behörden sind da involviert?"

Walter: „Nur die ADS und die OFD, die Oberfinandirektion."

Lena: "Und was ist mit der Kranken- und Rentenversicherung, der Agentur für Arbeit, deiner Zusatzversorgung? Da wird überall ab- und wieder angemeldet – für zwölf Tage, unglaublich."

Beiden war auch bewusst, dass es nicht so ganz einfach war. Walter brauchte nur einen Unfall zu haben und schon gäbe es keinen Vertrag. Dann stand er da, oder lag womöglich im Krankenbett. Sehr viel wahrscheinlicher jedoch war, dass der neue Vertrag, wie das ja auch beim ersten Vertrag schon gewesen war, nicht am ersten Tag da war, dass die ADS den Termin verpennte, Walter natürlich dennoch anfing zu unterrichten, was zur Folge haben sollte, dass der Vertrag, der dann irgendwann zur Unterschrift vorlag, auf den ersten August datiert sein musste, da der Arbeitgeber laut Arbeitsgesetz jetzt verpflichtet war, Walter ohne Unterbrechung und unbefristet einzustellen. In dem Fall allerdings müsste Walter dann der Agentur sein Arbeitslosengeld für die paar Tage zurückzahlen.

Walter: „Du hast ja Recht, Lena, aber ich habe aufgehört, mich über diesen Behördenquatsch aufzuregen. Die sind so was von verschnarcht, das glaubst du nicht. Daran ist übrigens auch deine FDP schuld."

Lena: „Du weißt, dass ich schon lange keine FDP-Anhängerin mehr bin, Walter."

Walter: „Aber zu der Zeit, als der alte preußische Regierungsbezirk Koblenz zerschlagen und unter anderem die ADS geschaffen wurde, geschah das auf Betreiben des damaligen Koalitionspartners FDP von Beck und seiner SPD."

Lena: „Aha. Aber warum soll das so schlecht gewesen sein, alte Strukturen durch neue, schlankere zu ersetzen?"

Walter: „Weil das wieder nur halbherzig und ohne Rücksicht auf bewährte Praktiken gemacht wurde. Trier bekam die ADS, aber Koblenz behielt ein paar Aufgaben, außerdem waren ja weiterhin die gleichen Leute beschäftigt, doppelte Strukturen mit neuem und altem Personal, wie soll das etwas Vernünftiges werden? Aber wozu aufregen, über den neuen Nachbarn regen wir uns ja auch nicht mehr auf."

Lena: „Der zieht Gott sei Dank wieder weg, bevor ich mich an den gewöhnen muss. Aber die Neuen von schräg gegenüber, die sind nett, verstehst du, die haben Anstand. Die haben sich vorgestellt, um Verzeihung gebeten, falls es Unannehmlichkeiten geben sollte wegen der Handwerker und so, aber der Stoffel! Die anderen Nachbarn kämpfen lieber ihren Parkraumkrieg weiter, stellen ihre Autos auf der Straße ab, obwohl sie eine Garage und zehn Meter Zufahrt haben, nur damit kein anderer vor ihrem Grundstück parken kann. Und die Lkw hupen, weil sie nicht mehr durchkommen."

Walter: „Ja, der Herr Investor ist weder der Hellste noch der Höflichs-te. Es kann gut sein, dass noch ein paar Nachbarn wegsterben, wäh-rend du in Australien bist."

Lena: „Und noch eins, Walter."

Walter: „Was?"

Lena: „Lass dich nicht von Nele provozieren."

Nachbarin Nele, deren Vorstellung von Gartengestaltung zu der Vor-stellung von Walter und Lena diametral verschieden war. In der ge-samten Nachbarschaft gab es alle möglichen Gartenformen von lang-weilig und lieblos bis aufwendig und phantasievoll. Hier lagen gärt-nerische Sauberkeit und Ordnung aus dem Garten-Center-Katalog und minimal-invasive Pflege größter Artenvielfalt direkt neben ein-ander. Ging auf der einen Seite die Tendenz gegen Kunstrasen und Plastikblumen, neigte sich das hier in die entgegengesetzte Richtung. Aus Neles Puppenheim-Persepktive war der Nachbargarten krimineller Sündenpfuhl, in dem pflanzliche Lust und tierische Triebhaftigkeit herrschten.

Es gab einen Moment Pause, in der beide für sich über den Menschen und die Natur und den Tod und das Sterben reflektierten.

Lena: „Weißt du, Walter, wofür ich dir ewig dankbar sein werde?"

Walter: „Nein, Lena, das weiß ich nicht."

Lena: „Dass du da warst, als Mutter und Vater starben. In Mutters letztem Jahr war ich schwanger und in Köln, und bei Papa, naja, da war Theresa da."

Walter: „Bei Papa konnte ich mich leider auch nicht so kümmern, wie ich das gewünscht hätte."

Lena: „Das war ja nicht dein Fehler."

Walter: „Trotzdem, auch für mich bleibt da ein bitterer Nachge-schmack, weil ich nicht alles unternommen habe, was ich vielleicht hätte tun können."

Wo er gewesen war, bei Almut nämlich in Würzburg, hatte er nie jemandem erzählt, auch als Lena irgendwann mitbekommen hatte, dass ihr Bruder eine Liebesbeziehung mit einer deutlich jüngeren Frau hatte.

Walter: „Hoffen wir nur, dass in deiner Abwesenheit keiner aus der Verwandtschaft stirbt, dass es nur bei versäumten Geburtstagen und Goldenen Hochzeiten bleibt."

Vaters Geschwister lebten alle noch, im Gegensatz zu Mutters Ge-schwistern, von denen nur der jüngste Bruder noch lebte, der aber auch schon weit über Achtzig war. Wenn Walter und Lena von Fami-lie sprachen, hatte das in ihrer Kindheit die Familie der Wismans bedeutet, die besonders über die großmütterliche Seite mit den vielen Großtanten, manche im Kloster, manche Kriegerwitwen, einen sehr engen Familienverbund pflegte. Die letzte große Familienfeier hatte

Lena zu ihrem fünfzigsten Geburtstag veranstaltet, zu der sie nicht nur alle noch lebenden Onkel und Tanten eingeladen hatte, sondern auch ihre Cousins und Cousinen. Auf dieser Ebene existierte längst kein familiärer Zusammenhang mehr, weil man in ganz Deutschland verstreut lebte und selbst schon Kinder und Kindeskinder hatte, also eigene Familien. Und so eine Figur wie die Urgroßmutter, die Anfang der Sechziger gestorben war, gab es nicht mehr.

Lena: „Fühlst du dich eigentlich alt, Walter? Manchmal habe ich das Gefühl, dass ich das irgendwie, ich weiß nicht, vergesse, nicht mitbekomme – bei mir selbst, meine ich jetzt, Walter."

Walter: „Nein, Lena. Ich meine, ich fühle mich nicht dauernd jung, jung, jung. Ich ignoriere mein Alter nicht und manchmal spüre ich es auch. Ich lebe seit über sechzig Jahren im Heute. Mit einem Bewusstsein für die Vergangenheit und Hoffnungen für die Zukunft. Natürlich habe ich heute mehr Vergangenheit und weniger Zukunft, quantitativ. Aber Bewusstsein und Hoffnung sind schon immer eine Frage der Qualität."

Mit Zwanzig hatte er geglaubt, mit Dreißig gehe nichts mehr. Mit Dreißig hatte er geglaubt, mit Vierzig gehe nichts mehr. Mit Vierzig hatte er geglaubt, mit Fünfzig gehe nichts mehr. Mit Fünfzig fing er an zu glauben, dass auch mit Sechzig noch was ging. Und mit Sechzig wusste er, dass es wohl nie aufhörte. Früher, als sie wirklich jung waren, nannte man sie Gammler, Terroristen, Chaoten, heute waren sie der demografische Wandel, die Alterspyramide, die alles andere als eine Pyramidenform hatte. Alterspyramide, als seien sie schon die Mumien da drin.

Lena: „Wie weit bist du eigentlich mit dem Roman?"

Walter: „Mit der ersten Version so gut wie durch."

Lena: „Und wie sieht es aus?"

Walter: „Gut sieht es aus, Lena. Es sind rund fünfzig Kapitel und etwa fünfhundert Seiten, ich werde jetzt mindestens noch eine zweite und dritte Überarbeitung brauchen, aber ich bin so weit, dass ich sagen kann, da dürfte nichts mehr schief gehen. Weil ich jetzt auch abschätzen kann, welchen Platz die neue Arbeit im Gesamtwerk hat, wie sie da als bisher umfangreichste Arbeit hineinpasst."

Lena: „Wann kann ich das mal lesen?"

Walter: „Nach der Überarbeitung. Ich lass das Ganze jetzt erst einmal liegen und wenn ich dann wieder anfange, werde ich entschieden haben, was unter Überarbeitung zu verstehen ist, ob ich nur die notwendigen Korrekturen und Ergänzungen vornehme oder ob ich weitreichendere Änderungen brauche. Sollte das der Fall sein, wird es noch eine vierte und wahrscheinlich fünfte Version geben. Aber ich glaube, die ganze Geschichte hat den richtigen Rahmen, den richtigen Umfang, ich will da draus auch keinen tausend Seiten Schinken machen. Es muss nicht jedes Detail rein. Es reicht, wenn bestimmte Dinge exemplarisch vorgeführt werden."

Lena: „Aber Walter, du machst nichts ohne mich."

Walter: „Wie meinst du das?"

Lena: „Verlage kontaktieren und so."

Walter: „Nein, nein, das werde ich dann in Absprache mit dir machen, versprochen."

Lena: „Das ist unser gemeinsames Projekt, Walter."

Walter: „Ganz klar, Lena, unser gemeinsames Projekt. Nichts ohne meine Schwester."

Lena: „Dann hast du ja bald Freizeit, wenn du fertig bist. Kannst dir Radtouren vornehmen …"

Walter: „So wie letztes Jahr, als dann doch nichts draus wurde, weil Jessica Leander bekam."

Das Wetter war bisher nicht unbedingt für Radtouren geeignet, es hatte so viel geregnet, dass die Lahn Hochwasser führte. Mitten im Sommer. Was so ungewöhnlich auch wieder nicht war. Walter erinnerte sich an ein Sommerlager in den Sechzigern an der Agger in der Wahner Heide bei Siegburg, als aus dem Flüsschen ein reißender Strom geworden war, den man nicht durchschwimmen konnte, ohne sein Leben zu riskieren. Und die Klamotten wurden vierzehn Tage lang nicht trocken.

Lena: „Mein Gott, das ist jetzt auch schon wieder ein Jahr her. Man kommt gar nicht zur Besinnung. Ich kann mir gar nicht mehr richtig vorstellen, wie das vorher war, ohne Leander. Wenn ich daran denke, dass Jan davor zu seinem Vater gezogen ist und welche Last von meinen Schultern gefallen ist. Erst jetzt spüre ich langsam, dass ich runterkomme, dass ich Abstand gewinne. Und erst jetzt wird mir klar, was das für ein Stress war, obwohl ich zuerst nur traurig war, alles verloren zu haben glaubte. Mit wem ich nicht alles geredet habe. Lehrern, Mitschülern, Sozialarbeitern, Psychologen, Drogenberatern. Ich glaube, du hast damals gar nicht mitbekommen, als die Drogenfahndung einmal sein Zimmer durchsucht aber nichts gefunden hatte außer seinem Pfeifchen. Das ist immer ganz lustig, wenn man so etwas in Filmen sieht, aber in Wirklichkeit …"

Walter: „Filme und Wirklichkeit. Filme zeigen immer nur das Gleiche und wechseln die Milieus als Hintergrundkulisse, auch wenn sie behaupten, beispielsweise Schulwirklichkeit darzustellen. Absoluter Blödsinn."

Lena: „Kunst muss ja nicht die Wirklichkeit abbilden, Walter."

Walter: „Nein, Lena, da hast du Recht, aber Kunst muss der Wirklichkeit gerecht werden. Und wenn ich all den Quatsch lese, der über die Beach Boys geschrieben wird, dann wird das keiner Wirklichkeit mehr gerecht, es sei denn der, die die Medienheinis haben wollen, weil sie die am besten verkaufen können. Bei allen Dingen, in denen ich über Fachwissen verfüge, Schulalltag et cetera, sehe ich Fehler über Fehler in der Pressedarstellung. Ich bin nicht so naiv zu glauben, dass bei Angelegenheiten, bei denen ich über kein Fachwissen verfüge, alles richtig wäre. Weißt du, das ist ja auch eine Frage des Alters. Ich würde doch keinen über Siebzigjährigen zu einem Interview mit einem Rapper oder einem, der House-Music auflegt, schicken. Aber einen schneidigen, karrieregeilen, jungen Schnösel die neue Beach Boys CD besprechen lassen und ihn auf Brian Wilson loslassen, das geht. Der Pressefutzi erwartet einen überkandidelten Rockstar und trifft auf einen Pflegefall wie Brian. So betrachtet ist es ganz gut, wenn die Menschen später in Rente gehen, dann sind wir wenigstens nicht überall der Ignoranz der Jungen ausgeliefert."

Lena: „Reg dich nicht auf, Walter. Das lohnt sich nicht."

Walter: „Ich weiß. Ich habe übrigens in der Sparkasse den Plan für das Baugebiet unter dem alten Bauernhof gesehen. Früher hätte man in einem solchen Areal eine gerade Straße durchgezogen, links und rechts vielleicht zehn, zwölf Häuser hingesetzt, aber heute hat man da ein Straßennetz, das dreimal so viel Land verbraucht und dreißig Objekte mit jeweils einem halben Meter breiten Demarkationsstreifen drum herum. Wir werden immer weniger, aber es soll immer mehr gebaut werden. Für wen?"

Lena: „Da gibt es bis jetzt auch nur sechs Interessenten. Es wird immer schwerer, die Immobilien zu verkaufen, Walter."

Walter: „Aber letztens war wieder Post im Briefkasten mit einem Prospekt über Immobilien im Premium-Segment. Falls wir unsere Premium-Segment-Hütte verkaufen wollen."

Lena: „Wollen wir?"

Walter: „Wir wollen nicht."

Lena: „Das ist alles Spekulation, Walter. Moody's gibt zum Beispiel Großbritannien *triple A*, obwohl das Land genauso verschuldet ist wie Griechenland und kaum noch Industrieproduktion hat. Die hängen da nur noch von dem unkontrollierten Treiben ihrer Finanzjongleure in London ab. Und die werden sich ja nicht gegenseitig das Leben schwer machen."

Walter: „Ich habe in der Sparkasse auch das Vereinsblättchen der TUS durchgeblättert, die werden in den nächsten Tagen den Rasenplatz einweihen."

Lena: „Was hast du denn so lange in der Sparkasse gemacht?"

Walter: „Da stand eine Oma am Geldautomat. Die kam überhaupt nicht klar damit."

Lena: „Du vergisst, dass ich auch schon Oma bin. Aber die Wartezeit in der Sparkasse eröffnet manchmal ungeahnte Perspektiven."

Walter: „Und die Stadt will sogar ein Denkmal für die Heilige Barbara stiften, an der Stelle, wo die Erde über der Grube eingebrochen war. Nicht nur stiften, sondern die Stücke, die vom früheren Denkmal am Friedrich-Ebert übrig geblieben sind, restaurieren und hier aufbauen. Immerhin hatte Arzberg als einziger Stadtteil mal zwei Bergwerke."

Lena: „Barbara? Ich kenne nur die Barbarazweige Anfang Dezember."

Walter: „Die Heilige Barbara ist auch die Schutzheilige der Bergleute. Und ganz vieler anderer Berufe wie Totengräber, Hutmacher und Artilleristen."

Lena: „Wie kommt so etwas zustande?"

Walter: „Keine Ahnung. Die ist von ihrem Vater enthauptet worden, weil sie ihre Jungfräulichkeit nicht aufgeben wollte, sondern sich ganz allein Gott hingab."

Lena: „Und weil dazu nicht so viele Frauen bereit waren und sind, muss die arme Barbara für alle diese Berufe herhalten. Deswegen gibt es wohl auch so wenige männliche Schutzheilige, mir fällt da nur der Christophorus ein, den Papa früher als Plakette in seinem Auto hatte."

Walter: „Ach Gott, ja, in dem alten DKW Junior, mit dem wir sonntags immer zur Verwandtschaft gefahren sind. Lena, du musst noch die Geburtstagskarte für Onkel Hubert unterschreiben."

Lena: „Mach ich."

Walter: „Schade, dass du nicht dabei sein kannst. Man weiß nicht, wie lange die alle noch leben."

Lena: „Das weiß man nicht. Aber ich weiß, dass wir morgen früh raus müssen. Ich will genügend Luft haben und den Flieger auf keinen Fall verpassen. Mit dem Kleinen kann immer was sein. Ich hoffe, Jessica hat nichts vergessen und du hast voll getankt."

Walter: „Keine Angst, wir werden rechtzeitig in Frankfurt sein und ihr werdet reichlich Zeit haben fürs Einchecken und alles andere. Nach *down under*.

Lena: „Okay. Gute Nacht, Walter."

Walter: „Gute Nacht, Lena."

Im Goldpfad, November 2010

» 2010-11-23:

Es gibt solche Tage, an denen man glaubt, alles sei anders geworden, obwohl es objektiv keinerlei Anzeichen dafür gibt. Ich bin heute Morgen aufgestanden, etwas später, weil nur die Fach-Abi-Prüfung der FSR auf dem Plan stand. Seit Sonntag ist meine Hüfte mal wieder steif, aber auch wenn ich heute noch nicht wie geplant zum VB bin, geht es doch wieder ganz gut. Ich komme immer besser damit zurecht und ergreife dann wohl aus Erfahrung die richtigen Maßnahmen. Als da sind Vitamine, Magnesium, Kalzium, Gymnastik. Auf dem Schulhof habe ich aus Unachtsamkeit einen Pfeiler gestreift, der wesentliche Schaden am Auto lässt sich aber wohl durch Entfernen der Pfeilerfarbe beheben.

Zuhause angekommen, kurz nach eins und nach Einkauf für einen Linseneintopf mit viel Gemüse und Tafelspitz, habe ich mir eine Flasche Veltins aufgemacht – was für meinen Mineralhaushalt natürlich nicht sonderlich gut war, denn es folgten bis jetzt zwei weitere Flaschen, aber wie gesagt, der Tag heute war anders. Ich habe auch nicht gleich angefangen mit dem Korrigieren, sondern habe mir *Endless Harmony* mit den und über die Beach Boys zum wievielten Male angeschaut. Es ergreift mich und stabilisiert mich, hilft mir wohl, auch mein Leben als Ganzes zu sehen, insgesamt als Kunstwerk, mich also nicht in zu vielen Details zu verlieren.

Ich lese Auster, Brooklyn Follies, und ich bin immer wieder völlig weg, wie er es schafft, mit so banalen Geschichten und so einfachen Worten einen solchen Sog zu erzeugen, dass ich einfach bis zum Ende weiterlesen muss. Und logischerweise auch gleich wieder inspiriert bin, einfach loszuschreiben wie jetzt. Darf man so einen Roman anfangen? Laut Auster darf man nicht nur, sondern muss das sogar tun. Aber selbst wenn man so anfängt, hat man ja noch lange keinen Plan, kein Personal, keinen Plot. Vielleicht warte ich einfach ab, wie sich das entwickelt, was ich urplötzlich als grundlegende Veränderung in meiner Lebenssituation empfunden habe, ohne, wie bereits dargelegt, dafür einen nachvollziehbaren Grund zu haben.

Für die FHR-Prüfung wurde im Übrigen mein Vorschlag (von insgesamt zweien) angenommen, was an sich natürlich eine gewisse Bestätigung meiner Kompetenz ist und mir weiterhin die Korrekturarbeit erleichtert, weil ich ja viel besser in der Materie bin als in der des Kollegenentwurfs.

2010-11-30:
Heute ist ein relativ guter Tag, an dem sich noch Besseres abzeichnet: Nächste Woche habe ich keine Vertretungsstunden mehr und noch eine Woche später keine FSR, das sind dann zehn Stunden weniger die Woche. Geld ist da von den beiden Festanstellungen (fast 2400) und es stehen noch die Zahlungen TBS und VHS aus (800). Heute hat mich ein erneuter Blick auf meine Reifen davon überzeugt, dass ich die ganze Zeit schon Winterreifen am Auto habe, die 400 muss ich auch nicht mehr ausgeben. Aber Heizöl wird kommen müssen, denn es ist kalt und seit ein paar Tagen liegt auch Schnee (deshalb Winterreifen). Außerdem

habe ich an der Tankstelle noch Streusalz bekommen, so dass ich meinen Bürgerpflichten nachkommen kann und den Gehweg räumen und eisfrei halten kann.

2010-12-07:

Es sieht tatsächlich so aus, als hätte ich einen Roman angefangen. Aus den Anfangssätzen, die ja rein autobiografisch waren, bin ich nun dabei, erste Figuren zu charakterisieren, die zu dem Haus gehören: „Das Haus ist der Held". Der Sohn (Jahrgang 1965), die Tochter (1957), das Haus, die Eltern werde ich sehr eng an meine Eltern und mein Haus anlehnen, alles andere wird sich ergeben. Ich habe ganz grob beider Lebensstationen skizziert.

Merkwürdig: Kaum lässt der Schulstress nach, fängt es an. Das könnte auf jeden Fall ein großer Roman werden, weil ich alle Personen, die mit dem Haus in Kontakt kommen, darstellen will und auch die Herkunft der Eltern, also bis in den Anfang des 2.WK und die alte Heimat.

2010-12-13:

Die mündliche Prüfung ist gelaufen. Da ein Prüfling sich krank gemeldet hat, kann es sein, dass noch eine Nachprüfung kommt. Morgen deshalb kein Unterricht, Mittwoch die letzte KA, Donnerstag die letzte TBS, Freitag die letzte FE 9a. Danach nur noch Mittwoch 8 – 11:15 TBS.

Über verschiedene Stadien habe ich mich jetzt wohl doch in das MS hineingearbeitet und das erste Kapitel angefangen. Alles noch sehr fragmentarisch, ich hab noch keine Namen und nur ein grobes Konzept. Das wird sich alles mit dem Schreiben entwickeln. Immerhin habe ich 1.400 Wörter im ersten und ein Überhangkapitel mit Skizzierungen. Das werde ich nach und nach ausbauen.

Heute Abend letzte Schreibwerkstatt, ich werde einen kleinen Exzerpt „Das Haus ..." mitnehmen.

2010-12-14:

1.614 Wörter habe ich und weiß auch schon, was Kapitel 2 beinhalten wird: den chronologischen Abriss über die Geschichte des Hauses 1957 – 2010. Dazu muss ich dann aber mal in mich gehen und meinen Figuren Namen geben. Bis jetzt hat nur die Schwester einen: Lena Marie.

2010-12-17:

Ich habe mal so einen groben Kapitelplan gemacht und bin bis 9 gekommen, das sind dann knapp 100 Seiten und sagen wir ein Drittel oder ein Viertel des Romans. Ich denke, das wird was Längeres. Und damit fände die literarische Entwicklung des vergangenen Jahrzehnts von der Schreibabstinenz über die Erzählungen und die Kurzromane, in denen ich meine Motive und Themen gewissermaßen vorbereitet habe, einen großen Abschluss; mal wieder. Die ersten drei, vier Kapitel habe ich inhaltlich, ohne Details natürlich, in der Vorstellung, so dass ich auch im ersten Kapitel schon in etwa abschätzen kann, was ich hier und an späterer Stelle sagen kann. Allerdings habe ich immer noch nicht alle Figuren benannt. Der *male protagonist* wird Walter Wisman heißen. In Berkeley deshalb nur Walt Whitman gerufen. Das erste Kapitel wird wenigstens 3.000 Wörter und damit über zehn Seiten haben. Die Exposition muss dieses Mal so umfangreich sein.

Bei Facebook habe ich jetzt auch nette Bekanntschaften, so Al Jardine und Billy Hinsche von den Beach Boys.

Meine Unvernunft hat sich auch einmal wieder schmerzhaft bemerkbar gemacht. Ohne Details: Ich habe versucht, den Kamin mit dem Kaminofen trocken zu bekommen. Am nächsten Tag hatte ich Kopfschmerzen und wahrscheinlich eine leichte Rauchvergiftung. Ich hatte, wie bei derlei Aktionen üblich, aber auch sieben Veltins dazu getrunken.

2010-12-21:
Ich glaube, das erste Kapitel ist soweit fertig, knapp 3.300 Worte, das heißt auf jeden Fall mehr als zehn Seiten. Als Exposition, denke ich, ist es gelungen. Der Leser wird genau wissen, um was es in dem Roman gehen wird. Was aus dem Kapitel wird, dem Romanvorhaben letztlich, wird sich zeigen. Ich habe jedenfalls Ideen, eine Vorstellung, wie das Ganze laufen sollte. Und Stoff ist genug da. Ich brauch mich nur zu bedienen. Die Geschichte ist da. Ich muss sie nur erzählen. Bisschen was verändern, ergänzen, erfinden, weglassen, schreiben eben.

Das aktuelle Wetter wird den aktuellen Hintergrund abgeben.

2010-12-22:
Ich habe ein neues Kapitel angefangen. Das wird alles sehr viel Geduld in Anspruch nehmen. Aber ich bin bereit. «

Dieser Roman ist kein Schlüsselroman im herkömmlichen Sinne.

Er enthüllt also nicht die Machenschaften realer Personen in einem fiktiven Rahmen.

Er ist ein Schlüsselroman in einem eher wörtlichen Sinne.

Der Schlüssel nämlich zu einem Haus.

Zu der Geschichte eines Hauses und seiner Bewohner.

Das Haus mag für viele Hunderttausende Häuser stehen, die in den fünfziger Jahren im Nachkriegsdeutschland gebaut wurden.

Das Schicksal seiner Bewohner ist sicher vielen anderen Schicksalen jener Jahre ähnlich.

Was immer in diesem Roman an Behauptungen aufgestellt, an historischen Fakten und Namen genannt wird, geschieht in einem fiktiven Rahmen und kann somit den Anspruch erheben, als ein künstlerischer Kommentar zur allgemein menschlichen Befindlichkeit verstanden werden. Überstimmungen mit lebenden Personen, so weit sie nicht öffentliche Personen der Zeitgeschichte sind und mit ihrem wirklichen Namen genannt werden, wären rein zufällig und sind nicht beabsichtigt.

Da aus einer ganzen Reihe von Quellen zitiert wird, gibt es Passagen in neuer und alter Rechtschreibung; manche auch jenseits aller Rechtschreibung.

Natürlich geht mein Dank an erster Stelle an die Familie, die mir von frühester Kindheit an in all ihren wechselnden Konstellationen wichtiger Lebensbereich war und ist. Ich glaube nicht, dass gute Fiktion zu Lasten realer Personen gehen muss. Walters familiäre Verhältnisse habe ich deshalb in wichtigen Details von meinen eigenen deutlich differenziert.

Gleiches gilt für Freunde und Förderer. Walter Wisman ist einerseits als einsamer Wolf dargestellt, gleichzeitig auch ein *family man*; ein Charakterzug, der auch mir zu eigen ist. Ich wäre nichts ohne alle diejenigen, die mich zeitlebens unterstützt und geliebt, gefördert und verehrt haben, und auch die, die mich kritisiert und gehasst haben. Dank geht auch und besonders an alle Autorinnen und Autoren und deren Bücher, ohne die mein Leben ganz anders verlaufen wäre.

Klaus-Dieter Regenbrecht, Koblenz im März 2013

Auswahl der im Roman namentlich erwähnten Autoren und Titel

Allert-Wybranitz, Kristiane: Wie finde ich den richtigen Verlag? Anregungen, Tips, Adressen für Autoren, München 1988

Arnold, Heinz Ludwig (Hrsg.): Literaturbetrieb in der Bundesrepublik Deutschland – Ein kritisches Handbuch, 2. völlig veränderte Auflage, München 1981

Auster, Paul: The Brooklyn Follies, New York City 2005

Badman, Keith: The Beach Boys: the definitive diary of America's greatest band, on stage and in the studio, San Francisco 2004

Baker, Carlos: Ernest Hemingway – A Life Story, Harmondsworth (England) 1972

Bermbach, Udo u. Borchmeyer, Dieter (Hrsg.): Richard Wagner »Der Ring des Nibelungen« - Ansichten eines Mythos, Stuttgart 1995

Boyd, Alan (Director): Endless Harmony: The Beach Boys Story (1998), TV Documentary

Bukowski, Charles: The Roominghouse Madrigals, Santa Rosa 1992

Castaneda, Carlos: Reise nach Ixtlan. Die Lehre des Don Juan, Frankfurt/M. 1976

- ders.: Der Ring der Kraft, Don Juan in den Städten, Frankfurt/M. 1978

Cepl-Kaufmann, Gertrude: R(H)EIN GEDACHT – Ausgewählte Aufsätze zur Kulturregion Rheinland, Essen 2007

Devereux, Georges: Baubo. Die mythische Vulva, Frankfurt/M. 1981

Duden: Die deutsche Rechtschreibung, verschiedene Ausgaben, zuletzt verwendet die 25. Auflage, Mannheim 2009

Duerr, Hans Peter: Traumzeit – Über die Grenze zwischen Zivilisation und Wildnis, Frankfurt/M. 1978

- ders. (Hrsg): Der Wissenschaftler und das Irrationale. Erster Band: Beiträge aus Ethnologie und Anthropologie. Zweiter Band: Beiträge aus Philosophie und Psychologie, Frankfurt/M. 1981

- ders.: Sedna oder Die Liebe zum Leben, Frankfurt/M. 1984

Durth, Werner u. Gutschow, Niels (Hrsg.: Deutsches Nationalkomitee für Denkmalschutz): Architektur und Städtebau der fünfziger Jahre – Nicht wegwerfen, Bonn 1987

Eliot, T.S.: The Waste Land/Das wüste Land (Englisch und deutsch), Frankfurt am Main 1975

Ellmann , Richard: James Joyce – New and Revised Edition, New York 1983

- ders.: The New Oxford Book of American Verse, New York 1976

Ensslin Jugendkalender: „Ein Jahrbuch des Wissenswerten für Jungen und Mädchen. Mit 100 Abbildungen. 15. Jahrgang, Reutlingen 1964

Faulkner, William: The Sound and the Fury, Harmondsworth, England 1975

- ders.: Light in August, Harmondsworth, England 1974

Goodison, Lorna: I am Becoming My Mother, London 1986

Frisch, Max: Biografie: Ein Spiel, Frankfurt 1969

Hamburger, Michael: Wahrheit und Poesie. Spannungen in der modernen Lyrik von Baudelaire bis zur Gegenwart, Frankfurt/M. 1985

Haselbach, Dieter/ Klein, Armin/ Knüsel, Pius/Opitz, Stephan: Der Kulturinfarkt – Von allem zu viel und überall das Gleiche, München 2012

Hemingway, Ernest: The Sun Also Rises, London (England) 1974

Henscheid, Eckhard: Die Vollidioten

- ders.: Geht in Ordnung – sowieso – genau – – –

- ders.: Die Mätresse des Bischofs, alle drei Romane in einem Sonderband, Zürich 1995

Hesse, Eva: Robinson Jeffers – Gedichte, Passau 1984

Hesse, Hermann: Der Steppenwolf, Frankfurt/M. 1978

- ders.: Das Glasperlenspiel, Frankfurt/M. 1979

Irving, John: Last Night in Twisted River, New York City 2010

Jeffers, Robinson: Gedichte, Passau 1984

- ders. in: Ellmann , Richard: The New Oxford Book of American Verse, New York 1976

Jelinek, Elfriede: Lust, Reinbek bei Hamburg 1989

Joyce, James: The Artist as a Young Man, Harmondsworth (England) 1977

- ders.: Ulysses, Harmondsworth (England) 1960

- ders.: Finnegans Wake, London (England) 1975

Jung, C.G. (Hrsg, nach seinem Tod von Marie-Louise von Franz und John Freeman): Der Mensch und seine Symbole, Olten 1980 (12. Aufl.)

Kafka, Franz: Gesammelte Werke (Hrsg. Max Brod), Taschenbuchausgabe in sieben Bänden, Frankfurt/M. 1983

Kerouac, Jack: On the Road, New York 1976

Kindlers Neues Literaturlexikon, München 1996

Kittler, Friedrich: Grammophon Film Typewriter, Berlin 1986

- ders.: Eine Kulturgeschichte der Kulturwissenschaft, München 2001

- ders.: Draculas Vermächtnis – Technische Schriften, Leipzig 1993

Körber, Thomas: Arno Schmidts Romantik-Rezeption, Heidelberg 1988

Labouvie, Eva: Andere Umstände. Eine Kulturgeschichte der Geburt, Wien/Köln 2000

Leaf, David: Beach Boys – Die Strandjungen aus Kalifornien, München 1980, orig. Ausgabe: The Beach Boys and the California Myth, New York 1978

Leger, Herbert: Die Zeitungsbrigade, Colmar/Frankreich, 1953 (auf Deutsch in der Reihe „Die Spurbücher")

Lussier, Tomi Kay: Big Sur – A Complete History & Guide, Monterey 1979

May, Karl: ca. 30 Bände der ungekürzten Volksausgabe, Wien/Heidelberg, 1952

Mensendieck, Bess M.: Funktionelles Frauenturnen mit 164 Abbildungen nach Naturaufnahmen, München 1923

- dies.: Anmut der Bewegung im täglichen Leben – mit 77 Abbildungen und vier Figuren, München 1929

Möbius, Dr. P. J.: Über den physiologischen Schwachsinn des Weibes, o. Ort 1904

Musil, Robert: Der Mann ohne Eigenschaften, Hamburg 1974

Nimptsch, Reinhold: Flüchtlingsumsiedlung und Wohnungsbedarf in der Bundesrepublik Deutschland, Köln 1952. Zitiert nach Friedrich-Ebert-Stiftung: http://library.fes.de/gmh/main/pdf-files/gmh/1951/1951-09-a-515.pdf (zuletzt aufgerufen am 23. September 2012)

Petschenig, Dr. Michael: Der kleine Stowasser – Lateinisch-deutsches Schulwörterbuch München 1967

Pychon, Thomas: The Crying of Lot 49, San Bernadino, California 1990

- ders.: Gravity's Rainbow, New York 1973 (dtsch. Die Enden der Parabel, Reinbek bei Hamburg 1981)

- ders.: Vineland, New York 1990 (dtsch. Vineland, Reinbek bei Hamburg 1995)

- ders.: Against the Day, New York 2006

Regenbrecht, Klaus-Dieter: Grenzlichter, Theaterstück 1978, unveröffentlicht

- ders.: Tabu Litu – ein documentum fragmentum in neun Büchern, Koblenz 1985 – 1999

- Buch 1: Gedichte, 1985

- Buch 2: Antikörper, 1986

- Buch 3: Text & Grafik - aus den Jahren 1975 – 1987, 1987

- Buch 4: storys, 1989

- Buch 5: Die Grenze, der Strom und das Drama, 1990

- Buch 6: Stellas Promotion, 1993

- Buch 7: Jäger und Gejagter: Tod eines Doppelgängers, 1994

- Buch 8: sum mor tym, Gedichte übers Jahr und eine Vorlesung, 1996

- Buch 9: Die Rheinland-Papiere oder Die Tricks der Bücher, 1999

- ders.: Continuity – Hitchcocks, Pocahontas, Koblenz 2002

- ders.: Das Camp – Acht neue Erzählungen, Koblenz 2004

- ders.: Die Reisen des Johannes, Koblenz 2008

- ders.: Transit Wirklichkeit, Koblenz 2009

- ders.: AmoRLauf – Ein Bildungsroman, Koblenz 2010

Roethke, Theodore: Cuttings, Cuttings later, in Ellmann , Richard: The New Oxford Book of American Verse, New York 1976

Roth, Philip: The Human Stain, London 2000

Salinger, J.D.: The Catcher in the Rye, Boston 1972

Schlumbohm, Jürgen; Duden, Barbara und Gelis, Jacques: Rituale der Geburt. Eine Kulturgeschichte der Geburt, Müchen 1998

Schmidt, Arno: Abend mit Goldrand, Bargfeld 1993

- ders.: Seelandschaft mit Pocahontas, Stuttgart 1988

Sloterdijk, Peter: Kritik der zynischen Vernunft, Erster Band und Zweiter Band, Frankfurt/M. 1983

- ders.: Im Weltinnenraum des Kapitals, Frankfurt/M. 2006

Spoerl, Heinrich: Die Feuerzangenbowle – Eine Lausbüberei in der Kleinstadt, Düsseldorf o.J.

Stach, Reiner: Kafka – Die Jahre der Entscheidungen, Frankfurt/M. 2002

Stanzel, Franz K.: Theorie des Erzählens, Göttingen 1985

Stebbins, Jon: The Real Beach Boy – Dennis Wilson, Toronto, Ontario 2000

Stein, Gertrude: The Autobiography of Alice B. Toklas, New York City 1990

The Foreign Office: Instructions for British Servicemen in Germany 1944, reproduced from the original issued by The Foreign Office, London (University of Oxford 2007)

Strauß, Botho: Fragmente der Undeutlichkeit, München 1989

Surèn, Hans: Mensch und Sonne – Arisch-Olympischer Geist, Berlin 1936

Theweleit, Klaus: Männerphantasien. 1. Frauen, Fluten, Körper, Geschichte. 2. Männerkörper – Zur Psychoanalyse des weißen Terrors, Reinbek bei Hamburg 1980

- ders.: Buch der Könige, Band 1 Orpheus (und) Eurydike, Frankfurt 1988 Band 2 x Orpheus am Machtpol

Band 2y Recording angels' mysteries: zweiter Versuch im Schreiben ungebetener Biographien, Kriminalroman, Fallbericht und Aufmerksamkeit, Frankfurt 1994

- ders.: Objektwahl (All You Need Is Love ...), München 1996

- ders.: Pocahontas in Wonderland. Shakespeare on Tour. *Indian Song,* Frankfurt 1999

- ders.: »You Give Me Fever«: Arno Schmidt. Seelandschaft mit Pocahontas. Die Sexualität schreiben nach WWII, Frankfurt 1999

Thomas, Dylan: The Dylan Thomas Omnibus, London 1995

Tremlett, George: Dylan Thomas – In the Mercy of his Means, London 1991

Tümmers, Horst Johannes: Der Rhein – Ein europäischer Fluß und seine Geschichte, München 1994

Twain, Mark: The Adventures of Huckleberry Finn, Franklin Library Pennsylvania 1979

Wagner, Richard: Das Rheingold, Stuttgart 1951

Weidermann, Volker: Lichtjahre – Eine kurze Geschichte der deutschen Literatur von 1945 bis heute, Köln 2006

Weiniger, Otto: Geschlecht und Charakter, Wien 1903 (Nachdruck Berlin 1980)

White, Timothy: The Place for no Story – Brian Wilson, the Beach Boys, and the Southern California Myth, New York 1994

Whitman, Walt: Leaves of Grass, New York City 1973

Wintjes, Josef (Bibi): Ulcus Molle Info, Bottrop Jahrgänge 1982 – 1990

Wright, James: A Blessing, in Ellmann , Richard: The New Oxford Book of American Verse, New York 1976

www.ingramcontent.com/pod-product-compliance
Lightning Source LLC
Chambersburg PA
CBHW030916050726
47498CB00003BA/771